la splendeur des orages

J'AI LU

BELVA PLAIN	*ŒUVRES*
LES FARREL - 1	*J'ai Lu* 1331***
LES FARREL - 2	*J'ai Lu* 1332***
TOUS LES FLEUVES VONT À LA MER - 1	*J'ai Lu* 1479****
TOUS LES FLEUVES VONT À LA MER - 2	*J'ai Lu* 1480****
LA SPLENDEUR DES ORAGES	*J'ai Lu* 1622*****

BELVA PLAIN

la splendeur des orages

traduit de l'américain par Bernard FERRY

Éditions J'ai Lu

NOTE DE L'AUTEUR

Il n'existe pas d'île de Saint-Félice dans la mer des Caraïbes, sauf à considérer qu'elle pourrait être la somme imaginaire de toutes les îles du Vent et Sous-le-Vent. Bien que les personnages ici dépeints soient de pure fiction, l'histoire n'en reste pas moins un reflet fidèle de la réalité.

Ce roman a paru sous le titre original :

EDEN BURNING

PROLOGUE

Par un après-midi d'hiver de l'année de grâce 1673, Eleuthère François, un garçon de quinze ans, dont le nom de famille devait plus tard se transformer en Francis, vit apparaître à l'horizon l'île de Saint-Félice. Orphelin, il avait été adopté par une humble famille de paysans bretons, et malgré les récits des marins retour des pays chauds, il était loin de s'imaginer ainsi cette alliance lourde d'eau et de ciel et la chaude caresse des alizés. Le sable blanc de la côte lui sembla être une robe de soie; lui qui n'en faisait jamais, fut le premier surpris de cette comparaison. Puis l'image d'un nénuphar sur un étang s'imposa à son esprit, et enfin celle de l'améthyste qu'il avait vue au doigt de l'évêque, un dimanche de Pâques.

Il ne savait rien encore de cette île où il finirait par rester et fonder une grande famille, rien de ces éruptions volcaniques qui aux premiers temps de la Terre avaient fait surgir de l'océan cet archipel entre deux continents. D'ailleurs, il ne savait rien ni des volcans ni des coraux ni de ces hommes à la peau cuivrée et aux cheveux noirs et lisses comme la crinière d'un cheval, et qui, venus d'Asie quelques milliers d'années auparavant, avaient peuplé ce continent depuis la baie d'Hudson jusqu'à la Terre de Feu.

Bien que les premiers moines, soldats et boucaniers fussent venus d'Europe quelque cent ans auparavant, Eleuthère François ne s'en considérait pas moins comme le premier occupant de cette terre. Sous les ombrages de ces forêts qu'il apercevait au loin, des hommes avaient déjà été crucifiés et brûlés vifs pour qu'ils avouent où ils cachaient leur or. Dans les tavernes délabrées de Covetown, où putains et matelots trinquaient dans des gobelets d'or incrustés de pierreries, des rixes éclataient souvent à propos du partage du butin. Debout sur le pont, les yeux rivés sur la masse sombre de la forêt, il ne se doutait pas qu'une autre richesse était en passe de remplacer l'or : les Noirs d'Afrique. Comment aurait-il pu deviner que de toute cette richesse devait naître un jour une fille de son sang, qui danserait, vêtue de soie blanche, sur les parquets polis d'une riche demeure anglaise?

L'ancre s'enfonça dans l'eau au milieu d'une gerbe d'écume. Ordres. Cris de matelots. Des mouettes tournoyèrent en piaillant autour des gréements. Superbement ignorant, à la fois craintif et plein d'espoir, Eleuthère François débarqua.

LIVRE I

Les deux frères

1

Teresa Francis, que l'on appelait Tee, avait six ans lorsqu'elle apprit que Saint-Félice n'était pas le monde entier, et quinze lorsqu'elle dut quitter l'île avec honte et précipitation.

– Le monde est immense, mon enfant, disait Père. C'est un gros ballon qui tourne autour du Soleil et Saint-Félice n'est qu'un grain de poussière sur ce ballon.

Celui qu'elle appelait Père était en fait son grand-père, et même son ami depuis cet hiver de 1928 où son père était mort. Elle comprenait la douleur de Père (qui avait perdu son fils) et la jugeait plus profonde que celle qu'affichait maman en dépit de ses larmes et de ses vêtements noirs.

– Là-bas, regarde bien, tu vois ces deux bosses, comme des nuages? Ce sont les mornes de Sainte-Lucic. Là, dans cette direction, il y a Saint-Vincent, la Dominique et la Grenade...

L'enfant imaginait des tortues à la carapace verte, un peu comme celles que l'on voyait dans la petite rivière où, maintenant encore, les femmes noires venaient battre le linge.

– Et là, en bas, il y a Covetown, suis mon doigt... On aperçoit le chantier de carénage; je suis sûr que je pourrais faire apparaître un paquebot dans la rade.

Un paquebot! Avec de la fumée sortant des cheminées et un beau nom peint à l'arrière, comme *Marina* ou *L'Etoile-du-Sud*. Les navires amenaient avec eux plein de belles choses : des poupées avec de vrais cheveux, les beaux chapeaux de maman et ses gants de chevreau (« Importables sous ces climats, disait-elle, mais une dame ne peut s'en passer »), les bijoux qu'on voyait dans la boutique de Da Cunha, les livres de Père et les costumes anglais de papa qu'on avait distribués aux domestiques.

Elle songeait à tout cela, silencieuse, lorsqu'un rire de femme s'éleva, du côté de la rivière. Père se remit à parler.

– Le premier membre de la famille installé ici est devenu pirate. A son arrivée il s'était loué à un grand planteur mais son maître était cruel et il s'est échappé pour rejoindre les boucaniers. Il me semble t'en avoir déjà parlé, Tee.

– Oui, mais maman m'a dit que ce n'était pas vrai.

– Ta maman refuse d'y croire. Il s'appelait Eleuthère François. Lorsque les Anglais se sont emparés de l'île, la famille a pris le nom de Francis... C'est mon arrière-grand-père qui a appelé cette maison Eleuthera, d'après le nom d'une ville de la Grèce antique. C'était un homme cultivé, le premier de notre famille à avoir fait des études à Cambridge... J'aime cette maison. Ton père l'aimait, aussi. C'est dans notre sang. Cela fait plus de deux cents ans...

Père était grand; pour apercevoir son grand nez fin, les enfants devaient pencher la tête en arrière. Il avait toujours à la main une canne à pommeau d'or avec laquelle il faisait de grands moulinets mais sur laquelle il ne s'appuyait jamais. Il se nommait Virgil

Francis et possédait le morne Bleu dont les flancs étaient couverts de jungle et de cannes à sucre, ainsi que tous les champs qui descendaient en pente douce vers le rivage. Il possédait aussi des terres et des maisons dans toute l'île : Drummond Hall, Le Caprice de Georgina, Hope Great House, Florissant.

Tee savait que la possession de ces domaines lui attirait la considération des habitants de l'île. Plus tard, elle s'étonna que l'enfant ignorante qu'elle était à l'époque (une ignorance qui devait lui coûter cher) pût avoir déjà compris à quel point le fait d'avoir des terres commandait le respect aux gens.

– Mais pourtant, il reste toujours dans cette horrible maison sur la colline, disait maman. Je n'arrive pas à comprendre pourquoi.

Ses boucles d'oreilles scintillaient dans le soleil. Maintenant qu'elle était en deuil, elle portait du jais à la place de l'or et des perles, mais ses bijoux étaient toujours aussi brillants.

– Drummond Hall serait infiniment plus agréable, même si elle est aussi en ruine. Quel dommage qu'il n'ait aucun sens des affaires !

Tee prenait sa défense.

– Mais il parle le latin et le grec.

– C'est en effet indispensable pour diriger une exploitation sucrière !

Mais cela, maman n'aurait jamais osé le dire en présence de Père. Sur toutes les photos prises au cours de ces lentes et chaudes journées, c'était lui que l'on voyait assis dans le beau fauteuil sur la véranda, tandis que maman et les autres étaient debout autour de lui. Exilée dans un pays lointain où la neige venait recouvrir une campagne triste, Tee regardait ces photos dans un album noir en imitation cuir, avec des coins renforcés, et cherchait à ressusciter ces visages évanouis qui s'effilochaient dans sa mémoire comme autant de fantômes.

Là, elle porte une jupe sombre et une marinière, l'uniforme du couvent de Covetown.

– Bien sûr, disait maman, nous ne sommes pas catholiques, mais l'école des sœurs est la meilleure de l'île, et du moment que tu vas à l'église anglicane le dimanche...

A douze ans, elle avait un visage sérieux, un air timide. Elle avait hérité du nez un peu fort de Père et plus tard, on lui dirait que sa chevelure abondante était excitante, mais pour l'heure, qu'en savait-elle?

Et voici des photos de maman, le jour de son second mariage. Elle portait un énorme chapeau rose. Il y avait eu du cochon de lait rôti et des cœurs de palmiers. Pour faire les salades, il avait fallu abattre un cocotier.

– Un vrai péché, avait dit Père qui caressait le tronc des arbres comme la tête des enfants.

Le nouveau mari de maman s'appelait M. Tarbox, mais Tee l'appelait oncle Herbert. C'était un homme élégant, et bien qu'il vécût à Saint-Félice depuis vingt ans, il évoquait toujours l'Angleterre comme s'il y vivait. Les domestiques le disaient riche; il avait été commissionnaire à Covetown, mais maintenant il était planteur, la situation la plus distinguée qui fût.

Il avait de l'argent à investir dans les domaines de la famille Francis et ferait peut-être en sorte de les rendre plus rentables. On espérait qu'il s'entendrait bien avec le vieux M. Francis. Après tout, Mme Julia n'était que sa belle-fille. Heureusement, il y avait la petite Tee pour les rapprocher. Voilà ce que l'on disait dans l'île.

M. et Mme Tarbox s'en iraient vivre à Drummond Hall. En mémoire de son fils, et soucieux du bien-être de sa petite-fille, Virgil Francis avait offert cette grande maison à sa belle-fille, mais Tee la trouvait trop grande et prétentieuse.

– Je ne veux pas quitter Eleuthera, disait-elle d'un air entêté. Je ne te verrai plus, Père.

– Mais bien sûr que si! De toute façon, tu dois rester avec ta mère, et puis Agnès t'accompagnera.

Agnès Courzon était venue de la Martinique quelques années auparavant. Elle avait la peau sombre comme du café et des cheveux noirs et lisses. Elle portait des anneaux d'or dans les oreilles et le dimanche un foulard en madras et un collier fait de grosses boules dorées. Tee la trouvait belle.

Agnès aimait les belles choses.

– Quand je travaillais à la Martinique chez les Maurier... oh là là! Quelle belle maison! Tu ne peux pas imaginer tous ces damas, toute cette argenterie! S'il n'y avait pas eu l'éruption de la montagne Pelée, jamais je ne serais partie. Cet affreux volcan a tout détruit! J'en ai le cœur serré. Mais attends un peu, et tu verras ce que ta maman et M. Tarbox feront de Drummond Hall. Ce sera autre chose que cette vieille bicoque qui tombe en ruine...

Tee promena le regard autour d'elle. Elle ne s'était encore jamais rendu compte que le plâtre s'écaillait au plafond. Les livres étaient entassés en piles sur des chaises. Sur l'appui de la fenêtre trônait une bouteille contenant un serpent. Père étudiait les serpents.

– Je suis heureuse de partir, disait Agnès. Je pensais que tu le serais aussi.

Il y a des dizaines de photos de Drummond Hall. La grande bâtisse se dresse au bout d'une allée bordée de palmiers royaux. Deux escaliers jumeaux mènent à la véranda qui donne accès aux pièces parquetées à l'ancienne et ornées de meubles en acajou sombre.

La maison faisait la fierté de maman, mais l'oncle Herbert avait d'autres motifs de satisfaction.

– Il va falloir installer de nouvelles machines au moulin. Et puis je songe à planter de la banane sur les terres de l'est.

– Je ne sais pas pourquoi, disait maman avec quelque hésitation, mais j'ai toujours trouvé que la banane, c'était l'affaire des paysans nègres.

– Mais où étais-tu donc, ces vingt dernières années? Te rends-tu compte que, rien que de la Jamaïque, des milliers de tonnes de bananes partent chaque année pour l'Angleterre?

– Mais ici, les vieilles familles qui ont des plantations de canne à sucre...

– Julia, tu oublies que je n'appartiens pas à l'aristocratie du sucre. Je suis un bourgeois, un homme d'affaires.

Pas d'indignation dans ces propos, mais un certain amusement.

– Nous sommes cinquante ans en retard à Saint-Félice, et j'espère bien rattraper le temps perdu. La banane ne demande pas beaucoup de travail; on met les plants en terre et on récolte douze mois après. Aucune transformation : on coupe, on trie et on expédie.

– Si l'on abandonne la canne, cela mettra beaucoup de gens au chômage, dit Père à Tee, en privé. Mais ça lui est égal. Il mène les affaires à sa manière. C'est un homme moderne.

– Tu n'aimes pas oncle Herbert?

– Si, si. Il est honnête et travailleur. Mais je suis trop vieux pour me faire aux nouvelles méthodes.

Maman, elle, s'y faisait très bien. La voici sur une photographie aux bords dentelés, gaie et charmante comme Tee ne le serait jamais : tout en dentelles et en volants pour le bal du gouverneur; et sur cette autre, avec ses deux bébés, Lionel et la petite Julia, nés à un an de distance.

Tee savait bien que les bébés venaient de l'intérieur de sa mère, comme pour les chatons et les poulains. Mais comment y arrivaient-ils? Aucun moyen de le savoir. Ce n'était écrit nulle part et personne ne voulait en parler.

– On ne parle pas de ces choses-là, avait dit maman avec gentillesse mais aussi fermeté. Tu le sauras le moment venu.

Pas moyen non plus à l'école. On disait bien que les hommes y étaient pour quelque chose, mais comment? Certaines filles tenaient de longs conciliabules avec une fille un peu arrogante nommée Justine, mais un jour les sœurs l'attrapèrent et depuis lors elle n'avait plus rien dit. Bien sûr, comme maman le disait, elle le saurait un jour, comme elle finirait bien par porter des talons hauts et être invitée chez le gouverneur. Mais en attendant, il valait mieux ne pas y penser...

Sur cette photo-là, elle est au côté de maman avec les deux bébés; à cette époque, elle s'apprêtait à aller passer l'été de ses quinze ans à Eleuthera.

– Tout l'été! s'exclama maman. Mais pourquoi donc?

Maman aurait préféré la voir fréquenter le club en compagnie des filles de la bonne société. Maman ne comprenait pas ou ne voulait pas comprendre que l'on ne pouvait se forcer à aimer ce genre de vie.

– Mais j'aime Eleuthera, dit Tee.

On pouvait faire du cheval, à cru, dans les collines, se baigner dans la rivière, passer l'après-midi à lire sans être dérangée.

– Bon, tu peux y aller à une condition: Agnès devra t'accompagner. A ton âge, il te faut un chaperon.

Le jour où il vint chercher Tee, Père parla de sa bibliothèque.

– Mes livres sont tout moisis. J'ai fait venir un ébéniste pour construire une bibliothèque.

– Vous avez pris Buckley? demanda l'oncle Herbert. Il nous a réparé un canapé. Du très beau travail.

– Son apprenti est encore plus habile que lui. C'est un garçon de couleur qui ne doit pas avoir plus de dix-neuf ans. Il s'appelle Clyde Reed. Il demeurera à Eleuthera; je pense que ça lui prendra tout l'été.

– Tout l'été!

– Oui, je lui fais faire des moulures denticulées et poser des vitres contre l'humidité.

– Tout l'été! répéta Julia machinalement.

– Pourquoi pas?

Affectant d'ignorer sa belle-fille, Père se mit à siroter son café.

– En fait, c'est un garçon très étrange. Je l'ai surpris en train de lire un de mes volumes de l'*Iliade*. Je ne pense pas qu'il comprenait, mais ce garçon manifeste une véritable soif d'apprendre. Il faut dire qu'il a beaucoup de sang blanc dans les veines.

Il se pencha vers l'oncle Herbert.

– Et du meilleur sang de l'île, apparemment.

Tee remarqua le chuchotement et le froncement de sourcils de sa mère. Il y avait donc là quelque chose de caché, quelque chose de sale?

– Reed..., répéta l'oncle Herbert. Est-ce que la famille Reed n'a pas possédé le domaine Miranda pendant quelque temps? Ils l'ont perdu aux cartes, à Londres. Il ne me semble pourtant pas qu'il y ait de savants dans la famille.

– Si le monde était différent, ce Reed-là pourrait le devenir. Mais les choses sont ce qu'elles sont...!

Enfin... je peux toujours lui prêter quelques livres.

– Si vous voulez mon opinion, dit prudemment l'oncle Herbert, et avec tout le respect que je vous dois, Père, je ne vois là qu'une source d'aigreur et de frustration, car enfin, comment offrir une égalité qu'il faudra bien refuser tôt ou tard?

– Eh bien... nous verrons, dit Virgil d'un air vague.

Il se leva.

– De toute façon, Tee et moi, nous aurons du temps à nous consacrer. Et puis je vous assure que, dans nos collines, il fait bien plus frais qu'ici.

– Veillez à ce qu'elle invite quelques amis, dit Julia en le raccompagnant. J'aimerais qu'elle ne passe pas tout son temps avec les chiens et les chevaux, ou à lire sur la véranda. Elle ressemble tellement à...

A mon père, songea Tee avec amertume. Mais personne ne l'empêcherait de passer ses journées à lire ou à se promener avec les chiens.

Cet été-là, elle ne savait rien. Rien du tout.

L'après-midi finissant étirait ses ombres sur la véranda. Père ouvrit un grand cahier sur ses genoux.

– Viens, Clyde, souffle un peu. Tu manies le marteau et le ciseau depuis ce matin. Ça ne t'intéresserait pas d'écouter ce que j'ai là?

Le garçon vint s'asseoir sur les marches. On disait « le garçon » en parlant de lui, mais c'était déjà un homme. C'est sûrement à cause de sa couleur, se dit Tee. Et pourtant, il n'est pas très foncé. Il était beaucoup plus clair qu'Agnès, et, comme elle, très soigné. Il mettait une chemise propre tous les matins et une bonne odeur de bois flottait après lui; parfois, un copeau blanc restait accroché à ses cheveux qu'il avait lisses et fournis. Des cheveux de

Blanc. Ses lèvres étroites étaient aussi celles d'un Blanc. Ses yeux, en revanche, étaient ceux d'un Noir. Chez les Blancs, même les yeux marron ne sont jamais aussi sombres. Il lui parut sage mais en même temps un peu moqueur. Même lorsqu'il se montrait respectueux (et il l'était toujours, car autrement Père ne l'eût pas autorisé à rester), son regard semblait dire : « Je sais très bien ce que vous pensez. » Mais j'invente sûrement, se disait-elle, d'ailleurs c'est ce que me dit toujours maman.

– C'est une traduction que j'ai faite du français, expliqua Père. L'original est dans un coffre, en ville. Il tombe en poussière; il devrait être dans un musée. Il faudra que je m'y résolve un de ces jours. Bon, voilà le *Journal du premier François.*

« En l'année de grâce 1673, nous nous embarquons au Havre-de-Grâce sur le navire anglais *Pennington*. Je suis âgé de quinze ans et me suis loué pour sept ans à M. Raoul d'Arcy, dans l'île de Saint-Félice, aux Indes occidentales; il paye mon passage, me fournit le vêtement et me donnera trois cents livres de tabac à l'issue de mes sept années de service. »

Père tourna quelques pages.

– C'est fascinant. Ecoutez ça.

« Nous débutons notre journée de labeur un quart d'heure après le lever du soleil et la terminons un quart d'heure après son coucher. Je partage une cabane avec deux esclaves nègres. Ce sont de pauvres créatures, d'assez agréable compagnie. Ils souffrent, mais je souffre plus encore qu'eux. Mon maître fait travailler plus durement l'homme blanc, car il sait qu'au bout de sept ans il lui faudra s'en séparer; mais le nègre est là pour la vie et doit être en conséquence maintenu en bonne santé. »

– Mais je croyais, dit Tee, que notre ancêtre était boucanier.

– C'est vrai. Il s'est échappé pour rejoindre les boucaniers. Difficile de le blâmer. Et pourtant, regarde comme la nature humaine est imprévisible : il est devenu plus cruel que le maître qu'il avait fui. Ecoutez ce passage.

« Un peu avant le lever de la lune, nous nous sommes rangés le long de la *Garza-Blanca*, un navire marchand qui faisait voile vers l'Espagne. Nous sommes montés à bord sans bruit et avons jeté à la mer l'homme de quart. Nous avons tranché la gorge au capitaine, saisi toutes les armes du bord et mis le cap sur le rivage. La prise était bonne : or, tabac, cuir, et une grande quantité de perles. »

– Je crois que je n'ai guère envie d'en savoir plus, déclara Tee.

Elle s'étira et contempla les veines bleues qui se dessinaient sous la peau à la saignée du coude.

– Je n'arrive pas à croire que son sang coule dans mes veines... un tel sauvage!

– Bien des générations ont passé, ma chérie, dit gentiment Père. Et de toute façon, il est rapidement devenu un parfait gentleman.

Il tourna quelques pages.

– « Après avoir vu mes camarades dilapider leur part d'un an en cognac et... » euh...

Père toussota.

– « ... autre chose, j'ai décidé de devenir économe. Je vais acheter des terres, vivre de mes rentes comme un honnête homme et faire un bon mariage. »

Père ferma le cahier.

– C'est ce qu'il a fait. Il épousa Virginia Durand, la fille d'un riche planteur qui apparemment n'avait aucun scrupule à donner sa fille à un ancien boucanier. Avant quarante ans, il avait fait fortune dans le sucre. La canne à sucre n'est pas une plante d'ici, je pense que tu le sais.

Il fronça les sourcils d'un air soucieux.

– Ah! Tee, l'âge me joue des tours. J'étais sur le point de te dire d'où venait la canne à sucre, et je me rends compte brusquement que je l'ai oublié.

– Excusez-moi, monsieur Francis, si vous le permettez, je crois que la canne vient des Canaries. C'est Christophe Colomb qui a amené le premier plant.

– Oui, oui, bien sûr, tu as raison, c'est ça.

– Je l'ai lu dans le *National Geographic Magazine.*

– Tu lis le *Geographic?*

– J'ai un ami qui a été mon professeur quand j'allais à l'école; il me les garde.

– Je vois.

Clyde parlait avec volubilité, comme s'il craignait qu'on l'interrompe avant qu'il ait fini sa phrase.

– Je lis beaucoup. Je crois avoir lu tout ce qu'il y a à la bibliothèque de Covetown. Euh, enfin peut-être pas tout. Ce que je préfère, c'est l'histoire, savoir comment l'on est devenu ce que l'on est...

Il s'interrompit, comme s'il craignait d'en avoir trop dit.

Il veut nous montrer son savoir, songea Tee. Elle ne voyait plus seulement la fierté un peu moqueuse qu'elle avait sentie au début, mais également une certaine humilité qui la mit mal à l'aise.

Mais Père semblait enchanté.

– Oh, mais je sais que tu lis beaucoup! Clyde. C'est admirable. Le savoir, c'est la lecture. L'instruction n'a rien à voir là-dedans... Moi, j'ai toujours collectionné les livres. J'ai eu des ouvrages qui datent de l'époque où les Anglais ont pris cette île aux Français, en...

– En 1782, lorsque l'amiral Rodney a battu les Français à la bataille des Saintes.

– Tu entends ça, Tee? Te rends-tu compte de tout ce que sait ce garçon? Ne t'avais-je pas dit que Clyde était un garçon très bien?

Il le traite comme un singe savant, songea Tee.

Père se leva.

– Eh bien, Clyde, tu pourras m'emprunter tous les livres que tu voudras... à condition de ne les toucher qu'avec des mains propres. Allez viens, Tee, il est l'heure. Nous avons des hôtes à dîner.

– Père, lui dit Tee lorsqu'ils furent rentrés, tu t'es montré insultant en lui disant ça à propos des mains propres.

Père fut stupéfait. Jamais elle ne lui avait parlé ainsi.

– Mais... tu ne comprends pas. Ça ne leur fait rien. Ils ne sont pas aussi sensibles que toi.

Comment pouvait-il dire une chose pareille? Et pourtant, Père était si gentil! Qui d'autre aurait invité un ouvrier de couleur à s'asseoir à côté de lui? Ni maman ni l'oncle Herbert, en tout cas!

« L'intolérance n'est pas seulement stupide et cruelle, avait coutume de dire Père, elle est aussi déshonorante. »

Quelle contradiction!

Plus on grandissait et plus le monde devenait difficile à comprendre. Des pensées se pressaient dans sa tête comme des abeilles dans une ruche : comment étaient les autres pays, à quoi ressemblait l'île autrefois, comment les gens devenaient-ils ce qu'ils étaient ensuite, dans la vie...?

« Tu es trop sérieuse, disait souvent maman d'un ton affectueux. Il faudrait que tu apprennes à être heureuse dans la vie. Tout simplement. »

Tes plaisirs ne sont pas les miens, songeait Tee. De toute façon, même si je les désirais, je ne suis pas assez belle pour cela. Et même si je l'étais, je ne saurais qu'en faire; je ne saurais pas rire comme toi, caresser tendrement la joue d'oncle Herbert en public, comme tu le fais souvent. Moi, j'ai besoin de quelqu'un à qui parler, mais parler vraiment, sans craindre d'être ennuyeuse, ou gamine...

Père commençait à être trop âgé pour elle. Cet été-là, il était fatigué et perdait souvent patience. Il lui arrivait d'oublier ce qu'il venait de dire quelques secondes auparavant. Il passait ses après-midi à dormir. Eleuthera prenait des allures de maison fantôme.

Après le déjeuner, Tee avait donc pris l'habitude de se rendre dans la bibliothèque tout embaumée de la senteur du bois, de lire ou de regarder Clyde sculpter une rosace ou une envolée de feuilles. Il y avait quelque chose d'apaisant dans le bruit du maillet et dans les chansons qu'il sifflotait pendant son travail...

Un jour, elle lut à haute voix des passages du journal de son aïeul.

– « Juillet 1703. Grande affliction. La femme de mon frère et quatre de leurs enfants sont morts de la fièvre. Il n'est presque aucune famille qui n'ait eu à déplorer de pertes affreuses. »

» Pourquoi ces gens sont-ils venus dans des endroits qui à l'époque étaient si sauvages, si inhospitaliers? A leur place, je ne l'aurais pas fait!

– La pauvreté, mademoiselle Tee. Il n'y avait pas de travail en Europe, et celui que l'on trouvait était mal payé. Ce ne sont pas des riches qui ont peuplé ces îles.

Il lui rappelait que ses ancêtres n'avaient rien d'aristocrates. Elle comprit l'ironie de sa remarque et ne s'en s'offusqua pas.

– On y envoyait aussi de nombreux condamnés.

Il posa son ciseau à bois.

– Mais on ne condamnait pas que des criminels. On pouvait jeter les gens en prison pour le vol d'un sou ou pour dettes. On condamnait des innocents... Innocents mais pauvres, ajouta-t-il d'un ton bizarre.

Un instant de silence suivit ses paroles et les mots de Clyde résonnèrent dans l'esprit de la jeune fille : innocents mais pauvres...

Elle avait besoin de briser cette gravité qui menaçait de se transformer en tristesse.

– C'est fascinant, les ancêtres, vous ne trouvez pas? Vous devez souvent songer aux vôtres...

Elle eut soudain le sentiment d'avoir tenu des propos déplacés et son visage s'empourpra.

– Je suis désolée... je ne voulais pas... je...

Elle s'enferrait.

– Ce n'est rien, mademoiselle Tee.

Il prit son ciseau et se remit au travail.

– Oui, c'est vrai, je songe souvent à mes ancêtres. Et ça ne me fait guère plaisir.

– Vous pourriez être professeur, dit-elle au bout d'un instant pour se faire pardonner. Vous êtes aussi savant que mes professeurs à moi.

– J'ai quitté l'école trop tôt. Ma mère est tombée malade et ne pouvait plus travailler, alors j'ai appris ce métier.

Il se redressa d'un air fier.

– Il n'y a aucune honte à travailler de ses mains, comme le pensent les bourgeois, même ceux de mon peuple.

– C'est tout à fait vrai. Et votre mère va mieux?

– Elle est morte.

– Oh! Et votre père?

– Je ne sais même pas s'il est mort ou vivant. Je ne l'ai jamais vu.

– Mon père à moi est mort quand j'avais six ans. Vous savez, je pense encore à lui. Je... je crois qu'il me manque, même si je ne l'ai pas bien connu. Je suppose que c'est parce que je ne me sens pas très proche de ma mère.

Clyde la regarda avec sympathie.

– C'est une grande perte pour vous... et pour elle.

– Elle s'est remariée et elle a deux bébés; elle ne doit guère s'en apercevoir.

Sa voix était dénuée d'expression.

– Il doit y avoir d'autres raisons à ça, mademoiselle Tee.

– Oh! je le sais bien. Nous sommes très différentes, toutes les deux. Ma mère attache beaucoup d'importance à ses robes, aux fêtes, aux réceptions. Elle sait quelles sont les familles qui comptent, qui va épouser qui et quels sont les gens qui vont faire un voyage le mois suivant. Mais moi, tout ça m'est complètement égal!

– Qu'est-ce qui vous importe, alors?

– Oh! les livres et les chiens... tous les animaux, en fait. Et puis j'aime monter à cheval et j'aimerais bien voyager, pas pour voir la mode, non, mais pour...

– Pour voir comment les gens vivent, ailleurs. Pour voir Rome, Londres, la foule, les monuments... Oui, moi aussi, j'aimerais voyager. Je suis sûr qu'un jour je le ferai.

– Mais vous reviendrez ici, non? Moi, je sais que je rentrerai. Ici, c'est mon pays.

– Ce n'est pas la même chose pour vous et pour moi.

Bien sûr! Ils avaient beau vivre tous les deux sur la même île, leurs existences étaient totalement différentes. Elle se sentait à la fois compatissante et vaguement coupable. Qu'elle était donc bête! Ce n'était quand même pas sa faute!

– Quel effronté, ce garçon! s'exclamait Agnès. Il parle avec vous pendant des heures comme s'il faisait partie de la famille.

– Il n'est pas effronté, Agnès, il est au contraire

très poli. C'est même le garçon le plus distingué que j'aie jamais rencontré.

– Pfff!

Agnès était jalouse. Elle n'avait pas eu d'enfants et manifestait à l'endroit de Tee une possessivité exagérée. Elle était jalouse de Clyde.

En dehors de Père, c'était avec Clyde que Tee se sentait le plus en confiance. A l'école, elle ne s'était pas fait de véritables amies; il y avait bien eu cette fille avec qui elle passait de longues heures à lire de la poésie, mais elle était repartie vivre en Angleterre.

Clyde aimait la poésie.

– Ecoutez ça, lui dit-elle. C'est un poème magnifique d'Elizabeth Barrett Browning.

Merci à ceux qui m'ont aimée,
Merci à ceux qui se sont arrêtés
Au pied de la prison
Pour écouter ma chanson...

La pièce était calme. Il avait posé ses outils.

– Au début, je ne comprenais pas ce qu'elle voulait dire par « la prison », mais ensuite j'ai compris que c'était sa solitude.

– Elle se sentait aussi très coupable. La fortune de sa famille venait de l'esclavage aux Antilles. Son père s'en moquait, mais elle, elle y était très sensible.

Nulle véhémence dans ses propos. Tee se rendait compte à quel point il était différent lorsque Père n'était pas là. Ni dur ni humble. Il était tout simplement lui-même.

– Vous avez très bien lu ce poème.

– Maman me dit que je lis avec cœur. Je me dis souvent que si j'étais plus belle, je pourrais devenir comédienne.

– Mais, mademoiselle Tee, vous êtes très...

– Regardez-moi! Non, vous ne me regardez pas.

Un bref regard et il avait détourné les yeux.

– Vous ne voyez pas mon nez? J'ai le nez de mon grand-père!

– Je crois que je n'ai jamais remarqué le nez de votre grand-père.

– Eh bien, la prochaine fois, regardez-le attentivement, mais faites attention qu'il ne vous remarque pas.

L'absurdité de cette dernière remarque lui apparut soudain et elle éclata de rire. Se voyant lui aussi mesurant le nez du grand-père de Tee, Clyde se mit à rire à son tour.

– Vous savez, Clyde, vous me manquerez lorsque vous aurez terminé votre travail.

– C'est gentil à vous de me dire ça.

– Non, ce n'est pas gentil, c'est vrai! Je ne dis jamais de choses que je ne pense pas. J'aimerais que nous restions amis.

Sans répondre, il se plongea à nouveau dans son travail, s'appliquant à polir les pétales d'une fleur. Peut-être n'avait-il pas entendu!

– Hum... j'aimerais que nous restions amis.

– Ce serait très agréable, mademoiselle Tee.

– Oh, mais pourquoi continuer à m'appeler mademoiselle? C'est un peu ridicule; nous avons presque le même âge.

– C'est la coutume, dit-il en soufflant sur la sciure accumulée entre les pétales.

– Mais une coutume peut être idiote, non?

– Vous n'y changerez rien, mademoiselle Tee, même si vous vous obstinez. Vous ne réussirez qu'à vous faire du tort.

C'était à son tour de demeurer silencieuse. Elle observa la feuille de vigne qui naissait lentement sous les coups du ciseau à bois. Il avait raison. Un ordre rigide régnait sur le monde. Chacun savait où se situer, comment se comporter, comment parler. Cette place, on la trouvait en naissant, l'argent et la couleur la déterminaient. Mais l'esprit, qui aurait dû être déterminant, ne comptait pour rien.

L'esprit était une chose bizarre. Père possédait un livre où il y avait le dessin d'un cerveau; elle s'était attendue à trouver une mosaïque colorée où devaient se trouver imprimés d'une manière ou d'une autre les événements de la vie, mais au lieu de cela il n'y avait qu'une masse grise, pleine de bourrelets et de sillons. Il lui semblait que l'on aurait pu dessiner les deux cerveaux, celui de Clyde et le sien, côte à côte, sans espace entre les deux.

Seules leurs peaux étaient différentes, et encore! Sa main à elle, bronzée par le soleil et posée sur l'étagère à quelques centimètres de la sienne, était presque aussi sombre.

Un dernier coup de ciseau, et la feuille de vigne jaillit joyeusement du bois.

– Alors, comment la trouvez-vous?

– Magnifique. Vous êtes un artiste, Clyde.

– Non, pas vraiment. Mais j'aimerais bien.

Pourtant, le compliment l'avait touché.

– En Espagne, il y a un homme qui s'appelle Antonio Gaudí et qui fait de telles fleurs en pierre. Il construit une cathédrale à Barcelone, des feuillages, des grappes de raisin, et même des animaux, toute une forêt en pierre... Il y a plein de choses magnifiques dans le monde.

Comment savait-il tout cela? Il devait vivre dans une case, dans un petit village loin de Covetown et plus loin encore de Barcelone. Une douce compassion s'éveillait en elle.

– Ce sera tout pour aujourd'hui, dit-il en posant ses outils.

– A demain?

– Oui, à demain.

Les semaines passaient et Tee était heureuse; elle n'était plus seule. Le matin, depuis la fenêtre de sa chambre, elle observait les corbeaux qui, descendant de la montagne, venaient s'abattre sur les palmiers royaux de Père, qui bordaient la grande allée. Lors des chaudes soirées, après la pluie, elle s'asseyait en chemise de nuit près de la fenêtre et écoutait le chant des crapauds. Son bonheur était tranquille.

Le hamac se balançait doucement entre deux manguiers, derrière la maison. Les arbres étaient si hauts que la brise agitait les dernières branches alors que l'air était calme à leurs pieds. En bâillant, Tee reposa le livre ouvert sur ses genoux. Dans la maison, Père faisait la sieste.

Elle entendit un bruit. Clyde apparut dans l'allée, tenant à la main une cage en bambou.

– Qu'avez-vous donc là? demanda-t-elle.

– Un perroquet.

– Oh, montrez-le-moi!

Il posa la cage par terre, près du hamac. Elle contenait un énorme perroquet aux plumes d'émeraude et d'améthyste.

– C'est un perroquet impérial, dit-il fièrement.

– Où l'avez-vous trouvé?

– Je l'ai attrapé ce matin. Ça n'a pas été facile, je peux vous l'assurer.

– Qu'est-ce que vous allez en faire?

– J'ai un acheteur. Un marin d'un bateau italien; il doit revenir ce mois-ci. La dernière fois qu'il était là, j'ai promis de lui en trouver un.

L'oiseau essaya de déployer ses ailes, mais rencontrant rapidement les barreaux de la cage, il les replia et adopta une attitude de patience résignée. Son œil rond se tournait pourtant vers Tee, comme s'il cherchait à capter son attention ou éveiller sa compassion.

– Il est vraiment tranquille, dit-elle.

– Il n'est pas encore habitué à la cage. Il a peur.

– C'est triste, vous ne trouvez pas?

– D'une certaine manière, oui.

– Quand on pense à leur vol... Père m'a dit qu'ils pouvaient vivre jusqu'à soixante ans.

– C'est vrai. Celui-ci est jeune; il ne doit pas avoir plus de deux ans.

– Il a donc encore près de cinquante-huit ans à passer en prison.

Clyde jeta un bref regard au perroquet et détourna les yeux.

– Combien le marin a-t-il promis de vous le payer?

– Je ne sais pas exactement. Un bon prix, en tout cas.

– Je vous en donnerai plus.

– Mais... vous voulez ce perroquet?

– Oui, pour lui rendre sa liberté.

Clyde était troublé.

– Dans ce cas, je vais tout de suite ouvrir sa cage; et je ne veux pas d'argent.

– Non, non, pas question! Je vous le payerai; ce ne serait pas correct. Mais nous ne pouvons pas le lâcher ici, il faut le ramener là où vous l'avez attrapé.

– Oh, il trouvera son chemin, c'est dans le morne.

– Je voudrais voir l'endroit où ils nichent.

– Ils font leurs nids très haut, dans de vieux palmiers. Vous voyez son bec? Il peut creuser un trou dans le bois en deux minutes.

– Je sais, mais j'aimerais les voir.

– Ça grimpe dur, dit Clyde, battu d'avance.

– Vous ne voulez pas y aller? Eh bien, j'irai seule! Donnez-moi la cage.

– Mais vous ne pouvez pas y aller seule, mademoiselle Tee. Vous risquez de vous perdre ou de tomber dans un ravin.

– Alors venez avec moi.

Le chemin s'enfonçait entre des rangées de bananiers puis escaladait le morne au milieu d'une luxuriance de branches et de palmes qui formaient un parasol vert entre le ciel et la terre. Sous ce dôme végétal, il faisait noir comme au fond de la mer. Tee grimpait lentement au milieu des fougères en trébuchant parfois sur une grosse pierre ou une souche pourrie, tandis que Clyde marchait en avant avec souplesse, balançant la cage à bout de bras.

– Je me repose un peu! lança-t-elle.

Elle s'appuya contre un arbre et il attendit.

– Savez-vous comment on appelle cet arbre, mademoiselle Tee? Un chandelier, parce qu'on s'en sert pour faire des torches pour la pêche de nuit.

– Père dit que vous êtes un très bon pêcheur.

– J'aime pêcher, c'est tout. Et j'aime la mer.

– Vous aimez plein de choses. J'aimerais en savoir autant que vous, surtout sur l'endroit où nous vivons.

– Disons que je connais au moins ce morne comme ma poche. Je pourrais vous en montrer, des choses! Je parie que vous n'avez jamais vu le lac dans le cratère du volcan.

– C'est vrai.

– Et pas loin d'ici, il y a un étang, mais ce serait trop difficile pour vous d'y aller. L'étang, qui se trouve dans une caverne, est plein de poissons aveugles. J'y suis allé avec mon professeur. Il y a une sorte de pellicule sur l'eau qui ressemble à de la glace – mon professeur est allé au Canada et il sait comment est la glace – mais c'est du calcaire qui se détache du plafond de la caverne. En perçant cette pellicule, on peut apercevoir les poissons; il y en a des centaines. Ils sont aveugles parce qu'ils vivent dans l'obscurité depuis des générations. Vous êtes reposée, vous pouvez continuer?

Un peu plus tard, il commença à faire plus frais. Ils étaient déjà assez haut; le sol était humide et les roches se couvraient de mousse.

– C'est à peu près par là que s'arrêtaient les cannes. On peut encore en voir de sauvages.

– De la canne, jusque-là?

– Oh oui! A l'époque de l'esclavage, la canne couvrait les îles jusqu'à mi-hauteur des mornes. Maintenant, l'herbe et la jungle ont envahi les plantations et même certaines îles en entier. Il y a des petites îles comme Galatea ou Pyramide où il n'y a plus que des pâtures à moutons.

– Quelle chose horrible c'était! s'exclama Tee.

– Qu'est-ce qui était horrible?

– Mais l'esclavage, bien sûr! Le fait de posséder un autre être humain! Alors que moi je ne supporte pas de voir ce perroquet enfermé!

– Vous avez bon cœur, mademoiselle Tee. Savez-vous que si de nos jours l'esclavage existait encore, il y a bien des gens qui ne lèveraient pas le petit doigt pour l'abolir?

– Je ne peux pas y croire!

– C'est pourtant vrai.

Clyde se mit à rire.

– De toute façon, cette discussion est complètement absurde.

Sa remarque la cingla comme un coup de fouet; elle eut honte de ses propos. Elle avait été idiote de lui parler de l'esclavage, de lui rappeler ce terrible passé. Elle s'imaginait un tel souvenir comme un secret honteux enfoui au plus profond du cœur.

Clyde se mit à siffloter les premières mesures

d'une chanson. Non, tu n'auras pas ce que tu cherches, songea Tee avec amertume. Tu aimes la musique et la beauté, mais tu mourras probablement sur cette île, tes outils à la main. Père a dit que tu étais un savant, mais qui va t'aider? Je le ferais si je le pouvais.

Le sentier se perdait dans les taillis. Des souches et des branches mortes gênaient leur progression. Des lianes, en grappes, pendaient au-dessus de leurs têtes. Des fougères s'échappaient en bouillonnant des trouées de la forêt. C'est ainsi que l'homme en venant sur terre avait dû trouver le monde. Elle ressentait leur présence en ces lieux comme une effraction et demeurait silencieuse.

Finalement, ils débouchèrent dans une clairière. Elle croyait pénétrer dans une cathédrale d'arbres au sol d'herbe tendre. A une trentaine de mètres au-dessus du sol, de grosses lianes couraient entre les branches.

– Savez-vous que ce sont des racines, là-haut dans les branches, tandis que la plante pousse en bas? C'est à cause des perroquets qui mangent le fruit et jettent les graines dans les arbres.

– Est-ce là que vous l'avez attrapé?

– Oui. Voulez-vous que je le relâche?

– Oh oui! Ouvrez donc la cage.

L'oiseau sortit de sa prison de bambou et demeura quelques instants à cligner les yeux dans la lumière du soleil. Il déploya ses longues ailes rouge et vert et, en poussant un cri hideux, il s'envola vers la cime des arbres. Ils suivirent son vol jusqu'à ce qu'il disparaisse dans les frondaisons.

Quelques instants plus tard, un tintamarre éclata dans le silence de la clairière : c'était un vol de perroquets qui quittaient bruyamment le couvert.

Le silence revint. Tee était émerveillée.

– Cet endroit est complètement... magique. Je ne pourrai jamais l'oublier, ni oublier que c'est vous qui m'y avez amenée.

Elle prit la main de Clyde.

– N'êtes-vous pas content d'avoir laissé partir l'oiseau?

– Si vous, vous êtes contente...

– Ça m'a fait un plaisir immense.

Il la regarda et murmura comme pour lui-même :

– Vous êtes comme l'ivoire, comme ces statuettes que votre grand-père garde sur ses étagères.

– Elles sont en jade blanc. Elles viennent de Chine et sont très anciennes. Nous avions un arrière-grand-oncle qui faisait du commerce avec la Chine.

– Alors du jade blanc. Ou du lait. Oui, tu es pâle comme le lait.

De sa main libre, il lui caressa doucement le bras.

Elle était surprise, à la fois par le geste et par le tutoiement. Personne ne l'avait jamais touchée ainsi, avec une telle tendresse; dans sa famille, on ne se livrait jamais à de tels épanchements. Cette caresse était envoûtante. Le rouge lui monta aux joues, une faiblesse l'envahit. Elle avait à la fois envie qu'il continue et envie qu'il arrête, et elle était gênée de se sentir ainsi observée sans savoir quoi répondre. Elle voulut retirer son bras mais n'y parvint pas : il la tenait fermement et avait également saisi son autre bras.

– Tu es adorable, disait-il. Tu es la fille la plus adorable du monde.

De ses joues, la chaleur se communiqua à tout son corps.

– Je ne sais pas. Je ne pensais pas que...

– Tu ne t'es jamais trouvée belle parce que tu n'es pas comme les autres.

Comment le sait-il? se demanda-t-elle.

– Parce que tu ne babilles pas et que tu ne te coiffes pas comme dans les magazines de mode.

Elle tenait les yeux baissés vers le sol, vers les herbes sombres qui tapissaient la clairière comme les vagues d'un océan. Une odeur de vanille, en bouffée, lui fit tourner la tête.

– Tu as du cœur, tu es intelligente...

Il l'attira à lui. Elle était sans force. Elle croyait vivre un rêve; jamais elle ne s'était sentie aussi désarmée. Elle renversa la tête en arrière.

– Je ne te ferai aucun mal, lui dit-il.

Elle le regarda. Son visage était dur, étrange. Elle ne comprenait pas.

– Je ne te ferai pas de mal, répéta-t-il doucement, je t'aime...

Un sentiment de peur l'envahit soudain. Que se passait-il? Elle quittait son rêve.

– Non! Non! cria-t-elle.

Mais une main plaquée sur sa bouche étouffa son cri. Il la renversa sur le sol, dans l'herbe et dans les feuilles.

– Non, non! cria-t-elle à nouveau, tentant d'écarter cette main qui lui fermait la bouche.

Mais l'autre main de Clyde s'activait : rapidement, il ôta sa robe légère; elle ne portait pas de dessous. L'esprit de Tee tournait à toute vitesse; c'était donc ça! Voilà pourquoi l'on avait puni Justine à l'école! Et je ne savais rien! Je ne savais rien...!

Elle était clouée au sol, haletante, sa robe jaune relevée au-dessus de la tête. Dans les arbres, les oiseaux s'étaient remis à jacasser. Effroi... douleur.

Moins de deux minutes plus tard, tout était terminé. Il se tenait debout au-dessus d'elle, horrifié. Elle pleurait.

Il se mit à dévaler la colline comme s'il avait le diable aux trousses. Une pierre roulait, des branches craquaient. Le silence s'abattit de nouveau sur la forêt. Elle se leva; elle avait cessé de pleurer. Elle rabattit sa robe, la lissa d'un revers de main et chercha dans l'herbe le ruban qui lui servait à attacher ses cheveux. Le matin, songeait-elle, c'est Agnès qui fait le nœud, et en filtrant à travers les jalousies, le soleil incendie le coin droit du miroir. Ses mains tremblaient mais elle réussit à faire un nœud, pas aussi beau toutefois que celui que faisait Agnès. C'est fini, et cela n'arrivera plus, puisque je sais ce que c'est. Mais s'ils l'apprennent, ils vont me punir.

Elle se mit à courir, terrifiée; elle tomba violemment sur une souche d'arbre mort, dérangeant une colonie d'araignées qui lui piquèrent les jambes avant qu'elle ait eu le temps de les chasser. Vite, atteindre la limite des arbres... elle courait dans les hautes herbes.

– Votre robe est toute tachée! Où étiez-vous donc? s'exclama Agnès.

– Je suis tombée; il y avait une grosse pierre sur le chemin.

– Le chemin? Quel chemin?

– Dans le morne. Je suis allée me promener.

– Dans le morne, toute seule? Qu'êtes-vous allée y faire?

– J'avais envie de me promener, c'est tout! C'est pas une bonne raison, peut-être?

Sidérée par ce ton arrogant qu'elle ne lui connaissait pas, Agnès demeura coite.

Cette arrogance n'était bien sûr qu'un moyen de se défendre contre la peur. Si je me laisse aller, ils vont tout comprendre. Mais ce n'était pas ma faute, qu'ai-je à craindre? Mais non, c'était aussi un peu ma faute. J'aimerais le tuer, j'aimerais le voir torturer, brûler vif devant mes yeux! Non... c'était un peu ma faute... j'ai été cajoleuse, idiote...!

Elle se souvint alors qu'en cas d'accident ou de chute de cheval, on lui servait un petit verre de cognac. Père en avait dans un tiroir du buffet. C'était affreux et ça brûlait la gorge, mais au moins cesserait-elle de trembler. Elle emporta le cognac dans sa chambre; des bruits venaient de la cuisine : on préparait le repas du soir; des pigeons roucoulaient sous le toit. Elle ne bougea pas. Elle était un chat roulé en boule, lové sur son secret...

Mieux valait ne pas y penser. D'ailleurs, il ne s'était rien passé. Comment une chose à laquelle on ne pense pas pourrait-elle avoir eu lieu?

– Mais enfin, bon sang, où est Clyde? ne cessait de répéter Père les jours suivants.

Il était furieux.

– Le mur est couvert d'étagères à moitié terminées et tous ses outils sont là.

Il en parlait encore deux semaines plus tard.

– Je te l'avais toujours dit, déclara Julia au téléphone. On ne peut pas leur faire confiance. Toi qui disais qu'en d'autres circonstances on aurait pu en faire un savant!

– Je le pense toujours, je ne vois pas le rapport!

Une chaleur torride s'abattit sur l'île, puis à la fin du mois vinrent les orages et les pluies diluviennes.

– Quel temps de fous! s'exclama Père. Est-ce cela qui te rend si silencieuse, Tee?

– Non.

Je voudrais seulement être comme avant, lorsque Clyde et moi étions amis. Je n'aime pas la colère qui m'habite. Pourquoi a-t-il fait ça? Il a détruit tout ce qu'il y avait de bien entre nous. Pourtant, il savait combien j'étais ignorante et stupide. Maintenant, je n'ai plus personne à qui parler, et surtout pas de ça. Il y a tellement de choses que je voudrais savoir. A qui demander?

Lorsque les orages cessèrent, la chaleur revint punir la terre jusqu'à la fin de ce long été. Bien qu'elle les rassemblât pour la nuit en un chignon, Tee se réveillait les cheveux trempés de sueur. Elle s'asseyait sur son lit et, se sentant toute drôle, se recouchait. Des grenouilles et des criquets menaient la sarabande dans sa tête. La salive s'accumulait dans sa bouche.

– Je crois que j'ai envie de vomir, dit-elle un jour à Agnès en se réveillant.

– Encore! C'est le porc, j'en suis sûre. Je leur ai pourtant dit cent fois de ne pas servir de porc par cette chaleur, mais personne ne m'écoute.

Une forte odeur de vétiver montait des nattes.

– Non, ce sont ces nattes... l'odeur est écœurante.

– Elle ne vous gênait pas, avant. L'odeur est douce, pourtant. Mais... Tee!

Sa chemise de nuit avait glissé sur ses épaules, révélant une poitrine anormalement gonflée. Tee, qui s'efforçait de vomir dans une bassine, y renonça et se rejeta légèrement en arrière. Son ventre un peu rond tendit l'étoffe de sa chemise de nuit.

– Laissez-moi voir! ordonna Agnès. Allez, ne soyez pas bête, j'en ai vu d'autres! Oh! mon Dieu!

Effrayée, elle porta ses deux mains à ses joues. Quelques instants plus tard, elle avait recouvré tout son calme.

– Dites-moi, quand avez-vous eu vos... enfin, la dernière fois, c'était quand?

– Je ne sais pas exactement, en mai je crois.

– Oh! mon Dieu! Et pas depuis mai?

– Non, je crois bien que c'était en mai.
– Vous croyez! Vous n'en êtes pas sûre! Vous ne vous êtes donc pas regardée?
– Qu'y a-t-il, Agnès? Que se passe-t-il?
– Jésus, Marie, Joseph! Elle me demande ce qui se passe! Vous allez avoir un bébé! Vous ne le voyez donc pas? Qui était-ce? Où êtes-vous allée?
Elle prit Tee par les épaules et se mit à la secouer, faisant virevolter ses lourds anneaux d'or.
– Mais enfin, vous n'êtes jamais sortie d'ici!
Terrifiée, Tee ne pouvait dire un mot. Agnès ne la lâchait pas du regard.
– ... Non, ce n'est pas... ça ne peut pas être ce Clyde... Parlez... Répondez-moi!
Tee demeurait silencieuse, comme pétrifiée.
– Oh! mon Dieu! Je vous l'avais dit, Tee, je vous l'avais dit!
Elle l'attira à elle, lui offrant le refuge inutile de ses bras, de sa poitrine.
– Vous le saviez, n'est-ce pas, et vous aviez peur de le dire. Oh! mon pauvre bébé, ma pauvre enfant... quel monstre... qu'allons-nous faire de vous?
– Je ne savais pas... Personne ne m'a jamais dit.
– Qu'allons-nous faire de vous? répéta Agnès comme une litanie.
Sa terreur se communiqua à Tee qui attrapa la chair de poule et se mit à claquer des dents.
– Vous êtes glacée, ma pauvre petite, regardez-vous!
Elle l'enveloppa dans une couverture.
– Trembler par cette chaleur!
Elle lui frotta le dos en continuant à se lamenter.
– Les hommes! Je vous l'avais bien dit!
– Non, vous ne m'avez rien dit.
– Vous avez raison, je ne vous en ai pas dit assez. Ah, les hommes! On ne peut jamais leur faire

confiance, et il n'y en a pas un pour racheter l'autre! Ce monde est dur pour les femmes, ça oui! Ça oui!

– Que va-t-il m'arriver, Agnès?

– Je n'en sais encore rien, mais une chose est sûre, Agnès va s'occuper de vous!

La femme et la jeune fille se mirent à pleurer ensemble. Dehors, les bruits de la journée, les voix, le chant des oiseaux.

Comme un animal qui n'aurait osé sortir de sa cage, Tee demeura enfermée dans sa chambre une semaine entière. Agnès lui apportait ses repas sur un plateau, mais elle y touchait à peine.

– Que dit Père? demandait-elle.

– Qu'y a-t-il à dire? Il a le cœur brisé.

– Est-ce qu'il m'adressera encore la parole?

– Mais oui, mais oui!

Elle voulait à tout prix savoir ce qui allait se passer. L'oreille collée à la porte du bureau de Père, elle écoutait sa conversation avec Agnès.

– Au moins, nous, nous apprenons à nos filles à être prudentes, se lamentait Agnès. Nous leur apprenons à avoir toujours des ciseaux ou des épingles à chapeaux avec elles.

Elle se mit à rire.

– Ça ne marche pas toujours, mais quand ça marche, ils savent de quoi il retourne. Les jeunes filles blanches sont des bébés jusqu'au jour du mariage!

Il y eut quelques phrases inaudibles, et enfin Père dit :

– Agnès, la situation... Nous l'aimons et nous l'aiderons. Si sa mère apprenait...

– Mon Dieu! Elle la tuerait!

– Non, elle ne ferait pas ça, dit Père sombrement, mais elle perdrait le goût de vivre... du moins à Saint-Félice.

Et Père également, songea Tee. Elle appuya la tête contre la porte. Si je pouvais mourir... Mais je n'y crois pas... Tout redeviendra comme avant... quelque chose va se passer...

– On a retrouvé Clyde de l'autre côté de l'île, à Lime Rock, disait maintenant Agnès. Il doit avoir de la famille là-bas.

– Ah, vraiment? dit Père. Voulez-vous aller lui dire que... que j'aimerais le voir? J'aimerais qu'il m'emmène pêcher. Il sait piloter mon bateau.

Le sixième jour, Père vint enfin la voir dans sa chambre. Elle était assise près de la fenêtre et regardait dehors, lorsqu'elle sentit la présence à la porte.

– Je peux entrer?

Il s'assit dans un coin, en face d'elle.

– Je voudrais d'abord t'annoncer quelque chose. Je suis allé à la pêche, aujourd'hui. C'était Clyde qui manœuvrait le bateau, et il y a eu un... accident. La mer était trop forte... il est passé par-dessus bord et je n'ai pas réussi à le rattraper... il ne savait pas très bien nager.

Elle ne répondit pas.

– Je pensais qu'il fallait que tu le saches.

Elle regarda son grand-père qui attendait une réponse. Les yeux de Tee étaient durs, le silence lourd. Clyde était mort et c'était Père qui l'avait tué. Les faits étaient évidents, mais son esprit était tellement engourdi qu'elle mit quelques minutes à les accepter.

Père s'approcha d'elle et lui caressa les cheveux.

– L'affaire n'était pas simple. Oui, justice et pitié.

Il se parlait à lui-même.

– C'était dur, très dur...

Ainsi, il était mort. Comme le perroquet impérial

et les fleurs de pierre de Barcelone. Autant de rêves. Des rêves de gosse. Pourquoi avoir tout détruit? Même si aucun de ces rêves ne devait se réaliser, tu avais tant de choses à vivre!

C'est étrange, songeait-elle, je ne ressens plus la même haine. Elle n'a pas totalement disparu, mais les choses ont changé. Père est content qu'il soit mort, mais moi je suis triste, très triste.

– Ma petite Tee, c'est décidé, tu iras en France. J'ai un vieil ami à Paris, un artiste. Il ferait n'importe quoi pour moi, et donc pour toi. Je lui fais entièrement confiance.

– En France...

– Les Français n'accordent pas la même importance que nous à ce genre d'événements.

Il pensait au scandale, bien sûr. En dépit du sang français qui coulait dans ses veines, il disait toujours que ce peuple n'avait pas de morale.

– Et après?

– Nous verrons. Chaque chose en son temps. Agnès ira avec toi. Sur le bateau, elle dînera à part, mais en France, elle peut très bien passer pour une amie; vous pourrez vivre et prendre vos repas ensemble.

– Ensemble à la même table?

– Oui, en France cela se fait. Là-bas, le problème de la couleur ne se pose pas comme chez nous. Agnès prendra soin de toi. Et si nous allions dîner? Agnès m'a dit que tu devais mourir de faim.

– Je n'ai pas faim.

– Allez, viens, Adela est encore à la cuisine. Elle pourra au moins te donner des fruits et des biscuits. Les domestiques croient que tu as eu la fièvre, c'est tout.

– Père, murmura-t-elle, je ne sais pas si j'aurai le courage nécessaire.

– Mais si. Notre famille est solide.

– La famille peut-être, mais pas moi.

Ne lui avait-on pas dit qu'elle était timide et qu'elle était un véritable rat de bibliothèque?

– Mais si, tu es solide. Solide à l'intérieur. Ce sont les arbres souples qui résistent le mieux à la tempête, tu sais.

Il passa le bras autour de ses épaules. Dans les yeux de son grand-père, elle vit briller des larmes.

Elle devait quitter Fort-de-France, à la Martinique, à la fin du mois.

– Mais elle est trop âgée pour qu'on l'envoie à l'école maintenant! protesta Julia. Elle a quinze ans, il est presque temps pour elle de rencontrer des jeunes gens.

Elle l'avait bien répété une dizaine de fois, et aujourd'hui, en ce dernier dimanche avant son départ, elle le disait à nouveau.

Tee porta lentement à ses lèvres une cuillerée de soupe au crabe. C'était un plat de fête, comme l'oie et le consommé de tortue que les domestiques avaient posés sur des dessertes près de la grande table.

– En France, tu verras la neige, déclara Virgil, mondain.

– C'est un peu comme le sable, fit observer l'oncle Herbert. Essaye d'imaginer un sable blanc et froid qui tomberait du ciel.

– Mais tu ne manges rien! s'exclama Julia.

– C'est l'excitation, dit Père. C'est normal avant un tel voyage.

Mais ses yeux ne quittaient pas sa petite-fille.

Elle avala une autre cuillerée de soupe. Que ferai-je sans toi, Père? J'ai peur de partir, mais j'ai plus peur encore de rester.

Deux jours plus tard, elle s'embarquait.

Le bateau était encore à quai. Appuyée au bastingage, elle les voyait tous les deux : Julia qui pleurait et Père qui souriait. Depuis l'aube, des femmes en file indienne, de gros sacs sur la tête, avaient chargé du charbon dans les soutes. Les dernières quittaient maintenant le bord; on n'allait pas tarder à relever la passerelle... Les mots *Compagnie Générale Transatlantique* s'étalaient sur les flancs du navire. Le bastingage trembla sous ses mains et le quai s'éloigna. Un coup de canon fut tiré depuis le fort dominant la rade, chassant des mouettes qui s'égaillèrent au ras des vagues.

– Jamais je ne reviendrai, dit Tee.

– Mais bien sûr que si! s'exclama Agnès.

– Non, jamais, sauf peut-être pour être enterrée... Oui, je veux être enterrée chez moi.

– Qu'est-ce que c'est que ce genre de pensées à votre âge! Allez, venez prendre un café dans la cabine; il y a un cake et des biscuits aux amandes.

– Non, pas tout de suite.

Debout sur le pont, je regarde la côte. Je te quitte, Père. Je te quitte, maman, et je suis triste, car à ta façon, tu m'aimais aussi. Quel tourbillon dans ma tête! Qui montera Princesse, au petit matin, quand il fait encore frais, et qui lui apportera du sucre à l'écurie? Qui manœuvrera le *Lively-Lady* entre le cap et Covetown? Qui demandera de mes nouvelles, le jour de la rentrée des classes? Quant à mes livres, je suppose qu'on les donnera, comme on a donné les affaires de papa après sa mort. A Saint-Félice, il ne restera plus rien de moi.

Au revoir? Au revoir au morne et à la petite rivière, au revoir au vent et à la petite fille bronzée que j'étais.

En milieu d'après-midi, faisant route au nord-ouest, ils avaient doublé Saint-Félice. Mais ils passaient très au large, et l'île n'était qu'un trait de plume dans le bleu du ciel, ou une tortue, songea-t-elle, une tortue dormant sur la mer.

2

Une rafale de vent du nord fit trembler la fenêtre de la mansarde.

– Quel dommage qu'il fasse si gris pour votre premier jour à Paris! dit Anatole Da Cunha. Après Saint-Félice, la ville doit vous paraître terriblement triste.

Se sentant observée, Tee releva la tête; jusqu'alors, elle avait gardé le regard obstinément fixé sur la pointe de ses chaussures. L'homme avait les yeux bruns, comme ses cheveux et ses doigts tachés de peinture.

Il lui tendit une lettre.

– Vous pouvez la lire.

Père avait une écriture ample et verticale. Les jambages de la signature étaient des arbres sombres. Virgil Horace Francis.

– Inutile. Je sais ce qu'elle contient.

– Dans ce cas, elle peut disparaître.

Il la jeta dans la cheminée. Le papier commença par roussir sur les bords puis disparut dans une grande flamme bleue.

– Désormais, Teresa, personne ne sait rien de vous, hormis votre gouvernante, en qui vous avez confiance, et moi, en qui votre grand-père a confiance.

– Pourquoi a-t-il confiance en vous?

– Parce que j'ai une dette envers lui et qu'il sait que je ne l'oublie pas. Lorsque j'avais dix-huit ans –

j'en ai quarante maintenant –, il m'a aidé. Inutile d'entrer dans les détails, mais il m'a aidé, moi, un juif qui ne comptais pour rien dans l'île.

– Vous êtes juif? La famille Da Cunha...

– Est juive. Ou du moins l'était. Ils sont venus du Portugal au XVIIe siècle en passant par le Brésil. C'étaient des marchands qui faisaient du commerce entre les îles. Maintenant, bien sûr, ils sont tous anglicans, sauf ma branche à moi. Je suis le dernier rameau d'une petite branche qui a tenu bon, Dieu sait pourquoi. La dernière fois que j'ai vu votre grand-père, c'était il y a vingt ans, lorsqu'il est venu en Europe.

Jamais elle n'oublierait ce jour où, pour la première fois, elle avait vu une grande ville : une circulation inimaginable, des rues à n'en plus finir, bordées de maisons si hautes que l'on apercevait à peine les toits. Elle étouffait. Là, dans cette pièce glaciale, il y avait des tableaux sur tous les murs; dans un coin, sur un chevalet, trônait le portrait d'une femme entièrement nue, qui ne dissimulait rien de son corps. Mais Père aimait bien cet homme étrange, il ne devait donc pas y avoir de problème.

– Marcelle!

Anatole éleva la voix.

– Tu peux entrer. Teresa, je vous présente mon amie, ma compagne. Elle vit ici avec moi.

Marcelle saisit la main que lui tendait Tee et l'embrassa en outre sur la joue. Tee reconnut tout de suite la femme nue des tableaux.

– Ah oui! Il y a aussi Marcelle qui connaît la vérité, mais n'ayez crainte. Elle a tout préparé pour vous dans son village : vous y trouverez une petite maison confortable et là-bas, personne ne connaît votre famille. Personne ne vous posera de questions. A la campagne, les paysans passent leurs journées à parler des gens derrière leur dos, mais quelle importance? Demain nous vous amènerons là-bas.

La maison se trouvait à l'extrémité de l'unique rue du village, entre l'église et la mairie. Il y avait une cuisine, toute simple, et deux chambres à coucher.

Agnès avait pris un air hautain. D'emblée, elle avait éprouvé une solide antipathie pour Marcelle et Anatole...

– Je dois vous dire, monsieur, que Mlle Teresa n'est pas habituée à de tels endroits.

– J'en suis persuadé, répondit calmement Anatole, mais dans de telles circonstances nous n'avons malheureusement pas le choix. Ici vous serez à l'abri, Teresa, et on s'occupera de vous. Dans quelques mois – c'est facile à dire, je sais –, mais dans quelques mois, tout sera fini.

L'hiver fut très rude. On allumait la lumière très tôt. A la maison, à cette heure-ci, on servait le thé avec un gâteau au chocolat, ou à Drummond Hall ces oreilles d'éléphant croustillantes que l'oncle Herbert rapportait de la pâtisserie de la ville. Après la pluie de 4 heures, les feuilles du balisier jetaient un éclat rouge vif et un petit vent frais venait vous caresser la nuque. A l'écurie, Princesse buvait dans son seau; elle relevait la tête en renâclant de plaisir, puis replongeait les naseaux dans l'eau. Et puis il y avait maman avec Julia et Lionel.

Tee secoua la tête. Elle lisait la même phrase depuis cinq minutes. Son esprit vagabondait à sept mille kilomètres de là. Elle reposa son livre en soupirant.

Agnès lisait le journal. Finalement, Tee ne l'avait vue que s'affairant à ses côtés. Jusque-là, elle ne l'avait même jamais vue prendre ses repas. C'était pourtant une affaire sérieuse que les repas, Tee s'en rendait compte maintenant. Agnès mangeait sans bruit, avec délicatesse. Julia avait un jour fait remarquer qu'Agnès était incroyablement raffinée, « élevée au chapeau », avait-elle dit, ce qui signifiait qu'elle avait reçu une éducation de jeune Blanche. Dans la pénombre de la cuisine, les colliers-choux brillaient sur sa peau brune.

– Vous regardez mes colliers? C'est mon amoureux qui me les a donnés lorsque j'avais quinze ans; j'étais un tout petit peu plus jeune que vous. Il a mis trois ans à les payer.

Elle rit.

– Heureusement, ils étaient payés lorsqu'il s'est lassé de moi.

– Vous... vous viviez avec votre amoureux?

– Mais... évidemment!

– Et pourtant, vous avez dit que Marcelle était une mauvaise femme parce qu'elle vivait avec Anatole.

– Eh bien... c'est différent. Vous ne devriez pas fréquenter des femmes comme Marcelle. Vous n'êtes pas comme moi, vous êtes une jeune fille blanche de bonne famille. Non, vous n'êtes pas comme moi.

Je ne la connais pas du tout, songea soudain Tee. Je n'ai jamais vu en elle que la personne qui s'occupait de moi.

L'obscurité envahissait la pièce, le froid aussi. Sous les plis de sa robe de laine, son ventre avait grossi. Elle aurait voulu que le temps s'accélère, ou plutôt qu'il reste immobile, pour que jamais n'arrive ce qui devait arriver. Mais l'horloge égrenait impitoyablement ses secondes de peur.

Sur l'appui de la fenêtre, un oiseau se mit à chanter.

– Ecoutez, dit Agnès, un siffleur de montagne! Eh

bien! Je ne savais pas qu'il y avait des oiseaux dans cet endroit sinistre!

Tee fit un effort pour paraître enjouée.

– Anatole a dit qu'au printemps ils revenaient par milliers, et que tout redevenait vert.

– Peut-être. Nous verrons bien! De toute façon, au printemps vos ennuis seront terminés; ce sera déjà une bonne chose.

Ses ennuis! Si seulement ils cessaient de le lui répéter! Des larmes coulèrent sur ses joues. Elle serra les poings pour tenter de contrôler la panique qui s'emparait d'elle. Allait-elle finir bouclée dans une pièce sombre à pleurer sans cesse, comme le malheureux cousin de la famille Berkeley à Belle-rive, celui dont il était convenu qu'on ne parlait jamais?

– Oh! Agnès, je suis désolée. Je sais que je suis un fardeau, mais... nous sommes si seules ici, dans ce silence, qu'on dirait la fin du monde.

– Ma petite Tee! Ne cachez pas vos larmes!

– J'essaye de... de...

– Oui, oui, je sais. Même lorsque vous reveniez à la maison avec les genoux couronnés, vous serriez très fort les lèvres pour ne pas pleurer. Vous savez, ça fait du bien de pleurer, parfois. Ça dénoue la boule qu'on a dans la gorge.

Agnès se leva, faisant glisser son journal à terre.

– Que le monde est fou! Ma pauvre Tee, ma pauvre petite Tee! Ah, si je pouvais prendre ce bébé que vous avez dans le ventre et le mettre dans le mien! J'ai maintenant quarante-huit ans et toujours pas d'enfants. Vous vous rendez compte? Comme j'en avais envie! Et quand je pense que vous, là...

– J'aimerais mourir.

– Mais non, vous ne mourrez pas. Vous êtes jeune et forte. Le lendemain, vous serez debout.

Tee posa la main sur son ventre gonflé.

– Je le déteste. Tu me comprends?

– Oui, je comprends. Je regrette ce qui vous arrive.

Agnès se lamentait. La pièce était lugubre. Tee gagna sa chambre et s'étendit sur son lit. Dans la pénombre, elle distinguait le tableau inachevé d'Anatole sur son chevalet.

– Voudriez-vous faire quelque chose pour moi? avait-il demandé. J'aimerais faire votre portrait; je n'ai jamais peint de femme enceinte.

Indifférente, elle avait posé tandis qu'il bavardait.

– Ah! un corps qui porte un fruit. C'est merveilleux, vous savez. Ne secouez pas la tête. Un jour, vous comprendrez ce que j'ai voulu dire; vous aurez envie d'enfants et vous en serez fière.

Il papillonnait entre elle et sa toile, indifférent à sa présence, comme s'il se parlait à lui-même. Il est vrai qu'elle faisait peu de cas de lui, mais ses paroles se frayaient un chemin en elle.

– ... Et puis, quelle histoire sanglante que celle de notre petite île! De toutes les îles, devrais-je dire. A l'époque, on frappait d'amende le planteur qui avait eu un enfant d'une négresse. L'amende était, je crois, de deux mille livres de sucre. Quant à la femme et à son enfant, ils étaient donnés comme esclaves aux moines. Ça, c'était au temps des Français. Enfin, vous savez, il a toujours manqué de femmes blanches dans ces îles. Au XVIIIe siècle, ils ont même envoyé un navire chargé de Françaises. Pauvres filles venues de Dieu sait où! On ne les avait choisies que parce qu'elles n'étaient pas marquées de petite vérole et qu'elles étaient suffisamment jeunes pour avoir des enfants. Ah, elle est belle, l'aristocratie originelle de ces îles! Plus tard, en revanche, une petite touche de couleur vous donnait un je ne sais quoi qui était fort apprécié; regardez Alexandre Dumas! On dit même que l'impératrice Joséphine... mais là, je n'en jurerais pas!

Tee s'agitait dans son lit... Il y avait deux Clyde, le gentil, le doux, et... l'autre. Et deux Père, le tendre, le généreux, et... celui qui avait tué. Pour elle. Il avait tué pour elle. Toute cette horreur était venue de ces quelques minutes dans la forêt... tout cela à cause d'un oiseau en cage, d'un bel après-midi et d'une petite idiote qui ne savait même pas voir clair en elle.

Elle se couvrit le visage de ses mains glacées. Dans la cuisine, l'horloge égrenait ses notes assourdies; il faisait nuit. Oh! que la fuite dans le sommeil était douce. Si seulement les nuits pouvaient durer deux fois plus longtemps et abolir les jours! Passé, présent, futur, tout disparaîtrait!

Lorsque la douleur atroce eut cessé, elle entendit parler dans la cuisine.

– ... Un beau garçon. Il pourrait passer pour grec ou syrien.

C'était la voix de Marcelle. Et maintenant des intonations chantantes : Agnès. Enfin, elle reconnut Anatole.

– Emmitouflez-le bien et amenez-le à la nourrice. D'ici à quelques jours, nous pourrons rentrer à Paris.

Puis les voix se mêlèrent de façon indistincte. En relevant la tête, Tee aperçut par la porte entrouverte des ombres qui s'agitaient sur le mur.

– Ecoutez, poursuivait Anatole, nous avons tout arrangé à l'avance et il n'y a aucune raison de revenir là-dessus. Elle ne le verra pas, un point c'est tout! Cela me paraît un geste tout à fait humain et c'est d'ailleurs ce que l'on fait dans ces cas-là. De toute façon, elle ne le gardera pas, alors pourquoi ajouter à sa peine en le lui montrant? Allez, Agnès, emmenez-le. Tout de suite!

– Mais... est-ce que je ne pourrais pas...
– Tu ne pourrais pas quoi? murmura Marcelle qui venait d'entrer dans la chambre.
Depuis quelque temps, Marcelle et Anatole la tutoyaient.
– Le voir...
– Non! dit-elle sèchement.
Pour la première fois, elle entendit l'enfant crier. Le cri commença doucement, s'enfla jusqu'au suraigu et se termina par un hoquet. Tee sentit quelque chose se déchirer dans sa poitrine. Elle ne l'avait pas voulu, certes, mais il était là, et il pleurait.
– Je veux le voir, murmura-t-elle.
– Non, j'ai dit non. Tu n'as rien à gagner et beaucoup à perdre. Et maintenant, recouche-toi, repose-toi et laisse-nous nous occuper de tout ça.
Culpabilité et soulagement se mêlaient étroitement en elle. Elle se crut quand même obligée de protester.
– Mais c'est monstrueux, une mère ne peut...
Elle s'interrompit brusquement. Appliqué à elle, le mot « mère » lui semblait parfaitement incongru.
– Monstrueux! s'emporta Marcelle. Mais ce qui est monstrueux, c'est qu'une enfant de ton âge en soit arrivée là! Ecoute, Teresa. Il va falloir maintenant que tu songes un peu à toi.
– Ecoutez-la, elle a raison.
C'était Agnès, qui se penchait sur le lit.
– Il vaut mieux que vous ne voyiez pas cet enfant. Il suivra son chemin et vous le vôtre. C'est dur, je sais, mais le monde est ainsi fait. Et maintenant, laissez-moi attacher ces rubans : vos cheveux sont tout en désordre.
Rubans jaunes, rubans roses, rubans de velours et

de taffetas, ombres bleues du morne qui venaient mourir dans le miroir.

– Ne pleurez pas, Tee, vous avez assez pleuré.

– Cesse de te torturer, voyons, gronda gentiment Marcelle. Est-ce que je ne t'avais pas dit qu'Anatole allait s'occuper de tout? Il a reçu de l'argent et des instructions: c'est Agnès qui va élever l'enfant; dites-le-lui, Agnès.

– Vous me connaissez, mamzelle Tee, vous savez que j'ai toujours eu envie d'un enfant. Maintenant, enfin, je peux l'avoir.

Elle serra Tee dans ses bras.

– Je suis persuadée que c'est la meilleure solution possible, dit Marcelle avec chaleur. Agnès le fera passer pour son fils. Elle ira probablement vivre à Marseille. C'est une ville cosmopolite où l'on s'inquiète peu de voir des étrangers. Tu ne penses pas que c'est une bonne idée?

– Une bonne idée, répéta Tee, à moitié hébétée.

Ainsi, on ne lui avait même pas laissé la possibilité de choisir. Après tout, cela valait peut-être mieux. Elle n'avait pas les idées claires.

– Tu as les lèvres toutes craquelées. Bois un peu d'eau. Allez, Teresa, tout est fini, maintenant.

Tee regarda le visage énergique penché au-dessus d'elle. Anatole et elle savaient prendre les choses en main.

– Où vais-je aller? demanda-t-elle doucement. Qu'est-ce que je vais faire, maintenant?

– Veux-tu retourner à Saint-Félice?

A Saint-Félice? Pour y retrouver Père et ce secret qui se dresserait entre eux à jamais! On ne pouvait aller nulle part dans l'île sans apercevoir le morne Bleu.

– Non, je ne veux pas y retourner. Jamais.

– Jamais, c'est peut-être vite dit, mais enfin je te

comprends. Eh bien, dans ce cas, tu peux rester avec nous. Anatole trouvera bien une solution, dit fièrement Marcelle.

Dans la maison d'Anatole, la chambre du haut avait un balcon orné de géraniums. Du balcon, on découvrait les toits gris de cette ville dont Père parlait avec tant de ravissement. Mais Tee ne se sentait aucune envie de la découvrir.

Elle frissonna. Pourtant on était au printemps et il faisait chaud. Elle passa sa main sur son ventre, à nouveau plat et dur.

– C'est parce que tu es jeune, dit gaiement Marcelle. Les muscles ont encore l'élasticité du caoutchouc.

J'aurais aimé le voir, songea brusquement Tee. Mais non, elle aurait été terrifiée. Tout était mieux ainsi. Qu'aurais-tu fait? Où serais-tu allée? n'avaient cessé de répéter Marcelle et Anatole.

– Quand vas-tu te décider à habiller cette fille? lança un jour Anatole.

– Dès qu'elle le voudra.

Elle se tourna vers Tee.

– Je te l'ai proposé souvent, n'est-ce pas, Teresa? Je t'apprendrai à t'habiller pour que tu n'aies plus l'air d'une petite provinciale.

– Mais je n'ai pas envie de sortir.

– Mais enfin, tu as tout Paris à découvrir. Tu attends peut-être que la ville s'offre à toi à domicile?

Tee s'était habituée à la rude franchise de Marcelle. Elle sourit.

– Sais-tu que tu es vraiment jolie quand tu souris? lança Anatole.

– Non, je ne suis pas jolie.

– Qui t'a dit ça?

– Personne. Je le sais. Je l'ai toujours su.

– Eh bien, tu as tort depuis toujours.
– Je suis gauche, sérieuse et timide.
– Sérieuse et timide, c'est vrai. Mais gauche! Tu es gracieuse comme tout.
– Laisse-la tranquille, Anatole. Tu m'accompagnes demain, Teresa? D'abord, il faut que tu ailles te faire couper les cheveux.
– Oh, quel dommage! s'exclama Anatole. Cette chevelure est vraiment... excitante.
– Peut-être, mais nous sommes en 1938 et personne ne porte plus les cheveux comme ça.
Le lendemain matin, Marcelle emmena Tee faire des emplettes. Tee descendit les escaliers de la Butte comme une automate. Marcelle ne cessait de lui parler, dans les rues, chez le coiffeur, dans les magasins.
– Tiens, regarde cette fille!
– Laquelle? Où?
– Là-bas, avec la robe bleue et ses millions en perles autour du cou. Eh bien, tu peux être sûre que le vieil homme qui l'accompagne n'est pas son père. Regarde autour de toi, Teresa, tu es toujours en train de rêver. A quoi pensais-tu donc?
– Je trouvais étrange de ne pas voir de Noirs.
– Je ne pensais pas qu'ils te manquaient.
– C'est Agnès qui me manque. Je pense souvent à elle.
– C'est vrai qu'elle t'a rendu un fier service, même si ton grand-père lui a donné de l'argent pour ça. Enfin, elle est à l'abri du besoin et elle est heureuse, c'est le principal. Maintenant, c'est de toi qu'il faut t'occuper.
Elles marchèrent en silence pendant quelques instants, puis Marcelle parla à nouveau.
– Nous avons beaucoup parlé de toi, Anatole et moi. Je crois que le mieux à faire, Teresa, ce serait de te marier bientôt. D'ailleurs, c'est ce que les

femmes en général ont de mieux à faire. Oui, je sais, tu dois te dire que j'en prends à mon aise de dire ça, moi qui ne suis même pas mariée, mais toi et moi ce n'est pas la même chose. Tu as vu le village d'où je viens! C'est vrai, j'aurais aimé être une épouse respectable, mais c'est impossible! Toi, ce n'est pas pareil.

– Agnès me disait la même chose.

– Bien sûr. Elle est réaliste. Les Noirs sont obligés de l'être. Ils connaissent la société, ils savent comment elle fonctionne.

Un peu plus loin, un jeune couple entrait dans un jardin public; le père portait un petit enfant sur les épaules. Tee les suivit du regard et dit amèrement :

– Qui voudrait de moi, maintenant?

Marcelle s'immobilisa brusquement.

– Quelle petite folle! Mais j'espère bien que tu ne diras rien à personne!

Puis, plus doucement :

– Ecoute, Teresa, tu n'as pas eu de chance, et plus tôt tu tourneras la page, mieux cela vaudra pour toi. Crois-tu que toutes les filles qui épousent des grands de ce monde soient pures et sans tache? Les femmes doivent être rusées, Teresa. Ne sois pas naïve : on ne peut jamais se livrer tout entière, candidement, à un homme. Celui qui apprendrait la vérité à ton sujet te jetterait comme une vieille chemise après s'être servi de toi. C'est la dure condition de femme. Un homme aura beau te dire qu'il t'aime passionnément, en fait ce qu'il aimera en toi, ce sera ton corps pur et virginal, tes longs cheveux, tes seins d'adolescente et les rubans à ton chapeau. Ne l'oublie jamais.

– Quelle tristesse!

Si Julia avait fait preuve de franchise, c'est ainsi qu'elle lui aurait parlé.

– Oui, c'est peut-être triste, mais c'est ainsi et tu n'y changeras rien.

– Tu as l'air d'aller mieux, fit remarquer Anatole le soir même.

Et, sans attendre de réponse, il ajouta :

– Viens, j'aimerais te montrer quelque chose. Regarde, j'ai fini le tableau : j'ai disposé une vigne autour de toi.

Une fille aux longs cheveux, vêtue d'une simple robe de laine brune, les mains sagement croisées sur son ventre gonflé, était assise au milieu d'une luxuriance de feuillage et de grappes de raisin. Il lui avait donné un air de patience angélique, dont, il le savait bien, elle était loin de faire preuve.

– Les grappes sont prêtes à être cueillies; c'est un beau symbole, tu ne trouves pas?

– Je n'ai pas l'impression d'avoir jamais ressemblé à ça!

– Je n'aurais peut-être pas dû te le montrer.

– Ce n'est rien. Je ne peux quand même pas fuir la réalité toute ma vie.

Anatole sourit.

– Tu mûris. Il y a quelques mois, tu avais seize ans et la maturité d'une fille de douze ans; maintenant, tu es un petit peu plus vieille que ton âge. Tu as beaucoup changé, Teresa.

En tout cas, songea-t-elle, je suis en train de changer.

– Maintenant, je pense que tu es prête.

– Prête à quoi?

– J'aimerais te faire rencontrer un jeune homme. Un Américain. Il est agent de change et collectionneur de tableaux. C'est comme ça que je l'ai connu. Il est venu à Paris plusieurs étés de suite.

Elle demeura silencieuse quelques instants avant de répondre :

– Je sais pourquoi vous faites tout ça.

– Bien sûr, je pense que ce serait un bon parti pour toi.

– Non, je sais ce qui vous pousse, au fond. En vérité, vous n'y croyez pas.

Tee était la première étonnée de sa propre audace. Quelques mois auparavant, elle n'aurait pu tenir tête à quelqu'un de la sorte.

– Il y a deux hommes en vous, poursuivit-elle. D'abord l'artiste, qui fait peu de cas des conventions, et puis l'homme social, pragmatique, qui vit comme tout le monde. En fait, vous n'agissez comme cela avec moi que parce que Père vous l'a demandé.

– Pas mal! dit Anatole en riant. Alors tu acceptes de le rencontrer? Il est beau garçon et il a suffisamment d'argent pour ne pas être attiré par ta fortune. Il s'appelle Richard Luther.

Quand elle le vit, si élégant au milieu du petit appartement encombré, elle se dit qu'Anatole s'était complètement fourvoyé. Ce jeune homme blond à l'allure décidée n'avait aucune raison de prêter attention à elle. Paris, le monde entier devaient être pleins de filles belles et énergiques qui savaient ce qu'elles voulaient et auraient eu toutes les chances de lui plaire. Qu'aurait-il fait d'une Tee Francis? Elle lui tendit la main et évita son regard.

Plus tard, dans la chambre du haut, Marcelle lui dit :

– Anatole avait raison. Franchement, je ne pensais pas que tu lui plairais, mais je me suis trompée; il veut t'emmener au théâtre demain soir.

Après le spectacle, il l'emmena souper; il commanda des huîtres, du champagne et des framboises. A un coin de rue, il acheta à un marchand ambulant un énorme bouquet de glaïeuls qu'elle rapporta à la maison.

– Parle-moi de Saint-Félice. Pour moi, c'est aussi étrange que la Patagonie ou Katmandou. Comment sont les habitants? Est-ce vrai qu'il n'y a que de la canne à sucre? Est-ce qu'il y a des ananas? Le téléphone? Les planteurs font-ils de grandes fêtes? Raconte-moi tout!

Elle rit, heureuse de cette curiosité, ravie qu'il lui ait donné l'occasion de parler. En lui parlant de l'île, elle se rendit compte que c'était son exotisme qui l'avait attiré. Pour lui, elle représentait quelque chose de nouveau. Visiblement, il avait besoin de nouveauté : la dernière mode, le dernier peintre en vogue, l'extraordinaire-petit-restaurant-perdu-au-fond-d'une-impasse. Après avoir épuisé les charmes de ses dernières découvertes, il passait à autre chose. Elle comprit qu'il en serait de même pour elle.

Et pourtant, Richard lui donna ce dont elle avait besoin cet été-là : la joie. Il se montrait touchant (il apportait toujours des morceaux de sucre au gros cheval de trait du charbonnier qui stationnait des heures durant au coin de la rue d'Anatole); généreux (il y avait toujours des pourboires généreux pour le commissionnaire qui apportait les fleurs). Ils se voyaient souvent, à mille occasions différentes : pique-niques, canotage, courses à Auteuil, expositions, ventes aux enchères où il achetait des objets magnifiques et très chers (cela ne la suprenait guère : sa mère, elle aussi, collectionnait les objets rares).

Elle l'accompagnait partout, présence silencieuse et discrète, fascinée par son enthousiasme et sa joyeuse prodigalité.

A la différence d'Anatole, Marcelle lui posait souvent des questions :

– Alors, Teresa, que penses-tu de Richard?

– Je ne sais pas.

– Quelle fille étrange tu fais! Qu'est-ce que tu entends par « je ne sais pas »?

En fait, Tee se demandait si elle n'avait pas affaire à un être faible, superficiel et vaniteux. Inquiète, désorientée, elle répondit par une autre question.

– Ai-je les moyens de comparer?

Marcelle se radoucit.

– C'est vrai. J'oublie parfois combien tu es jeune. Eh bien, en tout cas, tu peux me croire, il est prêt pour le mariage. Il a vingt-cinq ans, il a déjà fait toutes ses frasques et tu es différente de toutes les filles qu'il a pu connaître. Pense donc, tu n'as que seize ans! Enfin... je suis sûre qu'il fera un bon mari; ta famille sera contente.

– Il ne m'a rien demandé.

Etait-ce l'espoir ou le regret qui pointait dans sa voix?

A la fin de l'été, peu avant son départ pour les Etats-Unis, Richard fit sa demande. Ils venaient de quitter l'étal d'un bouquiniste à qui il avait acheté deux livres anciens, lorsqu'il s'immobilisa et sortit une petite boîte plate de sa poche.

– Tiens, ouvre-la.

Une triple rangée de perles brillaient dans leur écrin de velours gris.

– Mais... je ne peux pas accepter un tel cadeau!

– Je sais, pas de la part d'un étranger; aussi, considère que c'est ma manière de te demander en mariage.

– Mais tu me connais à peine! s'écria-t-elle.

– Non, je te connais suffisamment, Teresa – c'est un joli nom, comme toi. Je serai un bon mari; tu le sais, non?

– Oui, murmura-t-elle.

– Depuis la mort de mon père, je vis à New York avec ma mère. Elle t'accueillera comme sa fille, j'en suis sûr. Mais bien sûr, nous aurons une maison à nous. Et puis une maison de campagne, aussi. J'ai pensé au New Jersey : la région est doucement vallonnée, ça te rappellera les mornes des Antilles.

Il sentit son hésitation.

– Tu voudrais retourner à Saint-Félice, c'est ça?

Elle porta vivement les mains à son visage.

– Oh non! Jamais! jamais!

– Je comprends ça. Maintenant que tu as découvert le monde! Eh bien, alors? Je t'aime, Teresa.

La Seine coulait à leurs pieds, traversée de ponts de pierre. Pendant quelques instants, Teresa demeura silencieuse, comme absorbée par le cours lent du fleuve.

Elle se tourna vers lui. Il est gai, vivant, attentionné. Sa joie et son bonheur rejaillissent sur ceux qui l'approchent. Rien de mal ne semble pouvoir arriver à ses côtés. Je ne serai plus jamais seule...

Il passa son bras autour de ses épaules. Il lui caressa les joues et les cheveux en souriant. Peut-être était-ce cela l'amour, et peut-être allait-il gagner en force et en beauté. Elle saurait se montrer plus douce et plus gentille que lui, elle le comblerait au-delà de ses rêves les plus fous.

Mais en même temps, elle songeait qu'ils n'avaient rien à se dire et qu'il en serait peut-être toujours ainsi...

La noce se déroula très simplement dans le petit jardin d'Anatole. Pourtant, au cours des semaines précédentes, le doute ne cessait de la ronger.

– Ça ne marchera jamais, confiait-elle à Marcelle.

– Mais pourquoi? Je suis sûre que tu seras une épouse parfaite; quant à lui, il est fou de toi. Fais beaucoup d'enfants : tu es faite pour ça et cela scellera votre bonheur à tous les deux. Mais le plus important, c'est qu'il n'y ait ni culpabilité ni retour en arrière. Jamais! Tu m'entends?

Par une douce journée d'automne, un an après son arrivée en France, Teresa Francis épousait Richard Luther. Le lendemain, ils s'embarquaient pour New York.

La mère de Richard trouva sa bru fort à son goût.

– Elle est si jeune et si timide! s'émerveillait-elle. Elle a passé toute son enfance dans une petite île des Antilles, vous vous rendez compte?

Quelqu'un fit remarquer que ces gens-là étaient immensément riches.

Cela dit, ils l'entourèrent de beaucoup d'affection et leur chaleur l'aida à supporter le rude hiver new-yorkais. Richard reprit son travail d'agent de change et ne se montrait pas de la journée, tandis que Tee meublait la maison. Tout ici était tellement différent de Saint-Félice qu'elle n'avait guère le temps de penser à elle. Et puis, elle était déjà enceinte...

Onze mois après leur mariage, elle donnait naissance à un garçon qui promettait d'être aussi beau et fort que son père. Dans son lit d'hôpital, au milieu des bouquets de fleurs, elle caressait doucement la tête de son bébé. Il était à elle! Enfin! Jamais elle n'aimerait personne comme lui! Elle l'aimerait comme aucune mère ne l'avait fait avant elle. Rien ne l'atteindrait, ne le blesserait, ni l'étoffe rugueuse du manteau de son père, ni le moindre courant d'air dans sa chambre. Il existait entre eux un lien exceptionnel.

Le jour de son baptême, le bébé portait la robe en dentelle que la famille Luther utilisait pour cette cérémonie depuis cinq générations. Au retour de l'église, on le prit en photo avec ses parents sur le canapé de velours devant la cheminée, après quoi on le déposa dans son berceau. Il se prénommait Francis Virgil.

LIVRE II

Le retour

3

Il savait qu'il était né de l'autre côté de l'océan, mais il n'avait gardé aucun souvenir du long voyage de dix-huit jours entre Marseille et Saint-Félice. Sa mère lui avait expliqué :

– Je ne me plaisais pas là-bas, Patrick. Il y avait trop d'étrangers et il faisait trop froid. Alors je t'ai ramené ici.

Agnès, sa mère, était une forte femme et elle ne mâchait pas ses mots. Lorsqu'elle lui donnait un ordre, elle entendait être obéie sur-le-champ. Et pourtant, ses mains noires aux paumes claires lui dispensaient des trésors de bienfaits : nourriture, pansements pour ses genoux couronnés, caresses et réconfort quand il avait peur. Parfois, il avait très peur, de choses difficilement identifiables : des arbres qui gémissaient dans le vent, des esprits qui y vivaient, ou peur plus simplement de s'égarer dans la forêt et de perdre sa mère.

Voilà pourquoi il ne s'éloignait jamais beaucoup d'elle. Dès qu'il sut marcher, il l'accompagna partout, dans son travail, dans la grande maison, jusqu'à leur retour à la case, le soir, où elle lui préparait son repas.

La maison où elle travaillait était grande, avec des

balcons et de larges pièces que la brise venait rafraîchir. A ses yeux d'enfant, la maison brillait comme l'or ou l'argent. Même les tables et les chaises de bois sombre brillaient après que maman les avait frottées. Il lui semblait qu'elle passait sa journée à frotter : parquets, théières et miroirs.

Dès le début, il comprit que ce n'était pas la maison de maman. « Chut! » disait-elle lorsqu'il parlait trop fort. Dans leur case, jamais elle ne le disait. Là-bas, elle-même parlait fort et elle chantait en le berçant dans ses bras. Le soir, d'autres femmes venaient lui rendre visite : elles riaient, parlaient avec de grands éclats de voix et s'administraient de grandes claques dans le dos. Il ne comprenait pas bien pourquoi elles riaient, mais il aimait bien ces soirées-là.

Petit à petit, il comprenait comment était fait le monde. La grande maison appartenait à M. Kimbrough, un homme calme au long visage blanc, aussi blanc que ses costumes. Mme Kimbrough était blanche aussi : ses cheveux étaient comme des plumes de poulet.

Ce n'était que dans la cuisine de la maison que les visages étaient noirs. Les gens qui y travaillaient n'étaient pas gentils. Tia, la cuisinière, Loulou, la blanchisseuse et Cicero, qui servait les Kimbrough à table, étaient assis face à maman et lui.

– Avec le teint qu'il a, il ne te ressemble guère, glissa Tia d'un air rusé.

Patrick leva la tête de son assiette de porc aux haricots rouges.

– Combien de fois devrai-je te dire, rétorqua maman, que son père est français? Il est né en France, vous le savez aussi bien que moi.

– Un Français, hein? Et riche, je suppose!

– Suffisamment riche pour que je n'aie pas à me faire de souci pour cet enfant.

– Alors pourquoi est-ce que tu travailles ici? Si tu as tellement d'argent, pourquoi ne pars-tu pas?

– Je le ferai bientôt. Dès que j'aurai trouvé une petite boutique, pas à Covetown, c'est trop cher.

C'était maintenant au tour de Loulou.

– Tu te vantes trop, Agnès. Pourquoi n'es-tu pas restée en France, puisque c'était si bien?

– Parce que... parce que je voulais montrer mon enfant, vous le montrer à tous, vous qui croyiez que je ne pouvais pas en avoir!

Un éclat de rire général accueillit ses paroles. Ce n'est que plusieurs années plus tard qu'il comprit ce que ces rires pouvaient avoir de blessant, d'humiliant.

– C'est vrai que c'est bien que tu aies fini par en avoir un, dit Loulou. Une femme qui n'a pas d'enfants, c'est qu'il y a quelque chose qui ne va pas là-dedans.

Et elle se frappa le front de manière significative.

– Bah! On verra combien tu peux en faire d'autres, à ton âge, lança Tia.

Elle-même avait neuf enfants dont elle parlait beaucoup mais qu'elle voyait rarement. Sa mère, qui habitait de l'autre côté de l'île, s'en occupait pour elle.

– Je n'en veux pas d'autres, répliqua maman. Celui-ci m'est suffisamment précieux. Je veux l'élever comme il faut et ce n'est guère possible lorsqu'on en a une ribambelle accrochée aux jupes.

Celui-ci m'est suffisamment précieux... Je veux l'élever comme il faut... Ces mots s'étaient gravés dans sa mémoire.

Il se souvenait d'autres moments, même s'il ne discernait pas bien lesquels avaient vraiment de l'importance.

Sur une colline, au bout d'une longue allée, il y avait une maison. Toute cette journée-là, ils avaient voyagé en autocar et en voiture : maman disait qu'elle cherchait une boutique. Il avait mal aux jambes.

– Comment s'appelle cette maison ?

– Eleuthera.

– Qu'est-ce que ça veut dire ?

– Je ne sais pas. C'est son nom, c'est tout.

Eleuthera ! Le mot lui plaisait. Le dimanche, le prêtre parlait trop longtemps et il lui arrivait de s'endormir, mais parfois, des mots aux sonorités brillantes le tiraient de son assoupissement, des mots comme céleste, éternité ou paradis. Il aimait bien ce mot-là : Eleuthera.

Un homme grand et mince se tenait sur la véranda.

– Je passais par ici, expliqua maman. J'ai pensé que vous auriez eu envie de voir l'enfant.

L'homme ne répondit pas. Il demeura si longtemps silencieux que Patrick le regarda d'un air interrogateur.

Au bout d'un long moment, l'homme dit doucement :

– Vous n'auriez pas dû l'amener, Agnès.

– Vous n'avez rien à craindre, vous le savez bien. Je ne le ramènerai plus.

L'homme caressa les cheveux de Patrick.

– Tu prendras bien un peu de cake et du lait ?

– Non, dit maman, il n'en veut pas.

En vérité, il en avait très envie.

– Alors un peu d'argent pour acheter des jouets ?

Il se souvenait que, le même jour, maman lui avait acheté des jouets, mais il avait oublié lesquels.

Un jour, elle annonça :

– Je vais enfin pouvoir ouvrir la boutique.

– Une boutique comme celle de Da Cunha ?

Elle rit.

– Non, bien sûr que non. Ça, ce n'est pas pour nous. Non, moi je pense vendre des robes et des chemises pour les gens comme nous, pour les Noirs. J'y arriverai bien : je suis économe.

– Elle sera sur Wharf Street ?

– Non, nous n'irons pas à Covetown, mais à Sweet Apple. C'est un village de pêcheurs et notre maison donnera sur la plage où l'on tire les bateaux. Tu verras, tu t'y plairas.

Elle avait acheté la plus belle maison du village. Le propriétaire, qui avait vécu en Amérique, était revenu au pays la faire construire et y était mort. Elle avait des fondations et non des pilotis comme les autres maisons; il y avait deux chambres à coucher, un puits dans le jardin et l'eau courante à l'intérieur. Dans la pièce de devant, maman installa un comptoir et des étagères.

Maintenant, il pouvait découvrir la vie tout autour. Certains jours, il regardait les paysans qui apportaient au marché leurs mangues et leurs bananes. Ou il allait regarder les parties de cricket que les grands disputaient avec des branches de cocotier en guise de battes. Il restait souvent des heures entières sur la plage à observer les pêcheurs qui au loin formaient le cercle pour la pêche à la langouste. Des bateaux venaient de la Grenade et de Sainte-Lucie; à quoi pouvaient bien ressembler ces îles? Y avait-il les mêmes arbres, le même ciel? Parfois, on lançait un nouveau bateau de pêche; les hommes tiraient lentement l'embarcation sur des billots de bois jusqu'à la mer; un orchestre, que l'on appelait un steelband, jouait sur des fûts d'essence transformés en percussions; les gens dansaient, buvaient du rhum; la fête durait parfois toute la journée.

De temps en temps, sa mère lui donnait un penny; il se rendait alors à la boutique d'Ah Sing, le Chinois. Sur les étagères s'alignaient plein de boîtes de conserve aux étiquettes colorées et des bocaux remplis de bonbons. Il se rendit vite compte qu'Ah Sing lui donnait plus de friandises qu'il n'aurait dû en recevoir pour ses quelques sous. Il avait un bon sourire, et faisait parfois de longues promenades sur la plage avec lui, mais il avait un drôle d'accent et Patrick ne comprenait pas la moitié de ce qu'il lui disait. Ah Sing lui apprit à ouvrir les gros coquillages et à se méfier des bestioles qui pouvaient encore se trouver à l'intérieur même si on croyait la coquille vide.

– Rapporte-le à la maison et n'oublie pas de rappeler à ta maman qu'il faut mettre une bonne moitié d'eau de mer pour la soupe.

Ah Sing lui apprit aussi à nager et à élever le cochon qu'il avait installé dans la cour au milieu des poulets.

Mais, comme tous les enfants de son âge, il passait le plus clair de son temps à jouer. Le temps passait doucement sous un ciel sans saisons et Patrick grandissait.

Et puis un jour, il cessa d'être un bébé. Il entra à l'école. Ce n'était pas le cas de tous les petits garçons de son âge : on pouvait fort bien ne pas y aller si on n'en avait pas envie, si maman n'avait pas d'argent pour payer l'uniforme ou s'il fallait aider papa dans les champs de canne à sucre. Mais Patrick eut ses shorts bleus et ses chemises blanches : sa mère y tenait.

– Apprends, lui dit-elle en posant ses deux mains sur ses épaules dans un geste un peu théâtral. Travaille bien à l'école et tu n'auras pas besoin d'aller travailler dans les champs de canne. Ecoute la maîtresse et sois sage!

C'était bizarre, souvent elle répétait : « Grâce à Dieu tu n'iras pas travailler dans les champs! » Qu'y avait-il de mal à travailler dans les champs? Au village, tous les hommes qui n'étaient pas pêcheurs travaillaient au domaine de Sweet Apple, celui qui avait donné son nom à la commune. C'est ainsi qu'il aborda l'école avec une certaine appréhension, persuadé que l'on attendait de lui un effort surhumain.

Mais tout de suite, il se plut à l'école. Même le sifflet de l'institutrice qui appelait les élèves à la fin des récréations lui procurait un plaisir secret. La classe avait lieu en plein air, sous les arbres, et c'est là qu'il se livra aux joies des problèmes de robinets, là qu'il découvrit avec émerveillement ces chevaliers qui se battaient avec des épées dans des pays aux noms étranges. Toutes ces batailles s'étaient déroulées il y avait bien longtemps, probablement avant sa naissance, mais il n'en était pas très sûr.

Parfois la maîtresse leur montrait des images. Là, c'était une église de pierre, beaucoup plus grande que celle de Covetown.

– C'est une abbaye; l'abbaye de Westminster.

– C'est quoi, une abbaye?

Mais elle n'avait pas répondu.

Et puis il y avait cette longue voiture qu'on appelait un train; ça aussi, c'était en Angleterre. On leur avait également montré le portrait d'un homme au visage blanc avec des yeux globuleux : « C'est le roi George VI, vous êtes ses sujets. »

– Cela veut dire que vous êtes anglais, dit Mlle Ogilvie.

– Nous sommes anglais, tu le savais? annonça-t-il à sa mère.

– Hum... Qui t'a dit ça?

– La maîtresse.

– En fait, nous avons été les esclaves des Anglais. Est-ce que ça, elle te l'a dit, la maîtresse?

– Je ne sais pas.

– Tu ne savais pas que nous avions été esclaves?

– Je crois que quelqu'un me l'a dit, mais il n'y en a plus, maintenant.

– Comment, il n'y en a plus! Ce sont eux qui font les lois, eux qui construisent des prisons! Et nous, là-dedans, qu'est-ce que nous sommes? Hein, qu'est-ce que nous sommes?

Il resta silencieux, ne sachant trop que répondre devant cette colère subite.

– Ah là là! Je ne devrais pas te parler comme ça! De toute façon, je n'y peux rien et ça me donne mal à la tête!

Elle disait parfois des choses bizarres, et on pouvait croire alors qu'elle détestait les planteurs qui possédaient les grands domaines, mais une autre fois, elle ne cachait pas son admiration pour une belle dame blanche qu'elle voyait à Covetown :

– Ah! Quelle élégance! Quelle distinction!

C'était à n'y rien comprendre. La couleur de la peau semblait très importante pour tout le monde : c'était comme cela que l'on jugeait les gens. Il savait, par exemple, que dans le village on jasait à leur propos. Il n'en avait pas parlé à sa mère : il savait qu'elle ne lui aurait rien dit, mais petit à petit, il finit par comprendre qu'un Blanc, son père, avait payé la maison où ils vivaient.

En se regardant dans le miroir de la coiffeuse, il ne pouvait s'empêcher de remarquer qu'il était beaucoup plus clair que les gens du village. C'était lui le plus clair de toute l'école.

Et Ah Sing, pourquoi est-ce qu'il avait cette drôle de couleur et ces yeux étroits?

– C'est parce qu'il est chinois, dit sa mère.

Mais ça n'expliquait rien du tout. Décidément, c'était à n'y rien comprendre!

Un soir, elle lui raconta une histoire. Cela faisait plus d'une heure qu'il était couché, mais il n'arrivait pas à s'endormir : il faisait trop chaud. De son lit, il voyait le ciel par la fenêtre, un ciel d'orage, presque jaune. Le jaune, ça porte malheur. Il n'aurait jamais dit ça à quelqu'un de peur de paraître ridicule, mais il avait toujours pensé que les couleurs exprimaient quelque chose : l'orange, par exemple, évoquait la surprise, comme lorsqu'un événement heureux est arrivé sans que l'on s'y attende. Les mots avaient un pouvoir étonnant.

Le tonnerre roulait dans le ciel, la pluie giflait les murs de la maison. Maman vint s'asseoir au bord de son lit.

– Tu as peur de l'orage? Eh bien, crois-moi, ce n'est rien du tout à côté de l'éruption de la montagne Pelée. C'était le 8 mai 1902, une explosion terrifiante. Les gens croyaient que c'était la fin du monde! Tu te rends compte qu'ils ont senti la terre trembler jusqu'ici, à Saint-Félice! Un gros nuage a commencé par sortir de la montagne; d'abord, ça ressemblait à la fumée d'un incendie, mais il y en avait de plus en plus, jusqu'à ce qu'elle remplisse complètement le ciel.

Dans la demi-obscurité, sa mère qui faisait de grands gestes se détachait en ombre chinoise.

– Le ciel était rouge comme du sang; c'était terrifiant. Je pensais à l'enfer... Et puis la cendre s'est mise à tomber, comme de la pluie. Il y avait dans l'air une odeur d'œufs pourris. On disait que c'était le soufre. Nous fermions les volets mais la cendre rentrait quand même dans les maisons et couvrait les planchers. Les scolopendres sont alors entrées dans les maisons pour fuir la cendre; certaines faisaient bien trente centimètres de long. On les tuait en versant de l'eau bouillante dessus. J'étais alors servante chez les Maurier; c'était ma première place. J'étais encore presque une enfant, mais il valait mieux travailler là qu'être porteuse, j'aime autant te le dire.

– C'est quoi, une porteuse?

– Mais tu sais bien, ce sont les filles qui chargent la canne, le charbon ou le rhum sur les cargos et portent tout sur leur tête. Elles travaillaient douze heures par jour et gagnaient quatre dollars par mois... c'est pour ça que je me trouvais bien chez les Maurier. A Saint-Pierre, tout le monde continuait à travailler. Au bout de quelques jours, la montagne a cessé de gronder et nous pensions que la pluie de cendres allait s'arrêter aussi. Mais les gens de la campagne continuaient d'affluer en ville. Ils croyaient que Saint-Pierre serait épargnée. Ils racontaient que plus haut dans la montagne il coulait un fleuve de lave et que partout la couche de cendres était si épaisse que les oiseaux mouraient sur les arbres. C'est alors que, dans notre jardin, les oiseaux se sont mis à mourir aussi.

– Pourquoi ne partais-tu pas?

Passionné par le récit de sa mère, il s'était assis dans son lit et avait complètement oublié l'orage qui grondait au-dehors.

– Eh bien, M. Maurier avait envoyé sa femme à Fort-de-France, mais les domestiques devaient rester pour garder la maison. La ville était pleine de voleurs; ils dormaient dans les rues, attaquaient les gens et pillaient les magasins. C'était terrible. Et puis la variole est arrivée. Les gens mouraient comme des mouches et les cercueils commencèrent à manquer. C'est drôle comme les gens pensent que ce genre de choses arrive toujours aux autres! C'est idiot. Léon, le majordome, avait une si jolie chambre dans la maison des Maurier qu'il ne voulait pas la quitter. Il restait là, avec une bouteille de bon vin à portée de la main. « T'inquiète pas! me disait-il, ça va s'arrêter. » Mais moi, je n'en étais pas sûre. Des incendies s'allumaient un peu partout en ville. Léon m'envoya faire des courses : il avait peur de la variole et ne voulait plus sortir. De toute façon, ça m'a sauvé la vie : sans ça, je n'aurais pas vu arriver la lave. Je la voyais couler au flanc de la montagne, et aussi vrai que je m'appelle Agnès, j'ai compris à ce moment-là que Saint-Pierre allait disparaître. J'ai alors trouvé un pêcheur, je lui ai donné les vingt francs que Léon m'avait confiés pour les courses en lui demandant de m'emmener très loin, n'importe où, mais très loin.

» Nous venions tout juste de quitter le port quand le fleuve de lave a atteint la sucrerie. Il faut l'avoir vu pour le croire! La lave a complètement recouvert l'usine, et crois-moi, elle était grande. Et il y avait plein de gens à l'intérieur! Et puis la lave a coulé dans le port, faisant refluer la mer au loin. Lorsqu'elle est revenue en déferlant, elle a soulevé les bateaux comme des feuilles d'arbre et noyé toute la ville. Autour de la ville les champs de canne brûlaient et je savais que la maison des Maurier brûlait aussi, avec Léon et sa bouteille de vin. Il faisait noir comme en pleine nuit. Je n'ai jamais plus revu Saint-Pierre.

– Tu n'as jamais eu envie d'y retourner?

– Je pourrais y aller. J'ai un bout de terrain là-bas, une terre familiale que l'on nous avait donnée au moment de l'abolition de l'esclavage. Mes cousins la cultivent mais je peux la récupérer quand je veux. Mais je n'en ai pas envie.

– Pourquoi? Ce n'était pas bien?

Patrick aimait cette histoire. C'était une histoire de grands et il espérait bien qu'elle allait continuer.

– Oh, on disait que c'était une ville de débauche,

avec les théâtres, les bals et tout ça. On disait qu'elle ressemblait à Paris, mais ce n'est pas vrai. J'ai connu les deux, alors je sais de quoi je parle. Mais c'est vrai que c'était la grande vie! Le dimanche, lorsque la famille se rendait en visite, Mme Maurier portait des bracelets de diamants par-dessus ses gants; ils attelaient les plus beaux chevaux à la calèche et le cocher avait des boutons dorés à son habit.

– Tu allais en calèche, toi aussi?

– Qui, moi?

Elle rit.

– Bien sûr que non! Moi, je travaillais. Ma mère avait été bonne chez eux et à sa mort on m'a donné la place. Ma mère est morte en mettant au monde son cinquième enfant, tu sais.

– Et ton père?

– Il était parti.

Patrick approuva d'un signe de tête. C'est en général ce que faisaient les pères.

– Et sur le bateau, qu'est-ce qui s'est passé?

– Eh bien, nous avons abordé à Saint-Félice et là nous nous sommes rendu compte que tout le monde parlait anglais. J'étais sur le quai et j'avais envie de pleurer, mais je me suis retenue parce qu'il y avait plein de gens autour de nous qui attendaient des nouvelles de la Martinique et je ne voulais pas pleurer devant eux. Ensuite un homme est descendu d'une calèche et s'est adressé à nous dans un drôle de français, mais j'ai appris ensuite que c'était comme ça qu'on le parlait en France. Bon, enfin, c'est comme ça que j'ai été amenée à travailler pour la famille Francis.

– A Eleuthera?

– Hein? Comment as-tu entendu parler d'Eleuthera?

– Tu m'y as amené une fois.
– Mon Dieu! Mais tu ne devais pas avoir plus de trois ans à l'époque et maintenant tu en as dix!
– Eh bien, je m'en souviens! dit-il fièrement. Et M. Virgil Francis est mort à Eleuthera; je l'ai lu dans le journal il y a quelque temps.
– Oui, je sais.
– C'était une belle maison, non?
– Une belle maison? Elle tombait en ruine! Elle n'était pas entretenue depuis je ne sais pas combien de temps.
– Non, elle était belle, insista Patrick. Et eux, ils étaient gentils avec toi?
– Oh oui!... Le jeune M. Francis était très aimable; il passait ses journées à lire, jusqu'à ce qu'il ait mal aux yeux. Il est tombé malade aussitôt après son mariage. Je l'ai soigné jusqu'à sa mort et puis...
– Il est mort?
La mort le fascinait.
– Oui. Bon, ça suffit, j'ai la gorge sèche à force de parler. Ecoute, la tempête est finie.
Les grenouilles et les insectes avaient recommencé leur sarabande.
– Parle-moi de la France, dit-il brusquement.
– Je ne m'en souviens pas bien. C'était il y a longtemps.
– Le volcan, c'était il y a plus longtemps encore! s'écria-t-il, presque en colère.
– C'est vrai, mais je m'en souviens mieux que de la France.
– C'est parce que tu ne veux pas m'en parler! Tu sais, j'aimerais savoir ce qui s'est vraiment passé.
Elle lui passa la main dans les cheveux.
– Parfois, tu parles comme un homme.
Et pensivement, elle ajouta :
– J'espère que ça se passera bien pour toi.

– Tu veux dire que je ne mourrai pas dans une éruption?

– C'est si fragile, un être humain, dit-elle comme pour elle-même.

Il insista.

– Tu voulais dire à cause du volcan?

Elle le regarda en souriant.

– Non, je pensais à la vie. Tout simplement. Allez, dors maintenant.

4

A treize ou quatorze ans, un garçon devient un homme. C'est à cet âge qu'il touche sa première paye en allant couper du fourrage pour les bêtes, à cet âge encore qu'il prend conscience des chemins qui s'ouvrent à lui. La plupart du temps, le jeune garçon ira travailler à la plantation, aux semailles ou au désherbage. S'il s'acquitte bien de sa tâche, il sera engagé de façon permanente. A vingt ans, il en saura suffisamment pour couper la canne. C'est ainsi qu'il passera la plus grande partie de sa vie. Lorsqu'il sera trop vieux pour couper la canne, il retournera s'occuper des animaux en compagnie des jeunes garçons. Tout cela, bien sûr, s'il réussit à se faire engager dans une des grandes propriétés de Saint-Félice; dans le cas contraire, il ne lui reste plus qu'à tenter sa chance sur une autre île.

Il peut prendre un autre chemin, mais les élus sont infiniment moins nombreux. S'il est bon élève et ambitieux, si sa famille peut trouver de l'argent, alors il entrera à l'école secondaire de Covetown. Ensuite, arborant cravate et complet, il travaillera dans un magasin, une banque ou à la douane.

L'école secondaire était un bâtiment blanc bordé de pelouses avec une chapelle anglicane et un grand terrain de cricket qui s'étendait derrière. Le directeur portait une superbe toge noire et une collerette d'ecclésiastique. Les professeurs étaient blancs, mais comme les planteurs envoyaient en général leurs enfants étudier en Angleterre, la plupart des élèves étaient, eux, noirs. L'ambiance n'en demeurait pas moins typiquement britannique et c'est avec une certaine appréhension que le petit écolier studieux de Sweet Apple aborda sa première année de collège.

Cela ne valait même pas la peine d'essayer, avait-il déclaré à sa mère qui ne voulait rien entendre.

– J'ai économisé de l'argent pour tes études, avait-elle rétorqué, et tu iras!

L'autocar qui les amenait en ville était plein comme à l'accoutumée d'ouvriers et de femmes qui apportaient leurs marchandises en ville. Au seuil de cette première journée, Agnès avait les larmes aux yeux.

Dieu sait qu'elle avait souhaité lui voir faire des études, mais elle ne pouvait s'empêcher de songer avec tristesse que son petit garçon allait changer au contact de ce monde si différent du leur.

Et pourtant, le changement ne datait pas d'hier. Dès les premières journées d'école, à Sweet Apple, il avait commencé à s'éloigner d'elle. En entrant au collège, il ne faisait que poursuivre sa route.

Patrick se montra bon élève. Les professeurs étaient tous des gens honnêtes et sérieux et certains étaient suffisamment fins et humains pour comprendre les difficultés d'adaptation d'un gosse de la campagne. Mais l'intégration de Patrick ne posa guère de problèmes : Agnès lui avait déjà appris les bonnes manières.

En mathématiques et en sciences naturelles, il

avait des notes honorables, mais c'est en latin, histoire et littérature qu'il se montra particulièrement brillant. Il aimait tout spécialement l'histoire que lui enseignait le père Albert Baker, un prêtre anglican aux dents jaunies de nicotine et au regard malicieux.

C'est grâce au père Baker qu'il fit la connaissance de Nicholas Mebane.

– Il faut que vous vous rencontriez, avait-il dit un jour à la sortie du cours. Je crois que vous vous entendrez bien.

Patrick redoutait un peu cette rencontre. Nicholas, il le savait, était fils de médecin et ses amis appartenaient tous au même petit groupe de riches métis clairs. A l'école, les clans étaient soigneusement délimités : à côté du groupe de Nicholas, il y avait celui des fils de banquiers ou d'autres bourgeois blancs, le clan des fils de planteurs (tous n'étaient pas partis pour l'étranger) et enfin celui de Patrick, où l'on retrouvait les garçons noirs ou très foncés, en général les éléments les plus brillants venus des villages. Mis à part sa couleur, rien ne pouvait rapprocher Patrick de Nicholas.

Mais ce dernier l'accueillit avec franchise et bienveillance.

– Salut, content de te connaître. Je sais que tu ne vis pas en ville, mais tu pourrais passer un après-midi chez nous, un de ces jours.

La sympathie qu'ils éprouvèrent l'un pour l'autre était telle que les barrières qui les séparaient furent balayées presque instantanément. Cette sympathie ne venait pas tant du fait que tous les deux étaient bons sportifs et brillants élèves (c'était le cas de bien d'autres garçons) que d'une manière commune d'envisager les choses, d'une admiration mutuelle.

A travers les yeux de Nicholas, Patrick découvrit Covetown comme une ville nouvelle. Dans le port,

Nicholas lui montrait les yachts; il en connaissait tous les propriétaires.

– Mon père m'a dit qu'avant la guerre le bar du Cade's Hotel était plein de riches planteurs et de yachtmen millionnaires. Et puis bien sûr, il y a le Crocus Club.

Il sourit.

– Nos clubs sont aussi bien que les leurs et on dit même que nos courts de tennis sont meilleurs.

Il regarda Patrick.

– Tu sais quoi? Je suis sûr que tu pourrais entrer dans n'importe quel club de Blancs.

Il pencha la tête sur le côté.

– Oui, enfin, peut-être pas. Mais tu y arriverais presque!

– Comme si j'avais envie d'essayer! s'exclama Patrick, indigné.

– Mais enfin, je sais bien que non!

Ils continuèrent à regarder le port. Des sacs de sucre étaient empilés sur le quai, prêts à être embarqués. Des bateaux de pêche aux voiles carrées allaient décharger leur poisson.

– Pendant la guerre, dit Nicholas, j'ai vu des destroyers dans ce port. Les coques étaient peintes en camouflage, avec des zigzags.

La guerre semblait fort lointaine et irréelle à Patrick; seules l'évoquaient pour lui les photos d'un magazine qu'avait conservé sa mère, où l'on voyait des maisons de Londres éventrées par les bombardements.

– C'est drôle, poursuivit Nicholas. Il y avait tous ces machins modernes, là, dans ce vieux port : des avions, des bombes, des sous-marins, comme celui qui est arrivé jusqu'à Grenade. Mon père était là quand il est venu.

Un sous-marin allemand avait coulé un paquebot

canadien et avait ensuite tranquillement regagné le large.

– Est-ce que tu te rends compte que pour traverser l'île ça va plus vite d'aller en bateau ? La plupart des routes sont si mauvaises qu'il vaut mieux les suivre en mulet qu'en voiture. Ça n'a pas beaucoup changé depuis deux cents ans.

Il répète ce que dit son père, songea Patrick sans pour autant en vouloir à son ami.

Ils retournèrent dans Wharf Street et s'arrêtèrent quelques instants pour regarder la vitrine de Da Cunha.

– Qu'est-ce qu'ils ont comme machins, là-dedans ! s'exclama Nicholas. J'ai visité leur réserve, une fois. Y'a de la marchandise du sol au plafond ! La plupart de ces commerçants – je ne parle pas de Da Cunha – font leur fortune avec de la marchandise de contrebande; surtout avec le whisky.

– Encore aujourd'hui ? Je croyais que ça s'était terminé en même temps que la piraterie.

– Tu serais étonné ! répondit sentencieusement Nicholas.

Ils gagnèrent le sommet de la colline, là où se dressaient les bâtiments du gouvernement. Patrick ne s'était jamais préoccupé du gouvernement. Seuls le lui évoquaient les policiers avec leur casque colonial blanc et leurs galons rouges, qui montaient la garde devant le palais de justice. Une fois, le jour où le roi avait nommé un nouveau gouverneur, il avait regardé la foule des notables bien habillés qui se pressaient devant le palais du gouverneur.

– Mon père y va tout le temps, expliqua Nicholas. Il est membre du Conseil législatif.

Il joignit les mains en forme de pyramide pour mieux appuyer son explication.

– Au sommet, il y a le gouverneur. Nous sommes une colonie de la Couronne, ce qui veut dire que nous dépendons du Parlement de Londres. Mais nous avons aussi un parlement local, constitué de deux chambres. Il y a l'assemblée élue – c'est là que mon père a commencé – et le Conseil législatif qui est au-dessus. La moitié de ses membres est désignée par le gouverneur.

Et il ajouta avec fierté :

– Mon père fait partie de ceux qui ont été désignés.

Toutes ces histoires d'élections n'intéressaient guère Patrick. En regardant l'Union Jack flotter sur le grand bâtiment blanc, il n'éprouvait qu'un vague sentiment de respect mêlé d'un peu de crainte. Conseils, assemblées... tout cela était bien aride; il était déjà difficile de comprendre comment fonctionnait Covetown, alors Londres...!

– Nous vivons les derniers jours de l'Empire britannique, lança alors Nicholas avec solennité.

– Pourquoi? Tu crois qu'il ne va plus y avoir de roi?

– C'est plus compliqué que ça. Mon père pense que, petit à petit, tout va se disloquer. Les gens ne vont plus continuer à travailler pour trois fois rien. Regarde les émeutes qu'il y a eu à la Barbade et à la Jamaïque.

Patrick n'en avait jamais entendu parler mais il opina gravement du chef.

– Depuis la guerre, on a voté plus de lois sociales qu'en un siècle tout entier. Ils le savent à Londres et ils vont être obligés de faire quelque chose... Pourquoi crois-tu qu'ils ont envoyé lord Moyne et la commission royale d'enquête? Le rapport n'est pas encore rendu public, mais je te parie – c'est en tout cas ce que dit mon père – qu'il se prononce en faveur d'une fédération des îles anglophones. Evidemment, les planteurs et les milieux d'affaires s'y opposeront, mais cela viendra. Mon père est persuadé que tôt ou tard nous aurons l'indépendance. Ce n'est qu'une question de temps. Ce jour-là, il faudra des hommes compétents pour diriger le pays. C'est pour ça que ma famille va m'envoyer en Angleterre étudier le droit.

L'école préparait au concours d'entrée à Cambridge et de nombreux élèves songeaient à faire carrière dans le droit ou la médecine. Patrick comprenait que l'on se destinât à de telles professions, mais lui-même n'en avait aucune envie. Il était d'un naturel quelque peu fataliste. Il n'avait rien d'un Nicholas Mebane, et cela il le savait.

La famille Mebane vivait sur Library Hill, en dessous de la maison du gouverneur. Les membres les plus en vue de la bourgeoisie noire vivaient là, dans de belles maisons blanches entourées de pelouses très britanniques et de palmiers royaux. Le Dr Sprague, le dentiste, l'avocat Malcolm Fort, les frères Cox, les deux négociants, y avaient leurs maisons.

Le docteur et Mme Mebane, tous deux métis clairs, étaient des gens charmants. Bien qu'en fait d'intérieurs luxueux Patrick n'eût connu jusqu'à présent que les appartements du directeur du collège, où il avait été convié à prendre le thé, la maison des Kimbrough, dont il se souvenait encore très bien, et les descriptions nostalgiques de sa mère, il n'en fut guère moins frappé par le raffinement de la maison du docteur. Partout, il découvrait des tableaux, des livres et des porcelaines de Chine; enfin, ce fut un domestique qui leur servit le souper.

Ils l'accueillirent avec beaucoup de gentillesse. Le Dr Mebane s'exprimait avec flamme, comme s'il cherchait à convaincre son interlocuteur.

– Mon père était également médecin. Je ne sais pas si vous vous rendez compte de ce que ça avait d'exceptionnel à l'époque. Les deux autres médecins de l'île étaient blancs; ils venaient d'Angleterre et c'étaient deux fieffés alcooliques. Les gens vraiment malades faisaient appel à mon père. Il se rendait dans les villages, la nuit, à n'importe quelle heure, une lanterne accrochée à la selle de son cheval.

» Il a travaillé d'arrache-pied pour nous donner une bonne éducation, à mon frère et à moi. Mon frère Edgar, qui est mort depuis, est devenu avocat et a été un des dirigeants du Congrès panafricain, à Paris, après la guerre. C'était en 1919. Leur programme était courageux et seuls quelques points ont finalement abouti. Enfin... les choses évoluent lentement. La vie vous enseigne la patience. Quoi qu'il en soit, ce sont des gens comme lui, des gens cultivés, qui ont fait changer les choses, ne l'oubliez pas.

Le docteur tapota sa pipe dans le cendrier.

– Je vous ennuie, peut-être...

– Non, non, monsieur, pas du tout! se récria Patrick.

Bien qu'il n'en comprît pas toujours le sens, il se sentait flatté de participer à une conversation sérieuse. Un monde nouveau, une nouvelle façon de vivre s'ouvraient à lui.

– De quoi parlent-ils? demandait Agnès.

Elle était heureuse que son fils fût parfois invité à passer la nuit chez les Mebane, mais Patrick sentait chez elle une certaine méfiance qu'elle s'efforçait d'ailleurs de dissimuler.

– Je ne sais pas, d'un peu tout.

Il s'en voulait de la sécheresse de cette réponse, mais il était difficile d'expliquer à sa mère à quoi ressemblait Library Hill. Oh! certes, il pouvait lui décrire les rideaux, le mobilier, et pour lui faire plaisir il ne s'en privait pas, mais comment lui parler des gestes, des attitudes, des idées?

Un tourbillon s'emparait parfois de son esprit. Comme il se sentait petit, face à Nicholas qui savait tant de choses! Et pourtant, ils avaient le même âge! Il avait le sentiment d'avoir été élevé dans un cocon.

– On dit qu'après ses heures de consultation il voit des clients blancs, en ville, lança Agnès. Ce sont sûrement des gens qui ont des problèmes personnels et ne veulent pas les raconter à leur médecin de famille.

– Je ne sais pas.

– Mais pardi, je sais bien que tu ne le sais pas! Ce sont des gens arrogants, non? Ils le sont tous.

– Ils ne sont pas arrogants avec moi.

Et pourtant, il y avait des choses qu'il n'aurait pas aimé leur montrer. Non sa pauvreté, son humble maison : il ne se sentait nullement honteux de cela, mais l'ignorance qui l'entourait et lui pesait.

La nuit, Agnès gardait les fenêtres soigneusement fermées. Sur chaque volet, elle avait peint une croix rouge. Depuis sa plus tendre enfance, Patrick savait que ces croix étaient censées éloigner les loups-garous qui venaient sucer le sang des gens endormis.

– Parfois on les voit voler d'arbre en arbre, lui dit un jour Agnès. On peut facilement les confondre avec les chauves-souris. Ils s'attaquent principalement aux bébés.

Dès l'âge de neuf ans, Patrick fut persuadé que ce n'étaient là que des sornettes. Ils se disputèrent.

– Tu te crois déjà trop malin pour m'écouter, hein? Tu n'es qu'un moutard et tu as encore beaucoup de choses à apprendre, crois-moi!

Finalement, comme toujours, elle s'était radoucie.

– Bon, peut-être que ce n'est pas vrai. Mais si ça l'était, hein? On ne sait jamais!

Autant de discours qu'il aimait mieux que le Dr Mebane n'entende pas.

Mais d'un autre côté, le docteur tenait des propos qu'il n'aurait pas osé répéter devant Agnès.

– Mon arrière-arrière-grand-mère a été esclave chez les Francis, dit-il un jour aux deux garçons. Il a une vieille propriété de l'autre côté de l'île, Eleuthera, peut-être la connaissez-vous. Bon... les détails se sont perdus « dans le brouillard du temps », comme dirait le poète, mais je sais qu'elle s'appelait Cupid et que son père était un fils ou peut-être un neveu de la famille Francis. Ça se passait vers la fin du XVIIIe siècle. Elle devait être très belle. Il y avait peu de Blanches dans les plantations et la vie n'était pas très drôle, alors les planteurs se tournaient vers les esclaves noires et ils choisissaient bien sûr les plus belles. Il y avait même parfois de véritables histoires d'amour entre eux. Les maîtres couvraient ces femmes de bijoux, leur achetaient des robes en dentelle et en satin et ils affranchissaient souvent les enfants qui naissaient de leurs amours. Le contraire eût été scandaleux. Certains pères se montraient même très généreux et offraient de l'argent, des terres, ou payaient l'éducation de leurs enfants mulâtres. Ce qui fait qu'un siècle plus tard, il existe une classe de métis clairs, très clairs, même.

Il eut un sourire ironique.

– Les métis très clairs ont même acquis le privilège de se voir appeler monsieur ou madame. Enfin... cela explique pourquoi les gens qui travaillent aujourd'hui dans les champs de canne sont noirs comme du charbon et pourquoi moi, je suis invité à prendre le thé chez le gouverneur. Oh! bien sûr, on ne m'invite pas aux réceptions intimes, mais lorsque l'on est député, cela change pas mal de choses! Vous voyez donc qu'à l'origine de tout cela, il y a des histoires de coucheries.

Patrick demeura silencieux. Les adultes ne parlaient pas d' « histoires de coucheries » devant leurs enfants. Du moins pas Agnès, et elle l'aurait violemment rabroué s'il s'était permis d'y faire allusion.

– Ah! la couleur! s'exclama le docteur. On ne cesse jamais d'y penser. Même si on se refuse de l'admettre.

– Moi, je n'y pense pas, mentit Patrick.

– Je n'en crois rien.

– Nous n'en parlons jamais à la maison.

– Mais ne me dites pas que vous n'y pensez pas. Vous êtes encore plus clair que nous.

En vérité, il y pensait plus souvent qu'il ne voulait bien l'avouer. On n'échappait pas à sa couleur. En regardant autour de lui, en classe, il se rendait bien compte que ses traits étaient exactement semblables à ceux de ses camarades blancs et que seule sa peau trahissait leur différence... Que la vie serait donc facile, songeait-il, si l'on pouvait effacer cette différence! Il se souviendrait toujours également de l'émotion qu'il avait ressentie le jour où Nicholas l'avait emporté, lors d'une discussion houleuse, sur un garçon à peine débarqué d'Angleterre, un rouquin aux cheveux bouclés avec un fort accent qui le rendait difficile à comprendre. Il n'avait pas été ému seulement parce que Nicholas était son ami, mais surtout parce que cela avait été une victoire pour sa race.

– Vous êtes plus clair que nous, répéta le Dr Mebane. En connaissez-vous l'explication?

Patrick sentit le rouge lui monter aux joues. Mais de quoi donc avait-il honte?

Le docteur le remarqua.

– Vous êtes embarrassé. Vous ne devriez pas. Il

vaut mieux parler franchement de ces choses-là. Ça fait partie de la vie. Et puis, de toute façon, il n'y a que des hommes ici. Vous ne devriez pas être embarrassé, répéta-t-il gentiment.

Mais le docteur ne pouvait deviner le fond de sa pensée. Il songeait à sa mère... à cet homme blanc, en France, qui l'avait abandonnée après lui avoir fait un enfant. Il était rempli de haine à l'égard de ce père inconnu.

On mélangeait maintenant l'amour et la couleur de la peau, alors que c'étaient deux choses parfaitement différentes. Après ce qui lui était arrivé, sa mère aurait dû haïr les Blancs, mais elle portait en elle une contradiction dont il était depuis longtemps conscient. Elle était fière d'être appelée « madame » par les ouvriers des plantations. Il lui avait demandé une fois pourquoi elle se montrait plus polie avec les métis, comme elle, qu'avec les Noirs foncés. Elle avait poussé de tels hurlements qu'il n'avait plus jamais abordé le sujet.

Mais le problème de la couleur empoisonnait l'atmosphère. Un soir, étendu dans son lit, il songeait au Dr Mebane, et il comprit brusquement à quel point celui-ci était fier de sa couleur claire. Fier également de ses invitations chez le gouverneur, songea Patrick avec une certaine pitié qui aurait bien étonné le docteur s'il l'avait su.

Il comprit aussi à quel point cette fierté était scandaleuse, ce qu'elle impliquait de mépris de soi-même.

Comme pour tout le monde, ses années de collège passèrent à la vitesse d'un éclair. En y songeant plus tard, il ne revoyait que quelques moments privilégiés, tantôt tristes, tantôt joyeux. Les moments de joie étaient ceux qu'il avait passés en compagnie de Nicholas et de son père. Et puis aussi les cours du père Baker et les longues conversations qu'ils avaient après. Le père lui donnait toujours des devoirs difficiles et de longues listes de livres à lire.

Si le père Baker fournissait la liste, c'était Nicholas qui fournissait les livres, sous forme d'une caisse pleine tous les Noëls.

– N'aie aucune honte à accepter ce cadeau, Patrick. Pas de chichis entre nous. Il se fait que ma famille a plus d'argent que la tienne; ça n'a aucune importance.

C'est ainsi que se déroulèrent ces années entre treize et dix-sept ans, si importantes pour la formation intellectuelle. En se promenant dans l'île, il commençait à faire le lien entre ce qu'il voyait et ce qu'il apprenait dans les livres.

Pour les grandes vacances précédant la dernière année de collège, le père Baker donna un devoir à toute la classe : « Ecrivez quelque chose à propos de Saint-Félice; tous les domaines peuvent être abordés : histoire, géologie, commerce, etc. » Les devoirs du père Baker étaient toujours difficiles.

Patrick n'avait guère d'idées. L'inspiration lui vint pourtant un jour qu'il se promenait sur la plage en compagnie de son vieil ami Ah Sing. Ce jour-là, il se dit qu'avec ses pommettes hautes et ses cheveux lisses, Ah Sing ressemblait étrangement à ces Caraïbes qui vivaient dans leur réserve du morne Bleu. La seule différence, mais elle était de taille, c'était que les Caraïbes avaient toujours vécu là alors qu'Ah Sing venait de l'autre côté de la planète.

Il résolut d'en apprendre plus. Le père Baker évoquait souvent « l'excitation intellectuelle »; jusque-là, Patrick n'avait guère compris ce que le bon père entendait par là, mais aujourd'hui, tandis qu'il marchait sur le sable mouillé, au bord de l'eau, ces mots commençaient à prendre sens pour lui. Il avait envie de parler de l'endroit où il vivait, de cette île où des gens très différents vivaient les uns à côté des autres, sans se mélanger, comme ces couches de sable coloré que l'on versait dans des bouteilles. D'abord, il y avait eu les Indiens. Ces îles leur avaient toutes appartenu, mais il n'en restait guère. On n'entendait jamais parler d'eux, sinon par les Noirs qui leur trouvaient de « bons cheveux ». Parfois on les voyait pêcher dans les rivières, à la lueur des torches. On en rencontrait aussi sur les routes, portant des charges sur leur dos (les porter sur la tête eût été indigne d'un Indien, au moins d'un homme). Ils venaient à Covetown vendre des fruits et des légumes (rarement des bananes). Jamais ou presque ils ne se livraient à des travaux salariés et ils ne travaillaient qu'exceptionnellement dans les plantations. Il se dégageait d'eux une impression de silence et d'indépendance.

Une fois, il s'était rendu jusqu'à un de leurs villages; ce qu'il y avait vu ne l'avait pas déçu, à vrai dire il ne s'attendait pas à découvrir un spectacle bien différent de celui des autres villages de l'île. Il y avait vu deux rangées de cases en bois coiffées de toits en tôle ondulée, quelques chèvres et des poulets grattant la terre des enclos derrière les maisons. Certains gestes, pourtant, étaient différents : des femmes pilaient la cassave dans des calebasses et des hommes creusaient une pirogue dans le tronc d'un cèdre. Sa curiosité satisfaite, il était reparti et n'y avait plus pensé depuis lors.

Il se rendit alors à la bibliothèque publique de Covetown. La bibliothèque consistait en fait en une pièce poussiéreuse au premier étage de la perception, dans le bâtiment qui avait abrité autrefois le tribunal chargé d'expédier au gibet les boucaniers des Antilles. Par bonheur, il y trouva une encyclopédie et de nombreux livres d'histoire. Une pile d'ouvrages à côté de lui, il s'assit à une table et commença de prendre des notes.

Les premiers habitants des îles du Vent et Sous-le-Vent étaient les Arawaks, venus en pirogue des Guyanes. C'était un peuple pacifique d'agriculteurs et de pêcheurs. Plusieurs siècles plus tard, on ne connaît pas la date exacte, ils furent suivis par les Caraïbes, venus, eux, probablement du Brésil. Les Caraïbes étaient de féroces guerriers et on dit même que le mot canni-bale *serait une déformation de leur nom.*

Il est maintenant établi qu'il y a plusieurs dizaines de milliers d'années, à l'époque où un isthme rejoignait l'Asie et l'Amérique dans la région de la mer de Béring, les ancêtres de ces deux tribus sont venus d'Asie et se sont lentement dispersés sur le continent américain.

Ainsi c'était vrai! Les Indiens et le Chinois Ah Sing étaient de même race. Il l'avait remarqué!

Il poursuivit sa lecture.

Les Caraïbes massacrèrent les hommes et épousèrent les femmes arawaks. (...) Pendant plusieurs générations, les hommes parlèrent le caraïbe entre eux sans jamais employer l'arawak qu'ils comprenaient pourtant mais que seules les femmes utilisaient. Hamac *et* hurricane *sont des mots arawaks.*

Patrick s'interrompit un instant. Que de plaisir recelaient les mots! Le mot anglais *hurricane,* par exemple, évoquait irrésistiblement la désolation et la ruine, les villages écroulés et les palmiers arrachés tels qu'il les avait vus quelques années auparavant.

Il retourna à son livre.

En échange de pacotille et de mauvais alcool, les Européens achetèrent l'une après l'autre les îles des Caraïbes. Non contents de s'être assuré le contrôle des terres, ils voulurent s'assurer le contrôle des indigènes. En vain. Par le suicide de masse, ou individuel, les Caraïbes défiaient les conquérants. Jamais on ne les réduisit en esclavage.

Quel courage indomptable! Patrick était bouleversé.

Au bout d'une semaine, il avait rassemblé ses notes; il revint chez lui et se mit au travail. Il travaillait toute la journée, et la nuit, il installait une lampe à pétrole sur le comptoir de la boutique et continuait d'écrire.

Sa mère se plaignait.

– Cela fait trois nuits que tu ne dors pratiquement plus!

– Il le faut!

Il avait parfaitement assimilé ses lectures et rédigeait sans peine les différents chapitres : histoire, adaptation aux changements, vie quotidienne...

En haut du palmier, il y a une sorte de buisson qui ressemble à un chou. Utilisé comme parapluie ou comme vêtement, il permet de s'abriter des pluies les plus violentes.

(...) Ils connaissaient l'art d'hypnotiser un iguane en sifflant une mélodie; il ne restait plus ensuite qu'à le capturer.

(...) capables également de pêcher avec un arc et des flèches. La corde des arcs était faite de lianes et, en temps de guerre, ils enduisaient la pointe de leurs flèches d'un poison extrait de la sève du mancenillier.

(...) Les premiers explorateurs ont évoqué leurs prouesses à la nage. On raconte qu'ils étaient si rapides qu'ils pouvaient chasser le requin sous l'eau.

(...) savent encore tresser des paniers si fins qu'ils permettent de recueillir de l'eau.

Vie spirituelle :

Longtemps avant le christianisme, ils croyaient en un unique esprit du bien, régissant l'univers. Quant à leur conception du mal, elle n'était guère éloignée de la croyance au diable répandue chez les premiers chrétiens.

(...) Mais c'est encore leur amour de la liberté qui force le plus l'admiration. C'est probablement la raison pour laquelle, aujourd'hui encore, ils refusent de travailler pour quelqu'un d'autre. De la même manière, ils ne connaissent point de hiérarchie. Même de nos jours, la maison de leur chef ne se distingue en rien des autres maisons du village. Jamais ils n'ont compris les différences existant chez les Européens.

Il termina son travail la veille de la rentrée. Après l'avoir recopié avec soin, sans ratures, il s'endormit, inquiet de savoir si son devoir serait reconnu à sa juste valeur.

Deux jours plus tard, le père Baker fit venir Patrick dans son bureau.

– Qui t'a aidé à faire ce travail? lui demanda-t-il.

– Personne.

– C'est bien sûr?

– Qui aurait pu m'aider?

La réponse était imparable.

– C'est un travail d'érudit, dit pensivement le père Baker. Je ne m'attendais pas à quelque chose d'aussi fouillé que cela. Tu as dû faire des semaines de recherches. Qu'est-ce qui t'a poussé à le faire? Peux-tu m'expliquer?

Patrick hésita.

– Eh bien... c'est à cause d'Ah Sing, le Chinois. Je le connais depuis que j'ai quatre ou cinq ans...

Et il raconta combien l'avait frappé la ressemblance entre Ah Sing et les Indiens de l'île.

– Et puis j'ai pensé, enfin je crois que j'y ai toujours pensé, à mes ancêtres. J'imagine comment doit être l'Afrique. Mais je pense aussi aux cathédrales et aux petits villages anglais que l'on voit dans les livres. Tout cela est en moi. Saint-Félice éveille plein d'images.

Comme il avait quelque honte à avouer que le problème de la couleur le hantait, il ajouta simplement :

– Je pense aux Da Cunha... Nicholas m'a dit que les premiers à être venus ici étaient des juifs, le peuple de la Bible, un peuple errant. Qu'est-ce qui a pu les amener ici, eux aussi?

Il s'enhardissait.

– Cette île est si petite! Et il y a tellement de gens différents qui y vivent en s'ignorant. Le monde entier est-il comme ça, aussi? Les gens bougent-ils d'un continent à un autre en se côtoyant sans vraiment le vouloir?

Le père Baker le considérait avec une telle intensité que Patrick s'arrêta de parler. Etait-il ridicule?

Puis le père détourna les yeux. Patrick suivit son regard au-dehors, vers le terrain de cricket d'où montaient des cris et des rires.

Bientôt je ne serai plus là, songea-t-il avec tristesse. Fini les livres et les amis, fini la chaleur accueillante de ce petit bureau.

Machinalement, le père Baker traça un cercle sur une feuille de papier.

– Que comptes-tu faire dans la vie, Patrick?

– Eh bien... trouver du travail...

Il pensait, ou plutôt sa mère pensait, qu'on le prendrait peut-être à la Barclay's Bank. Les employés y étaient pour la plupart des métis clairs. Comme lui.

– ... peut-être dans une banque.

– Est-ce vraiment ce que tu veux faire?

Alors, sans réfléchir, il lança :

– En vérité, j'aimerais enseigner. Comme vous; mais pas la religion.

Il se sentait un peu gêné d'avoir dit cela. Avait-il manqué de tact?

– Je comprends. En sortant d'ici, tu n'aurais aucune difficulté à trouver un poste d'instituteur, mais un garçon de ta valeur devrait aller à l'université en Angleterre. Ce serait bien si tu pouvais y aller en même temps que ton ami Nicholas, non?

Certes, mais le père Baker ignorait-il la situation de sa mère?

Apparemment pas, car le bon père ajouta :

– Tu pourrais certainement décrocher une demi-bourse.

Ce ne sera pas suffisant, songea aussitôt Patrick.

– Eh bien, songes-y, dit le père Baker pour clore leur entretien.

L'idée fit son chemin dans l'esprit de Patrick. Il n'en parla pourtant pas à Nicholas, d'abord à cause d'une certaine réserve naturelle, et ensuite parce qu'il ne voulait pas paraître s'enflammer pour un projet irréalisable. Mais en flânant sur le port, il se surprit à considérer d'un œil différent les voiliers amarrés à quai.

Un soir, n'y tenant plus, il se résolut à en parler à sa mère.

– Mon prof m'a dit que mon travail sur les Caraïbes était excellent.

– Ah! Très bien, très bien.

– Il pense que je devrais aller en Angleterre, à l'université.

– Ah bon? Et il compte te payer tes études?

– Je pourrais obtenir une demi-bourse.

– Et pour le reste?

– Je ne sais pas.

– Eh bien, moi non plus. Je pensais que tu allais rester ici, trouver un bon travail et te montrer reconnaissant envers ta vieille maman. Allez, oublie ces folies!

Patrick rougit. C'est vrai, c'étaient des folles idées. Et pourtant, il songeait à Mlle Ogilvie, l'institutrice, qui leur avait parlé des rois et des généraux d'Europe et jamais de ce « continent noir » d'où venaient tous ses élèves; en même temps, il pensait à ses professeurs du collège et cette comparaison ne manquait pas d'être choquante. Mais après tout, qu'étaient-ils eux-mêmes, à côté des sommités de Cambridge? Le savoir ne se distillait que dans quelques endroits choisis et pour un nombre restreint de privilégiés. Il songea aux ouvriers qui coupaient la canne et à leur ignorance. Mais les riches planteurs dans leurs belles maisons n'avaient-ils pas une vision du monde bornée aux limites de leur domaine?

Le découragement l'envahissait.

– Tu as envie d'y aller, n'est-ce pas? lui demanda un soir brusquement Agnès.

– Où ça?

– Mais en Angleterre, à l'université, pardi!

– N'en parlons plus, dit-il sèchement. Je sais bien que c'est impossible, alors à quoi bon insister?

– Peut-être as-tu raison, lui dit-elle quelques jours plus tard.

– Raison à propos de quoi? demanda-t-il en levant la tête de son travail.

– Rien, rien. Je pensais tout haut.

Mais elle finit par ajouter :

– En fait, je pensais que tu avais raison de dire que l'Angleterre, c'était impossible.

– Je sais bien que j'ai raison et je ne veux plus en entendre parler.

– Je n'aime pas le ton que tu emploies! Ne me parle plus jamais comme ça!

Il ne répondit pas et elle quitta la pièce.

Mais une dizaine de jours plus tard, elle lui annonça son départ :

– Je m'en vais pour quelque temps; je vais fermer la boutique. Au cas où il y aurait quelques petites choses à régler, je compte sur toi.

Il pensa d'abord qu'elle voulait revoir la Martinique.

– Où vas-tu, maman?

– A New York.

– Hein?

Il n'en croyait pas ses oreilles. Agnès, elle, était enchantée de sa surprise.

– Oui, j'ai une affaire à régler là-bas.

– Une affaire... A New York! Et comment vas-tu y aller?

– En cargo.

– Et tu comptes revenir?

– Mais bien sûr! Qu'il est bête! J'ai une petite affaire personnelle à régler, c'est tout. Suis-je donc obligée de tout te raconter? demanda-t-elle en prenant un air faussement sévère. Ne t'inquiète pas et continue à travailler comme d'habitude. Je serai de retour dans quelques semaines, et alors, bien des choses auront changé.

5

Un dégradé de verts estompé par le voile de pluie qui, ce jour-là, tombait sur les collines du New Jersey. Voilà ce qui, longtemps après, demeurait dans sa mémoire. Les gens et les lieux lui évoquaient toujours des couleurs. Son mari avait le gris imprévisible des nuages, ses enfants le rose tendre des pétales. Eleuthera avait longtemps éclaté d'un bleu luxuriant dans son souvenir, mais ce bleu-là s'était fané.

Elle s'était tournée vers la fenêtre, et sur le bureau près d'elle étaient éparpillés quelques médiocres clichés d'amateur. Elle y avait jeté un coup d'œil apeuré; son regard les avait touchés puis s'était rétracté comme on ôte la main d'une surface brûlante.

– Vous ne voulez même pas regarder les photos, dit Agnès d'une voix calme. Je serais curieuse de savoir ce qui se passe dans votre tête.

Quelque part dans la rue, l'appel flûté d'un enfant traversa le chuintement monotone de la pluie. Teresa tremblait.

– Je suis... Je voudrais disparaître dans un trou où personne ne me retrouverait. Ou m'enfuir à bord d'un bateau le plus loin possible.

– Ça ne serait jamais assez loin.

Teresa se retourna.

– Comment m'as-tu retrouvée?

– Rien de plus facile. Dans l'annuaire de New York. Puis on m'a dit que vous étiez à la campagne.

– Tu as toujours été débrouillarde.

– Il l'a bien fallu. Qui l'aurait été pour moi?

Délicatement, sans faire de bruit, Agnès reposa la tasse sur la soucoupe. Elle était chaussée d'élégants souliers noirs et avait croisé les jambes aux chevilles. Elle avait déjà discrètement passé la pièce en revue : moquette de teinte pâle, soucis dans les vases bleu profond, et des photographies, de celles qui conviennent à l'intimité d'un boudoir. Elle appréciait le bon goût feutré du lieu. *Elevée au chapeau*, se souvint tout à coup Teresa sans savoir pourquoi.

Agnès leva les yeux.

– Il ne faut pas avoir peur de moi, dit-elle doucement.

Peur? Non, terrifiée. Il ne pouvait rien y avoir de pis que la chute dans le vide... ou des pas étrangers dans la nuit...

– Je ne viens pas pour vous nuire. J'aurais eu mille fois l'occasion de parler si je l'avais voulu à mon retour dans l'île. Et croyez-vous que je veuille que mon fils Patrick apprenne la vérité?

– Patrick, répéta Teresa.

– Vous ne lui avez pas donné de nom. Alors voilà, il s'appelle Patrick. Patrick Courzon.

– Je ne savais pas que tu étais rentrée. Père n'y a jamais fait allusion dans ses lettres.

– Il a vu le petit. Une fois. Je le lui ai amené quand il avait trois ans... Vous avez cassé votre collier.

Les perles bleues roulèrent sur le sol. Agnès se pencha pour les ramasser.

– Vous êtes trop anxieuse. Je vous le répète, je ne viens pas causer votre ruine. Personne n'y gagnerait rien. J'ai juste besoin de votre aide. Il veut aller étudier à Cambridge.

Le sang battait douloureusement aux tempes de Teresa. Cette silhouette sur les photos; un jeune homme grand et mince; le sourire éclatant, la chemise blanche... Il vivait; on l'avait pris en elle; il était d'elle. Et si on lui avait demandé – ce qu'Agnès venait de faire – : « Que ressentez-vous? », elle n'aurait pu répondre qu'une chose : « J'ai un goût de poison dans la bouche; c'est comme s'il ne me restait plus rien... plus d'enfants, plus de foyer et, surtout, plus de nom. » Que ferait Richard?

Elle s'écria :

– Dix-sept ans! Tu viens comme ça après dix-sept ans! Tu imagines le mal que tu me fais?

– Donnez-moi ce que je demande, dit doucement

Agnès, et je ne reviendrai plus jamais... Vous avez envie de savoir comment il est, n'est-ce pas? Eh bien, il a le nez des Francis, comme votre grand-père et vous. Et il a le teint clair. A Covetown, j'ai vu des marins italiens qui avaient la peau presque plus foncée que lui. Seuls ses cheveux le trahissent.

Agnès n'avait pas huilé ses cheveux ce jour-là. Ils frisottaient en tous sens. On croyait entendre les tambours en regardant ces cheveux. Père racontait que jadis, dans les plantations, les tambours résonnaient tout le dimanche; et une fois, étant enfant, Tee avait vu une danse africaine; le pas syncopé de la calinda électrifiait l'air brûlant.

Elle s'essuya le front et s'arracha aux images du passé.

– Je te donnerai l'argent. C'est promis.

Richard s'occupait des investissements et des comptes bancaires, mais elle vendrait un des bracelets. Il y en avait bien trop. Il achetait tant de choses inutiles et trop chères.

– C'est promis. Tu l'auras. Mais ensuite tu me laisseras tranquille, n'est-ce pas?

Seuls ses cheveux le trahissent.

– J'ai mes quatre enfants, tu comprends, ceux que j'ai eus avec mon mari. Trois filles...

De longs cheveux cendrés comme des mèches de soie sur leurs épaules.

– Et mon fils, mon premier-né.

Mon garçon, si doux et si fort, mon préféré. Je ne l'ai jamais dit, mais il le sait aussi bien que moi. Il est tout pour moi.

– Je ne peux permettre qu'il leur arrive quelque chose de mauvais! cria-t-elle presque.

– C'est bien compréhensible.

– Tout s'écroulerait s'il découvrait...

Elle ouvrit les bras.

– Tout! Il ne comprendrait pas... Il ne pardonnerait pas.

– Quel homme pardonnerait?

Les yeux d'Agnès pleins de tristesse et de gravité se posèrent sur elle.

– Vous n'avez rien à craindre. N'ai-je pas été une mère pour vous? Plus même que Mme Julia. Vous ne vous en souvenez pas?

– Si.

Son souvenir de Julia avait une curieuse transparence. Pas de joie ni de conflit. Peut-être est-ce pour cela que je suis ainsi? songea Teresa. C'est sans doute ce que je finirais par découvrir si je me faisais psychanalyser comme il est de bon ton de le faire ces temps-ci. De même que je comprendrais pourquoi la négritude d'Agnès m'inspire de la répulsion quand sa présence m'apporte tant de chaleur et de réconfort.

– Ma petite fille, Margaret, est retardée, dit-elle soudain malgré elle. C'est une enfant anormale.

– Quel malheur, mamzelle Tee!

– Tu sais, parfois, j'ai des idées bizarres. Je me dis que c'est une punition.

Agnès acquiesça.

– Ce n'est pas une idée si bizarre. J'ai vu se produire des choses comme ça.

Et pourtant, Teresa le savait bien : seule une paysanne élevée dans un lieu retiré comme Saint-Félice pouvait croire des absurdités pareilles; c'était une sorte de réflexe atavique, un vestige des siècles révolus qui remontait à la surface dans les moments de désarroi.

Agnès montra une photographie posée sur une table.

– Votre mari? C'est un bel homme.

– Oui.

Une publicité pour tailleur sur mesure, pensait-elle lorsqu'elle était en colère.

– Etes-vous heureuse au moins? Il est gentil avec vous? dit Agnès d'un ton mi-interrogateur, mi-affirmatif.

L'ameublement raffiné du boudoir, les pelouses bien entretenues et les grands arbres qui se balançaient derrière les fenêtres, tout cela devait compenser bien des choses dans l'esprit d'Agnès qui n'avait rien.

– Il est gentil. Je suis heureuse.

Car, à sa manière, Richard l'aimait. Le charme « différent » de la jeune fille née dans une île lointaine avait depuis longtemps cessé d'opérer. Mais Richard était un homme foncièrement bienveillant, et il avait grandi dans un milieu où l'on ne divorce pas.

Il se montrait chaleureux et attentif avec les enfants et traitait même avec une grande patience la malheureuse Margaret avec ses mains poisseuses et ses éclats de rire stupides. Il était fier des deux autres filles et de Francis, leur garçon si vif et si précoce. Comment avaient-ils pu engendrer un tel enfant? Il n'avait rien de Richard sinon la blondeur et quelque chose dans le sourire.

Agnès l'enveloppait de son regard doux et pénétrant, et Teresa songeait, *nous ne parlons jamais de rien d'essentiel sinon des enfants. Nous ne nous sommes jamais vraiment rencontrés.* Mais elle s'en accommodait. Même des « autres femmes », elle s'en accommodait. Elle avait consacré sa vie à ses enfants, un peu comme un botaniste se voue à ses expériences et surveille jalousement la température de la serre et la composition des sols.

Soudain, il lui fallait parler de Francis.

– Mon fils, mon fils Francis me rappelle mon père.

– Vous vous souvenez de lui?

– Un peu. Il me lisait des histoires. Il avait une belle voix.

C'était une forme longue et immobile sous les draps blancs, dans une chambre aux volets clos. Un corbillard noir, tiré par deux chevaux en sueur avec des panaches noirs sur la tête, l'avait emporté.

– Il est mort bravement. Il a souffert sans se plaindre.

– Père disait que les Francis étaient durs et que ça les aidait à vivre. Il disait que moi aussi je l'étais mais je n'y ai jamais cru.

– En tout cas, votre grand-père, lui, l'était, dit Agnès sombrement. Vous savez ce qu'il a fait à Clyde. Il fallait s'y attendre, remarquez, un Noir...

– Tu penses que c'était pour ça? Il aurait sûrement fait la même chose avec n'importe qui...

Agnès sourit.

– Non. Il y avait de la haine en lui, mamzelle Tee. Il croyait ne pas en avoir, mais il se trompait.

Tee gardait le silence. Clyde, sa vie et surtout sa mort, ne devaient pas percer les couches d'obscurité et de terreur sous lesquelles elle l'avait enfoui.

– Mais je ne lui en veux pas, continuait Agnès. Il y a un meurtrier en chacun de nous. Je pourrais tuer pour Patrick s'il le fallait.

Le silence bourdonnait aux tempes de Teresa.

– Dites-moi, mamzelle Tee, vous voyez votre mère quelquefois?

Tee humecta ses lèvres desséchées.

– Ils sont venus me voir deux fois.

– Et vous? Ça ne vous dit pas d'y retourner?

– Non.

De nouveau, le silence. Le bourdonnement contre ses tempes était près d'exploser, il allait jaillir d'elle dans un hurlement. Elle porta la main à ses lèvres tremblantes. Le miroir derrière Agnès lui renvoyait un visage apeuré, contracté de sanglots retenus.

Elle courut vers Agnès et enfouit son visage dans son épaule. Une main caressa son dos.

– Je ne dois pas pleurer.

– Non, il ne faut pas. Autrement je vous aurais dit : pleurez un bon coup, ça ira mieux après. Mais vous ne pouvez pas vous le permettre.

Tee releva la tête.

– Je ne sais pas où j'en suis. Je voudrais très fort savoir comment il est, et en même temps j'ai peur de savoir... A cause de... de ce qu'il est. Pardonne-moi, Agnès.

– Inutile de vous excuser. J'ai assez vécu pour savoir ce qu'il en est à ce sujet.

Sa voix avait la tristesse pleine de gravité d'une vieille femme qui en avait trop vu.

– Mais je peux vous dire que c'est un garçon tranquille et réfléchi. Il réfléchit beaucoup. La moitié du temps, je me demande à quoi il peut bien penser. Il est ambitieux, sauf que ce n'est pas d'argent qu'il a envie. Et il est si fier d'être noir... Plus que d'autres qui ont la peau noire comme l'ébène. Vous ne trouvez pas cela curieux?

– Si.

Curieux et si triste.

– Est-il heureux, Agnès?

– Il a des amis. Il est très entouré. Il n'est pas plus malheureux qu'un autre... Mais ce n'est pas facile de résumer tant d'années en quelques mots. Il est ce que j'ai eu de mieux dans la vie. Pour ça, oui!

– Tu sais, le jour où tu l'as pris, je voulais tellement le voir, et en même temps ça me faisait peur. J'ai toujours honte de moi à cause de cette peur.

– Honte? Mais vous n'aviez même pas seize ans!

Et même si vous pensez le contraire, vous avez été très brave.

– Je me dis souvent qu'il y a deux sortes de courage. Il y a ceux qui supportent sans rien dire, qui ont un projet et s'y tiennent avec persévérance. C'est comme ça que je suis, moi. Mais le vrai courage, c'est de prendre des risques et de savoir plonger dans l'inconnu...

– De ne pas craindre d'affronter la réalité, vous voulez dire? Et de la lancer à la face du monde?

Tee acquiesça.

– Ce serait stupide de votre part. Et ce n'est pas la peur de perdre Patrick qui me fait dire ça. Vous seriez obligée de renoncer à tout cela.

Agnès balaya la pièce d'un geste du bras.

– Je ne suis pas si attachée à mon petit confort, tu sais, Agnès!

– Et vos enfants, alors? Et votre mari?

– Mes enfants, oui, dit Teresa dans un murmure.

– Je vois. Quel malheur, mamzelle Tee! Vous méritiez mieux que ça. C'est un homme à aimer toute votre vie que vous auriez dû rencontrer.

Tee lui adressa un pâle sourire.

– Toi aussi, Agnès.

– Je n'en ai pas tant besoin que vous. Vous marchiez à peine que vous débordiez d'amour. Vous êtes née comme ça.

– Je t'ai aimée très fort, Agnès. Tu t'en souviens? Il y avait toi et Père. Et maintenant j'ai Francis. Je voudrais tant que tu le voies. Tout ce que tu disais de... Patrick... est vrai de Francis. Il est tranquille, délicat, réfléchi...

On entendit une porte se fermer et des pas monter l'escalier. Agnès se leva en coiffant son chapeau.

– Il vaut mieux que je m'en aille avant qu'on ne

vous pose des questions embarrassantes. Mais vous vous occuperez de ce que je vous ai demandé, n'est-ce pas?

– C'est promis, Agnès. J'espère... je souhaite que ça lui facilite la vie. Je penserai toujours qu'il y a, quelque part dans le monde, un garçon qui...

Elle s'interrompit. Les deux mains d'Agnès s'étaient refermées sur la sienne. Un geste depuis longtemps oublié et soudain retrouvé.

– Agnès, tu vas partir, et je ne t'aurai même pas dit toute la gratitude que je te voue, tout l'amour que j'ai pour toi.

– Je sais tout ça, mamzelle Tee. Vous n'avez pas à le dire.

Teresa la raccompagna jusque sous le porche. Sur le seuil, Agnès se retourna. Ses yeux étaient fixés quelque part dans la pénombre du vestibule.

– J'ai un pressentiment, mamzelle Tee. Vous vous souvenez comme ça m'arrivait souvent.

– Que veux-tu dire?

– Patrick reviendra dans votre vie. Pas à cause de moi. Pour ça, non! Peut-être pas dans votre vie à vous, je ne sais pas bien. Dans celle de vos enfants, en tout cas. Oui. J'en suis sûre.

Teresa ne répondit rien. Encore des superstitions venues d'Afrique, pensa-t-elle pour se rassurer. Mais ses mains tremblaient tant qu'elle eut du mal à pousser le loquet.

Plus tard, Francis lui demanda :

– Qui était cette femme de couleur qui était avec toi tout à l'heure? Je l'ai vue en passant devant ta chambre.

– Ma bonne d'enfant quand j'étais petite.

– De Saint-Félice? Que fait-elle ici?

– Je crois qu'elle a un cousin qui travaille dans le coin.

– Je prépare un exposé sur Saint-Félice pour le cours d'économie. Je te l'avais dit? Je suis incollable sur les prix du sucre et sur la concurrence du sucre de betterave en provenance d'Europe! Ça intéresse toujours les gens quand je leur dis que tu as été élevée à Saint-Félice. Même le prof n'arrête pas de me poser des questions.

– Je ne vois pas ce qu'il y a de si extraordinaire à cela.

– Ah, mais tu sais bien, les pirates, les volcans et tout ça... Je suis en train de lire le *Journal du premier François*, et c'est rudement palpitant.

Rudement revenait toutes les trois phrases dans la bouche des jeunes depuis quelque temps. Il arborait un tricot de basket-ball où éclatait un énorme numéro de couleur vive. Deux lignes parallèles barraient son front lisse. Il n'avait que seize ans, et son enthousiasme la touchait profondément.

– Je parie qu'ils nous prennent tous pour des millionnaires du sucre?

– Tu parles, bien sûr! Et...

Francis rougit légèrement.

– Et ils se font des tas d'idées sur les relations sexuelles interraciales. Je n'arrête pas de leur dire, pourtant...

Il rit.

– Je leur dis que dans la famille on est tous blancs et qu'apparemment rien de tel ne s'est produit chez nous.

Elle croisa les mains sur ses genoux puis fouilla parmi les peignes, les flacons et les boîtes de poudre qui encombraient la coiffeuse.

– Je suis bien décidé à y aller un jour, tu sais. Même si toi tu ne veux pas y retourner.

– Ce n'est pas si exotique que tu le crois. Tu risques fort d'être déçu... Pense plutôt à ton entrée à l'université d'Amherst dans deux ans, puisque c'est là que tu veux aller.

– Oh! ne t'en fais pas pour ça. J'y arriverai, dit Francis avec ce sourire hérité de son père et où perçait un certain entêtement.

Il y arriverait, bien sûr. Il était studieux. La voix d'Agnès résonnait encore dans sa tête : *Un enfant studieux. Jamais aucun problème à l'école...*

– Tu as l'air soucieuse, remarqua Francis.

– Ah bon? Je n'ai pas de raison de l'être, pourtant.

– Tu as eu du mal avec Margaret, aujourd'hui?

– Ni plus ni moins que d'habitude.

Francis enfonça les mains dans ses poches et fit tinter les pièces qui s'y trouvaient. Un geste d'homme...

– Je peux t'aider à la mettre au lit, si tu veux?

– C'est gentil à toi. Je suis un peu fatiguée, ce soir. Et c'est avec toi qu'elle est le plus docile.

Les sourcils froncés, il regarda sa mère.

– Tout le monde dit que tu vas t'épuiser si tu continues comme ça.

– Qui dit cela?

– Oh! les amis et la famille de papa, et même les domestiques. Tout le monde, quoi.

– Ils pensent que je devrais envoyer Margaret quelque part?

– Dans une école spécialisée, c'est tout, dit-il en baissant les yeux.

– Qu'on me laisse donc tranquille avec ça!

Le jeune homme semblait dérouté.

– Certains disent que tu as l'air de te punir toi-même.

– Me punir! Et pourquoi cela, je te le demande bien?

– Je ne sais pas, maman.

Une punition, avait-elle dit à Agnès.

– Papa m'a demandé de t'en reparler parce que tu ne veux pas l'écouter.

Le regard clair et innocent de Francis rencontra le sien. Le seul regard au monde qui savait lui parler.

– Je lui ai promis de le faire, bien que ça soit inutile. Je lui ai dit que tu n'abandonnerais jamais une enfant comme ça. Ce n'est pas sa faute si elle est née handicapée.

– Tu le penses aussi, n'est-ce pas? murmura-t-elle.

– C'est-à-dire que ça serait plus facile pour toi de l'envoyer dans une institution... C'est ce que feraient la plupart des gens. Mais pas toi. Tu ne ferais pas ça à une enfant que tu as mise au monde.

Alors elle se détourna pour qu'il ne vît pas comme elle était bouleversée.

– Je monte Margaret dans sa chambre?

– Oui, ce serait gentil.

Elle jeta autour d'elle un coup d'œil désemparé. Elle avait décoré cette pièce avec amour, comme le reste de la maison. L'ours en peluche avec lequel Francis s'endormait étant petit trônait en haut d'un placard; il y avait une photo de ses filles déguisées pour une fête costumée, un cliché encadré de leur tout premier airedale et une rangée de livres sur le jardinage. Mais à cet instant, tous ces objets familiers lui semblaient étrangers. Les murs de la chambre ne la gardaient plus du froid et de la pénombre du monde extérieur.

Margaret passa la tête dans l'embrasure de la porte.

– Maman?

– Oui, ma chérie?

– Je ne veux pas aller au lit.

La bouche entrouverte, l'enfant semblait au bord des larmes.

– Je vais venir te lire une histoire. On finira *Pierrot Lapin.*

– Non, je veux que Francis lit!

La jeune fille, dont la tête dépassait presque l'épaule de son frère, se mit à trépigner.

Tee fit un effort surhumain pour garder son calme et prit la jeune fille par la main.

– Viens, ma chérie... Francis nous accompagne.

Elle sourit à son fils.

– Je me demande parfois ce que je ferais sans toi.

La maison fut bientôt tranquille, et elle s'allongea. Richard rentrait tard, mais elle était contente d'être seule. Elle était souvent seule, car il passait presque tout son temps à la société de courtage et dans les galeries. Un sourire amer se dessina sur ses lèvres. Il se prenait pour un génie de la finance et un connaisseur en art. Il avait indéniablement un certain flair concernant la peinture.

– Anatole Da Cunha est un des plus grands, lui avait-il déclaré un jour. Tu vas voir comme vont grimper les prix de ses œuvres après sa mort.

Il avait donc acheté quatre paysages peints par Anatole.

– Ses tableaux d'après ses souvenirs des Antilles sont les plus inspirés. Mais c'est à toi d'en juger, Teresa : cela t'évoque-t-il ton enfance?

Oui. Oh oui! Et l'on avait placé le morne Bleu dans le faisceau de la lampe, entre les deux fenêtres. Sous un ciel d'un gris tourmenté, dense de chaleur, se balançaient les hautes cannes entre lesquelles s'affairaient une rangée de coupeurs, leurs bras noirs arrondis à la cadence du labeur.

Richard l'avait accroché là pour lui faire plaisir. Mais pouvait-elle lui dire qu'elle n'en voulait pas? Comme elle ne voulait rien de ce qui venait de

Saint-Félice. Rien, pas même les livres de Père qu'on lui avait pourtant envoyés après sa mort. Pouvaient-ils savoir qu'en même temps ils lui envoyaient le claquement des balles de croquet sur la pelouse, le scintillement des chandelles du cimetière catholique et l'odeur de la pluie?

Un rideau de pluie transparent enveloppait les collines du New Jersey; elle crépiterait doucement contre les vitres toute la nuit durant. A Saint-Félice, les trombes d'eau se déversaient d'un coup, pilonnant la terre, et elles s'arrêtaient tout aussi brusquement; puis de lourdes volutes de vapeur montaient du sol détrempé et chauffé par un soleil torride.

En bas, le long du quai, quand le vaisseau transportant les bananes est amarré, on voit des rangées de femmes aller pieds nus à travers la moiteur, leurs charges posées en équilibre sur la tête.

– Regarde, dit maman, comme elles sont gracieuses! C'est pour ça que les nonnes t'apprennent à marcher avec un livre sur la tête.

Mais la petite fille voit bien qu'il n'y a pas grand-chose de commun entre ces femmes et elle. On voit toujours les Noirs besogner aux travaux les plus durs, et ils vivent presque tous dans un dénuement proche de la misère. Elle va parfois en ville avec Agnès porter des remèdes pour la vieille tante du cuisinier. Dans les rues, la chaleur est étouffante, la puanteur insupportable, les caniveaux charrient des immondices; dans la maison, rien, sinon une table branlante et une paillasse. Pourquoi est-cc ainsi? Personne ne le lui a jamais expliqué. Peut-être que personne ne le sait.

Père parle souvent de Cambridge, de bateaux sur une rivière tranquille, de chœurs et d'arcades gothiques, et surtout de gentilshommes. Quel rapport entre Covetown et toutes ces choses dont il parle avec tant de fierté?

Agnès dit : « Ce garçon mérite ce qu'il y a de mieux. »

Père dit : « Trois générations de Francis sont allés à Cambridge. »

Voici la quatrième, et il ne sait pas qu'il est un Francis.

La tête de Teresa roula sur l'oreiller. Francis, mon fils, est-ce pour laver cette blessure si douloureuse que je t'aime tant? Trop, peut-être? Est-ce pour me prouver à moi-même que je n'ai jamais eu qu'un fils? Que l'autre ne peut pas exister?

Elle ferma les poings, serra les lèvres. On ne peut plus rien y changer, Teresa. Il faut se taire et poursuivre la voie que tu t'es depuis longtemps tracée.

Enfermer de nouveau la honte dans un étau de silence, en sachant que reviendront toujours ces après-midi gris où la peur refluera et où, la bouche sèche, tu fermeras ton livre pour arpenter interminablement la pièce.

« Etes-vous heureuse, au moins? » lui avait demandé Agnès. *Au moins*! Agnès n'était pas dupe. *Heureuse*? A quoi reconnaît-on quelqu'un d'heureux?

Ma mère est heureuse, car les événements et les émotions glissent sur elle sans laisser de trace. Elle avait versé un torrent de larmes à la mort de papa, puis la blessure avait guéri. Richard? Oui, Richard est heureux. Notre mariage lui apporte tout ce qu'il en attend. Il n'a même pas idée de ce que peut être la solitude.

Et moi? Je me sens bien quand je marche seule sous la pluie. Le vent de la nuit ne passe pas le rempart douillet de ma maison. J'ai deux ou trois amis qui me sont chers et qui m'aiment. J'ai les moyens de secourir les pauvres et les malades, et je le fais. Et j'ai Francis... A qui parlerais-je dans cette maison, si je n'avais Francis? Pauvre Margaret à l'esprit brisé... Les deux autres filles sont comme Richard : si lisses, des surfaces que rien n'entame; elles ont beaucoup de qualités mais nous ne parlons pas le même langage.

Une fois, j'ai voulu mourir. On dit que ça arrive à tout le monde un jour ou l'autre; on tombe, puis on se relève et on reprend la lutte...

« Les Francis sont des coriaces. Ne l'oublie pas », disait Père.

Allongé aussi, Francis écoutait la pluie. Ce soir-là, comme cela lui arrivait parfois, il était angoissé. Il ne pouvait trouver le sommeil. On lui avait souvent dit qu'il était trop sensible; de fait, il percevait de manière aiguë les changements d'humeur de son entourage.

Quelque chose préoccupait sa mère, et il sentait que cette fois ce n'était pas Margaret. Il aurait pu, comme il le faisait habituellement, lui demander la cause de son souci. Ils se parlaient toujours avec une grande franchise faite d'humour et de gravité. Mais parfois une barrière se dressait, qui le tenait à distance; une ombre la recouvrait comme un nuage passe sur l'eau claire et l'enveloppait, la rendant inaccessible. Ces moments d'absence survenaient soudainement, de manière imprévisible. Elle était assise parmi les autres mères lors d'une réunion à l'école; un sourire tranquille sur le visage, elle prêtait une oreille distraite aux babillages des femmes endimanchées, quand tout à coup cette ombre l'emportait pour quelques instants, loin, très loin, il ne savait où.

Une fois, quand il était petit, il avait entendu deux bonnes parler d'elle.

– Elle est gentille, mais un peu bizarre, avaient-elles dit.

Et lui leur avait demandé :
– Pourquoi est-elle bizarre ?
– Oh ! on veut simplement dire qu'elle a l'air d'avoir le mal du pays. Elle est si loin de chez elle !
Alors il avait posé des questions à sa mère.
– Pourquoi ne va-t'on pas à Saint-Félice ? On pourrait y aller en vacances.
– C'est trop loin... Tes sœurs sont encore petites... J'ai le mal de mer... Un jour, peut-être...
Elle n'en parlait jamais, sinon pour mentionner, de temps à autre, rarement, un petit détail amusant, telle l'existence des « poules de montagne », ces grosses grenouilles que l'on cuisinait comme du poulet. Francis trouvait ce silence surprenant car son père, en revanche, était intarissable quand il racontait ses souvenirs d'enfance.
Sa grand-mère, Julia, était venue leur rendre visite deux fois. Sa voix sonore retentissait dans toute la maison, elle se plaignait sans cesse d'avoir froid en plein mois de juin. Le petit Francis ne l'aimait pas beaucoup, malgré son délicieux parfum de fleurs et les superbes cadeaux qu'elle leur avait apportés.
– Ta mère nous méprise, lui avait-elle dit. Notre petite île est trop arriérée pour elle maintenant.
Mais c'était faux. Sa mère ne méprisait personne. Au contraire, elle cherchait toujours à excuser les fautes des gens.
La semaine précédente, par exemple, le jardinier avait eu un accident avec leur break qui était maintenant inutilisable.
– C'est impardonnable, avait dit Richard. Il rêvassait sans faire attention à la route.
– Il ne faut pas condamner si vite, avait rétorqué Teresa. Comment peut-on savoir ce qui se passe au fond des gens ?

Francis se demandait si, malgré la prudence de son père, elle se rendait compte de ses « escapades ». Un jour, à l'âge de quinze ans, il était allé au restaurant avec les parents d'un ami et y avait rencontré son père en compagnie d'une jeune femme outrageusement fardée.

– N'en parle pas à ta mère, petit, lui avait dit son père. Tout le monde en pâtirait inutilement. Il n'y a pas de mal à cela, tu sais, et je ne ferais souffrir ta mère pour rien au monde.

Ne pouvait-on savoir d'avance qu'un mariage allait échouer? Une heure en compagnie de Richard et Teresa suffisait à faire comprendre combien ils étaient mal assortis.

Richard était d'une prodigalité presque tapageuse. Tous les placards de la maison débordaient d'objets sans utilité mais on continuait de livrer colis après colis. L'argent coulait à flots entre ses mains.

– Comme le vin de France, disait Teresa, de nature plutôt frugale. Vain gaspillage.

Richard allait volontiers à la chasse.

– Vaine tuerie, disait Teresa lorsqu'il rentrait, le cadavre d'un cerf sanglant jeté sur la galerie de la voiture. Je ne peux pas voir ça.

Elle recueillait les animaux errants.

Ils ne se querellaient jamais. Mais les enfants ressentent cette froideur qui imprègne les murs d'un foyer près de s'effilocher.

Pour quelque raison obscure, Francis s'était rangé du côté de sa mère. De là venait, se disait-il, la patience avec laquelle il traitait la pauvre Margaret. Contrairement à ses sœurs, il ne s'autorisait jamais le moindre geste d'humeur, même lorsque la fillette mouillait sa culotte ou renversait son assiette.

Sa mère lui en savait gré.

– Comme tu es gentil avec elle, Francis! remarquait-elle, heureuse et toujours un peu étonnée.

Son père riait avec bienveillance.

– Un véritable presbytérien, disait-il, mais avec une âme de poète. Drôle de combinaison!

Parfois, une barrière impalpable se dressait entre lui et les gens; un soupçon de sauvagerie, sans doute héritée de sa mère. N'eût-il été grand et sportif, peut-être même aurait-il eu des difficultés à s'intégrer au milieu de ses camarades. Le destin faisait suivre aux humains des chemins étonnamment contournés...

Il avait dix-sept ans et se demandait souvent quel sort la vie lui réservait. De quoi serait fait son avenir? Pour Richard, il était évident que son fils le rejoindrait dans sa société de courtage, une des plus prestigieuses de Wall Street. Quel privilège pour un jeune homme de commencer une carrière ainsi au plus haut échelon! Pourtant cette perspective n'enthousiasmait guère Francis. Il ne se voyait pas passer sa vie entre quatre murs à compter de l'argent... Car au fond, ce métier si envié, qu'était-ce, sinon compter de l'argent? Et sans jamais voir la lumière du soleil!

Mais que faire d'autre? Pas de nécessité intérieure pour lui dicter une fois pour toutes : tu seras médecin, ou musicien... Francis était un étudiant travailleur et brillant qu'aucune passion particulière n'habitait.

Il avait parfois envie de partir dans l'Ouest – où il avait passé des vacances – s'occuper d'un ranch. Il aurait aimé devenir forestier ou fermier... ou se retirer dans un endroit tranquille et verdoyant pour écrire un livre. Mais quel livre? Un ouvrage historique, peut-être? Le passé l'attirait. Mais avant il voulait parcourir le monde, connaître des lieux aux noms poétiques comme Bora Bora ou la Patagonie. Et Saint-Félice... Apaisé, il se retourna sur son oreiller. Une douce torpeur l'envahissait. N'avait-il pas plusieurs années devant lui pour choisir une voie?

La pluie avait cessé et le vent secouait les grands arbres. Le vent du monde! Il tourne, roule, s'élève et s'en va où bon lui semble.

6

Le bateau montait et descendait au rythme de la houle. Accoudé au bastingage, Patrick offrait son visage aux embruns. Il avait oublié comme l'air pouvait être doux. Les étoiles étaient bleues; on avait envie de les cueillir comme des fruits chauffés par le soleil. Dans le Nord, elles brillaient d'un éclat dur, à des millions de kilomètres au-dessus de la tête, inaccessibles.

L'homme, un Blanc, un fonctionnaire qui retournait à la Jamaïque après une permission, engagea la conversation.

– Alors comme ça, vous êtes content de rentrer chez vous?

– Oui, aussi content que je l'étais de partir il y a quatre ans.

– Et... vous ne vous plaisiez pas en Angleterre?

C'était un Anglais de la bonne bourgeoisie, discret et courtois. Il ne se serait jamais permis une telle curiosité ailleurs qu'à bord de ce vaisseau. Aurait-il seulement songé à lui adresser la parole?

– Oh si! je m'y suis plu. C'était la découverte d'un autre monde. Rien à voir avec tout ce que j'avais pu lire.

Mais comment résumer en quelques mots la

richesse, la splendeur, la détresse, le dépaysement et les déceptions de ces quatre années?

– J'ai rencontré des Sud-Africains, des Hindous, des Arabes, des Japonais...

L'homme sourit.

– Et des Anglais?

– Oui, oui, bien sûr, des Anglais. Le premier ami que je me suis fait était le fils d'un mineur du Yorkshire. Nous avions des chambres voisines.

Patrick se mit à rire.

– Le premier hiver que j'y ai passé... ils n'avaient pas eu un tel froid ni tant de neige depuis trente ans. Je n'ai pas mis le nez dehors pendant deux semaines. Il m'apportait des sandwiches et du café.

Alfie Jones était petit et rubicond, coléreux comme un coq. Le manque d'instruction des pauvres l'indignait profondément.

– Nous nous sommes peu à peu aperçus que nous avions beaucoup de points communs. Nous avons l'un et l'autre décidé de rentrer pour enseigner dans la commune la plus pauvre que nous pourrions trouver. Ce ne sera pas difficile à Saint-Félice.

– Je pensais que la plupart des... des vôtres... étudiaient le droit ou la médecine en Angleterre?

– C'est vrai. Mon meilleur ami, Nicholas Mebane, étudie le droit à Londres. Il veut faire de la politique. On entendra parler de lui aux Antilles avant longtemps.

L'homme garda le silence. Il a dû prendre ma remarque pour une provocation, songea Patrick. Mais tout le monde savait que l'on entrait dans une phase de grands changements.

Les nuages s'amoncelaient, balayant les étoiles. Le ciel devint d'un gris opaque; la masse d'eau en mouvement luisait comme du jais. Un grain allait crever avant le lever du jour. Les tâtonnements de l'humanité semblaient si dérisoires face aux rythmes puissants de la nature! Mais comment progresser sans ces tâtonnements et ces trébuchements?

– Mais moi, la politique ne me tente pas, dit-il tout à coup.

– Vous pourriez aller loin. A la Jamaïque, il y a des postes intéressants pour...

L'homme s'interrompit, craignant sans doute d'être indiscret ou même insultant.

– Vous voulez dire, parce que je suis presque blanc?

– Ma foi, sans vouloir vous offenser, il faut bien regarder la réalité en face. Si désolante soit-elle.

En Angleterre on le prenait parfois pour un Syrien, parfois pour un Grec ou pour un Hindou. Mais ici, chez lui, personne ne s'y trompait; sa place était désignée d'avance en fonction de la couleur de sa peau.

– Mais nous aurons tôt ou tard un gouvernement différent de celui que vous servez, et alors tout cela n'aura plus aucune importance.

L'homme ne répondit rien. Il sortit une cigarette de sa poche; le vent s'était levé, et il dut protéger la flamme entre ses mains en coupe. Patrick était la proie de sentiments contradictoires, partagé qu'il était entre le plaisir d'avoir répondu comme il se devait à la condescendance de l'homme et le regret d'avoir embarrassé quelqu'un qui n'avait nullement l'intention de le blesser.

Mais comment échapper à ces sentiments qui venaient parfois gâcher les moments les plus agréables?

Un camarade de faculté, un jeune Anglais, les avait un jour conviés, Nicholas et lui, à un mariage fastueux. Les parents de la fiancée possédaient une demeure seigneuriale – trois mille arpents de pelouses et de forêts, très hauts plafonds et superbes terrasses – construite au XVIIIe siècle grâce aux revenus tirés d'une grande propriété sucrière aux Antilles. Les deux jeunes gens étaient sortis faire quelques pas dans le parc; Patrick songeait à sa mère émerveillée par le luxe de la maison des Maurier où elle avait été domestique.

– Je ne me suis jamais senti si noir qu'ici, avait-il dit à Nicholas.

Nicholas avait eu l'air amusé.

– Allons bon! Et que devrais-je dire, moi, alors? Non, ce n'est pas une question de couleur de peau, mais de classe sociale. De gros sous, tout bêtement. Alfie Jones et quatre-vingt-dix-neuf pour cent des Blancs se sentiraient aussi déplacés que toi ici. Ne sois pas si obsédé par ces histoires de race, Patrick. Tu t'empoisonnes l'existence pour quelque chose qui n'est peut-être qu'un faux problème.

L'homme avait terminé sa cigarette. Il la jeta dans l'eau.

– Je vais rentrer, maintenant. Et si je ne vous vois pas demain... Vous débarquez à la Martinique, n'est-ce pas?

– Oui, de là je prendrai le bateau pour Saint-Félice.

– Eh bien, bonne chance! Vous êtes presque arrivé.

– Presque, oui. Merci.

Agnès pleurait.

– Comme tu as changé! Laisse-moi te regarder!

Elle avait vieilli; ses cheveux grisonnaient, elle avait rapetissé. Ce jour-là, ils le passèrent à se regarder l'un l'autre, à table pendant le repas et, plus tard, sous le porche, tandis qu'elle se balançait sur son fauteuil à bascule en saluant les gens endimanchés qui passaient, leur livre de cantiques méthodistes sous le bras.

Ils ne se lassaient pas de parler.

– Je n'ai pas perdu mon temps, tu sais, lui dit-il. J'ai travaillé dur. Les choses ont pris tournure dans ma tête. Je suis maintenant absolument convaincu qu'il faut concentrer tous nos efforts sur l'instruction. Il faut former une nouvelle génération ayant un système de valeurs différent. Il faut bouleverser les méthodes d'enseignement, cesser d'ânonner comme des imbéciles ce que nous ont légué l'Europe et l'Angleterre. On a besoin d'instituteurs capables et imaginatifs. Quand je pense à ce que nous racontait Mlle Ogilvie dans les petites classes, ça me désole!

Agnès se rembrunit.

– Tu n'as quand même pas l'intention d'aller pouponner une poignée de lardons?

– Tu sais bien que j'ai toujours voulu enseigner, maman.

– Oui, mais je pensais que tu irais à la Jamaïque, puisqu'ils ont une faculté, maintenant. Tu ne vas tout de même pas prendre un poste dans un trou comme Saint-Félice?

Il sourit.

– Tu n'es pas contente que je sois rentré, alors?

– Ne dis pas d'âneries! Je pense à ton intérêt, c'est tout. Avoir fait tant d'études pour revenir s'enfermer sur ce caillou! Je voulais t'ouvrir les portes du monde, moi! Il n'y a pas d'avenir, ici.

– Mais tu es bien revenue toi-même?

– Rien à voir. Je ne suis qu'une femme sans instruction.

– Ne t'inquiète pas, maman. Je suis très bien ici et je n'ai aucune envie de repartir.

Le lendemain matin, dans le bus de Covetown, il se retrouva coincé entre une femme enceinte avec déjà deux petits sur les genoux et une vieille qui transportait des poules dans un cageot. Le bus bringuebalait, souvent près de verser sur la route bosselée qui s'enfonçait entre les champs de canne. Ils s'arrêtèrent dans des villages faits de maisons de clayonnages enduits de torchis, avec les toilettes au bout du carré de patates douces et des bébés tout nus au milieu des chèvres attachées. Patrick contemplait tout cela d'un œil nouveau : il découvrait tout en ayant l'impression de reprendre sa place dans un monde totalement familier.

Il descendit du bus sur la place du marché de Covetown. Il s'engagea dans Wharf Street, passant devant les banques, les négociants en sucre et le magasin Da Cunha, devant lequel, comme toujours, stationnaient des touristes. Il emprunta la rue en pente raide menant au palais du gouverneur. Il jeta un coup d'œil attendri à la bibliothèque en songeant au jeune garçon qui y avait passé tant d'heures à rédiger son « essai » sur les Indiens des Caraïbes. Ensuite venait le lycée de garçons. Le bureau du père Baker se trouvait dans l'aile gauche du bâtiment. Remontant l'allée, il faillit entrer en collision avec le père Baker en personne.

La surprise et le contentement s'imprimèrent en mille petits plis sur la face ronde du prêtre.

– Patrick! Déjà de retour! C'est fou ce que le temps passe vite. Allez, viens, viens! Entre et raconte-moi tout! Mais attends, laisse-moi te présenter à un vieil ami à moi, Clarence Porter. Tu le connais, bien sûr, comme tout le monde.

C'était un Noir, vigoureux et d'âge moyen.

– Pardonnez-moi, commença Patrick, mais je ne crois pas...

– Inutile de vous excuser, jeune homme. Vous n'aviez pas encore l'âge de vous y intéresser lorsque je menais mon action. Et vous en aurait-on parlé au lycée que vous n'y auriez sans doute pas prêté d'attention particulière.

Porter prit la main de Patrick et la secoua énergiquement.

La bouilloire chauffait sur la plaque électrique; on lui servit le thé dans les mêmes tasses bleu et blanc un peu jaunies à l'intérieur que quatre ans auparavant. La robe du père Baker était toujours aussi tachée. Des cris d'enfants retentissaient depuis la cour de récréation. C'était comme s'il n'était jamais parti.

Il dut faire le récit détaillé de son séjour en Angleterre, et pendant ce temps, le grand homme noir était assis sans rien dire. Il portait des vêtements d'ouvrier; ses cheveux grisonnaient; il l'écoutait avec attention. Quand enfin le feu des questions et des réponses fut ponctué de silences, il prit la parole.

– Je suis allé en Angleterre moi aussi, il y a bien des années. J'aurais pu m'y installer mais j'ai préféré rentrer. Ça me fait plaisir que vous ayez fait ce choix aussi.

– Clarence n'est pas homme à raconter tout ce qu'il a fait, dit le père Baker.

– Et pourquoi cela? Il n'y a rien de plus énervant que la fausse modestie. J'ai fait tout ce qui était en mon pouvoir et je n'ai aucune raison de m'en cacher!

– Certainement non! Tu sais, Patrick, Clarence a vécu un peu partout dans le monde. Aide-cuisinier en Europe, agent de voyages à New York, menuisier à la Jamaïque...

– Et pensionnaire de cinq prisons différentes, termina Clarence. N'oubliez pas cela.

– Je ne l'oublie pas, dit le père Baker.

Il se tourna vers Patrick.

– Mais ce furent des incarcérations honorables,

Patrick. Clarence a été emprisonné comme meneur d'une grève entreprise pour protester contre des conditions de travail inhumaines. Et, il y a quarante ans de cela, il a organisé le premier syndicat à l'échelle de l'île, ici même à Saint-Félice.

Patrick était perplexe.

– Et comment se fait-il que je n'en aie jamais entendu parler?

– Honte sur nous! dit le père Baker. Nous n'avons jamais enseigné et n'enseignons toujours pas ce genre de choses dans les écoles. Même pas dans les nôtres dont on dit, à juste titre, qu'elles sont les meilleures.

– Bah! dit Porter. C'est de la vieille histoire, tout ça. Je n'en fais plus trop maintenant. Un peu de menuiserie quand ça me prend; les réunions syndicales; mais à part ça, je laisse les dures besognes aux jeunes.

Il changea de position dans son fauteuil.

– Ah, j'en aurais à raconter si je pouvais écrire! Mais il en faut, du talent, pour coucher sur le papier le courage, la peur, le sang et la violence de ces premières années. C'était du temps des expulsions et des milices blanches. Ils ont même envoyé d'Angleterre le régiment Royal Wessex pour pacifier les campagnes... Mais je barbe tout le monde avec mes histoires. Racontez-nous plutôt vos projets d'avenir, maintenant que vous êtes de retour.

Patrick fut pris d'une étrange timidité sous ce regard grave et attentif.

– Je cherche un poste d'enseignant dans une commune paysanne, répondit-il. Quelque part comme Gully, Hog Run ou Delicia, de l'autre côté du morne Bleu.

Porter ne cacha pas sa surprise.

– On ne peut pas vous reprocher de chercher la facilité, en tout cas! C'est par là-bas que j'ai grandi.

J'en suis parti à douze ans en quittant la maison de ma mère. On allait pêcher la baleine, dans ce temps-là. On postait des vigies en haut des collines pour repérer les jets des baleines. Dès qu'ils en voyaient un, ils le signalaient aux bateaux et les harponneurs se mettaient en chasse. Ça n'existe plus, tout ça... Et vous espérez trouver un poste facilement?

– Les emplois sont rares, je sais. Mais j'ai une qualification sérieuse et je suis sûr de pouvoir être utile. C'est parce que je sais que je peux être efficace que je tiens tellement à enseigner.

– Vous avez un idéal, en quelque sorte, dit Porter.

– J'ai un ami, poursuivit Patrick sans relever la remarque de Porter, enfin, c'est le père de mon meilleur ami : le Dr Mebane. Il m'aidera. Il connaît beaucoup de monde.

– Oh ça, pour connaître du monde, il en connaît! Et pas n'importe qui, du beau monde...

La note d'ironie n'échappa pas à Patrick qui se levait pour prendre congé. En lui serrant la main, Porter ajouta :

– Si je peux vous être utile, avec mes faibles moyens, n'hésitez surtout pas. Passez me voir, ne serait-ce que pour bavarder un moment. J'habite à Pine Hill, à l'opposé du port. C'est le quartier ouvrier. Il y a mon nom sur la porte : Clarence Porter, menuisier. Ni plus ni moins!

– Je suis sûr, fit remarquer le Dr Mebane, que le père Baker ou un des autres professeurs se feraient une joie de vous offrir un poste d'assistant ou quelque chose d'équivalent. Vous pouvez faire beaucoup mieux qu'instituteur de campagne, avec la qualification que vous avez.

– Je ne vois pas les choses de cet œil. Les jésuites

ne disent-ils pas : « Donnez-nous les enfants en dessous de six ans » ?

– Mais vous feriez un travail beaucoup plus intéressant sur les enfants du secondaire.

– Combien de nos enfants accèdent-ils au secondaire ?

Le Dr Mebane jeta un coup d'œil vers le port où deux yachts blancs glissaient sous le soleil.

– Et vous serez beaucoup moins bien payé.

– Je n'ai jamais eu de gros besoins.

– Quel idéaliste vous faites !

Patrick se mit à rire.

– C'est à peu près ce que m'a dit Clarence Porter pas plus tard qu'hier !

– Ah bon, vous le connaissez ?

– Je l'ai rencontré chez le père Baker.

– C'est vrai que notre bon père est un sympathisant.

– Un sympathisant ?

– Des syndicats ouvriers.

– Qu'y a-t-il de mal à cela ?

– Rien, rien. Il ne faut pas dépasser les bornes, c'est tout. Porter a toujours été beaucoup trop violent.

– Mais il y a souvent de quoi se révolter, non ? Ou se désespérer... Vous savez, souvent je pense à ce qu'ont vécu les nôtres dans cette île, la souffrance, la misère... et tout ce que je ressens, c'est du désespoir ou de la rage, ça dépend des moments.

– Allons, allons, ne vous laissez pas abattre ainsi. Vous êtes trop jeune pour avoir des idées aussi sombres. Il faudrait songer à profiter un peu de la vie, que diable ! Je crains que vous ne soyez trop émotif, Patrick.

La pendule sonna la demi-heure. Un délicat tintement qui ne bousculait pas l'harmonie feutrée de la pièce avec son sofa couvert de coussins à pompons et sa bibliothèque de bois verni où s'épanouissait une gerbe de plumes teintes. Autrefois, cette maison représentait pour lui la quintessence du luxe. Mais il avait vu mieux depuis.

– Et n'oubliez pas, reprit le Dr Mebane avec force, tout ce qu'ont fait les Anglais et les Français pour la prospérité de Saint-Félice. Cela aussi fait partie de notre histoire. Leur sang coule dans nos veines. Un sang glorieux : celui des explorateurs, des aristocrates, des huguenots fuyant la Terreur.

Patrick se taisait.

– Je garde toujours cela présent à l'esprit lorsque je siège au Conseil.

Il devient pompeux avec l'âge, se dit Patrick, on ne peut pas lui en vouloir. Nicholas lui-même, qui avait une grande tendresse pour son père, en avait fait la remarque.

– La situation s'améliore de jour en jour, au-delà de toutes mes espérances. Songez que le statut fédéral est quasiment acquis. En 1932 déjà, j'étais délégué de l'Association pour un gouvernement représentatif, réunie à Roseau, à la Dominique. Nous préconisions une représentation populaire dans le Corps législatif, une extension du suffrage. Vous voyez que ça ne date pas d'hier, et depuis je n'ai cessé d'œuvrer dans ce sens. Il y a trois ans, en février 1956, j'étais à Montego Bay où, sur l'invitation de Londres, j'ai pu participer aux discussions sur le rapport de la commission Moyne et à l'ébauche d'un projet de constitution fédérale. Ah, nous en avons fait des progrès, en quelques années! C'est pourquoi je suis optimiste, Patrick... Je ne vois d'ailleurs pas d'autre manière de survivre... Vous ne voulez pas vous lancer dans la politique aux côtés de Nicholas? Diable, ça ferait un fameux tandem!

– Je ne suis pas tenté par la politique, du moins

pas de cette manière. C'est l'enseignement qui m'intéresse.

– Bon... Eh bien, on va tâcher de vous trouver un poste d'instituteur, puisque c'est ce que vous voulez... Mais il faut aussi songer à vous distraire. Je peux parrainer votre entrée au Crocus Club, si vous le désirez. Nous venons juste d'acquérir un bateau de pêche en haute mer et...

– Je crains que ça ne soit trop cher pour moi, murmura Patrick.

– Ne croyez pas ça. Vous seriez surpris... Bien sûr, les mondanités sont parfois empoisonnantes. Moi, c'est surtout pour le tennis que j'y vais. Et vous y rencontreriez des gens intéressants. Ceux qui comptent.

– Je vous remercie infiniment, mais si je pouvais d'abord avoir un emploi, et ensuite...

– Je ferai tout mon possible, Patrick. C'est promis. Mon fils me manque... M'occuper de vous comblera ce vide. Et lorsqu'il rentrera, eh bien, ça m'en fera deux.

Bah! soyons indulgent, se disait Patrick sur le chemin du retour. Mebane a ses petits travers, comme tout le monde. Il devait lui être reconnaissant de s'être montré si amical. Mais il ne pouvait s'empêcher de lui trouver une personnalité étriquée. L'homme et sa maison lui paraissaient pourtant si imposants, autrefois!

Cela faisait maintenant trois mois qu'il exerçait son métier d'instituteur à Gully, un village suspendu à mi-pente entre la mer et la montagne. Avec son unique pièce, sa maison sur pilotis ne différait en rien de celles qu'habitaient ses élèves. Le soir, il préparait la leçon du lendemain à la lueur vacillante d'une lampe à pétrole. Son enthousiasme ne l'avait pas quitté. Il était l'explorateur, le défricheur de la terre vierge et fertile qu'on lui avait confiée; son message, ce premier sillon, s'y imprimerait à tout jamais, et un jour le grain lèverait.

Un samedi qu'il était allé faire quelques emplettes à Covetown, il se prit à flâner dans les rues de la ville. Il s'arrêta dans un bar pour boire une bière, passa chez le père Baker qui était sorti, et reprit sa promenade au hasard; l'absence de Nicholas lui pesait. C'est ainsi qu'il se retrouva tout au bout du port, dans le quartier de Pine Hill.

Le flanc de la colline devait être autrefois couvert de pins; mais la pinède avait depuis longtemps cédé la place à une succession de pavillons au toit plat, flanqués d'une courette avec une bougainvillée et d'un garage rudimentaire où stationnait une Ford, une camionnette ou une Honda. C'était un quartier ouvrier, où l'aisance relative se traduisait par des murs fraîchement repeints ou une cour joliment décorée.

Tout à coup, Patrick se souvint de Clarence Porter. Il remonta la rue en surveillant les noms inscrits sur les montants des portes. La maison de Porter n'était pas plus cossue que les autres avec sa petite pelouse, ses volets bleus et ses pots de fleurs sur le porche. Justement, le grand Noir était assis sous le porche.

– Vous vous souvenez de moi? demanda Patrick. Vous m'aviez dit qu'à l'occasion je pouvais passer bavarder un peu.

– Bien sûr! Entrez donc, et prenez un siège. Vous vouliez me parler de quelque chose en particulier?

– A dire vrai, non. C'est simplement que je me sentais un peu seul. Je ne vois pas beaucoup d'adultes avec qui discuter pendant la semaine.

– Ah oui, vous passez tout votre temps avec les marmots, maintenant. Prenez une bière.

– Non merci, je viens juste d'en boire une en ville.

– Bah, une seconde ne vous fera pas de mal, dit Porter en remplissant un verre.

– Elle est jolie, votre maison, commença Patrick.

– Je l'ai construite moi-même. J'en ai même construit deux. La jaune du bout de la rue m'appartient aussi. Je l'ai mise en location. On a une belle vue d'ici et un petit vent très agréable. Comme à Library Hill, sauf que c'est moitié moins cher.

Loin en dessous, les bateaux dans le port n'étaient que des taches claires sur l'eau bleue, et le quartier commerçant de Covetown se réduisait à un essaim de toits blancs. Il ne pensait pas être arrivé si haut à flanc de colline.

– Ma femme adorait cet endroit perché. Elle est morte, maintenant. Je vis avec ma fille Dezzy. Son nom, c'est Désirée, en fait, mais je l'appelle toujours Dezzy, ce qui la met en rage.

Porter pouffa.

– La pauvre, elle travaille chez Da Cunha, à vendre toute la sainte journée des trucs qu'elle ne pourra jamais s'acheter. Peut-être que vous l'avez remarquée... Elle est très grande, presque aussi grande que vous, et elle a des cheveux longs.

– Je ne vais jamais chez Da Cunha. Ce n'est pas dans mes moyens non plus.

– Je m'en doute!

Tout en riant, Porter gratta une allumette pour allumer sa pipe et se laissa aller contre le dossier de son fauteuil.

– Alors comme ça, il vous a obtenu ce que vous vouliez, le Dr Mebane?

– Oui, c'est un grand service qu'il m'a rendu.

– Et à part ça, qu'est-ce que vous pensez de lui? demanda Porter abruptement.

Mal à l'aise, Patrick changea de position sur son siège.

– Oh... j'avais treize ans la première fois que je suis allé chez lui. On m'a toujours bien reçu. J'habitais à Sweet Apple, vous savez. Ma mère avait un petit magasin là-bas. Le Dr Mebane a toujours été très gentil avec moi...

– Pardi! Vous vous êtes regardé dans une glace? La couleur de votre peau, je veux dire. Vous a-t-il invité à adhérer au club?

– Oui. Mais je n'ai pas très envie d'y aller. J'ai refusé.

– Ma fille ne pourrait pas y aller. Elle est trop foncée.

Un long silence suivit. Porter s'était rembruni. Alors Patrick dit :

– Peut-être qu'elle n'en a pas envie non plus.

– Pensez-vous! Elle adorerait ça. Tout comme elle aimerait s'acheter tout le fourbi de chez Da Cunha. Bah! c'est normal. Les femmes ont toujours envie d'un tas de trucs impossibles.

Il se pencha pour tapoter sa pipe contre la balustrade du porche.

– C'est la faute des Blancs avec leurs concubines noires, tout ça! Et maintenant on a une ribambelle de cafés au lait qui se croient descendants directs de la noblesse d'Europe. Oubliée, l'Afrique! Un siège au Corps législatif, chemise blanche et cravate, réceptions au palais du gouverneur... et ils sont béats! Ah, ils n'ont pas coûté cher à acheter! Le British Colonial Office a finement manœuvré!

– C'est sûr..., commença Patrick.

Mais Porter continuait sur sa lancée.

– Savez-vous combien de ces grands bourgeois cafés au lait possédaient d'esclaves? Et ils étaient autrement plus cruels que les Blancs, c'est moi qui vous le dis. Ils connaissaient bien leur leçon! Ecoutez cette histoire qui s'est passée dans les années 30. Hier, quoi! Un jour on a vu arriver un Blanc, un Anglais que sa boîte envoyait poser des réverbères dans le centre-ville. C'était un socialiste; un brave rouquin qui n'aurait pas fait de mal à une mouche. Il se baladait un peu partout, et il a fini par se faire des tas d'amis parmi les Noirs, rien que des travailleurs. Et puis il a prononcé quelques discours. Oh, rien de bien méchant! Une nuit, il s'est fait tabasser par une bande. Et après ça, ils s'en sont débarrassés en le mettant dans le premier bateau en partance pour l'Europe. Qui avait organisé ça, d'après vous? Qui applaudissait des deux mains?

– Les planteurs, bien sûr.

– Les planteurs, oui. Des types comme le vieux Virgil Francis. Mais n'allez pas vous imaginer que les Mebane et compagnie n'y étaient pour rien. Ils savent soigner leurs petits intérêts, eux aussi. Plus les salaires seront bas, plus ils s'en mettront dans les poches.

– Mais nous sommes en 1959, commença Patrick, ébranlé. Les gens n'ont plus le même état d'esprit. Nicholas Mebane est différent de son père, même si, en gros, celui-ci ressemble au portrait que vous dressez.

Porter le fixait avec gravité.

– J'espère que vous avez raison, je ne sais pas. Il faut toujours que je m'échauffe. Je ne suis pas du genre diplomate, hein?

– Pas vraiment, convint Patrick en riant.

Mais la véhémence de Porter avait quelque chose de captivant.

– Ça part tout seul, et après pour m'arrêter... Je suis un autodidacte, vous savez. Je lis énormément. Le père Baker m'a beaucoup aidé. Voilà un homme!

– Même s'il est blanc?

– Même s'il est blanc. C'est fou l'estime qu'il a pour vous. Justement, l'autre jour, il me disait...

– Non, non, parlez-moi plutôt de ce que vous avez fait. Je ne sais rien des premiers syndicats.

Porter eut l'air touché. Il s'éclaircit la gorge.

– C'est une longue histoire. Mais je vais essayer d'être bref. Dans les années 1890, il y avait des syndicats, mais très restreints et pour la plupart dans le bâtiment. Et leur action se réduisait à peu de chose, vu que les piquets de grève étaient illégaux à l'époque. En outre, on pouvait les poursuivre en justice pour les dommages causés lors d'une grève. La Première Guerre mondiale est passée sans que rien ait changé; ce n'est qu'après la crise de 29 que ça a commencé à bouger. Vous êtes trop jeune pour vous souvenir des émeutes sanglantes dans les années 30. Les troubles – grèves et soulèvements – se sont répandus partout de Trinidad à Sainte-Lucie, et dans tous les secteurs, des porteurs de charbon aux coupeurs de canne. En fait, ça a mis très longtemps à évoluer. Mais n'oubliez jamais cela : c'est grâce au mouvement ouvrier que les travailleurs peuvent manger deux fois par jour aujourd'hui.

Patrick était troublé; des images défilaient dans son esprit : le Sweet Apple de son enfance, avec les petits de huit ans qui travaillaient dans les champs de canne; Gully, aujourd'hui, les gamins pieds nus sous la pluie et qui apportaient à l'école leur déjeuner de pain et de lard.

– Mais, dit-il, nous allons bientôt nous constituer en Etats fédérés, ce qui entraînera d'immenses progrès économiques. Vous condamnez le Dr Mebane – et je suis d'accord avec vous sur bien des points; il n'empêche que ce sont des hommes comme lui qui travaillent au changement. La fin du colonialisme apportera une plus grande égalité sociale. Le bout du tunnel n'est plus très loin.

– Peut-être... Ne me croyez surtout pas aigri, Patrick, ou envieux parce que ces hommes ont plus d'argent et la peau plus claire que moi. Si tel était le cas, vous êtes bien la dernière personne à qui je parlerais de tout cela! Mais franchement, j'ai bien peur qu'une nouvelle classe dominante n'endosse l'habit des Anglais lorsque nous aurons acquis notre indépendance politique. Et la condition des travailleurs n'aura pas évolué d'un iota ou à peu près.

La grille se referma avec un claquement sec. Ebloui par le soleil de 5 heures, Patrick vit s'avancer une silhouette haute et fine.

– Tu es encore sorti de tes gonds, pa? On t'entend depuis le coin de la rue.

– Sors donc du soleil, ça me fait mal aux yeux. Voici Patrick Courzon, un ami du père Baker. Ma fille, Dezzy. Mais je vous conseille de l'appeler Désirée si vous ne voulez pas vous faire trop mal voir!

– Et alors? C'est mon nom.

La jeune fille posa ses paquets sur la table.

– Qu'est-ce que c'est que ça encore? demanda Porter.

– De la vaisselle. En porcelaine de Spode.

– Grand Dieu! Tout ton salaire a dû y passer!

Mais les yeux de Porter pétillaient de tendresse.

– Notre vieux service était trop déshonorant. J'en avais assez de voir ces horreurs. Bah! je sais bien que pour toi, c'est tout du pareil au même.

– Pour ça, oui!

Elle plongea la main dans la boîte et en sortit une tasse.

– Regarde! C'est quand même plus joli, non?

Mais Patrick ne prêtait aucune attention à la

tasse. Il contemplait le plus beau visage qu'il eût jamais vu. Des traits délicats, sculptés dans l'ébène : les lèvres minces et fermes, de grands yeux sous de larges paupières, le nez fin et droit. Elle était vêtue d'un chemisier rouge et d'une jupe blanche. Une chaîne en argent brillait à son poignet. Patrick sentit en lui comme un tremblement. Peut-être la peur qu'elle redisparaisse aussi vite qu'elle était apparue, se dit-il plus tard.

Quelques secondes à peine, et il était métamorphosé.

Elle lui sourit.

– Mon père ne vous a pas trop cassé les oreilles ?

– Mais non, pas du tout. Ça a été une conversation tout à fait agréable, dit Patrick qui se sentait soudain horriblement compassé.

– Tu pourrais inviter M. Courzon à dîner, quand même ! lança Porter.

– Patrick, je vous en prie. Je m'appelle Patrick.

– Patrick, d'accord, dit Désirée. Eh bien, vous restez dîner avec nous. Ce sera prêt dans une demi-heure.

Elle avait disposé les assiettes neuves sur la table, au fond de la pièce principale. Des fleurs d'hibiscus, rouges et jaunes, flottaient dans une grande coupe de fin cristal. Clarence Porter suivit le regard de Patrick.

– Encore du Da Cunha, dit-il. Légèrement déplacé dans cette maison.

– La beauté n'est jamais déplacée nulle part, déclara Désirée.

Patrick mangea un moment sans rien dire. Bientôt, la jeune fille se leva pour apporter le plat suivant. D'où il était assis, il pouvait la voir aller et venir dans la cuisine vaste et reluisante de propreté. Tout à coup, elle prit ses cheveux et les rassembla en torsade sur le sommet de la tête. D'où lui venaient donc ces longs cheveux lisses et lourds comme de la corde? D'un de ces marchands arabes qui deux siècles auparavant parcouraient le sud et l'ouest du continent africain? D'un boucanier espagnol venu chercher un peu de divertissement dans les cabanes des esclaves?

– Ils me tiennent tellement chaud! dit-elle avec un soupir.

– Désirée a du sang indien dans les veines, dit Clarence Porter comme s'il lisait dans les pensées du jeune homme. L'arrière-grand-mère de ma femme sortait tout droit d'une réserve d'Indiens caraïbes.

Cette fois, il l'avait appelée par son vrai prénom.

– Et que pensez-vous de toute cette propagande au sujet de l'occupation des terres à Saint-Vincent?

– Pa, par pitié!

Désirée prit Patrick à témoin.

– Si seulement mon père pouvait parler d'autre chose quelquefois!

– D'accord. Je me tiens tranquille, dit Porter d'un ton amusé.

– Assez de grands discours. Savoure plutôt cette crème glacée. Regarde le coucher de soleil.

Patrick jeta un coup d'œil par la fenêtre. Le soleil était une boule de feu posée sur la ligne où la mer et le ciel se rencontraient. Covetown était tapi dans l'ombre bleu de cobalt.

– C'est si beau! dit-elle dans un murmure.

Elle était environnée d'un suave parfum de fleurs.

– Il faut savoir profiter de l'instant, ajouta-t-elle comme pour elle-même.

– Oui, vous avez raison, dit Patrick, pensif.

Assez de discours ennuyeux. Il eut soudain l'impression que sa vie n'avait été qu'un cheminement long et pénible. Depuis l'âge de six ans, lorsque sa mère l'avait envoyé à l'école, il avait travaillé avec acharnement... et avec tant de sérieux! Avait-il jamais pris le temps de rire? De profiter de l'instant?

La cour qu'il lui fit fut brève, quelques semaines à peine.

Il l'invita à dîner dans un endroit beaucoup trop cher pour lui: le Cade's Hotel qui se trouvait au bout de Wharf Street. C'était une élégante maison de pierre – et le seul hôtel de l'île – flanquée d'un jardin que dissimulaient de très hauts murs. Une ambiance feutrée régnait dans la salle de restaurant décorée par une haute horloge et, dans des cadres dorés, divers portraits de la famille royale. On y côtoyait surtout des touristes anglais et quelques représentants de commerce. Mais les Blancs et presque-Blancs de l'île s'échappaient parfois de leur club pour y passer une soirée.

Désirée y venait pour la première fois. Elle rayonnait de contentement.

– Regardez cela, Patrick!

Elle lui montrait une gravure représentant la reine Victoria à Balmoral; ce n'était que tissus écossais et petits chiens au poil frisé dans un paysage de montagnes enveloppées de brume.

– C'est en Ecosse, dit-il. J'y suis allé une fois.

Les yeux de Désirée s'agrandirent.

– Quelle chance vous avez! J'aimerais tant voyager. Je n'ai rien vu que la Martinique et la Barbade.

Il lui fit donc le récit, aussi vivant et coloré que possible, de son séjour en Angleterre, et il veilla à commander un menu inhabituel: soupe calalou et crabe farci.

– Je n'ai jamais mangé de crabe cuisiné comme ça, dit-elle.

– C'est la manière française de l'accommoder. Ce sont des crabes de terre. Ils les nourrissent de feuilles de poivre pendant quelques jours avant de les cuire.

– Vous avez l'air de bien vous y connaître en cuisine.

– Pensez-vous! Je connais seulement quelques plats français parce que ma mère est de la Martinique. C'est un vrai cordon-bleu.

Désirée garda le silence quelques instants, puis elle demanda :

– Votre mère... elle vivait en France avant de venir à la Martinique?

– Non, non, elle est née à la Martinique, comme toute sa famille, d'ailleurs.

Alors, il comprit ce qu'elle désirait savoir, et poursuivit :

– Vous vous demandez si ma mère est noire ou blanche?

– Je suis désolée! Je ne voudrais pas...

– Ce n'est rien. Ma mère est noire.

– Aussi foncée que moi?

– Ni aussi foncée ni aussi belle, répondit-il avec gravité.

Elle baissa la tête, et il crut voir un pli se dessiner entre ses sourcils.

– Il y a quelque chose qui ne va pas, Désirée?

– Vous savez, je n'aurais jamais pu venir ici sans vous. Oh! ils ne nous refuseraient pas l'entrée... Mais ils nous traiteraient de telle sorte que nous n'y reviendrions jamais.

– Je sais. Je vous comprends très bien.

Une fourmi grimpa le long d'un bol et tomba dans l'eau en agitant désespérément les pattes. Patrick repoussa le bol au bout de la table en riant.

– Vous voyez que cet endroit n'est pas aussi stylé qu'on pourrait le croire. Les fourmis m'évoquent irrésistiblement la maison de ma mère.

– Vous avez raison, après tout; il n'y a vraiment pas de quoi en faire une montagne! dit-elle en riant à son tour. Je me sens bien avec vous...

– C'est moi qui devrais dire ça. Vous n'avez pas besoin de moi pour vous sentir bien. Vous êtes quelqu'un de joyeux par nature, ça se voit tout de suite.

– C'est vrai. Je fais tout mon possible pour l'être, en tout cas. L'ennui avec moi, c'est que j'ai tout le temps envie d'un tas de trucs.

– Quoi, par exemple?

– Oh, je ne sais pas. Quand je vois quelque chose de beau... j'ai comme un vague besoin de me l'approprier. Ça me prend là...

Elle appuya son poing fermé sur sa gorge.

– Les frères Da Cunha ont plein de tableaux chez eux. Il y en avait un que j'adorais : un monument antique en ruine. Vous verriez ces colonnes sous le clair de lune! On s'y croirait. M. Da Cunha m'a dit que c'était à Rome. Pour Noël, il m'en a offert une reproduction que j'ai mise dans ma chambre.

Tant de fraîcheur émouvait profondément Patrick. Lui-même était ainsi à quatorze ans... et il songea à ces esprits vierges dans lesquels, du lundi au vendredi, il tentait d'insuffler le goût de connaître et de comprendre.

– Désirée, dit-il presque dans un murmure, je vous appellerai toujours ainsi.

Toujours? Et il ajouta :

– Oui, toujours...

Plus tard, ils allèrent se promener, tenant leurs chaussures à la main, sur la plage qui prolongeait le port. Entre l'océan et les pinèdes, s'étendait la saline d'un rose vif dans la lumière mourante.

– Cette saline était déjà là du temps des Caraïbes, dit Patrick.

– Pourquoi est-elle rose?

– A cause des algues rouges.

– Vous savez tout.

Il lui jeta un coup d'œil rapide. Ce n'était peut-être qu'une de ces flatteries dont usent les femmes pour séduire un homme. Mais son visage rayonnait de sincérité. Elle n'était qu'une enfant tendre et innocente. Et il l'avait conquise; il le savait à présent.

Soudain deux échasses au coup noir s'approchèrent en courant au bord des vagues.

– Chut! dit-elle. Regardez.

Mais c'est elle qu'il contemplait. L'air immobile et chaud exhalait puissamment son parfum de fleurs et de sucre. Il posa la main sur son bras.

Dans un creux tapissé d'aiguilles de pin et bien à l'abri des regards indiscrets, ils s'allongèrent. Il lui retira son chemisier blanc et sa jupe. Comme tout jeune homme de son âge il avait connu un certain nombre de femmes; des femmes de différentes sortes. Il y avait les infatigables et les perverses; celles qui se soumettaient avec de l'indifférence au fond des yeux; celles qu'il fallait courtiser longtemps, ou qui, du moins, le prétendaient... Mais celle-ci était unique.

Elle découvrait l'amour : un peu de maladresse, beaucoup de tendresse, mais pas l'ombre d'une réserve, et nulle culpabilité. Car il savait... il prenait sa riche chevelure à pleines mains, caressait ses seins fermes et ses longues cuisses en sachant que jamais il ne la quitterait. Et elle aussi le sut immédiatement.

Il faisait nuit noire lorsqu'ils se relevèrent.

– Reviendrons-nous ici demain? demanda-t-il.

– Mais tu travailles, demain. Ça te fera un long trajet.

Il tressaillit.

– Tu ne veux pas? Tu as peur?

Elle posa la tête sur son épaule.

– Pas du tout. C'est pour toi que je disais ça.

Ils ne feront qu'un. Un homme trop grave fera le bonheur d'une femme sensuelle. Elle qui mord dans la vie à belles dents lui apprendra la joie. Lui, si réfléchi, apportera à sa jeunesse vive la force et la richesse de l'esprit.

Agnès était furieuse. Il avait emmené Désirée à Sweet Apple, un dimanche après-midi, pour la lui présenter.

– Tu ne vas pas épouser cette fille?

– Je ne le lui ai pas encore demandé, mais j'ai de bonnes raisons de penser qu'elle acceptera.

– Mon Dieu! Mais il devient complètement idiot avec l'âge!

– Je ne comprends pas un mot de ce que tu racontes.

– Vraiment? Non mais, tu l'as regardée? Elle est noire comme du charbon! Un homme intelligent se marie intelligemment en songeant à améliorer et sa position et sa descendance. C'est pourtant élémentaire. Tu ne le savais pas?

Patrick ravala son indignation du mieux qu'il put.

– C'est toi, maman, qui me dis une chose pareille? Après tout ce que tu me racontais sur l'esclavage et l'exploitation des Noirs!

– Je ne vois pas le rapport. Comme d'habitude, tu emmêles tout ce que je dis!

– C'est toi qui mélanges tout, maman. Tu es tellement embrouillée que...

Mais elle était sortie en claquant la porte.

Il prit une feuille de papier et y inscrivit quelque chose qu'un jour il avait vu dans un livre d'histoire sur l'esclavage :

Blanc plus noir égale mulâtre.
Mulâtre plus noir égale câpre.
Mulâtre plus blanc égale quarteron.
Quarteron plus blanc égale octavon.

Il cria :

– Et moi, qu'est-ce que je suis?

Il se planta devant un miroir. Quarteron? Octavon? Qui était l'homme qui l'avait engendré? Trois générations séparaient Agnès de l'esclavage, et dans sa tête régnait l'éternelle confusion : la fierté et la honte emmêlées comme un nid de serpents. Et elle refusait obstinément de parler.

Mais qu'est-ce que le fait de parler changeait à la triste réalité?

Dans un accès de rage, il jeta sa brosse à cheveux qui alla rebondir contre la porte.

Agnès ouvrit le battant.

– Excuse-moi, dit-elle.

Elle se tenait là, immobile et la respiration lourde, une main appuyée contre le mur. Pour la première fois, il remarqua ses doigts noueux, déformés par les rhumatismes. Une vieille femme si seule, et qui approchait de la fin d'une existence limitée et solitaire. Qu'aurait-clle pu savoir? Sa colère s'évanouit.

– J'ai eu tort, dit-elle. Fais ce qui te rend heureux.

Mais elle n'acceptait pas vraiment et il le savait.

– Alors comme ça, vous épousez la fille de Clarence Porter? dit le Dr Mebane. Une très belle fille.

Pas une radicale comme son père, j'espère? Pardonnez-moi si...

– Non. La politique ne l'intéresse pas.

– Tant mieux. Ça fera une bonne épouse. A quand la noce?

– Le plus vite possible.

Et si quelqu'un venait la lui enlever un après-midi, pendant qu'il était à Gully? Cette pensée le glaça.

– Bah! attendez un peu. Dans un an, Nicholas sera de retour et vous pourrez vous distraire ensemble. Un petit voyage à la Barbade. Ou même à la Jamaïque. Pourquoi pas? Prenez donc du bon temps avant de vous mettre la corde au cou.

– Mais ce n'est pas la corde au cou si vous le désirez.

– Vous êtes sûr de ne pas faire une erreur? Ce ne sont pas les filles qui manquent, vous savez.

Ce qui voulait dire : vous pourriez faire un meilleur mariage.

– Tout à fait sûr, dit Patrick.

Clarence Porter rayonnait.

– Je le savais, je le savais. Je m'en suis aperçu dès l'instant où vous avez posé les yeux l'un sur l'autre.

Ils allaient habiter l'autre maison dont Clarence était propriétaire. Celle du bout de la rue. Les locataires étaient près de déménager, et Clarence avait promis de la repeindre de haut en bas.

– Je suis contente que nous restions en ville, dit Désirée. Je n'ai jamais aimé la campagne.

– Tu ne pourrais pas vivre où je suis en ce moment, de toute façon. Je me lèverai une heure plus tôt et ferai le trajet en voiture.

Il avait acheté une voiture passablement poussive qui devait en être à son troisième ou quatrième propriétaire.

– Nous irons choisir ta bague chez Da Cunha.

– Da Cunha, Patrick? Où trouveras-tu tant d'argent pour cela?

– Ne t'inquiète pas, ce ne sera rien de somptueux! Mais ma mère a vendu un petit bout de terre qu'elle possédait à la Martinique. La somme qu'elle en a tirée a servi à payer mes études, et il en reste un peu.

– Alors peut-être qu'un jour on aura notre propre maison.

– Je ne sais pas. Les instituteurs ne gagnent pas beaucoup, tu sais.

– Tu ne seras peut-être pas toujours instituteur.

C'est à peine s'il l'entendit.

La cérémonie eut lieu à l'église anglicane du Repos Céleste bâtie du côté où Saint-Félice regarde l'océan. C'était un petit monument de style gothique qui – sans les palmiers bordant le cimetière et le grondement de la houle au pied de la falaise – aurait pu se trouver à un carrefour des Costworlds. Depuis près de cinquante ans et l'avènement de l'automobile, les familles des planteurs, qui l'avaient fait construire, l'avaient désertée pour se retrouver à l'office de la cathédrale de Covetown.

– C'est là que je veux me marier, avait dit Patrick au père Baker. Elle a le charme de l'ancienneté; on dirait que la pierre a pris racine dans l'île.

Le petit groupe, composé des jeunes mariés accompagnés d'Agnès et de Clarence Porter, arriva en avance. Ils firent quelques pas dans la nef silencieuse. La lumière filtrée par les vitraux éclaboussait la vieille pierre et les inscriptions rongées par le temps de taches ocre, roses et lavande.

En souvenir d'Eliza Walker Loomis, mère et épouse dévouée, exemple de piété et de charité pour son entourage.

Alexandre Walker Francis, né dans la paroisse de Charlotte en l'an de grâce 1752. Mort au service de Sa Majesté le roi George III en l'an de grâce 1778. Il a toujours fait preuve d'honneur et de courage dans l'exercice de ses devoirs sacrés envers Dieu, le roi et sa patrie.

Par endroits, le lichen dissimulait presque complètement les mots.

Ci-gisent Pierre et Eleuthère François, enfants d'Eleuthère et Angélique François. Ils ont gagné le paradis des saints innocents le 4 août de l'an de grâce 1702 à l'âge de huit mois. Que nos larmes baignent leur tombe.

– François... Francis... dit Désirée. Est-ce la même famille ?

– Oui, c'est la même famille, dit Agnès.

Puis le père Baker arriva. Patrick et Désirée s'avancèrent jusqu'à l'autel en se tenant par la main. Tout en essayant de demeurer attentif au service et à la solennité du moment, Patrick ne pouvait empêcher son esprit de vagabonder : j'aurais bien voulu que Nicholas soit là, aujourd'hui... Ce n'est pas vraiment du gothique, les colonnes sont de style corinthien... Il faut absolument que je me souvienne de ce qu'il est en train de dire.

Il se souvint d'avoir embrassé Désirée et serré la main du père Baker, il se rappela le grincement de la vieille porte lorsqu'ils ressortirent dans la lumière éblouissante.

Ils regagnèrent Covetown en faisant un long détour par le bord de mer. Sur une colline qu'une rivière contournait avant de se jeter dans la mer, ils s'arrêtèrent pour regarder le paysage.

– Tu as vu, là-bas ? dit Désirée.

Une maison à colonnes s'élevait à flanc de colline. Elle n'était pas très grande mais d'une majesté sobre.

– Quelle vue on doit avoir depuis les fenêtres! s'écria-t-elle.

– Le paradis même.

– Elle s'appelle Eleuthera. Elle est inhabitée. Je me demande pourquoi.

– Eleuthera! J'ai l'impression de la connaître.

– Et que serais-tu venu y faire? demanda-t-elle, étonnée.

– Je ne sais pas. C'est juste une idée qui m'a traversé la tête.

– Qu'est-ce que j'aimerais vivre dans une maison comme ça! Pas toi?

– Je n'y avais jamais pensé, et je crois que ça vaut mieux, dit Patrick en riant.

– Peut-être qu'un jour tu aurais eu une maison comme ça si tu ne m'avais pas épousée.

– Qu'est-ce que tu me racontes?

– Tu aurais pu aller très loin sans moi, c'est vrai. Tu aurais pu fréquenter le Crocus Club, par exemple.

Il déposa un baiser sur son front.

– Il se trouve que je n'ai aucune envie de fréquenter le Crocus Club. En voilà des idées... le jour de notre mariage, en plus!

La nuit suave tomba doucement derrière les jalousies d'une fenêtre ouvrant sur le jardin du Cade's Hotel.

A un moment, elle se réveilla d'un demi-sommeil et lui demanda :

– Tu as déjà eu une Blanche?

– Non, répondit-il, surpris.

– Et pourquoi pas?

– Je n'en ai jamais eu l'envie.

Il aurait pu s'il l'avait voulu : des prostituées ou certaines filles faciles; et un jour la sœur d'un camarade de Cambridge avait tenté de le séduire... aiguillonnée par la curiosité, sans doute.

– C'est drôle, dit Désirée.

– Je ne vois pas ce que ça a de si drôle. Ecoute, je ne veux pas que tu aies des idées pareilles.

Il l'attira contre lui. Douceur de sa peau sombre. Chaude senteur d'herbe brûlée par le soleil, parfum de nuit, de femme et de terre. Il n'en désirerait jamais d'autre. Elle était la fleur fraîche de rosée qui s'épanouit au creux d'un rocher perdu en plein désert, l'œil bleu d'un lac sur le gris de la montagne. Le havre après un trop long voyage.

7

Comme la maladie à l'instant où elle se déclare, le désastre longuement fait son chemin avant de survenir. Le cancer qui ronge la chair n'est pas né du jour où on l'a découvert. Ainsi en est-il de la faillite d'un mariage ou d'un effondrement financier.

Francis avait bien perçu des éclats de voix derrière la porte close du bureau directorial. Le front soucieux de son père, ses brèves allusions et ses longs silences, tout indiquait qu'un événement lourd de conséquences était près de se produire dans la société. On parlait à mots couverts d'un emprunt énorme pour un projet mirifique dans lequel étaient impliquées des personnes peu fiables – un coup de poker, en quelque sorte. Il s'agissait de l'industrie alimentaire et de conserveries. Les experts-comptables défilaient avec des dossiers sous le bras; quelques informations finirent par filtrer; des sous-fifres s'entretenaient à mi-voix – sans savoir que Francis, le fils du patron, entendait – d'un « scandale de la tomate ».

Et c'est bien sous cette forme – le Scandale de la

Tomate – qu'un jour la catastrophe vint s'étaler sur deux colonnes en première page des quotidiens du matin. Dans la salle à manger nouvellement meublée de son appartement donnant sur Central Park, Francis déplia le journal : UNE FIRME IMPORTANTE AU BORD DU GOUFFRE...

– Que se passe-t-il, Francis ? On dirait que la foudre t'a frappé, dit Marjorie.

– C'est tout comme.

Il tendit le journal à sa femme.

Il l'observa tandis qu'elle lisait. Cela faisait huit mois qu'ils étaient mariés, et il était encore tout à sa joie d'avoir pu la séduire, elle si sereine et sûre d'elle-même, si différente de lui. Il s'étonnait encore de la voir là, près de lui, fraîche et active dès le lever, avec sa robe de soie et ses cheveux bruns et courts toujours bien coiffés. Elle lisait en remuant les lèvres – ce qui était un sujet de taquinerie fréquent – et il se demanda de quel œil elle verrait la ruine de la famille qu'elle venait de rejoindre. Elle tenait en très haute estime des valeurs telles que le métier, le sens du devoir et de l'honneur. Elle était fière de sa famille qui, sans être fortunée, ne manquait ni de distinction ni de dignité. Il l'avait rencontrée chez un cousin, lors d'une soirée à laquelle il ne s'était rendu qu'à contrecœur pour ne pas faire de peine à son père. Là, pourtant, l'attendait son destin.

Il avait d'ailleurs été un sujet d'inquiétude permanent pour son pauvre père durant les années précédentes. A trente ans, il ne s'était pas encore résolu à rejoindre la firme paternelle. Il était allé en Amérique du Sud avec le Peace Corps, il avait enseigné dans une réserve d'Indiens du Nouveau-Mexique et dirigé une ferme d'élevage laitier au nord de l'Etat de New York. C'est au moment où il entreprenait un doctorat d'histoire qu'il avait rencontré Marjorie.

C'était une jeune fille grande et mince, avec de magnifiques yeux noirs. Il se dégageait de sa personne une impression de calme et d'assurance qui indiquait une éducation raffinée. Mais il avait surtout été conquis par sa voix. Comment pouvait-on être si ému par quelque chose d'aussi anodin que la voix? Envoûté, même, comme par le bruissement de l'eau ou la danse des flammes. Son rire l'apaisait; il lui trouvait une ressemblance avec le son mélodieux et profond de la harpe.

Il avait failli en venir aux coups avec son cousin au sujet de Marjorie.

– C'est une pimbêche, Francis. Elle n'est pas ton genre, ça se voit tout de suite.

Mais son cousin n'était pas assez fin pour comprendre. Sa réserve, son charme faits de classicisme ne pouvaient que le dérouter. Mais lui, Francis, était sensible à ce qu'elle avait d'exceptionnel.

Il l'avait donc épousée; et il était entré dans la société financière de son père, ce qui lui semblait raisonnable puisqu'il allait fonder un foyer. N'avait-il pas eu plus que sa part d'aventure et d'exotisme? Il se rendait bien compte de la chance qu'il avait de pouvoir entreprendre aussi aisément une carrière assez rémunératrice pour offrir à sa femme ce bel appartement avec vue sur Central Park, où ils allaient chaque dimanche faire de la bicyclette ou du patin à glace.

Marjorie reposa le journal.

– Il faut absolument y aller, dit-elle.

– Où ça?

– Chez tes parents, bien sûr. Notre place est auprès d'eux dans un moment pareil.

Comment n'y avait-il pas songé plus tôt? Elle avait raison.

Chez ses parents, on avait repoussé les tasses du petit déjeuner pour étaler le journal sur la table. Sa mère était en train de lire; Margaret remuait son lait en éclaboussant la nappe. Son père était debout près de la fenêtre.

– Tu ne m'avais pas dit que la situation était si grave, lui dit Francis.

– Bah! tu ne pouvais rien y faire, de toute façon.

Ce qui était exact. Francis alla s'asseoir près de sa mère et posa la main sur son bras.

– C'est surtout pour ta mère que ça me désole, dit alors Richard. J'espérais nous sortir de là sans que ça fasse trop de vagues. Mais ces salauds de journalistes...

Teresa leva les yeux. Une petite veine tressaillait sur sa tempe, et elle serrait les lèvres, comme pour empêcher la colère de s'en échapper. Francis avait souvent vu cette expression sur le visage de sa mère.

– Je me moque du scandale, Richard. Qui y pensera encore dans une semaine, de toute façon? C'est surtout l'avenir des enfants qui me préoccupe.

– J'imagine, commença Richard avec un tremblement dans la voix, j'imagine qu'il faudrait que je me suicide, maintenant. Comme Wayne Chapman. Tu te souviens? Il s'est jeté par la fenêtre, il y a dix ans, quand la Chapman, Searls & Fitler a fait faillite.

– Et qu'est-ce que ça résoudrait? demanda Teresa.

Comédien! pensa Francis. Nous voilà en plein mélodrame.

– Il y a la propriété de Saint-Félice, dit-il après un moment de réflexion. Ils n'y toucheront pas puisque c'est à maman.

Ce fut Teresa qui répondit, sans élever la voix; son calme même exprimait sa profonde indignation.

– La propriété de Saint-Félice n'existe plus depuis belle lurette, Francis. Ne reste plus que la maison à moitié en ruine de mon grand-père dans le nord de l'île. Je viens juste de l'apprendre.

– Quoi? s'exclama Francis consterné. Je ne comprends pas.

– Explique-leur, Richard, dit Teresa.

– C'est-à-dire... Tu sais, il y avait beaucoup de frais, et on dépend tellement des variations des taux que...

Pauvre fou! pensa Francis.

– Eh bien, j'ai parfois eu besoin de liquidités. Alors j'ai pris ça sur les propriétés. Mais j'en ai tiré un bon prix; je n'ai rien bradé! C'est Herbert Tarbox qui les a achetées pour son fils Lionel. Il m'en a toujours donné un bon prix... je te montrerai les actes.

Francis se tourna vers sa mère.

– Alors comme ça, c'est ton frère, ton demi-frère, qui a tout, maintenant?

– Pas tout, dit Richard. Il reste ce dont ta mère parlait...

– Eleuthera, dit Teresa en soupirant.

– Et pourquoi ne l'a-t-il pas prise aussi? demanda Francis d'un ton méprisant.

– Il n'en voulait pas.

– Et tu as fait ça, comme ça, sans rien dire à maman?

– Pas « comme ça »! Ça s'est fait petit à petit. J'avais une procuration. Qu'est-ce qu'elle entend aux affaires, de toute façon?

Richard se retourna vers la fenêtre. Francis jeta un coup d'œil à travers la vitre parsemée de gouttelettes. Une neige mouillée d'arrière-saison tombait mollement sur ce qui serait avant un mois un parterre bariolé de tulipes importées.

Son regard revint à son père, et tout à coup son

indignation et sa consternation se muèrent en un profond sentiment de pitié. Son père était gris : ses cheveux, son visage, son costume de flanelle; et il avait les mains vides, malgré la montre luxueuse qui ornait son poignet... « La plus chère du monde », avait-il dit en se rengorgeant. Ses semblables – un monde impitoyable à l'égard des vaincus – ne lui montreraient plus que mépris. Francis était presque plus triste pour lui que pour sa mère, qui, comme toujours, finirait par surmonter l'épreuve.

Et c'était à son tour d'assumer, à présent.

– Donc Eleuthera nous reste, dit-il. Nous allons la vendre et mettre la somme sur le compte de maman. On verra bien ce qu'on en tirera.

Richard s'empressa d'approuver.

– Oui, oui, je vais écrire à Lionel de mettre l'affaire entre les mains d'un agent.

– Rien de tout ça. Je veux m'en occuper personnellement.

Sa mère tressaillit.

– Comment? Toi-même? Tu vas aller à Saint-Félice?

– Pourquoi pas? On n'est jamais mieux servi que par soi-même.

– Mais c'est ridicule! Tu ne connais rien ni personne là-bas, et encore moins la valeur des biens fonciers. Tu vas perdre ton temps. C'est idiot!

– Pas du tout, dit Francis.

L'idée lancée presque au hasard le séduisait de plus en plus : le voyage, la découverte, l'action...

– Lionel défendra-t-il tes intérêts aussi énergiquement qu'il le faudrait? Rien de moins sûr. Non, il faut que j'y aille, c'est évident.

– Je ne veux pas, un point c'est tout.

Le visage de Teresa s'était empourpré.

– C'est un trop long voyage... et ça ne donnera rien de...

Richard intervint presque timidement.

– Je ne saisis pas bien, Teresa... A moins que tu ne préfères que ce soit moi qui y aille. Il a raison, il vaut mieux être sur place.

– Tu auras suffisamment de problèmes ici, lui dit Francis.

– On ne m'écoute jamais! cria Teresa au bord des larmes.

Le calme, la retenue... la façade venait de voler en éclats. La nouvelle catastrophique du matin avait eu raison de sa résistance. Encore que... songea Francis avec perplexité, la perspective de son départ à Saint-Félice semblait la désespérer plus que l'effondrement de leur fortune. C'était incompréhensible.

Il posa tendrement la main sur son épaule.

– Aie confiance en moi, maman. J'arrangerai tout au mieux, tu verras.

Et d'une voix ferme, il ajouta :

– Marjorie et moi partirons pour Saint-Félice la semaine prochaine. Et il ne faut pas t'inquiéter. Promis?

La lumière déchira le ciel, comme l'appel du clairon dans le silence du matin.

– Mon Dieu, que c'est beau! s'écria Marjorie.

Dès l'aube, ils étaient montés sur le pont du schooner encombré de ballots et de cageots de poules. Ils avaient regardé le jour gagner peu à peu sur les ombres de la nuit et le paysage sortir de la mer au milieu d'une fine vapeur grise et bleutée. Un Turner, avait songé Francis qui, comme son père, approchait volontiers la réalité à travers l'art. A présent, un torrent de lumière se déversait sur le monde et en clarifiait les contours. Une ligne d'écume courait vers le rivage; au loin, on apercevait un clocher.

L'homme accoudé au bastingage près d'eux ne cessait de jacasser. Un pli amer marquait sa bouche, et il portait un mauvais costume de prêt-à-porter. Il « faisait dans la mercerie, la chaussure et le vêtement de travail. Tout de la marchandise pour " négros " ». Le mot avait fait sursauter Francis.

– Ça fait d'puis avant la crise que j' viens ici. Sauf pendant la guerre, bien sûr, mais tout d' suite après j'ai r'pris la vieille routine. Ça a guère changé, faut dire. Les nègres s'ront toujours les nègres, hein, pas vrai ? Un ramassis de feignasses, quoi. Oh, z'ont pas besoin d' grand-chose pour tenir ! Du rhum et une bonne femme, et y sont tout contents.

Coincé entre un tas de ballots et une pile de cageots, Francis ne pouvait s'échapper.

– Z'avez retenu au Cade's Hotel, j' parie ? D' tout' façon, à part ça et quelques pensions crasseuses, y' a rien du tout, ici. Il est pas mal fréquenté, le Cade. Z'y verrez des représentants comme moi, bien sûr. Mais y a aussi des retraités de l'armée et des professeurs. Y s' baladent partout, ceux-là, et y z'étudient les oiseaux. Alors, c'est au Cade qu' vous allez ?

– Non. Nous avons de la famille.

– Ah, mais j' vois. Vous v'nez pour la noce !

– La noce ?

– Oui, y a un planteur qui marie sa fille. Tarbox. Elle épouse le fils du gouverneur.

Francis regrettait de ne pas savoir mentir.

– Nous sommes apparentés aux Tarbox. Mais le mariage n'aura pas lieu avant un mois.

– Ah bon ? C'était dans le journal, pourtant. Alors comme ça, vous êtes d' la famille Tarbox, dit l'homme soudain plein de considération.

Ce n'est qu'un pauvre type, se dit Francis toujours enclin à l'indulgence. Il nous trouve très impressionnants tout à coup.

– Et vous pensez rester longtemps?

– Pas très longtemps, non.

– J' comprends ça. Y a rien ici. Oh, y z'ont guère fait de progrès en cent ans. Y a même des coins sans routes, rien que des pistes de montagne! On n'y voit pas grand monde, d'ailleurs, sur ce caillou. A part les millionnaires qui viennent avec leurs yachts. Mais c'est rien que des excentriques, ceux-là. Y jettent l'ancre dans le port et s'en vont boire un coup au club avec les planteurs. Oh ça, y en a qui valent leur pesant d'or parmi les planteurs, mais y en a aussi de misérables, vous savez. Dans les dettes jusqu'au cou. On m' la donnerait, cette île pourrie, que je n'en voudrais pas!

Ils venaient d'entrer dans la baie flanquée d'un fort avec à son sommet un canon dont la gueule était tournée vers eux.

– C'était pour les bateaux pirates, dit le représentant dans l'espoir d'intéresser Marjorie. Ils ont l'air petits, ces canons-là, mais ils peuvent faire des ravages. Faut pas s'y fier. Certains planteurs en avaient même un sur leur toit à cause des émeutes de nègres. Attention, hein, ça pourrait encore arriver; même que ça leur pend au nez, je vous dis que ça. Et croyez-moi, ça va faire mal, ce jour-là. Y f'ra pas bon traîner dans les parages.

Les mots tombèrent comme une ombre sur le matin.

– Oui. Il en a coulé du sang, sur ces îles!

Francis mit la main en visière au-dessus de ses yeux. La ville bâtie à flanc de colline était sillonnée de rues en pente raide. Le centre était une grande place à trois côtés, ouverte sur le front de mer. On apercevait des arcades et des balcons en fer forgé; les Français avaient laissé leur empreinte.

Quelqu'un jeta des piécettes dans l'eau du port. Plongeant depuis le quai, deux petits Noirs allèrent les repêcher au fond. Le représentant fouilla dans sa poche en riant.

– Faut reconnaître qu'y savent nager, ces négrillons! Bon, bien, j' vais vous dire au revoir, maintenant. Passez un bon séjour. Vous verrez, le climat est agréable. Y a toujours un p'tit vent marin. Et il n' pleuvra pas avant juin. Mais vous s'rez déjà partis à c' moment-là.

– Il n'en a pas dressé un tableau très réjouissant, dit Marjorie.

Un homme de couleur les attendait au pied de la passerelle. Il souleva son chapeau de paille.

– Monsieur Luther? M. Herbert m'envoie avec la voiture. Il vous souhaite la bienvenue à Saint-Félice et s'excuse de n'avoir pas pu venir lui-même. Mais on ramasse les bananes aujourd'hui. Ils vous attendent pour le déjeuner.

Un parfum à la fois piquant et suave les assaillit. C'était la senteur languide d'une nature qui éclot mêlée aux odeurs de sel et de goudron portées par la brise marine. Francis sentit les battements de son cœur s'accélérer.

Combien de générations s'étaient-elles écoulées depuis que le premier François avait posé le pied sur ce rivage? « En l'an de grâce mille six cent soixante-treize... »

– Mais bien sûr, répétait Julia Tarbox pour la troisième fois depuis leur arrivée, vous saviez que le mariage de ma petite Julia avait lieu ce soir.

– Nous pensions que c'était le mois prochain, dit Marjorie.

Marjorie était troublée, ce qui ne lui arrivait pas souvent. Mais Julia savait en imposer.

– Je pensais pourtant avoir informé Tee que la date serait avancée. Mais quelle importance? Elle ne serait pas venue, de toute façon. Quelle joie de vous avoir parmi nous! Venez...

Elle se leva, entraînant tout le monde dans son sillage.

– Passons sur la véranda. Il y fait plus frais.

La longue véranda ouvrait sur une pelouse d'un vert éclatant. Plus loin, au-delà des plates-bandes fleuries et d'une clôture blanche, cinq ou six chevaux paissaient dans l'herbe grasse.

– Quel endroit délicieux! dit Marjorie.

– N'est-ce pas? La maison de Lionel aussi est très agréable, bien que d'une autre manière. Ils ont vue sur la mer. Kate et lui étaient si désolés de n'avoir pu assister à votre mariage! Mais Kate ne pouvait entreprendre un tel voyage après sa fausse couche, vous comprenez.

Une note geignarde passa dans la voix de Julia.

– Quand je pense que Tee n'est jamais revenue ici, après toutes ces années! Même pas pour le mariage de sa petite sœur! Nous sommes venus au vôtre, nous! Et pensez que je n'ai même pas été avertie de son mariage à elle. Ma propre fille! Je ne sais pas... Son grand-père l'a envoyée en Europe; à peine le temps de dire ouf, et elle était mariée. Presque une enfant encore. Enfin, est-ce que je sais, moi?...

Personne ne jugea bon d'intervenir. Le visage de Julia s'éclaira.

– En tout cas, ce soir, c'est la fête! dit-elle en tapant dans ses mains. On est entre nous, je peux vous l'avouer, mais j'ai l'impression d'être en plein rêve. Rendez-vous compte, Julia va épouser le fils de lord Frame!

Elle soupira, puis, se tournant vers Francis, elle lui dit tout de go:

– Ainsi votre père y est arrivé: il a tout perdu.

Pour tout dire, je suis surprise que ça ne se soit pas produit avant.

Herbert Tarbox toussa.

– Tu y vas quand même un peu fort, Julia.

– Il ne faut pas avoir peur de la vérité.

– La vérité n'est jamais si simple qu'on le croit.

Le ton ferme de la voix de Herbert, qui n'avait pas dit un mot de tout le repas, étonna Francis.

– Les femmes ne savent pas ce que c'est que d'avoir à se battre. Moi, j'ai lutté toute ma vie. Oh, gagner de l'argent n'est pas le plus dur; c'est après que ça se complique. Et il faut une bonne dose de chance pour ne pas perdre pied à un moment ou à un autre.

Sa grosse main rougeaude saisit le verre de rhum posé sur son accoudoir. Des genoux rouges et épais sortaient de son short kaki.

– Je voudrais vous parler de quelque chose, Francis. Ça a dû quand même vous remuer un peu d'apprendre la vente de la propriété. Mais je vous montrerai les papiers. Vous verrez que j'en ai donné le meilleur prix possible à votre père.

– Je n'en ai jamais douté, oncle Herbert.

– C'est quand même effarant que je n'en aie jamais rien su, dit Julia.

– Que veux-tu? Richard voulait que ça reste entre nous. Je ne me serais pas permis de lui demander pourquoi, bien sûr. Ce ne sont pas mes affaires.

Herbert se tourna vers Francis.

– C'est pour mon fils Lionel que j'ai acheté tout ça. Je songe à me retirer. J'ai fait pousser du sucre et des bananes pendant vingt-cinq ans. Ça suffit comme ça. Il faut que j'en profite un peu, maintenant. D'ici à un an, peut-être moins, Julia et moi nous installerons dans une petite maison du Surrey. On fera pousser des roses, et on prendra un appartement à Londres, près de ma petite Julia. Peut-être même qu'on passera un hiver à Cannes. Qui sait?

– Vous avez assez travaillé pour y avoir droit, dit Francis.

– Ah, pour ça, vous ne pouvez pas imaginer! La crise a commencé très tôt aux Antilles, vous savez. En 1923, le sucre rapportait plus de vingt-quatre livres la tonne. En 1934, il n'en rapportait plus que cinq. On mourait de faim ici. Il y avait des émeutes. Ils ont tout mis à feu et à sang. Après, il y a eu les syndicats. On ne peut pas en vouloir aux travailleurs, notez, c'est inévitable. Mais ils sont devenus trop puissants. On les avait tout le temps sur le dos. Comment voulez-vous qu'on s'en sorte dans ces conditions? Ça fait dix ans que...

Il se contenta de hocher la tête d'un air accablé.

– S'il n'y avait que ça! Il faut batailler sans cesse, les conditions naturelles ne sont pas faciles ici. Il y a les inondations, les ouragans... l'humidité. Tout pourrit à une allure folle. La seule solution, c'est de diversifier les produits destinés à l'exportation. J'ai planté beaucoup de cacao. Lionel fait du coton et de l'arrow-root. Comme ça, on peut étaler les récoltes et il y a moins de perte. Lionel est un homme d'affaires excellent, je peux vous le dire, moi qui ne suis pas si mauvais non plus. Cela dit sans fausse modestie. Je peux lui laisser les plantations en toute confiance. Il est né ici et connaît l'île comme sa poche. Sa femme aussi, d'ailleurs.

– Kate n'a rien d'une femme, dit Julia d'un ton acide.

– Tu ne l'as pas bien regardée, alors! rétorqua Herbert en riant. Mais c'est vrai qu'elle s'y connaît aussi bien que nous en agriculture. Elle ne rechigne pas à côtoyer les ouvriers, ce qui est très utile pour Lionel.

– N'empêche qu'il la tient à l'œil, dit Julia. Elle aurait déjà tout donné aux ouvriers...

– Tu sais, elle m'a toujours un peu rappelé Tee.

– Tee! Quelle absurdité! Tee était la douceur même. Kate a son mot à dire sur tout ce qui se passe.

Herbert réfléchit quelques instants, puis il ajouta :

– Je voulais dire que toutes les deux aimaient les animaux et faire pousser des plantes. Je me souviens... Tee était comme ça.

– Qu'est-ce que tu sais de Tee? Moi-même, sa mère, je ne sais presque rien d'elle, finalement.

Marjorie et Francis échangèrent un regard. Herbert changea de sujet.

– Ainsi vous êtes décidé à vendre Eleuthera, Francis?

– Mes parents ont besoin d'argent.

– On aurait pourtant pu espérer, lança Julia, que ton père fasse fortune, avec tout ce qu'il a tiré des propriétés. L'industrie se développe, paraît-il, tout le monde investit et...

– Apparemment, coupa Francis sèchement, il n'a pas investi dans celles qui se développaient le plus.

Pauvre Richard! songea-t-il. Une chance qu'il n'ait pas dû affronter les persiflages de sa belle-mère!

– Ça ne va pas être facile, vous savez, dit Herbert. La propriété est placée du mauvais côté de l'île. De l'autre côté du morne Bleu. C'était moi l'exécuteur testamentaire à la mort du vieux Virgil, et croyez-moi, tout ça m'a donné du fil à retordre. Un moment, je l'avais louée à un type qui espérait en tirer quelque chose. Mais il y a vite renoncé et est rentré en Angleterre. Et depuis, tout est resté en friche.

Il se leva et gagna l'extrémité de la véranda.

– Venez voir, Francis. Regardez là-bas. Soixante-six tonnes de canne à sucre l'hectare par an! Et tout ça grâce à la mécanisation. Du temps de Virgil, les moulins d'Eleuthera étaient équipés de roues en bois de gaïac, lequel bois avait été apporté à l'époque de la marine à voile. Le grand-père n'a jamais voulu dépenser un centime pour se moderniser. C'est pour ça que l'exploitation est quasiment invendable maintenant.

Francis soupira.

– Eh bien, je ferai mon possible... C'est surtout pour ma mère et pour Margaret. Vous avez vu Margaret, donc vous connaissez la situation.

Herbert posa la main sur l'épaule de Francis.

– Vous êtes un fils attentionné. Parlez donc de tout ça avec Lionel après le mariage. Il a plus d'un tour dans son sac question affaires.

– Je peux vous prêter une robe si vous manquez de toilette habillée pour ce soir, Marjorie, dit Julia. Nous avons pratiquement la même taille.

– Merci, mais je crois que j'ai ce qu'il faut.

– C'est bien ce que je pensais. On voit tout de suite que vous n'êtes pas du genre à oublier quelque chose d'aussi important. Ta femme me plaît beaucoup, Francis. Elle s'intégrera très vite à notre petit cercle... Mais vous savez, continua Julia en montant l'escalier, tout a terriblement changé depuis la guerre. Personne n'aurait mis les pieds au palais du gouverneur sans cravate noire, autrefois. De même que pour aller dîner chez des amis, d'ailleurs. Oh, vous auriez dû entendre ma grand-mère parler de la véritable distinction! Saviez-vous que les cures thermales de Nevis étaient du dernier chic pour les Londoniens, à l'époque? Tout l'hiver au Bath Hotel! Ils préféraient cela aux stations les plus cotées d'Europe. Mais ça date d'il y a cent ans, tout cela. Bah, les temps changent, et il faut bien suivre... Ce soir, en tout cas, vous rencontrerez les plus vieilles familles de l'île. Ah! pourvu que Julia ne tarde pas trop; il est déjà 4 heures. Elle va avoir une mine épouvantable pour la réception...

Sa voix résonnait encore dans l'escalier lorsque Marjorie et Francis fermèrent la porte de leur chambre.

– Eh bien! dit Marjorie. C'est un personnage, ta grand-mère!

– Je trouve le terme modéré.

– Mais Herbert est adorable.

– Oui, c'est un brave type. Je me demande comment il la supporte, mais ça n'a pas l'air de l'affecter du tout.

– J'ai hâte de connaître la bru. Apparemment, Julia ne la porte pas dans son cœur.

– Je me doute pourquoi si, comme Herbert le dit, elle ressemble à ma mère. Essaye plutôt de mélanger l'eau et l'huile et tu auras le résultat.

Marjorie s'assit pour ôter ses chaussures.

– C'est drôle que ta mère n'en parle jamais. Il y a de quoi raconter, pourtant, tu ne trouves pas? Et tous ces domestiques! Je ne les ai pas comptés, mais il a bien dû en passer six depuis le déjeuner. J'adore comme la femme de chambre se balade partout pieds nus, pas toi? Ta grand-mère m'a montré l'ancienne cuisine qui se trouvait dans une pièce détachée du corps de bâtiment principal pour éviter que la chaleur ne se propage dans la maison. Et tu as vu les lambris du rez-de-chaussée? Ça a l'air de sortir tout droit des mains des frères Adam. Je te défie de trouver mieux en Angleterre.

Elle entreprit de brosser ses cheveux courts. Ses yeux pétillaient.

– Savais-tu que cette maison était un cadeau de mariage pour une jeune épousée en 1778? Son père a fait venir le marbre d'Italie, et toute l'argenterie, la porcelaine Crown Derby venaient de...

Francis était amusé par son enthousiasme.

– On dirait que tu aimerais avoir une maison comme celle-ci.

– Oui, si on pouvait la transporter dans le Connecticut, ce serait parfait. Ça ne me plairait pas de vivre dans un trou perdu comme ici.

Elle sortit sa robe de l'armoire.

– Dis, mon chéri, tu crois que ça ira pour un mariage? J'ai été bien inspirée de l'emporter. Quand je pense que j'ai failli l'oublier! Elle n'est pas mal, non?

Il la contemplait. Encore émerveillé d'avoir pu la conquérir.

– Mais oui, elle est magnifique.

Puis, la voix un peu rauque :

– Enlève le dessus-de-lit de...

– Francis! Mais... on n'a pas le temps!

Il regarda sa montre.

– On a une heure et demie. Allez, enlève le couvre-lit.

8

La soie bruissait et les diamants étincelaient ce soir-là sous les hauts plafonds du palais du gouverneur. Les jeunes mariés étaient resplendissants; lord Derek Frame et lady Laura recevaient leurs convives avec faste, sous l'œil sévère des grands d'Angleterre dont les portraits ornaient tous les murs. Il y avait là Victoria, corpulente et la tête ceinte d'un diadème, Elisabeth II, les traits juvéniles mais le regard grave, et une théorie de généraux, juges et amiraux en perruque blanche. L'orchestre jouait *Le Beau Danube bleu.* Le champagne pétillait dans des flûtes présentées sur des plateaux d'argent.

– C'est agréable de voir le champagne servi dans les règles de l'art! s'exclama Julia. J'ai horreur de ces coupes toutes plates faites, d'ailleurs, pour servir les sorbets et rien d'autre.

– Fantastique! chuchota Marjorie. Aurais-tu imaginé un endroit pareil sur cette île, Francis?

– Vous êtes sans doute Francis et Marjorie? dit quelqu'un.

Une main gantée de satin se posa sur leur bras.

– Je suis Kate.

En baissant la tête, Francis finit par rencontrer le regard d'une toute petite jeune femme au visage constellé de taches de rousseur. Une abondante chevelure d'un roux foncé lui mangeait les épaules : trop de cheveux pour une aussi petite personne. Ses grands yeux vifs le considéraient d'un air amusé.

Lionel se tenait derrière elle.

– Je vous cherche partout depuis le début de la soirée dans cette pagaille.

Il s'inclina devant Marjorie.

– Je savais bien que tu te trouverais une femme époustouflante, Francis.

Il détaillait Marjorie des souliers aux boucles d'oreilles.

– Tu n'as pas à te plaindre non plus, répondit galamment Francis.

– Je n'arrive pas à croire que nous sommes arrivés ce matin, dit Marjorie. C'est éblouissant! Un autre monde.

– Ma femme va d'émerveillement en émerveillement depuis que nous avons débarqué, dit Francis avec tendresse.

– Je n'ai pas assez de mes deux yeux pour tout regarder. Et la robe de la mariée! Je trouvais la mienne pas mal... mais celle-ci est tout simplement...

– C'était la mienne, dit Kate. Mère – ma belle-mère – l'a fait retoucher pour Julia. Mon père n'avait pas d'argent, alors c'est Mme Tarbox qui me l'a achetée à Paris. Elle pèse une tonne, et le satin colle à la peau. Julia a de la chance qu'il ne fasse pas trop chaud ce soir.

– N'empêche qu'on sera mieux dehors, dit Lionel.

C'était un homme déjà corpulent, qui n'avait pas l'air tellement plus jeune que son père.

– Allons nous trouver une table dans le jardin avant qu'il n'y en ait plus.

De lourdes grappes de fleurs jaillissaient des jardinières bordant les escaliers, et des guirlandes fleuries ornaient les candélabres posés sur les tables. Lionel les conduisit à une table où étaient déjà installées deux ou trois personnes. Il fit les présentations.

– Mme Lawrence et Mlle Lawrence, M. et Mme Prentice, de Londres. Le père Baker. Mon neveu, Francis Luther, et Marjorie, sa femme.

Les Anglaises se mirent à pépier.

– Oncle et neveu! dit le père Baker. Vous avez plutôt l'air de deux frères!

– Oui, c'est que nous n'avons que quatre ans de différence.

– Ainsi vous avez fait tout ce voyage pour le mariage, dit une des dames.

– En fait, nous ne savions pas que la réception avait lieu ce soir, expliqua Marjorie. Francis est venu pour affaires.

Cette précision contraria confusément Francis. Il n'était pas d'humeur à s'étendre sur les raisons de son voyage. Lionel se pencha vers lui.

– Mon père m'a dit que tu voulais vendre Eleuthera.

– Oui. Cela t'intéresserait-il? répondit Francis avec un sourire.

– Moi? Non! Je suis déjà surchargé de travail avec ce que j'ai. Mais tu trouveras quelqu'un si tu ne te montres pas trop exigeant. Il ne faut pas se décourager.

– Je ne suis pas découragé. Enfin, pas encore...

– Virgil vivait avec cinquante ans de retard. Sans compter qu'Eleuthera ne convenait pas du tout à la culture de la canne. C'est le premier ancêtre de la famille qui a choisi cet endroit, on se demande pourquoi. Une plantation doit être située aussi près que possible du port ou, du moins, pas trop loin d'une bonne route...

Songeur, Lionel marqua une courte pause, puis il ajouta presque avec tendresse :

– Mais je suppose que le vieux pirate avait de bonnes raisons. Quant à Virgil, il ne l'aurait pas quittée pour un empire.

– C'est un endroit magnifique, dit Kate. On le dirait sorti d'un poème... ou d'un rêve.

– Un rêve! s'exclama Lionel. Grand Dieu!

– A Eleuthera, il y a une gravure qui date du XVIIIe siècle, poursuivit Kate, faisant mine de n'avoir rien entendu. On voit la maison à l'arrière-plan, et devant il y a un chariot de sucre avec un attelage de seize bœufs, huit à l'avant, huit à l'arrière, pour maintenir et éviter que le poids lui fasse dévaler la pente.

– Kate est une toquée d'histoire, expliqua Lionel.

– Moi aussi, je l'ai été en mon temps, dit Francis.

– Il faut que vous voyiez ces gravures, alors, dit Kate. Il y en a une autre représentant un cerf importé en train de paître dans un superbe enclos. On menait grand train à l'époque.

– Sûr qu'ils ne se privaient ni de manger ni de boire ni de tout le reste, ajouta Lionel.

Kate sourit. Elle avait les deux dents de devant écartées, ce qui donnait à son sourire une fraîcheur particulière. Elle n'est pas vraiment jolie, pourtant, songea Francis.

– Kate est une toquée de musique aussi, dit Lionel. Vous devriez entendre comme elle joue du piano. Et ce n'est pas tout. C'est une cavalière intrépide, et elle se débrouille très bien à bord d'un voilier. Mais le mieux de tout, c'est quand même quand elle joue les bienfaitrices avec nos Noirs.

Le sourire sur le visage de la jeune femme s'effaça d'un coup.

Pourquoi l'humilier ainsi? se demanda Francis en jetant un coup d'œil désespéré vers Marjorie qui rétablissait toujours avec tact les situations les plus embarrassantes (elle avait très bien su, par exemple, comment prendre Margaret dans des circonstances particulièrement difficiles). Mais Marjorie était en grande conversation avec l'Anglaise et un gentleman vieillissant qui venait de se joindre à leur groupe.

C'est alors que le père Baker prit la parole.

– Kate a une grande compréhension des problèmes des travailleurs, dit-il. Vous ne pouvez pas imaginer combien son aide m'a été précieuse toutes ces dernières années.

– Sans vouloir vous offenser, mon père, dit Lionel, vous connaissez ma position sur ce sujet.

Il avait les lèvres humides et un peu molles, et il lui arrivait de postillonner.

– Il faut faire attention de ne pas aller trop loin, voilà tout. A part ça, je ne peux qu'être d'accord. Mais prenons garde à ne pas dépasser certaines limites. On raconte que vers 1870 mon grand-père avait déjà prévu les ennuis qui nous tombent dessus en ce moment. Il disait...

Lionel baissa la voix en jetant un coup d'œil circulaire.

– ... que tout allait se gâter à cause des métis. Ils ont l'intelligence des Blancs alliée au tempérament des Noirs. C'est un mélange explosif. Nous sommes perdus si on les encourage comme certains le font. Ils vont soulever la masse, et on se retrouvera à l'eau.

– Il ne faut quand même rien exagérer, dit le père Baker.

– Je n'exagère pas du tout. Oh! nous n'en sommes pas encore à craindre le communisme, du moins pas avant un bon bout de temps. Ils sont pour l'instant trop occupés à prendre pied dans les îles plus importantes comme la Jamaïque ou Trinidad. Mais tout de même, ils réclament le suffrage universel! Quelle hérésie! Pourquoi les gens sans biens devraient-ils avoir leur mot à dire sur les dépenses publiques? Bah, je sais bien qu'on n'y coupera pas... Mais moi, je trouve cela très préoccupant. Pensez, même les métis, je veux dire ceux qui ont fait des études, trouvent ça inquiétant! Vous ne pouvez pas prétendre le contraire, je le sais de bonne source, bien que la plupart refusent de l'admettre. Prenez un homme comme le Dr Mebane. Il a de la fortune... Tiens, le voilà justement qui descend l'escalier.

Un homme à la peau brun clair descendait en effet l'escalier d'un air très digne. Il était accompagné d'une femme, métisse elle aussi et très élégamment vêtue.

– Très bon exemple, fit observer le père Baker d'un ton sec. Ce n'est pas le Dr Mebane qui se risquera à s'approprier vos terres.

– Ça non, et heureusement. Son fils...
Lionel se tourna vers Francis.
– Son fils est très brillant, à ce qu'on dit.
– Je comprends qu'il est b illant! lança le père Baker. C'est un de mes élèves, après tout!
– Il a eu son diplôme de droit et va se présenter aux élections, paraît-il. Dieu seul sait ce qui va se passer. Peut-être même que tout ça ne tournera pas trop mal. Pour tout dire, personne n'y comprend plus grand-chose.
– Tu es un vrai colonialiste, déclara Kate à haute et intelligible voix. C'est triste pour toi, mais tu te trompes d'époque. Quel homme heureux tu aurais fait au XVIIIe siècle!
Lionel tapota la joue de sa femme en riant. Puis il se leva.
– J'espère que vous m'excuserez, il y a là des gens à qui je dois parler. Il faut savoir être diplomate. A tout à l'heure.
Il se pencha à l'oreille de Francis.
– Ne prends pas le prêtre trop au sérieux. C'est un original. Je dirais même un agitateur.
– J'espère qu'on ne vous ennuie pas avec nos petites histoires insulaires, monsieur Luther, dit le père Baker après le départ de Lionel. Nous nous croyons le centre du monde, nous autres juchés sur notre tout petit caillou.
– Mais ce qui se passe ici est très important, dit Kate. Nous sommes un véritable microcosme.
Tout à coup elle changea de ton.
– Mais si vous préférez du romanesque par un soir si romantique, je peux vous raconter les histoires que me contait mon arrière-grand-mère. J'avais dix ans lorsqu'elle est morte. Elle adorait parler de sa jeunesse; ce n'étaient que quadrilles, mazurkas et soirées théâtrales données par des comédiens venus de France. A l'époque, la plupart des vieilles

familles parlaient encore le français à la maison. Les escaliers étaient alors si larges – on en trouve encore quelques-uns dans l'île – que trois femmes en crinoline pouvaient les descendre côte à côte sans se gêner.

Francis était perplexe. Cette femme à la fois amère et passionnée le déroutait. Il ne savait trop s'il devait la prendre en amitié ou en pitié.

Marjorie s'était libérée des deux distingués Britanniques.

– Oh, que ce devait être ravissant, Kate! s'écria-t-elle. Et vivez-vous aussi dans une de ces vieilles maisons?

– Très vieille, oui. Elle s'appelle le Caprice de Georgina.

– Elle doit sûrement avoir une histoire avec un nom pareil.

– Oh, pour ça, oui! L'homme qui l'a fait construire était très riche, comme on pouvait s'y attendre. Il avait envoyé ses fils faire leurs études à Londres, évidemment. Et l'un d'eux est revenu avec une fiancée, Georgina. C'était une toute jeune fille, et on disait qu'elle ne voulait pas venir si loin de chez elle. Les esclaves la terrifiaient, et à juste raison quand on sait la suite. Elle a été violée et assassinée lors d'une révolte d'esclaves. Dix maisons ont été incendiées cette nuit-là, et leurs propriétaires massacrés avant qu'on ait réussi à mater la révolte.

– Seigneur! s'écria Marjorie en frissonnant.

– Il y a un portrait d'elle chez nous. Enfin, on pense que c'est elle. C'est une assez bonne imitation d'un Gainsborough. On voit une toute jeune fille en robe longue et souliers noirs lacés autour des chevilles, avec un petit chien dans les bras.

– Cette histoire me donne la chair de poule, dit Marjorie.

– Oui, vous imaginez la scène? Il fait noir, et tout

le monde dort; elle est dans son grand lit à baldaquin... quand les esclaves armés de machettes s'introduisent par les fenêtres. Ils devaient aussi avoir des torches pour incendier la maison.

– Sauvages! souffla Marjorie.

– Oui, et pourtant on peut les comprendre. C'est sûrement une de vos ancêtres, Francis. Mais oui! Le Caprice de Georgina était une des propriétés des Francis. Ça doit être votre arrière-arrière – je ne sais jusqu'où il faut remonter – grand-mère... grand-tante, en tout cas.

Il faisait sombre, à présent; la nuit était violette. On entendait monter le coassement aigu des grenouilles. Deux jeunes garçons approchèrent des chaises et se mirent à parler cricket avec le père Baker. La femme assise à côté de Marjorie engagea la conversation sur une vente aux enchères de meubles d'une demeure française. Francis jeta un coup d'œil à sa montre; il était encore trop tôt pour s'esquiver. La journée avait été longue, et il commençait à sentir la fatigue. Marjorie et sa voisine de table parlaient de voitures, à présent... ou de cigares. Le chant des grenouilles et les envolées de l'orchestre recouvraient les mots.

Kate Tarbox alluma une cigarette. De toute évidence, c'était à lui de poursuivre la conversation.

– Avez-vous des enfants? demanda-t-il, et il se mordit les lèvres en songeant à la fausse couche dont on lui avait parlé le jour même.

– Non, se contenta-t-elle de répondre.

Alors il dit :

– Mais vous semblez très occupée par vos activités sociales?

De pire en pire! Il faisait gaffe sur gaffe.

Elle répondit abruptement par une question :

– Et que faites-vous?

– Je suis sur le marché financier, avec mon père.

– Ah oui! je m'en souviens. Et ça vous plaît?

– Pas tellement.

Il se surprit lui-même en disant cela, car il avait cru fort bien s'accommoder de son nouveau métier durant l'année précédente.

– Pourquoi le faites-vous, alors?

– Je ne sais pas. La solution de facilité, j'imagine. Je ne vois pas ce que je pourrais répondre d'autre.

– Vous êtes honnête avec vous-même, en tout cas.

Ne trouvant rien d'autre à dire, il demanda:

– Quel est cet arbre? Les racines sont vraiment impressionnantes. Je n'ai jamais rien vu de pareil.

– C'est un banian. Ça vient des Indes. Il n'y a à peu près rien sur cette île qui n'ait été importé. Le perroquet, la canne à sucre, le café, la banane... Tout vient d'ailleurs.

– Même la banane?

– Même la banane. C'est Alexandre le Grand qui l'a découverte lors de son voyage aux Indes. Les Européens l'ont apportée au Nouveau Monde... Et, contre vents et marées, elle a fini par prendre racine ici. Comme moi, et comme nous tous.

– On dirait de la poésie lorsque vous parlez..., dit Francis. Je veux dire que vous avez un langage très imagé. Peut-être ne le savez-vous même pas.

– Oh si! Lionel dit toujours que j'ai une imagination échevelée.

– Vous parliez de moi? demanda Lionel en se rasseyant à leur table.

– Oui, tu dis toujours que je suis dans la lune.

– Pour ça, oui. Tu es complètement dans la lune. Mais n'est-ce pas un des charmes du beau sexe? Qu'en penses-tu, Francis?

– Je te dirai ça quand, comme vous, j'aurai quatre ans de mariage derrière moi, répliqua Francis en souriant.

Il lui avait fallu apprendre à grimacer ces sourires de convenance depuis qu'en se mariant il avait fait son entrée dans « le monde ». Il rencontra le regard de Marjorie et lui sourit : un vrai sourire, cette fois. Cette atmosphère de sourde hostilité le mettait mal à l'aise. Marjorie et lui, du moins, formaient un couple harmonieux! Il se pencha pour prendre la main de sa femme.

– Je suis très ennuyé, dit Lionel. Le type à qui je parlais doit partir demain après-midi, et il faut absolument que je le voie demain matin pour affaires... Alors que j'avais prévu de vous conduire à Eleuthera. Je sais que vous voudriez régler cela le plus vite possible pour rentrer chez vous.

– Ce n'est rien, dit Francis. Peut-être peux-tu nous prêter une voiture? Avec quelques indications pour le chemin, on se débrouillera très bien tout seuls.

– Je ne crois pas. Tu sais, c'est quasiment redevenu la jungle, là-bas. Tu ne sauras même pas où commence et où finit la propriété.

– Je peux vous y conduire, dit Kate.

– Mais ça va vous faire perdre toute votre journée! s'écria Marjorie.

– Aucune importance. Je passerai vous prendre à 8 h 30.

Elle arriva au volant d'une jeep bâchée qui bondissait sur les cahots du chemin.

– On ne peut rouler qu'en jeep sur ces routes.

Elle regarda les sandales blanches de Marjorie.

– Vous allez les abîmer ou vous tordre les chevilles. Vous n'avez pas autre chose?

– Des tennis, c'est tout. Mais ça va faire affreux avec cette robe.

– Mettez-les. Il n'y aura personne pour vous regarder.

Et, comme pour se faire pardonner sa brusquerie, Kate ajouta :

– Ce qui ne veut pas dire que vous ne soyez pas très agréable à regarder.

Ils longèrent le bord de mer pendant quelques kilomètres. Des pêcheurs halaient leurs filets. Du linge séchait sur des rochers au bord des criques où les ruisseaux se jetaient dans la mer. Des enfants, les fesses nues, jouaient devant des masures délabrées. Puis la route s'enfonçait dans les terres, montait à flanc de colline tandis que les champs de canne cédaient la place aux bananeraies. Par endroits, la masse de feuillages s'écartait, et l'on pouvait apercevoir la mer, loin au-dessous, calme et dorée par le soleil du matin. Des ânes bâtés clopinaient au bord de la route. Des femmes au visage impassible s'écartaient sur le passage de la voiture; elles transportaient de lourds paniers posés en équilibre sur les torsades d'étoffe enroulées sur le sommet de leurs têtes.

– Comme c'est pittoresque! s'écria Marjorie.

– Vraiment? dit Kate presque sèchement.

Ici et là, un chemin s'échappait en direction d'une grande maison blanche.

– Le domaine Anne, dit Kate en passant devant l'une d'elles. Ce sont des amis de Herbert et Julia. Ils élèvent des chevaux. Ou plus exactement, il élève des chevaux et elle joue au bridge. Non que j'aie quelque chose contre le bridge, je m'y entends même assez bien, mais je pense qu'on devrait essayer de faire autre chose de sa vie.

Assis à l'arrière, Francis voyait de trois quarts le visage de Kate qui d'un instant à l'autre changeait d'expression, semblant refléter ce qu'elle pensait. Nul signe d'amertume sur ce visage sur lequel, soudain, une ombre passait comme au souvenir d'un moment de profonde solitude.

Mais déjà, se rappelant ses hôtes, elle s'animait.

– Regardez les palmiers de montagne, là-bas, avec la tige toute lisse et la houppe au sommet. On dirait des chapeaux de la Belle Epoque, avec les plumes et le cou-de-cygne.

D'un ton joyeux, elle poursuivit :

– Il y a des gorges, là-haut, où on trouve des fossiles et des coquillages provenant de récifs de corail. L'océan recouvrait tout cela, jadis.

La route étroite passait sous une arche d'acajous et de bambous. Sous l'enchevêtrement de la végétation, là où la lumière ne pénétrait pas, les hautes fougères luisaient, suintantes d'humidité.

– Cet endroit grouille de vie. Ça court, rampe, nage et vole, dit Kate.

– On se demande pourtant comment quoi que ce soit peut bouger là-dedans, dit Marjorie avec un frisson. Je ne tenterais pas l'expérience, d'ailleurs. C'est sinistre.

– Il y a des sentiers. Les gens y viennent braconner. Les plus beaux perroquets du monde se reproduisent là, et il est interdit de les capturer. Mais il y a toujours des gens pour enfreindre la loi. Et le plus ignoble, c'est qu'ils les sortent du pays enfermés dans des valises. Presque tous meurent pendant le voyage.

Ils venaient de franchir le sommet. La route descendait doucement en serpentant. Ils dépassèrent un village composé d'une poignée de masures et d'un carré de cocotiers et de bananiers. Des prés inondés de soleil étaient perchés à flanc de montagne. Des moutons et des vaches paissaient l'herbe dense.

– Qu'est-ce que c'est? demanda Marjorie en montrant des volatiles blancs juchés sur le dos des vaches.

– Des garde-bœufs. Ce sont des hérons qui se nourrissent des insectes sur le dos du bétail.

– De plus en plus curieux, comme dirait Alice.

Tout à coup, Kate arrêta la voiture.

– Nous y sommes. C'est Eleuthera.

Plus bas, sur une vaste plate-forme, s'élevait une longue maison blanche. Derrière elle, la haute muraille de la montagne, et à son pied, le silence et les scintillements de la mer.

– Le bout du monde, non? dit doucement Kate.

Elle lâcha le frein, et la voiture descendit le chemin. Les battants du portail rouillé étaient rabattus contre les piliers de pierre et la longue allée bordée de palmiers royaux était envahie par la végétation. L'arche protégeant la porte était à demi effondrée, les hautes fenêtres brisées. On s'enfonçait jusqu'aux genoux dans les herbes folles. Tout semblait avoir été petit à petit rongé, dégradé et défiguré par un mal rampant.

– C'est la maison où ta mère a grandi, n'est-ce pas? demanda Marjorie.

Submergé par l'émotion, Francis se contenta d'acquiescer d'un signe de tête. Des gens avaient vécu dans cette maison. Ils s'étaient réunis sur la véranda, pour parler et partager des boissons fraîches, assis face à la mer; ils avaient remonté cette allée entre des plates-bandes fleuries, accueillis par les aboiements d'un chien bondissant.

Les larmes aux yeux, il sortit précipitamment de la voiture.

Murs et plafonds du vestibule étaient couverts de lambris richement ornementés. Les rampes de l'escalier montaient en spirales torsadées, et les noyaux étaient sculptés en forme de pommes de pin. Une fine poussière dorée volait dans l'air chaud et le soleil que la porte entrouverte laissait pénétrer.

– On dirait Drummond Hall en plus petit, dit Marjorie.

– Toutes ces maisons sont plus ou moins faites sur le même modèle, répondit Kate. Voici la bibliothèque. Elle est en acajou, du bois d'ébénisterie. C'est magnifique une fois poli.

– Il n'y a pas d'étagères de ce côté-là! dit Marjorie. C'est drôle, on dirait que ça n'a jamais été terminé.

Se voulant pratique, Francis remarqua :

– Il y a une fuite dans le toit, en tout cas... Je me demande s'il faut réparer ce genre de dégâts avant de mettre la maison en vente?

– Il ne faut pas y mettre un centime, à mon avis, déclara Marjorie. De toute façon, nous n'avons pas d'argent... Non, vends-la telle quelle et qu'on n'en parle plus.

– C'est bizarre qu'on ne l'ait pas pillée depuis tout ce temps, remarqua Francis. Pas de vandalisme, non plus, ça se voit tout de suite.

– Les gens ont peur des maisons hantées, ici, dit Kate. Les villageois croient aux esprits et aux sorciers, vous savez. Vous n'avez pas entendu parler des légendes Anancy?

– Si, répondit Francis. Ce sont d'anciennes légendes venues d'Afrique.

– C'est incroyable, quand même, à notre époque! dit Marjorie.

– Pas si incroyable, quand on considère leurs conditions de vie, répliqua Kate avec une note d'impatience dans la voix.

Elle s'agace trop facilement, songea Francis. Le fait est qu'elle a raison. Que pourraient savoir des gens qui vivent dans une telle misère?

– Nous pourrions peut-être aller faire un tour sur les terres, maintenant? dit Kate. Il y avait des chemins carrossables autrefois, mais la végétation a tout envahi. Il faudra donc y aller à pied.

– Comment faites-vous pour ne pas vous perdre? demanda Marjorie.

– Je suis venue quelquefois étant enfant. Mon grand-père connaissait Virgil Francis.

– Vous connaissiez mon arrière-grand-père?

– Assez peu, en fait. Tout le monde connaît plus ou moins tout le monde, vous savez, à Saint-Félice. Mais je crois que vous lui ressemblez beaucoup. Il était très grand et avait le même nez busqué que vous, dit-elle en regardant Francis. C'est drôle comme le souvenir qu'on garde des gens est souvent fait de détails anodins.

Marjorie avait découvert un moulin à sucre, ou du moins ce qu'il en restait. La plus grande partie des tuiles s'étaient détachées, et leurs débris gisaient dans l'herbe à côté d'un énorme chaudron mangé de rouille.

– C'est là-dedans qu'on cuisait la farine de manioc pour nourrir les esclaves, dit Kate. Regardez là, c'est la clef de voûte du moulin. T.F. F pour Francis, bien sûr. Mais je me demande qui était T... Il y a une date : 1727.

Marjorie marchait en avant; comme à son habitude, elle se saisissait vivement des objets puis les reposait pour passer à autre chose. Francis, lui, flânait volontiers et prenait le temps de réfléchir. *La farine pour les esclaves.* Ce lieu aujourd'hui silencieux devait bourdonner d'activité. Il croyait entendre les bruits de pas, les éclats de voix et l'agitation fébrile dans la chaleur accablante.

– Il y avait une maison ici, cria Marjorie. On voit les fondations.

– C'était la maison du contremaître, dit Kate. Il

devait vivre là, ainsi que les surveillants. Et plus loin, c'étaient les baraquements des esclaves; vu la taille du terrain, il devait bien y avoir une cinquantaine de cabanes. Après venait la fabrique avec la chambre de cuisson et le moulin.

Tout à coup, les hautes herbes bougèrent. Une petite troupe de chèvres en sortit et s'immobilisa en regardant les intrus avant de repartir en quête de nourriture.

– Des chèvres redevenues sauvages, dit Kate.

– Mais on dirait qu'elles mangent des cactus! s'exclama Marjorie.

– Ce sont bien des cactus. Des melocactus. Il n'y a que les chèvres qui s'en nourrissent.

Francis gardait le silence, attentif aux bruits légers qui frémissaient dans l'air; des abeilles bourdonnaient, le vent bruissait dans les feuillages, les touffes d'herbe crissaient sous les dents des chèvres.

Une douce langueur, une paix proche de la mélancolie, l'envahit.

– Que c'est triste! dit-il après quelques instants.

– Triste! s'écria Marjorie. Mais tout cela ne vivait que par l'esclavage.

– Je ne parle pas de cela, bien sûr. Je veux dire...

Mais il se tut.

La voix haute et claire de Marjorie résonna de nouveau.

– Ils n'ont eu que ce qu'ils méritaient. Non seulement ils traitaient des humains comme de vulgaires objets, mais ils étaient gravement incompétents. Ils épuisaient les sols, géraient mal leurs exploitations, et, finalement, ils ont tout laissé tomber en ruine. Si on regagnait la maison?

Ils s'assirent sur les marches de la véranda. Loin au-dessous, la rivière déroulait son fil d'argent. A la pointe de la petite baie, on apercevait une frange d'arbres inclinés par le vent du large.

– C'est là que l'océan Atlantique rencontre la mer des Caraïbes, expliqua Kate. Je ne vous conseille pas d'y aller faire de la voile si vous avez tendance au mal de mer.

Marjorie sauta sur ses pieds en poussant un cri. Un petit serpent traversa le sentier et disparut dans les broussailles.

– Ce n'est rien, dit Kate. Il n'est pas venimeux.

– Il n'y en a pas dans l'île? On dit que certains tuent instantanément.

– Il y a le fer-de-lance qui mesure un mètre cinquante. Il se cache dans les régimes de bananes. C'est la mort assurée au bout de quelques minutes si vous vous faites mordre. Il y en avait encore quelques-uns lorsque j'étais petite, mais ils ont complètement disparu de l'île, de nos jours.

– N'empêche que je préférerais m'en aller d'ici, dit Marjorie. On y va? A moins que tu n'aies besoin d'autres renseignements, Francis?

Il réfléchit un instant.

– Je voudrais savoir quels arguments de vente je pourrais utiliser?

– Regardez autour de vous. N'est-ce pas le meilleur argument qui soit?

Elle parlait sérieusement.

– Oui, dit-il, la beauté...

– La beauté ne se vend pas, déclara Marjorie. Attendez, je prends un crayon et du papier. Il faut noter.

Elle se tourna vers Kate.

– Bien... La gestion d'une exploitation n'a aucun secret pour vous, ça se voit tout de suite. Que feriez-vous si cela vous appartenait?

– Je commencerais par planter des arbres, dit Kate. Les plus hautes pentes sont déboisées. C'est un inconvénient majeur partout sur l'île. La conséquence d'une exploitation inconsidérée des terres. Cela aggrave l'érosion des sols, les risques de sécheresse et d'inondations. Nous tentons d'ailleurs d'éduquer les petits fermiers dans ce sens, en ce moment.

– Sans grand succès, j'imagine, dit Marjorie.

– L'éducation prend du temps...

Francis se sentait mal à l'aise. Les deux femmes n'éprouvaient manifestement aucune sympathie l'une pour l'autre. Pourquoi? Il l'ignorait.

– Ensuite, poursuivit Kate, je planterais des bananiers et de la canne à sucre; mais très peu de canne à sucre car c'est une exploitation qui nécessite trop d'outillage. Je diversifierais avec du bétail, des moutons et des arbres fruitiers. Pas seulement pour l'exportation. Il y a d'énormes besoins ici. Savez-vous que cette île si fertile ne se nourrit même pas elle-même? C'est un scandale! Les enfants boivent du lait en boîte importé... quand ils en boivent! La population est sous-alimentée! C'est inadmissible.

Marjorie la considérait avec froideur.

– Continuez, s'il vous plaît. Je prends des notes.

– Je planterais du cacao. Ça pousserait bien, ici; c'est la partie de l'île qui reçoit les pluies les plus abondantes. Il faut utiliser l'ombre des bananiers pour les jeunes plants de cacao. Il y a les cocotiers aussi. Nous avons une fabrique d'huile de coprah en ville. Ici, les femmes font l'huile de cuisine à partir du lait de coco, et le reste sert de fourrage pour le bétail. Et on peut faire du macis. C'est l'enveloppe de la noix de muscade. Ça fait une bonne culture d'exportation. Il y en a quelques-uns là-bas, près de la clôture de bambous. J'espère que tout cela vous permet de vous faire une idée?

Marjorie rangea son crayon.

– Oui, merci. Mais je suppose que quelqu'un qui

songerait à acheter un domaine comme celui-ci aurait déjà quelques notions sur la manière de le gérer. Ces notes sont probablement inutiles.

– Sait-on jamais?

Francis se leva.

– Tout cela est très intéressant, Kate. Vous seriez mieux placée que moi pour convaincre un acheteur éventuel. A propos, savez-vous où je dois m'adresser pour faire une proposition?

– Les acheteurs sont rares. Mais vous pouvez aller voir Atterbury & Shaw à Covetown. Ils sont spécialisés dans les propriétés foncières. Voulez-vous rentrer, maintenant?

Francis demeurait immobile près de la voiture. De grands cumulus enveloppaient le sommet du morne Bleu, à présent, jetant sur la maison une ombre d'un gris transparent.

Kate lui lança un coup d'œil plein de gravité.

– Vous êtes conquis, n'est-ce pas?

– Cette maison est un poème. Vous aviez raison.

Elle ne répondit rien. Ses deux dents écartées apparurent dans un sourire. Comment deux incisives écartées peuvent-elles être aussi séduisantes? songea-t-il soudain.

De retour dans leur chambre à Drummond Hall, Marjorie dit :

– Elle te plaît, n'est-ce pas?

– Hein? Qui ça?

– Ne fais pas l'idiot. Kate, bien sûr.

– Ma foi, elle est très gentille. Elle a fait tout ce qu'elle a pu pour nous aider.

– Je ne parle pas de cela. Tu as de l'attirance pour elle. Tu la désires.

– Tu perds la tête, dit-il avec douceur.

– C'est tout à fait ton genre de femme. Passionnée et sexy, dit Marjorie en retirant son soutien-gorge.

Le bronzage, au-dessus de ses seins blancs, dessinait une courbe en forme de cœur.

– Sexy? Elle n'est pas même jolie.

– Elle est plus vieille que toi.

– De six mois!

– Ils ne s'entendent pas bien. Tu as remarqué?

– Oui. C'est triste.

– Tout à fait ton genre... La vie au grand air. Les animaux. Sur le plan intellectuel, aussi. Et elle t'a carrément déshabillé du regard.

– Quoi! cria-t-il.

– Si, si, en disant que tu ressemblais à ton grand-père.

– Je ne m'en souviens pas.

– Tu parles! Elle disait que tu avais le nez busqué de ton grand-père.

– Arrière-grand-père.

– Tu vois que tu t'en souviens!

– Marjorie... arrête.

– C'est vrai, tu la désires.

Elle ajustait un autre soutien-gorge; deux corolles de dentelle avec des rubans noirs.

– Attends qu'on en ait fini avec ce maudit dîner, dit-il, et tu verras ce que c'est que le désir.

– Eh bien, maintenant que tu as vu Eleuthera et la décadence, je vais te montrer à quoi ressemble une exploitation qui tourne, dit Lionel, un matin, une semaine plus tard. Le Caprice de Georgina s'est beaucoup étendu depuis que j'ai acquis là propriété. J'y ai adjoint un nombre considérable d'hectares.

Un tracteur chargeait les cannes sur les charrettes; des enfants de huit à dix ans s'affairaient à ramasser les chutes.

– Et ceux-là, ne devraient-ils pas être en classe? demanda Francis.

– Oui, mais à cette époque de l'année, ils quittent l'école pour aider à la récolte. Ça leur permet de gagner un peu d'argent.

Puis, comme Francis s'abstenait de tout commentaire, Lionel ajouta :

– Le problème, tu vois, c'est que ces gens font beaucoup trop de gosses; bien plus qu'ils ne peuvent en nourrir.

» Nous avons un moulin collectif en ville, maintenant, et crois-moi, c'est un sacré progrès par rapport à l'époque où chaque domaine avait le sien. Si l'île était plus étendue, nous pourrions même installer une voie ferrée pour améliorer la rapidité du transport. On ne peut laisser les cannes trop longtemps au soleil; ça fait fermenter le jus, et après on ne peut plus rien en faire.

En bordure de la propriété s'étendait le village; comme partout ailleurs ce n'était que délabrement, enfants nus, poules et chèvres au milieu des détritus.

– Je suis secondé par un régisseur remarquable, continuait Lionel. Mais, comme toujours, le principal, c'est de mettre la main à la pâte soi-même. Oh! je pourrais prendre une maison en ville ou sur la plage et venir m'assurer que tout va bien tous les deux ou trois jours. Mais je préfère être là, garder un œil sur tout. Mon père a toujours fait ainsi, et c'est pour ça qu'il n'a pas coulé avec les autres. Il faut être bon en affaires, aussi, savoir traiter avec les intermédiaires, savoir se défendre. Souvent ils prennent une option sur la récolte pour te laisser tomber au dernier moment. Et là, c'est la catastrophe.

Lionel soupira.

Francis écoutait avec le plus grand intérêt, quand

une pensée inattendue lui traversa l'esprit : je ne le vois pas marié à Kate...

– Oui, poursuivit Lionel. Le seul moyen, c'est de pouvoir assurer deux récoltes d'exportation. Le plus rentable, ce sont les bananes, car elles réclament peu de soins, à part l'élagage, bien sûr. Mais rien n'est parfait ! La peste, c'est un petit animal qui ressemble au rat et qui s'attaque aux racines. Et on a eu la maladie de Panama – une sorte de moisissure –, mais pour une fois le gouvernement a été prompt à réagir, et on s'en est débarrassé par la chaux.

Ils atteignaient le sommet de la colline où s'élevait la Grande Maison. Derrière une clôture, deux chevaux alezans poussèrent de petits hennissements.

– Les chouchous de Kate. C'est une très bonne cavalière, mais ceux-là, elle les traite comme des chats d'appartement. C'est de n'avoir pas d'enfants, je crois...

Francis gardait le silence.

– Les médecins disent qu'elle n'en aura jamais. On lui a enlevé les ovaires à la suite de sa dernière fausse couche.

– C'est terrible, dit Francis.

– Oui. Bon... Ah! nous parlions des bananes. Ce n'est pas si facile que ça en a l'air, tu sais. On dépend trop des marchés mondiaux, des crises et des guerres. Pendant la guerre, on ne pouvait rien envoyer par bateau, évidemment. Maintenant, il arrive que le cargo soit trop chargé, alors la marchandise reste sur le quai, et on ne peut rien faire que l'abandonner aux chèvres. Parfois les inspecteurs refusent les produits alors qu'ils sont tout à fait dans les normes. C'est simplement qu'il y a surproduction, et ils font ça pour maintenir les prix au détail. Ah! ce n'est pas facile de tenir, c'est moi qui te le dis. Et voilà qu'aujourd'hui, en plus, on parle d'indépendance. Ça va être du joli. Enfin, c'est notre île, et on l'aime. Moi, je ne partirais pas pour un empire. Je ne crois pas que je pourrais, mais qui sait ce que nous réserve l'avenir, hein?

– Tu vas prendre Drummond Hall en main après le départ de ton père?

– Oui, avec l'aide de Kate. Elle tiendra les comptes et ira y jeter un coup d'œil tous les jours.

Ils arrivèrent au bas des marches.

– Je vais te reconduire chez mon père. Je te garderais volontiers à déjeuner, mais Kate est en ville, et je dois l'y rejoindre à midi et demi.

Francis ressentit une pointe de déception.

– Ce n'est pas grave. Ton temps est précieux, et je n'en ai déjà que trop abusé. Kate a été très aimable de nous emmener à Eleuthera, l'autre jour.

– Oh, elle était ravie! Elle adore balader les visiteurs dans l'île. C'est une fille bien, Kate, tu sais..., dit Lionel avec une maladresse touchante. Tu as dû me trouver un peu dur avec elle, le soir de la réception... En réalité, on s'entend assez bien, elle et moi. Le problème, c'est qu'elle prend tout trop à cœur et elle fonce tête baissée, ça va lui créer des ennuis, un jour...

Gêné, Francis ne put que répéter :

– Enfin... vous avez tous été très gentils.

– C'est la moindre des choses. Et surtout, n'hésite pas si tu as un problème. Demande!

– Pour l'instant, tout va bien... Sauf que Marjorie craint de manquer de toilettes pour faire face à toutes les invitations!

– Qu'elle aille voir chez Da Cunha. Ils reçoivent de très jolies choses. Directement de France, s'il vous plaît! Elle y trouvera de quoi remplir sa garde-robe pour deux ans.

– Ça m'étonnerait qu'elle soit encore ici dans deux ans!

– Oh, mais vous n'êtes pas près de partir, ne crois pas cela! A moins que tu ne veuilles laisser l'affaire aux mains d'Atterbury & Shaw.

– Je serai peut-être obligé... Mais je préfère attendre un peu, voir comment ça tourne. C'est incroyable, mais on a peut-être trouvé quelqu'un. Un type de Porto Rico. On le laisse pour un prix dérisoire, ça doit être pour ça.

Lionel acquiesça.

– Je ne vois pas d'autre moyen.

Puis il le reconduisit à Drummond Hall.

M. Atterbury vint accueillir Francis sur le seuil de la porte.

– Notre homme aura très bientôt des nouvelles de ses avocats de Porto Rico. A mon avis, on peut considérer l'affaire comme réglée, monsieur Luther.

Francis posa la main sur la porte.

– Touchons du bois!

Il avait garé non loin de là la voiture qu'on lui avait prêtée, mais il ne se sentait pas d'humeur à rentrer à Drummond Hall pour l'inévitable rituel tennis-déjeuner. Il descendit Wharf Street, admirant au passage la façade de style géorgien de la banque Barclay et gagna la grand-place.

C'était jour de marché; la ville bourdonnait d'activité. Quel contraste avec le monde policé où évoluaient les membres de sa famille, dans les limites bien fermées de leurs domaines! Les bus venant de la campagne déversaient une foule bigarrée de femmes qui allaient pieds nus, vêtues de robes aux teintes électriques et coiffées de chapeaux de paille. Des enfants de tous âges s'ébattaient entre les tas de bananes, de fruits à pain, de noix de coco et de poissons. Des chiens galeux et jaunes – tous les chiens de l'île étaient jaunes – se prélassaient à l'ombre.

Francis flâna un moment entre les étals, s'imprégnant de bruits, de couleurs et d'odeurs si inhabituels pour lui. Puis il tourna le coin de la rue et se retrouva devant l'orphelinat. Le chœur d'enfants répétait une hymne. Francis, qui les avait déjà entendus chanter à la cathédrale, s'arrêta pour les écouter. De l'autre côté de la rue s'étendait le cimetière. Francis traversa et se pencha par-dessus la barrière : quel lieu agréable pour y passer l'éternité! Palmiers nains et palmiers dattiers délimitaient l'enclos; des coquillages joliment disposés ornaient les tombes. Les voix cristallines des enfants montaient dans l'air parfumé. Un sentiment de sérénité proche de la béatitude emplit soudain Francis qui demeura là, immobile, jusqu'à la fin de l'hymne.

La petite ville lui était maintenant familière; sans hésiter, il tourna et s'engagea sous les arcades. Les maisons avec des fenêtres étroites et des balustrades de fer forgé n'auraient nullement déparé la place des Vosges, à Paris. Seuls troublaient l'illusion des larges figuiers qui jetaient dans toutes les cours leur ombre profonde. Francis atteignit une petite place et s'arrêta devant une plaque en bronze scellée dans les pavés : « A cet endroit, le 11 juillet 1802, mourut par pendaison Samuel Vernon, ancien membre du Conseil de Sa Majesté, qui avait tué son esclave nègre Plato. »

– Abominable, vous ne trouvez pas?

Kate Tarbox souriait sous le grand chapeau de paille des femmes de l'île.

– Celui-ci avait dépassé les bornes. Il prenait plaisir à voir des hommes battus à mort. Ses pairs eux-mêmes en étaient révoltés. Alors ils l'ont jugé, et il a été condamné à la pendaison.

Francis hocha la tête.
– Une société compliquée!
– Pour ça, oui! Et ce n'est pas plus simple aujourd'hui. Que faites-vous en ville?
– Oh! je me promène. Et vous?
– J'ai un petit bureau pas loin d'ici. Le bureau d'Assistance familiale. Je sais, ce n'est qu'une goutte d'eau dans l'océan... Je vous ai bien vu lever un sourcil!
– Moi? Pas du tout.
Suivit ce moment d'indécision où, sans se résoudre à prendre congé, on ne sait comment prolonger la conversation.
Puis Francis dit :
– Je pensais acheter quelques cadeaux pour ma famille... Autant en profiter puisque je suis en ville. Peut-être avez-vous une idée de...
– Vous pouvez essayer Da Cunha. Tout dépend de ce que vous voulez dépenser.
– Quelque chose de pas trop cher. Une broche ou un collier, peut-être.
– Da Cunha, alors.
Francis se sentait gigantesque à côté de Kate. Il était habitué à marcher auprès de Marjorie qui était presque aussi grande que lui. Un beau couple, disait-on d'eux.
Il lui fallait parler pour masquer sa gêne.
– Je ne connais pas la moitié de ces légumes, dit-il. Je vois des betteraves et du chou. Mais qu'est-ce que c'est que ça?
– Du manioc. Et là-bas, à côté des melons, ce sont des grenades.
– Des grenades? Comme dans la Bible?
– Comme dans la Bible. Ça, ce sont des tamarins; le jus est très acide. Des bananes-plantains; elles ont le même goût que les bananes mais on les mange cuites. Et le fruit à pain.

– Comme dans *Les Révoltés du Bounty.*

– Exactement! Le capitaine Bligh le rapporta de Tahiti. Nourriture idéale pour les esclaves. On peut ne vivre que de ça. Nous voici chez Da Cunha.

Une très belle Noire, dont les cheveux descendaient jusqu'à la taille, les accueillit.

– Bonjour, Désirée, dit Kate. Mon ami... non, mon neveu. Je suis sa tante par alliance! Enfin, M. Luther voudrait acheter quelques cadeaux.

Les murs voûtés et très épais dataient du XVIIIe siècle. Les ventilateurs du plafond brassaient placidement l'air chaud. Singapour, Somerset Maugham, songea Francis. Les bouteilles d'alcool, les objets de cristal, de porcelaine et d'argent étincelaient sur les étagères. Une vitrine protégeait une série de montres en diamant.

Francis fit rapidement son choix – une poupée pour Margaret (qui avait vingt-quatre ans), trois broches d'argent pour sa mère et ses autres sœurs, et des cigares pour son père. Il paya, et ils ressortirent du magasin.

– N'est-elle pas magnifique? dit Kate. Je me sens toujours minable à côté d'elle. On dirait une princesse africaine.

– Elle est très belle, mais vous n'avez aucune raison de vous sentir minable.

– Elle est mariée avec un instituteur. Son père est un syndicaliste important. Clarence Porter. C'est un ami à moi.

– Un ami à vous et Lionel? demanda Francis.

– Lionel? dit Kate en riant. Non, bien sûr que non!

Francis se souvint alors de cette expression de tristesse qu'il avait vue passer sur le visage de Kate lorsqu'elle les conduisait à Eleuthera.

– Et si on déjeunait ensemble? dit-il tout à coup.

– Bonne idée.

– Mais où?

– A part le club, il n'y a qu'un endroit. Le Cade's Hotel, à l'autre bout du port.

Ils entrèrent dans la pénombre de la salle meublée en acajou. Quelques hommes étaient attablés sous des portraits aux teintes sombres. Puis ils ressortirent à la lumière et choisirent une table dans le jardin.

Kate ôta son chapeau. Ses cheveux libérés vinrent boucler autour de ses joues. Soudain Francis se rappela Marjorie qui lui disait : *elle t'a carrément déshabillé du regard.* Il sentit son visage s'empourprer.

Mais Kate, occupée à consulter le menu, n'avait pas remarqué son embarras.

– Le poisson est toujours délicieux, et il y a le choix. Abrecca, ballahou, saumon...

– Je prendrai du saumon. C'est le seul que je connaisse.

Sa main qui reposait sur la table était ornée d'une grosse émeraude carrée. C'était un bijou d'un goût parfait mais un peu surprenant sur cette femme aux manières simples, vêtue d'une robe de coton et chaussée de sandales. Marjorie ne l'aurait porté qu'avec un certain style de toilette. Mais il n'aurait jamais les moyens de lui offrir une telle bague.

– Alors ça y est, Eleuthera est pratiquement vendue? Ça s'est fait beaucoup plus vite que nous ne le pensions.

– Oui. Mais il y a encore des tas de papiers à réunir. Les avocats de l'acheteur sont en train de s'en occuper.

– Et vous allez partir?

– Je devrais déjà être rentré. Mais si ce n'est que l'affaire d'une semaine ou deux, je crois que je vais attendre que tout soit signé. C'est plus sage.

– Vous reviendrez.

– Ce n'est pas la porte à côté. Qu'est-ce qui vous fait dire cela?

Un sourire chiffonna son visage.

– Oh! les grandes vagues vous ramèneront. Et le vent et les nuages sur le morne Bleu.

– Les nuages sur le morne Bleu! Je vous disais bien que vous parliez de manière poétique.

– Sans plaisanter, il y a des tas de choses que vous n'avez pas vues. Les fêtes de Noël et de la Vieille Année, ce que vous appelez le Nouvel An. Vous aimez le calypso?

Il fit oui de la tête.

– C'est à l'époque du carnaval qu'il faut voir ça. Rien de commun avec ce qu'ils servent aux touristes dans les hôtels des grandes îles. Tout le monde « porte masque ». Les costumes sont magnifiques, et les chanteurs improvisent des chansons. Il suffit de demander, et ils en font une sur vous. Les gens sont tous dans les rues à faire la fête. Il faut le voir pour le croire. Et le jour des Cendres, d'un seul coup...

Elle fit claquer ses doigts.

– C'est fini... Comme ça.

– Eh bien, j'espère voir ça un jour.

– C'est curieux que votre mère ne vous en ait jamais parlé! Mais peut-être a-t-elle un mauvais souvenir de son enfance. Des conflits avec une mère difficile à vivre...

– J'ai bien dû entendre mille fois : « C'est curieux que votre mère ne vous ait jamais parlé de Saint-Félice. »

Kate leva un regard surpris.

– Je suis désolée. Je ne voulais pas être indiscrète.

– Non, pardonnez-moi, dit Francis, c'est moi qui suis un peu vif.

Elle secoua la tête.

– Il m'arrive souvent de parler trop vite, je le sais.

C'est mon plus grave défaut. Je n'aurais jamais dû dire cela de votre grand-mère. Ça ne me regarde pas, après tout!

– Oh! ne vous inquiétez pas. Je ne l'ai jamais beaucoup aimée non plus... Ça ne doit pas être une belle-mère très agréable.

– Oh! elle m'accepte... tant bien que mal. Mon arbre généalogique lui plaît. J'ai des ancêtres tout à fait présentables, voyez-vous...

Elle se mit à rire.

– Parlez-moi de vos ancêtres!

– C'étaient des familles de planteurs des deux côtés. Ils ont tout perdu quand les esclaves ont été libérés. On était ruinés quand je suis née. Mon père a fait ses études en Angleterre, évidemment. Il était pasteur. C'était un ami du père Baker qui s'est un peu occupé de moi à la mort de mes parents. Vous savez, le père Baker est un homme extraordinaire. Rien à voir avec tous ces religieux qui parlent pour ne rien dire.

Il faillit demander : Comment se fait-il que vous ayez épousé Lionel?

A cet instant, comme si elle avait lu dans ses pensées, elle dit :

– Lionel voulait se marier avec une fille qui a du sang de couleur dans les veines. Il l'aime encore. Mais bien sûr c'était impossible, alors il m'a épousée.

– Je vois.

– Elle refuse ce sang noir qui est en elle... N'est-ce pas ignoble? Mais ce n'est pas tout à fait sa faute si elle se renie ainsi. C'est la pression sociale...

– Mais comment les gens savent-ils, alors?

– Ici, chacun connaît les ancêtres de tout le monde. Et si on remonte assez loin, nous avons tous des ancêtres communs. Moi, par exemple, je suis liée aux Da Cunha vers la sixième génération. Il y a un juif dans mon arbre généalogique; à part cela, il n'y a que des Ecossais et des Français.

Il aurait voulu en savoir plus, mais déjà elle concluait :

– Je me suis amusée à remonter mon arbre généalogique quand j'étais jeune. J'ai autre chose à faire maintenant.

– Quand vous étiez jeune!

– Hé! j'ai trente ans, je vous l'ai déjà dit...

– Comme moi.

– Vous paraissez plus. Mais vous avez toujours dû sembler plus vieux que votre âge. On voit que vous avez un sens aigu de vos responsabilités.

– Oui, trop même, dit Francis, soudain songeur.

La tranquillité de midi pesait comme une main brûlante sur le petit jardin. Les oiseaux qui voletaient dans les feuillages une heure auparavant avaient regagné leurs nids. On n'entendait plus que le clapotis du jet d'eau jaillissant de la bouche d'un chérubin encastré dans le mur.

... Mais bien sûr c'était impossible, alors il m'a épousée. Ces mots tourbillonnaient dans sa tête.

– Je ne vous ai pas trop ennuyé avec mes bavardages?

Francis sursauta.

– Ennuyé? Vous plaisantez!

– Lionel dit toujours que je suis un vrai moulin à anecdotes sans intérêt.

– Pas pour moi, en tout cas, dit-il. Dites-moi, quels sont ces arbres bizarres de l'autre côté du mur?

– Des sabliers. On se servait de leur sciure pour sabler le parchemin. Vous êtes bien avancé, maintenant que vous savez cela!

– Absolument! Une autre question : que signifie exactement « créole »?

– Les créoles sont les natifs d'ici d'origine purement européenne, et blancs, cela va sans dire.

... *bien sûr c'était impossible, alors il m'a épousée.*

– Vous voyagez de temps en temps? demanda-t-il.

– Nous avons passé notre lune de miel à l'étranger. Mais Lionel est très scrupuleux avec son travail, de sorte que nous ne partons pas très souvent.

– Cela vous manque-t-il? Vous ne vous sentez pas prisonnière de cette île?

– Pas vraiment. Les citadins parlent beaucoup de tous les spectacles dont on dispose dans les capitales – concerts, ballets, théâtres et cinémas – mais je me suis aperçue qu'en réalité ils y vont rarement. J'ai ma collection de disques – une de mes folies – et mon piano. Le seul problème, ce sont les livres. Notre librairie est mal achalandée, et on est obligé de commander... Ça met des semaines.

– Je peux vous en envoyer, si vous voulez, à mon retour. Ou plutôt, corrigea-t-il, Marjorie vous en enverra, si vous lui donnez une liste.

– C'est très gentil à vous.

– Qu'est-ce que vous faites à part lire, jouer du piano et monter à cheval? Il y a la... l'Assistance familiale, c'est bien ça?

– Vous ne vous moquez pas de moi?

– Mais pourquoi me moquerais-je?

– Oh! il y a des tas de gens qui me prennent pour une originale. Ils disent que je ne suis pas réaliste.

Elle croisa les mains sous son menton. Ses ongles n'étaient pas vernis; seule l'émeraude étincelait.

– Mais moi, je pense que ce que je fais est nécessaire. Vous avez vu comme les gens vivent, ici? C'est scandaleux! Sans compter que si on n'améliore pas ces conditions d'existence, ça finira par éclater. La plupart des Blancs, comme Lionel, ne désirent qu'une chose, c'est que rien ne change. Quel enfantillage! Comment voulez-vous que les gens acceptent éternellement de vivre dans une telle misère?

– Et que proposez-vous?

– De faire évoluer les choses dans la paix et la justice. On a besoin d'écoles. Il faut développer une industrie légère qui fournira des emplois. On doit construire des logements et un hôpital digne de ce nom. J'ai tenté de convaincre Lionel : il pourrait ouvrir la voie. Il a les moyens de le faire; il a investi dans l'hôtellerie à la Jamaïque et à la Barbade, et ça lui rapporte pas mal d'argent...

– Et il ne veut rien faire?

– Oh, j'arrive à lui arracher des promesses, mais ça en reste là. Il ne lève pas le petit doigt. Comme le gouvernement.

– Ça doit être terriblement frustrant.

– Oui. C'est pourquoi j'ai ouvert ce petit bureau d'Assistance familiale. J'ai au moins l'impression de faire quelque chose. J'apprends aux gens comment nourrir leurs enfants, comment procéder avec les gosses à problèmes. Ils les croient « mauvais », mais c'est simplement qu'ils n'ont pas de pères pour les guider.

La lumière à travers les feuillages secoués par la brise faisait jouer la couleur de ses yeux : ses iris passaient du violet au brun puis, soudain, au bleu métallique.

– Et aussi, poursuivit-elle sans détourner le regard, nous leur montrons comment avoir moins d'enfants.

– Le contrôle des naissances?

– Oui. Vous êtes contre?

– Il ne faut pas avoir d'enfants quand on n'en veut pas. Ne serait-ce que pour ne pas faire des petits malheureux.

– Il y en a, Blancs comme Noirs, qui trouvent cela scandaleux. Ils disent que je fais ça parce que je suis stérile.

– Non seulement c'est méchant, mais en plus c'est stupide.

– Il est terrible de ne pas pouvoir avoir d'enfant quand on en désire un, dit-elle doucement. Mais le pire, c'est d'en avoir six qu'on ne peut ni nourrir ni habiller.

Elle se leva.

– Vous avez fini? Nous avons l'un et l'autre à faire.

Elle l'accompagna jusqu'à sa voiture.

– Vous savez, dit-il au moment d'ouvrir la portière, j'ai une drôle d'impression... Comme si j'étais déjà venu ici.

– Phénomène de déjà vu. Ça arrive.

– J'ai toujours été sensible aux lieux : les chambres, les maisons, les rues. Mais ça n'a rien à voir avec la beauté ou la renommée. Je suis allé dans des endroits magnifiques qui m'ont laissé complètement froid et où je savais que, si j'y vivais, je m'y sentirais mal. Et il m'arrive de traverser une rue d'une petite ville ordinaire et de me dire : je serais heureux ici.

– Et c'est l'impression que vous avez de Saint-Félice? Vous pensez que vous seriez heureux ici?

– Oui. C'est absurde, qu'est-ce que j'en connais, finalement? Mais je me sens comme Brigham Young à son arrivée à Salt Lake City. On a dressé un monument à l'endroit où il a fait arrêter le train et où, en regardant la vallée, il a dit : « Voilà, c'est ici. »

– Tout n'est pas rose à Saint-Félice, vous savez. Il faut vraiment l'aimer pour pouvoir y vivre.

– Ce n'est pas ce que vous disiez en parlant du carnaval...

– Toute pièce a son revers, dit-elle.

Elle a raison, je suis idiot, pensa-t-il.

– Mais Marjorie ne se plairait pas ici, reprit Kate.

C'est une citadine, ça se voit au premier coup d'œil.

– Bah, conclut-il, ce n'est qu'une idée qui m'est passée par la tête... Merci, d'avoir bien voulu déjeuner avec moi.

Il ne dit pas : *mon meilleur souvenir à Lionel.* Elle lui adressa un bref salut de la tête, et il s'en fut.

C'était impossible, alors il m'a épousée...

Deux semaines plus tard, ils attendaient toujours des nouvelles de leur acheteur de Porto Rico. Marjorie partageait son temps entre le tennis et la natation. Sans nécessité particulière, Francis retourna à Eleuthera. Seul, assis sur les marches de la véranda, il regardait les lézards verts filer entre les colonnes. Champs et collines se déroulaient sous ses yeux. Sur les collines, des bananiers, avait dit Kate Tarbox. Et là-bas, des vergers. Du bétail dans les prés, le long de la rivière.

« Je me suis fondé un royaume, avait écrit le premier François dans ce journal qui captivait tant le petit Francis. Une rivière d'eau pure le traverse; l'air y est salubre. Il est loin des foules bruyantes de la ville. »

Un royaume! Le vieux paysan gagné à la piraterie avant de devenir planteur ne manquait pas de poésie.

Francis appuya la tête contre la balustrade. Assez déliré, Francis. La poésie n'a jamais nourri personne. Mais retrouver la ville? Le tapage, le bureau en haut d'un clapier, les téléphones, le grand-livre? Retourner compter de l'argent?

Il se redressa, un peu fébrile. Entreprendre. Créer quelque chose. Comme le peintre devant sa toile nue ou le sculpteur devant un bloc de pierre... Cette terre en friche attendait son peintre, son sculpteur.

L'entreprise ne devait pas être insurmontable! Il suffisait d'acquérir un certain nombre de connaissances et de travailler dur. Ces terres finiraient par lui permettre de gagner sa vie et d'aider ses parents en attendant que son père reprenne pied. Puis il ferait mieux; il améliorerait les conditions d'existence de ses ouvriers; il construirait cet hôpital, montrerait ce que l'on pouvait réaliser avec un peu d'intelligence et de la bonne volonté...

Toutes ces idées lui tournèrent dans la tête pendant deux semaines.

– Tu n'es pas sérieux, dit Marjorie. Ce n'est pas possible.

Ils s'apprêtaient à se coucher. Elle se laissa aller contre les oreillers.

– Mais si. J'ai d'abord pensé que c'était une idée de fou, et puis j'y ai bien réfléchi. Je suis allé à la banque. Ils disent que je peux obtenir une hypothèque pour démarrer. Ils pensent qu'il faudra travailler dur mais que j'y arriverai. Ils m'ont même mis en contact avec un certain Osborne, un type qui a dirigé une grande exploitation à la Jamaïque.

Des gouttes de sueur perlèrent sur le front de Marjorie.

– J'ai vu Julia. Elle est d'accord pour aider mes parents jusqu'à ce que leurs ennuis d'argent soient terminés. Elle est même prête à signer un papier dans ce sens. Ça prouve qu'on peut se tromper sur les gens.

– A qui le dis-tu!

– Laisse-moi essayer, Marjorie. Je suis sûr que je peux y arriver.

– C'est Kate qui t'a mis cette idée dans la tête! Avec ses histoires de vergers et de bétail! Pourquoi personne ne l'a jamais fait, si c'est si facile?

– Je n'ai pas dit que c'était facile. J'ai dit que

c'était possible. Et Kate n'a rien à voir là-dedans.

Il n'avait pas parlé du déjeuner au Cade's Hotel... C'eût été donner trop d'importance à leur rencontre. Quelques jours avaient passé, et il s'était ravisé, se disant qu'il n'y avait finalement aucune raison de dissimuler un fait aussi anodin; mais alors c'était trop tard : Marjorie aurait trouvé singulier qu'il ne l'eût pas mentionné immédiatement.

Elle fondit en larmes, et il passa son bras autour d'elle.

– Tu sais, dit-il avec douceur, que je n'ai jamais aimé ce que je faisais. Je m'aperçois maintenant combien ça me pesait.

– Tu ne me l'avais jamais dit!

– Je suppose que je ne le savais pas vraiment moi-même.

– Mais c'est ridicule! Sais-tu combien de jeunes gens lâcheraient tout pour un métier comme celui-là?

Il jeta un coup d'œil par la fenêtre; le vent faisait frissonner les feuillages.

– Je sais. Mais pour moi, ce n'était qu'une prison de luxe. Avec tout le confort et une bonne nourriture... mais la prison quand même.

– C'est ridicule! répéta Marjorie, pleurant toujours.

– Et tu oublies que la société n'existe plus. J'ai perdu ma place.

– Tu pourrais très bien en trouver une autre! Ne dis pas le contraire!

– Marjorie, ma chérie, je sens que je peux réussir. J'ai pris cette décision sur un coup de tête, d'accord! Mais tous les grands tournants dans la vie ne viennent-ils pas de coups de tête? Comme quand je t'ai épousée, par exemple... Ecoute, ce sera l'aventure. On est jeunes, non? C'est le moment ou jamais de prendre des risques. Et si ça ne marche pas, eh bien, on laissera tomber. On vendra le domaine dans un an au lieu de le vendre aujourd'hui, c'est tout. Qu'est-ce qu'un an dans une vie?

La discussion se prolongea tard dans la nuit; elle reprit le lendemain puis le surlendemain. Jour après jour, ils bataillèrent. Francis promit que ce ne serait qu'une expérience... Marjorie finit par céder.

9

Une odeur forte et suave de bois brut montait dans la chaleur suffocante.

– Il va pleuvoir d'une minute à l'autre, dit l'homme qui finissait de scier une planche.

Des nuages d'un gris d'acier s'amoncelaient au-dessus de la baie.

– On est en octobre. On aura nos cinq mille millimètres de pluie avant la fin de l'année. Pas d'ouragan en perspective pour l'instant, en tout cas.

– Vous me livrerez tout ça d'ici à la fin de la semaine? demanda Francis. Je suis pressé de poser la clôture pour pouvoir laisser les chevaux dehors.

– Sans faute. Quel changement, monsieur Luther! Ça fait pas beaucoup plus d'un an que vous êtes là?

– Presque deux, maintenant.

– Eh bien, si on m'avait demandé, j'aurais soutenu mordicus que ce n'était pas possible.

Francis se sentait léger en regagnant la ville. Les compliments de l'homme n'étaient pas injustifiés.

Personne, pas plus Lionel que lui-même, n'espérait voir si vite sortir quelque chose de ce chaos.

Sa décision avait fait l'effet d'une bombe dans sa famille. Son père l'avait acceptée sans réagir comme un nouveau coup du sort. Mais sa mère avait été bouleversée. Marjorie et Francis étaient retournés à New York préparer le déménagement, et Teresa avait imploré. Pourquoi s'enterrer dans ce trou quand il avait l'avenir devant lui? Comment pouvait-il imposer cela à Marjorie? Voulait-il fonder une famille sur ce bout de terre au milieu de l'océan? Certainement, avait-il répondu. Pourquoi pas? Elle-même n'y était-elle pas née? Puis il avait dû temporiser, comme avec Marjorie. Il ne prendrait pas racine à Saint-Félice; ce n'était pas pour toujours; il reviendrait plus vite qu'on ne le croyait...

Son père avait finalement réussi à reprendre pied dans le monde des affaires. Des amis lui avaient trouvé un poste dans une autre société financière et, comme sa mère l'avait justement prédit, d'autres scandales n'avaient pas tardé à occuper les manchettes des journaux.

On avait vendu la maison de campagne et, à la grande joie de Marjorie, envoyé tout le mobilier à Eleuthera.

– Que de belles choses! Jamais nous n'aurions eu le temps de rassembler tout cela, disait-elle en ouvrant les caisses apportées par cargo et qui contenaient lits sculptés, tapis orientaux, fauteuils de style et argenterie.

Sur l'insistance de Teresa, Richard s'était même séparé des tableaux qu'Anatole Da Cunha avait peints d'après ses souvenirs de l'île. Leur place est à Eleuthera, avait-elle dit... De sorte qu'à présent, dans la salle à manger, le morne Bleu dans son cadre doré faisait face au vrai morne Bleu qui se profilait derrière les fenêtres avec sa coiffe de nuages.

La maison était spacieuse, et Marjorie avait jugé nécessaire d'en compléter l'ameublement. Elle avait un goût très sûr, mais coûteux : lampes de porcelaine, tentures somptueuses et miroirs vénitiens; le tout commandé par l'intermédiaire de Da Cunha.

– On ne peut pas mettre n'importe quoi à côté de ce que nous avons reçu de tes parents, disait-elle.

Francis tentait de la raisonner. Ils étaient sur la corde raide, et endettés jusqu'au cou. La récolte de bananes tenait à peine ses promesses, et la vente des veaux avait donné moins qu'on ne l'espérait.

Mais finalement elle avait accepté cet exil et le changement radical de son mode de vie avec une grande dignité. Les pur-sang ne se plaignent pas, disait-elle souvent.

– Mme Luther a beaucoup de sens pratique, disait Osborne.

Osborne était un homme d'un abord assez froid, mais compétent et honnête.

Francis voulait immédiatement assurer un logement décent à ses ouvriers à temps plein et leur faire construire de vrais pavillons pourvus de sanitaires convenables. Il avait été horrifié des conditions misérables dans lesquelles vivaient les familles lorsqu'il avait accompagné Osborne au village pour le recrutement de la main-d'œuvre. Certaines habitations étaient faites de bidons de kérosène aplatis; parents et enfants dormaient dans le même lit ou, parfois, à même le sol.

– Ils ne connaissent rien d'autre, disait Osborne. Ils ne voient pas les choses sous le même angle que vous, monsieur Luther.

– Il n'y a qu'à leur montrer, alors! Ceux qui gagnent normalement leur vie vivent dans des conditions correctes.

– Pas tout de suite, avait objecté Marjorie. Tu ne peux pas. Laisse-les où ils sont pour l'instant. Il faut commencer par consolider ta situation financière.

Francis en était convenu tout en se promettant de mettre ses projets à exécution dès que possible.

A gauche de la route s'étendait le club, pour l'instant désert car il s'était mis à pleuvoir. On apercevait la tache turquoise de la piscine cernée de parasols blancs. Comme presque toutes les femmes de planteurs, Marjorie passait le plus clair de son temps au club où elle jouait au golf et au tennis. Elle s'était fait des amis plus rapidement que lui, et pas seulement parce qu'elle disposait de loisirs. Elle savait se montrer ouverte tout en demeurant réservée; elle parlait aux bons moments et disait ce qu'il fallait. Ses silences eux-mêmes étaient pleins d'aisance.

Francis engagea la voiture sur la route de montagne. Les moments de solitude où il pouvait laisser son esprit vagabonder étaient devenus rares.

Ça ira mieux quand on aura un enfant, pensa-t-il. Et cela ne saurait tarder. Mais tout n'allait-il pas déjà à merveille? Chère Marjorie...

Il lui consacrait trop peu de temps. Mais il était dehors à l'aube dès l'arrivée des ouvriers avec qui il visitait les étables et les poulaillers; puis il montait la colline où se trouvaient les bananeraies, pour finalement redescendre contrôler les nouvelles clôtures protégeant le fourrage. Plus tard dans la journée, il lui fallait mettre à jour les livres de comptes. C'était unc ronde incessante.

On ne voit pas beaucoup Lionel et Kate, songea-t-il soudain. Lionel n'est pas un mauvais bougre, au fond. Il m'a toujours donné de bon cœur des conseils précieux. Parfois, le soir, il venait seul leur rendre visite. « Kate est occupée », disait-il; mais personne ne lui demandait où elle était. Et lorsqu'il repartait, sa voiture secouée de cahots sur la mauvaise route de montagne, Marjorie parlait de Kate.

– Tout le monde sait qu'elle l'a épousé pour l'argent. Elle n'avait pas un sou. Tu te souviens, elle disait elle-même que les Tarbox avaient dû acheter sa robe de mariée.

– Commérages!

– Ne te fais pas plus angélique que tu n'es, Francis.

Comment une telle antipathie avait-elle pu naître entre les deux femmes? Marjorie n'était pas de nature mesquine, pourtant. Bah, ne pouvait-on être exaspéré par un trait anodin, comme la voix, par exemple? Ce n'était pas de la jalousie, en tout cas. Marjorie refusait de s'abaisser à de tels sentiments; c'était s'humilier que de vivre toujours dans l'inquiétude, disait-elle fréquemment.

– Elle est vraiment bizarre... Pleine de bonnes intentions, ça oui. Mais ses projets n'aboutiront jamais, elle le sait très bien, et elle continue quand même. Pas étonnant qu'il soit parfois un peu vif avec elle.

Francis, lui, esquivait ces sujets de conversation. C'est vrai que Kate est un peu « bizarre », pensait-il. Non conforme à la norme, en tout cas, et c'est pourquoi les autres femmes ne lui épargnent rien... Il ne l'avait jamais revue seule depuis ce déjeuner au Cade's Hotel. Il y avait eu le réveillon de Noël en famille, le repas d'adieux pour le départ de Herbert et Julia et quatre, non six – il comptait sur ses doigts – autres soirées: il l'avait donc rencontrée huit fois en tout et pour tout depuis leur retour de New York. Il aurait aimé la voir plus souvent... justement parce qu'elle était différente!

Francis sourit. Elle était là, assise, avec son chapeau de paysanne et sa grosse émeraude, et elle parlait de tracteurs, de musique ou de médecine!

Vaillante et spirituelle, et au fond si mélancolique... Il aurait aimé mieux la connaître.

Kate n'en avait fait aucun secret, mais Francis n'avait jamais rien dit à personne au sujet de l'autre femme de Lionel. Cela ne le regardait pas! Avait-elle aussi quelqu'un d'autre dans sa vie? Bah, cela non plus ne le regardait pas...

L'averse redoublait d'intensité; Francis n'avait jamais vu la pluie tomber avec une telle fureur; les essuie-glaces ne parvenaient même plus à chasser l'eau qui se déversait sur le pare-brise. Francis se pencha en avant. De profondes rigoles creusaient les bords de la route : impossible de faire demi-tour pour retourner en ville. Les trombes d'eau prenaient littéralement d'assaut la voiture.

Il avait dû prendre un mauvais tournant quelque part. La route était soudain plus escarpée que celle qui menait à Eleuthera, et elle était jonchée de grosses pierres. Ce devait être un embranchement qui aboutissait dans un village de montagne pour ensuite se transformer en chemin muletier. A présent, la pluie formait un rideau liquide presque infranchissable.

Enfin, par la vitre de côté, Francis aperçut un de ces abris sous lesquels on entasse les bananes en attendant le passage des camions de ramassage. Deux hommes s'y étaient réfugiés.

Francis arrêta la voiture et, penché par la fenêtre, il cria dans le fracas du vent et de la pluie :

– Pourriez vous me dire où nous sommes?

L'un des hommes répondit quelque chose d'incompréhensible.

– Excusez-moi, je n'entends rien! Y a-t-il un village par ici?

Alors Francis s'aperçut que l'homme ne parlait pas anglais.

– Vous parlez anglais?

L'homme secoua la tête négativement. Francis referma sa vitre et repartit, peinant dans une rivière de boue rougeâtre. Quelques minutes plus tard, il atteignit le village : une double rangée de masures avec l'école tout au bout. C'était une construction de mauvaises planches posée sur pilotis, avec un toit très large pour protéger de la pluie les fenêtres dépourvues de vitres. Soulagé, Francis arrêta la voiture et courut jusqu'à la porte.

C'était déjà la fin de l'après-midi; les bancs étaient vides. L'instituteur était assis à son bureau devant une pile de cahiers.

– Excusez-moi, dit Francis, essoufflé et trempé. J'ai perdu mon chemin...

– Je vous en prie, entrez. Accrochez votre veste au portemanteau.

C'était un Noir, mais il avait la peau très claire et un fin profil aquilin.

– Si vous voulez bien m'accorder quelques minutes, il faut que je finisse de corriger cela.

D'après sa façon de parler, c'était un homme cultivé; Francis le nota immédiatement. Il alla s'asseoir un peu à l'écart. Dehors les éléments déchaînés semblaient devoir tout emporter : les arbres ployaient jusqu'au sol, le vent et l'eau fouettaient les toits, des flots boueux dévalaient les pentes. De temps en temps, il jetait un coup d'œil rapide vers l'homme penché sur son bureau : regard grave, mains fines et élégantes.

Puis l'instituteur se leva.

– Je suis Patrick Courzon, dit-il en venant à lui. Vous êtes dans le village de Gully.

Francis tendit la main.

– Francis Luther. J'habite là-haut, près de Pointe Angélique. J'ai dû prendre un mauvais embranchement quelque part.

– Oui. Il vous faudra repartir par la même route

et tourner à gauche au prochain croisement, c'est-à-dire à environ trois kilomètres d'ici. Et vous arriverez tout droit à Eleuthera.

– Oh, vous saviez?

– Tout le monde sait tout sur tout le monde ici. Bah, ce n'est pas tout à fait vrai... Mais la renaissance d'une exploitation laissée depuis si longtemps à l'abandon, ça intéresse toujours les gens, vous savez. Ça a un côté un peu magique.

– En fait de magie, pour l'instant ça se limite à remuer des tombereaux de terre, le nez fourré dans des livres pour ne pas faire trop d'erreurs.

Le jeune homme posa quelques cahiers sur une étagère et Francis demanda :

– Je ne vous empêche pas de travailler, j'espère? Je m'en irai dès que la tempête se calmera, si ça doit se calmer un jour.

– Ça sera fini dans une heure ou deux, dit Courzon en s'asseyant près de Francis.

Apparemment, il avait envie de parler.

– Ça ne doit pas être facile de reprendre une exploitation quand on vient de la ville.

– C'est vrai, mais j'ai la chance d'avoir un excellent régisseur qui m'a tout appris sur les bananes, les clôtures, les moutons, le recrutement...

– Le recrutement? Vous n'avez pas dû avoir trop de mal avec tout ce chômage.

Son visage se ferma.

– Oui, je sais. C'est terrible. Et il y a aussi le problème des salaires. D'ailleurs, j'offre trente *cents* de plus par jour que les autres planteurs... ce qui n'a pas contribué à améliorer mes rapports avec eux, vous vous en doutez.

Et il s'empressa d'ajouter :

– Je ne cherche pas à passer pour un saint. C'est juste que...

Courzon l'interrompit :

– Mais c'est une augmentation très substantielle si l'on considère que le salaire journalier est de quatre-vingts *cents* en haute saison...

Etait-il ironique? Hostile?

Alors Courzon demanda :

– Qu'avez-vous l'intention de faire de vos terres vacantes, sans indiscrétion? C'est juste que, comme tout le monde, je suis curieux de tout ce qui vous touche.

Non, il n'était pas hostile; il ne cachait pas sa pensée, voilà tout!

– Je vois. Vous faites allusion aux propriétaires fonciers qui laissent une parcelle en friche pour éviter les impôts qui y affèrent. Voilà une réglementation qu'il serait urgent de réviser... Non. J'ai bien l'intention de cultiver toutes les terres où la canne est devenue sauvage, ce qu'elle est depuis pas mal de générations, apparemment. La malnutrition est un problème trop grave dans l'île pour se livrer à ce genre de petits subterfuges.

– Vous m'étonnez, monsieur Luther.

Il y eut un silence. Puis Francis dit :

– En arrivant ici, j'ai demandé mon chemin à des gens qui ne parlaient pas anglais. Ça m'a beaucoup surpris.

– Ils parlent patois dans ces petits villages. Un mélange de français et de mots emprûntés aux langues d'Afrique et des Caraïbes.

– Mais ça fait cent cinquante ans que les Français sont partis!

– Plus que ça, même. Mais ces villages ont toujours vécu à l'écart de tout. La plupart de mes élèves parlent patois à la maison. C'est dans ma classe qu'ils entendent l'anglais pour la première fois.

– L'anglais d'Angleterre? demanda Francis avec un sourire.

– Eh bien, j'ai fait mes études avec des Britanniques, à Covetown, et ensuite je suis allé à Cambridge. Alors j'ai dû garder un accent.

– Donc vous êtes né à Saint-Félice.

– Non, ça peut paraître bizarre, mais je suis né en France. J'avais deux ans quand je suis venu ici.

De père français, alors, songea Francis. Quelle alchimie avait produit cet homme fin et intelligent? Combien de passions, de cœurs brisés et d'humiliations... Bah! comme nous tous sans doute!

– Ma mère est née ici, dit-il, mais elle est partie étant adolescente. Et moi je suis revenu. Je me demande pourquoi, parfois. Le besoin de fuir quelque chose? Mon goût du passé? Je suis le genre de cinglé qui devient antiquaire et passe sa vie à restaurer les vieilles maisons, monsieur Courzon. Je suis un amoureux du passé, toujours à la recherche des racines. Je viens même d'entreprendre une histoire de Saint-Félice.

Courzon hocha la tête.

– Ce ne sont pas les événements historiques qui manquent ici. Rien que votre morne Bleu... Les Français et les Anglais se sont battus comme des enragés sur cette montagne! Au XVIIIe siècle, elle a changé quatre fois de mains. On y voyait encore les ruines d'un fort quand j'étais petit. Elles n'y sont plus aujourd'hui; les gens se sont servis des pierres et des briques pour bâtir leurs maisons. Les Français construisent en pierre – le saviez-vous? – et les Anglais en brique.

– Je ne savais pas.

Courzon sourit.

– Excusez-moi. Voilà que je parle comme un instituteur.

A cet instant, poussée par une rafale, la porte s'ouvrit et claqua violemment contre le mur. Courzon se leva pour la refermer.

– Ce ne serait pas un ouragan, par hasard? demanda Francis, un peu inquiet. Je n'en ai encore jamais vu.

– Ne vous en faites pas, vous vous en apercevrez tout de suite quand ça arrivera! Quand j'avais quatorze ans, nous en avons eu un qui a littéralement anéanti Saint-Félice. Toutes nos vitres ont été cassées, un arbre est passé à travers le toit et le sol disparaissait sous dix centimètres d'eau. Toute la récolte de cacao de l'île a été perdue, cette année-là.

– On dépend dangereusement du climat, dit Francis avec un hochement de tête. Mon oncle, Lionel Tarbox, me raconte que les inondations et les sécheresses l'ont amené au bord de la faillite une bonne dizaine de fois.

Courzon ne répondit rien. Le visage de Francis se colora.

– Mais je sais que ce ne sont pas les planteurs qui en souffrent le plus, dit-il.

Il jeta un coup d'œil au décor de la classe avec ses pauvres petits bureaux et ses méchantes étagères où s'alignaient quelques livres fatigués. Il y avait un tableau noir sur un chevalet, et c'était tout.

– Ainsi, vous aussi vous êtes revenu, dit-il, pensif.

– Pardon?

– Eh bien, la vie est dure ici, et vous êtes revenu quand même. Je suppose que vous auriez très bien pu rester en Angleterre.

– Il fallait que je revienne. Je ne pouvais pas faire autrement. Presque tous les enfants de l'île ne vont pas au-delà de cinq ans de scolarité. La plupart des adultes sont quasiment analphabètes.

– Alors vous essayez de faire quelque chose.

Courzon regarda par la fenêtre. La pluie commençait à décroître.

– Ces derniers temps, il m'arrive de douter. A quoi ça rime d'enseigner la littérature romantique à ces enfants-là?... J'essaye au maximum de leur faire assimiler l'histoire qui leur appartient, celle de l'Afrique et des Antilles. Au moins ça correspond à quelque chose dans leur vie!

Courzon aurait-il parlé ainsi à quelqu'un d'autre? A Lionel, par exemple? Certainement pas, se disait Francis.

– Et la politique, ça ne vous tente pas?

– Pas vraiment. Je ne suis pas un homme d'action, en fait. Mais j'ai un ami, Nicholas Mebane, qui vient de rentrer d'Angleterre. Il est en train de fonder un nouveau parti et travaille à mettre sur pied un programme applicable dès l'indépendance. Il voudrait que je m'associe activement à son projet, mais pour l'instant, j'hésite...

– Nicholas Mebane... Il y avait quelque chose à son sujet dans le journal, récemment, non? Et le soir de mon arrivée, j'ai rencontré un prêtre qui parlait de lui.

– Le père Baker, sans doute.

– Peut-être. Je n'ai pas la mémoire des noms, et il y a assez longtemps de cela. Mais il en parlait comme d'un jeune homme très brillant, si je me rappelle bien.

– Il est brillant, c'est vrai. C'est à la fois un penseur et un orateur; une combinaison rare, mais explosive quand elle existe. Nicholas réussira. Et sa réussite fera des vagues dans toutes les Antilles.

Courzon enfonça les mains dans ses poches et se mit à marcher de long en large.

– L'indépendance va nous permettre de prendre l'initiative... C'est la seule manière pour que naisse un caractère national, et sur cette base on pourra construire la démocratie. Mais au départ, ce qu'il faut, c'est un homme fort, capable d'ouvrir la voie.

Et Nicholas est un homme solide – solide et ouvert. Il saura sur quel front se battre... Ah, vous arrivez juste à la veille d'un tournant décisif, monsieur Luther!

– C'est à peu près ce que m'a dit mon oncle Herbert...

– Mais d'un autre point de vue, j'imagine, dit Courzon avec un sourire.

– En effet. Mais si je suis décidé à vivre ici, il est important que je connaisse tous les points de vue.

– Très juste. L'ignorance de la réalité de l'île est à l'origine d'une grande part de nos ennuis. La plupart des grandes exploitations appartiennent à des propriétaires absentéistes ou, pis encore, à des compagnies étrangères. Comment voulez-vous qu'ils comprennent ce qui se passe ici? De toute façon, ils s'en moquent.

– Pas moi, dit Francis. J'ai la tête pleine de projets. Je voudrais créer des coopératives et...

Une foule d'idées se bousculaient... Francis croyait entendre la voix de Kate.

– Et, entre autres, construire des logements convenables pour mes ouvriers.

– C'est ce que j'ai entendu dire.

– Ah bon?

– Eh oui, tout se sait à Saint-Félice. Ce serait un bon départ si vous pouviez faire cela; et si d'autres suivent votre exemple – ce dont je doute, malheureusement –, alors là, quel progrès! Les mauvaises conditions de logement sont une des causes de la dislocation de la structure familiale... Mais on pourrait continuer à parler toute la journée comme ça... Je finirais par vous décourager, et vous feriez vos bagages dès demain!

Francis secoua la tête.

– Non. Je suis chez moi ici, maintenant.

Francis demeura un moment pensif. Cet homme l'intriguait : presque blanc et diplômé de Cambridge, il semblait s'identifier complètement aux paysans noirs des Antilles. Alors, s'enhardissant :

– Parlez-moi de votre vie, monsieur Courzon.

– Ma vie ?

– Oui, continua Francis. Comment est-ce pour vous ici...

– Pour moi qui ne suis pas blanc, vous voulez dire ?

– J'imagine que je voulais dire cela aussi. Quelle est la chose que vous désirez le plus ?

– Avant tout, je voudrais qu'on lève les restrictions sur le droit de vote. Le suffrage universel. Je ne possède rien, je ne suis pas propriétaire, je n'ai donc pas le droit de voter. Quatre-vingt-quinze à quatre-vingt-dix-huit pour cent de la population de cette île et de toutes les Caraïbes est noire ou métissée ! Très peu possèdent des terres parmi eux, évidemment, de sorte que nous n'avons pas notre mot à dire sur la façon dont on nous gouverne. Vous trouvez ça normal ?

– C'est scandaleux, bien sûr. Mais on m'a dit que tout cela allait changer, cette année même. Excusez-moi, mais c'est plutôt de vous, personnellement, que j'étais curieux. Vous êtes marié ?

– Oui. Ma femme s'appelle Désirée. Nous habitons en ville.

– Désirée ? Celle qui travaille chez Da Cunha ?

– Oui. Vous la connaissez ?

– C'est elle qui m'a servi pour les cadeaux de Noël et pour l'anniversaire de ma femme. Ce n'est pas que je passe ma vie chez Da Cunha, mais je ne l'ai pas vue depuis longtemps.

– Elle n'y travaille plus. Nous avons deux enfants, maintenant.

La pluie avait cessé. De grosses gouttes ruisselaient des toits et des arbres. Une épaisse vapeur diffusait la lumière du soleil. Les deux hommes gagnèrent la porte.

– Je voudrais un monde meilleur pour mes deux enfants... et pour tous les autres, dit Courzon. Mais je suis optimiste. Si on se penche sur le passé, en faisant abstraction des périodes de régression sanglantes, ne discerne-t'on pas une tendance générale au progrès à travers les siècles? Ça sera long, mais je crois qu'on y arrivera.

– Je l'espère, murmura Francis.

Un homme étonnant... une rencontre importante. Le passé? s'interrogea soudain Francis. L'histoire? On n'y voyait que luttes pour le pouvoir... Lui-même avait du pouvoir ici, mais il ne montrerait pas l'avidité qui avait causé la perte de son père; il en userait avec conscience, pour le progrès et la justice. Lionel et les autres diraient qu'il était aussi insensé que son père, bien sûr! Mais, à cet instant, il se sentait assez fort pour faire fi de leurs objections.

Il allait faire ses adieux, mais quelque chose le retint.

– Quel arbre magnifique! dit-il en désignant la somptueuse voûte de feuillage sous laquelle sa voiture était garée.

– C'est un poinciana royal. Il donne des fleurs rouges en juin. Vous devez en avoir chez vous.

– Pas aussi grands. On dirait des flamants lorsque les fleurs éclosent.

– A ce propos, savez-vous la quantité de flamants qu'il y avait sur cette île autrefois? Ce n'est pas si vieux, quand j'étais enfant on en voyait encore. Vous allez passer près de la mare aux Flamants en rentrant chez vous. Ils se rassemblaient là à une cinquantaine pour se nourrir de crevettes. C'était un spectacle superbe. On n'en trouve plus que chez Bonaire, aujourd'hui. Ils ont été décimés par les chasseurs.

– Ce qui prouve que les choses n'évoluent pas forcément dans le bon sens.

– Pas toujours. Le monde entier serait un paradis sans tout ce gaspillage.

Francis plia sa veste mouillée sur son bras.

– Grâce à vous, j'ai appris beaucoup de choses aujourd'hui sur Saint-Félice. Personne ne m'en a jamais si bien parlé. Personne sauf... ma tante, Kate Tarbox.

– C'est une femme courageuse, dit Courzon.

– Mais c'est vrai, vous la connaissez! Votre femme la connaît, en tout cas.

– Je l'ai connue par mon beau-père, Clarence Porter. Ils travaillent ensemble sur de nombreux projets, en particulier au bureau d'Assistance familiale. Clarence collecte de l'argent dans les syndicats pour la construction d'un hôpital, et Kate, qui connaît toutes les grandes familles, fait ce qu'elle peut de son côté. Mais ce n'est pas facile. Les gens qui pourraient ne donnent rien ou si peu. Kate est une femme extraordinaire, vous ne trouvez pas?

– Je pense, oui, bien que je ne la voie pas souvent.

Courzon lui serra la main.

– Je suis très heureux de vous avoir rencontré, monsieur Luther. Bonne chance pour tous vos projets!

– Je me disais... commença Francis. Vous pourriez venir à Eleuthera, un jour.

– Etes-vous sérieux? Ou dites-vous cela par politesse en sachant que je ne viendrai jamais?

– Je ne parle jamais en l'air.

Marjorie n'apprécierait sûrement pas. Mais tant pis. Il avait de la sympathie pour cet homme.

Un sourire illumina le visage serein de Courzon. Son premier vrai sourire depuis l'arrivée de Francis, un sourire sans ironie ni tristesse.

– Je vous téléphonerai, de toute façon. Vous êtes dans l'annuaire de Covetown? A Patrick Courzon?

– Oui.

LIVRE III

Amants et amis

10

– Vous ai-je déjà montré ceci? demanda Francis Luther en apportant un volume relié de cuir. C'est le journal de mon premier ancêtre de Saint-Félice.

– Moi je l'ai vu, mais pas Nicholas, répondit Patrick.

Il prit le livre et l'ouvrit au hasard.

– « Je vais acheter des terres, vivre de mes rentes comme un honnête homme et faire un bon mariage. » C'est une véritable mine du point de vue historique, tu sais, Nicholas.

– Passionnant, murmura Nicholas.

Mince et racé, chaussé de souliers anglais, il était assis dans le fauteuil placé devant la fenêtre. Son fin profil se découpait dans la lumière déclinante de l'après-midi. Patrick se félicitait d'avoir provoqué – comme Kate Tarbox le lui avait suggéré – cette rencontre entre le jeune planteur intelligent et cultivé et l'homme politique noir promis à un brillant avenir.

– J'ai une passion dévorante pour les livres, disait Francis.

Il désigna d'un geste des volumes tout neufs empilés sur une table.

– Je m'en fais régulièrement envoyer de New York. Si certains vous intéressent, je me ferai un plaisir de vous les prêter.

– Absolument fascinant, répéta Nicholas.

– Si vous voulez me l'emprunter, monsieur Mebane, ne vous gênez pas. J'en ai plusieurs exemplaires.

– Mais oui, ça m'intéresserait énormément! Mais je vous en prie, appelez-moi donc Nicholas.

– Nicholas, donc. Je vais faire servir les apéritifs. Le dîner sera bientôt prêt.

Les glaçons cliquetaient dans les verres où l'on versait les boissons pétillantes. Patrick avait passé de nombreuses soirées dans cette bibliothèque depuis un an. Au début, il s'y était senti mal à l'aise : cette impression pénible et si familière de ne pas avoir sa place dans ce monde... Mais il avait surmonté ses réticences; et, aujourd'hui, c'était comme s'il avait toujours appartenu à ce lieu. Une entente profonde le liait à Francis, pourtant issu d'un milieu si différent du sien. Hormis avec Nicholas – une amitié d'enfance –, il ne s'était jamais senti tant d'affinités d'esprit et de goûts avec un autre homme.

Marjorie Luther? Elle s'efforce de m'accepter, mais je suis un intrus dans sa maison. La couleur de ma peau la gêne; elle préférerait mourir plutôt que de se l'avouer, bien sûr... Alors que c'est inscrit sous le masque souriant de son visage. Bah, qu'importe! D'un point de vue différent, Désirée ne montre-t-elle pas aussi parfois ce genre de réticences?

Il jeta un coup d'œil par la fenêtre. Les femmes s'étaient installées en compagnie du père Baker sur la pelouse, à l'ombre d'un saule. Un tableau impressionniste, songea Patrick. Le vert tendre des feuillages, les femmes vêtues de couleurs printanières... Laurine – son aînée âgée de dix ans – était assise aux pieds de sa mère; Kate Tarbox tenait Maisie, presque aussi grande qu'elle, sur ses genoux. Marjorie Luther caressait un petit chien blanc. Un tableau impressionniste... ou presque, car certains personnages avaient la peau noire.

– Quelle pièce magnifique! s'exclama Nicholas.

– C'est étrange, mais elle n'était pas terminée lorsque nous nous sommes installés. J'ai dû faire compléter les éléments de bibliothèque qui manquaient, ce qui m'a coûté excessivement cher, mais ça en valait la peine. Je passe le plus clair de mon temps ici.

Francis fit un geste de la tête en direction du grand bureau couvert de dossiers.

– Francis rédige une histoire des Caraïbes, dit Patrick à l'intention de Nicholas. Un travail de très longue haleine, qui commence avec les Arawaks.

– Mais je crains fort qu'on n'en voie jamais la fin. Je n'ai malheureusement pas beaucoup de temps à y consacrer.

– D'où vous est venue l'idée d'entreprendre cela? demanda Nicholas. Votre histoire familiale?

– Ma fois, c'est bien possible. J'ai appris énormément de choses sur mes ancêtres depuis mon arrivée. L'un, qui avait été fait prisonnier pendant la bataille de Worcester, est venu à bord d'un navire de Cromwell. Un autre sortait d'une geôle pour dettes. Un autre était gouverneur. Un mélange assez hétéroclite, comme vous pouvez le voir, termina Francis en riant.

– Vous ne songez pas à repartir, apparemment?

– Non. Je retourne de temps en temps voir mes parents à New York; j'en reviens à chaque fois plus décidé à rester ici! Je ne suis pas un citadin. Eleuthera! On ne pouvait trouver de meilleur nom. Il n'y a qu'ici que je me sente libre.

– Je souhaite de tout cœur que vous acheviez ce

dont vous parliez tout à l'heure, monsieur Luther, dit Nicholas.

– Francis, je vous en prie.

Nicholas acquiesça d'un signe de tête.

– Francis. Je faisais allusion à vos projets de constructions sur votre propriété. Vous savez, on parle beaucoup de votre village modèle, à Saint-Félice.

Francis l'interrompit.

– Oh, pour l'instant, ça se limite à dix maisons pour mes ouvriers à temps plein. Je n'ai encore rien fait pour les saisonniers. Il n'y a vraiment pas de quoi en parler.

– N'en sous-estimez pas l'importance. C'est un excellent début... et un exemple.

– Un exemple? dit Francis, songeur. Je n'en suis pas si sûr, malheureusement. On me considère déjà comme un empêcheur de tourner en rond, vous savez... Je n'avais jamais vu un tel immobilisme. Mais ça m'est égal, qu'ils pensent ce qu'ils veulent. C'est mon argent, après tout! Je n'en ai pas beaucoup, mais j'en fais ce que je veux. La fortune ne m'intéresse pas. Je voudrais arriver à rembourser cette hypothèque un jour, c'est tout.

– Tu vois, dit Patrick. Tu comprends, maintenant, pourquoi je voulais que vous vous rencontriez, Nicholas? Francis est un homme de bonne volonté...

Il se tut, un peu gêné : son enthousiasme devait paraître puéril.

Nicholas se tourna vers Francis.

– Patrick et Kate Tarbox m'ont amené ici en pensant que notre rencontre pouvait déboucher sur quelque chose de positif. Je vais vous expliquer brièvement. Nous avons enfin obtenu le suffrage universel, et bientôt ce sera l'indépendance. C'est l'affaire de quelques années. Mais une tâche gigantesque nous attend. L'autonomie sur le plan politique n'est qu'un tremplin; il faudra ensuite s'atteler à rééquilibrer notre situation économique. Vous imaginez l'ampleur de la tâche! Mon parti se prépare à prendre les rênes du pays. Je m'empresse de préciser que nous sommes un parti démocratique : le Parti démocratique progressiste, avec un programme précis et réaliste. Mais soyons clairs : nous ne sommes pas des extrémistes. Nous ne préconisons aucune confiscation. Au contraire, nous voulons le soutien des planteurs éclairés; ceux qui seront décidés à coopérer avec nous en vue d'accéder à une vie meilleure pour tous. Voilà... Et, pour être franc, j'ai besoin de votre aide, Francis.

– Je suis de tout cœur pour le progrès mais, vous savez, je n'ai pas la tête politique.

– Détrompez-vous! Vous êtes lucide : vous connaissez les besoins du pays et vous avez le courage d'ouvrir la voie. C'est ça, la conscience politique! Mais ne croyez pas que je vous demande de faire dès demain des déclarations publiques et fracassantes! Je comprends fort bien que votre position est délicate... Ce que je voudrais, c'est rester en rapport avec vous, savoir qu'il y a là un homme de bonne volonté, comme disait si bien Patrick. Appelons cela une prise de contact progressive. Puis-je de temps à autre venir discuter de la situation et de notre action avec vous?

– Mais bien sûr! Ma porte vous est ouverte! Patrick vous dira comme j'aime passer mes soirées à discuter de tous ces problèmes. Mais il me semble que la cloche du dîner vient de sonner.

Son sentiment de bien-être quitta Patrick dès qu'il pénétrèrent dans la salle à manger. Des domestiques noirs chargés de plateaux d'argent s'affairaient autour de la longue table de bois verni. Que pouvaient-ils bien penser? Et que disait-on aux cuisines?

Drôle de compagnie! songeait Patrick : les Blancs qui recevaient dans leur somptueuse demeure; les deux fillettes – tranquilles et si sages, ou elles n'auraient pas eu leur place à cette table – avec leurs tresses bien serrées; Désirée, fière et silencieuse, si éclatante de beauté que les deux autres femmes se fondaient dans le décor. Le regard de Patrick passa sur Marjorie Luther; un être de glace, se dit-il : teint d'une pâleur transparente, robe de soie grège et perles blanches. Soudain, il l'imagina faisant l'amour avec Francis. Incroyable! Alors que Francis était un être si généreux... Il avait dû se marier avant l'heure, lui qui semblait seulement s'éveiller aux réalités du monde... Patrick déplia sa serviette empesée et prit sa cuillère.

Un silence un peu lourd se fit autour de la table. Chacun devait mesurer l'incongruité de la situation... Alors Patrick se tourna vers la maîtresse de maison.

– Votre cuisinière vient de la Martinique, n'est-ce pas?

– Mais oui! Comment le savez-vous? La soupe est trop pimentée?

– Non, non, la soupe est parfaite. Ma mère est originaire de le Martinique, et c'est un véritable cordon-bleu. Demandez donc à votre cuisinière de vous faire certaines de leurs recettes. Comme la dinde au curry... Inoubliable!

– Il faut absolument que vous me disiez! Que dois-je lui demander?

Feignant le plus grand intérêt, Marjorie se pencha dans la lueur des bougies.

– Ils font d'excellentes palourdes à la vapeur... et des acras de morue, qui sont des beignets avec beaucoup de poivre vert. Un des plats typiques.

– Je crois que je vais essayer ça dès demain, dit poliment Marjorie Luther.

Les couverts d'argent cliquetaient contre la porcelaine fine. Le père Baker mangeait avec la voracité de tous les vieillards, les yeux fixés sur son assiette. Désirée s'occupait de la plus jeune des fillettes, et les autres semblaient fascinés par le morne Bleu qui se profilait derrière les hautes fenêtres. De nouveau, c'était le silence, mais cette fois, ce fut Nicholas qui les sauva.

– J'ai entendu dire que ta mère pense à rentrer à la Martinique, dit-il à Patrick.

– Elle en parle, en effet. Je ne veux pas qu'elle parte, mais elle vieillit et ressent sans doute la nécessité de retourner à la terre des ancêtres.

– Peut-être faudrait-il expliquer ce que signifie « la terre des ancêtres »? dit Nicholas. Voilà un concept qui n'a rien à voir avec la propriété foncière légale. C'est une coutume qui vient d'Afrique : quelqu'un qui s'en va, pour un an ou pour la vie, garde le droit de revenir sur la terre ayant appartenu à un de ses ancêtres, pour y vivre et se nourrir de ses fruits.

– Et pour y être enterré, dit Kate Tarbox en s'arrachant à la contemplation du morne rougi par le crépuscule.

– Vous savez cela! dit Nicholas d'un ton surpris.

– Je ne suis pas complètement ignorante, dit-elle avec un sourire.

– Aux Antilles, continua Nicholas, cette terre est presque toujours celle qui a été cédée à un esclave libéré.

– Je devrais prendre des notes... commença Francis.

– Pour l'histoire des Caraïbes que tu n'auras jamais le temps d'écrire, termina Marjorie.

– Votre mari, dit Nicholas aimablement, mène

bien des choses de front. Les journées ne doivent pas être assez longues pour lui.

– Bien trop de choses, en effet, répondit Marjorie.

– Ma femme craint toujours que je ne travaille trop, dit Francis.

Dérouté par le climat de tension qui régnait dans son élégante salle à manger, il avait presque l'air de s'excuser.

– A propos de travail, lança alors Kate, qu'en est-il du nouveau parti ? Vous nous avez reléguées sur la pelouse. J'aurais bien aimé savoir, pourtant, moi !

– Oh ! dit Nicholas, nous n'avons fait qu'aborder la question. Il n'y a encore rien de décidé.

– Dommage, dit Kate, parce que c'est quand même pour ça que Patrick et moi voulions que vous vous rencontriez. Mais, comme d'habitude, je veux aller trop vite.

Marjorie prit son verre et le reposa un peu trop brusquement.

Kate poursuivit d'une voix douce et rapide :

– On n'arrivera jamais à rien sans un gouvernement digne de ce nom. Tout le monde le sait très bien. Les besoins sont trop importants pour que des tentatives ponctuelles, si bien intentionnées soient-elles, suffisent à nous faire progresser. Voilà ce que mon mari ne comprendra jamais. Bah, quand bien même il comprendrait, il n'accepterait jamais de se joindre à vous, évidemment... On ne pourrait même pas le décider à prendre place autour d'une table avec des Noirs...

Cette fois, Marjorie reposa son verre d'un geste si brusque que de l'eau se répandit sur le bois verni de la table. Elle considérait Kate d'un air consterné.

– Ne soyez pas choquée, Marjorie, dit Kate. Ces gens sont mes amis. Ce que je viens de dire, ils le savent aussi bien, sinon mieux, que moi. Avec eux, je n'ai pas besoin de cacher ce que je pense.

– Comme si tu ne disais pas toujours ce que tu penses! dit le père Baker avec un sourire affectueux. Je la connais bien, notre Kate. Sa franchise est son principal défaut et sa principale qualité. Mais je suis presque toujours d'accord avec elle. Presque...

– Sauf sur le contrôle des naissances, dit Kate. Le planning familial, plus exactement...

– La surpopulation est devenue un problème crucial en Amérique centrale, fit remarquer Nicholas. Mais savez-vous qu'il n'en a pas toujours été ainsi? Au temps de l'esclavage, il y avait beaucoup plus de morts que de naissances. Alors on allait chercher de la main-d'œuvre en Afrique.

Tout le monde se tourna vers lui.

– Sous-alimentation, labeur trop dur... les gens mouraient comme des mouches. Mais c'étaient surtout les maladies qui faisaient des ravages. Les progrès de la médecine nous ont libérés du pian, du choléra, de la fièvre jaune et du typhus; la mortalité a considérablement reculé, et l'île commence à être trop petite pour tout ce monde... Mais n'est-ce pas un problème planétaire, finalement?

– Alors, vous inscrivez le planning familial à votre programme? demanda Kate.

Nicholas sourit.

– Ce serait avec plaisir si j'étais sûr d'être élu dans un fauteuil, mais les jeux seront trop serrés... Après tout, il faut se faire élire pour pouvoir faire quoi que ce soit. N'est-ce pas, madame Luther?

– Oh oui! bien sûr, répondit Marjorie.

Un tacticien de premier ordre, songea Patrick.

– Quelle richesse pour une communauté, continuait Nicholas, que d'avoir des citoyennes comme vous, mesdames! Des femmes cultivées et actives...

Les femmes vont toujours droit à l'essentiel; elles se préoccupent des réalités de la vie quotidienne. Votre mari m'a dit que vous aviez fait vos études à Pembroke, madame Luther. Ma fiancée est allée à Smith. Elle est née dans l'Ohio. Je serai très heureux de vous la présenter lorsque nous serons mariés.

– Quand comptez-vous vous marier, monsieur Mebane?

– Ce sera un mariage de Noël.

Puis, pour qu'il n'y eût pas de confusion, il ajouta :

– Le père de Doris est pasteur de l'Eglise méthodiste africaine.

Grâce à Nicholas, l'atmosphère s'était détendue autour de la table.

– Avez-vous trouvé beaucoup de changements en rentrant de votre long séjour à l'étranger? demanda Marjorie.

– Pas vraiment. Vous savez, notre île est en sommeil depuis plusieurs siècles. Mais attention, dit Nicholas avec un geste de la main, nous sommes à la veille de grands bouleversements. Nous avons déjà un vol quotidien vers les principales villes des Caraïbes. Et nous finirons bien par avoir un aéroport permettant des liaisons directes avec l'Europe. Tout cela va bouleverser de fond en comble notre mode de vie; et, bien sûr, il nous faudra un gouvernement adapté à ces conditions nouvelles.

– Voilà qui donne le vertige, vous ne trouvez pas? dit Marjorie. Je n'ai malheureusement pas la tête politique.

– C'est exactement ce que je disais pour moi il y a une heure, fit remarquer Francis.

– La politique est dans tout, dit Kate. Personne ne peut y échapper.

– Rien de plus vrai! conclut Nicholas alors qu'on se levait de table.

Dans la voiture, Désirée soupira :

– Je suis épuisée. Quel sérieux! C'est pesant, à la fin. Je n'ai pas ouvert la bouche de la soirée.

– On a pourtant dit des choses très intéressantes, dit Patrick. Ton père aurait apprécié.

– Toi et papa, de toute façon, vous êtes incorrigibles! Avoue, tu n'étais pas mal à l'aise?

– Oui, un peu... mais c'était à cause d'elle. Francis est un homme généreux et qui a le courage de bousculer les conventions. Il n'était pas obligé de nous recevoir. Mais il l'a fait quand même, parce qu'il le voulait... Alors que la fréquentation de gens comme nous ne doit pas faciliter sa position ici.

– Oh ça... Et s'il se dit que Nicholas arrivera un jour au gouvernement? C'est peut-être le plus malin de tous. Il pense à l'avenir.

– C'est possible, admit Patrick. Mais il y a quelque chose de plus profond que ça entre nous. Francis Luther a de la sympathie pour moi, et c'est réciproque.

– C'est bizarre quand même, cette amitié, dit Désirée. Ta mère le pense aussi. Elle m'en parle souvent. Ça a l'air de la préoccuper.

– C'est peut-être son départ imminent qui la rend un peu nerveuse, suggéra Nicholas.

– Elle n'est pas obligée de partir, répondit Patrick.

Maintenant qu'elle était trop âgée pour s'occuper de la boutique, il avait proposé à Agnès de venir habiter chez eux. Non, avait-elle dit, il n'y a pas de place pour deux femmes dans une maison. Elle partait pourtant vivre chez une cousine, à la Martinique... Mais il savait qu'en dépit du temps écoulé et de la naissance des deux enfants, elle n'acceptait toujours pas son mariage avec Désirée. Une fois, il l'avait vue placer son bras à côté de celui d'une des fillettes pour comparer la couleur de leurs peaux. Oui, ses petits-enfants étaient beaucoup plus foncés qu'elle. Là gisait la cause de son ressentiment! Mais Patrick n'arrivait pas à lui en tenir rigueur. D'une certaine façon, il la comprenait. N'était-elle pas victime d'un préjugé universellement répandu? L'idée de la perdre l'attristait profondément. Une histoire qu'elle avait coutume de lui raconter sur la montagne Pelée lui revint en mémoire, de même que le récit de son arrivée à Saint-Félice alors qu'elle n'était qu'une fillette.

– Francis Luther l'a forcée à nous recevoir, dit Désirée assise à l'arrière. Je parie qu'elle ne s'en vantera pas auprès de ses amis! Franchement, Patrick, je trouve qu'on s'abaisse en allant chez eux.

– Oublie donc cette Marjorie Luther, dit Patrick avec une trace d'impatience dans la voix. Nous n'avons pas que des ennemis parmi les Blancs. Il y a des gens comme le père Baker. Demande donc à ton père. Et Kate Tarbox, alors? Le peu de chose qu'on a pu réaliser, c'est bien grâce à elle. Est-ce qu'on ne lui doit pas l'amélioration des conditions hospitalières? De ça aussi, ton père pourrait t'en parler.

Désirée en convint :

– Kate Tarbox, d'accord. Mais c'est un cas sur cent mille.

Elle se mit à rire.

– Tu as vu la tête de Marjorie Luther quand Kate disait que son mari n'aurait jamais partagé notre table? Si elle avait pu disparaître sous terre... Tu parles! En fait, elle est d'accord avec lui!

Nicholas s'esclaffa :

– Ça, on peut dire que Kate, elle ne prend pas de

gants! C'est une forte personnalité. Je suis sûr qu'on peut lui faire confiance, à elle aussi.

– Kate? dit Patrick. Les yeux fermés!

– Mais c'est Marjorie Luther la plus jolie des deux. D'abord, elle a l'avantage d'être grande, dit Désirée, pas mécontente de n'avoir rien à lui envier de ce point de vue-là. Et elle sait s'habiller. Cette robe coûtait une fortune...

– Tu plaisantes! s'exclama Patrick. Tu n'as pas bien regardé Kate. Elle éclate de vie! C'est du feu, cette femme!

– Non mais, écoutez-moi ça! lança Désirée en riant. Il est amoureux, ma parole!

Mais Patrick ressentait la nécessité de défendre Kate coûte que coûte. Il insista :

– C'est un être authentique! Ce qui est rare. La plupart des gens portent un masque. Pas elle.

– Très juste, mais elle ferait bien d'en porter un de temps en temps, ou tout le monde va s'apercevoir qu'elle est follement amoureuse de Francis Luther.

– Allons bon!

Patrick se tourna vers Nicholas.

– Ma femme est devenue folle!

– Et Marjorie Luther le sait très bien, continua Désirée, imperturbable. C'est pour ça qu'elle la déteste.

– Folle, je te dis! répéta Patrick en feignant l'exaspération.

– Non, dit Nicholas. Désirée a raison. Je l'ai senti, moi aussi. Et c'est pourquoi j'ai fait l'effort de m'adresser à Mme Luther. La diplomatie, mon cher. Rien ne doit t'échapper, si tu veux tenir la route.

– Je dois être obtus, alors, dit Patrick, vaguement agacé.

Parvenus au sommet de la dernière colline, ils

allaient amorcer la descente menant à Covetown. Le grand disque rouge du soleil s'enfonçait dans la mer, et des touches de mauve, d'ocre et de rose s'attardaient sur les toits.

– Eleuthera, dit Nicholas d'un ton rêveur. Liberté. Quel beau nom!

– Oui, dit Désirée. Difficile de ne pas se sentir libre dans un endroit comme celui-là.

– La notion de liberté est très relative, fit remarquer Patrick. Un esprit étroit est comme une prison, même si on vit dans un palais.

– Tu sais que tu n'as pas changé depuis l'école? dit Nicholas. Je t'ai toujours dit que tu avais l'étoffe d'un philosophe!

– C'est vrai qu'il réfléchit tout le temps à des trucs impossibles, dit Désirée avec tendresse.

La voiture s'arrêta devant la petite maison.

– N'empêche que j'aurais pu rester toute la vie sur cette pelouse, face à l'océan... Je me demande si ces gens-là se rendent compte de la chance qu'ils ont?

De longues bandes rose et argent ondulaient sur l'océan. Les autres partis, ils s'installèrent sur la pelouse, face à l'horizon qui avalait peu à peu le soleil.

Marjorie, la première, rompit le silence.

– Je ne sais pas si vous êtes comme moi, mais j'ai trouvé cela épuisant! Que d'efforts pour trouver des sujets de conversation, surtout avec cette femme. De quoi pouvait-on parler, de toute façon? Nicholas était le plus intéressant du lot. Un vrai gentleman. Il a l'air plus proche de nous... bien qu'en réalité nous n'ayons rien de commun, évidemment.

– Voilà qui ne te ressemble pas, Marjorie, dit Francis.

Gêné, il se tourna vers les autres.

– Ne faites pas attention. Ses paroles ont dépassé sa pensée. Marjorie n'a jamais été quelqu'un d'intolérant.

– Non, non, reprit Marjorie, c'est exactement ce que j'ai voulu dire. Je n'aime pas que ma maison serve à des réunions politiques. Quoi de plus artificiel? Je le répète : nous n'avons rien de commun avec ces gens.

– Nous aurons pourtant, bon gré mal gré, beaucoup de choses en commun avant longtemps, répondit le père Baker calmement. Cela dit en dehors de toute considération morale... Ils seront au gouvernement plus tôt que vous ne le pensez. L'Empire est en train de se disloquer. L'Inde n'en fait déjà plus partie, et tout le reste suivra, ne vous y trompez pas.

D'humeur batailleuse, Marjorie lança :

– Vraiment, je ne comprends pas! Vous êtes tous là, prêts à tout lâcher devant une poignée d'agitateurs! Ces gens-là ne sont pas si malheureux qu'on veut bien le dire. Le climat est agréable d'un bout à l'autre de l'année. Et il suffit de descendre au marché pour voir l'abondance de légumes magnifiques, de poissons, de...

Le père Baker l'interrompit.

– Cela fait déjà un moment que vous vivez ici, vous ne pouvez ignorer qu'il n'y a pas de quoi nourrir tout le monde et que, de toute façon, une grande partie de la population est trop pauvre pour acheter le peu qu'il y a.

– Il y aurait bien assez s'ils ne faisaient pas tant d'enfants! C'est répugnant. Des enfants partout et pas de maris. Mais je suppose que le mariage n'existait pas en Afrique, alors...

– Et le chômage, vous n'en avez pas entendu parler? dit Kate. Les hommes quittent l'île à la recherche d'un travail.

Elles fourbissent leurs armes, songea Francis.
Marjorie esquiva.

– Ils sont parfaitement infantiles, de toute façon. Une des domestiques a failli me faire mourir de peur, la semaine dernière; elle voyait des esprits partout : ils rendaient son bébé malade, déplaçaient les meubles chez elle et toute une série d'absurdités de ce genre. J'ai cru qu'elle devenait folle jusqu'au moment où Osborne m'a dit que c'étaient des superstitions. Que voulez-vous faire avec des gens pareils? Ah, il va être beau, leur gouvernement!

– Vous parlez comme Lionel, dit Kate, les dents serrées.

Elles se haïssaient. Francis changea de position dans son siège. Il n'était que 7 heures et demie; ses invités ne partiraient pas avant une heure. L'attitude de Marjorie l'exaspérait, et il n'arrivait à lui trouver aucune excuse.

– Est-ce si terrible de parler comme votre mari? demanda Marjorie. Savez-vous que je l'admire, moi, votre mari?

– Oh, il est admirable à bien des égards...

– J'aime sa façon de profiter de l'existence. Il travaille dur et dépense son argent sans s'encombrer de toutes ces pudeurs que je commence à trouver vraiment agaçantes.

La conversation allait par vagues, de choc en heurt, entrecoupée d'intermèdes durant lesquels on rassemblait ses forces pour l'attaque suivante. Francis n'aspirait qu'à une chose : que les invités s'en aillent, que Marjorie monte se coucher, qu'on le laisse seul. Ils lui gâchaient tout le plaisir qu'il avait tiré de cet après-midi enrichissant, passé en compagnie de gens au vécu si différent du sien.

– Je les ai eus tous les deux dans ma classe, disait le père Baker. J'ai de l'affection pour eux et je continue à m'intéresser à leur avenir. J'ai d'ailleurs toujours suivi de près mes élèves noirs les plus doués.

– C'est Nicholas le plus intelligent, déclara Marjorie.

– Intelligent, oui, dit le vieil homme. Habile, surtout. Mais Patrick a une grande profondeur de pensée. Il est moins impatient de réussir; ce n'est pas un ambitieux, mais... Ma foi, l'avenir le dira.

– De la profondeur! dit Francis. C'est exactement le terme. On sent une richesse souterraine et informulée. Pas de discours bien tournés, mais il y a quelque chose dans ses yeux...

Son regard rencontra celui de Kate.

– Oui, dit-elle en se détournant.

– Avez-vous des nouvelles de Julia et de Herbert? demanda Marjorie à Kate.

En dépit de tout, elle jouait son rôle d'hôtesse.

– Nous avons reçu une lettre d'eux, il y a deux ou trois mois.

– Oui. Elle dit que c'est une chance que Herbert ait été élevé en Angleterre; ça leur évite de n'être qu'un couple de coloniaux. Les colons ne sont pas très bien vus, vous savez. Ils s'intègrent difficilement. C'est drôle comme tous ces gens passent leur vie à se mettre des étiquettes! « Je suis au-dessus de toi; il est mieux qu'elle... » Et ainsi de suite. C'est comme les femmes du club – les étrangères, surtout; elles donnent sans compter aux collectes, mais au fond elles sont pires que les natives d'ici.

Marjorie se raidit.

– Je ne trouve pas. Je me suis fait d'excellentes amies au club. Si seulement nous n'habitions pas si loin, ce serait merveilleux. Je rêve que Francis achète une maison en ville. Vous savez, une de ces vieilles demeures avec un jardin à l'arrière.

– Tu sais bien qu'il faut que je sois ici, dit Francis.

– Mais il y a Osborne. Tu n'arrêtes pas de dire qu'on peut lui faire confiance les yeux fermés.

– Oui, mais je tiens à garder les choses en main.

Marjorie soupira. Il faudrait qu'elle ait un enfant, pensa Francis pour la millième fois. Cette idée le préoccupait sans cesse, et elle aussi probablement. Elle devenait irritable. D'après les examens que tous deux avaient passés lors de leur dernier séjour à New York, ni l'un ni l'autre n'étaient stériles. Tous leurs amis avaient des enfants, des gosses robustes aux cheveux blondis par le soleil...

– Il commence à faire humide, disait-elle à présent. Allons prendre le café à l'intérieur.

– Tu nous joues quelque chose, Kate? demanda le père Baker. Je me souviens, quand tu étais petite, tu travaillais des heures durant les *Liebeslieder*.

– Je ne les sais plus très bien.

– Essaye quand même.

Elle s'assit au piano. De son fauteuil, près de la fenêtre, Francis devinait la courbe de sa joue sous les mèches légères de ses cheveux qui ondulaient à chacun de ses mouvements. Il n'était pas assez féru de musique pour juger de son talent de pianiste, mais il se laissa emporter aux accents de la valse de Brahms. Bien que ce fût dimanche, il se sentait profondément las; il posa sa tasse, appuya la tête contre le dossier de son siège et ferma les yeux. La musique glissa en lui par vagues paisibles, évoquant des choses simples : la campagne, le mois de mai, le clapotis des ruisseaux, la douceur d'un jardin et d'un premier amour. Une bouffée de vent transporta dans la pièce une odeur suave de frangipanier et d'herbe mouillée.

Puis, soudainement, après une courte pause, la mélodie passa dans le mode mineur. Un nuage de nostalgie semblait avoir enveloppé l'âme de l'interprète. Alors Francis se rappela cette ombre fugitive qui, un jour, sur la route vers Eleuthera, avait traversé le regard de Kate.

... *alors il m'a épousée.* Les mots résonnaient encore en lui. Il la revoyait : soudain grave... puis d'un geste décidé de la tête elle avait rejeté ses boucles en arrière, un sourire incertain flottant sur ses lèvres. C'est une bagarreuse, songea-t-il. Elle va droit au but avec vaillance. Et pourtant...

Il pensait à elle parfois... Pas précisément : c'était plutôt comme une présence hésitant sans cesse au seuil de sa pensée. Il allait en ville en se disant que, peut-être, par hasard, il la rencontrerait à nouveau dans la rue. Mais ce n'était jamais arrivé. Il entrait dans le salon plein d'amis, se frayait un passage dans la foule bruissante, son verre à la main... mais elle n'était jamais là.

Il rêvait... comme tout homme le fait à un moment ou un autre de sa vie... Il ouvrit les yeux et rencontra le regard pensif de Marjorie. La musique se tut et Kate referma doucement le couvercle du piano.

– Il est tard. Il faut rentrer, mon père.

La nuit était tombée. Près de la voiture, Kate s'immobilisa et regarda vers le ciel. Un ciel sans lune et piqueté d'étoiles.

– Pas un souffle, tout là-haut, dit-elle. Pas un bruit. Des millions d'étoiles tournent sans fin dans le silence absolu... C'est si étrange.

Il crut voir des larmes dans ses yeux; à moins qu'ils ne fussent particulièrement brillants, ce soir-là.

– Nous ne savons pas grand-chose, finalement... ajouta-t-elle, et elle s'assit au volant.

Il remonta l'allée pour rejoindre Marjorie. Appuyée contre le montant de la porte, elle aussi regardait vers le ciel.

– Quelle nuit sinistre, dit-elle.

– Sinistre?

– Oui... Crois-tu qu'on aura un jour un enfant?

Il passa un bras autour d'elle.

– Je ne sais pas, commença-t-il. Mais...

– C'est idiot! Comment pourrais-tu savoir?

Elle fondit en larmes.

– Je ne me supporte plus, Francis! Qu'est-ce qu'une femme sans enfants? Qu'est-ce que je vais faire de ma vie? Continuer à faire bonne figure, au club, avec mes amies? M'agiter en tous sens et me ridiculiser, comme Kate Tarbox?

Il retira la main qui caressait l'épaule de Marjorie.

– Qu'as-tu contre Kate? Elle ne t'a rien fait de mal.

– Elle ne me plaît pas.

– Pourquoi les femmes sont-elles si dures entre elles? dit-il doucement. Tu sais qu'elle est malheureuse en ménage.

– Ça ne lui donne pas le droit de chercher fortune ailleurs.

– Marjorie! Comment peux-tu dire une chose pareille?

Et cependant... Par de nombreux silences et quelques regards, d'approches en retraites, de refus en incertitudes, un réseau de fils impalpables s'était tissé entre lui et Kate.

Le cœur serré, il fit de nouveau le geste d'enlacer sa femme, mais se pressant contre la porte, elle se déroba.

– J'ai des torts envers toi, dit-il. Je t'ai imposé de vivre ici...

Elle gardait le silence; alors il continua :

– Il faudrait partir et rentrer aux Etats-Unis.

– Tu sais très bien que tu ne le feras jamais. Tu es trop engagé, maintenant.

C'était vrai. Et lui-même, l'aurait-il suivie comme elle l'avait fait, loin des siens, dans un pays qu'il n'aimait pas? Oui, se disait-il sans trop y croire. Ce monde était fait pour les hommes, mais il possédait un sens de l'équité suffisamment exigeant : oui, il serait parti.

– Je vais me coucher, dit-elle en soupirant. Tu montes?

– Dans un instant.

Elle voulait faire l'amour; ce n'était pas seulement son désir d'avoir un enfant... mais aussi la nécessité de recevoir son dû, de se prouver qu'elle était désirable et que son mariage était une réussite... selon la norme qu'on en donnait dans les traités.

Leur mariage était-il réussi? Son désir pour elle n'avait pas faibli. Pourtant, un malaise confus s'était installé entre eux. Le fait de vivre ici ou ailleurs n'y était pour rien, évidemment. La jalousie? Certainement pas, et il se promettait de ne jamais lui donner de raisons pour cela. Il avait trop souffert de l'inconstance de son père. Etait-ce alors, simplement, le fait de n'avoir pas d'enfants?

Loin au-dessous, des fragments de mer luisaient dans l'enchevêtrement des feuillages. Une bouffée de vent fit bruire les hauts arbres. L'esprit de Francis se mit à vagabonder; le chuchotement de la brise amena un souvenir, une image; à son bras, Marjorie riait en essayant d'écarter son voile de mariée que le vent plaquait contre son visage.

Quand cela avait-il changé, et pourquoi? Il l'ignorait. Ce devait être cela, vieillir. Une profonde tristesse l'envahit.

Il fallait être bien sot pour espérer que ne s'éteignent jamais les mystérieux ravissements de la passion naissante.

Mais il y avait l'haleine tiède et parfumée de la nuit... le bleu incertain des étoiles, le bleu profond des ombres sur l'herbe humide. Un oiseau retardataire lança une note claire dans la nuit et se tut, faisant taire le trouble qui agitait l'âme du jeune homme.

Lui aussi, comme l'avait fait Marjorie, soupira en poussant la porte de la maison.

11

– Il y a tant à faire, dit Nicholas assis derrière son grand bureau méticuleusement ordonné. Et toi, tu perds ton temps et ta vie dans une minuscule école de village...

Sur les étagères s'alignaient des rangées de livres juridiques; des diplômes encadrés étaient suspendus aux murs. Au-dessus de la fenêtre on avait fixé une longue bannière vert et jaune qui proclamait : DES LENDEMAINS MEILLEURS AVEC LE PARTI DÉMOCRATE PROGRESSISTE.

– Qu'en penses-tu? demanda Nicholas.

– Ça attire l'œil, on ne peut pas dire le contraire!

– Alors, tu as réfléchi à notre dernière discussion?

Patrick décida de jouer l'avocat du diable.

– Un travail honnête n'est jamais du gâchis. Tu sais bien que l'enseignement m'a toujours attiré.

– Oui, mais tu m'as aussi très souvent parlé de cette impression d'enseigner aux enfants des choses qui ne leur serviront jamais.

– C'est vrai. Mais si tu arrives à provoquer ne serait-ce qu'une étincelle en dix ans de carrière, ça en vaut la peine...

– Je sais, je sais. Ce ne sont que des vœux pieux, tout ça... Tu gaspilles ton énergie dans quelque chose que des tas de gens pourraient faire à ta place. Alors que ce que je te demande... est bien plus difficile, et tu es le seul à pouvoir le réaliser efficacement. Tu as envie de jeter des bases? Alors quoi de mieux que la presse pour cela? Tu te rends compte du pouvoir que tu auras en main pour provoquer des situations, pour faire germer le grain? Tu écris bien, et notre parti a besoin d'un journal où exprimer ses positions. L'île ne possède d'ailleurs pas de journal digne de ce nom.

Nicholas déplia un numéro du *Clairon*.

– Voici ce qu'on trouve en première page : « Mlle Emmy Lou Grace était l'invitée d'honneur d'une réception donnée pour célébrer l'anniversaire de ses quatre-vingt-cinq ans, mercredi dernier, chez Mme Clara Pitt. » Attends, le meilleur, c'est l'éditorial : « Nous déplorons le désordre qui règne sur la grand-place, les jours de marché... les têtes de poisson attirent les chats errants! »

En riant, il reposa le journal.

– Un journal, ça! Rien de rien sur les écoles, les conditions de logement, l'indépendance. Rien sur l'indépendance, tu te rends compte! Alors qu'on y vient, dans même pas deux ans, ce sera fait! Ecoute, Patrick, j'ai les moyens de démarrer un vrai journal et de le soutenir jusqu'au moment où il se suffira à lui-même. Mon père m'a laissé bien plus que je ne croyais quand il est mort, l'an dernier. Regarde le bureau que j'ai pu m'offrir, et les locaux du parti! Il faut absolument créer ce journal. Et je peux le faire! Il faut gagner des électeurs, et vite, avant que les autres partis nous aient devancés.

– Les autres partis ou rien, de toute façon... c'est du pareil au même. Pas de direction, pas de programmes, sinon quelques vagues griefs...

– Absolument d'accord avec toi. Mais ça ne durera pas toujours. Nous devons être au premier rang dès la proclamation de l'indépendance; avant, même. Assez de parlottes! A quoi servent tes idéaux si tu ne cherches pas à les réaliser? Les réaliser, voilà la chance que je t'offre!

Patrick tourna la tête vers la fenêtre. Il lui fallait échapper un instant au regard perçant de son ami. Un hors-bord filait dans la crique; son sillage d'écume était un triangle tracé sur une page blanche. Les cloches de la cathédrale lancèrent quelques notes brèves et se turent. C'était dimanche, la ville semblait assoupie. Patrick se laissait pénétrer par cette langueur, pour oublier Nicholas et la pression qu'il exerçait sur lui.

Je ne suis pas un homme d'action, pensa-t-il pour la millième fois.

– Tu as parlé de moi à ton beau-père? demanda Nicholas.

– Oh oui! répondit Patrick avec un sourire. Il me charge de te dire qu'il ne t'en veut pas trop à cause de tes costumes de bonne coupe et de ton accent anglais.

Nicholas éclata de rire.

– Donc il est d'accord?

– Il veut un gouvernement qui représente les travailleurs. Si c'est cela que tu réalises, il te soutiendra.

– Parfait. Alors, et notre journal?

– C'est vrai que la presse joue un rôle fondamental. Les planteurs vont se défendre bec et ongles.

– Sauf Francis Luther et deux ou trois autres originaux.

– Clarence n'a pas vraiment confiance en Francis, dit Patrick d'une voix lente. Inutile de dire que je ne suis pas d'accord avec lui!

– Il se méfie de Francis? Ça alors!

– Bah... Il se fait vieux, notre Clarence, et il en a

trop vu. C'est lui-même qui l'a dit, d'ailleurs. Il reconnaît pouvoir se tromper.

– Eh bien, en l'occurrence, il se trompe! C'est idiot de croire qu'un homme est irrécupérable ou un ennemi naturel uniquement parce qu'il est planteur et qu'il a la peau blanche. Mais attends, j'ai une grande nouvelle. Je ne le sais que depuis hier. Kate Tarbox veut travailler avec nous.

– Ah bon?

– Elle vient de quitter son mari. Elle s'est décidée, finalement. Ça devrait être fait depuis longtemps, selon la rumeur publique.

Nicholas haussa les épaules.

– Bref, elle retourne s'installer dans une maison laissée par son père. Une maison tout ce qu'il y a de modeste, pas très loin d'ici, en bas de Library Hill. Elle a besoin de gagner sa vie, et travailler pour le journal l'intéresserait... Elle est même décidée à écrire des articles, sous un pseudonyme, si nécessaire.

Patrick émit un petit sifflement. Ce départ avait-il quelque chose à voir avec Francis? Non, sûrement pas. Il n'y avait pas de couple plus mal assorti que celui de Kate et Lionel.

– Alors? Ça devrait être plaisant de travailler avec elle.

Nicholas jeta un coup d'œil rapide à sa montre, et Patrick se leva.

– J'ai besoin d'y réfléchir quelque temps, dit-il.

Il descendit l'escalier et regagna sa voiture. Les paroles de Nicholas résonnaient encore dans sa tête. Une proposition intéressante au point de vue pécuniaire. Voilà qui enchanterait Désirée! Un petit pli se creusa entre ses sourcils. Puis un léger sourire vint flotter sur ses lèvres. Elle aimait le luxe, Désirée... et ce goût s'affirmait de jour en jour, surtout depuis l'arrivée à Saint-Félice de Doris, la jeune épouse de Nicholas. Désirée tenait Doris en haute estime et ses goûts en matière de mode, de décoration ou de gastronomie avaient pour elle force de loi. Le jeune couple habitait la maison laissée par le père de Nicholas, mais parlait, toujours selon Désirée, de faire construire une autre maison sur une colline à quelques kilomètres en dehors de la ville. Elle serait très moderne, avec beaucoup d'espace et de surfaces vitrées. Dans le style de Le Corbusier, avait-elle précisé. Le Corbusier! Un nom nouveau pour elle, mais elle avait vite appris la leçon...

Ses pensées revinrent au journal et à Kate Tarbox, laquelle venait de quitter le faste d'une vie qui aurait ébloui Désirée... Puis il pensa à Agnès. Elle avait vendu la boutique et s'apprêtait à partir. Dans quel genre de maison allait-elle habiter, maintenant?

– Dans une case, avait-elle répondu. Construite par un des maris de ma cousine.

– Sans eau courante!

Elle avait secoué la tête, balançant ses grandes boucles d'oreilles.

– Et alors! je suis bien née dans une case. Je peux y retourner. Je ne suis pas si délicate.

Il comprenait et partageait les goûts simples de sa mère. Il eut un petit serrement de cœur en songeant aux enfants de son école : Rafael, turbulent et malin comme un singe; mais il semblait s'assagir depuis quelque temps. Tabitha, une fillette bègue, battue depuis le berceau, Patrick en était convaincu. Charlotte, meilleure en calcul que son instituteur lui-même. Abandonner ces enfants qui n'avaient à lui offrir que leurs mains nues et leurs sourires? Futés, graves, espiègles, remuants ou trop calmes, ils l'aimaient, et ils avaient besoin de lui...

Nicholas voulait l'entraîner dans l'inconnu. S'ils échouaient, il aurait perdu son poste d'enseignant pour rien. Et s'ils réussissaient? Patrick ne se faisait pas d'illusions : il se retrouverait en première ligne des combats politiques les plus acharnés. Et cela ne le tentait guère.

Mais l'engagement, n'était-ce pas un devoir pour l'homme arrivé à la maturité? Une condition nécessaire de la maturité?

Il faut que j'en parle à quelqu'un, se dit-il. Il quitta la route côtière et s'enfonça entre les collines, en direction d'Eleuthera.

En proie à de multiples contradictions, il conduisait machinalement, les yeux fixés sur la route, droit devant lui. Ce fut miracle si ses yeux enregistrèrent quelque chose à sa droite, parmi les arbres. Il ne réagit d'ailleurs pas instantanément et dut, après avoir enfoncé la pédale de frein, faire une marche arrière.

A quelques mètres du bord de la route, un garçon de neuf ou dix ans était attaché à un arbre par les poignets et les chevilles. Après un instant de stupeur, Patrick sortit précipitamment de sa voiture.

– Qu'est-ce qui s'est passé? cria-t-il.

Le gamin avait depuis longtemps cessé de pleurer. Ses yeux étaient secs. Ses lèvres saignaient; il avait tenté de ronger les cordes qui le retenaient.

Patrick s'agenouilla et coupa les liens avec son couteau de poche. Il prit l'enfant dans ses bras. Le gamin avait mouillé son pantalon; ses cheveux crépus étaient trempés de sueur.

– Où habites-tu? Qui a fait cela?

Le garçon se débattit, alors Patrick le lâcha.

– Dis-moi, murmura-t-il. Comment t'appelles-tu?

– Will. Et j'ai soif. J'ai faim.

Il ne pleurait toujours pas.

– Allez, Will, monte dans la voiture. On va chercher un endroit où acheter de quoi manger.

Assis près de lui, le gamin se tenait très droit et

raide, silencieux, les deux poings serrés sur les genoux. Il aurait dû avoir une crise de nerfs, normalement, se dit Patrick.

– Qui t'a fait ça, Will? demanda-t-il d'une voix calme.

– C'est Bert.

– Et qui est Bert?

– Là où j'habite. Bert, quoi.

– Avec ta mère et ton...

Il hésita.

– Ton père?

– Je n'ai pas de mère et pas de père.

– Ta grand-mère, alors?

– Non. Elle est morte.

– Tu as des sœurs? Des frères?

– J'avais un oncle, mais il est parti. L'a même emporté toutes mes affaires. Il les a vendues et il est parti.

– Je vois.

Un enfant abandonné. Rien que de très courant. Un peu plus horrible que d'habitude, c'est tout...

– Monsieur, je voudrais manger.

– Tu peux m'appeler monsieur Courzon. Attends, non...

Il jeta un coup d'œil sur les petits poings crasseux et serrés comme pour défier tout le malheur du monde.

– Non, tiens, tu vas m'appeler oncle Patrick. Aujourd'hui, ton oncle, c'est moi. Et tu vas manger. Voilà un magasin. Voyons ce qu'ils ont.

Le magasin aménagé dans la pièce principale d'une maison branlante se réduisait à quelques étagères où s'alignaient des boîtes de conserve, des sacs de riz et de farine et divers articles de consommation courante. Patrick acheta une tablette de chocolat, des bananes et une boîte de soda.

– Ça n'a rien d'un festin, dit-il en s'efforçant de

sourire, mais ça te tiendra au ventre jusqu'à ce qu'on trouve mieux.

En quelques minutes, tout fut avalé. Patrick revint à la charge.

– Dis-moi, Will, où habites-tu? Je vais te reconduire. Et j'ai quelques questions à leur poser là-bas...

– Delicia. C'est là qu' je suis.

– Delicia! J'aurais dû te poser la question avant.

Ils avaient pris la direction opposée. Il n'irait pas à Eleuthera ce jour-là. Il tourna dans un chemin sillonné d'ornières, non loin de l'endroit où il avait découvert Will attaché.

– Il va falloir te mettre du baume sur les bras et les jambes, dit-il. Ça te fait très mal?

– Un peu.

Epuisé ou trop effrayé pour parler, se dit Patrick.

Il se souvenait d'être passé par Delicia, un jour qu'il avait perdu son chemin. Ce n'était qu'un groupe de méchantes masures dans la moiteur des bananiers. Son histoire, il la connaissait : rien que de très banal. Un noyau de femmes robustes avaient choisi de vieillir là, en bordure du domaine, et prenaient soin des enfants laissés par les plus jeunes parties pour l'étranger à la recherche d'un emploi. Elles revenaient rarement les reprendre, ou elles en emmenaient deux ou trois et abandonnaient les autres. Il y avait des hommes aussi. De passage : juste le temps de procréer, et ils disparaissaient. Certains restaient. Mais qu'offraient-ils aux enfants sinon des coups ou, au mieux, de l'indifférence? La misère pure... bien pire qu'à Sweet Apple. Car, comme la richesse, la pauvreté connaissait des degrés, et Delicia se plaçait tout en bas de l'échelle.

Les fesses nues pour la plupart, vêtus seulement d'une méchante chemise, les enfants partageaient un carré poussiéreux avec les chiens et les chèvres attachées. Quelques femmes assises autour d'un foyer de pierre mangeaient des fruits d'arbre à pain et du porc salé à même la casserole. Elles tournèrent la tête vers Patrick qui venait à elles d'un pas rapide.

– A qui est ce garçon? demanda-t-il.

Will était prudemment resté près de la voiture.

Une femme répondit d'un ton évasif:

– Sa mère s'appelait Estelle. Elle est morte en couches.

– Et qui s'occupe de lui, maintenant?

– L'avait un oncle. Parti pour New York, je crois.

– Non, pour Londres, dit une autre. Et l'est pas près de rev'nir.

– Je ne vous ai pas demandé ça. Je veux savoir qui est responsable de lui, maintenant!

– Nous tous. Je le fais manger de temps en temps avec mes gosses, dit l'une.

– Qui l'a attaché à l'arbre?

Personne ne broncha.

Ce fut Will qui répondit:

– J' vous l'ai dit. C'est Bert.

Patrick haussa le ton.

– Qui est Bert? Où est-il?

– Il est pas là.

– Je le vois bien. Où est-il, alors?

– Parti. Pour toute la journée.

Craignant sans doute des représailles, une femme s'écria soudain:

– Ce gosse-là, il a déterré des ignames! Trois, qu'il en a déterrés même! C'est pour ça qu'on l'a battu et attaché à l'arbre!

Alors Will bondit, et les femmes sursautèrent.

– J'avais faim! Merde, j'avais faim! cria-t-il.

La gorge serrée, Patrick posa la main sur l'épaule du garçon.

Une jeune femme enceinte se leva et s'approcha de Patrick.

– Devriez l'emmener, lui dit-elle. S'il refait une bêtise, Bert le battra encore et l'attachera. Bert ou un autre.

Et elle lui tourna le dos. Interloqué, Patrick la regarda qui retournait s'asseoir. Elle lui demandait d'adopter cet enfant! Dans son dénuement et sous cette apparente indifférence, elle éprouvait encore assez de compassion pour tenter de sauver cet enfant rejeté par tous.

S'il avait pesé le pour et le contre – logement trop petit, responsabilité, problèmes –, s'il avait pris le temps de réfléchir, il serait évidemment remonté seul en voiture et, le cœur lourd, il serait parti; puis il aurait essayé d'oublier... Mais au lieu de cela :

– Il a des vêtements? Des affaires à emporter?

La femme acquiesça d'un hochement de tête.

– Venez.

Le sol de la pièce principale était de terre battue. Quelques poules somnolaient dans un coin, près d'une vieille cuisinière sur laquelle bouillait de l'huile de coco (des noix de coco chapardées, se dit Patrick). Le mobilier de l'autre pièce se réduisait à un lit et une pile de couvertures posées par terre.

– Voici sa couverture, dit la femme. Des fois il dort ici, des fois ailleurs. Là où il y a d' la place. Il peut prendre ce pantalon et deux chemises. Celle-là est à mon fils, mais il peut la prendre.

– Le pantalon suffira. Il a mouillé le sien.

Ce n'est qu'en ressortant qu'il songea à demander :

– Dis-moi, Will, tu veux venir avec moi?

– Où vous allez m'emmener?

– Chez moi.

Le regard indéchiffrable de Will se planta dans celui de Patrick.

– Vous battez les garçons?

– Je n'ai pas de garçons. J'ai deux petites filles, et je ne les bats pas.

– Bon, alors je viens, dit Will.

Patrick avait à peine mis le moteur en marche que les femmes reprenaient leur repas. La voiture quitta l'ombre suffocante de la bananeraie pour émerger sur la route, en pleine lumière. En proie à une impression d'irréalité, Patrick se secoua.

– Peut-être que Bert il avait faim aussi, dit soudain Will.

– Que veux-tu dire?

– C'est pour prendre les ignames qu'il a fait ça.

– Tu ne lui en veux pas?

– Si je pouvais, je le tuerais.

Patrick acquiesça. Une saine fureur, se dit-il, et cela vaut mieux. Mais quelle lucidité pour un enfant! *Peut-être que Bert avait faim lui aussi.*

– Appuie-toi la tête et dors, dit-il avec douceur. Je te réveillerai en arrivant.

Je viens de faire une folie! pensa-t-il. Désirée va être hors d'elle. Mais j'ai toujours voulu un garçon, et Désirée ne veut plus avoir d'enfants. Pour sa ligne, sûrement. Ses filles lui apportaient de grandes joies... Mais le lien entre un père et un fils était irremplaçable. Peut-être est-ce parce que je n'ai pas eu de père que j'en ai un tel besoin? Il jeta un coup d'œil sur l'enfant endormi: un garçon robuste, grand pour son âge, et aussi foncé de peau que Désirée. Ses yeux s'attardèrent sur les minces poignets blessés, et toutes ses réticences s'évanouirent. En garant la voiture devant la maison, il était prêt à se battre jusqu'au bout.

Quelques heures plus tard, il était assis dans son rocking-chair, sous le porche, face au crépuscule. Clarence s'était occupé de baigner Will, puis on l'avait mis au lit, dans la chambre libre. Dès que la nouvelle s'était répandue, Clarence était accouru. La bataille aurait été beaucoup plus dure sans l'intervention du vieil homme.

On poussa la porte-moustiquaire, et Désirée sortit sous le porche.

– Tu m'en veux toujours? demanda-t-il.

– Ça va, c'est passé. A quoi ça servirait, de toute façon? Tu n'en fais qu'à ta tête!

– Suis-je si tyrannique?

– Pas vraiment. Mais j'espère que tu te rends compte de ce que tu viens de faire.

– Je m'en rends parfaitement compte.

– N'empêche que tout le travail sera pour moi.

– Mais enfin, Désirée, ce n'est pas un bébé! Ça fera une assiette et un peu de lessive en plus, c'est tout.

Il l'attira à lui.

– J'avais envie d'un garçon, Désirée. Si j'étais croyant, ce que je ne suis pas, je dirais que c'est la main de Dieu. Je dois vieillir pour penser des choses pareilles!

– Il devient cinglé, ma parole! lança Désirée avec un sourire.

– Pourquoi? Parce que je parle de Dieu?

– Oui. Et surtout quand tu dis que tu vieillis! A trente-quatre ans! Rassure-toi, au lit je ne te trouve pas si vieux!

Il était pardonné.

– Toi non plus, tu ne vieillis pas. Je parie qu'à soixante ans tu seras toujours aussi jeune.

Il appuya les lèvres sur la main de sa femme.

– Je te remercie d'avoir accepté si facilement.

– Qu'est-ce que tu croyais que j'allais faire?

– J'avais peur que tu ne te mettes dans tous tes états. Remarque, j'aurais compris! Ramener un gamin à la maison sans même te prévenir! Mais si tu l'avais vu attaché à cet arbre! Je suis sûr que tu aurais fait comme moi!

– Il ne veut pas me parler.

– Il ne me dit pas grand-chose non plus. Mais c'est normal, cet enfant est brisé.

– Il a l'air de prendre papy en sympathie. Il lui a dit que cette maison était comme un palais.

– Pauvre gosse! Je me demande où il a pu entendre parler de palais.

– Dis, Patrick? Qu'est-ce qu'on va en faire, de ce gamin?

– L'aimer et l'élever! Qu'est-ce qu'on pourrait faire d'autre?

Il monta l'escalier et gagna la petite pièce au fond du couloir, sans s'arrêter dans la chambre de ses filles qui devaient dormir paisiblement sous leur couverture rose. Propre et le ventre plein, Will s'était endormi. Moi, j'ai eu une mère, et une mère attentive, songea Patrick en le regardant. A part cela, j'ai été comme lui un enfant rejeté. Les mains de Will bougeaient : il rêvait.

C'est alors qu'il se rappela la conversation du matin. Oui, Nicholas avait raison! Le monde devait changer, et pour y parvenir, il fallait mettre toutes ses forces dans la balance. Il allait lui téléphoner pour lui dire qu'il acceptait sa proposition.

Mais, presque malgré lui, il composa un autre numéro.

– J'ai failli vous rendre visite, aujourd'hui, dit-il à Francis.

– Ah bon? Qu'est-ce qui vous en a empêché?

– J'ai adopté un petit garçon, répondit Patrick. Il y a un garçon maintenant dans la famille!

En quelques mots, il lui raconta l'histoire de sa rencontre avec Will.

– Mais c'est un vrai conte de fées! s'exclama Francis.

– Oui, et ce n'est pas tout. J'arrête l'enseignement pour travailler avec Nicholas. Je vais diriger le journal qu'il lance.

– C'est fantastique! On avait besoin d'un journal digne de ce nom ici.

Patrick hésita une seconde, puis il ajouta :

– Kate Tarbox va y travailler aussi.

– Ah bon?

– Vous ne saviez pas, peut-être? Elle est revenue s'installer en ville.

Il y eut un court silence.

– Depuis quand?

– C'est tout récent. A peine quelques jours. Il paraît qu'elle quitte son mari.

– Eh bien..., dit Francis. Ça en fait, des nouvelles, pour une seule journée.

Il se tut, et Patrick comprit qu'il voulait raccrocher.

– Au revoir, Francis, dit-il. A bientôt, j'espère.

– Oui, oui, à bientôt... Et bonne chance, Patrick.

12

– Il est presque 9 heures, dit gaiement Francis. Tu ne te lèves pas?

Il ouvrit les stores, et une tache de lumière jaune vint éclabousser l'oreiller où Marjorie avait enfoui son visage. Comme elle ne répondait pas, Francis, s'efforçant de garder un ton avenant, répéta :

– Tu ne te lèves pas? J'ai fini mes tournées et j'ai déjà déjeuné. Je suis prêt à partir.

– Eh bien, va, dit-elle sans bouger.

La veille il était rentré tard d'une réunion de l'Association agricole; Marjorie était déjà couchée, et ils n'avaient échangé que quelques mots : elle était de mauvaise humeur. Ça passera, comme d'habitude, s'était-il dit en s'endormant. Demain, il fera jour.

Apparemment il se trompait. Retenant un soupir, il poursuivit comme si de rien n'était :

– J'ai un numéro du *Trumpet*. Tu veux le lire pendant ton petit déjeuner?

– Le *Trumpet* est un torchon.

– Pas du tout. Les éditoriaux sont excellents! Il y en a un : on croirait entendre Kate; quoique ça ressemble aussi beaucoup à Patrick... Bref, c'est sur l'impôt sur les terres vacantes, et je dois dire que je suis complètement d'accord. C'est une honte! Les gens gardent une partie des terres en friche pour échapper à l'impôt, alors qu'on manque tellement de nourriture. C'est inadmissible, ça fait des années que je le dis.

Marjorie s'assit dans son lit.

– Oh ça, pour le dire, tu l'as dit!

– Et que signifie...

– Oh! rien, rien... Sinon que tout le monde te prend pour un provocateur. L'autre jour, au tennis, les femmes parlaient de toi, et elles se sont tues en me voyant.

– Si elles n'ont rien de mieux à faire, ces idiotes, c'est leur problème!

– Premièrement, ce ne sont pas les « idiotes » que tu prétends. Et tu sais très bien qu'elles répètent ce que disent leurs maris.

– Me voilà poseur de bombes, maintenant! Je ne demande rien qu'un minimum de décence. Il faut modifier cette loi sur l'impôt, et ça arrangera bien des choses.

Il tapota le journal.

– Ces gens-là ont entièrement raison.

Elle prit un ton railleur :

– Ces gens-là! Kate Tarbox et ton cher ami Patrick Courzon! Ah, ils font la paire! C'est même à se demander si...

– Si quoi? demanda Francis d'un ton glacé.

– S'ils ne couchent pas ensemble. Ça en a tout l'air.

– Répugnant!

– Ah bon, pourquoi? Parce qu'ils ne sont pas de même race? Tu devrais l'accepter, pourtant, toi qui as l'esprit si large!

– La race n'a rien à faire là-dedans. Patrick a une femme merveilleuse, c'est un homme respectable, et tu n'as pas le droit de...

– Oui, et Kate Tarbox vit seule dans une petite maison pourrie, en ville; elle a quitté un mari qui la traitait bien et qui la reprendrait dans la minute qui suit. Et tu trouves qu'il n'y a rien de trouble là-dedans?

– Et nous y revoilà! Des éditoriaux on en est venus à Kate! Comme d'habitude. Demande-lui, puisque sa vie privée t'intéresse tant!

– C'est à toi qu'il faut dire ça.

– La dernière fois que je l'ai vue, c'est il y a un an, quand elle est venue dîner ici avec Patrick et sa famille. Et sa vie privée est le dernier de mes soucis!

– Ça tombe bien, moi aussi, dit Marjorie en se rallongeant. Qu'est-ce que ça peut me faire?

Elle posa la main sur ses yeux et, à mi-voix, comme à elle-même, elle dit :

– En fin de compte, on est toujours seul.

C'est du moins ce que Francis crut entendre.

– Qu'est-ce que tu dis?

– Comme si ça t'intéressait!

– Enfin Marjorie, qu'est-ce qui te prend? Pourrais-tu m'expliquer pourquoi tu es furieuse?

– Oh! rien, rien du tout. Quelle raison aurais-je de l'être?

– Qu'est-ce que c'est, cette réponse? Et qu'est-ce que je t'ai fait? Justement, je ne vois aucune raison. Alors maintenant, tu vas me dire ce que tu as!

Elle garda le silence un moment, puis, le regard fixe et dur :

– Disons que je suis fatiguée, d'accord?

– Fatiguée! Il n'y a que des domestiques dans cette maison! Ce petit jeu m'exaspère. Si tu as des griefs, dis-les, ou va au diable! Je ne vais pas passer la journée à sonder les profondeurs de ton esprit, Marjorie.

Il jeta un coup d'œil à sa montre.

– Allez, dépêche-toi, il faut arriver avant que les rues soient bloquées par la foule si on veut voir le défilé.

– Je n'ai pas envie d'y aller.

– Tu t'es pourtant bien amusée au Mardi gras l'année dernière!

– C'était l'année dernière. En plus, que j'y aille ou pas, tu t'en moques complètement. Alors ne fais pas semblant.

Il aurait pu la gifler. Un nœud lui serra douloureusement l'estomac. Ce genre de scènes se reproduisait un peu trop souvent depuis quelque temps!

– Eh bien, j'irai seul. J'ai envie de le voir, moi.

– Amuse-toi bien.

Il démarra en trombe, faisant hurler les pneus dans le virage. Pas d'enfantillages, se dit-il. Ralentis. Calme-toi. Qu'est-ce qu'une dispute de temps en temps? Peut-être avait-elle ses règles, après tout. J'en demande trop, la perfection est impossible. Qui sait ce qui se passe dans les autres ménages? Sauf que les autres... ils ont des enfants.

Il se souvint des lourds silences dans la maison

de ses parents, une maison pourtant remplie d'enfants. Des moments de tension et des moments de chaude gaieté... Peut-être était-ce inévitable, avec ou sans enfants?

Conduire l'apaisait. Il avait baissé la capote, et le vent lui fouettait le visage. Le temps de franchir le morne Bleu, et sa rage s'était évanouie pour laisser place à une vague tristesse. Il s'efforçait de se convaincre : tout cela sera oublié d'ici à ce soir...

Lionel et Kate? Un couple bizarre, mal assorti dès le départ. Les gens percevaient-ils une telle incompatibilité entre lui et Marjorie? Bah! sûrement pas : rien de comparable! Lionel se contentait de dire : « Ça n'a pas marché. »

Covetown éclatait de couleurs et de rythmes endiablés. Des orchestres jouaient sur les places, d'autres suivaient le défilé qui serpentait dans les rues. Des Indiens emplumés, des squelettes, des dragons, des rois et des reines coiffés de couronnes rutilantes étaient juchés sur les chariots, marchaient, dansaient, bondissaient de tous côtés. Tout le monde était ivre de musique et de rhum. On portait masque : on pouvait hurler, cabrioler ou étreindre et embrasser le ou la première venu(e) en toute impunité. Perché sur une barrière, Francis contempla un long moment le spectacle de cette joie débridée. Il se sentait comme un enfant devant un arbre de Noël.

Un moment plus tard, il s'acheta un verre de rhum et revint s'asseoir pour le siroter à l'ombre, content d'être seul. Peut-être était-il un solitaire, au fond? Pourtant, il existait des gens avec qui il se sentait des affinités profondes... Mais aucun de ses quelques amis n'appartenait aux cercles mondains qui hantaient le club et dont la futilité et l'hypocrisie le rebutaient. Il en avait vu des sourcils se hausser, dès qu'il exprimait sa pensée en toute franchise! Lionel était un des rares qui, sans l'approuver, le « tolérait » d'assez bon cœur; son jeune oncle possédait un solide sens de la famille et, à sa manière, c'était un brave homme. Il y avait des choses dont on ne parlait pas dans ce milieu, et les problèmes sociaux en faisaient partie. Tant que les chiens dorment, pourquoi les déranger? Vivre en paix, chacun pour soi, tel était leur idéal.

Toute cette gaieté qui se déchaînait sous le soleil pouvait en effet faire illusion. Sauf que la paix ne durera pas, pensa Francis en terminant son verre.

Soudain tout le plaisir qu'il avait eu à se mêler, seul, à cette foule bigarrée, s'évanouit, et un profond sentiment de solitude lui serra le cœur. Où aller, puisqu'il ne voulait pas rentrer chez lui? Il avait envie de voir Patrick. Ils s'installeraient sous le porche de la petite maison et parleraient de leurs dernières lectures, confronteraient des idées à perte de vue, pour rien, pour le seul plaisir de la discussion... Il remonta la rue bordée de maisons cossues et ombragée par de vieux arbres, en direction du palais du gouverneur et de la bibliothèque. Puis il tourna dans une ruelle où se succédaient des demeures avec des fenêtres étroites et des porches de style géorgien, sans doute construites au XVIIe siècle à l'intention des fonctionnaires britanniques. Il y avait bien longtemps qu'il n'était plus passé par là.

Kate habitait dans une de ces maisons, se souvint-il tout à coup. Patrick avait dit : au fond d'une ruelle, la dernière, perchée à flanc de colline et la seule à avoir vue sur la mer...

Au bout du passage, la colline s'escarpait brusquement par un mur naturel recouvert de verdure; une petite maison tournait le dos à la rue de sorte qu'on n'en apercevait que le jardinet et la porte de derrière. Francis s'immobilisa.

Elle était là, éparpillant des miettes sur les dalles. Les oiseaux qui devaient l'attendre dans leurs cachettes s'approchaient sans crainte en sautillant. Elle portait un chapeau, le même chapeau de paysanne, à large bord et en paille. Soudain elle l'enleva, et ses cheveux d'or rouge se répandirent dans la lumière. C'est alors qu'elle le vit :

– Vous m'espionnez, ma parole!

– Depuis une demi-seconde seulement. Je peux entrer?

– Passez par la porte de devant.

Arrivé à l'escalier, il faillit trébucher contre un bol d'eau posé sur une marche.

– C'est pour les chats errants, dit-elle en ouvrant la porte. Il y en a plein par ici, et ils font peine à voir.

Il entra dans un vestibule exigu.

– C'est la SPA, chez vous, dit-il pour cacher son embarras.

– Je suis une mère frustrée. Alors je nourris ce que je peux... Sans compter, ajouta-t-elle, que je suis épouvantablement économe. J'ai horreur du gaspillage. Ça doit être parce que j'ai manqué de tout étant jeune.

– Je suis économe moi aussi, mais c'est parce qu'on avait tout à la maison, beaucoup plus que les moyens de mes parents ne le permettaient. Il n'y a pas longtemps que j'ai pris conscience de ça.

– Vous arrivez juste pour le déjeuner. Je vous invite?

– Volontiers. Je n'ai rien pris qu'une tasse de thé ce matin et un coca-rhum pendant le défilé.

– Allons dans la cuisine.

– Ça sent drôlement bon!

– J'ai préparé une tourtière des familles avec tout

ce que j'avais sous la main : en l'occurrence, du jambon, du poulet, quelques morceaux de veau et des légumes. On déjeune dehors?

Près de la porte de derrière, sous un laurier-rose, il y avait une table et deux chaises au pied desquelles sommeillaient un joli petit caniche blanc et un de ces grands bâtards jaunes typiques de l'île.

– Ils sont assez mal assortis, vous ne trouvez pas? dit Kate. J'ai ramassé le grand sur la route et il était bien mal en point, le pauvre. C'est Lionel qui m'a offert l'autre. Je n'aime pas trop les caniches : un peu trop chochottes pour moi, mais celui-là, je m'y suis attachée. Il serait mort de chagrin si je l'avais laissé en partant. Je vais chercher le fromage et les fruits.

Francis revit la somptueuse salle à manger de Lionel : quelle différence! Rien à voir avec Eleuthera non plus : la demeure de Kate était une véritable maison de poupée...

– J'ai lu tous vos éditoriaux, dit-il. Vous avez fait du beau travail! Tout le monde achète le *Trumpet*. Les gens sont furieux mais ils le lisent!

– C'est Patrick Courzon qui fait tout. Et croyez-moi, je ne fais pas la modeste! Ah, si seulement notre île et toute l'Amérique centrale étaient gouvernées par des gens comme lui et Nicholas! Les choses changeraient...

– J'aimerais voir Patrick plus souvent... C'est toujours un plaisir quand il vient passer la soirée à la maison.

– Il est débordé de travail, maintenant. Et puis il s'occupe beaucoup du garçon qu'il a adopté. Désirée, elle, ne l'a jamais vraiment accepté, ce gamin. Elle est adorable, mais peut-être pas tout à fait assez intelligente pour Patrick. Nicholas et sa femme forment un couple mieux assorti. D'une certaine manière... Désirée se conduit parfois comme une enfant. Sans compter que Will est un gosse difficile.

– Il faut dire qu'il n'a pas eu un très bon départ.

– C'est pour ça que Patrick est si attentif. C'est un enfant singulier... Très sérieux. Il ne rit presque jamais.

– Vous ne riez pas souvent non plus.

– C'est vrai. Ça faisait des années... Mais demandez à Patrick, j'ai changé. Je suis très gaie au bureau. On s'entend tous comme larrons en foire, là-bas! Vous verriez nos reporters! Il y a une Noire, une fille très brillante – et deux jeunes cousins à moi. Et nous avons aussi Robby Welch, le fils du directeur de la banque. Il vient de rentrer d'Angleterre pour les vacances. On ne peut pas dire que sa famille ait apprécié qu'il travaille avec des Noirs. Mais il a bien fallu qu'ils se fassent une raison... On forme une sacrée équipe! C'est la première fois que je fais quelque chose qui me plaît vraiment.

– J'en suis heureux pour vous, Kate.

Il avait une question au bord des lèvres au sujet de sa séparation d'avec Lionel; mais il s'abstint.

Soudain gêné, il détourna les yeux. Son regard rencontra les mains de Kate d'où l'émeraude avait disparu puis, glissant plus loin, il tomba sur un lézard qui s'était juché sur l'accoudoir d'un siège vide. Le petit animal les fixait de ses yeux luisants, tandis que palpitait la poche blanche sous son cou.

– Gecko, dit Kate d'un ton rêveur. Ça lui va bien comme nom, vous ne trouvez pas? Est-ce qu'on s'arrange pour ressembler à son nom, ou est-ce le contraire?

– Voyons... Kate, par exemple...

Il se força à la regarder.

– Je ne pourrais pas vous imaginer un autre nom!

Kate, pour moi, ce sont des taches de rousseur et plein de cheveux dorés. Une femme petite, vive, curieuse, grave...

– Qui parle trop et a sa petite idée sur tout. Francis, maintenant... Francis ne peut être que grand et souvent silencieux. Il agit toujours selon sa conscience. Et il est très, très gentil.

– Vous parlez du saint, pas de moi, dit-il en s'efforçant de sourire. Je vais vous aider à rentrer tout ça.

Debout près d'elle, alors qu'ils empilaient la vaisselle dans l'évier, de nouveau, des paroles inattendues lui échappèrent :

– Nous n'avons pas échangé un mot seul à seule depuis ce déjeuner en ville, le jour où vous m'avez décidé à rester à Eleuthera – oui, c'est à cause de vous que je suis resté. Les rares fois où nous nous sommes vus, nous nous sommes évités. Qu'essayons-nous de cacher?

Elle tressaillit.

– Qu'est-ce que vous dites?

Ils se regardèrent un long moment. Elle semblait sur le point de tomber. Elle murmura :

– Vous dites que j'essaye...

– J'ai dit nous, et...

Sa voix se fit rauque et s'éteignit; alors elle vacilla, et il l'accueillit dans ses bras; désir et plénitude tout à la fois, il était submergé.

Combien de temps restèrent-ils ainsi enlacés au milieu de la cuisine, ils n'auraient su le dire. Mais lorsqu'ils s'écartèrent, l'étonnement était déjà passé et la fusion accomplie. Pas un mot n'était nécessaire. Elle le prit par la main. Croyant flotter, ils traversèrent le petit vestibule et montèrent l'escalier étroit.

Ils venaient de quitter le soleil torride. La chambre, grise et blanche, était fraîche. Elle tira les stores, et la pénombre blanchit leurs corps. Un très beau lit ancien, trop grand pour la petite pièce, des fleurs rouges dans un vase sur une commode, un miroir au-dessus de la commode... et il ferma les yeux.

Ils allumèrent deux cigarettes et s'appuyèrent contre les oreillers. Deux spirales de fumée s'en allèrent au gré de la brise qui venait de se lever. A présent, il leur fallait parler; des milliers de paroles, de questions et de pensées trop longtemps retenues et déniées leur venaient aux lèvres.

Quand l'avait-il pour la première fois remarquée parmi les autres femmes? Tout pour elle avait-il vraiment commencé lors de cette visite d'Eleuthera envahie par la jungle? Etait-il possible qu'il ne se fût jamais aperçu de rien?

– Qu'est-ce qui t'a fait finalement quitter Lionel?

– Demande-moi d'abord pourquoi je l'ai épousé.

– Oui, pourquoi?

Elle posa la tête sur son épaule.

– Ça n'a rien d'une romance. C'est une histoire douloureuse. Je t'ai déjà dit que ma famille était très pauvre. Un nom ancien et de la dignité à revendre! Oh, tu as dû en voir, de ces grandes familles ruinées: peinture écaillée et réfrigérateur dans le salon parce que le toit de la cuisine fuit. Pas un sou en poche, alors on passe les soirées à boire sur la véranda. Il en existe encore, de ces familles, mais elles étaient beaucoup plus nombreuses autrefois, avant que les sociétés commerciales se mettent à acheter leurs domaines.

Kate lâcha un soupir.

– La dernière paire de bas est filée? Alors il faut faire comme si ça venait d'arriver et dire – avec le sourire, surtout! – que tu as la flemme de monter en changer... Je n'en pouvais plus de ce genre de petit jeu! Lionel était mince, à l'époque, et assez séduisant. Tout s'est passé si vite, de toute façon, que je n'ai eu le temps de penser à rien. Il m'a emmenée chez Da Cunha et m'a acheté une bague qui coûtait plus cher que la maison de mon père; cette maison que je m'étais prise à haïr, alors qu'aujourd'hui je l'aime tant. La seule chose que je puisse dire pour m'excuser, c'est que j'étais très jeune.

Plus de brise, à présent, mais un vent frais, et le soleil avait disparu derrière le coin de la maison. Kate frissonna. Francis la serra contre lui et disposa la couverture en un nid bien chaud dans lequel elle se blottit.

– Ses parents m'ont bien accueillie, poursuivit-elle. Même ma belle-mère – ta grand-mère Julia... Je n'ai compris pourquoi que plus tard, lorsque j'ai appris l'existence de la fille dont Lionel était amoureux. Il ne se serait jamais marié avec elle, évidemment, puisqu'elle avait du sang noir dans les veines. Mais ses parents avaient une peur bleue qu'il ne l'épouse quand même. C'est une très belle fille. Elle vit à La Barbade, maintenant, à Bridgetown, et il va souvent la voir... Il a eu tort de m'épouser. Mais je ne lui en veux pas. Une bonne moitié de l'erreur me revient. Nous ne nous aimions pas, voilà tout.

– Alors c'est complètement fini?

Il le savait mais avait envie de se l'entendre dire.

– Oh oui! Et c'est moi, pas Lionel, qui ai voulu la séparation. Cette situation lui convenait assez bien, finalement. Il aurait pu continuer comme ça toute la vie. Mais j'ai mûri. Je ne veux plus ni de son argent ni de son mode de vie.

Elle rit.

– Il n'y a qu'une chose qui me manque... mes chevaux! Je ne vois pas où je les mettrais ici. Mais je gagne ma vie. Lionel veut sans cesse me donner des tas de choses. Il est très gentil. La gentillesse a l'air d'être une constante dans votre famille! Mais je n'ai besoin de rien, Nicholas me paye correctement et j'ai cette maison. D'ici à l'année prochaine, le divorce sera prononcé.

– Tu es si courageuse, Kate!

– Je peux te demander, à propos de Marjorie? Ou tu ne préfères pas?

– Je ne préfère pas, dit-il doucement. Pas maintenant.

Une fois encore, il pensa comme tout avait changé entre lui et Marjorie. Elle était pourtant toujours aussi charmante, honnête et intelligente... Et lui? Lui non plus n'avait pas changé. C'était le temps qui avait dégradé leur relation, comme l'océan fait les dunes et sculpte les falaises. L'élan mort, l'élan et la passion.

– Oh, mon Dieu! dit-il.

– Francis? Francis, qu'y a-t-il?

– Je t'aime. Je t'aime, et je ne sais pas comment faire.

Elle posa la main sur sa bouche.

– Ecoute-moi. Les choses se résolvent par elles-mêmes. Au début avec Lionel, il m'arrivait de ne pas dormir; je regardais le plafond toute la nuit en me disant que j'avais gâché ma vie. Je n'avais personne, ni nulle part où aller. Et vois comme tout s'est arrangé. Nous vieillirons ensemble, Francis, j'en suis sûre.

Le cœur de Kate battait contre sa poitrine. Elle avait fermé les yeux; le bout de ses cils bruns était doré. Une femme vive, alerte, et si douce! Innocemment convaincue que l'indifférence et la faim pouvaient disparaître de la surface de la terre et qu'un jour les hommes cesseraient de battre leurs chiens!

Moi aussi, les imperfections de notre société me révoltent; et, comme elle, j'éprouve la nécessité de donner. Mais un autre personnage coexiste en moi : celui qui ne vit que pour son domaine. Tu en as un peu honte, mais avoue que tu te places un cran au-dessus des habitués du club! Et tout ça parce que tu es féru d'histoire et de poésie! D'ailleurs, c'est parce qu'elle-même possédait cet orgueilleux sentiment d'être différente, supérieure, que Marjorie t'a attiré...

Des doigts légers vinrent effleurer son front.

– Tu as l'air soucieux, chuchota Kate.

– Oh, je pensais à toi jouant du Brahms, un soir à Eleuthera. A nous deux dans ce lit. Comme je voudrais m'y réveiller chaque matin!

Mais en vérité, il se voyait chez lui... « Ecoute, Marjorie, ça ne va plus entre nous. » Elle pleurerait, protesterait : tout allait bien, les conflits étaient inévitables dans un couple mais pour l'essentiel, tout allait bien... Et au fond, ne s'en accommoderait-il pas, s'il n'y avait pas Kate ? Comme tout le monde, sans doute.

Ils sommeillèrent. Le soir gagnait tandis qu'une fraîcheur et une pénombre bleutée envahissaient la petite chambre. Kate se leva.

– Il faut que je m'habille. Patrick doit m'apporter des documents à 7 heures.

– Patrick. Le sel de la terre, comme dirait mon père.

– Oui, c'est un homme exceptionnel.

Un recueil de poèmes était posé sur la table de nuit. Francis l'ouvrit.

– Emily Dickinson. Un de tes poètes favoris?

– Oui. Je me suis mise à la relire récemment. Une femme qui vivait seule. Je me suis dit qu'elle avait des choses à m'apporter.

Francis la regarda. Une boule se forma dans sa gorge.

– Tu ne peux pas vivre seule. Ne dis-tu pas toujours que le gaspillage est un péché?

Elle sourit sans répondre. Il jeta un coup d'œil autour de lui : le papier peint avec des arabesques dans des carrés; près de la fenêtre, une natte où les chiens devaient dormir; au pied du lit, ses pantoufles, bleues, avec des pompons duveteux.

Dehors, de grandes ombres s'étalaient sur le sol; la boule de feu du soleil était posée au sommet de la colline.

– Regarde, dit Kate. Le dieu du Soleil! Les prêtres incas lui envoyaient des baisers à l'aube.

Ils demeurèrent un moment sur les marches, immobiles et enlacés.

– Comment partir? demanda-t-il.

– Tu ne pars pas vraiment. Tu ne partiras jamais.

Il crut que tout son être allait se déchirer. Ils n'entendirent pas grincer le portail, ni le pas de Patrick qui remontait l'allée.

– Pardon, je suis en avance, dit Patrick sans les regarder.

Il jeta une liasse de papiers sur une chaise.

– Je suis pressé. Je les laisse là, et je m'en vais.

Francis descendit précipitamment les marches en disant :

– J'allais juste partir.

Les deux hommes regagnèrent la rue ensemble, sans dire un mot. Dehors, Francis prit la parole :

– Vous avez vu. Voilà, vous savez, maintenant.

– Je ne sais rien que vous ne vouliez que je sache. J'ai la mémoire très courte.

– Merci de me dire cela.

Ils s'éloignèrent. Le défilé était terminé, les rues désertes. Le sentiment de solitude qui avait submergé Francis dans la matinée l'envahissait de nouveau. Il avait besoin d'une oreille amicale.

– Vous allez dire que ce n'est pas votre affaire, commença-t-il, mais c'était la première fois. C'est tout neuf...

– Pas si neuf que ça, dit Patrick avec gravité. C'était en vous deux depuis longtemps, je crois.

– C'est vrai. Mais je ne le savais pas, ou ne voulais pas me l'avouer... Que faire, maintenant?

– Kate est un être exceptionnel... Ne lui faites pas de mal...

Après un bref silence, Patrick ajouta :

– Elle mérite un homme comme vous.

– Je ne veux duper personne, dit soudain Francis. C'est une idée que je ne supporte pas.

Le souvenir de son père au restaurant en galante compagnie lui traversa l'esprit. Et comme Patrick ne disait rien, il poursuivit :

– Dès mon arrivée, je suis tombé amoureux de Saint-Félice. Je n'imagine pas vivre ailleurs. Et maintenant, il y a Kate; je ne sais pas comment l'expliquer, mais cette île et Kate sont indissolublement liées dans mon esprit. Dans mon cœur. Ma femme...

Il se tut. Patrick posa la main sur son épaule.

– Asseyez-vous. Vous tremblez.

Ils s'assirent sur un muret de pierre.

– C'est drôle, dit Francis, comme personne ne condamne vraiment les « passades », les amourettes sans importance, mais dans ce cas, ils vont tous me jeter la pierre.

– Cela vous importe-t-il?

– Pas pour moi. Mais pour Marjorie... Vous n'aimez pas Marjorie.

– Elle ne m'a jamais accepté, dit calmement Patrick.

– C'est vrai. Mais elle n'en est pas responsable. C'est la façon dont elle a été élevée.

– Avez-vous été élevé différemment?

– Je ne sais pas. Après tout, vous êtes le seul Noir dont je suis proche. Peut-être qu'au fond je suis un affreux raciste.

– Vous parlez franc, en tout cas.

– J'essaye. Ça vaut mieux, même si c'est plus douloureux. Mais je peux être très lâche aussi : je ne supporte pas l'idée de voir Marjorie souffrir.

– Ecoutez, dit Patrick. Vous n'avez pas à décider de toute votre existence dès ce soir. Rentrez chez vous; essayez de dormir. Demain matin, allez travailler comme d'habitude. Laissez les choses mûrir doucement dans votre tête. Laissez germer, ensuite vous aurez une vision claire de ce qui se passe.

Francis le regarda un moment en silence, puis il posa la main sur le bras de Patrick et dit :

– Croyez-le si vous voulez, mais je suis heureux que vous sachiez. Je n'aurais jamais pu assumer de rester seul face à quelque chose d'aussi gigantesque. Et il n'y a personne en qui j'aie plus confiance. Il n'y a qu'à vous que je pouvais en parler.

Il se leva.

– Je vais rentrer, maintenant.

Marjorie était assise dans la chambre à coucher, un magazine jeté à ses pieds. Elle avait pleuré, et il s'efforça d'oublier combien ses paupières gonflées l'enlaidissaient.

– Où étais-tu toutc la journcc? dcmanda-t-cllc.

– Au défilé, tu lc sais bicn.

– Toute la journée?

– J'ai rencontré des gens. On est allés déjeuner et on a pris quelques verres ensemble.

Il s'aperçut alors qu'elle portait encore la robe de chambre du matin.

– Et toi, qu'as-tu fait?

– Je suis restée dans ce fauteuil, toute la journée, à me demander pourquoi tu ne t'inquiétais pas de ce qui s'est passé hier quand je suis allée en ville.

– Je ne comprends pas.

– Tu savais que j'allais chez le médecin.

– Oui, mais... Pourquoi? Que s'est-il passé?

– Oh, dit-elle d'un ton faussement dégagé, rien du tout... Sinon que je suis enceinte.

Francis se raidit.

– Mais pourquoi... pourquoi ne m'as-tu rien dit hier?

– Tu ne m'as rien demandé! Tu es rentré et tu ne parlais que des poulains. Tu n'as même pas...

Elle fondit de nouveau en larmes.

– Tu le savais ce matin et hier soir, et...

– Oui, et c'est pour ça que j'étais de « mauvaise humeur », comme tu dis. Oh, mon Dieu... on a attendu si longtemps... et maintenant, tu t'en moques complètement. Ça ne t'intéresse même pas!

Il s'agenouilla près d'elle et la prit dans ses bras.

– Marjorie, bien sûr que si, ça m'intéresse! Mais comment pouvais-je savoir? Tu y es allée si souvent, chez le médecin, et il n'y avait jamais rien. Pardonne-moi.

Au même instant, il pensait à Kate.

– Je n'ose pas y croire. J'ai peur de me réveiller un matin et que ce ne soit pas vrai. Je sais, on dit toujours ça, mais j'ai si peur.

– N'aie pas peur. C'est tout ce qu'il y a de vrai, et c'est merveilleux.

– Tu préférerais une fille ou un garçon?

Il avait toujours rêvé d'un garçon, mais il lui offrit la seule réponse sage.

– Ça m'est égal. Le principal, c'est qu'il soit en bonne santé.

– Je sais bien que tu voudrais un garçon. C'est idiot, mais j'ai tellement l'impression que ça en sera un!

A présent, elle rayonnait.

– Comment va-t'on l'appeler? Pour une fille, j'aimerais bien Megan. Ou peut-être Anne – c'était le nom de ma grand-mère préférée...

Il songea à cet être microscopique lové dans le corps de Marjorie. Cet enfant si désespérément attendu, et maintenant...

O Kate, que faire, maintenant?

Il était abasourdi. Hébété. Ils descendirent dîner, puis Marjorie voulut sortir regarder la mer. Elle irradiait de bonheur. Francis ne l'avait plus vue ainsi depuis le jour de leur mariage. Mais cet état d'exaltation ne pouvait durer. Et Marjorie n'était pas, comme Kate, femme à s'abandonner aux joies simples de la vie...

Il ne dormit pas. Marjorie, apaisée par les larmes, dormait profondément, une main repliée sous la joue. Son visage était calme; un visage classique. Comme il l'avait aimée, ou cru l'aimer! Comment retourner en arrière? Ou aller de l'avant? C'était trop tard : il était prisonnier.

– Mon amour, dit Kate, tu le voulais tellement, cet enfant!

– C'est vrai.

– Tu penses que si c'était le nôtre...

– Oui.

– Mais je ne peux pas avoir d'enfants, Francis. Je ne pourrai plus jamais.

– C'est désolant, ce qui vient d'arriver. Pour tout le monde.

– Tu n'es pas heureux? Même pas un petit peu?

Allongé sur le sofa du salon, il posa la tête sur ses genoux.

– Je ne sais pas. C'est comme si on m'avait donné quelque chose d'une main pour le reprendre de l'autre.

– Nous ne nous laisserons rien prendre. On trouvera un moyen de tout préserver.

– Comment?

– Je serai toujours là. Nous continuerons à vivre ces moments rien que pour nous.

– Tu ne te contenteras pas éternellement de ces cinq-à-sept. Tu mérites mieux que cela.

– C'est mieux que rien, mon amour.

« Ne dis rien à ta mère, mon grand. Tu sais que je ne la ferais souffrir pour rien au monde. »

Mais ce que lui vivait était différent. Kate n'était pas de ces filles faciles qu'on trousse à la dérobée. Il l'aimait d'un amour qu'il aurait voulu jeter à la face du monde.

– Je crois que je savais, en réalité, pensa-t-il tout haut.

– Que tu savais quoi?

– Qu'une fois reconnu mon amour pour toi, il n'y aurait pas de retour en arrière possible. Je le savais depuis ce déjeuner au Cade's Hotel. Mais je voulais t'épargner cela.

– Et épargner Marjorie?

– Oui, Marjorie aussi. Dieu sait que je ne suis pas un saint! Mais j'éprouve toujours la nécessité que tout soit propre et net. Je ne supporte pas la dissimulation.

– Moi non plus. Mais il arrive qu'on ne puisse pas faire autrement.

– Patrick m'a conseillé de ne pas décider de toute mon existence précipitamment. « Laissez mûrir, m'a-t-il dit, et tout finira par s'éclaircir. » Mais il ne savait pas encore pour le bébé.

– Il avait raison quand même. Tu n'as aucune

décision à prendre. Nous ne ferons souffrir personne. Notre amour ne fera de mal à personne.

Elle se pencha pour déposer un baiser sur son front et il passa ses bras autour d'elle. Son refuge et son désir. Son être entier se lovait là : paix, douceur, chaleur.

13

Une heure avant l'aube. Des lueurs phosphoriques glissaient à la surface de l'eau. Clarence tira la senne; la pirogue fit une embardée et la torche oscilla dans la main de Will. Le vieil homme laissa retomber le filet plein à leurs pieds, sur le plancher du bateau, en disant :

– Pas mal pour des amateurs, dis donc! On va en vendre, en donner aux copains, et le reste sera pour le dîner.

Il saisit les avirons.

– Comme ça, une fois de temps en temps, c'est rigolo. Mais toutes les nuits dehors, les bras dans l'eau pour gagner son pain, c'est vraiment pas une vie. Qu'est-ce que t'en penses, petit?

Clarence n'attendait généralement pas la réponse, ce dont Will, qui n'était guère bavard, s'accommodait fort bien. Jamais, de toute sa vie, le jeune garçon ne s'était senti si proche de quelqu'un. Sans répondre donc, il se rassit à l'arrière de l'embarcation. Une aube timide affleurait à l'horizon; les oiseaux marins s'élançaient toutes ailes déployées au-dessus de l'eau sombre.

– Tu sais, les Caraïbes construisaient des bateaux un peu comme celui-ci, avec l'avant en lame de couteau. Ils les taillaient dans des troncs de gommiers abattus à la nouvelle lune. Ils croyaient que ça préservait le bois du pourrissement. C'est d'la superstition, tout ça... Bah, on s'en vante pas trop, mais au fond on y croit tous encore un peu à ces salades magiques, pas vrai?

Le jour montait; les torches s'éteignirent une à une. Une foule de petits bateaux fendaient les vagues. Les pêcheurs avaient passé la nuit à tirer la senne le long des côtes de l'île, et maintenant ils regagnaient Covetown avec leurs prises. La frange délicate des mornes se faisait de plus en plus précise contre le ciel gris. Les animaux n'étaient encore que des taches mouvantes sur les pâturages, à flanc de colline. Une belle maison sortit de l'ombre, ses pelouses déployées autour d'elle comme une ample jupe d'un vert profond.

– Un chris-craft, dit Clarence avec un geste en direction de l'appontement privé. Regarde-moi cette merveille. Je dirais cinquante mille, mais attention, en dollars!

La maison à portiques et colonnades, demeure typique des planteurs des Antilles, offrait à l'océan ses persiennes closes; on y dormait encore.

– Superbe, non? dit Clarence. Ça appartient à la famille Francis. Juste derrière, c'est le domaine Margaretta qui appartenait aux Dryden. L'un d'eux a épousé une Francis quand j'étais gamin. Histoire de réunir les fortunes, quoi... J'étais sous les ordres du colonel Dryden pendant la Première Guerre mondiale.

Will dressa l'oreille.

– T'as fait la Première Guerre mondiale! Tu me l'avais jamais dit.

– J'aime pas trop en parler, tu sais. Ce ne sont pas des bons souvenirs.

– T'as tué quelqu'un?

– Ne demande jamais ça à personne, dit Clarence

avec gravité. Si quelqu'un a tué pendant la guerre, c'est pas sa faute, alors c'est pas la peine de le lui rappeler. Il se trouve que je n'ai pas eu l'occasion de tuer; je travaillais au mess.

– Ben alors, qu'est-ce que ça avait de si terrible?

Clarence réfléchit quelques secondes avant de répondre :

– Oh, tout le machin... On n'avait pas la bonne vie, tu sais. Par exemple, les Noirs n'avaient aucun espoir de devenir officiers dans l'armée britannique. On montait jamais au-dessus du grade de sergent, même si on sortait tout droit de Cambridge. J'ai servi à Tarente, en Italie; eh bien, on n'avait pas droit au cinéma, et fallait voir ce qu'on nous servait à manger! C'est des trucs comme ça qui rendaient les gars fous furieux. Il y a eu une mutinerie, à Tarente. C'était pas beau à voir!

Sa voix s'éteignit dans un murmure un peu rauque.

– Qu'est-ce que t'as dit? demanda Will. J'entends rien.

– Je dis que c'est horrible à voir quand les hommes s'y mettent, des fois! Tu peux pas imaginer les atrocités... C'est comme ça que j'ai perdu mon jeune frère.

– Il est mort?

– Oui. D'une balle dans la tête. Après je suis rentré en travaillant sur l'*Oriana*, le navire de transport qui ramenait les mutins condamnés. Ils ont subi leurs peines ici.

– Et ça s'est arrêté là?

– Arrêté? Bien sûr que non! Toute fin porte le début d'autre chose. En 1919, il y a encore eu des émeutes au Honduras et à Trinidad. Le massacre a commencé quand les troupes ont été démobilisées.

Ils ont brûlé les maisons et les exploitations des Blancs.

– Et alors, qu'est-ce qui s'est passé? demanda Will, les yeux brillants.

– Oh, ils ont été matés. Comme toujours. C'est pour ça que la violence ne sert à rien. Ils ont beaucoup discuté, et ils ont promis monts et merveilles, à la fin de la guerre. Et puis c'est tout. On en est restés là. Mais fallait les entendre... poursuivit Clarence, songeur. Le parti travailliste appuyait l'idée de Du Bois de faire un Etat africain des anciennes colonies allemandes, celles qu'on avait aidé à conquérir pour les Britanniques. Il voulait nous rendre à la terre africaine d'où on avait été enlevés. En réparation pour les siècles d'esclavage, qu'il disait! C'est tout juste s'ils n'avaient pas déjà affrété des bateaux à La Barbade! Ils voulaient rapatrier les Noirs antillais...

– Rapatrier? Ça veut dire quoi?

– Te renvoyer au pays de tes ancêtres. N'empêche que je ne suis pas fâché que cette partie-là de leurs plans mirifiques soit tombée à l'eau. Je suis chez moi, ici. Et cela depuis six...

Les sourcils froncés, Clarence comptait sur ses doigts.

– ... non, sept ou huit générations. En gros, ça fait deux siècles. Exactement comme toi, je suppose. On t'a jamais dit depuis quand tes ancêtres sont là?

– Non, dit Will.

Drôle de question! Qui aurait pu le lui dire?

– Tu étais trop jeune pour t'intéresser à ce genre de choses, de toute façon. Tu as faim? Désirée nous a préparé des sandwiches et un gâteau.

Will remarqua qu'il ne l'appelait plus « Dezzy » depuis quelque temps, depuis que Patrick avait dit qu'il n'aimait pas ce surnom...

Clarence déplia le papier qui enveloppait la boîte.

– A la noix de coco! Ton gâteau favori. Tu sais, Will, elle t'aime beaucoup, Désirée.

Will acquiesça d'un bref signe de tête. Tu parles! pensait-il, partagé entre la tristesse et l'exaspération. Elle est gentille avec moi pour ne pas déplaire à Patrick, voilà tout! Et parce que « ça se fait », d'être bon avec les orphelins... C'est étonnant tout ce qu'on peut découvrir sur les gens rien qu'en les observant sans dire un mot! Rien de plus facile... Il mordit dans son sandwich. Désirée, dans un sens, c'est une paresseuse. Tout ce qu'elle veut, c'est vivre en paix, sans trop réfléchir, surtout. Aimer Patrick et être aimée de lui, cajoler ses filles, et elle est contente. Qu'est-ce qu'elle dépense en habits et en babioles pour la maison, c'est incroyable! Patrick, ça ne lui plaît pas trop; il s'en plaint parfois. Mais ça ne change rien du tout. Peut-être qu'il n'y peut rien, au fond... Bah, c'est pas mes oignons.

– Regarde, dit Clarence. Voilà le toit du domaine Margaretta dont je te parlais tout à l'heure. Elle a quelque chose de spécial, cette maison, avec sa rotonde. Tu vois, si les circonstances l'avaient permis, je crois que je serais devenu architecte. *Margaretta*...

Songeur, il marqua une courte pause.

– Ils leur donnaient les noms de leur femme, ou de leur fille quand la maison était un cadeau de mariage. Ah, ils avaient la belle vie à l'époque, les planteurs! Des domestiques dans tous les coins, des jardiniers pour remplir la maison de fleurs et des maîtresses noires parées et parfumées.

Il s'esclaffa.

– La grande vie, quoi! Sauf que ça n'a pas duré. Les livres d'histoire le disent à toutes les pages, Will, rien ne dure, pas plus l'Empire romain qu'autre chose. Dis donc, petit, tu l'as lu, le passage que je t'ai indiqué sur Wilberforce, le type qui a mis fin à la traite des esclaves dans l'Empire britannique?

– Pas encore. On n'en est pas encore là, à l'école.

– Oui, et ce n'est pas demain la veille que vous y viendrez, vu ce qu'elles sont, nos écoles! Un conseil, lis-le pour toi!

Le vieux était un vrai cinglé d'histoire. Will, qui l'aimait bien, s'efforça de cacher son agacement.

– Eh oui, après, ça a été le déclin des domaines. Dettes, hypothèques, faillites...

– Bien fait pour eux, coupa Will.

– Mon grand-père m'a raconté que la jungle envahissait les maisons abandonnées presque à vue d'œil. Des arbres poussaient à travers les toits défoncés, paraît-il.

Brusquement, Clarence s'interrompit.

– Je t'embête avec toutes ces histoires, pas vrai?

Will sourit.

– Mais tu sais, petit, onze ans, ce n'est pas trop jeune pour essayer de comprendre le passé.

– Pour quoi faire, le passé? demanda Will.

– Parce que c'est en comprenant le passé qu'on prépare l'avenir. Et qu'on peut l'améliorer.

– Tu as amélioré quelque chose, toi?

Clarence le considéra avec gravité.

– Oui, petit, en partie grâce à moi, y a bien des choses qui ont changé. Sais-tu que mon grand-père travaillait l'année entière dans une exploitation sucrière pour un salaire de cinq livres? Il payait un loyer pour la maison – le taudis – qu'il habitait dans le domaine. Et il pouvait être expulsé à tout moment, selon le bon plaisir du propriétaire. Tu me demandes si maintenant ça va mieux? Je pense que oui, et je t'assure que je n'y suis pas pour rien. J'ai fait mon devoir dans le mouvement syndical, tu peux me croire.

Les avirons craquèrent sous sa poussée.

– Je suis trop vieux, maintenant. Je passe la main à des hommes comme Nicholas Mebane et comme ton père. Je suis content que ton père ait quitté l'enseignement. Ce qu'il fait maintenant est bien plus utile.

La voix rauque, Will ne put s'empêcher d'exploser :

– C'est pas mon père! Pourquoi tu dis toujours ça?

– Mais si, c'est ton père, Will! Qui s'est jamais occupé de toi comme il le fait, hein? Il y a des fois où je ne te comprends pas, petit. Tu es si dur. N'empêche que tu es drôlement intelligent pour ton âge; tu devrais pouvoir reconnaître les gens bien des autres, quand même!

Il lâcha les avirons pour poser la main sur le genou de Will.

– Tu sais, ça me fait de la peine quand tu te mets à crier comme ça : « C'est pas mon père! »

– Bon, je m'excuse, dit Will.

– Pourquoi tu continues à le faire, alors?

– Regarde-nous, l'un à côté de l'autre! Y a une différence, quand même!

– La couleur de la peau? C'est ça? Tu te prends pour un pur Africain, peut-être? Rien du tout, petit! C'est juste une question de nuance, vois-tu. Il en a fallu du temps, pour surmonter l'hostilité entre les Noirs et les mulâtres. Les mulâtres avaient tout : les bons boulots, l'argent, le droit de vote. Sais-tu quand ils ont commencé à s'entendre? Quand les Noirs ont relevé la tête et se sont escrimés au travail pour s'acheter un bout de terre. Alors ils ont eu le droit de vote... Et les mulâtres avaient besoin de leurs voix pour passer aux législatives, tu penses bien. Ce qui s'est passé après? Je te le donne en mille!

Clarence se renversa en arrière en riant aux

éclats, tandis que la pirogue dérivait doucement vers le rivage.

– Eh bien, il y a des Noirs qui, sachant cela, ont cessé d'acquitter leurs impôts, et les mulâtres qui voulaient leurs voix étaient obligés de payer pour eux! Futé, non? termina Clarence, les yeux pétillants.

Will ne se déridait pas.

– A quoi ça sert de finasser comme ça? Y feraient mieux de se battre pour leurs droits! Lui et M. Mebane, ils sont tout le temps fourrés chez M. Luther, là-haut dans sa belle maison! « Eleuthera veut dire " liberté " » qu'il me dit à chaque fois qu'on y va. Liberté pour qui? Pas pour nous, toujours! On vivra jamais dans des baraques comme ça, nous! Boissons fraîches et petits gâteaux : « monsieur » reçoit!

– De qui tu parles, petit? De Francis Luther? Tu te trompes de cible; c'est l'homme le plus correct que l'île ait jamais porté.

– N'empêche que tu disais n'avoir pas confiance, l'autre jour.

– Ce n'est pas exactement ce que je voulais dire. J'en ai trop vu, alors maintenant je suis prudent. « Ne nous emballons pas, attendons qu'il fasse ses preuves. » Voilà ce que je voulais dire. Et pour l'instant, on n'a rien à lui reprocher. Il a toujours fait ce qu'il a promis. Il a construit des maisons pour ses ouvriers, et ouvert un dispensaire avec une infirmière à demeure et un médecin qui passe tous les mois. Personne n'en a jamais fait autant... C'est un homme bien.

Will lâcha un ricanement.

– Il est tout le temps fourré chez Mme Tarbox, n'empêche.

– Hein! Qu'est-ce que c'est que ce langage? Où as-tu entendu des âneries pareilles?

– C'est Désirée qui en parlait à Pat... à papa, dans

la cuisine. Il disait que c'était pas vrai et elle disait que des gens l'ont vu chez elle.

– Les gens sont répugnants! Ils n'ont rien de mieux à faire que répandre des ragots ignobles. Ça m'étonne de Désirée. Et toi, attention, tiens bien ta langue! Ou tu auras affaire à moi!

– Bon, d'accord. Mais quand même, oncle Clarence... c'est vrai, l'infirmière et tout ça... mais...

– Mais?

– C'est que des miettes, non? Comme les mômes qui plongent chercher les pièces des touristes blancs au fond du port. L'autre jour, y a un Américain et une Américaine qui voulaient me donner des bonbons dans la rue. Je les ai jetés par terre en leur disant d'aller se faire voir ailleurs!

– Mais pourquoi, Will? C'était plutôt gentil de leur part, non?

Son front ridé auréolé de cheveux blancs se fit soucieux; il considérait Will avec une expression de profonde tristesse. Bah, c'est un vieil homme, se dit Will.

– Je ne te comprends pas, petit. Je ne me rappelle plus bien, mais je n'étais pas comme ça à ton âge. Je ne crois pas. Tu es intelligent, beaucoup plus que je ne l'étais. Mais tu n'étudies pas assez.

Et avec un petit sourire :

– Je te vois bien en train de rêvasser sur tes livres! A quoi tu penses dans ces moments-là, hein?

– Je pense que vous ne faites tous quc bavarder. Comités, élections, indépendance, fins de mois difficiles, chaussures trop chères... N'empêche que Da Cunha, il vend du vin de France et des diamants plus chers que ta maison. Et qu'est-ce qu'y font contre ça, M. Mebane et les autres?

– Qu'est-ce qu'il faudrait faire d'après toi, petit?

– Descendre dans la rue! Tuer! Brûler leurs baraques et se servir! Y a que ça à faire.

– Mais c'est de la barbarie! Ça ne mène à rien du tout. C'est un gouvernement qu'il nous faut, un vrai, et des syndicats! Bah, tu n'es qu'un enfant... Allez, on va vendre le poisson et rentrer.

Une petite foule bigarrée attendait les pêcheurs sur la plage. Certains étaient venus vendre ou troquer divers articles artisanaux. On avait installé des tables et des caisses sur lesquelles s'alignaient balais, chapeaux et paniers, plats cuisinés et tabliers fleuris. Clarence s'occupa d'amarrer la pirogue et Will jeta le filet grouillant de poissons dans une caisse.

– Attention, petit! dit Clarence en déroulant les cordages. Evite de raconter partout que tu comptes brûler des maisons.

Will regardait le vieil homme batailler avec les cordages. Ils ne comprennent rien, se disait-il. Ils sont aveugles, ma parole. Un élan de tendresse le porta vers Clarence, il faillit aller à lui et poser la main sur son épaule. Mais l'exaspération l'envahit à nouveau, et il attendit en silence que le vieil homme eût fini de fixer ses amarres.

14

Un jour, elle revint à Saint-Félice. Tee Francis ne pouvait s'y résoudre, mais ce fut Teresa Luther qui l'emporta.

– Comment peux-tu refuser? disait Richard. Ils nous l'ont si souvent demandé, et puis maintenant qu'il va y avoir notre premier petit-enfant...

– J'ai des responsabilités, je ne...

– Ne cherche pas de mauvais prétextes! Nous avons des filles qui s'occuperont de Margaret.

Et il ajouta gentiment :

– Elles se débrouilleront très bien sans toi pendant quelques semaines.

L'adversité l'avait rendu plus doux, plus faible aussi. Mais elle ne pouvait s'empêcher de reconnaître qu'il en sortait également grandi, plus digne.

– Regarde, lui dit-il. J'ai retrouvé ce vieil album de photos; te voilà, ici.

C'était bien elle, pâle et sérieuse avec ses cheveux sombres qui tombaient en cascade. Et là, c'était Père, avec sa canne à pommeau d'or, à Eleuthera, et là, Julia en compagnie de Tee devant le double escalier de Drummond Hall.

– Ça a dû être pris un an environ avant notre mariage, fit remarquer Richard.

– Oui, probablement.

– Francis va être si content! J'imagine déjà sa joie en te voyant.

– Et en te voyant, toi aussi.

Elle déposa l'album sur l'appui de la fenêtre. Dehors, le vent en rafales poussait des tourbillons de feuilles mortes.

« Quel dommage qu'il fasse si gris pour votre premier jour à Paris! » avait dit Anatole Da Cunha par une semblable matinée.

Quelque temps plus tard, c'était Marcelle qui lui disait : « Tu es plus forte que tu ne le crois. »

Voilà des années que je ne pensais plus à eux, songeait-elle. Il est vrai que je les avais volontairement enfouis dans mes souvenirs...

Marcelle lui avait appris à survivre... un mariage sans amour, un secret explosif caché au fond d'elle-même... Maintenant, il fallait qu'elle retourne là-bas : elle ne pouvait continuer à fuir ce fantôme qui la hantait.

– Alors tu viendras? demanda Richard. Je peux faire les préparatifs?

– Oui, j'irai, répondit Teresa Luther.

L'île n'avait guère changé. Elle retrouva le marché au pied de la cathédrale, les marchands de limonade ambulants et les tamariniers gris-vert. La seule différence, c'était le tintamarre des radios, des voitures, des klaxons, et à l'aéroport le grand panneau publicitaire représentant un cow-boy fumant une cigarette.

La maison, elle, avait changé. On lui avait adjoint une aile et une grande pièce pour le bébé à venir. Marjorie avait imprimé sa patte dans la décoration intérieure, et le style patricien qu'elle lui avait donné lui convenait bien. Cette maison ne ressemble plus à celle que j'ai connue, se dit Tee en songeant aux volets branlants et au plâtre qui s'écaillait.

– Cette maison vous ressemble, dit-elle à sa belle-fille.

Marjorie fut flattée.

– J'espère qu'elle ne ressemble pas à ce que je suis en ce moment, dit-elle en portant la main à son ventre gonflé.

Francis emmena ses parents à l'extérieur. Il marchait en tête avec Richard tandis que Tee suivait à quelques pas en arrière.

– C'est la plus grosse source de revenus, expliqua Francis en montrant les bananeraies. Un véritable or vert.

Richard, qui n'avait jamais connu les tropiques, était fasciné.

– On appelle l'arbre originel la mère; de nouveaux troncs partent des vieilles racines. Tu vois ces régimes? On les appelle des mains. Il y a de sept à douze mains dans un carré. Quant aux bananes, on les appelle des doigts. Il y a plus d'une centaine de doigts par régime.

Les deux hommes s'immobilisèrent au milieu des larges feuilles. Le père portait encore un costume de ville anthracite mais le fils était vêtu de son habituelle tenue kaki. Les cheveux de Francis s'étaient éclaircis et sa peau s'était tannée au soleil. Qu'aurait pensé Père de lui? se demanda Tee. Sensible comme toujours à tout ce qui émanait de son fils, elle sentait que quelque chose de nouveau, une vibrante excitation, s'était emparé de lui.

Toujours intéressé par l'aspect financier, Richard lui demanda comment il commercialisait sa récolte.

– Eh bien, je dois dire que je suis assez fier de ma réussite dans ce domaine-là. Autrefois, on travaillait au contrat d'un à cinq ans avec une grosse compagnie; il fallait leur donner une estimation hebdomadaire de ce qu'on allait leur livrer. Chaque planteur, grand ou petit, travaillait pour son compte. Maintenant, nous sommes organisés en coopérative. Il a fallu du temps pour arriver à les convaincre, mais aujourd'hui, la commercialisation passe par la coopérative, ce qui nous permet de négocier en position de force. Nous avons également créé des services communs pour les engrais et les contrôles phytosanitaires, mais il y a encore beaucoup à faire.

Tee laissa les deux hommes prendre un peu d'avance. Plus haut dans le morne, à la limite de la bananeraie et de la forêt, la lumière jouait dans les hautes branches des arbres, dessinant des cathédrales d'ombre et de soleil. Plus haut encore, les rayons du soleil disparaissaient dans une mer de lianes et de fougères géantes. Autrefois... l'enfance...

Autrefois, les oiseaux jaunes aux pattes grêles venaient picorer dans un bol de sucre sur la véranda. Sur chaque aile ils arboraient une marque blanche, un grain de beauté, disait-on. L'après-midi coulait sa chaleur de plomb fondu jusque vers quatre heures; la pluie, alors, venait rafraîchir l'atmosphère et la parfumait des senteurs de feuilles et de terre...

L'arrivée de Francis et de Richard la ramena au présent et ils se dirigèrent tous trois vers la maison. Derrière des barrières, des vaches à bosse les regardaient passer.

– Un premier prix à l'exposition agricole, dit fièrement Francis. Vous savez, il n'y a vraiment que les bananes qui soient rentables mais c'est le reste qui m'intéresse. J'essaye de diversifier mes activités, de contribuer au développement de l'île. Lionel trouve que je suis fou de prendre autant de risques; il vous le dira probablement.

– Ça ne va plus avec Lionel? demanda Tee.

– Si, si, sans plus. Marjorie a plus de sympathie pour lui que moi; ils voient un peu la vie de la même manière. Il sera ce soir au dîner.

– Dans sa dernière lettre, Marjorie a parlé du divorce de Lionel... Elle n'a pas expliqué pourquoi, elle a simplement dit que ça se passait « à l'amiable ». Comment est sa femme? Enfin, je veux dire : pourquoi divorcent-ils?

Francis détourna le regard.

– Je ne sais pas exactement. Lorsqu'un mariage échoue, il peut y avoir une seule raison comme des centaines, le résultat, c'est qu'il échoue.

Il s'interrompit brusquement puis reprit :

– Je me fais du souci pour Marjorie. Le médecin trouve qu'elle a trop de tension. Si l'enfant ne vient pas, ils vont devoir lui faire une césarienne.

Il tourna vers ses parents un visage angoissé.

– Je suis content que vous soyez là.

– Nous ferons tout ce que nous pourrons, tu le sais, dit Richard.

– Et puis il y a autre chose, et il fallait que ça tombe pour votre première visite ici : on parle d'une grève générale. Elle pourrait tout paralyser et même mal tourner... ou peut-être pas, je ne sais pas... De toute façon, je ne crois pas qu'ils s'en prendront à moi. J'ai fait beaucoup pour l'île et ils le savent. Et puis dès le début, j'ai été du côté des ouvriers. Non, je pense n'avoir rien à craindre.

Dans la salle à manger, Richard regardait le tableau de Da Cunha représentant le morne Bleu.

– Je dois reconnaître que ça a été difficile de s'en séparer, mais sa place est incontestablement ici. Ah là là ! Quelle merveille ! On a l'impression de sentir le soleil sur sa peau. Vous savez, je suis vraiment stupéfié par ce qu'écrivent certains critiques d'art de nos jours. Tenez, la semaine dernière j'ai lu dans je ne sais plus quel magazine : « Un visage représentant une civilisation en déclin ». Qu'est-ce que ça peut bien vouloir dire ! Ces gens-là élèvent au rang d'analyse de simples impressions personnelles, alors que le problème est simplement de savoir si on sent la chaleur du soleil sur sa peau.

– Ce tableau doit valoir cher, maintenant que Da Cunha est si vieux, dit Marjorie.

– Oh oui ! Et à sa mort, sa valeur grimpera encore. Tu sais, Teresa, dit-il en se tournant vers sa femme, j'aurais dû lui demander d'exécuter ton portrait quand nous étions encore à Paris. Je regrette, maintenant.

Le visage de Tee, pâle, marqué par l'âge mais encore extraordinairement jeune, se reflétait dans un miroir.

– Voyons, dit Lionel. Tu avais quinze ans lorsque tu as quitté Saint-Félice, n'est-ce pas ? Je ne devais donc pas en avoir plus de trois et pourtant j'ai l'impression de très bien me souvenir de toi. Je suppose que c'est parce que maman n'arrêtait pas de nous parler de toi.

Il rit.

– Elle disait toujours que tu étais une vraie sauvageonne.

– Moi, une sauvageonne?

– Elle voulait dire par là que tu passais tes journées à monter à cheval à cru, à t'occuper des chiens et des perroquets... toutes choses qu'elle n'avait jamais faites elle-même.

– Des perroquets!...

Comme toujours, ce qui était nouveau pour lui enthousiasmait Richard.

– Il y a des perroquets sauvages, dans l'île, non?

– Ils nichent sur le morne, dans la forêt; ils sont difficiles à trouver, mais avec un peu de chance on peut les apercevoir. J'ai déjà vu deux fois un perroquet impérial; un oiseau magnifique avec des plumes rouge et vert émeraude. Si vous voulez, je peux vous y emmener.

– Oh oui, avec plaisir! s'exclama Richard.

Atterrée, Tee regrettait d'être venue. Elle avait la bouche sèche et elle avala machinalement quelques haricots qu'elle trouva fades.

Et Patrick Courzon, était-il là? Elle reçut ce nom comme une gifle. Même s'il était à Saint-Félice, elle ne le rencontrerait pas. Après tout, l'île n'était pas si petite que ça! Et puis la société était tellement divisée en castes et en couleurs qu'elle n'avait guère de chances de le rencontrer. Et peut-être même n'était-il pas ici. Il devait être parti en Angleterre ou ailleurs, pour exercer ses talents.

Et s'il se trouvait quand même à Saint-Félice? Elle essaya de se l'imaginer : d'un an plus âgé que Francis, avec quelque chose d'elle et... de son père.

Oui, il devait aussi lui ressembler et être quand même différent...

Une jeune servante versait du vin à Francis; leurs deux bras se trouvaient presque en parallèle et Tee fut frappée du contraste entre les deux peaux, la blanche et la cuivrée. Il y aurait la même différence, songeait-elle, si je posais mon bras à côté... Non! Cette peur ancienne qui la hantait depuis ses quinze ans se réveilla en elle, sauvage, incontrôlée...

La jeune fille se déplaçait autour de la table en servant du vin à chaque convive. Elle possédait une grâce altière de princesse qui faisait oublier la stricte robe de coton bleu dont on affuble généralement les servantes aux Antilles anglaises. Elle croisa le regard de Tee et lui sourit timidement.

Quel monde absurde, avec ses castes, ses séparations! A quoi rimaient ces barrières de couleur, de naissance ou de classe? Ne sommes-nous pas tous, en fin de compte, qu'un agglomérat de protéines, de minéraux et surtout d'eau? Oui, d'eau de mer. Oui, songeait Tee, tout cela est absurde et je n'ai même pas le courage de me révolter ou de regarder la réalité en face. J'aimerais le voir, simplement le voir, sans que personne n'en sache rien, sans risquer de tout compromettre. Parfois je me dis que j'ai manqué de courage. Parfois je me dis que je suis morte dans cette maison, à quinze ans, et que depuis, tout n'a été qu'un rêve.

Le temps, soudain, semblait avoir perdu toute réalité; le passé était à la fois si proche et si lointain qu'il n'avait dû jamais advenir. Elle s'agrippa au rebord de la table.

– Ça ne va pas? demanda Marjorie. Vous ne vous sentez pas bien?

– Moi? Euh, non, ce n'est rien. Un peu de fatigue après le voyage, c'est tout.

Tee s'efforça de sourire, conjurant une nouvelle

fois les fantômes, comme elle l'avait si souvent fait depuis l'âge de quinze ans.

– Votre chambre se trouve dans la nouvelle aile; vous dormirez bien ce soir.

– Et demain, vous déjeunez avec moi, dit Lionel. La maîtresse de maison n'est plus là, mais je vous promets un bon repas. Ces temps-ci, je reçois tout seul; il est vrai que Kate n'a jamais été très sociable.

Voyant que le sujet n'était pas tabou, Richard demanda :

– Que faisait-elle, alors?

Il adorait les cancans.

– Oh, elle se démène. Elle faisait, et fait toujours partie de tout un tas de comités pour ci ou pour ça. Rendons-lui tout de même justice – je ne veux pas prendre ces choses-là à la légère –, elle croit à ce qu'elle fait.

– Elle n'a jamais aimé les gens, fit remarquer Marjorie.

– Je ne dirais pas ça, rétorqua Lionel. Il y a des gens qu'elle aime beaucoup; ça dépend lesquels.

– Je parlais de nos amis, des gens que nous fréquentons tous ici, expliqua Marjorie à Tee. Je me suis fait des amis merveilleux, ici, vous savez. Heureusement, d'ailleurs, car Francis est toujours occupé avec ses bananes, ses veaux et je ne sais quoi!...

Le ton n'était guère amène.

– Avez-vous eu beaucoup de visiteurs, cet hiver? demanda Richard.

– Oh oui, il y a toujours quelques yachts dans le port. L'année dernière, les Crows, des amis de ma mère, ont jeté l'ancre ici et ils ont passé la journée avec nous. Et puis de nombreux yachts loués en charters passent ici au cours de la saison. Mes cousins viennent tous les ans et nous passons d'excellents moments ensemble. Ils n'en reviennent pas de voir toutes les terres et tous les domestiques que nous avons! Ils n'arrêtent pas de me dire que chez eux il est presque impossible de trouver une femme de ménage digne de ce nom.

De quoi Francis et elle peuvent-ils bien parler? se demandait Tee. Le mariage n'était qu'une longue conversation ou sans cela il se réduisait à bien peu de chose. Richard l'avait-il remarqué? Non, certainement pas.

– Vous pouvez donc accoucher d'un jour à l'autre? dit Lionel à Marjorie.

– J'ai bien peur d'avoir déjà dépassé le délai. Si je n'accouche pas d'ici à un jour ou deux, ils me feront une césarienne.

– Je serais toi, Francis, je n'attendrais pas jusque-là et j'amènerais Marjorie en ville. On se sait jamais ce qui peut arriver; avec la grève générale, ils sont capables de bloquer les routes.

– Tu crois? demanda Francis d'un air dubitatif. Moi, je pense que ça se passera bien. A mon avis, il n'y aura pas de violence.

– Cet après-midi, tu nous as dit que ça pouvait mal tourner, fit aussitôt remarquer Richard.

– Je pensais à la violence verbale; c'est désagréable, certes, mais pas dangereux.

Lionel secoua la tête.

– Je serais plus rassuré si Nicholas Mebane était ici. Ce Noir a le bon sens d'un Blanc. Je ne l'aime pas, ni lui ni un autre, mais il semble avoir à cœur les intérêts de son pays. Enfin... maintenant je crois qu'il est à la Jamaïque pour un congrès qui prépare l'indépendance, une fédération ou je ne sais quoi. Sans lui, la grève risque de dégénérer.

– Ces gens ne sont pas violents, répliqua Francis. C'est une question de salaires, une affaire purement syndicale.

– Ah bon? lança Marjorie. Et que s'est-il passé ici le mois dernier?

– Il y a eu un petit problème, c'est vrai, expliqua Francis à ses parents, mais rien à voir avec ce dont il est question maintenant. Vous savez, quand on dirige une exploitation comme celle-ci, on joue un peu le rôle d'un père de famille. Les ouvriers viennent me voir pour une histoire d'emprunt ou de bagarre entre eux. Eh bien, la dernière fois, un ouvrier a sorti sa machette au cours d'une bagarre et a coupé un doigt à un de ses compagnons. Il a fallu que je vienne calmer les esprits, mais ça n'a quand même rien à voir avec la grève.

– Moi, je pense que si, dit Lionel. Ces gens sont encore presque des sauvages.

Richard voulait savoir quelles étaient les revendications des syndicats.

– Plus d'argent, bien sûr, répondit Lionel. Ils ont une longue liste de doléances, et puis ils veulent être payés une fois par semaine et non tous les quinze jours...

– Cela semble raisonnable, l'interrompit Richard. Est-ce que je me trompe?

– C'est compliqué et ça reviendrait plus cher : il faudrait multiplier les paperasses.

– Personnellement, dit Francis, j'estime que la plupart de leurs revendications sont légitimes.

– Tu veux augmenter les salaires? demanda Lionel d'un ton exaspéré.

– Je proposerai un compromis : la moitié de ce qu'ils demandent. Mes ouvriers travaillent bien, et s'il faut les payer un peu plus pour avoir la paix sociale, eh bien, je le ferai!

– Tu ferais mieux de songer à l'avenir de tes enfants! lança Marjorie.

– Mes enfants ne manqueront de rien, crois-moi, rétorqua Francis.

Il n'y a rien entre eux que cet enfant dans son ventre, songea Tee. Le savaient-ils eux-mêmes? Il en allait de même pour Richard: il trouvait son mariage parfaitement réussi.

Elle se sentait envahie par une grande détresse. Je ne devrais pas me mêler des affaires de mon fils, songeait-elle, mais cette angoisse ne me quittera pas de sitôt.

– M'amèneras-tu demain à Covetown comme le conseille Lionel? demanda Marjorie.

– Oui, même si je pense qu'il n'y a aucun danger.

– Lorsque tu auras vécu aussi longtemps que moi ici, tu comprendras, dit Lionel. Tiens, je me souviens encore d'une bagarre dans la boutique d'un coiffeur, quand j'étais gosse. Une bande de Noirs est arrivée, ils ont pris le coiffeur, un Blanc, et ils l'ont découpé en morceaux avec son propre rasoir. Ils n'ont jamais été arrêtés. Peut-être travaillent-ils pour toi maintenant.

Il se mit à rire.

– Non, sérieusement, il y a de l'agitation un peu partout dans l'île; ne crois pas que l'abolition de l'esclavage y ait mis fin. Au temps de mon grand-père, ils ont mis le feu au domaine de Sainte-Croix; ce n'est pas si vieux que ça! Ils y ont mis le feu parce qu'ils n'étaient pas contents des conventions salariales. Et j'aime autant te dire qu'aujourd'hui les choses sont autrement plus tendues!

Richard reposa sa tasse de café dans sa soucoupe.

– Nous sommes en train d'effrayer ces dames et notamment Marjorie qui doit avoir d'autres soucis en tête à l'heure qu'il est.

– Excusez-moi. Vous avez tout à fait raison. Alors si tout se passe bien, nous déjeunons ensemble demain? Tu te rappelles le chemin, Tee?

– N'aie pas peur, je ne me perdrai pas; je me souviens très bien du chemin.

Le vendredi matin, dès qu'il ouvrit les yeux, Francis fut frappé par le silence inhabituel qui régnait à Eleuthera. Sans bruit, pour ne pas réveiller Marjorie, il se glissa hors du lit et s'habilla. Mais elle l'avait entendu.

– Il y a quelque chose qui ne va pas, Francis?

– Non, non. Dors. Tu vas bien, toi?

– Un peu bizarre, je ne sais pas très bien.

L'inquiétude l'envahit soudain.

– Bon, alors ne bouge pas. Je reviens dans un instant. Je vais appeler le docteur Strand et t'amener à Covetown.

Il sortit. Il était 6 heures et demie du matin; les vaches auraient déjà dû être conduites au pâturage. A la différence de la plupart des éleveurs de l'île, il faisait rentrer le bétail à l'étable pour la nuit à cause de l'humidité. A grands pas, il se dirigea vers le pâturage qui surplombait la rivière. A part les bruissements et les chants d'oiseaux de la forêt, tout était silencieux. Prêtes à être récoltées, les bananes se dressaient sur les arbres comme des cierges sur un autel. De l'autre côté de l'île, dans le port, le bananier de la compagnie Geest attendait son chargement.

Ses ouvriers aussi s'étaient donc mis en grève, trahissant ce qu'il se plaisait à considérer comme une véritable confiance mutuelle! La récolte allait être perdue! Tant de soins, tant de travail pour rien! La colère s'empara de lui et, l'espace d'un instant, il en oublia Marjorie. Il avait besoin d'argent! Il avait un gros découvert à la banque et cinq ou six maisons pour les ouvriers à plein temps n'étaient pas encore terminées.

Osborne arrivait en courant.

– Alors les nôtres aussi se sont mis en grève! s'exclama Francis.

– J'en ai bien peur, mais ne vous inquiétez pas pour les bêtes : mes fils s'occupent de la traite et du fourrage et ma femme nourrira les poulets.

– Et la cueillette?

Osborne leva les mains au ciel en signe d'impuissance.

– Hein? Vous voulez dire qu'il faut y renoncer?

– Qu'est-ce que vous voulez qu'on fasse?

Osborne pouvait bien rester de marbre : après tout, ce n'était pas son argent! Quoi qu'il arrivât, il avait son toit et son salaire assurés!

– Est-ce que je n'ai pas toujours bien traité mes ouvriers?

– Si, bien sûr, mais...

– Mais quoi? Lorsque la femme du contremaître me demande une nouvelle cuisinière, je la lui donne sans poser de questions. Et le jour où le bébé de Merton a une otite, qu'est-ce que je fais? Je l'amène moi-même en voiture à l'hôpital. Je veux seulement... Ecoutez, Osborne, il faut que je parle à quelqu'un. On doit pouvoir joindre un responsable; au fait, où est-ce qu'ils sont, tous?

– La plupart sont allés à un meeting, en ville, et il y en a un bon paquet devant les portes du domaine, en piquet de grève. De la maison, vous ne pouvez pas les voir.

– Je vais y aller et leur parler franchement. On ne peut pas mordre ainsi la main qui vous nourrit. Surtout que je fais plus pour eux que n'importe quel planteur de l'île. Tout ça est absurde! Je vais aller leur parler!

– A votre place je n'irais pas, monsieur Luther. Ils sont très montés, ils ne vous écouteront pas. Et puis il y a parmi eux des gars du syndicat qui ne vous connaissent même pas; ça pourrait mal tourner.

Vous savez, c'est un mouvement qui touche toute l'île. Non, n'y allez pas, monsieur Luther.

Francis considéra Osborne d'un air furieux. Avec ses airs de colin froid, ce faux jeton pouvait fort bien avoir été au courant depuis le début et n'avoir rien dit. Pas d'énervement! Il fallait à tout prix garder son calme! Et puis Marjorie dans cet état...!

– Je vais téléphoner! Je vais bien finir par trouver quelqu'un! Je ne vais quand même pas laisser pourrir cette récolte sur pied!

Patrick! se dit-il soudain. C'est Patrick qu'il faut appeler! Cela devait faire quinze jours qu'il ne l'avait pas vu ni même eu au téléphone. Ces derniers temps, Francis s'était surtout occupé de Marjorie, mais il avait quand même lu les articles de Patrick appelant les deux parties à la négociation et prêchant le calme.

Il appela d'abord le médecin qui lui demanda de lui amener Marjorie avant midi; après quoi il téléphona à Patrick. Il lui donna rendez-vous au bureau de la plantation, près de la maison d'Osborne.

En attendant Patrick, Francis était au comble de la nervosité et pianotait sans cesse sur son bureau. Il se souvenait des paroles d'un de ses professeurs qui affirmait souvent que tout était lié et qui ne ratait jamais une occasion de souligner l'interdépendance de tous les objets se présentant à nos sens. A l'époque, de telles abstractions l'ennuyaient, mais maintenant, il en comprenait toute la portée concrète.

– Ils ont raison, tu le sais bien, disait souvent Kate.

Tout se liguait contre lui : Kate, Marjorie, le bébé, l'argent, la justice... C'est vrai, les grévistes avaient raison et leurs revendications n'avaient rien d'exagéré. Si les planteurs avaient le moindre bon sens, ils accorderaient ce que demandaient leurs ouvriers en échange de la paix sociale. De toute façon, ils seraient bien obligés de céder tôt ou tard; que ne le faisaient-ils tout de suite!

C'est en ce sens qu'il parla à Patrick.

– Je suis content de vous voir dans ces bonnes dispositions, Francis.

– Mais tout le monde connaît mes positions; alors pourquoi me punissent-ils?

– Il ne s'agit pas d'une punition; ce mouvement n'est pas dirigé contre vous personnellement. Lorsqu'une telle action est lancée, on ne peut pas l'arrêter.

– Ce n'est pas une réponse. Est-ce que je n'ai pas joué le jeu? Est-ce que je n'ai pas été généreux? J'ai fait des investissements considérables alors que j'aurais pu régler mes emprunts une fois pour toutes. Les bénéfices de l'épicerie de la plantation, je les ai reversés à un fonds mutuel d'entraide... J'ai... mais enfin pourquoi me font-ils ça?

– Qu'est-ce que vous voulez que je vous dise? répondit doucement Patrick. C'est vrai que ce n'est pas juste, mais ils ne font pas d'exception : c'est une grève générale.

– Ils ne veulent pas faire d'exception, vous voulez dire.

– Même si certains voulaient briser la grève pour vous, ils ne le pourraient pas, j'espère que vous le comprenez. Un syndicat est un syndicat. Les ordres viennent d'en haut.

– Eh bien, allons voir en haut!

Patrick secoua la tête.

– C'est impossible, Francis.

Cette douce patience exaspérait Francis. C'est ainsi que l'on refuse quelque chose aux enfants sans leur donner d'explication. Il frappa du poing sur la table.

– Je dois charger cette récolte sur le bateau! Ces cargos qui vont repartir à vide, ces milliers de tonnes de bananes perdues, c'est un désastre pour l'île, c'est absurde!

– Je sais, je sais, soupira Patrick.

– Je vais leur accorder ce qu'ils demandent! Et tant pis pour ce que diront les autres planteurs! Je m'en moque!

– Vous êtes courageux, et vous avez des principes, mais vous savez, il ne s'agit pas seulement d'argent. Je vous le répète, ils ne feront pas d'exception pour vous : ils doivent rester unis.

– Alors s'il ne s'agit pas seulement d'argent, de quoi s'agit-il? Que veulent-ils?

– Je crois, répondit gravement Patrick, qu'ils veulent être maîtres de leur destin. Ce sentiment s'est développé dans les îles au cours des dernières années, les gens ont mûri. Des immigrés sont revenus, ils ont vu d'autres pays, d'autres manières de vivre et maintenant ils en ont assez de subir la domination des grandes sociétés étrangères.

– Je sais, l'interrompit Francis. Je ne suis pas une société étrangère. On peut me voir travailler ici tous les jours.

Patrick demeura silencieux.

– Vous venez de dire que j'avais des principes et même du courage, alors allez voir les gars qui sont aux portes du domaine et dites-leur de faire ma récolte.

– Mais enfin, Francis, ils ne m'écouteraient pas! Je ne suis même pas syndicaliste, je ne suis qu'un journaliste!

– Alors demandez à votre beau-père, Clarence Porter. Ils l'écouteront, lui.

– Clarence est vieux, ça fait des années qu'il s'est retiré.

– Ne me dites pas qu'il n'a plus d'influence!

– Même s'il en avait encore, il ne s'en servirait pas pour briser une grève, ça, je peux vous l'assurer!

Francis avait l'impression de disputer une partie d'échecs et de se heurter sans cesse aux défenses de Patrick. Un jour qu'étant enfant il avait perdu aux échecs, Francis était entré dans une rage folle et avait jeté au loin les pièces et l'échiquier.

– Bon, dit-il en s'efforçant de garder son calme, alors peut-être avez-vous une autre solution à me proposer?

– J'aimerais bien, mais malheureusement...

– J'en conclus, dit Francis froidement, que vous n'avez pas vraiment envie de m'aider.

– C'est faux! Mais vous me demandez l'impossible. Tout ça sera réglé quand l'Association des Planteurs se décidera à signer une convention avec les syndicats, pas avant.

La chaise de Patrick craqua. Dehors, la porte de la maison d'Osborne se referma violemment. Ces bruits exaspéraient Francis : il avait l'impression d'entendre une craie riper sur un tableau noir.

– Alors? Que me conseillez-vous?

Patrick demeura silencieux un long moment avant de répondre :

– Je n'ai pas de conseil à vous donner. Tout ce que je peux vous dire, c'est d'attendre.

– Et accepter de perdre ma récolte!

– Que voulez-vous faire d'autre?

Francis l'aurait giflé.

– Vous en parlez à votre aise! Ah! vous et Osborne, avec votre résignation! Evidemment, vous, vous n'avez rien à perdre! Est-ce que vous avez la moindre idée de ce que j'ai investi dans cette île?

Il écrasa sa cigarette dans un cendrier.

– C'est ça, il faudrait que je reste ici tranquillement pendant que ces hordes de types qui dépendent de moi pour leurs salaires disposent à leur guise de mon existence!

Patrick sourit tristement.

– Vous savez, ils ont plutôt l'impression que ce sont les gens comme vous qui disposent à leur gré de leur existence.

L'horloge murale sonna un coup : 9 heures et demie. Marjorie! Il fallait l'amener en ville avant midi. Tout s'écroulait autour de lui. Personne pour l'aider!

Soudain, il frappa du poing sur la table et s'exclama :

– Ça y est, j'ai trouvé! La réserve caraïbe! Je réunirai une équipe pour quelques jours et je leur donnerai le salaire qu'ils demanderont. N'importe lequel!

Patrick secoua la tête.

– Vous voulez leur faire jouer les jaunes!

– Appelez ça comme vous voudrez!

– Réfléchissez au moins aux conséquences. Comment allez-vous franchir les portes du domaine? Les routes sont bloquées, vous n'atteindrez jamais le port.

– J'essayerai.

– Il y aura du grabuge.

– Eh bien, si c'est ça qu'ils veulent, ils en auront!

Patrick et Francis s'étaient levés en même temps. Les deux hommes semblaient se défier.

– Francis, vous commettez une grosse erreur. Vous avez le sentiment d'être injustement traité, et peut-être avez-vous raison, mais comme disent les syndicats, on ne peut pas faire d'omelette sans casser d'œufs.

– Eh bien, moi aussi, je casserai des œufs! Cette fois-ci, ils sont allés trop loin. Ce domaine est à moi! Je les ai bien traités, et s'ils ne veulent pas reconnaître qui est le maître ici, alors qu'ils aillent se faire voir!

Le visage de Patrick se durcit. Francis en fut surpris.

– Je n'aime pas ce mot de « maître » que vous venez d'employer, Francis. Il est ignoble et rappelle fâcheusement une époque révolue.

– Ecoutez, j'ai encore trente-six heures pour faire charger ma récolte, je n'ai pas le temps de pinailler sur les mots!

– Vous me surprenez. Je ne m'attendais pas à ça de vous.

Francis eut un geste d'agacement.

– Je regrette beaucoup d'avoir déçu vos espoirs mais si ça ne vous dérange pas, vous m'en parlerez une autre fois.

– Non, je peux vous en parler tout de suite : nous sommes au XXe siècle et vous vous conduisez comme un grand féodal!

C'en était trop! Ce... ce monsieur Tout-le-Monde à qui il avait offert son amitié se permettait maintenant de lui donner des leçons comme à un gamin!

– Un grand féodal! s'exclama-t-il, furieux. Après tout ce que j'ai fait! Espèce de fils de...

Il se mordit les lèvres.

– Espèce de fils de pute, c'est bien ce que vous vouliez dire, non?

– Oui, fils de pute!

– Vous en êtes un autre!

Patrick sortit en claquant la porte.

Pendant une minute ou deux, Francis demeura pétrifié. Cette porte qui venait de claquer s'était refermée sur une amitié.

Il se rua ensuite chez Osborne. La salle de séjour était en désordre, le sol jonché de jouets et de journaux. Avec le salaire que je lui verse, se dit-il méchamment, il pourrait avoir un intérieur mieux tenu.

– Osborne! rugit-il.

– Oui, monsieur Luther, répondit ce dernier en sortant de la cuisine. Alors, vous avez trouvé une solution?

– Non. Ça n'a rien donné. Ecoutez, vous allez me rassembler des Caraïbes pour la récolte. Vous et moi connaissons le chef. Payez-les ce qu'ils demanderont et tant pis pour les conséquences! Il nous reste exactement trente-six heures pour charger la récolte sur le bateau.

Osborne restait de marbre. Il est contre moi, songea Francis, mais il fera ce que je lui demande. Il n'a pas envie de perdre son boulot.

– Ils peuvent arriver ici par-derrière, en passant par la montagne. Vous avez carte blanche. Moi, je dois amener ma femme en ville. Ils vont peut-être lui faire une césarienne. Tout me tombe dessus, aujourd'hui.

Osborne acquiesça d'un signe de tête.

– Entendu, monsieur.

Son visage n'avait pas bougé d'un trait.

– Vous n'auriez pas dû venir. J'ai essayé de vous joindre, mais vous étiez déjà partis.

Et Lionel ajouta vivement :

– Francis n'aurait pas dû vous laisser partir, il le sait bien, pourtant.

– Lorsque nous nous sommes levés, expliqua Tee, il était déjà parti pour l'hôpital avec Marjorie. Je suis sûre qu'il appellera à la maison ou ici dès que...

Richard l'interrompit.

– Peut-être devrions-nous rentrer tout de suite. Je n'aimerais pas être pris dans une émeute.

– Il y a eu quelques incidents à Covetown, dit Lionel, mais la campagne est calme. Enfin... est encore calme, mais peut-être qu'il ne se passera rien. Si j'étais vous, je partirais aussitôt après le déjeuner.

Il agita une clochette et une servante accourut avec le dessert et le café. Les conversations s'arrêtèrent lorsqu'elle parut et l'on n'entendit plus que le claquement de ses sandales sur le carrelage. Avec ses portes vitrées qui donnaient sur la véranda, la maison semblait une île sans défense dans un océan en furie.

Tee se leva.

– Je suis prête.

Ils traversèrent l'île en voiture.

– Ça a l'air calme, remarqua Richard.

Evidemment, il ne voyait pas la différence. Personne au travail, ni dans les champs ni sur les routes. Cette tranquillité était oppressante, comme le silence qui précède l'orage, lorsque le vent est tombé et que les oiseaux se sont tus.

Sur la route du morne Bleu, à quelques kilomètres d'Eleuthera, ils rencontrèrent une foule énorme. A pied, en charrette, à dos de mulet, hommes, femmes et enfants convergeaient vers un immense terrain nu. Au centre, on avait dressé une estrade rudimentaire d'où un homme haranguait la foule.

– Je me demande ce qui se passe, dit Richard. Si on allait voir?

– Non, il ne vaut mieux pas. Ils risquent de ne pas apprécier notre présence.

– Restons assis dans la voiture; nous pourrons repartir rapidement en cas de danger.

Ils se trouvaient face au soleil et avaient peine à distinguer l'orateur, mais sa voix leur parvenait, forte et tranquille.

– Pendant des siècles, la grandeur de l'Angleterre a reposé sur ces îles. La canne à sucre a produit de grandes richesses qui ont été transférées ailleurs. En Angleterre, j'ai vu des maisons si grandes qu'elles font paraître ridicules les plus belles maisons des planteurs d'ici. C'est l'argent du sucre qui a bâti ces maisons. Des gens qui ne savaient même pas où se trouvait Saint-Félice vivaient des richesses tirées de son sol. Et qu'est-il resté à Saint-Félice ? Rien. Rien du tout. Et vous, qui avez produit cette richesse, qu'en avez-vous tiré ? Vous connaissez la réponse : pas grand-chose.

» Il est vrai que maintenant les choses vont mieux qu'il y a seulement quelques années. Certains d'entre vous doivent se rappeler le temps où, dans les plantations, un ouvrier gagnait vingt *cents* par jour. La moyenne des salaires est maintenant plus élevée et certains planteurs payent même au-dessus de cette moyenne. Tout cela est vrai.

» Mais il est vrai aussi que vous êtes les victimes d'un système qui met les deux tiers d'entre vous au chômage de janvier à juin, une fois terminée la pleine saison de la canne. Après la récolte, il ne vous reste plus qu'à chercher du travail. Vos femmes vont casser des cailloux sur les routes. Vos hommes émigrent pour trouver ailleurs un emploi. Et ils disent que vous n'avez pas de structure familiale !

Contenue, maîtrisée, une intense passion n'en perçait pas moins dans sa voix, et Richard murmura :

– Ce gars-là est un sacré orateur !

– Lorsque j'étais instituteur, poursuivait l'homme, j'écoutais vos enfants. Eux m'ont appris plus que n'importe qui sur les pères qui rentrent soûls le soir, sur leurs grands frères délinquants et sur les bébés qui pleurent parce que la maison est si petite et qu'il y a tellement de monde qu'ils ne peuvent pas dormir. Voilà la vie quotidienne à Saint-Félice !

» Quelles sont alors vos revendications? Vous voulez des augmentations de salaires, et il est facile de comprendre pourquoi. Ils disent qu'ils ne peuvent pas vous payer plus. Avec la manière dont les choses sont gérées ici, c'est fort possible. Il faut investir, planifier! Tenez, prenez le café! Nous avons des plantations ici mais nous envoyons la récolte en Angleterre pour y être traitée et nous importons le café que nous buvons! Quelle absurdité! Et le sucre! Pourquoi ne pas le raffiner nous-mêmes? Pourquoi ne pas fabriquer les emballages, faire la mélasse, distiller le rhum et l'embouteiller? Notre peuple s'accroît et il a besoin de travail! Avec de l'intelligence et de la bonne volonté, les choses peuvent changer, ici. Maintenant que chaque adulte a le droit de vote, il s'agit de l'utiliser avec sagesse.

Il ouvrit grand les bras.

– C'est drôle, on m'avait demandé de venir parler de la grève, et je me retrouve en train de parler du gouvernement qu'il vous faudrait pour que les grèves ne soient pas nécessaires. Je n'avais pas l'intention de prononcer un discours politique. Je ne suis pas un homme politique. Mais je ne suis pas non plus un ouvrier. Je ne suis qu'un citoyen qui veut améliorer les choses, c'est tout. Voilà pourquoi je tiens à appuyer Nicholas Mebane qui ne peut pas être ici aujourd'hui. On m'a demandé de le remplacer et c'est ce que j'essaye de faire. Vous connaissez tous Nicholas Mebane et le Parti démocrate progressiste!

Des vivats et des applaudissements éclatèrent dans la foule.

– Regarde, c'est un Blanc! s'écria Richard. Regarde, Teresa! Euh... non, il n'est pas blanc, mais presque. Je me demande qui ça peut être.

L'orateur tendit la main pour demander le silence.

– Nous voulons vingt pour cent d'augmentation.

Vous refuserez de travailler et vous tiendrez bon jusqu'à ce que vous receviez votre dû. Il n'y a pas d'autre solution!

Il descendit de l'estrade et fut happé par la foule. Des mouvements, des ondulations traversaient la multitude.

Richard se pencha à la vitre et héla un des participants.

– Comment s'appelle l'orateur?

L'homme, qui était vêtu d'une cotte de travail, dévisagea lentement Richard avec son complet de coton crème et Tee, dans sa robe d'été lilas imprimée; *qu'est-ce que ça peut vous faire?* semblait-il dire. Enfin, il répondit :

– Il écrit dans le *Trumpet,* et il sait de quoi il parle. Il s'appelle Courzon. Patrick Courzon.

Pour le jeune Will, cette longue nuit avait commencé à la table du dîner. Patrick s'inquiétait.

– Je n'aime pas la manière dont ça tourne. En revenant du meeting, j'ai vu deux postes de police incendiés. J'ai l'impression que des types douteux cherchent à profiter de la situation.

Désirée changea de conversation au moment où les choses commençaient à devenir intéressantes. Cette habitude exaspérait Will. Elle écartait toujours ce qui pouvait la déranger. La peur, la pauvreté et la saleté la dérangeaient.

– Je regrette de ne pas être allée t'écouter, dit-elle d'un ton apaisant. Tu ne m'avais pas dit que tu allais parler.

– Je ne le savais pas moi-même. Je revenais d'Eleuthera après la conversation désastreuse que j'ai eue avec Francis ce matin, lorsqu'ils sont venus me prévenir. On me demandait de faire le tour de l'île et de prendre la parole pour soutenir la grève.

Le Parti démocrate progressiste vous soutient... tout le baratin, quoi!

Et il ajouta sombrement :

– Je regrette quand même que Nicholas soit parti juste à ce moment-là.

– Moi, je crois qu'en vérité c'est Francis Luther qui te tracasse autant. Ça ne vaut pas le coup de te mettre dans ces états-là, Patrick.

Il ne répondit pas.

– Qu'est-ce qui s'est passé? demanda Will, très excité. Tu t'es battu avec M. Luther?

– Bon, écoute, Will, ça n'est pas... commença Désirée.

Mais Patrick l'interrompit.

– Will a tout à fait le droit de savoir.

Puis, se tournant vers lui :

– Je suis trop fatigué pour en parler maintenant, mon garçon, mais quand tout ça sera terminé, je te raconterai.

– Papy m'a dit qu'il y avait plein de policiers le long de Wharf Street, dit Laurine. Ils doivent s'attendre à quelque chose.

– J'espère qu'il ne se passera rien, dit Patrick. Une grève est un moyen légal d'obtenir satisfaction, pas une fête pour les voyous.

Il se leva de table.

– De toute façon, il vaut mieux rester à la maison cette nuit au cas où ça tournerait mal. Dis donc, Will, où vas-tu?

– Dans l'appentis; j'ai un ou deux trucs à bricoler.

De l'appentis, on pouvait contourner le garage et descendre la colline sans être vu. S'il se passait quelque chose en ville, ses amis y seraient. La nuit était déjà avancée, mais les maisons restaient allumées malgré l'heure tardive. On sortait dans la rue pour commenter la situation avec les voisins. Une incroyable tension régnait dans toute la ville. Will était au comble de l'excitation; il se joignit à la foule qui courait vers le centre de la ville.

Mais au coin de Wharf Street, un peloton de policiers leur barrait le passage.

– On ne passe pas!

– Pourquoi?

– Ordre du gouvernement!

Plus loin, on entendait la foule crier. Fracas de verre brisé, tintamarre de klaxons, hurlement de sirènes.

– Ils ont raflé les diamants du vieux Da Cunha! hurla une voix. C'est ça, non?

Sous leurs casques blancs, les policiers noirs demeuraient impassibles.

– Allons voir!

Les policiers serrèrent les rangs.

– En arrière, les jeunes! En arrière! On ne passe pas!

A côté de Will, une voix lança:

– Passons de l'autre côté du square!

Les garçons enjambèrent facilement les grilles, contournèrent la statue de Nelson, jetèrent quelques cailloux dans les vitrines de l'agence de voyages et du magasin Bata et débouchèrent à l'autre extrémité de Wharf Street. Là encore, un cordon de policiers leur en interdisait l'accès.

– Merde! lança Will.

Ambulances et voitures de pompiers passaient à toute allure à côté d'eux. Au loin, ils apercevaient la foule qu'éclairaient mal les lumières blafardes de Wharf Street. Will trépignait d'impatience. Pendant quelques minutes, le groupe demeura sur place, ne sachant que faire. Puis, à contrecœur, ils se dispersèrent. Avec deux camarades, Will retourna dans le square. Un lampadaire jetait une pâle lueur sur la statue de Nelson. Qu'il avait donc l'air arrogant, avec la main sur la poignée de son épée et ce menton levé comme si la ville et ses habitants lui appartenaient!

– Charogne! lança Will.

– Qui ça?

– Nelson!

Son compagnon haussa les épaules.

– Qu'est-ce que tu fais, maintenant, Will?

Will n'en savait rien, mais il n'avait aucune envie de rentrer chez lui.

Un camion apparut dans la rue qui longeait le square.

– Vous voulez monter, les gars?

Will et Tom Folson s'approchèrent.

– Où allez-vous?

– Chez moi, à Sainte-Elizabeth. Vous habitez de ce côté-là?

– Ouais.

– Alors montez derrière : j'ai une caisse de poulets sur le siège de devant. Criez quand vous voudrez descendre.

– Comment est-ce qu'on va rentrer? demanda Tom en regardant disparaître les lumières de la ville.

– J'en sais rien. On fera du stop ou on rentrera à pied. J'ai pas envie de rentrer chez moi.

Tom le regarda avec admiration.

Le camion, non bâché, cahotait sur les nids de poule. Le vent fouettait le visage de Will qui avait l'impression de voler.

A un croisement, le chauffeur ralentit et passa la tête par la vitre.

– Regardez là-bas!

Le poste de police avait été saccagé. On avait arraché la porte qui gisait dans l'herbe au milieu d'un amoncellement de chaises et de bureaux à moitié calcinés. Les lumières des cases alentour étaient allumées et une petite foule se tenait autour du bâtiment.

– Que se passe-t-il? demanda Will au chauffeur.

– Les gens sont devenus fous. Vous en verrez deux ou trois comme ça le long de la route, et aussi des champs de canne incendiés, mais il fera peut-être trop sombre pour les voir.

Tom s'inquiétait de savoir jusqu'où ils allaient aller. Il a peur, se dit Will, méprisant.

Soudain, le camion s'immobilisa.

– Hé! Regarde!

Un camion était renversé dans un fossé et avait laissé échapper son chargement de bananes.

– Ça s'est passé ce matin, expliqua le chauffeur. Le type d'Eleuthera avait recruté des Caraïbes de la réserve pour la récolte.

Il éclata de rire.

– Elles sont pas allées loin, ses bananes! Bon, les garçons, je tourne ici et je prends la route de Myrtle. Où est-ce que vous allez, vous?

Sans réfléchir, Will lança :

– Je descends maintenant. J'ai un copain qui habite en bas de la route.

– Allons plutôt jusqu'à Myrtle, dit Tom. Ça sera plus facile de trouver une bagnole là-bas. Il est tard, j'ai envie de rentrer chez moi.

Mais Will avait déjà sauté à terre et Tom le suivit. Lorsque les feux arrière du camion eurent disparu, Will rebroussa chemin et prit la direction d'Eleuthera. Patrick et M. Luther avaient eu une discussion ce matin; cela avait-il un rapport avec le camion de bananes renversé? Patrick était un type tranquille : c'était sûrement M. Luther qui s'était emporté.

– Où est-ce que tu vas, Will? Je suis crevé.

– Personne ne t'a demandé de venir, alors ferme-la!

La nuit était douce. L'émeute de Covetown semblait irréelle. Une pierre roula sous le pied de Will. De l'autre côté de la route, derrière une barrière de fil de fer barbelé, des veaux dormaient dans l'herbe. Une odeur de vanille embaumait l'atmosphère. Qu'était-il venu faire là?

Et puis brusquement, la colonnade de la maison apparut dans la clarté de la lune. Un jour qu'il était venu avec Patrick, on lui avait offert de la limonade sur la véranda. Il se souvenait de la maîtresse de maison : elle portait une robe avec un col en dentelle et s'était montrée aimable, mais tout de suite, il l'avait détestée.

Le vent se leva, faisant bruire le feuillage des arbres autour d'eux. Sur la gauche, la mer roulait ses vagues contre les rochers. Tout était beau, ce soir : le vent, les moirures de l'océan, le calme de la campagne. La beauté parfois savait être douloureuse.

De gros nuages noirs dérobèrent la clarté de la lune. La tempête approche, se dit Will. Aucune lumière dans la maison. Ah si, au premier étage! Ces salauds allaient se mettre au lit! Les yeux toujours fixés sur la fenêtre éclairée, il s'engagea sur le chemin. Qu'allait-il faire? Rien! S'approcher, regarder...

Ils s'approchaient de la haie d'hibiscus. Un chien se mit à aboyer, puis un autre. Ce devaient être de petits chiens, des roquets.

– Couchés!

La nuit était si tranquille que la voix de l'homme fit l'effet d'un coup de tonnerre.

Will attendit. Une silhouette de femme se profila dans l'encadrement de la fenêtre, mais il était trop loin pour la reconnaître. Elle portait une longue chemise de nuit blanche et devait être parfumée. Il songea aux bijoux nichés dans le velours que l'on voyait dans la vitrine de Da Cunha, et en même temps lui revinrent avec force l'odeur du pétrole dans les lampes et le souvenir d'une table graisseuse dans le coin d'une case. Cette femme était-elle jamais entrée dans une case?

Il demeurait immobile, les mains dans les poches, appuyé à un arbre. Dans une de ses poches, il y avait une cigarette, la dernière d'un paquet qu'il avait fumé en cachette dans l'appentis, et une boîte d'allumettes. Il fit tourner la boîte entre ses doigts. Une idée lui vint soudain, qu'il s'efforça de repousser. Il songea alors aux hurlements des sirènes d'ambulances à Covetown, au fracas du verre brisé... L'idée revint alors en force et s'imposa à son esprit... une joie sauvage l'envahissait... Pourquoi pas?

Il étouffa un rire et, courbé en deux, se glissa dans l'allée en prenant soin de ne pas traverser le rectangle de lumière que la fenêtre illuminée dessinait sur le sol. Arrivé au pied de la maison, il sentit une forte odeur: de la peinture fraîche. Dans l'herbe, sous une fenêtre entrouverte, des vêtements de peintre étaient jetés en boule. Il les renifla: peinture et térébenthine, c'était bien ça!

C'était si facile! Jeter les vêtements à l'intérieur, près des rideaux, craquer une allumette...

Effrayé, fasciné, Tom lui chuchota:

– Qu'est-ce que tu fais, Will? Pourquoi?

– Parce que j'en ai envie, et si jamais...

Il le fusilla du regard.

– ... si jamais tu ouvres ta grande gueule, je raconterai qu'on avait décidé ça ensemble.

– Hein? Tu peux me faire confiance, Will. Je te jure que jamais...

Le feu gagnait les rideaux. Dommage de ne pas pouvoir rester pour regarder! Ils dévalèrent la route. A cinq ou six kilomètres de là, le long de la côte, après le carrefour de Moorhead, ils trouveraient une voiture qui les prendrait en stop. Si on leur posait des questions, ils diraient qu'ils étaient allés à Moorhead. En quittant l'allée, ils n'entendirent que les aboiements des chiens.

– Ah! quels roquets, ces pékinois! s'exclama Richard. Ils vont aboyer comme ça toute la nuit!

– C'est peut-être parce que Marjorie n'est pas là, dit Tee.

Elle avait un affreux mal de tête et s'était couchée tôt. Elle accepta avec reconnaissance l'aspirine que Richard lui proposait, tout en sachant que le médicament ne lui ferait guère d'effet.

Honte. Douleur. Honte de l'avoir porté? Renié? Elle ne savait plus. Elle avait peur.

« Il reviendra dans votre vie », lui avait dit Agnès. Honnête et courageuse Agnès. Elle m'a sauvée.

Je suis maudite! Maudite comme cette île que Père et moi aimions tant et à qui maintenant Francis et... lui semblent porter le même amour.

Comme il était beau, tout à l'heure! Beau et fort, comme Père. La chaleur ici ajoute sa démesure à toute chose. La colère, la douleur et le désir y sont plus violents.

Et puis... rien ne s'oublie jamais. Enfouir les secrets au plus profond de sa mémoire ne sert à rien : toujours ils reviennent, comme des cauchemars... aveuglants, terribles...

Viol? Oui... et non, tout à la fois. Que de joie, cet été-là! Vent, soleil et poésie. Les mêmes goûts, la même flamme. Si jeune, si offerte et si ignorante!

Elle lui prit la main. Avec un cri hideux, le perroquet gagna la cime des arbres. Je ne l'oublierai jamais, avait-elle dit. *Elle lui prit la main et le regarda tendrement.*

Viol?

Elle avait quinze ans et ne savait rien, mais une tempête l'agitait, que jamais elle n'avait connue ni ne connaîtrait plus à nouveau.

Richard lui demanda comment elle allait.

– Mieux, dit-elle en reposant la tête sur l'oreiller.

Ses cheveux venaient caresser sa joue. « Quelle chevelure excitante! » avait dit Anatole.

– Quelle belle chambre! dit Richard.

– Oui, rouge et blanche.

Comme c'est agréable de parler comme ça de choses et d'autres, songeait Tee. C'est une manière de ne pas s'éloigner de la réalité, comme lorsque l'on fait du café en veillant un mort.

Richard sourit.

– Rouge et blanche comme ces pivoines.

Il souleva le combiné du téléphone. Aucune tonalité.

– Ça fait une demi-heure que j'essaye. Ça doit être la grève.

– Oui, probablement.

– J'aimerais savoir ce qui se passe à l'hôpital. C'est notre premier petit-enfant, Teresa.

On devient famille-famille avec l'âge, songea Tee avec une certaine tendresse. Je ne l'ai jamais vraiment connu. Peut-être n'y a-t-il pas grand-chose à connaître. Lorsque j'essayais de lui parler, il semblait toujours ailleurs, toujours préoccupé par autre chose. Seul l'art est capable de l'émouvoir. Moi, je n'y suis jamais parvenue. Peut-être était-ce ma faute, mais j'ai le sentiment que cela tenait plutôt à lui.

– Francis dit que le médecin est très compétent; il a fait ses études à Londres. Le premier enfant, c'est toujours plus difficile. Toi, en revanche, ça s'est très bien passé. Il est vrai que tu étais si jeune!

Nous avons toujours vécu comme deux étrangers côte à côte. Longtemps, j'ai essayé de construire une relation solide et tendre à la fois, mais j'ai échoué. Nous n'échangeons plus maintenant que des banalités et il y a toujours ce secret entre nous, ce secret dont il ne soupçonne même pas l'existence.

Et si je lui apprenais la vérité?

« Maintenant, lui avait dit Marcelle, c'est de toi qu'il faut t'occuper. » Quelle leçon de courage! Ce courage, il fallait maintenant le mettre au service de la vérité.

Je lui dirais : « Richard, écoute-moi. Il faut que je te dise quelque chose... »

Il ôte ses chaussures. Si je le lui disais, les pétales des pivoines tomberaient d'un coup sur le sol, lampes et miroirs se briseraient...

– Je pensais au meeting de cet après-midi, disait Richard. Quelle éloquence, ce type! Il avait l'air cultivé. D'après son accent, il a dû aller faire des études en Angleterre. Il était presque blanc; ça doit être dur pour un gars comme ça, ici.

Il doit ressembler à Père et à Francis, se disait Tee.

Quelque chose la poussait malgré elle au bord du précipice.

– Tu n'as pas trouvé qu'il ressemblait un peu à notre famille, enfin... à la mienne?

– Hein? Pas du tout! Tu es folle. Qu'est-ce qui te fait dire ça?

– Il me semblait, pourtant.

Elle jouait à la roulette russe. Vais-je le lui dire tout de suite? Demain matin? Jamais?

– Tu devrais aller voir un oculiste, lui dit Richard en souriant. Oh! ces deux roquets en bas, qui n'arrêtent pas d'aboyer!

– C'est le chat qui doit venir les narguer.

Il se penche à la fenêtre, gronde un peu les chiens, les calme et se met au lit.

– Quel vent! s'exclame-t-il. Je ne savais pas qu'il soufflait aussi fort aux Antilles.

– C'est le vent du nord-est. Je vais laisser la fenêtre entrouverte.

Elle reste un long moment devant la fenêtre à contempler la Grande Ourse.

– C'est étrange, dit-elle à voix haute.

– Qu'est-ce qui est étrange?

– La nuit. Elle tombe si rapidement, ici.

Elle se glisse à son tour sous le drap. Richard est déjà endormi. Elle doit le lui dire. Demain. Demain elle lui parlera. Elle lui fera du mal. A lui et à tout le monde. Ah! si seulement elle était sûre de ne pas se tromper! Mais c'est la faute de cette île...

Le vent gémit dans les arbres. Elle se souvient de la grande clameur des nuits tropicales, de ce soudain déchaînement au coucher du soleil d'un millier de bêtes invisibles dans les herbes. Mais elle avait oublié la plainte du vent sur le morne Bleu.

Elle ne dormira pas, elle le sait. Lorsque le jour paraîtra entre les jalousies, elle sera encore éveillée. Peut-être alors aura-t-elle pris une décision.

A-t-elle fini par sombrer dans un sommeil agité ou s'est-elle seulement assoupie? Elle se dresse dans son lit; quelque chose a changé. Le vent charrie un bruit inhabituel. On dirait quelqu'un qui marche dans l'herbe sèche ou un papier qu'on froisse. Serait-ce Richard? Non, il dort paisiblement à ses côtés. Une tempête doit se préparer.

Un peu plus tard, elle entend le ressac. C'est curieux, car la maison est trop loin de la mer pour qu'on puisse l'entendre. Elle est si fatiguée. Elle s'allonge à nouveau.

Mais maintenant, plus de doute : c'est bien une odeur de fumée. Et puis il y a ce grésillement, comme si l'on faisait des grillades. Elle se lève, gagne le centre de la chambre, un peu désorientée.

Il y a quelque chose qui brûle. Elle se précipite sur la porte et l'ouvre en grand. Une chaleur suffocante la repousse jusqu'au lit. Le vestibule et l'escalier sont en flammes! La fumée envahit la pièce. Elle tousse. Elle veut refermer la porte mais la chaleur semble peser sur le battant comme un millier d'hommes. Elle lutte de toutes ses forces, mais les flammes se ruent dans la chambre. Le tapis, les rideaux s'embrasent... sa chemise de nuit, ses longs cheveux noirs... elle suffoque, elle hurle.

– Richard!

Il se rue vers la fenêtre, empoigne sa femme à bras-le-corps... un cri d'horreur... le brasier l'engloutit mais Teresa est déjà tombée sur la haie de bougainvillées.

15

La clinique privée du Dr Strand se trouvait en bordure de Covetown, au-dessus du palais du gouverneur. Cela faisait quatorze heures que Francis arpentait la salle d'attente. Epuisé, il avait tenté de lire mais s'était brièvement assoupi. A minuit, debout devant la fenêtre, il suivait d'un œil absent les phares des voitures qui filaient dans l'obscurité.

Le médecin entra.

– Sa tension se maintient, monsieur Luther. Et elle se sent mieux, maintenant. Le médicament a fait de l'effet.

Francis acquiesça. La fatigue aidant, il se prenait à douter. Ce médecin – cheveux gris et excellente réputation – était-il aussi compétent qu'on le disait?

– Inutile de prendre une décision immédiatement, poursuivit-il. Je ferai mon possible pour éviter la césarienne.

Francis songeait aux blagues et aux dessins humoristiques qui mettaient en scène de jeunes époux faisant les cent pas dans la salle d'attente d'une maternité. D'un comique douteux quand la réalité est si déchirante, se dit-il avec agacement.

– Elle ne s'est pas plainte une seule fois, disait le Dr Strand. Elle le veut, ce bébé! C'est une femme courageuse et fière.

– Très fière.

Pourquoi n'était-ce pas Kate? Un sentiment de culpabilité brûlant l'envahit.

Il ne l'avait pas rencontrée souvent pendant la grossesse de Marjorie. Une dizaine de fois, peut-être. Mais il y avait eu quelques escapades à la Barbade. La nuit, le vent chuintait doucement dans les palmiers du jardin de l'hôtel... Il lui avait offert un bouquet de gardénias – il en poussait presque au bord des chemins, là-bas. Leur parfum musqué l'avait gardé éveillé toute la nuit; un parfum qui lui avait rappelé son père. « Ne dis rien à ta mère, petit; je ne la ferais souffrir pour rien au monde. » Et il ne l'avait pas fait souffrir, n'avait jamais délaissé ses enfants. Mais cette femme... ce n'était pas Kate.

Sa pensée revint à sa mère. Finalement, alors qu'il avait perdu tout espoir, elle avait accepté de venir à Saint-Félice. Quelles frayeurs inexprimables l'avaient-elles retenue si longtemps? Il l'ignorait. Mais le savait-elle elle-même?

Les idées tournoyaient, les visages défilaient dans son esprit : Marjorie, Kate, ses parents... Et il y avait l'enfant – encore sans visage – en train de lutter pour venir au monde. Un fils sain et robuste; je serai pour lui ce que mon père n'a jamais pu être pour moi!

Le médecin lui posa la main sur l'épaule; il sursauta.

– Un petit verre de rhum ne vous ferait pas de mal. J'irais bien vous en chercher un, mais c'est une telle pagaille dans les rues...

Francis se redressa.

– Que se passe-t-il? Vous avez des nouvelles?

– Il y a des émeutes partout, et une grande manifestation contre l'impôt dans la commune de Princess Mary. Quelqu'un a tiré sur la police qui a répliqué. Ça a fait trois morts et des blessés. Pas mal d'agitation dans le Sud aussi, paraît-il. Mais lord Frame s'attendait à tout ça depuis une semaine. Un croiseur avec un détachement de troupes à bord va bientôt arriver des Bermudes. Tout rentrera bientôt dans l'ordre...

Un pli soucieux barrait le front du médecin.

– Encore faudrait-il qu'ils arrivent à temps... Allongez-vous donc sur le canapé. Je reviendrai vous donner des nouvelles dès que possible.

Francis retourna s'étendre. Il était harassé. Cette tension nerveuse était autrement plus fatigante que quinze heures de travail dans les champs! Il ferma les yeux. On est au bord du désastre, se dit-il. L'agitation pouvait à tout instant tourner au massacre. Les récits anciens étaient pleins de ces rébellions sanglantes. Oui, mais de tels débordements ne peuvent se produire au XXe siècle. Et pourquoi pas, au fond? Le siècle avait bien produit Hitler et Staline!

Un bruit de papier froissé le réveilla. A l'autre bout de la pièce, Lionel était installé sous la lampe, un journal déplié devant lui. Il bougeait les lèvres et tendait le cou à la manière d'un homme peu habitué à la lecture.

– Bonjour, dit Francis. Tu es là depuis longtemps?

– A peine quelques minutes. Je viens de traverser la foule en délire. Le gouverneur a proclamé la loi martiale. La ville est pleine d'ivrognes décidés à en découdre. Les commerçants et les planteurs sont terrifiés. Mais comme ils ont peur de rester isolés à la campagne, ils sont tous ici. Il n'y a plus un recoin de libre au Cade's Hotel. Comment va Marjorie?

– On ne sait pas encore. Ils vont sûrement faire une césarienne. C'est gentil d'être venu, Lionel.

– C'est normal. La famille! Et puis j'aime bien Marjorie.

– Elle aussi t'aime bien...

Je suis plus hypocrite que je ne le croyais, songea Francis. Il jouait le rôle du fourbe face à cet homme direct et bon enfant... Mais c'était l'homme qui avait possédé Kate, et Francis refrénait à grand-peine des accès de jalousie brûlante.

Lionel le regardait d'un œil narquois.

– Ça doit être dur pour toi, Francis. Est-ce que je peux être franc?

– Bien sûr.

– Je sais, à propos de Kate et de toi. Ne me demande pas comment. Tout finit par se savoir ici, de toute façon.

– Oui.

– Ah, c'est elle que tu aurais dû rencontrer d'abord...

Plutôt que Marjorie? Francis en rêvait, parfois. Mais était-il prêt, à l'époque? Il était trop jeune, inexpérimenté, fasciné par la beauté physique...

– Que vas-tu faire, maintenant? demanda Lionel.

– Bah... Il y a un enfant. Alors...

La voix de Francis s'étrangla. Lionel acquiesça gravement.

– Bien sûr. Et tu ne veux pas faire de mal à Marjorie. Mais tu peux trouver un compromis, non?

La famille à Eleuthera et le nid d'amour en ville. Rien que de très courant...

« C'est mieux que rien », avait dit Kate.

– Oui, mais Kate mérite mieux que ça... et Marjorie aussi.

Lionel sourit.

– La crise de conscience dans toute son horreur, en somme! J'ai toujours pensé que tu t'usais la santé à prendre les choses tellement au sérieux. Mais ça doit être plus fort que toi...

– J'en ai peur.

– Je suis peut-être un peu lourdaud, mais toi, qu'est-ce que tu te tortures! Tu t'en tirerais tellement mieux si tu t'inquiétais un peu moins des autres et plus de toi-même...

– Tu as peut-être raison..., dit Francis d'un ton las.

Lionel retourna à son journal. Francis s'assit. Il tendait l'oreille, essayant de percevoir ce qui se passait derrière la porte close. Mais il n'entendit rien, sinon des bruits de pas. Alors il étudia la rangée de photographies accrochées au mur : des chevaux dans les hautes herbes, et il pensa à Kate; une véranda avec des colonnades qui jetaient de grandes ombres portées, comme à Eleuthera; des enfants noirs dans une cour d'école, comme à Gully où il avait rencontré Patrick...

Soudain, les lumières s'éteignirent.

– Ça y est, ils ont eu la centrale, dit Lionel. En plus du téléphone!

Une infirmière entra avec deux lampes à pétrole.

– Il y a des incendies dans toute la commune, dit-elle. L'ouvrier d'entretien vient d'arriver. Il paraît qu'ils ont attaqué la station de radio à coups de pierres et de bouteilles : toutes les fenêtres sont cassées et le matériel hors d'état.

Ils n'iront pas jusqu'à Eleuthera, pensa Francis.

C'est trop loin. Et les domiciles privés ne les intéressent pas. Il se tourna vers Lionel.

– J'ai eu une altercation avec les grévistes... commença-t-il.

Et il lui raconta l'incident du matin.

– J'aimerais bien pouvoir téléphoner. Je me demande s'ils ont réussi à sortir la récolte.

Lionel hochait la tête.

– Tu as pris un risque. Ce n'est pas moi qui te jetterais la pierre, remarque. Ces sales extrémistes! Autant pour ton cher ami Patrick, hein?

– Je ne sais pas. J'étais fou de rage. Mais j'ai réfléchi depuis... Peut-être qu'il ne pouvait vraiment rien faire. N'empêche qu'il aurait pu essayer...

– Et voilà: encore en train d'excuser tout le monde! Soit dit en passant, on m'a raconté que Courzon avait fait un discours incendiaire, cet après-midi, vers chez toi. Il poussait la foule à piller et à brûler, paraît-il.

– Patrick? Mais non! C'est complètement absurde.

Lionel haussa les épaules.

– Tu n'es pas obligé d'attendre avec moi jusqu'à la fin, lui dit Francis.

– On est en sécurité ici. Pas question de mettre les pieds dans la rue pour l'instant! Et puis, je ne vois pas où j'irais. L'hôtel et le club sont pleins à craquer.

L'attente reprit. Lionel somnolait, Francis comptait les heures. Les lampes à pétrole éclaboussaient la pièce d'une lumière glauque et vacillante. Un silence chargé de menace pesait sur la ville.

Une grisaille insidieuse commençait d'altérer la nuit, annonçant l'aube, lorsque le médecin revint, l'air à la fois épuisé et content.

– Dieu merci, nous avons pu éviter l'opération, dit-il. Une naissance difficile mais naturelle. Venez les voir.

Encore sous l'effet de l'éther, Marjorie reposait, le visage paisible, comme si malgré la souffrance elle avait fini par sombrer avec un sourire sur les lèvres. Ses cheveux frisottaient sur les tempes : elle avait dû être trempée de sueur...

– Elle le voulait, ce bébé, répéta le Dr Strand. Et elle s'est battue de toutes ses forces pour l'avoir.

Francis sentit les larmes lui brûler les yeux.

– Je suis si heureux! murmura-t-il.

Il sourit et, pour une fois, ne chercha pas à cacher ses larmes. Il caressa la main inerte de Marjorie. Elle serait une bonne mère, trop méticuleuse, comme toujours, mais une bonne mère.

– Je suis si heureux! répéta-t-il.

– Vous ne voulez pas voir le bébé? Elle est dans l'autre pièce.

– Elle... Mais n'avez-vous pas dit...

– Non, je n'ai rien dit. Vous espériez un garçon?

– C'est-à-dire...

Il s'interrompit, aussi déçu qu'un enfant à qui on avait offert un livre alors qu'il espérait une bicyclette.

– Désolé, c'est une fille. Et très mignonne, avec une fossette au menton. Grosse, aussi, ce qui n'a pas facilité les choses. Venez la voir.

Que de cheveux! Et noirs comme ceux de la mère.

On pourrait déjà lui mettre un ruban, dit l'infirmière.

– Je croyais qu'ils étaient chauves, d'habitude, bredouilla Francis.

Le médecin se mit à rire.

– Je vous ai dit qu'elle était jolie. Elle vous donnera du souci, à seize ans.

– Une fille... dit Francis.

– Elle comptera plus que dix garçons pour vous. C'est moi qui vous le dis.

La toute petite main était chaude, et les doigts minuscules se refermèrent sur le sien. Faible créature, à peine sortie du sein maternel, et qui déjà saisissait la vie! Tremblant d'émotion, Francis n'aurait jamais retiré sa main si l'infirmière n'avait reposé le bébé dans son berceau.

Lionel lui lança un coup d'œil interrogateur.

– C'est une fille, dit Francis. Elles vont bien toutes les deux.

– Ah! Eh bien, bonne chance, mon vieux! Je suis heureux pour toi. Mais viens voir quelque chose. N'est-ce pas un excellent présage?

Brillant orgueilleusement dans la pénombre, le croiseur s'avançait dans le port.

– Voilà, dit Lionel. Tout s'arrange en même temps. Encore quelques heures et ce sera de nouveau la paix et l'ordre. Dieu merci, c'est fini!

– Détrompez-vous, dit le Dr Strand. C'est loin d'être fini. On n'a encore rien vu.

– Vous croyez?

– Oui. Ce n'était qu'une échauffourée. Un avant-goût... Attendez donc quelques années...

Mais Lionel n'écoutait plus.

– Tu ne rentres pas tout de suite, Francis? Le calme n'est sûrement pas encore revenu.

– J'ai trop sommeil. Je pourrais dormir une semaine sans m'arrêter.

– Fais bien attention, alors. Sois prudent.

Une brise suave traversait le matin tranquille, et de petits nuages de poussière grise montaient du lit de cendres qui s'étalait à l'emplacement de l'aile neuve. Une pluie miraculeuse avait éteint l'incendie à quelques mètres à peine du bâtiment principal. Osborne se désespérait :

– Si seulement l'averse était venue plus tôt! On a essayé avec l'eau du puits, mais la pompe était trop faible. Et le tuyau était trop court pour aller chercher l'eau de la rivière. Alors on a utilisé des seaux. On a tout tenté, monsieur Luther. Ma femme est venue avec les domestiques. Tout le monde était là.

– Je sais que vous avez fait le maximum, dit Francis.

– Mais ce feu! Je n'en croyais pas mes yeux! On avait le vent contre nous, et la peinture était fraîche; en quelques minutes, tout flambait. On aurait perdu toute la maison sans cette averse.

De l'aile neuve, il ne restait rien que des morceaux de métal tordu : des chenets ou des candélabres.

– C'était terrible! dit Osborne, les yeux encore agrandis par l'horreur.

Francis écoutait sans rien dire. Depuis la veille les gens venaient à lui et, croyant lui apporter du réconfort, l'étourdissaient de paroles.

– Franchement, je me demande comment cela a pu arriver, monsieur Luther! continuait Osborne. C'est la seule maison à avoir été incendiée! Oh, il y a bien eu quelques champs de canne, mais ça c'était inévitable! Pas une maison n'avait brûlé depuis des dizaines d'années. Au moins depuis ma naissance.

– Je sais, dit Francis.

Une douleur lancinante lui enserrait la poitrine. Il se demanda une seconde si le chagrin pouvait causer une crise cardiaque. Ce n'était pourtant pas le moment d'abandonner Marjorie avec un nouveau-né, au milieu de ce chaos.

Osborne baissa la voix.

– Vous savez, je me demande si ce n'est pas à cause de ces bananes qu'on a essayé de transporter malgré la grève. On a juste réussi à en sortir un chargement avant que la foule nous barre la route. Ils étaient fous de rage, ça, c'est sûr. Mais je mettrais ma main à couper que ce ne sont pas les gens d'ici. Renverser un camion, d'accord; mais de là à mettre le feu à une maison... Ils ne feraient jamais une chose pareille. En ville, il y avait des bandes – des gosses de quatorze ans au plus – qui allumaient des incendies de tous les côtés. Mais ils vous filent entre les doigts comme des anguilles, ces gamins-là. Ils ne les attraperont jamais.

Pour la première fois depuis des heures, les idées s'organisaient dans l'esprit engourdi de Francis.

– Non. Pourquoi des gosses de la ville seraient-ils venus jusqu'ici? Ce sont les grévistes, évidemment. Peut-être pas ceux d'Eleuthera mais quelques fortes têtes des villages voisins... Mon oncle m'a raconté qu'on les a poussés à piller et à brûler. Il y a eu un meeting à même pas trois kilomètres! Au début, je n'y croyais pas. Mais j'y suis bien obligé, maintenant...

Osborne ne fit aucun commentaire. Des gouttes tombaient du ciel pur et lumineux. Il avança la main et dit :

– Tiens, une ondée.

Un fragment de tissu déchiqueté et noirci gisait dans l'herbe. Au milieu, on apercevait encore des arabesques de pivoines. L'étoffe que Marjorie avait fait venir de New York. Francis le ramassa. Elle avait eu tant de plaisir à décorer cette aile neuve de la maison!

Il lissa le morceau de tissu entre ses doigts. Son père était mort au milieu de ces tentures en flammes. Il s'était éteint parmi les pivoines rouges et blanches. Eteintes pour toujours, la gaieté, la gentillesse, la générosité et l'incorrigible faiblesse. Enveloppée de bandages, sa mère reposait, abîmée dans un silence hébété. C'est à cause de moi qu'elle est venue, se dit Francis pour la millième fois.

Il demeura là un long moment, à pleurer sous la pluie chaude et tranquille.

16

On compta les morts. Il y avait eu le père de Francis dans l'incendie d'Eleuthera, les victimes des affrontements avec la police et un malheureux soldat, à peine arrivé d'Angleterre, tombé sous une balle perdue.

La silhouette massive et luisante du croiseur domina quelque temps le port. L'ordre fut rétabli. On balaya les débris de verre, et les gens reprirent le travail. Dans les rues et sur les routes, on se saluait de nouveau avec bonhomie. Mais quelle somme de rage et de rancœur couvait encore sous cette politesse souriante, nul n'aurait su le dire...

Pendant ce temps, Francis allait et venait, vaquait à ses occupations, le pas et le geste mécaniques, dans un état d'hébétude proche de la stupeur. Après les funérailles de son père – une simple cérémonie, en l'absence de la dépouille du défunt – il se rendit à l'hôpital. Là, Marjorie, bouleversée, berçait son nouveau-né en pleurant, dans une autre chambre, sa mère s'efforçait de surmonter le choc nerveux et se remettait lentement de ses brûlures. A Eleuthera il passait de longues heures assis sans bouger dans sa bibliothèque, les yeux fixés vers la fenêtre derrière laquelle sa peine semblait le narguer, telle une grande forme sans visage.

Il était assis là, derrière son bureau, lorsque Kate entra.

– Mon amour! dit-elle.

Il appuya la tête contre sa poitrine. Elle lui caressa les cheveux.

– Que puis-je faire pour toi, mon amour?

– Etre là, près de moi.

Il voyait ses seins monter et descendre doucement au rythme de sa respiration. Elle avait le cou et les épaules tout rouges.

– Tu as attrapé un coup de soleil, murmura-t-il.

– Oui, en faisant du jardinage. J'aurais dû mettre une veste.

Il leva sa tête, la regardant d'un air de reproche.

– Tu as l'air fatiguée. Tu ne te ménages pas assez.

– Je n'arrive pas à dormir. J'étais trop inquiète pour toi.

Ses yeux étaient presque violets, la couleur de la mort et du chagrin.

– Alors tu m'aimes, dit-il comme s'il ne cessait de s'en émerveiller. Tu m'aimes.

Il ne s'était jamais senti si proche de quelqu'un. Un même sang semblait couler dans leurs veines. Un désir aussi soudain qu'inattendu le submergea.

Il se leva et tira les rideaux. Un mur d'un vert ondoyant les protégeait du monde extérieur. Une fraîcheur aquatique envahit la pièce.

– Ici? demanda-t-elle.

– Oui. Je vais tirer le verrou.

Il ne l'aurait prise nulle part ailleurs, dans la maison imprégnée de la présence de Marjorie. Par respect pour Marjorie et pour Kate, par respect pour lui-même, peut-être, il ne l'aurait pas pu. Mais la bibliothèque n'appartenait qu'à lui; c'était son refuge.

Abîmé en elle, il trouva réconfort et consolation.

Puis ils demeurèrent un long moment dans les bras l'un de l'autre, immobiles et sans parler. Le blanc du plafond s'éteignait lentement pour devenir d'un gris lumineux.

– Il se fait tard, dit-elle en se levant.

Elle enfila sa robe et alla ouvrir les rideaux. Une grande tache de lumière s'épanouit sur le sol.

Francis jeta un coup d'œil par la fenêtre. Le spectre sans visage avait disparu; plus rien ne le narguait. Seul l'après-midi s'étirait indolemment entre les arbres.

– Tu savais, n'est-ce pas, combien j'avais besoin de toi? dit-il.

Un tendre sourire incurva les lèvres de Kate mais s'effaça presque immédiatement. Une grande tristesse assombrit son visage. Il s'écria:

– Que se passe-t-il?

Elle répondit par un murmure presque inaudible.

– Je ne sais pas pourquoi, mais je me sens coupable, tout à coup. C'est d'être dans sa maison, je crois.

Que la honte pût souiller leur amour le mettait hors de lui. Mais il ne savait que dire.

– Tu... comprends ce que je veux dire, Francis?

– Je ne sais pas...

Il sortit une bouteille et deux verres d'un placard.

– Tu veux quelque chose? Ça te fera du bien.

– Non, merci. Parle-moi du bébé, s'il te plaît.

Déjà, elle reprenait son sang-froid.

– Elle est adorable, dit-il avec un sourire. C'est drôle comme je voulais un garçon. Comme tous les hommes, peut-être? Mais maintenant, ça m'est égal. Elle s'appelle Megan. C'est un prénom gallois. La famille de Marjorie est d'origine galloise.

– Je voudrais lui faire un très beau cadeau. Je peux?

– Bien sûr! Pourquoi pas?

– Je ne sais pas. Etant donné les circonstances, je me disais que...

Le visage de Francis se fit grave.

– Oh, Kate, mon amour! Comme je voudrais que les choses soient aussi simples et limpides que notre amour! Pourquoi faut-il que tout soit toujours si embrouillé?

– Nous ferons notre possible pour l'éviter. Je te le promets.

– C'est ma faute. Je te complique la vie.

– Non, au contraire. Tu as donné un sens à ma vie. Pardonne-moi pour ce moment de doute. Ça ne se reproduira plus. Il faut savoir assumer...

Puis, faisant tinter ses clefs de voiture :

– Je vais de ce pas chercher un cadeau pour Megan. Ensuite... Je suis désolée de te demander ça maintenant, Francis, mais je n'ai personne d'autre à qui m'adresser. Ou alors il faudrait attendre le retour de Nicholas Mebane, c'est-à-dire demain soir, et il n'est décemment pas possible de laisser...

– De quoi parles-tu?

Kate se rassit.

– Patrick a été arrêté, ce matin.

Francis se raidit.

– A-t-on jamais rien vu de plus absurde? C'est criminel. Un imbécile a dû décider de mettre la main sur tous ceux qui ont osé dire ce qu'ils pensaient. « Incitation à l'émeute »! Patrick! Tu te rends compte?

Francis se mordit les lèvres.

– Et que veux-tu de moi?

– T'emprunter de l'argent. Je ne serais jamais venue t'ennuyer avec ça en ce moment, mais je n'ai pas un sou devant moi et on ne peut pas laisser un homme comme Patrick sous les verrous, ne serait-ce qu'une nuit.

Francis réprima un violent accès de fureur. D'un ton glacé, il lança :

– Qu'ils le pendent dès ce soir! Ce n'est pas moi qui m'en plaindrai.

Kate le regarda d'un air atterré.

– Qu'est-ce que tu dis? Tu n'es pas sérieux?

– Mon père a été brûlé vif dans ma maison et ma mère n'en a réchappé que par miracle; et tu me demandes si je suis sérieux?

– Tu ne crois tout de même pas que Patrick s'est faufilé entre les hautes herbes pour mettre le feu à ta maison?

– Il en a été l'instigateur, et ça, tu ne peux le nier.

– Hein? Mais je peux te prouver que...

– Ce n'est pas l'homme qu'on croyait. Ouvre les yeux et...

– Ce n'est peut-être pas l'homme que tu croyais mais...

– Il pouvait m'aider à sauver ma récolte. Il aurait au moins pu essayer. Mais il a refusé. Et après, non content de ça, il a prononcé des discours incendiaires sur le pas de ma porte. Il savait dans quel état d'excitation étaient les gens, et au lieu de les calmer pour protéger un ami, il a fallu qu'il...

– Des discours incendiaires! Patrick? Même s'il le voulait, il n'y arriverait pas! Il ne peut pas s'empêcher de parler comme un instituteur. Crois-moi, il va devoir faire des progrès, s'il veut se lancer dans la politique!

– En l'occurrence, il ne s'est pas si mal débrouillé. Lionel m'a dit...

– Lionel! répéta Kate, la voix vibrante de mépris. Ah, je commence à comprendre! Alors, c'est Lionel qui a répandu ces bruits orduriers dans Covetown! Il est encore plus ignoble que je ne le croyais.

Elle se leva et se mit à marcher de long en large en faisant claquer la fermeture de son sac à main.

– Francis, écoute-moi! C'est moi qu'il faut écouter, pas Lionel!

Il ne l'entendait pas. La voix de Patrick Courzon résonnait encore à ses oreilles: « Vous vous conduisez comme un grand féodal. » Puis ce fut celle d'Osborne qui s'écriait: « On a tout tenté, monsieur Luther. » Il se voyait debout sous la pluie devant un lit de cendres fumantes.

– Salaud! cria-t-il. Ignoble salaud! Et toi, c'est seulement pour le défendre que tu es venue! Moi je ne compte pas, il n'y en a que pour lui, hein, c'est ça?

– Tu ne peux pas penser une chose pareille, Francis! Je croyais pouvoir te demander de l'aide pour l'être le plus noble et le plus honnête qui soit. Comment penser que tu puisses imaginer une telle absurdité!

– Une absurdité? On peut essayer de comprendre, Kate, on peut être humain... être...

Dans sa rage, il trébuchait sur les mots.

– ... être libéral, mais tu vas un peu trop loin. Tu excuserais n'importe quoi de la part de tes chers opprimés. Incendie criminel. Meurtre. N'importe quoi!

Elle posa la main sur son bras.

– Je t'en prie, Francis. Reprends-toi. Cessons de nous affronter. Souviens-toi, on s'aime.

– Non, Kate, tu ne m'auras pas comme ça. Le coup que j'ai subi cette semaine... Je ne sais pas si je m'en remettrai un jour, et...

– Tu crois que je ne m'en rends pas compte, Francis? Mais tu confonds deux choses différentes.

– Non. Tout est lié. Il est responsable de cette tragédie, et tu parles de lui comme d'un héros! Je ne peux pas accepter ça, Kate.

Elle retira sa main. Ils demeurèrent quelques instants silencieux. L'activité reprenait dans la maison. Des éclats de voix se firent entendre depuis la cuisine, une porte claqua, secouant la torpeur de l'après-midi.

– Essayons de parler raisonnablement, finit par dire Kate.

– Je veux bien. Mais d'abord, tu dois te ranger à mes côtés.

– Même s'il me faut poignarder un ami dans le dos? Quelqu'un qui n'a rien fait de mal?

– Mais il est coupable!

– Et si je pense qu'il ne l'est pas?

Elle releva la tête d'un air de défi.

– Tu es trop butée, dit-il avec un geste las. Il y a un mur entre nous.

– Ce sont tes préjugés qui dressent un mur entre nous, Francis. Tu as l'esprit trop étroit.

– Des préjugés! De quoi parles-tu? Tu sais très bien que ce n'est pas vrai.

– C'est ce que tu crois, Francis. Mais tu te trompes. Je commence à comprendre. Tu es furieux que Patrick Courzon, un « indigène », ait osé te refuser quelque chose, à toi qui lui faisais l'insigne honneur de le recevoir. C'est pour ça que tu le rends coupable du drame!

Il se sentait accablé, soudain, et floué. Comment pouvait-elle se retourner de la sorte contre lui? Il passa à l'attaque.

– Tu es fanatique et irresponsable, Kate! Tu n'as pas les pieds sur terre. Peut-être que Lionel avait raison, finalement. Après tout, il te connaît mieux que moi!

Les yeux de Kate étincelaient de fureur.

– Quoi? Si tu peux dire une chose aussi ignoble, Francis, on n'a plus rien à faire ensemble! Ma main dans la figure, voilà ce que tu mérites! Mais je ne m'abaisserai pas à...

– Je crois... dit-il, je crois que tu ferais mieux de partir, maintenant. Nous ne sommes pas du même bord.

Elle gagna la porte.

– Certainement pas! Et Dieu me préserve de jamais l'être!

Il entendit ses talons claquer dans le couloir. La porte se referma et la voiture démarra dans l'allée. Les coussins du canapé où ils avaient fait l'amour étaient dérangés. Pensivement, il les remit en place. Tout était allé si vite. La beauté, le ravissement de leur amour venaient de se désintégrer en un tourbillon grimaçant au fond de lui!

La seule fois où il aurait eu besoin d'elle, dans l'épreuve la plus dure de sa vie, elle se détournait pour aller vers l'homme qui avait causé son malheur!

La vie n'était qu'une vaste supercherie...

Il passa dans la salle de bains pour prendre une douche; puis, à peine séché, parce qu'il se sentait encore sale, il en reprit une autre. Incapable d'avaler une bouchée, il laissa son dîner et, lui qui buvait peu, se retira dans sa chambre avec une bouteille de cognac. Il se versa verre sur verre. Les images défilaient à une allure folle dans sa tête. Le feu faisait rage, les vitres éclataient; des Noirs lançaient des pierres en hurlant leur haine et Patrick Courzon grimaçait; un rictus méprisant tordait la bouche de Kate; baignée de sueur, Marjorie se débattait sur son lit d'hôpital; ses parents terrifiés appelaient au secours; des larmes inondaient le visage meurtri de sa mère. Tout se mit à tournoyer, silhouettes fantomatiques et murs de la chambre confondus. Il fut pris de nausée, puis l'épuisement eut raison de lui, et il s'endormit.

Patrick Courzon fut rapidement libéré, ainsi que les dirigeants syndicaux. Seuls furent condamnés ceux qui s'étaient livrés à des actes de violence. Le juge, un Anglais en perruque blanche, face aux avocats noirs, également en perruque blanche, fit un discours bien tourné sur la liberté d'expression et le droit de grève. Transplantée des brumes de l'Europe dans la touffeur bourdonnante de la salle du tribunal de Covetown, la vieille machine judiciaire, bien huilée, fonctionna sans accroc.

La grève ne fut pas un échec total. Deux semaines après la reprise du travail, les planteurs se réunirent pour décider d'une augmentation de salaire de quinze pour cent. Sans répondre à toutes les revendications des travailleurs, cet effort fut accueilli comme un succès partiel. Tout rentrait dans l'ordre...

L'ironie du sort voulut que les plus fermes soutiens de Francis dans son chagrin fussent Lionel et Marjorie.

Le père Baker lui-même ne sut lui offrir que des platitudes.

– Je connais la force indicible de votre douleur, Francis. Mais la haine corrompt l'âme. Pour votre salut, vous devez la surmonter; et cela est d'autant plus nécessaire que nous ne connaissons pas les coupables.

Un coup de pouce en faveur de Courzon!

– Je sais parfaitement qui ils sont, mon père, répondit froidement Francis.

Nicholas Mebane se présenta avec ses condoléances, assorties d'un discours destiné à dégager sa responsabilité.

– Comment vous dire combien je regrette que tout cela se soit produit en mon absence?

Son visage mobile se fit grave.

– Je ne sais pas, mais je suis presque sûr que cette tragédie ne serait pas arrivée si j'avais été là.

– Vous êtes d'accord avec moi donc, en ce qui concerne la responsabilité?

– C'est difficile... Comprenez ma position. J'aurais peut-être réussi à faire sortir votre récolte sans dommage. Mais ce n'est pas sûr. Il faut trouver les mots capables de retourner une situation, et il faut que les gens soient prêts à les entendre à ce moment-là. C'est tout l'art de l'homme politique: croyez-moi, ce n'est pas facile.

Ambiguïté et faux-fuyants sont aussi le propre des politiciens, songea Francis, légèrement agacé.

– Je sais, dit-il.

– Mais personnellement, je n'aurais pas permis ce discours si près de vos grilles. Vous savez, je comprends très bien ce que vous ressentez, et je pense qu'à votre place j'aurais réagi de même. Cependant... C'est délicat, mais Patrick et moi sommes étroitement liés dans un projet commun. Je lui ai parlé... Et sachez que je lui reparlerai...

– C'est inutile, coupa Francis. Ce qui est fait est fait. Ne bouleversez pas tous vos projets pour moi.

– L'art de l'homme politique, répéta Mebane, est pour une grande part fait de compromis... et de discernement, surtout de discernement! Je crois que mon ami Patrick a encore bien des choses à apprendre sur ce plan-là.

Il soupira.

– J'ai souvent l'impression d'être sur la corde raide, vous savez, Francis. D'un côté, j'ai mon organisation qui s'élargit de jour en jour et rassemble de plus en plus de sympathisants actifs; je ne peux pas tout lâcher comme ça. Mais il y a aussi votre amitié, et j'y tiens tout autant...

– Ne vous inquiétez pas. Le fait que nos opinions divergent sur M. Courzon n'a pas à interférer dans l'estime que nous nous portons mutuellement. Je comprends très bien cela.

– Comme je suis soulagé de vous l'entendre dire! dit Mebane en se levant. Vous ne pouvez pas imaginer! Et qui sait, peut-être qu'un jour tout s'arrangera.

D'une voix rapide, il ajouta :

– Mais le plus important est que vous et moi continuions d'une certaine manière à aller le même chemin. L'avenir de Saint-Félice nous préoccupe tous deux éminemment, vous en tant que producteur, moi – espérons-le – en tant que dirigeant. Et je sais que nous nous comprenons.

Francis acquiesça d'un bref signe de tête.

– Le moment venu, vous aurez mon soutien.

Qu'importaient les ambiguïtés? Mebane était un politique, après tout! Mais c'était aussi un homme raisonnable et correct. Il fallait le respecter.

– Si vous avez besoin de quoi que ce soit, je suis à votre disposition, dit Mebane. Vous savez où me trouver.

Il lui serra la main si énergiquement que sa grosse chevalière en or meurtrit les doigts de Francis.

– J'ai été heureux d'apprendre que votre mère allait mieux.

– Oui, Dieu merci! Je la mets dans l'avion demain.

– C'est une femme courageuse. Transmettez-lui mon meilleur souvenir, ainsi qu'à votre femme, sans oublier votre toute jeune fille.

Il repartit en laissant une superbe coupe en argent gravée au nom de Megan, achetée chez Da Cunha.

– Regarde ce que Nicholas Mebane a apporté pour Megan.

Il déposa la coupe sur le lit où Marjorie était assise, appuyée contre les oreillers de dentelle.

– Splendide! De l'argent danois, fait main! s'exclama Marjorie en l'effleurant du bout des doigts.

Elle la retourna.

– Tiens, regarde le poinçon. Ça vient bien du Danemark.

– Il est très généreux. Un peu trop même.

Par réaction contre les goûts ostentatoires de son père, les présents coûteux l'avaient toujours gêné.

– Pourquoi cela? Il paraît qu'il est très riche. J'ai toujours bien aimé Nicholas, de toute façon. Et sa Doris est vraiment charmante. Quel dommage qu'une femme si jolie et si intelligente ait à souffrir d'un tel handicap! Ça ne doit pas être facile d'être noire. Tu vois que je ne suis pas l'affreuse raciste que tu crois. C'est Patrick que je n'aime pas, c'est tout. Je l'ai toujours trouvé confus. Le parfait semeur de troubles! N'avais-je pas raison, finalement? termina-t-elle, triomphante.

Francis ne répondit rien. Il venait de vivre un drame, avait perdu un ami et une amante...

Un profond sentiment de désarroi le submergea, les larmes lui montèrent aux yeux et, pour les dissimuler, il se mit à retaper les coussins de Marjorie.

– Tu as l'air exténué, dit-elle doucement. Ça a dû être terrible pour toi. Mais songe que le pire aurait été de perdre cet enfant.

Elle trouvait toujours les mots justes, ceux qui l'aidaient à prendre la mesure des choses, et il lui en était profondément reconnaissant. Les premiers jours, terrifiée, elle avait voulu partir, quitter l'île immédiatement; mais Francis – sens du devoir, sens de la propriété ou orgueil pur et simple – ne supportait pas l'idée d'abandonner Eleuthera. Alors, pour ne pas ajouter à son désarroi, elle avait surmonté sa frayeur et s'était, cette fois encore, rangée aux arguments de son mari; de cela aussi, Francis lui savait gré.

– C'est vrai, dit-il, pensif. Mon père disait : « Ne jamais perdre de vue l'essentiel... c'est le premier commandement, la seule et unique véritable règle dans la vie. » Et l'essentiel, aujourd'hui, c'est nous trois. Notre unité.

– C'est évident.

– Ce n'est pourtant pas ce qu'on nous enseigne à l'école du dimanche. Mais je vais mettre la règle en pratique dès lundi, ma chérie. Il va falloir travailler dur pour rattraper cette récolte perdue. La demoiselle que voilà a besoin de chaussures neuves.

Marjorie éclata de rire.

– Regarde comme elle est mignonne!

– Normal. Elle a le nez des Francis.

– Et ça lui va à ravir, conclut Marjorie.

Elle s'étira en bâillant. Il ne l'avait jamais vue si heureuse, si épanouie. Si douce. Peut-être un miracle allait-il faire renaître l'élan entre eux, à présent? L'autre... l'autre femme? Un moment d'égarement, voilà tout! Quoi de plus banal dans la vie d'un homme?

– Oh, j'ai sommeil! dit Marjorie, alanguie.

– Repose-toi. Tu veux un jus de fruits ou autre chose?

– Plus tard, merci. Une citronnade, dans une heure ou deux, ce serait parfait. C'est si gentil d'être aux petits soins pour moi, Francis!

– Vu le bébé que tu nous as donné, tu ne mérites pas moins, répondit-il gaiement.

Le cœur léger, il referma la porte sans faire de bruit. Ce n'est qu'au bas de l'escalier qu'il lui vint à l'esprit que depuis le retour de Marjorie ils n'avaient pas échangé un seul baiser.

La petite fille était dans son berceau sur la véranda, et Francis la surveillait tandis que la nourrice allait chercher quelque chose à l'intérieur, quand une voiture s'immobilisa en faisant crisser le gravier de l'allée. Patrick Courzon en sortit.

– Je suis venu aussi vite que possible, commença-t-il. J'ai vu Kate, et il faut que je vous parle.

Francis ne l'invita pas à s'asseoir. Lui-même se leva et vint s'appuyer à une colonne.

– Il n'y a strictement rien à dire.

– Francis, j'ai été horrifié d'apprendre ce qui s'est passé.

– Vraiment?

– Kate dit que vous m'en rendez responsable. Et que vous lui en voulez à cause de moi. Elle dit...

– Je me moque de ce qu'elle dit.

– C'est injuste de ne pas me laisser m'expliquer.

– Vous osez parler d'injustice?

Le visage brun clair de Patrick s'empourpra. Près de s'émouvoir, Francis jeta un coup d'œil vers le berceau où le bébé avait émis un gazouillement. Si elle était venue au monde une semaine plus tôt, elle aussi aurait péri dans le brasier. La nausée lui souleva l'estomac, et il se raidit.

– On ne balaye pas une amitié... commença Courzon.

– Ce n'est pas vous qui allez m'apprendre ce qui se fait et ce qui ne se fait pas!

– Je ne vous demande rien de plus qu'une chance

d'éclaircir certains points obscurs. La douleur vous égare et...

Quelle arrogance! Il osait parler d'égarement, lui qui – exactement comme Kate, d'ailleurs – s'identifiait à la racaille qui avait détruit sa maison et assassiné son père?

– Je vous ai déjà dit que je ne voulais pas vous parler. Et maintenant, allez-vous-en ou je ne réponds plus de rien.

– Francis, vous ne pouvez pas...

– Si, je peux! Partez, maintenant. Ça vaut mieux.

Il demeura là un long moment à regarder se dissiper le nuage de poussière soulevé par la voiture de Patrick. Puis ses yeux glissèrent sur le champ où les deux chiens blancs dormaient, le museau entre les pattes. Loin au-dessous, on apercevait un morceau de plage et le scintillement du soleil sur la mer. Derrière la maison, la colline s'élevait en gradins de différents verts – bananiers, palmiers, bosquets d'essences variées – jusqu'au sommet du morne à cette heure drapé d'une brume cotonneuse. Son paisible royaume! L'orage pouvait gronder à l'extérieur, la société se déchirer et les politiciens s'agiter, son royaume continuerait à vivre dans la paix et la juste prospérité. Il allait y veiller.

Il jeta un coup d'œil sur le bébé endormi. Personne ne viendrait troubler sa sérénité!

– Salaud! Ignoble salaud! cria-t-il si fort que les paupières de l'enfant frémirent.

Alors il se pencha sur le berceau et, d'un geste tendre, rajusta la couverture de léger coton blanc.

17

Quatre mois plus tard, Megan était une jolie petite fille avec des yeux d'un étonnant bleu foncé. Francis et Marjorie l'entouraient de mille soins, s'empressaient continuellement auprès d'elle, et tout le monde trouvait cela naturel : ils avaient attendu si longtemps!

Lui déclarait à qui voulait l'entendre que sa fille avait hérité du nez des Francis, et il en tirait une certaine vanité. La marque de la famille, disait-il, et qui donnait de la noblesse au visage.

Marjorie commandait les vêtements de Megan en France par l'intermédiaire de Da Cunha. Dans le catalogue d'un des magasins les plus luxueux de New York, on choisit un magnifique cheval à bascule de la taille d'un petit poney, une balançoire à installer sur la pelouse et assez de livres pour occuper l'enfant jusqu'à l'âge de dix ans...

Elle avait déjà presque deux ans lorsqu'ils durent se rendre à l'évidence : Megan était retardée.

A six mois, le bébé ne se retournait pas de lui-même. A neuf mois, elle n'essayait ni de s'asseoir ni de se déplacer à quatre pattes; elle ne disait pas « maman », elle ne riait pas. A un an, elle ne tentait même pas de se redresser sur ses jambes.

Un jour, au club, alors que les enfants barbotaient dans le petit bassin, une femme fit remarquer assez haut pour que Marjorie pût l'entendre :

« Ils devraient faire quelque chose, quand même... Regardez-moi cette enfant qui reste là sans bouger! On dirait un légume!

Posée dans sa poussette, une expression de contentement sur le visage, Megan ne bougeait pas.

La chaleur moite de l'après-midi rosissait ses joues et faisait boucler ses fins cheveux.

Alarmée, Marjorie rapporta l'incident à Francis qui s'efforça de la rassurer.

– Tous les enfants n'évoluent pas au même rythme. On dit qu'Einstein ne parla pas avant l'âge de trois ans.

Mais il pensait à sa sœur Margaret, et l'inquiétude sourde qui en réalité le tenaillait depuis des mois explosa en une panique glacée.

– Maggie a élevé sept enfants; elle l'aurait remarqué s'il y avait quelque chose d'anormal, non?

Maggie était une femme de chambre à qui l'on confiait fréquemment Megan.

– Certainement. Et puis le médecin nous en aurait parlé.

Alors ils interrogèrent le médecin.

– Ça faisait un bon moment que j'y pensais, reconnut-il.

Une sueur froide vint perler dans le dos de Francis.

– Comment? Que voulez-vous dire? Pourquoi n'en avoir pas parlé plus tôt?

– Premièrement, on n'avance pas des choses pareilles sans en être sûr. Les enfants ne progressent pas tous selon les courbes indiquées dans les manuels. Je ne voulais pas vous inquiéter sans nécessité.

Un homme vieux, et très las... Il se renversa contre le dossier de son siège qui grinça dans le silence.

– Mais j'avais l'intention d'aborder le problème à la visite suivante.

– Le problème? Quel problème? demanda Francis.

– Un certain degré d'arriération. Quel degré, je ne sais pas.

Marjorie étouffa un cri. Songeant à Margaret, Francis n'osa pas regarder sa femme.

– Il n'y a rien à faire, de toute façon, dit le médecin avec une tristesse bienveillante. Il faut l'encourager au maximum... Montrez-vous patients et affectueux, mais cela, je sais que vous l'êtes.

Il est des vérités que l'on n'accepte pas aisément. Marjorie pleura tout le long du chemin du retour, puis elle sécha ses larmes.

– Il est trop vieux, dit-elle. La médecine a progressé depuis qu'il a quitté l'université. Il faut emmener Megan chez un spécialiste américain.

Boston, Baltimore, Philadelphie et New York : une ronde infernale qui dura un an.

– Ne leur parle pas de ta sœur, dit Marjorie. Ça pourrait influencer le diagnostic.

C'était la première fois qu'elle faisait allusion à sa sœur. Comme toujours – et comme au tennis ! – elle jouait franc jeu. Elle l'avait épousé en toute connaissance de cause, pour le meilleur et pour le pire, et elle affrontait le pire avec dignité, c'est-à-dire sans lui montrer de rancœur... Il ne s'en sentait que plus responsable.

– Tout le monde sait, disaient les spécialistes, que le QI n'est pas une mesure idéale. Mais on est bien obligé de se référer à une échelle. En gros, on situe l'arriération légère entre cinquante et soixante-quinze. Il s'agit là des patients dits éducables. Ils pourront accomplir des tâches simples et répétitives, ce qui leur permettra une certaine socialisation. Ils pourront même travailler et s'assumer financièrement. Entre trente-cinq et cinquante, l'individu est semi-éducable; c'est-à-dire qu'il pourra se prendre en charge physiquement et...

– Mais, interrompit une fois Marjorie, on lit partout que les retardés sont fondamentalement des enfants non désirés. Leurs parents ne s'occupent pas d'eux, ne les stimulent pas en leur parlant et en leur lisant des histoires. C'est loin d'être notre cas.

– C'est exact. Mais il faut aussi compter avec les facteurs génétiques. Il peut y avoir des désordres du métabolisme protéinique, des anomalies chromosomiques... C'est très complexe.

– Alors que faire maintenant, docteur?

– Ramenez-la chez vous. Soyez attentionnés; encouragez-la. Il faudra consacrer beaucoup de temps à lui enseigner tout ce qu'elle pourra assimiler. Vous verrez plus tard si elle peut suivre à l'école et jusqu'où; et si l'école classique ne lui convient pas, vous pourrez l'inscrire dans une institution spécialisée. Pour l'instant, on ne peut pas savoir.

Ainsi, les spécialistes ne leur en dirent pas plus que le vieux médecin de Covetown.

Avant de rentrer à Saint-Félice, ils rendirent visite à la mère de Francis qui vivait seule avec Margaret. Louise, sa jeune sœur, était là avec ses deux bambins... en excellente santé et parfaitement éveillés, remarqua Francis.

– Je suis contente de vous voir, déclara Margaret avec un sourire satisfait.

Elle avait beaucoup forci. Ses bas tire-bouchonnaient et son nez coulait. Francis la moucha.

– Excusez-moi, murmura Teresa. C'est difficile de veiller à tout.

– Je sais bien, maman.

Au moment où Teresa était sortie de la pièce, Louise leur dit :

– Elle s'occupe de Margaret toute la journée. Pas une seconde de répit. Je me demande comment elle tient.

Margaret était allée dans la cuisine.

– Elle va encore piquer dans la boîte à gâteaux! Le médecin dit qu'elle mange trop. Encore quelques années comme ça, et elle sera monstrueuse. Mais elle hurle si on ne la laisse pas s'empiffrer. Son caractère ne s'améliore pas avec l'âge. Franchement, je ne comprends pas comment maman supporte ça.

Marjorie avait les yeux fixés sur le mur.

– Il faudrait la mettre dans une institution, c'est évident, poursuivit Louise. Mais maman ne veut pas en entendre parler. Une mère n'abandonne pas ses enfants! dit-elle. Tu sais comment elle est.

– Oui, dit Francis, je sais.

De ce jour, leur monde tourna autour de Megan exclusivement. Vers elle allaient toute leur attention, toutes leurs préoccupations.

Francis rentrait après sa tournée dans l'exploitation et demandait simplement :

– Alors?

Ils se comprenaient à demi-mot. Parfois, elle l'attendait dans le vestibule et, avant même qu'il eût ouvert la bouche, elle lui annonçait :

– Elle a pris sa tasse toute seule, aujourd'hui.

Et il se précipitait pour voir l'enfant répéter l'exploit.

Comme si l'énergie leur manquait, ils ne se querellaient plus, et tout ce qui autrefois les faisait se dresser l'un contre l'autre leur paraissait dérisoire à présent.

Son sentiment de culpabilité vis-à-vis de Marjorie le rongeait. Elle n'aurait pas vécu ce drame si elle avait épousé quelqu'un d'autre! Il était d'autant plus accablé qu'elle ne lui faisait aucun reproche.

Parfois une curieuse indifférence le gagnait. Il était une bête de somme pour laquelle plus rien n'existait que ce fardeau légué par le sort et qui avait pour nom Megan. Chaque matin, résigné, les yeux fixes, il allait au labeur et ne le laissait qu'au soir lorsque, abruti de fatigue, il revenait se coucher.

La bête de labour portait des œillères. Les événements qui secouaient le monde extérieur à son sillon quotidien ne le touchaient pas. Il parcourait le journal d'un œil distrait : des pantins dérisoires s'agitaient dans un lointain décor de théâtre. L'humanité, à présent, allait son train sans lui, et c'était bien ainsi.

De même, la passion amoureuse n'était plus qu'un souvenir flou. Plus d'attente fébrile, plus d'espoirs vrais ou faux! Il n'y avait plus que le vide et son silence : la paix... et c'était bien ainsi. Faire l'amour comme on s'alimente, cela suffisait... La petite fille pleurait la nuit, alors Marjorie, pour se rapprocher d'elle, s'était installée dans une chambre au bout du couloir. Francis l'y rejoignait parfois... rarement.

Dans le Nord des Etats-Unis, autrefois, il avait connu l'été indien; et dans sa vie, aujourd'hui, il retrouvait le même parfum, les mêmes ciels immobiles au-dessus des arbres frémissants. C'était le seuil de l'hiver, quand tout fanait.

Jamais ne lui vint l'idée qu'il était trop jeune pour entrer déjà dans l'été indien.

LIVRE IV

Ennemis et amis

18

– Nous avons demandé notre indépendance totale et définitive, dit Nicholas Mebane en conclusion. A mon retour de la conférence constitutionnelle de Londres, ce sera chose faite.

Ces paroles furent suivies par un tonnerre d'applaudissements qui s'éteignirent dans le bourdonnement des conversations. Patrick jeta un coup d'œil autour de lui. La bannière était toujours suspendue au mur du luxueux bureau de Nicholas. A cette pièce on en avait adjoint, de l'autre côté du couloir, plusieurs autres où crépitaient les machines à écrire. Le parti était en pleine expansion... Tous les dirigeants syndicaux, jeunes ou vieux, étaient présents ce matin-là. Seul manquait Clarence Porter qui, s'estimant retiré une fois pour toutes, avait refusé de venir. Trois hommes d'affaires blancs coudoyaient les notables de la communauté noire : médecins, juristes et fonctionnaires.

Non loin de Patrick était assis Franklin Parrish, à peine revenu de Londres où il venait de terminer de brillantes études de droit. Ses traits fins, son nez légèrement busqué indiquaient quelques traces de sang indien. C'était un jeune Noir au teint cuivré, au visage franc et intelligent. Le gendre rêvé! se dit Patrick.

– La passation sera facile, disait Nicholas. Nous bénéficions de la structure léguée par les Britanniques. Nous leur devons beaucoup! L'organisation d'un gouvernement n'est pas une mince affaire!

Kate Tarbox se leva.

– Je voudrais dire quelque chose. A mon sens, il est fondamental qu'une fois indépendant notre pays – qui formera une toute petite nation – ne se replie pas sur lui-même. Il faut rester ouverts sur le monde. De nombreux liens fonctionnent déjà avec l'extérieur; nous avons un service aérien et une radio. On assiste à une certaine renaissance des Caraïbes sur les plans artistique et technique; les échanges d'étudiants sont de plus en plus fréquents ainsi que les efforts de recherche communs en agriculture tropicale. Veillons surtout à ce que l'indépendance ne nous fasse perdre aucun de ces avantages.

Le visage légèrement rosi, elle se rassit. Nicholas applaudit.

– Vous venez d'entendre la voix de la presse! Merci, Kate, pour tous vos efforts. Nous savons que grâce à votre vigilance, le *Trumpet* saura préserver notre richesse culturelle si intimement liée à celle des Caraïbes. C'est cela, le pouvoir de la presse...

Puis avec un sourire :

– Et le pouvoir des femmes!

Quelqu'un d'autre demandait la parole.

– Rien que dans les champs de canne, depuis 1961 et l'introduction des chargeurs mécaniques, on a perdu quatre mille emplois. Vous n'aboutirez à rien sans résoudre le problème du chômage.

Nicholas acquiesça avec gravité.

– Je suis bien conscient de ce problème, mais il me faudra l'approfondir, car je crains de n'avoir pas encore toutes les données en main. J'ai toujours pensé que nous devrions réduire les cultures d'exportation – qui représentent une dépendance dangereuse – au profit d'une agriculture plus rationnelle et différenciée. C'est à ce niveau qu'interviendront nos éducateurs.

Il se tourna vers Patrick.

– Si je suis élu, et je le serai, je suis décidé à mettre Patrick Courzon à la tête du ministère de l'Education. Les problèmes de l'enseignement et de l'emploi sont étroitement liés. Mais il faudra être très prudents; nous ne pourrons pas agir en un seul jour.

Un Blanc, le banquier Elliot Bates, prit la parole :

– Tout est lié, c'est évident. La modernisation de l'agriculture nécessite des capitaux. Je ne saurais trop vous conseiller de ne pas décourager les investisseurs...

Nicholas répondit d'un ton posé :

– Nous ne découragerons personne, et surtout pas ceux qui nous aideront à construire une vie meilleure. Rassurez-vous, monsieur Bates.

Il se leva.

– Eh bien, je pense que c'en est assez pour aujourd'hui. Voilà une matinée bien remplie. Merci de votre présence.

Patrick et Nicholas se retrouvèrent dans l'escalier.

– Tu as été parfait, dit Patrick. Tout a été mené exactement comme il le fallait... de main de maître!

– Pour l'instant, c'est facile... Mais, crois-moi, ça ne durera pas, à moins de trouver de l'argent, et beaucoup d'argent. Pour la campagne, d'une part, et aussi pour venir à bout des projets que nous avons tous en tête. Elliot Bates a raison, il faut que le capital soit de notre côté.

Ils descendaient Wharf Street.

– Ça ne te plaira sûrement pas, mais je suis allé à Eleuthera pour discuter avec Francis.

– Il t'a laissé entrer? lança Patrick d'un ton ironique.

– Oui, répondit Nicholas en riant, il me laisse toujours entrer. Nous entretenons des rapports cordiaux.

Patrick ne broncha pas.

– J'ai trop besoin de son soutien.

– Les planteurs ont tous des œillères.

Il s'efforça d'effacer la note d'amertume qui perçait dans sa voix.

– C'est la politique de l'autruche. Ils font comme s'ils ne voyaient pas venir l'indépendance.

– Ne t'en fais pas, ils ne sont pas si aveugles que ça... Mais Francis est différent. De cœur, il est avec nous. Et il peut m'aider à convaincre certains des autres planteurs à voter de notre côté.

Est-ce que je ne serais pas jaloux, par hasard? se dit Patrick. C'est grâce à moi qu'ils se sont rencontrés.

– Ils voteront pour nous, dit-il. L'autre camp est trop divisé, et ils le savent bien.

– C'est vrai. Mais attention à ne pas croire la partie gagnée d'avance... Il n'y a rien de plus dangereux. Francis dit qu'il ne veut pas faire de politique. N'empêche qu'il m'a remis un chèque rondelet.

Et en riant :

– Peut-être pour se débarrasser de moi, remarque! Sérieusement, Patrick, c'est vraiment idiot, cette histoire entre lui et toi. Il suffirait que vous puissiez parler, et tout s'arrangerait. Je le lui dis à chaque fois que je le vois.

– Ah bon?

– Ce n'est pas du baratin! Mais il croit dur

comme fer que Kate et toi n'êtes que des semeurs dc troubles.

Patrick était tiraillé : il désirait changer de conversation tout en ayant envie d'en savoir plus.

– Et quelle bêtise pour eux deux aussi! continua Nicholas. Allez, ne me dis pas que tu ne sais rien!

Patrick ne répondit pas.

– Bouche cousue malgré la trahison?

Nicholas posa la main sur le bras de Patrick.

– Excuse-moi, je ne voulais pas te blesser. De toute façon, tu as raison. Mais les nouvelles vont vite à Covetown. Presque tout le monde sait au sujet de Kate et de Francis. Sauf Marjorie Luther, apparemment.

– Encore une chance, dit Patrick sèchement.

– Oui. Ce n'est pas que je l'apprécie outre mesure; un peu trop Blanche-Neige pour mon goût! Mais elle m'a toujours aimablement accueilli. Quel drame que la venue de cette enfant handicapée! Ça doit être terrible de se dire qu'il va falloir assumer une chose pareille toute la vie. Ah, voilà ma femme!

Doris Mebane attendait au volant d'une voiture de sport. Elle leur fit signe de la main, faisant tinter ses bracelets.

– Patrick! Alors, tu as changé d'avis, j'espère?

Il lui fallut quelques secondes avant de comprendre de quoi elle parlait.

– Au sujet du voyage en Europe?

– Oui, elle a tellement envie d'y aller, Patrick!

– Et moi aussi je t'en saurais gré, Patrick, dit Nicholas. J'ai promis à Doris deux semaines en France pendant que je serai à la conférence de Londres. Ça ne me plaît pas de la savoir seule. Désirée lui tiendrait compagnie. Et ça ne te coûterait pas un sou...

– Je sais, Nicholas, et je t'en remercie de tout cœur. Des amis comme vous, on n'en rencontre pas deux fois dans une vie. Mais... comment expliquer cela?

Il cherchait ses mots pour ne pas les heurter.

– Toutes les familles ne fonctionnent pas de la même manière, et je pense que ce voyage ne serait pas une bonne chose pour nous en ce moment. Pardonnez-moi. Une autre fois, peut-être. Soyez gentils, ne lui en reparlez pas.

– Bon, c'est toi qui décides, bien sûr, dit Doris d'un ton froid. Une autre fois, j'espère... Je te dépose quelque part?

– Non, merci. Je vais marcher. J'ai besoin d'exercice.

Je suis égoïste, se dit-il sur le chemin du retour. Mais son instinct – et à tort ou à raison, il se fiait toujours à son instinct – lui disait que ce voyage en Europe serait une erreur. Doris passerait son temps à faire des emplettes en France, et Désirée souffrirait de ne pouvoir faire de même, elle qui aimait tant les belles choses.

Il passa devant Da Cunha. Dans la vitrine était exposé depuis plusieurs semaines un magnifique chandelier à six branches, en argent. Désirée en rêvait, il le savait. Mais il n'avait guère les moyens de le lui offrir.

Chère Désirée! Il ne cessait de s'émerveiller de cette alchimie étrange qui poussait les êtres les uns vers les autres. Etait-ce son teint d'ébène? Une manière d'expier une attirance inconsciente vers la race blanche? « Tu analyses trop, Patrick! » Qui donc lui avait dit cela, un jour? Francis? Ou Kate? Il lui arrivait souvent de les confondre.

Il passa devant la bibliothèque, le tribunal et le collège de garçons. Il s'arrêta en haut de la côte pour reprendre son souffle. Une mangue tomba à ses pieds et faillit éclabousser ses chaussures de son épais jus doré. Il pensa au manguier qui ombrageait le jardin de la petite maison de sa mère à Sweet Apple. Il était allé voir Agnès à la Martinique quelques mois auparavant et était décidé à y retourner avant Noël. Elle déclinait... Etait-ce l'âge ou une maladie qui la rongeait ainsi? Mais elle gardait l'esprit vif, l'œil perçant et le parler franc!

– Tu as l'air songeur, dit Kate en le rejoignant.

Il mentit :

– Je pensais que cette fois-ci nous tenions le bon bout.

Ils dépassèrent le palais du gouverneur.

– Quel orateur! Tu ne trouves pas? Tu aurais dû l'entendre la semaine dernière au Conseil législatif...

– Oh, pour ça, il sait y faire, Nicholas! Les électeurs ne vont pas manquer. Ça leur plaît qu'il s'habille et parle comme un Blanc. Il représente quelque chose qui leur sera toujours inaccessible.

Vive et menue, elle trottait à ses côtés. Il lui jeta un coup d'œil surpris.

– Tu sembles bien amère. Que se passe-t-il?

– Amère? Non, pas exactement. Je suis réaliste, c'est tout.

– Tu ne crois pas en notre parti?

– Bien sûr que si, j'y crois! Tu as vu le ramassis de paysans cupides qui s'entre-dévorent de l'autre côté? Encore une chance que les gens en soient conscients. Nicholas aussi est ambitieux, mais avec brio. C'est un homme intelligent... Et c'est pour ça que je travaille pour lui.

– Ah, j'aime mieux ça! Ça me gênerait que tu ne croies pas en lui totalement.

– Totalement? Je n'ai jamais rien dit de tel! Je crois en ce que je vois. Au jour le jour... J'ai été trop souvent déçue.

Comme avec Francis, se dit Patrick.
– Est-il d'une probité absolue? poursuivit Kate. Voilà la question que je me pose.
– Qui, Nicholas?
– Oui. Du talent à revendre, quant à l'intégrité...
– Kate, ne dis pas cela! J'ai une confiance absolue dans Nicholas. C'est un homme intègre. Parfaitement honnête!
Kate le regarda.
– Pas autant que toi, Patrick, j'en ai peur.
Puis, sans transition :
– Et Will, qu'est-ce qu'il devient?
– Toujours pareil...
Il décelait en Will, presque un jeune homme à présent, des choses qui l'inquiétaient. Will avait l'esprit rapide et une mémoire extraordinaire, mais dans ses yeux il y avait une lueur arrogante qui mettait toujours Patrick mal à l'aise.
– Il était un réceptacle vide avant de te rencontrer, dit Kate. Un désert que tu as fait fleurir.
– J'aurai essayé, en tout cas.
– Oui. Et que peut-on faire d'autre dans la vie? On va de tentative en tentative... Allez, je te laisse. Je tourne là.
Il la regarda remonter l'allée menant à sa maison. Il connaissait son rituel quotidien. Elle allait sortir les chiens et remplir les mangeoires pour les oiseaux. Puis elle rentrerait préparer son dîner qu'elle prendrait dehors sur la table du jardin, avec un livre ouvert près de l'assiette. Plus tard, dans la soirée, elle écrirait un article pour le *Trumpet*, éplucherait les comptes du parti ou donnerait quelques coups de téléphone. Quelquefois, elle sortait dîner ou danser avec des amis venus de la Barbade ou d'ailleurs... Que faisait-elle ensuite, lorsqu'ils la reconduisaient chez elle? Il n'en savait rien. Songeait-elle à se remarier un jour? Il l'ignorait. Il

espérait seulement qu'elle ne souffrait plus trop de sa rupture avec Francis. Elle n'en parlait jamais. Une femme de sa valeur ne méritait pas une telle solitude...

Il songea alors à Désirée, si épanouie... heureuse de l'entourer de mille soins. Les années n'avaient pas usé leur désir et ils faisaient l'amour avec autant de ferveur qu'au premier jour. Elle se consacrait entièrement à son foyer et il s'en était parfois agacé. Mais il avait pris goût au cadre net et douillet qu'elle avait organisé autour de lui : la maison était accueillante, le linge éclatant de blancheur, la table toujours joliment dressée, les repas appétissants...

La beauté d'un ciel limpide ou celle d'une robe de prix la mettaient en joie pareillement, et ce plaisir de vivre bien enraciné dans le monde ajoutait clarté et sérénité dans l'existence de Patrick, d'une nature plus tourmentée.

Il traversa la grand-place où des pigeons irrévérencieux s'étaient posés sur la tête et les épaules de la statue de Nelson. Puis il dépassa le chantier de carénage et longea la prairie où les palefreniers faisaient courir les chevaux. Sur la véranda du Cade's Hotel, deux Anglais – visage rougeaud et costume immaculé – sirotaient leur whisky-soda : des fonctionnaires à la retraite venus passer l'hiver au soleil. Il y avait eu bien peu de changements à Covetown en cinquante ans. Les mêmes bateaux se balançaient dans le port, les mêmes chevaux tournaient dans la prairie, et novembre amenait toujours bon nombre de touristes vêtus de blanc.

Et pourtant, des bouleversements s'annonçaient sur tous les plans, comme le promettait la réunion du matin... On voyait même le paysage de Saint-Félice se modifier sensiblement.

Le toit de l'hôtel Lunabelle tranchait de ses arêtes vives le ciel bleu entre les bosquets d'arbres : un long rectangle de ciment gris... ainsi les lignes sèches du monde industriel taillaient sans pitié dans la fantaisie verdoyante des collines, des criques et des falaises. Patrick demeura un moment les yeux fixés sur la sinistre bâtisse. Un an à peine qu'elle avait fait irruption, et déjà tout autour poussait une zone aride et indéfinissable. Il ne fallait pas se laisser envahir par ce genre de plaies. Patrick décida d'en parler à Nicholas dès le lendemain.

A l'arrière du Lunabelle, un bidonville s'étendait. Là vivaient la petite armée des employés de l'hôtel, des villageois venus dans l'espoir d'une vie meilleure pour finalement trouver pire. Même pas de jardins, ici, ni un endroit ombragé. Les taudis se succédaient sous le soleil écrasant, parmi les mares d'eau stagnante qui luisaient comme autant de blessures suppurantes. Les gens appelaient ce lieu « les Tranchées ». Patrick avait vu un bidonville de cette sorte à Kingston, à la Jamaïque : pire car plus étendu et plus ancien; dans la décrépitude et le désœuvrement rôdaient des bandes de jeunes aux regards insolents. Un creuset à vices.

Will avait des amis aux Tranchées. Il était si renfermé! Inaccessible. Il était assez fin, pourtant, et sensible, pour savoir que son attitude blessait son entourage, mais il s'en moquait. Patrick l'aimait... sans être aimé en retour. Le regard froid du jeune homme, entre l'indifférence et le mépris, glissait sur lui comme pour le gommer.

Dans le jardin, Laurine et Maisie bavardaient avec leurs amies. Elles étaient vives et affectueuses, ses filles, et elles l'aimaient. Il les embrassa.

– Où est Will? demanda-t-il.

– Derrière, dans la remise.

Will et son steelband s'étaient de nouveau rassemblés derrière le garage. Ils avaient fabriqué leurs instruments à partir de pièces détachées, rouillées pour la plupart. Will tenait le tock-tock, l'instrument le plus important. Il l'avait fait lui-même avec la moitié inférieure d'un bidon d'essence. Un autre s'était constitué un tam-tam au moyen d'une peau de chèvre et d'un baril de rhum. Le schack-schack était un cylindre de bambou rempli de gravier.

Patrick s'assit sur un tonneau pour les regarder jouer : lc spectacle des musiciens était aussi important que la musique elle-même. Les jeunes gens vibraient d'énergie et se balançaient souplement au gré des rythmes. Un véritable ballet. Le samedi soir, il lui arrivait de passer devant la salle de bal dans Wharf Street. Les jeunes filles portaient des jupes aux teintes vives et des anneaux d'oreilles. Peut-être ne savaient-elles même pas que ce qu'elles dansaient avec tant de ferveur, la calinda, était une danse apportée d'Afrique par les esclaves. Le vacarme dans la remise lui assaillait les tympans mais son pied battait la cadence.

– Fantastique! s'écria-t-il lorsque la musique se tut. Bravo, Will! On croyait voir sortir des flammes sous tes baguettes!

Tom Folson lança un coup de coude à Will.

– Oh pour ça, le feu, il en connaît un rayon! Et ça ne date pas d'hier. Les plus belles flammes de tous les temps!

Il riait, penché en avant. Le poing de Will l'atteignit entre les deux épaules.

– Pauvre crétin! Tu vas la fermer, ta grande gueule baveuse!

Tom se redressa, les yeux pleins de frayeur. Devant Patrick interloqué, les deux jeunes gens se mesurèrent un moment du regard. Puis Tom ramassa ses livres et s'esquiva prudemment.

– Qu'est-ce que c'est que cette histoire de fous? demanda Patrick.

– Rien d'important.

– Vraiment? Tu étais pourtant drôlement en colère!

Sans répondre, Will s'affairait à reclasser une pile de partitions. Un pli soucieux barrait le front de Patrick.

– Il parlait de feu. Il disait que tu avais mis le feu à quelque chose.

– Il dit n'importe quoi, cet imbécile.

– N'empêche que c'est ton meilleur ami, non?

– Et alors?

Un long silence suivit. Patrick tentait de rassembler les pièces du puzzle.

– Tu n'as jamais mis le feu quelque part? Will, réponds-moi.

– Bien sûr que si. Comme tous les gosses. Des feux de camp.

– Je ne parle pas de ça.

– De quoi parles-tu alors?

Will leva sur lui un regard plein d'arrogance.

– « Les plus belles flammes de tous les temps. » C'est bien ce qu'il a dit? Comme à... Eleuthera, par exemple?

– Conneries!

– Will, as-tu quelque chose à voir avec ça?

– Mais non!

– En es-tu bien sûr?

Patrick avait les paumes moites.

– J'espère vraiment que tu n'y es pour rien, Will, car alors c'est la police, immédiatement, et je ne veux plus entendre parler de toi. Et crois-moi que je serais le premier à en souffrir.

– Je te dis que non! Qu'est-ce que tu veux de plus?

Comme je voudrais te croire! pensa Patrick. Il y a tant de dureté dans tes yeux... Impossible de savoir ce qui couve derrière ce profond regard insaisissable!

Il sortit son mouchoir pour essuyer ses mains baignées de sueur et décida de changer de sujet.

– On a eu une réunion fructueuse, ce matin. Je pense que ça va t'intéresser. Nicholas va bientôt aller à la conférence constitutionnelle de Londres. A son retour, le pas sera sauté : nous serons indépendants.

Il sourit, mais Will demeurait de marbre.

– Et après? demanda le jeune homme.

– Il y aura les élections, bien sûr. Notre parti ne peut que gagner, à moins que les autres n'arrivent à une entente de dernière minute. Mais c'est bien improbable. On ne peut que gagner... Ensuite il faudra se mettre au travail.

– Et que feras-tu?

– Nicholas veut me nommer ministre de l'Education, et ma foi, ça me convient tout à fait. Pas besoin d'être un politicien pour ce travail. Et, Dieu merci, je n'aurai pas trop de discours à prononcer. Quoique... il va bien falloir m'y résoudre pendant la campagne. Bah, je ferai de mon mieux!

Il espérait son propre enthousiasme communicatif, mais Will ne bronchait pas. Pour une fois, Patrick s'exaspéra de ce silence.

– Alors, tu n'as rien à dire? demanda-t-il.

– Si. Je crache sur tes élections.

– Quoi?

– Qu'est-ce qu'elles vont changer tes élections? Ce sera toujours la même farce, avec d'autres farceurs! On aura encore des patrons. Les Blancs tiendront toujours l'argent et les gens comme toi leur serviront de paravent! Lis donc Fanon!

– Je l'ai lu. Il y a à prendre et à laisser dans ce qu'il dit. Trop de violence...

Patrick marqua une courte pause avant de poursuivre :

– Tu sais, Will, tu es un peu jeune pour émettre un jugement valable sur les livres de Fanon.

Will releva la tête. Souvent son regard s'esquivait comme pour l'ignorer, mais parfois, les yeux rétrécis, il plantait dans le sien un regard fixe et glacé de chat prêt à l'attaque.

– Je voulais seulement dire, reprit Patrick, que tu n'as pas encore suffisamment étudié et vécu pour pouvoir peser le pour et le contre sur des sujets aussi complexes. Ces hommes qui lancent des messages pleins de colère, ce sont des fanatiques, Will. Pas besoin de tout détruire! Réfléchis bien à tout cela, Will. Vois la vie que tu mènes : un foyer agréable, l'école...

Les poings serrés, Will s'était levé d'un bond.

– Combien il y en a de gens comme moi, qui ont un « foyer agréable »? Tu crois peut-être que je suis content d'être ici? Eh bien, non, tu te trompes! J'ai honte, c'est tout!

Patrick revoyait l'enfant terrifié que l'on avait battu et attaché à un arbre.

– As-tu vraiment besoin de te torturer, Will? dit-il avec douceur. Tu as tant d'années devant toi... et bien des chances de voir un monde meilleur. Tu pourras même aider à sa construction, si tu le désires. Mais pour l'instant, profite donc un peu de la vie et de...

– Oh, tu peux parler, toi! Tu t'es vu? Deux tons au-dessous et c'était bon pour toi : un vrai Blanc! Quelle chance il donne à quelqu'un comme moi, ce monde pourri? Et on vient me dire : « Profite de la vie »!

– Mais tu es trop excessif. Il ne faut pas...

– C'est pour ça que tu traînais tout le temps chez Francis Luther! N'empêche qu'il s'est débarrassé de toi dès que tu n'as plus dit amen à tout ce qu'il voulait...

– Tu te trompes, Will. Comment peux-tu savoir ce que j'ai en tête? Je ne juge pas les gens selon la couleur de la peau, c'est tout ce que je peux te dire. Ce matin, j'étais avec Kate Tarbox et...

– Cette idiote! Elle ne peut pas avoir d'enfants et...

– Ne sois pas malveillant.

– ... alors elle ne veut pas que les autres en aient. « Surpopulation », qu'elle dit. Tu parles! Surpopulation de Noirs, oui! On appelle ça un génocide!

Accablé, Patrick se leva.

– Bon, c'est assez pour aujourd'hui, Will. Je rentre.

Il passa dans le couloir. La porte de la chambre de Will était ouverte sur l'habituel désordre de baskets, de livres et de vêtements épars. Mais ce jour-là, il y avait en plus une grande affiche de Che Guevara suspendue au-dessus du lit.

Il entra dans sa chambre. Désirée posait devant le miroir, dans une robe jaune citron qui la moulait comme un gant.

– Elle est jolie, non?

– Très jolie, répondit-il distraitement.

– Doris vient juste de me la donner. Elle est toute neuve mais elle trouve que ça ne lui va pas. Il n'y a qu'à New York qu'on trouve d'aussi beaux vêtements. Et ça coûte très cher.

– Ravissant, dit-il en ressortant.

Clarence lisait son journal dans le salon. Il le replia quand Patrick entra.

– Vous vous êtes disputés, avec Will? J'ai entendu en passant devant la remise.

– Il ne parle que de révolution et de lutte des classes. Où cela va-t-il le mener?

– C'est presque un enfant encore, Patrick. Il ne

s'exprime pas comme vous et moi. Mais ce n'est rien qu'une question de langage...

– Je souhaite que vous ayez raison.

– Il parlait de Francis Luther, non?

– Oui.

Après un bref silence, Clarence dit :

– Je sais comme vous avez été blessé dans cette affaire. La vie ne vous a pas encore endurci... si toutefois elle vous endurcit jamais. Vous vous souvenez, il y a longtemps, je vous ai dit de ne pas trop avoir confiance en Luther? Plus tard, j'ai changé d'avis, et voilà que les événements me donnent raison. C'est comme ça. Dans une crise, dans un moment décisif, un homme ira toujours dans le sens de ses intérêts – et des siens exclusivement. C'est l'appel du sang – et de l'argent, ce qui revient au même. Vous savez, en l'occurrence, c'est peut-être Will qui a raison.

Désirée, toujours vêtue de sa robe jaune, entra dans le salon.

– Vous parliez de Will? Tu as encore des problèmes avec lui?

Elle se retournait trop aisément contre Will. Alors Patrick se contenta de répondre :

– Ce n'est rien. Un petit accrochage, c'est tout.

Mais elle n'était pas dupe.

– Une bonne correction, voilà ce qu'il lui faudrait, à ce gamin! Pauvre Patrick, tu voulais un garçon. Deux filles pétantes de santé ne te suffisaient donc pas?

Clarence intervint :

– Non, mademoiselle-je-sais-tout.

– Ce n'est pas ce que je veux dire, papa. Patrick le sait bien. Mais on a eu tellement de mal avec Will depuis le début.

– Il a ses bons moments, dit Patrick.

– Oui. Comme une guêpe entre deux attaques.

– Il a manqué de tout. Je pensais que l'amour suffirait à rassembler les morceaux.

– Qui sait? dit Clarence. Rien n'est perdu. Il est jeune et plein d'idéaux. Un peu trop pur et dur, peut-être. Mais sans cela, le monde pourrait-il progresser? Peu à peu les arêtes s'émoussent, et bientôt on se retrouve avec un beau bloc de pierre, très solide. C'est comme ça que se bâtissent les civilisations.

Les mains noueuses du vieil homme empilaient des blocs invisibles. Il souriait, content de sa métaphore.

Mais Désirée s'inquiétait pour Patrick.

– Installe-toi dans le hamac pour lire un peu pendant que je prépare le déjeuner. Tu n'as jamais le temps de rien faire pour toi, dit-elle avec douceur.

– Très bonne idée. J'y vais.

Dans le hamac, sous l'ombre tachetée d'un grand arbre, il demeura un moment son livre fermé posé sur les genoux. « C'est comme ça que se bâtissent les civilisations », avait dit le vieil homme. Ou qu'elles s'anéantissent... La destruction empruntait trop souvent les oripeaux de la justice, ces temps-ci, et des millions d'humains en souffraient cruellement...

Sur la pelouse, les filles étaient toujours en grande conversation. « Il ne sait même pas danser! » s'exclama l'une. Il sourit. Presque des femmes! Tout à coup, il repensa à Francis; un jour, il l'avait aperçu en ville avec sa petite fille, douce et potelée dans sa jolie robe rose. Francis voulait tant un garçon vigoureux, un fils et un compagnon. Et au lieu de cela, il avait eu une fille handicapée...

Puis il se secoua: il fallait cesser de penser à Francis! « Un homme ira toujours dans le sens de ses intérêts – et des siens exclusivement. » Etait-ce la loi de la nature? La loi du plus fort...

Un jeune homme dont la jambe avait été arrachée par une rafale de mitraillette en pleine jungle; un bébé animal écorché vif pour faire un manteau à une élégante; une mère violée par des interrogateurs spéciaux dans une grande ville de pierre grise : la loi de la nature? Chacun pour soi et l'enfer pour tous? Il avait mal à la tête.

Une main fraîche posée sur son front le réveilla.

– Tu avais besoin de dormir, dit Désirée. Viens. J'ai fait une soupe de concombres froide.

Elle avait retiré la robe de Doris pour mettre un chemisier et une jupe. Ses cheveux étaient relevés, et un parfum de fleurs flottait autour d'elle. Tout à coup un désir brûlant l'emplit. Que ne suivait-il le conseil qu'il venait de donner à Will! Profiter de sa jeunesse en laissant le monde – y compris Francis Luther – prendre soin de lui-même. Il sauta hors du hamac et entra dans la maison avec Désirée.

19

Dans leurs cadres dorés, princes, reines, généraux et juges en toques d'hermine contemplaient d'un air grave la foule élégante qui se pressait dans les salons du palais du gouverneur. Un orchestre jouait une valse, mais Francis ne l'entendait pas : toute la journée, il avait été soûlé par le carillon des cloches, les coups de canon et les sirènes des bateaux de guerre ancrés dans le port.

Ce jour-là, une nation voyait le jour. Le drapeau de Saint-Félice, orange et vert orné d'étoiles, flottait maintenant en haut du mât d'où quelques heures auparavant l'on avait amené l'Union Jack. Un duc anglais et cinq ou six notables locaux avaient prononcé des discours. Nicholas Mebane était également monté à la tribune et personne ne doutait qu'il remportât les élections prévues trois mois plus tard.

Francis n'avait guère prêté d'attention aux ronflantes paroles officielles : que pouvait-on dire d'intéressant un jour pareil ? Les problèmes viendraient plus tard, et tout le monde les connaissait : malnutrition, chômage, électrification, importations, exportations... Il faisait une chaleur torride et il regrettait presque d'être venu; mais « tout le monde » était là et son absence eût été incongrue. Son regard erra sur cette grand-place qui avait vu flotter tant de drapeaux différents, sur le bassin de carénage où l'on radoubait bricks et corvettes après les combats navals des siècles passés, sur la statue de Nelson, dressée au milieu du square, pour finir sur les jardins du Cade's Hotel où il aurait volontiers pris un verre bien glacé.

Il songea à Kate.

Tout avait commencé dans ce jardin de rêve. Il s'en souvenait avec une netteté incroyable : les fleurs, l'émeraude, ses moindres paroles. Il regrettait presque, maintenant, que sa mémoire fût si fidèle. Au cours de sa jeunesse, un homme accumulait tant de souvenirs : déjeuners dans de petits restaurants italiens, soirées dans les bars les plus extravagants ou les bistrots du coin, l'amour en voiture, en bateau, à l'hôtel, sur la plage... personne ne se souvenait de tout! Pourquoi alors ces souvenirs s'accrochaient-ils à lui pour lui faire du mal, alors même qu'il n'avait qu'une envie : les chasser de sa mémoire?

Il ne vit ni Kate ni Patrick. Ces temps-ci, il ne venait en ville que pour régler quelques affaires à la banque ou pour passer une soirée au club, mais il ne s'imposait cette obligation que pour faire plaisir à Marjorie. Il est vrai qu'au club il ne risquait guère de rencontrer Kate ou Patrick.

Quatre ans avaient passé depuis l'incendie et la naissance de Megan, et peu à peu il s'était retranché derrière un mur invisible. Il avait appris à gérer son domaine. Ses taureaux ne cessaient de remporter des concours et il exportait même un certain nombre de reproducteurs vers la Floride. D'ici à quelques années, ses emprunts seraient totalement remboursés. Après cela, il pourrait consacrer la totalité de ses revenus à Megan.

Il ne cessait de penser à sa fille. Parfois, il abandonnait brusquement ce qu'il faisait pour se précipiter dans la chambre de Megan; patiemment, il refaisait pour la centième fois le geste de rassembler quelques morceaux du puzzle (« pour les enfants de quatre à sept ans », était-il marqué sur la boîte), ou il lui expliquait quelque jeu élémentaire, comme si la seule force de sa volonté avait le pouvoir de lui rendre la raison. Il savait pourtant qu'il se sacrifiait, comme sa mère avant lui s'était sacrifiée pour Margaret.

Les soirées étaient calmes. On savait que les Luther ne sortaient guère et les planteurs du voisinage venaient souvent à Eleuthera contempler depuis la véranda le soleil incendier la mer à l'heure du crépuscule.

Marjorie invitait beaucoup. Elle aimait ces soirées où la maison illuminée offrait ses fastes à la meilleure société de l'île.

Francis, lui, s'ennuyait ferme à ces réceptions et n'y trouvait quelque agrément que les jours où les Whittaker venaient accompagnés de leur neveu de Chicago, remarquable pianiste. Parfois, lorsque l'assemblée était réunie autour des tables de bridge, il jouait pour Francis seul un divertimento de Mozart ou une fantaisie de Haydn. Cette musique calme et raffinée avait le pouvoir d'apaiser son cœur et son esprit. Personne dans l'île ne jouait aussi bien que lui, à part... Kate. Encore et toujours elle!

– Quel merveilleux piano! disait le jeune homme en caressant les touches d'ivoire.

– Oui. C'est un Pleyel. Mon père l'a acheté il y a quelques années à Paris.

– Tu sais ce qu'il est, au moins? lui dit un jour Marjorie après le départ de leurs invités.

– Mais... il donne des cours de piano, je crois.

– Mais non, je ne parle pas de ça. Il y a quelque chose qui ne va pas chez lui. Il est homosexuel, tu ne l'avais pas remarqué?

– Non, je n'y avais pas pensé.

– Ah! là là Francis, tu ne remarques jamais rien! Tu n'as pas vu comment il faisait avec ses mains? C'est répugnant.

– Non.

Marjorie le considéra avec étonnement.

– Parfois, je ne te comprends pas. J'ai l'impression que tu prends systématiquement le contre-pied de ce que je dis.

Elle poussa un soupir et Francis rejoignit son bureau pour travailler à son histoire de Saint-Félice.

Il y avait beaucoup travaillé ces dernières années. Il s'était fait envoyer de Londres et de New York des ouvrages rares et de la documentation inédite sur le passé colonial des Antilles. Petit à petit, il découvrait avec les yeux d'un homme du XVIIe ou du XVIIIe siècle les marins, officiers, négociants, architectes, explorateurs, gouverneurs et esclaves, la faune, la flore, les volcans de cette myriade de petites îles. Il lui semblait ne jamais pouvoir venir à bout de cette tâche immense et, secrètement, il s'en réjouissait. Le travail était un compagnon qu'il n'entendait pas abandonner.

Parfois, pourtant, il envisageait l'achèvement de ses travaux; il caressait alors l'idée d'un projet monumental qu'il aurait intitulé : *L'homme, son travail et son environnement.* Peut-être à ce moment-là aurait-il le temps de parcourir le monde et de prendre des photos pour son livre. En prévision de ces jours heureux, il acheta un superbe appareil-photo chez Da Cunha; il ne croyait guère que le rêve pût devenir réalité, mais il aimait bien avoir l'appareil à côté de lui sur une étagère.

– Quel changement depuis notre arrivée sur cette île! s'exclama Marjorie.

Sa remarque le fit brusquement revenir au temps présent, au jour de l'indépendance.

Elle avait raison. D'abord, il y avait dix fois plus de monde que lors du mariage de Julia Tarbox avec l'honorable Dereck Frame. Mais c'était surtout la joie, l'atmosphère de liesse qui donnaient son caractère à cette journée. Francis ne pouvait songer sans émotion au paysan noir qu'il avait vu quelques heures auparavant sur la grand-place, vêtu de son costume du dimanche, les bras ballants, comme s'il ne savait qu'en faire, un air de triomphe peint sur son visage. Ici, les femmes portaient des robes aux teintes agressives et des chapeaux extravagants; on riait, on se congratulait, le champagne coulait à flots. Cette île n'attendait plus que son Balzac.

– As-tu remarqué la robe en dentelle de la femme de Nicholas? murmura Marjorie. On m'a dit que Da Cunha l'avait fait venir directement de France.

Diamants, or et turquoises étincelaient sur la peau brune de Doris. Elle était belle. Sous les tropiques, ces femmes s'épanouissaient comme des fleurs, tandis que les peaux blanches se ridaient comme du vieux cuir.

Marjorie l'entraîna sur la terrasse.

– Viens, on nous a gardé une table.

– Qui ça?

– Il y a Lionel, les Whittaker et je ne sais plus qui d'autre. Ah oui! Il y a aussi le père Baker. On dirait qu'on ne peut pas s'en passer.

Elle grimaça un sourire.

– Il m'énerve : il est tellement plein de bonne volonté.

– Peut-être est-ce nous qui l'énervons.

Marjorie n'avait pas tort : il prenait systématiquement le contre-pied de ce qu'elle disait. Voilà une attitude qui ne lui ressemblait guère : il faudrait qu'il fasse attention.

– Qu'est-ce qu'on s'amuse, hein? lança Lionel en souriant. Enfin! Au moins, ils n'ont pas mis le feu à la prison!

Marjorie demanda une explication.

– Eh bien, ça semble être la mode aujourd'hui. Dans toutes les îles, le jour de l'indépendance, ils libèrent les assassins et brûlent les prisons.

Marjorie frissonna.

– Toujours des incendies! Je me sens plus que jamais en sursis dans cette île.

– Ça ne va pas si mal que ça, dit Francis, rassurant.

– Je ne suis pas aussi optimiste que toi, rétorqua Lionel d'un air sombre. Et puis, j'ai finalement décidé de partir. Le plus tôt sera le mieux.

– Hein? Partir? s'exclama Marjorie.

– Oui. Je m'y suis décidé ce matin en voyant ce drapeau flotter en haut du mât. Le problème, c'est que je ne suis pas le seul à vouloir m'en aller et qu'il va être difficile de trouver un acheteur. A moins que toi, Francis, puisque tu veux rester... Prends un nouvel emprunt et je te laisse mes terres pour un prix ridicule.

– Non, répondit aussitôt Francis. Je ne tiens pas à m'agrandir.

Marjorie était inquiète.

– Où comptez-vous aller, Lionel? Vous aviez toujours dit que vous ne quitteriez jamais Saint-Félice!

– Je sais, mais les temps ont changé et je suis fatigué de ces incertitudes. Je crois que je vais aller m'installer en Angleterre, dans le Surrey, où vit déjà ma sœur.

Il frappa la paume de sa main de son poing.

– Il faut que je me grouille avant d'être exproprié!

– Allons, allons! Exproprié! lança le père Baker d'un air de reproche. Vous croyez que Mebane va vous exproprier? Mais il représente la future bourgeoisie de couleur, vous le savez aussi bien que moi.

Mme Whittaker eut une petite moue pincée.

– Future, mon père? Cette bourgeoisie-là me semble déjà bien arrivée! Regardez leurs bijoux et leurs voitures! Le quartier où vivait le père de Mebane a déjà triplé en quelques années. Avez-vous vu les maisons qui se construisent en ce moment par là-bas?

– Je le sais bien, lança Lionel, mais bourgeoisie ou pas, les impôts vont augmenter de manière terrible. Ils ont fait des promesses aux ouvriers et il va bien falloir qu'ils les tiennent, même si ça doit en déranger certains.

– Je ne suis pas si inquiet, dit Francis. Je ne demande qu'une chose – la paix et l'ordre. Si l'ordre règne, ce ne sont pas quelques impôts en plus qui nous ruineront. De toute façon, la taxe foncière a triplé depuis mon arrivée ici et c'étaient les Anglais qui gouvernaient.

– Exactement! renchérit le père Baker. Même le

gouvernement précédent reconnaissait la nécessité d'augmenter les impôts. Tout se sait maintenant, et les plus démunis, qui connaissent parfaitement la fortune des planteurs, ont des exigences que personne ne peut trouver exagérées.

– Mais d'où viendra l'argent? demanda Mme Whittaker. Avec tout le respect que je vous dois, mon père, je suis quand même obligée de vous dire que si vous nous preniez à tous ici jusqu'à notre dernier dollar, cela ne ferait que quelques *cents* dans la poche des pauvres.

– Il faut produire plus, mécaniser, répondit Francis. Ici, il faut vingt journées de travail pour produire une tonne de sucre, alors qu'il en faut deux et demie à Hawaii.

– Mais les syndicats s'opposent à l'introduction des nouvelles machines, objecta Lionel.

– C'est vrai, dit le père Baker, mais c'est là qu'il y a tout un travail d'éducation à faire, et...

Nicholas Mebane, qui venait d'arriver à leur table, l'interrompit.

– Mais enfin, ce n'est pas le moment de se lancer dans des conversations aussi sérieuses!

Mebane était accompagné d'un vieux Blanc vêtu d'un complet défraîchi. Il approcha deux chaises.

– On aura tout le temps de voir ça à partir de lundi matin! Je voudrais vous présenter M. Anatole Da Cunha. Quelqu'un lui a parlé de vous, Francis, et il a voulu vous rencontrer. Il a bien connu vos parents.

Da Cunha et Francis échangèrent une poignée de main.

– Vous ressemblez à votre mère, lui dit le vieux peintre. Je me souviens très bien d'elle. Je l'ai connue à Paris. C'était alors une toute jeune fille, très timide mais ravissante.

– Mon père parlait beaucoup de vous. C'est vous qui lui avez présenté ma mère.
– M. Da Cunha est venu spécialement pour le jour de l'indépendance, dit fièrement Nicholas. C'est un grand honneur pour nous.
– J'aurai bientôt quatre-vingts ans et je n'ai plus guère de santé. Je voulais revoir Saint-Félice, alors... quelle meilleure excuse qu'un jour comme celui-ci ?
– M. Da Cunha compte faire don à notre île d'un certain nombre de tableaux si nous nous engageons à installer un petit musée.
– Et si vous promettez d'encourager les arts, ajouta Da Cunha. Trop de talents sont gaspillés faute d'un minimum d'aide matérielle.
– Ma femme s'en occupera; ce sera en bonnes mains, dit Nicholas. Enfin... si je suis élu.
Quelques rires polis s'élevèrent autour de la table.
– Naturellement, ce sont vos toiles représentant notre île qu'elle préfère. Elle m'a dit qu'il y avait un palmier sur chacun de vos tableaux; est-ce vrai ?
– Oui, c'est ma signature.
– Mais c'est merveilleux ! s'écria Marjorie. Nous avons à la maison quelques-uns de vos tableaux; c'est le père de Francis qui nous les a donnés. Ce soir, je chercherai ces palmiers.
Elle s'interrompit une seconde.
– Oh, monsieur Da Cunha, voudriez-vous venir passer quelques jours chez nous ? Vous pourriez revoir vos tableaux; ce serait délicieux.
– Votre proposition me touche beaucoup, mais je suis déjà l'hôte de M. et Mme Mebane et je quitte Saint-Félice après-demain.
Avec une certaine brusquerie, il se tourna vers Francis.
– J'ai entendu dire que vous étiez écrivain.

– C'est un bien grand mot. Je travaille sur une histoire de l'île, en fait, de toutes les Antilles, des Arawaks aux galions espagnols, en passant par les perroquets et... les palmiers. Je ne suis pas vraiment un écrivain...

– Je ne savais pas que vous viviez ici. J'ai perdu de vue vos parents il y a quelques années de cela.

– Eh oui, je suis devenu un indigène, maintenant.

Le vieil homme sourit avec courtoisie, mais l'intérêt qu'il lui portait semblait à Francis un peu étrange.

– Etes-vous venu seul? Enfin... je sais que vous êtes marié, mais je voulais dire avec vos frères et sœurs?

– Je n'ai pas de frère et mes sœurs vivent à New York.

– Ah!

Cet interrogatoire était décidément bien curieux, mais Francis mit sur le compte de l'âge l'excentricité du vieux peintre.

Nicholas avait visiblement envie de le présenter aux tables voisines, mais Da Cunha prolongea la conversation.

– J'ai lu le journal à New York. On y disait des choses intéressantes sur la jeune génération d'hommes politiques. On parlait de Franklin Parrish et aussi d'un autre, Patrick Courzon. Je suppose que vous devez tous les connaître.

– Patrick Courzon est l'intellectuel de l'île, dit le père Baker.

Le bon père n'avait lancé cette remarque que parce que l'attention de Nicholas était accaparée par l'arrivée de deux créatures de rêve en robe de mousseline bleu et rose.

– Vous connaissez Courzon? demanda Da Cunha à Francis.

– Je les connais tous les deux.

– Malheureusement, expliqua le père Baker, Patrick et Francis ont eu quelques petits différends. Je trouve cela particulièrement regrettable car notre île a besoin de la coopération de tous les gens capables et honnêtes.

Il adressa un regard de reproche à Francis qui s'empourpra de fureur.

Nicholas réussit finalement à emmener Da Cunha et la conversation porta aussitôt sur celui que l'on savait être le futur Premier ministre.

– C'est un homme aimable, fit remarquer Mme Whittaker. Après tout, avec lui au gouvernement, les choses n'iront peut-être pas si mal.

– Je n'en sais rien, dit le père Baker.

– Quoi, mon père? s'exclama Lionel. Vous devriez être aux anges aujourd'hui! C'était bien ce que vous vouliez, non?

– Je serais plus rassuré si Patrick devenait Premier ministre.

– Quelle folie! Mais enfin, quelle expérience a-t-il? Mebane, lui, est juriste; il a participé à l'élaboration de la constitution, il a été membre du Conseil législatif et il a travaillé à la Banque du Développement au temps de la fédération. C'est un homme compétent. Je ne reviens pas sur ma décision de quitter l'île, mais au moins je sais qu'avec Mebane il y a une chance de survie. Il a les pieds sur terre et il saura gouverner; Courzon, lui, n'est qu'un rêveur.

Lionel avait raison. Mais Patrick et Nicholas étaient des amis d'enfance et l'ancien instituteur aurait certainement sa place dans la nouvelle équipe. Témoignage de la confiance qu'il lui portait, Nicholas avait confié la semaine précédente à Francis qu'il comptait offrir à Patrick le poste de ministre de l'Education. Même un homme aussi imprudent que Patrick Courzon ne pouvait faire grand mal à la tête d'un tel ministère et il pouvait même y réaliser de grandes choses.

– Même au Guardian Club, poursuivait Lionel, même chez ses pairs, les hommes politiques de couleur, Courzon passe pour un rêveur et on ne le tient pas en grande estime.

– Le monde a besoin de rêveurs, dit le père Baker.

Francis s'éloigna. Trop de blabla, ce soir! Il n'aimait pas ces ambiances de fête bruyante et il serait volontiers rentré chez lui, mais Marjorie serait certainement une des dernières à partir.

Elle riait. Elle n'avait jamais beaucoup ri, et moins encore ces dernières années. Si avec Megan il lui arrivait de rire franchement, son rire « de société » sonnait faux. Pourquoi les gens éprouvaient-ils à tout prix le besoin de faire croire qu'ils s'amusaient? Peut-être, après tout, était-ce lui, l'original!

Il comprit alors brusquement que, pour survivre, Marjorie avait besoin d'être reconnue, approuvée par le monde extérieur. Lorsqu'ils n'étaient que tous les deux, le silence, la plupart du temps, les enveloppait comme un lourd manteau.

Autant l'esprit de Marjorie devait être sombre, autant le sien courait comme du vif-argent. L'autre soir, il lisait un article sur la rosace du palais de Cnossos, en Crète et il éprouva le besoin de lui en parler.

– Je me demande si elle avait une signification ou si elle était seulement décorative.

– La question est importante; je sens que je ne vais pas en dormir de la nuit.

Le ton n'était pas particulièrement agressif, mais quel aveu! Elle s'était tournée de son côté et il avait senti une tristesse effroyable l'envahir.

Il but son café et repoussa son assiette à dessert.

Demain c'était dimanche : Marjorie dormirait tard et il consacrerait sa matinée entière à Megan. Ils pourraient prendre le bateau et aller jusqu'à l'île de Spark; il emmènerait pour l'occasion le petit-fils d'Osborne, âgé de quatre ans : cela ferait un compagnon pour Megan. Il nageait comme un dauphin, s'intéressait à tout ce qu'il voyait et avait une opinion très arrêtée sur les gens et les choses. En regardant une photo, il lui avait expliqué un jour comment les tortues venaient pondre sur les plages et comment les petits sortaient de leurs œufs. Ce petit bonhomme suivait partout son grand-père, et au domaine, on l'avait surnommé « l'ombre d'Osborne. »

Comment ne pas envier cette joie, cette vivacité?

Si on ne l'entendait pas ânonner les syllabes, si l'on ne savait pas combien il était difficile de lui apprendre la propreté, le retard mental de Megan pouvait passer inaperçu. Quelle charmante petite fille, avec ses grands yeux bleus, son duvet blond sur son cou bronzé et ses petites dents d'un blanc éclatant!

Comme il s'accrochait à cette pauvre vie et à cette terre qu'il avait héritée de ses ancêtres! Il ne comprenait pas très bien le lien qui l'unissait à ce petit être désemparé et à ces hectares de terre tropicale; il se sentait à la fois le gardien de ce domaine et le rempart défendant sa fille contre la sauvagerie du monde.

– Encore dans les nuages! A quoi penses-tu? demanda Marjorie avec impatience.

– A demain matin.

Elle haussa les épaules.

Souvent, aussi, il se demandait s'il n'aimait tant sa fille que parce que sa vie à lui était un désert affectif. Il aurait donné sa vie pour Megan. Marjorie aussi l'aurait fait. Souvent, il les regardait, la mère et la fille, courir ensemble dans le jardin, avec leurs robes claires comme des pétales de fleurs. L'enfant ne s'en doutait pas, bien sûr, mais c'était elle qui maintenait l'unité de leur couple. Il n'aurait pas supporté de perdre Megan, et Marjorie le savait parfaitement. Elle avait peut-être une conception étroite de l'existence, mais elle faisait preuve de courage et de loyauté; en cela, il ne s'était pas trompé sur elle.

Elle lui toucha l'épaule.

– Oh! Regarde, regarde là-bas!

Patrick, sa femme et un groupe d'amis noirs et blancs, des amis de Kate, se dirigeaient vers une table encore libre au centre de la terrasse. Kate se trouvait également parmi eux.

– Avec la chevelure qu'elle a, elle a eu raison de mettre cette robe rose, fit remarquer Marjorie. C'est drôle, parce qu'elle n'a jamais attaché beaucoup d'importance à sa façon de s'habiller.

Peu soucieux de savoir si elle s'en rendait compte ou non, Lionel détaillait Kate avec attention.

– C'est vrai, elle ne s'en est jamais beaucoup occupée; tout lui va à merveille.

Lionel se montrait rarement aussi flatteur.

– Vous ne parlez jamais d'elle, dit Marjorie.

– Pourquoi le ferais-je? Nous sommes divorcés. En outre, ce ne serait guère délicat de le faire devant vous.

– Pourquoi? demanda Marjorie en riant. Parce qu'elle a eu le béguin pour Francis?

Francis s'empourpra.

– Ne sois pas ridicule, Marjorie!

Un sourire était apparu sur les lèvres de Lionel.

– Mais tu sais bien que c'est vrai, insista Marjorie. Je ne dis pas que ça a duré longtemps, mais...

Lionel l'interrompit.

– Si je n'en parle jamais chez vous, Marjorie, c'est

à cause de la tragédie qui vous a touchés. Vous savez très bien que c'est pour cela. Et puis aussi parce qu'elle fait partie de l'entourage de Courzon.

– L'entourage? Je ne serais pas étonnée, moi, si elle avait une liaison avec lui.

Francis bouillait de fureur, mais il s'efforça de lui répondre calmement.

– Tu la détestes, hein, Marjorie? Pourquoi?

Lionel contemplait toujours la scène avec le même petit sourire.

– Ne dis pas de bêtises, Francis! Pourquoi est-ce que je la détesterais? Ce n'est qu'un petit cancan de ma part, ajouta-t-elle comme si elle se rendait soudain compte qu'elle était allée trop loin. Je ne suis pas du tout jalouse, enfin! Sans ça, est-ce que je te ferais remarquer combien elle est jolie? Au fait, ses boucles d'oreilles sont ravissantes!

– Elles appartenaient à sa grand-mère, expliqua Lionel. Je les ai retrouvées dans un coffre il y a quelque temps. Elle les avait visiblement oubliées, alors je les lui ai envoyées. Elles sont belles, mais les pierres n'ont pas grande valeur.

Lionel alluma une cigarette et poursuivit sur le même sujet.

– Kate ne s'intéresse qu'aux bijoux anciens. Je me souviens du jour où elle m'a rendu l'émeraude. Elle quittait la maison ce jour-là et elle avait déjà fait ses bagages. Je suis rentré dans la chambre, et je l'ai vue, là, sur le lit, complètement nue, avec seulement sa grosse émeraude au doigt. Je voulais qu'elle la garde, mais elle me l'a jetée au visage. Quel tableau! Anatole Da Cunha en aurait certainement fait quelque chose. *Femme nue aux cheveux roux et à l'émeraude!*

L'évocation de cette relation entre Kate et son

ancien mari faisait du mal à Francis. Et puis... Lionel ne se montrait jamais aussi caustique.

Lionel l'a possédée, mais pas comme moi j'ai pu le faire. Je le sais... L'eau qui coulait sur sa peau, sur ses seins... ce petit espace entre ses dents... comme elle riait, dans son lit...

Mais le passé était le passé. Il l'avait gommée de sa vie. Tout était différent, maintenant.

Lionel invita Marjorie à danser. Pendant quelques instants, il regarda le visage si pur de Marjorie au-dessus de l'épaule de son cavalier. Il suivit le couple des yeux jusqu'à ce qu'il disparaisse, happé par la foule. Alors, il regarda Kate.

Une femme entêtée, fanatique! Qu'elle aille au diable!

Elle se croit forte, mais elle est fragile, si fragile au milieu de la tempête...

Il s'est passé quelque chose entre toi et moi, Kate, quelque chose sur quoi nous ne pouvons revenir.

Il avait les mains glacées. Il commanda un café, moins pour le plaisir de le boire que pour se réchauffer les mains autour de la tasse. Il y avait trop de bruit dans cette salle et la musique lui faisait mal à la tête.

– Il s'est passé quelque chose, dit-il à voix haute.

– Allons-y, dit Marjorie en revenant, je vois que tu t'ennuies à mourir.

Cette sollicitude masquait mal un reproche.

Le vent s'était levé et Lionel posa son châle sur les épaules de Marjorie.

– Je suis soulagée que Francis ait refusé d'acheter votre domaine, dit Marjorie à voix basse à Lionel. Soyez gentil, ne le lui proposez pas une nouvelle fois. J'espère encore qu'il se lassera de cette île.

– N'y comptez pas trop, si vous voulez mon avis.

– Je n'en suis pas aussi sûre que vous.

Mais Lionel avait raison. Ni les événements politiques ni la situation économique, rien ni personne ne lui feraient abandonner Saint-Félice. Il avait déjà beaucoup perdu : un père, une mère qui vivait au loin, seule; Kate, un rêve brisé; Patrick, pour qui il avait eu tant d'amitié; et finalement, cette fille, retranchée dans son éternelle enfance.

Il n'avait plus que sa terre, et il en était tombé amoureux. Passionnément. Il ne la quitterait qu'à sa mort.

Il appartenait à Eleuthera autant qu'elle lui appartenait.

20

Nicholas Mebane prit ses fonctions au milieu de l'enthousiasme général. On comparait les débuts de son mandat aux cent premiers jours historiques de la présidence de Roosevelt.

– Nous ne promettons pas de miracles, annonça-t-il avec franchise, mais il y aura des changements rapides et significatifs. Les résultats seront tangibles, cela, je vous le promets.

Patrick partageait l'euphorie générale.

Deux mois plus tard, on commençait à creuser les fondations d'un grand centre sportif doté entre autres choses d'un terrain de basket-ball et d'une piscine. Aux premières pelletées de terre, les gens ne cachèrent pas leur satisfaction : enfin du visible, du concret!

Ensuite, on installa le musée de Saint-Félice dans la grande bâtisse en pierre du XVIIIe siècle, derrière Wharf Street. Doris Mebane avait supervisé la restauration du bâtiment et l'aménagement du musée. Elle avait fait creuser des plates-bandes autour de la grande maison à arcades et disposer à l'intérieur les quelque dix toiles et les deux sculptures en marbre, donation de Da Cunha à l'île de Saint-Félice. Sur le fronton, au-dessus du portail, Nicholas avait fait graver la devise : *Pro bono publico.* Dans les dépliants touristiques, on expliquait que cela voulait dire : « Pour le bien public ». L'inauguration eut lieu au champagne, au son d'un orchestre à cordes, en présence de toute la bourgeoisie de l'île. Une belle réussite!

A la fin de la cérémonie, Patrick prit Nicholas à part.

– Hier soir, j'ai pensé à un projet. Je pensais qu'on pourrait distribuer des semences d'arbres fruitiers ou de légumes aux enfants des écoles. Des prix récompenseraient les meilleurs résultats. Ça apprendrait quelque chose aux gosses et ça nous aiderait aussi à atteindre notre autosuffisance alimentaire. Qu'est-ce que tu en penses?

– Excellente idée! Vas-y, fonce! Prépare un dossier aussi complet que possible et présente-le au prochain conseil des ministres.

Il lui administra une bourrade sur l'épaule.

– Est-ce que tu aurais seulement imaginé qu'on arriverait aussi loin? Je me rappelle encore quand nous récitions ensemble nos déclinaisons latines! Tu crois que ça nous a servi à quelque chose?

Il se mit à rire.

– Alors tu penses que c'est faisable?

– Bien sûr! Déjà ce qui est bien, c'est que ça ne nous coûtera pas grand-chose. Les réserves monétaires sont au plus bas.

Les deux hommes avaient traversé la pièce en discutant, et Nicholas fit alors mine de s'éloigner.

– Accorde-moi une minute! supplia Patrick. Je

sais que tu es débordé, mais ça fait plusieurs jours que je n'arrive pas à te voir. Je me disais que, par la même occasion, on pourrait distribuer des semences aux paysans. De l'acajou du Honduras, par exemple. Le dernier cyclone a détruit au moins un millier d'hectares de forêts domaniales et on n'a encore rien replanté. On pourrait combiner les deux projets, ça ne ferait guère plus de frais.

– Tu es ministre de l'Education, ne l'oublie pas. Ça, c'est du ressort des Eaux et Forêts.

– Je sais, mais tout est lié, les compétences des différents ministères se chevauchent.

– Il faut que je me sauve, maintenant. Nous en reparlerons une autre fois.

Il lui donna une nouvelle claque sur l'épaule.

– Rome ne s'est pas faite en un jour, Patrick! Cela dit, j'apprécie ton enthousiasme.

Cet enthousiasme n'était pas superflu. Il y avait tant à faire! Il connaissait le manque de qualification de la plupart des enseignants; il fallait avant tout augmenter les salaires et améliorer les conditions de travail. En passant du côté de Gully, il y avait quelque temps, il avait remarqué que la toiture n'avait pas été réparée depuis l'époque où il enseignait dans cette petite école. Il fallait des livres de classe, du matériel de toute sorte...

Au conseil des ministres, il dressa la liste des besoins les plus urgents.

– Hou là là! Pas si vite! lança Nicholas. Nous y arriverons un jour, mais pas tout de suite.

– Quand?

– C'est l'argent qui manque, Patrick, l'argent!

– Mais il y a eu le prêt de la Banque mondiale. Et tu viens d'augmenter les impôts. Je ne comprends pas que nos budgets soient si serrés.

Nicholas parcourut l'assistance du regard. Le conseil des ministres formait une assemblée restreinte de gens qui se connaissaient bien, aussi les débats y prenaient-ils souvent la forme d'affrontements personnels.

– Je crois que la gestion financière n'est pas un de tes points forts, Patrick.

Il y eut quelques ricanements et Patrick se sentit obligé de sourire. Tout le monde savait que c'était Désirée qui gérait l'argent de leur ménage car il ne pensait jamais à régler les factures à temps. Il est vrai que s'il était parfois obligé d'oublier Paul pour payer Pierre, c'est que Désirée dépensait l'argent à une vitesse vertigineuse.

– Non, tu n'es pas un financier, répéta Nicholas avant de passer au point suivant de l'ordre du jour.

Il s'agissait d'un renforcement des effectifs de police dans les rues de Covetown.

Encore peu habitué à ses nouvelles fonctions, Patrick hésita quelques instants, mais il finit par prendre la parole.

– Il me semble que la ville est déjà pleine de policiers.

– Nous en avons besoin. Il y a trop de pickpockets; notre île finira par avoir mauvaise réputation, ce qui fera fuir les touristes.

– Les jeunes n'ont rien à faire. Tu avais parlé de terrains de sport, souviens-toi...

– Eh bien, il y en a déjà quelques-uns, non?

– Il n'y en a que trois dans les bas quartiers et encore le dernier n'est-il pas équipé. De toute façon, ce ne sont pas les terrains de sport qui vont tout arranger. Le problème est d'ordre économique.

– Exactement. Voilà pourquoi il faut encourager le tourisme et les investissements étrangers. Et pour cela, il faut que la rue soit calme.

– Eh bien, puisque tu en parles, je voudrais te dire que le tourisme est loin d'être la panacée. Ces gens viennent ici à la recherche de terrains bon marché; ils spéculent et font monter les prix.

Il s'enhardissait.

– Nous ne devrions vendre qu'aux gens qui veulent rester et contribuer au développement de l'île.

Autour de lui, les regards étaient baissés. L'atmosphère était lourde.

– La construction des hôtels crée des emplois, dit doucement Nicholas.

– Des emplois temporaires, c'est tout. Et pour construire quoi? Des horreurs comme le Lunabelle et tous les autres? Merci bien! Ces hôtels défigurent la baie et confisquent des portions entières de littoral pour leurs plages privées. Ils détruisent les rochers qui empêchent l'érosion des plages. Mais ils s'en moquent! Tant pis pour les générations suivantes! Quant à leurs égouts, ils se déversent dans la baie!

Il chercha autour de lui une approbation, un signe de tête, mais les visages demeuraient obstinément fermés.

– Ecoutez, vous vous souvenez tous qu'il n'y a pas si longtemps encore la baie était pleine de langoustes et de mérous. Maintenant, il faut aller loin au large pour en trouver. C'est à cause de la pollution et de la pêche sous-marine. Ils transforment la mer en poubelle! J'ai vu ce qui s'est passé ailleurs, et j'ai lu Cousteau. Tenez, regardez par la fenêtre et dites-moi si nous ne sommes pas sur le point de détruire irrémédiablement un des plus beaux paysages du monde! Souvenez-vous de ce qu'ils ont fait de Diamond Head à Honolulu. Vous avez tous vu les photos...

– Tu passes des poissons aux rochers et des rochers aux hôtels! l'interrompit Nicholas.

– Tout ça est lié!

Il y eut un silence que Nicholas finit par rompre.

– Nous prenons acte de ces remarques. Je réunirai un comité chargé de veiller au caractère et à l'écologie de Saint-Félice.

Trois mois plus tard, on annonça la construction d'un nouvel hôtel au bord de la mer. Patrick se rendit aussitôt chez Nicholas.

– Je ne comprends pas. Je croyais qu'il ne devait pas y avoir de nouvelles constructions le long de la baie et en tout cas pas sans discussions.

– Nous en avons discuté pendant deux heures lors du dernier conseil des ministres, celui auquel tu n'as pas assisté.

– Celui auquel je n'ai pas assisté!

– Oui, j'ai convoqué un conseil des ministres extraordinaire le jour où tu étais allé rendre visite à ta mère à la Martinique. Je t'en ai fait envoyer le procès-verbal.

– D'abord, je n'ai rien reçu, et ensuite, à ma grande honte, voilà des mois que je ne suis pas allé à la Martinique.

– C'est curieux! On a dû mal m'informer. Je suis désolé. Cela dit, je comprends parfaitement tes préoccupations esthétiques, mais nous avons tellement besoin de capitaux en ce moment! Mais enfin, je crois pouvoir te jurer que ce sera le dernier.

Indigné, humilié, Patrick dut cependant s'incliner. Et puis on ne pouvait tirer de conclusions générales d'un tel incident. Nicholas ne l'aurait pas trompé à ce point : inutile de sombrer dans le délire de la persécution.

Il gardait pourtant l'impression étrange d'avoir été tenu à l'écart, comme un enfant trop exigeant.

Désirée était penchée au-dessus du réchaud lorsqu'il entra dans la cuisine. Elle avait l'air ennuyée.

– J'étais chez Doris cet après-midi. Nicholas devait être en train de traiter des affaires chez lui car j'ai vu plusieurs personnes sortir au moment où moi j'arrivais.

– Ah bon? Tu crois que c'était le conseil des ministres?

– Non, bien sûr, mais j'ai pourtant vu Rodney Spurr et Harrisson Ames. Les autres, je ne les connaissais pas. Il y avait même quelques Blancs, dont ce gros bonhomme qui a fait construire cette maison sur la colline, tu sais, celle qui est tout en verre.

– Jurgen. On dit qu'il investit beaucoup dans l'île.

– Doris m'a fait promettre de ne pas te le répéter, mais Nicholas trouve que tu n'es guère coopératif.

– Hein? Qu'est-ce qu'il entend par là?

– Il dit que tu... que tu freines.

– Que je freine!

– J'espère que tu ne fais pas d'histoires, Patrick. Vous êtes quand même des amis d'enfance.

– Qu'est-ce que tu veux que je fasse comme histoires?

– Je ne sais pas, mais parfois tu montes sur tes grands chevaux. Quand tu as une idée en tête, tu y tiens! Tu ne changes jamais d'avis.

– Tu veux dire que je tiens à mes convictions! Plutôt mourir qu'en changer!

– Calme-toi! Mais tu es vraiment entêté, tu sais! Par exemple, pourquoi ne pas me laisser accompagner Doris en Europe cette fois-ci? Elle trouve que c'est égoïste de ta part. Je ne suis jamais allée nulle part et...

– Je ne pourrais pas te payer ce voyage, voilà tout!

– Je pensais que toi étant au gouvernement, les choses iraient un peu mieux pour nous, mais ça n'est pas différent du temps où tu étais instituteur ou journaliste au *Trumpet.*

– Je ne suis pas entré au gouvernement pour faire fortune.

– Tu pourrais au moins me laisser aller une fois avec Doris.

– Je ne supporterais pas qu'elle te fasse la charité!

– La charité! Alors que ce sont tes meilleurs amis! Doris serait ravie; elle a fort envie que je l'accompagne. Et puis ils ont plein d'argent, ça ne serait rien du tout pour eux.

– Plein d'argent! répéta pensivement Patrick. Je n'en suis pas si sûr. Le Dr Mebane n'était pas si riche que ça et il avait quatre enfants.

– Mais Nicholas gagne de l'argent de son côté! Il investit dans les hôtels et les plages privées. Tu sais, la nouvelle boîte de nuit de Wharf Street, Le Circé, eh bien, il possède la moitié des parts. Tu ne le savais pas? Et le nouvel hôtel dont on a annoncé la construction, c'est aussi à lui.

Patrick s'assit, effondré.

Désirée continua à parler. Sans s'en rendre compte, elle avait adopté la voix haut perchée de Doris Mebane.

– Pourquoi ne pas prendre un peu de plaisir dans la vie? Pourquoi toujours piétiner au même endroit alors que tu pourrais aller de l'avant, comme Nicholas?

– Comptes-tu un jour devenir adulte? demanda-t-il méchamment.

Les yeux de Désirée se remplirent de larmes et il regretta aussitôt ses paroles. C'était la première fois qu'elle se plaignait. Il se rendait bien compte qu'elle avait renoncé à nombre de ses envies et s'était montrée reconnaissante pour le peu qu'il lui avait donné. Maintenant, avec sa nouvelle situation, elle devait ressentir une frustration certaine. Le mari de Doris la couvrait de cadeaux tandis que le sien, non content de mener la même vie qu'auparavant, semblait trouver la situation parfaitement normale. Il aurait voulu lui expliquer, mais les mots ne lui venaient pas. Il demeura silencieux.

Le cœur serré, il s'étendit sur le lit. C'était donc ainsi qu'agissait Nicholas! Tous les autres membres du gouvernement devaient en faire autant; voilà pourquoi ils ne répondaient rien lorsqu'il parlait. Ils savaient qu'il n'était pas de leur bord, et ils le tenaient à l'écart. Où se tourner? A qui parler? Il se sentait trahi. Il ne pouvait pas se confier à Désirée, trop naïve, trop bavarde. La seule personne à qui il pouvait s'ouvrir, c'était Kate Tarbox.

En rentrant chez lui, le soir, il passait devant l'immeuble du *Trumpet* et montait parfois la voir. L'ambiance du journal lui manquait. Il aimait la frappe sèche des télétypes, la bousculade dans les bureaux de la rédaction, les coups de téléphone incessants. A l'époque, il observait souvent Kate à la dérobée, son visage extraordinairement mobile où venait se refléter la moindre de ses émotions.

– Tu as l'air sombre, fit-elle remarquer le lendemain du jour où il avait eu cette conversation avec Désirée.

Presque à contrecœur, il lui révéla la teneur de sa discussion avec sa femme, ses soupçons, ses problèmes au sein du gouvernement.

– Ça ne va pas. J'ai l'impression que tout s'en va par lambeaux autour de moi et je n'arrive plus à parler à Nicholas, je ne sais pas pourquoi.

– Pourquoi ne lui dis-tu pas ce que tu sais?

– Impossible. D'abord j'ai promis à Désirée de ne rien dire, et ensuite, ça ne servirait pas à grand-chose. Après tout, il est libre d'investir son argent où il veut.

– Mais non, ça te regarde, et tu le sais très bien. Tout ça ne me plaît guère.

Ils grimpaient tous deux à flanc de colline, vers chez Patrick. Kate s'arrêta et se mit à compter sur ses doigts.

– Ecoute. On devait électrifier les villages et installer un système d'égouts, mais dans le nord de l'île, les gens jettent encore le contenu de leurs seaux hygiéniques dans la mer tous les matins. Personne n'en parle, mais tout le monde le sait. On recueille toujours l'eau dans des citernes sur le toit des maisons, mais Nicholas continue à promettre une usine de dessalement de l'eau de mer, des cultures hydroponiques et des conserveries. Le réseau routier est dans un état déplorable. Il y a plus de voitures mais aussi plus d'accidents qu'autrefois. Je sais bien qu'on ne peut pas tout faire à la fois, mais j'aimerais quand même voir un début de commencement !

– Je ne comprends pas Nicholas, répéta-t-il, accablé.

Pendant un instant, Kate sembla hésiter, puis elle se décida :

– Je voudrais te montrer quelque chose. Aurais-tu une heure à me consacrer ?

– Oui, c'est possible.

– Il faudrait que tu ailles chercher ta voiture. Est-ce que tu es déjà allé à l'annexe du Lunabelle ?

– Au-dessus de la jetée, tu veux dire ? Non.

– Non, elle est au-dessus du petit pont qu'il faut emprunter pour gagner les nouvelles maisons.

Ils arrêtèrent la voiture à l'extrémité de la plage du Lunabelle, à huit cents mètres environ du bâtiment principal. Une herbe haute poussait entre les ornières d'une allée ensablée.

– Elle n'est pas souvent utilisée, observa Patrick.

Le pont enjambait un chenal étroit. Une série de petites maisons aux toits pointus étaient disposées en cercle le long de la plage. L'arrière des maisons donnait sur une immense piscine bleue. Entre des parterres de fleurs étaient disposés des parasols et des chaises en bois laqué. Il n'y avait qu'un couple allongé au soleil; ils levèrent tous deux la tête à l'arrivée de Kate et de Patrick puis se désintéressèrent d'eux.

– Ce n'est pas la saison, dit Patrick.

– Il n'y a jamais grand monde. L'endroit n'est pas ouvert au public.

– Les maisons sont isolées et bien dissimulées.

– Très juste. Viens, il y aura peut-être une porte ouverte; sans ça, on essayera quand même de jeter un coup d'œil.

Toutes les portes-fenêtres étaient verrouillées, mais on apercevait à l'intérieur des chambres aux tapis brodés et lits lourdement sculptés; dans l'une, ils virent une robe en dentelle pliée sur une chaise. On dirait une luxueuse maison de passe du XIXe siècle, se dit Patrick.

– Bizarre, non? demanda Kate alors qu'ils retournaient à la voiture.

– Oui. Qui sont ces gens?

– Tu ne devines pas?

Une idée lui traversa l'esprit, mais il se tut.

– Des truands.

Il la regarda, incrédule.

– Je n'ai pas de preuves, mais j'en suis presque sûre. Ces gens viennent des Etats-Unis, amènent leurs petites amies avec eux, font leurs affaires, leurs versements en liquide, et le gouvernement les protège.

– Des versements pour quoi?

– De la drogue, je crois.

Il avait l'air effaré.

– Tu as l'air surpris. Tu ne savais pas que l'Amérique centrale en était infestée ?

Il ne savait que répondre.

– Tu es touché parce qu'il s'agit de Nicholas.

Elle lui prit la main avec affection.

– Je peux me tromper, bien sûr.

– Il faut que tu te trompes, il le faut absolument.

En passant le long de l'ancien palais du gouverneur, maintenant résidence du Premier ministre, ils croisèrent un peloton de policiers sanglés dans leur nouvel uniforme : veste grise ornée de galons écarlates, pantalon gris à bande écarlate également.

– Arrête-toi une minute, demanda Kate. Tu n'as rien remarqué ?

Comme il ne semblait pas comprendre, elle ajouta :

– Ne me dis pas que tu ne les as pas vus ces dernières semaines.

– De quoi parles-tu ? De leur uniforme ? Nicholas est partisan d'un certain rituel, d'un certain décorum.

– Je ne parle pas de ça. Regarde encore. Tu as déjà vu autant de flics ? Ils font tous au moins un mètre quatre-vingt-dix ! Et ils viennent tous d'être recrutés. Pas une vieille tête familière parmi eux. Je ne serais pas surprise si...

Elle s'interrompit brusquement.

– Surprise si quoi ?

– Oh, rien !

– Les femmes sont exaspérantes ! Voudrais-tu finir ta phrase, s'il te plaît !

– Je ne sais pas si je peux encore te faire confiance.

– Merci ! Merci bien ! Si c'est vraiment ce que tu penses, alors ne dis rien, ne me dis même plus rien du tout !

– Ne te fâche pas. Mes paroles ont dépassé ma pensée. Je voulais dire que tu es loyal et qu'en dépit de ce que tu as vu tu es très proche de Nicholas. Est-ce que je sais ce que va te dicter ta conscience au beau milieu de la nuit ?

Il se radoucit.

– Tout ce que tu m'as dit est toujours resté entre nous, tu devrais le savoir.

C'était la première fois que, même d'une manière détournée, il faisait allusion à Francis Luther.

Elle rougit.

– D'accord.

Elle regarda autour d'elle et baissa la voix, bien qu'ils fussent en voiture.

– Il y a des rumeurs comme quoi on serait en train de mettre sur pied une force de police nationale. On les appelle les Hommes Rouges.

– Eh bien ? Est-ce que ça ne serait pas plus efficace ?

– Mais il s'agit d'une force paramilitaire, bien sûr. Arrestations de nuit, disparitions mystérieuses, corps jetés dans les fossés le long des routes. Tu vois ce que je veux dire ? C'est l'histoire du XXe siècle, tu devrais le savoir.

Patrick blêmit.

– Ce... ce n'est pas possible ! Qui t'a dit... Excuse-moi, c'est vrai que tu ne peux pas me le dire.

– Bien sûr que non. Disons que j'ai... mes sources.

Pendant une minute ou deux, ils demeurèrent silencieux. La voiture était arrêtée devant la maison de Kate, mais elle ne faisait pas mine de descendre.

– J'ai peur, Patrick.

– Peut-être est-ce que tu te trompes, dit-il avec douceur.

– Si j'étais gonflée, je raconterais tout dans le *Trumpet,* mais j'ai peur.

– Kate, tu es folle! Tu ne ferais pas une chose pareille!

– Tu vois, tu ne crois même pas ce que tu vois. Dans un pays libre, la presse ne devrait rien avoir à craindre, tu n'es pas d'accord?

Il ne répondit pas. La vieille rue familière bordée de haies fleuries lui semblait menaçante comme l'avenue d'une ville étrangère et hostile où personne ne parlerait sa langue.

Mais il se reprit. Kate tirait des conclusions trop hâtives; comme toutes les femmes, elle était portée à l'exagération. Il était sur le point de le lui dire, quand elle parla à nouveau.

– A propos de Will... garde un œil sur lui. Dis-lui que ce n'est pas le moment de se mêler de politique.

– Pourquoi, qu'est-ce qu'il fait?

– Je ne peux pas t'en dire plus. Conseille-lui seulement la prudence.

Elle sortit de la voiture et rentra chez elle, laissant Patrick à ses interrogations.

Exaspéré, partagé entre la peur et l'hésitation, il redescendit en ville. C'était jour de marché. Venus des îles voisines, des voiliers débarquaient des paniers pleins de poissons brillants, rose et argent. De l'autre côté de la place, devant une agence de voyages, une dizaine d'hommes et de femmes, jeunes pour la plupart, faisaient la queue pour acheter un billet d'avion pour l'Angleterre ou les Etats-Unis. Là-bas, ils conduiraient des autobus ou ramasseraient les ordures; une vie meilleure, apparemment, que celle que leur réservait leur île natale.

Garde un œil sur Will, lui avait-elle dit... Comment allait-il faire? Will était un homme maintenant, plus mûr que la plupart des garçons de son âge : comment le surveiller?

– Où étais-tu? demandait-il.

– Avec des amis.

– D'accord, mais où?

– Oh, j'ai fait un tour sur la plage.

On n'en tirait jamais rien de plus. Et s'il lui avait dit : « Je sais que tu vas aux Tranchées et je ne veux plus que tu y ailles », cela n'aurait servi à rien.

Will et ses amis s'intéressaient-ils à autre chose qu'à Che Guevara et à Mao? Ah non, Mao était déjà hors course! A l'âge de Will, songeait-il, je m'intéressais aux filles, aux livres, je voulais découvrir le monde. Je n'étais pas aigri comme il l'est maintenant. Je me souviens que je riais tout le temps. Will ne rit jamais; du moins, pas à la maison.

Ce qui ne l'empêcha pas, ce soir-là, d'attaquer bille en tête :

– Will, je voudrais savoir : es-tu mêlé à des histoires politiques?

Will lui lança un long regard.

– Pourquoi me demandes-tu ça?

– Parce que je me fais du souci. Je ne te conteste pas le droit de croire à tout ce que tu veux, mais je ne crois pas qu'il soit très prudent de le clamer sur tous les toits en ce moment.

– Ah bon? En ce moment? Je croyais que le gouvernement était démocratique! Liberté de pensée, liberté d'expression et tout ça!

Le ton était sarcastique.

Patrick était une nouvelle fois acculé à la défensive.

– Oui, notre société est démocratique! Mais il faut du temps pour qu'une telle société se développe et que les gens soient aptes à penser par eux-mêmes.

– Nous n'avons qu'une seule vie, dit Will. Combien de temps va-t-il falloir attendre? Et puis de toute façon, il n'y a encore eu aucun changement. Regarde les Francis, les Tarbox. Ce sont les ouvriers qui cultivent et récoltent les bananes, mais les profits vont en Angleterre ou sur la Côte d'Azur, ou là où ces gens ont l'habitude d'aller passer des vacances confortables!

Encore la famille Francis! Toujours la famille Francis!

– Dis-moi, es-tu satisfait de ce qui a été réalisé depuis l'arrivée de Mebane au pouvoir?

– Non, pas entièrement. Mais n'oublie pas qu'il y a une manière de changer les choses lorsque l'on n'est pas satisfait. Nous avons le droit de vote, et c'est un véritable trésor; songe à tous les peuples au monde qui en sont privés!

– Voter pour l'un ou voter pour l'autre! Bonnet blanc et blanc bonnet! Je te laisse le suffrage universel, moi je choisis la voie cubaine.

– Il est vrai que c'est tentant. Pas d'élections, pas de débats, pas de comités pour ci ou pour ça, un seul homme, rapide, efficace, qui tient la justice et l'égalité au bout du stylo! Sauf que ce n'est pas l'égalité. Ecoute, est-ce que tu sais que...

Et une fois encore, Patrick s'efforçait d'emporter la conviction du jeune garçon.

– ... tu crois vraiment que les gens sont égaux, dans ce système? Est-ce que tu sais qu'en Russie les dirigeants jouissent de privilèges inimaginables? C'est ça, l'égalité?

Will l'écoutait calmement, le regard posé sur le mur, derrière Patrick, puis brusquement, il se penchait en avant, appuyé sur un coude. Les petites figurines en porcelaine de Désirée, achetées patiemment au fil des années chez Da Cunha, s'entrechoquaient avec un tintement menaçant, mais il n'en avait jamais cassé aucune.

– Tu dois être au courant, pour les Hommes Rouges, finit par dire Will.

– Au courant de quoi? Il y en a trop?

Il n'a jamais été jeune, se disait Patrick en cet instant.

– Il ne s'agit pas de ce que tu vois, rétorqua sèchement Will, mais de ce que tu ne vois pas. Il se passe un certain nombre de choses quand ils enlèvent leurs beaux uniformes tout neufs, sans compter ceux qui sont toujours en civil.

Il eut un geste d'exaspération.

– Mais évidemment, tu ne m'écoutes pas parce que Nicholas est ton ami.

– C'était un frère pour moi, murmura-t-il, comme pour lui-même.

– Eh bien, même les frères peuvent se conduire d'une manière étrange.

Quelle lucidité, quel cynisme pour ses dix-sept ans!

– Tu es membre du gouvernement mais tu n'as pas la moindre idée de ce qu'ils font! Est-ce que tu te rends compte de ce qu'ils fabriquent derrière ton dos? L'accident de voiture des sœurs Daniel, le mois dernier, par exemple. Pour toi, c'est simplement un accident?

– C'est ce que dit tout le monde.

– Non, pas tout le monde. La voiture n'a pas quitté la route. Les Hommes Rouges ont d'abord tué les sœurs et ils ont ensuite balancé la voiture du haut de la falaise.

– Pourquoi?

– Elles tenaient un bordel à touristes sur la route de Westbrook, et elles ont été tuées parce qu'elles commençaient à se sentir tellement sûres d'elles qu'elles ne filaient plus d'argent à Alfred Claire. C'est le cousin de Mebane, tu dois le savoir. Est-ce que tu ne te rends pas compte que leur famille a mis le pays en coupe réglée ?

– Mais qui peut bien te raconter des histoires pareilles ? Comment peux-tu lancer de telles accusations ?

– Parce que c'est vrai.

Il sourit.

– Mes amis et moi avons un... certain nombre de moyens de savoir.

Patrick pensa aux sources de Kate. Cuba, le communisme, la démocratie, les maisons de passe, les meurtres, et tout cela en moins d'une demi-heure !

– Je ne sais pas si je peux te croire.

Will eut à nouveau son étrange sourire.

– Tu ferais mieux.

– Les Mebane pendent la crémaillère, annonça Désirée.

Nicholas avait fait bâtir sa maison dans le nouveau quartier du cap Molyneux, sur la falaise. Grâce à Désirée, Patrick n'avait rien ignoré : les tuiles romaines, venues directement d'Italie, la piscine, la grande chambre ovale (« on dirait la proue d'un bateau »).

– Je n'irai pas.

– Hein ? Tu es sérieux ? Que tu te moques de nos réactions à Doris et à moi si nous n'y allons pas, d'accord, mais qu'est-ce que les gens vont penser ? Tu serais le seul ministre à ne pas être là.

– De toute façon, ça fait des mois que le conseil des ministres ne s'est pas réuni, et puis j'y suis en minorité.

– C'est peut-être ta faute ! Et puis quel rapport avec la réception ?

Elle avait raison. Cela paraîtrait étrange. Il s'habilla donc et sortit.

La maison était un véritable nid d'aigle. En haut de la falaise s'élevait maintenant un nouveau quartier résidentiel. De riches industriels américains, allemands et suédois y avaient fait bâtir de somptueuses villas face à l'océan, adossées à une jungle inextricable. La maison des Mebane était voisine de celle des Jurgen, et l'on pouvait apercevoir entre les arbres les paons qui faisaient la roue dans le jardin de l'homme d'affaires suédois.

Patrick gagna l'extrémité de la terrasse et s'assit sur le parapet. A l'intérieur, le buffet croulait sous les mets rares, les fleurs et la vaisselle en argent. Sur la terrasse, les gens dansaient sur la musique que diffusaient deux gros haut-parleurs. Il détourna la tête pour contempler la noire étendue de l'océan. Pourtant, il n'avait rien contre la musique, la danse et le bon vin, mais quel abîme séparait ces gens de la vie que l'on sentait frémir en bas, dans ce village, par exemple, au large duquel un pêcheur avait jeté ses filets! Longtemps, il contempla la lumière du fanal qui dansait sur les vagues.

A cette altitude, il faisait frais, presque froid, et il se sentait l'esprit clair, aiguisé.

Ces gens se rendaient-ils compte de ce qui se passait dans le pays? Certains en étaient sûrement conscients, mais personne ne disait mot. Dans les villages, pourtant, le mécontentement grandissait.

Depuis l'indépendance, des milliers de gens venus des campagnes étaient venus chercher fortune en ville. Le bidonville des Tranchées grandissait à une vitesse prodigieuse. Des bandes de jeunes désœuvrés traînaient en ville, commettant vols et agressions. Personne ne voyait donc venir l'orage?

A partir de quel moment Nicholas Mebane avait-il commencé à se laisser corrompre? Petit à petit, Patrick avait appris des choses effrayantes. Il avait l'impression d'avoir enlevé un à un une montagne d'oripeaux pour découvrir finalement une effroyable difformité. Etait-ce le pouvoir qui avait à ce point changé Mebane? Ou bien portait-il cela en lui depuis le début, cachant son jeu même à ses amis les plus fidèles?

Les gens changeaient, tout changeait! Il songea à Francis Luther et écarta l'image de son esprit. Mieux valait évoquer Désirée... S'il avait perdu l'intensité juvénile de la passion, son amour pour elle avait gagné en tendresse et en profondeur. Son regard quitta la mer. Elle était là, à quelques pas de lui, souriante, éclatante de beauté dans sa nouvelle robe, celle qu'elle avait achetée après tant de tergiversations, comme si sa vie en dépendait. Adorable et folle Désirée, pauvre femme-enfant, ensorcelée par le strass et les paillettes!

Oui, les gens changeaient, mais pas tous comme Nicholas!

Combien d'années avaient passé depuis leur première rencontre au collège? « Viens déjeuner à la maison... » La demeure bourgeoise du Dr Mebane lui avait alors fait l'effet d'un palais.

Entre les arbres, un paon poussa un cri strident. Patrick se tourna de nouveau vers l'océan. Il se passa la main sur les yeux. Il en aurait pleuré.

Son hôte de ce soir était un homme dangereux.

Il avait peur. Deux ou trois fois, il essaya de s'entretenir avec d'autres membres du gouvernement, mais les ministres l'évitaient. Il était seul.

La tempête finit par s'abattre sur eux. Grâce à la presse, le monde découvrit l'existence d'une petite île nommée Saint-Félice, perdue dans la mer des Antilles.

Un journaliste d'un grand journal new-yorkais fit parvenir à sa rédaction un article sur la dictature à

Saint-Félice. Deux jours plus tard, un valet de chambre découvrait son cadavre dans les jardins du Cade's Hotel. Il avait été exécuté d'une balle dans la tempe.

En apprenant la nouvelle, Patrick, affligé d'ordinaire d'une sensibilité maladive qui lui faisait fuir le théâtre de ce genre de scènes, se précipita au Cade's Hotel.

L'irruption du XXe siècle à Saint-Félice, avec les néons, le verre et l'acier du Lunabelle et de ses semblables, avait fini par conférer au Cade's Hotel le charme des vieilles demeures coloniales. On y présentait encore les sucriers dans des bols remplis d'eau de façon à éloigner les fourmis. Un vieil Anglais très convenable, qui jamais ne serait descendu au Lunabelle, prenait le thé du matin sur la véranda. Patrick regarda un instant la large tache brune qui s'étalait sur les dalles du jardin et sortit. Une fois dehors, il se retourna et contempla la vieille bâtisse où il avait amené Désirée pour leur premier dîner et où ils avaient passé leur nuit de noces. C'était là qu'était venu mourir un jeune journaliste plein de talent et d'avenir.

Il monta en voiture sans vraiment savoir où aller. Il fallait faire quelque chose. Etait-ce la peur, le désespoir? Il appuya à fond sur l'accélérateur, grisé par la vitesse. Sur le bas-côté de la route, il remarqua un chien mort. Etait-il mort rapidement? Avait-il agonisé pendant des heures sous le soleil de plomb? La route serpentait au milieu d'un mur de canne comme un sentier dans la jungle. Machette à la main, des ouvriers progressaient entre les rangées. Dans son village, il avait partagé l'enfance de ces hommes. Plus que jamais, il se sentait en étroite communion avec le peuple de cette île.

Il s'arrêta devant une petite gargote de campagne,

de celles où les hommes viennent boire leur rhum et jouer aux dominos. Une musique tonitruante s'échappait du juke-box et les gens étaient presque obligés de crier pour pouvoir s'entendre. On était au milieu de l'après-midi, l'heure de la pause, et les hommes attablés là devaient parler des crédits qu'on ne leur accorderait peut-être pas et qui pourtant devaient leur permettre de nourrir leur famille entre deux périodes d'embauche. A son entrée, les hommes baissèrent la voix; certains même cessèrent de parler. Personne, il le savait, n'avait reconnu en lui le ministre de l'Education, mais sa peau claire et ses vêtements de bonne coupe indiquaient à l'évidence qu'il n'était pas des leurs. Ces hommes avaient peur. Il le comprenait fort bien. Déjà, au village, il n'était pas comme eux, même si à l'heure présente il s'en sentait plus proche que jamais.

Il termina rapidement son verre et retourna à sa voiture. Soudain, il sut où il devait aller. Il fit demi-tour et gagna la résidence du Premier ministre. Il grimpa l'escalier quatre à quatre, se souvenant au passage des paroles de Will lui disant un jour que plus ça changeait, plus c'était la même chose : la couleur des dirigeants n'était plus la même, mais la situation de l'île n'avait pas bougé d'un iota.

On l'introduisit dans le grand bureau carré de Nicholas.

– Que t'est-il arrivé, Nicholas? J'ai le droit de savoir.

– Assieds-toi, dit doucement Nicholas. Je ne vois pas très bien ce que tu veux dire.

Patrick disposa sa chaise de manière à ne pas se trouver en face de la lumière. Certains personnages avaient la désagréable habitude de placer leurs interlocuteurs face à une lumière éblouissante pour les mettre mal à l'aise.

– Que se passe-t-il avec ce gouvernement? J'ai brusquement l'impression que tout s'écroule autour de moi.

– S'écroule?

Nicholas fronça les sourcils.

– Est-ce que tu n'exagères pas un peu?

– Ne cherche pas à t'esquiver, Nicholas. Tu m'as fait des promesses, tu nous en as fait à tous, et tu ne les as pas tenues.

– Qu'est-ce que tu veux que je fasse? Que je frotte la lampe d'Aladin pour réaliser tes vœux?

– Encore une fois, ne cherche pas à t'esquiver. Ça commence à puer le fascisme dans ce pays, le monde entier en parle.

Patrick sentit le regard de Nicholas posé sur son col ouvert, une tenue qui, il le savait, déplaisait au Premier ministre. Le regard de Nicholas erra ensuite autour de la pièce, s'arrêtant sur un presse-papiers en cristal, sur un trousseau de clefs, posé sur le bureau, et enfin sur sa propre bague en or, ornée d'un diamant.

– Ce que tu appelles le monde entier, ce ne sont jamais que des journalistes qui ne savent pas de quoi ils parlent. Et quant à cette odeur de fascisme, elle viendrait plutôt de l'autre côté. Mais enfin, bon sang, est-ce que tu ne sais pas que, grâce aux Cubains, Moscou exporte le terrorisme dans toute la région? Tu es mon ami, Patrick. Tu devrais savoir que la situation est grave, mais peut-être est-ce que tu n'en mesures pas toutes les conséquences. Sais-tu ce qu'on introduit dans l'île? Des armes, Patrick; la nuit, ils débarquent sur les plages des fusils, des grenades. J'ai choisi de ne pas rendre publiques ces informations car cela pourrait servir la propagande de ces gens-là, qui savent utiliser le moindre prétexte, comme une grève des enseignants, par exemple. Nous ne pouvons pas céder. Il faut opposer la force à la force. Seul un gouvernement fort...

– Ce gouvernement n'est pas « fort », il est pourri!

– Je n'aime pas ce mot-là, Patrick.

– Et à moi, tu crois que ça fait plaisir? Oh, Nicholas, que s'est-il passé entre toi et moi? Dès le début, et malgré tous nos espoirs, tu m'as écarté, comme tu as écarté toutes mes propositions. Tu m'as donné une sinécure et tu t'es débarrassé de moi. Pourquoi?

– Parce que, dès les premières semaines, j'ai compris que tu n'avais aucun sens de la réalité. Tu te conduis comme un gamin dans un monde d'adultes. C'est une de tes qualités, mais c'est aussi ton défaut le plus exaspérant. Tu voudrais que l'utopie se réalise tout de suite. Au fond, tu crois encore au Père Noël.

Par la fenêtre, Patrick apercevait les hautes silhouettes du Lunabelle et des autres hôtels qui striaient le ciel de la baie de leurs squelettes de verre et d'acier. Il les désigna d'un geste de la main.

– Je sais que tu es en partie propriétaire de tout ça.

Nicholas se pencha au-dessus de son bureau.

– Moi? Qui t'a dit ça?

– C'est Doris qui l'a d'abord dit à Désirée, mais maintenant, c'est de notoriété publique.

– Des racontars de bonnes femmes!

Une lueur mauvaise dansait dans ses yeux.

– C'est vrai, j'ai mis un peu d'argent ici et là. Est-ce que ça te regarde, la manière dont j'investis mes avoirs?

– Oui. Il y a conflit d'intérêts.

– Tu es un imbécile. Je dirige un gouvernement, j'assure l'avenir de milliers de gens et toi tu viens me reprocher ce que je possède!

– Le seul avenir que tu assures, c'est le tien! Tu ne cherches que l'argent,. et le pouvoir qui te permet d'en gagner! Tu n'en as pas assez, maintenant?

– Deviens adulte, Patrick, et quitte la politique.

Nicholas semblait s'être radouci.

– Tu n'y comprends rien et tu n'y comprendras jamais rien. Tu ferais bien de retourner à tes salles de classe avant qu'il ne soit trop tard.

– Il est déjà trop tard!

– Démissionne, Patrick, ne me force pas à te chasser du gouvernement.

– Je ne démissionnerai pas et je ne te laisserai pas me chasser.

– Laisse-moi te donner un conseil. A ta place, si j'avais deux sous de jugeote, j'irais aux Etats-Unis. Il va y avoir du grabuge, ici. En fait, tu aurais dû rester en Angleterre et ne pas revenir ici.

– Il n'en est même pas question!

– Bien sûr, avec Désirée, ça risque d'être un peu difficile, dit-il en souriant, mais tu pourrais t'en passer, si tu voulais. Kate Tarbox pourrait t'accompagner, par exemple.

– Espèce de salaud! Si quelqu'un doit quitter cette île, ça sera toi! Une fois que tu auras ruiné Saint-Félice à coups de prostitution, de jeu et de trafic de drogue, tu te tireras en Suisse avec ton argent!

Patrick s'attendait à ce que Nicholas lui saute à la gorge. Il n'en fit rien.

– Tu as de la chance que Doris et Désirée soient amies et que je n'aie pas oublié notre amitié d'enfance, sans ça, je te ferais payer ce que tu viens de dire!

– C'est ça, tu pourrais me faire descendre comme le pauvre gars du Cade's Hotel.

– Comment crois-tu qu'aurait réagi un gouvernement communiste? Et puisque nous en sommes à parler de ça, comment crois-tu qu'on aurait traité Kate Tarbox à Cuba? Tu crois que je ne sais pas ce qu'elle raconte? Heureusement pour elle, elle a l'intelligence de ne pas se répandre dans sa feuille de chou. En plus, elle a des appuis chez certains planteurs qui sont aussi des amis à moi. Alors je me moque de ses calomnies...

– Ce ne sont pas des calomnies, Nicholas.

Les deux hommes étaient maintenant debout, face à face.

– Je voudrais ajouter quelque chose, Patrick, et je le fais en souvenir de cette amitié que tu viens de piétiner : nous sommes au courant pour ton fils, Will. Nous connaissons ses amis et ses projets. Ses petits copains ne sont pas faciles à coincer, mais dis-toi bien qu'on ne passe pas indéfiniment à travers les mailles du filet. Rappelle-le-lui.

– Pour Will, je ne peux rien faire. C'est un garçon inoffensif...

Nicholas lui jeta un regard moqueur.

– Je me présenterai aux prochaines élections, Nicholas. Il faudra bien que tu te soumettes au verdict des urnes, car sans ça, même tes Hommes Rouges ne parviendront pas à endiguer la tempête!

Nicholas n'avait pas quitté son air moqueur.

– J'ai été loyal envers toi, poursuivit Patrick, mais tu as dépassé les bornes. Maintenant, je vais te combattre.

– Essaye toujours, dit Nicholas en souriant, tu n'iras pas très loin.

21

Francis et Nicholas discutaient dans le hall d'Eleuthera.

– Je sens bien qu'il ne vous plaira pas, Francis, il est, disons... un peu vulgaire. Mais écoutez quand même les propositions qu'il a à vous faire. Ils arrivent tous les deux des Etats-Unis et ils disposent de tout l'argent qu'ils veulent. Vous savez, votre oncle Lionel va probablement traiter avec eux.

– Je sais, il me l'a dit.

Lionel n'avait pas caché son enthousiasme.

– Tu te rends compte! C'est ma première proposition et elle est fabuleuse!

On pouvait difficilement le blâmer. En plaçant judicieusement le produit de la vente de son domaine, il allait pouvoir vivre le reste de ses jours en Angleterre. Francis songea alors à la femme qu'aimait Lionel. Il ne l'emmènerait certainement pas en Angleterre! Il ne l'avait vue qu'une fois, à l'aéoroport de La Barbade où elle accompagnait Lionel. Les deux hommes s'étaient croisés en faisant semblant de ne pas se reconnaître. C'était une femme ravissante qui lui rappelait un peu Désirée, mais l'épouse de Patrick était plus sombre de peau.

Nicholas revint à la charge.

– Saviez-vous que les propriétaires des High Winds songent également à vendre? Le père a près de soixante-dix ans et ses fils n'ont pas l'intention de reprendre la plantation.

– Ils ne me l'avaient pas dit.

– Bah! Les gens n'annoncent ce genre d'affaire qu'une fois qu'elle est conclue. Remarquez, je les comprends; il vaut mieux régler ses affaires sans le clamer sur tous les toits. De toute façon, Francis, vous avez plus de plage que les High Winds et pour un projet hôtelier aussi gigantesque, c'est de cela qu'ils ont besoin. Vous êtes en position de force : vous pouvez demander pratiquement le prix que vous voulez.

– Je ne veux pas vendre Eleuthera, dit Francis.

– Mais on a l'impression, dit Nicholas poliment, que votre femme en a envie. Ne veut-elle pas retourner à New York?

Ainsi, « on avait l'impression »! Il est vrai que l'île était si petite! Et Nicholas avait les moyens de tout savoir...

– J'ai de bonnes raisons de croire, poursuivit Nicholas, que vous pourriez en obtenir deux millions de dollars.

Déjà vêtue de sa robe de soirée, Marjorie était assise sur la pelouse en compagnie de deux hommes qui, avec leurs complets gris, détonnaient dans la douceur du soir tropical. Que pouvaient-ils bien se dire? Frank Aleppo avait d'énormes lunettes noires; Francis détestait ces gens qui se cachaient derrière des verres fumés; il pensait à ces jeunes Noirs des Tranchées qui vadrouillaient en ville ces derniers temps, sauf que ces deux-là étaient blancs, d'un blanc si pâle que la douce lumière du couchant les faisait paraître d'un vert reptilien. Le complet d'Aleppo sortait visiblement de chez un des meilleurs tailleurs de New York. Francis avait l'habitude de côtoyer des gens élégants, mais ces deux énergumènes ne portaient pas leurs complets, ils les arboraient.

– Je ne les aime pas! dit-il vivement, conscient de ce que cette franchise pouvait avoir de naïf.

Nicholas se mit à rire.

– Je ne crois pas que ce soit là le problème. Les affaires sont les affaires. Pensez à vos intérêts et à ceux de votre famille, et écoutez au moins leurs propositions.

Pourquoi Nicholas se donnait-il tant de mal? Mais parce qu'il avait placé de l'argent dans cette affaire, bien sûr. Et dire, songea Francis avec amusement, qu'il croit que je ne m'en rends pas compte! Après tout, chacun était libre de placer son argent où il le voulait. Un homme intelligent, ce Mébane! Son seul tort, peut-être, était de se croire entouré d'aveugles et de naïfs. Quoi qu'il en fût, c'était un homme charmant et d'agréable compagnie.

Francis se rembrunit. Des bruits étranges circulaient, ces derniers temps; on parlait de police secrète, de torture, de drogue. C'était le lot quotidien des trois quarts de la planète, de l'Argentine à l'Union soviétique, mais ici, à Eleuthera, il n'avait rien vu d'anormal. Tout au plus avait-il remarqué une présence accrue des Hommes Rouges en ville et le long des routes, mais cela était plutôt rassurant; la petite et la grande criminalité qui commençaient à devenir préoccupantes avaient considérablement diminué depuis lors. C'est du moins ce que l'on disait, car ni lui ni personne de sa connaissance n'avaient eu à en souffrir.

Quant au reste, il y avait peut-être un fond de vérité, quelques bavures policières, mais la rumeur publique avait dû grossir l'affaire. On lui avait même parlé d'un ravin où l'on jetait les corps suppliciés des opposants au régime! Comment un homme aussi affable que Nicholas Mebane aurait-il pu se livrer à de telles atrocités? De toute façon, quel que soit le gouvernement, il valait mieux respecter la loi, mener une vie honnête et se tenir à l'écart des querelles politiques. Lui-même n'avait pas la tête politique. On lui avait dit que Patrick Courzon allait se présenter contre Nicholas aux prochaines élections. Quel idiot!

– J'ai réservé une table pour le dîner au Lunabelle, dit Nicholas. J'ai également invité quelques personnes qui sont en relations d'affaires avec M. Aleppo; j'espère que vous n'y voyez pas d'inconvénient.

– Non, bien sûr.

En vérité, il détestait le Lunabelle, mais comment avouer cela au Premier ministre?

– Il y aura le sénateur Madison Hughes; il est arrivé de Washington hier. Mes voisins également, les Jurgen. Je ne sais pas si vous les connaissez : un couple de riches Suédois, mais... citoyens américains.

Francis se moquait éperdument de la nationalité dudit couple, mais Nicholas avait l'habitude de fournir une grande abondance de détails, surtout s'il pensait que cela pouvait impressionner son interlocuteur. En outre, les planteurs n'aimaient guère les résidents étrangers : leurs intérêts étaient souvent opposés. Ces gens qui ne faisaient que passer l'hiver à Saint-Félice ne se souciaient des affaires de l'île que dans la mesure où cela concernait leur bien-être immédiat. Mais de cela non plus, il n'avait pas envie de discuter avec le Premier ministre.

Marjorie apparut à la porte.

– Si vous voulez y aller, nous sommes prêts.

Elle méprisait sûrement Aleppo et son jeune ami, M. Damian, mais elle n'en laissait rien paraître.

– Quel dommage que votre femme n'ait pu nous accompagner! dit-elle à Nicholas dans la voiture.

– Je crois qu'elle est très bien là où elle est, répondit-il en riant. Chaque année, je la laisse prendre quelques semaines pour aller à Paris. C'est une ville qu'elle adore.

– Ah! quelle beauté! s'exclama Aleppo alors que

la voiture arrivait le long de la plage. Pourrions-nous nous arrêter une minute?

Les quatre hommes sortirent, tandis que Marjorie, qui avait peur pour ses fragiles chaussures à talons hauts, restait dans la voiture. Nicholas et Aleppo marchaient en tête sur la plage en faisant de grands gestes. Damian se montrait plus réservé. Il s'assit sur un rocher; Francis resta debout devant lui.

– Cette rivière vous appartient?

– Elle n'appartient à personne, elle ne fait que couler sur le domaine.

– Comment elle s'appelle?

– Le Sprat. On pêche des sprats à l'embouchure.

– Et l'endroit, la plage, comment il s'appelle?

– C'est l'anse Carrée.

Francis promena le regard sur les deux falaises abruptes qui encadraient l'anse. La roche s'élevait à la verticale au-dessus de l'eau, mais descendait en pente douce des deux côtés jusqu'à la plage.

Damian suivit son regard.

– Fabuleux! Vous avez bien choisi votre endroit! Cela fait longtemps que vous avez acheté ce domaine?

– Il appartient à ma famille depuis trois cents ans.

Il y eut un silence. Damian observa Francis d'un air curieux. Il ne me croit pas, songea Francis. N'ayant rien à ajouter, il fit quelques pas jusqu'au bord de l'eau et regarda la mer. Doucement ballottée par les vaguelettes, une anémone de mer risquait de s'échouer sur le sable. Il ramassa un bâton et la repoussa doucement; l'anémone se rétracta en une boule noueuse.

– Qu'est-ce que c'est? demanda Damian qui venait de le rejoindre.

– Une anémone de mer.

– Quelle drôle de chose!

L'homme avait l'air si déplacé dans ce paysage que Francis en vint à ressentir une certaine pitié pour sa gaucherie.

– La mer est pleine de choses étranges : des plantes qui ressemblent à des animaux et des animaux qui ressemblent à des plantes. Le corail, par exemple, est un animal, même s'il ressemble parfois à un arbre. Il y a de véritables jardins sous l'eau.

Nicholas et Aleppo revinrent, toujours en grande discussion.

– La roche est solide, ici, disait Aleppo. On pourrait monter huit, voire dix étages, ce qui ferait cinq cents chambres en ajoutant des ailes au bâtiment, sans compter le casino sur le toit. Il y a une vue magnifique, sans équivalent nulle part.

– Vous construiriez quelque chose comme le Lunabelle? demanda sèchement Francis.

– Laissez-moi vous dire qu'à côté de ce que nous ferions ici le Lunabelle aurait l'air d'une auberge.

– Et la maison, qu'est-ce que vous en feriez?

– On la démolirait, probablement. A moins qu'on ne puisse la conserver pour en faire un club. Il faudrait étudier tout ça de près. Et vous savez quoi? J'installerais des ascenseurs le long de la falaise! Y aurait ça nulle part! Ça ferait un tabac! Vous vous rendez compte, le panorama, de là-haut!

Francis regarda en haut de la falaise. Un couple d'hirondelles de mer s'envolait de l'éperon rocheux et piquait vers un bouquet de corail.

– J'imagine que la mer doit être agitée à marée haute, dit Aleppo. Mais on pourra toujours draguer le chenal.

– Ce sont des récifs de corail, là-bas.

– Et alors?

– Eh bien... si vous draguez, ils disparaîtront. Ces

récifs ont mis des milliers d'années à se former.

– M. Luther est un naturaliste, expliqua Nicholas devant l'air stupéfait d'Aleppo.

– En amateur, seulement, précisa Francis.

– C'est la même chose, se hâta de dire Nicholas, embarrassé.

Visiblement, il cherchait à s'excuser; mais auprès de qui?

Une sorte de colère s'était emparée de Francis.

– Il y a quelques années, il y avait des flamants, dans les marais, là, entre la rivière et l'océan.

– Ah bon? murmura Aleppo.

C'est Patrick Courzon qui le lui avait appris le jour de leur rencontre. Il n'y avait plus repensé depuis lors. Il poursuivit, sachant pertinemment qu'il ennuyait ses interlocuteurs :

– J'ai essayé de les réintroduire. J'en ai acheté deux couples il y a quelque temps et ils se sont reproduits.

– On pourrait appeler l'endroit la falaise des Flamants, ou plutôt non, la plage des Flamants, lança Aleppo. Qu'est-ce que vous en pensez? On peut les mettre en cage? De belles grandes cages en haut de la falaise!

– Non, on ne peut pas les mettre en cage, répondit Francis, exaspéré.

Nicholas rattrapa la situation.

– Nous ferions bien d'y aller. Les réservations...

Ils retournèrent à la voiture.

Après avoir dépassé les belles maisons de pierre du centre de Covetown, ils s'engagèrent dans les ruelles des faubourgs misérables. Chiens jaunes, poulets étiques, carcasses de voitures, et des ribambelles d'enfants courant entre les cases.

Soudain, ils découvrirent la silhouette massive du Lunabelle et de ses voisins, incrustés au pied des mornes tout autour de la baie. Au bout d'une allée bordée de palmiers royaux, des dizaines de drapeaux claquaient au vent. Un portier noir les accueillit, tandis qu'un autre Noir, un valet, conduisait la voiture au garage. Francis ne pouvait s'empêcher de penser à un autre hôtel : un portique semblable, un punch offert au bar, le vent qui glissait entre les jalousies, le fracas des vagues de l'Atlantique contre les rochers, et Kate qui revenait de la plage avec son maillot bleu et ses longs cheveux dénoués; elle ôtait son maillot...

– Vous venez souvent ici? demanda poliment Aleppo.

– Moi pas, mais ma femme, oui. Elle vient plus souvent en ville que moi.

Une fontaine avec une nymphe nue se dressait au centre de l'immense hall de l'hôtel. Tout autour, de petites boutiques offraient parfums français, argenterie danoise, porcelaines anglaises et soies italiennes.

– Oh, mais Da Cunha a ouvert une boutique! s'exclama Marjorie.

– Francis, vous devriez venir voir, dit Nicholas. Je crois que votre femme a vu quelque chose qui lui plaît.

Par-dessus l'épaule de Marjorie, Francis aperçut une pierre bleu pâle au milieu d'un écran de pierres plus petites, retenue par une chaîne en or délicatement ouvragée.

– C'est le plus beau bijou que j'aie jamais vu, dit Marjorie. Tu as vu, Francis, les petites gouttelettes sont des saphirs.

– Très beau; malheureusement, je n'ai pas les moyens de te l'offrir.

– Si vous voulez, il ne tient qu'à vous, dit Nicholas en riant.

Une jeune femme se pencha au-dessus du comptoir.

– Puis-je vous donner un renseignement?

Elle avait la peau sombre, les yeux délicatement bridés et les cheveux lisses. Frappés par sa beauté, les hommes mirent un moment à répondre.

– Non, merci, répondirent ensemble Francis et Nicholas.

– Moitié noire, moitié chinoise, expliqua Nicholas alors qu'ils se dirigeaient vers la salle à manger. Son père, Ah Sing, avait une épicerie. Il doit être très vieux maintenant, ou même mort. Quant à sa fille, elle se lance dans le monde. Vous voyez que ces hôtels créent des emplois.

– Et de l'envie, aussi.

– Ah, Francis, qu'est-ce que tu peux être sinistre, parfois! s'exclama Marjorie.

A l'entrée du Premier ministre, tous les regards se tournèrent vers eux. En dehors des serveurs, il était le seul Noir.

Le sénateur et les Jurgen étaient déjà assis à table. Le sénateur était un homme déjà âgé, de belle prestance, qui avait dû être fort bel homme dans sa jeunesse. Les Jurgen, eux, étaient gros. Ils respiraient l'argent. Francis l'avait tout de suite senti. Il se dégageait d'eux une impression d'obscène richesse. L'homme était gras et blond, la femme, elle, avait la peau aussi rose que son cafetan. Elle arborait une quantité impressionnante de diamants. De gros chats bouffis, songea Francis avec dégoût.

Nicholas fit les présentations.

– M. et Mme Jurgen ont une maison merveilleuse; je suis sûr qu'elle vous enchanterait, ajouta-t-il à l'intention de Marjorie.

– C'est bien la maison voisine de la vôtre?

– Oui, mais elle est incomparablement plus belle, répondit Nicholas avec modestie. Vous savez, M. et Mme Jurgen sont européens et ils savent à merveille arranger les jardins. Ah, leur pelouse! Et puis ce pavillon, tout au fond, tellement italien...

– Et pourtant, nous sommes suédois! Vous devriez venir nous voir de temps en temps, madame Luther. Harold a pris sa retraite, vous savez, et nous ne sommes ici que pour trois mois. Nous irons ensuite en Europe et nous avons aussi de la famille aux Etats-Unis. Mais je vous avoue que c'est l'endroit que nous préférons, mon mari et moi. J'ai deux servantes, ajouta-t-elle sur le ton de la confidence, vous devriez goûter leur cuisine! Elle est meilleure encore que celle des grands chefs de cet hôtel! Et pour vingt dollars chacune par semaine!

Gêné, Francis coula un regard vers Nicholas. Mais le Premier ministre ne réagit pas.

– Les gens, ici, n'ont pas besoin de beaucoup d'argent, poursuivait gaiement Mme Jurgen. Pas de chauffage, pas de manteaux, pas de bottes fourrées. Et les villages sont si charmants! Toutes ces petites maisons pittoresques...

– Très pittoresques, en effet, jeta Francis, surtout avec les toilettes dans la cour!

Marjorie lui lança un coup de pied sous la table.

Croyant qu'il s'agissait d'une plaisanterie, Mme Jurgen éclata de rire. Mais Aleppo, lui, avait compris.

– Tout cela pourrait changer. Cet endroit, nous pourrions le rendre célèbre. Vous vous souvenez de ce qu'était La Havane, autrefois? Saint-Félice pourrait éclipser la Cuba d'avant Castro. Nous pourrions en faire une nouvelle Riviera italienne, construire des marinas, un aéroport international, faire venir des gens d'Europe pour la pêche en haute mer... Croyez-moi, il y aurait alors une salle de bains dans chaque maison de l'île, et même plus!

– Surtout, renchérit M. Jurgen qui intervenait

pour la première fois, avec un homme aussi compétent à la tête du gouvernement.

Un sourire écarta ses bajoues.

– Pour être franc, c'est la raison principale qui me pousse à investir ici. Je m'y sens en sécurité.

– Pour mériter cette confiance, dit Nicholas en riant, il faut que je sois sûr d'être réélu.

Jurgen alluma un cigare.

– Bah! C'est comme si c'était fait! Les autres, Courzon et le reste, ne sont que les mouches du coche. Je n'ai pas la moindre inquiétude.

On servit le dîner. Soufflés de poisson, suprêmes de volaille, desserts flambés : la chère était exquise.

Un trio de jeunes chanteurs s'installa derrière un micro. Ils étaient habillés comme s'ils sortaient d'un champ de canne, ce qui était peut-être le cas. Les voix étaient belles, chaudes, mais ce n'étaient pas des professionnels.

Ile du soleil que m'ont léguée mes pères,
Toujours je te chanterai...

Francis s'imagina à leur place, face à l'assemblée des dîneurs. Que voyaient-ils? Des visages congestionnés, des poitrines blanches, gonflées sous la soie, des montagnes de nourriture, des rivières de diamants... Que pouvaient-ils bien penser?

Pour les autres gens, dans la salle, le spectacle n'avait rien que de très ordinaire. Il laissa son attention flotter au gré des bribes de conversation, sans s'attacher à aucune en particulier.

« Ma chérie! Comment vas-tu? Tu es merveilleuse, comme toujours! Sais-tu que nous ne nous sommes plus revus depuis ce fameux dîner au George-V? »

« ... un petit village délicieux en Sardaigne, loin des congés payés... Nous étions les seuls Américains... »

La voix de Marjorie le ramena à la réalité.

– Tu as l'air bien loin.

– Oui, très loin. Excuse-moi.

– Je t'en prie, Francis.

Son regard suppliant semblait dire : « Fais un effort, essaye d'être sociable ! »

Elle ne voulait pas humilier Nicholas. Peu importait qu'il fût noir : il était avant tout Premier ministre. Elle passait une agréable soirée; ses yeux brillaient de plaisir. Elle pensait aux deux millions de dollars.

Après le dîner, ils descendirent les quelques marches qui menaient des terrasses à la plage. La mer avait baissé, laissant à découvert les racines de mangroves, ainsi qu'un amoncellement de détritus de toutes sortes : bidons d'huile, bouteilles et boîtes de conserve. Les lumières de l'hôtel éclairaient impitoyablement le triste spectacle.

– L'entretien est mal fait, fit remarquer Nicholas, c'est étonnant.

– Ce n'est pas tout, dit Francis. Regardez la vase : c'est à cause du dragage. La vase arrête la lumière; les algues s'asphyxient et les coraux meurent. Ils ont détruit la barrière de rochers pour avoir du sable de construction et voilà le résultat. On drague la mer, on arase les collines et quoi encore ? C'est du viol, ni plus ni moins !

– Oh, Francis, vous parlez comme...

Mais Nicholas se mordit les lèvres.

Comme Patrick Courzon, songea Francis. C'est ce qu'il était sur le point de dire. C'était vrai, Patrick avait toujours tenu de tels discours.

– On n'arrête pas le progrès, dit M. Jurgen, un peu agacé.

– Un développement, ça se planifie, ça n'est pas forcément un viol... oui, un viol! répéta-t-il.

En remontant en voiture, il sentit le regard furieux de Marjorie.

Les Luther s'offrirent à raccompagner Nicholas chez lui. Une fois à destination, Nicholas rappela à Francis les propositions des deux Américains.

– J'espère qu'en dépit de ce que vous avez dit vous étudierez leur offre avec attention. Ce ne serait pas seulement une affaire pour vous, mais également pour le pays.

Il lui serra la main avec chaleur.

– Tout cela a été bien rapide, je le regrette, mais réfléchissez bien.

– Je vous le promets.

– Merci pour ce délicieux dîner, dit Marjorie, nous avons passé une soirée merveilleuse.

Dès que la voiture eut redémarré, elle se tourna vers Francis.

– Tu as été parfaitement ridicule! Tous ces sermons sur les algues et le dragage! Un vrai raseur! Je ne sais pas qui tu cherches à convaincre avec ce genre de prêchi-prêcha!

– Je ne cherche à convaincre personne. J'étais d'une humeur massacrante, c'est tout. Je n'ai pas le droit, peut-être!

– On aurait dit une sorte de hippie écologiste! Tiens, un peu comme le plus jeune des frères Da Cunha, celui qui écrit toujours des articles.

– Ce gars-là, au moins, regarde autour de lui. Pas comme la vieille génération qui ne pense qu'au fric!

– Il me semble que toi aussi tu aimes l'argent!

– Oui, c'est vrai. Mais je travaille pour le gagner...

– Ça, pour travailler, tu travailles! Les ouvriers,

les bananes, la pluie, pas la pluie! Bon, écoute-moi, Francis. Megan va devoir un jour ou l'autre aller ailleurs. Elle a besoin d'entrer dans une institution spécialisée, et il n'y en a pas à Saint-Félice. Aujourd'hui nous avons la chance de pouvoir le lui offrir et de mener par ailleurs une vie sans soucis. Je ne te pardonnerais jamais de ne pas saisir cette chance, Francis, je te le jure.

Elle demeura silencieuse quelques instants et répéta :

– Jamais! Cette fois, je suis sérieuse.

Il songeait à la douceur de sa voix, autrefois. Depuis quand avait-elle changé? Il faisait nuit; le pinceau des phares balayait les bananeraies. Une infinie tristesse l'envahissait; il avait l'impression d'avoir oublié les paroles d'une chanson qu'il aimait.

– Je n'ai pas envie d'en parler ce soir. La journée a été très dure et je suis épuisé.

– Assez, Francis! Assez! Tu ne me feras pas taire!

– Je ne veux pas te faire taire. Tout ce que je veux, c'est rentrer à la maison et dormir.

– Eh bien, rentre et dors!

La portière de la voiture puis la porte de sa chambre claquèrent. Avait-elle réveillé Megan?

Il eut un sommeil agité et se réveilla au milieu de la nuit. Au lever du soleil, il sortit se promener.

On n'empruntait guère le sentier qui, de derrière la maison, s'enfonçait dans les hauteurs du morne, et les herbes hautes s'enroulaient à ses chevilles. Les oiseaux commençaient à chanter dans les arbres et l'espace d'un instant, il crut voir l'éclair vert et rouge d'un perroquet. Ce devait être un *Amazona arausiaca*, une espèce en voie de disparition car le moindre spécimen pouvait se vendre jusqu'à cinq mille dollars.

« C'est horrible! s'était exclamée Kate. Ils les cachent dans des valises, des paquets, et évidemment, la plupart meurent pendant le voyage. »

Elle lui rappelait la sollicitude de sa mère envers les faibles.

Il redescendit le sentier. Il n'avait aucune envie de travailler et se serait volontiers étendu dans l'herbe pour y dormir un peu; mais qu'aurait-on pensé si on l'avait trouvé là? Il s'arrêta pour contempler la maison qui dressait sa fière silhouette au milieu des manguiers et des bougainvillées en fleurs. Il aperçut alors Marjorie qui venait dans sa direction.

– Je t'ai vu sur le morne. Je voudrais m'excuser pour mon attitude d'hier soir.

– Ce n'est rien. Moi-même, je n'étais pas de très bonne humeur.

Elle posa la main sur son bras et d'un geste machinal, il lui prit la taille. Comme il l'avait aimée, autrefois!

Ils demeurèrent ainsi un long moment à regarder s'éveiller Eleuthera, cherchant maladroitement à se rapprocher l'un de l'autre. Il crut qu'une banalité aiderait à détendre l'atmosphère.

– La rivière a l'air d'un ruban argenté.

– Bah, les rivières! On en fait tout un plat! Le beau Danube bleu est un fleuve sale et marronnasse. Mais il est vrai que tu ne l'as jamais vu. En fait, tu n'es jamais allé nulle part.

– Je n'avais pas le temps.

– Mais bien sûr que si, tu as le temps! Tu es venu t'installer ici et tu n'en as plus bougé. Si tu quittais Eleuthera, tu pourrais voyager. Tu as toujours ton appareil-photo sur ta bibliothèque. Comment s'appelle le livre que tu voulais illustrer? *L'homme, son travail et son environnement,* c'est ça?

– C'est ça, dit-il avec tristesse.

– Je te persécute avec cette histoire de départ, hein?

– Non, tu ne me persécutes pas, tu en parles, c'est tout.

– Pourquoi toujours te protéger avec des euphémismes? Je te persécute, c'est évident.

Elle a raison, songeait-il, je ne cesse de me dissimuler la vérité, je cherche à me protéger.

– Je ne crois pas qu'on puisse se protéger, Francis, alors je préfère te le dire franchement : je hais cette île. Depuis le début! Avant, il n'était pas facile d'en partir, mais maintenant, c'est possible.

– As-tu pensé à Megan?

– Quelle drôle de question! Je ne comprends pas.

– Je me suis mal exprimé. Il me semble que cet endroit est parfait pour elle.

– Mais ça ne pourra pas durer toujours, Francis. Elle a besoin d'être prise en charge dans une institution spécialisée, si on ne veut pas qu'elle reste un... un légume! Il n'y a rien ici pour elle, et tu le sais aussi bien que moi. Et en plus, sait-on ce qui va se passer avec la situation politique!

Elle se mit à pleurer.

– Oh, si nous avions une enfant normale!

– Ne pleure pas...

Il était bouleversé. Tout ça venait de lui, de sa famille... sa sœur...

– Avec tout cet argent, elle serait en sécurité pour le restant de ses jours. Si tu l'aimes, comment peux-tu être aussi égoïste?

– Je l'aime.

– Je vais te dire une chose, Francis, et crois-moi, je suis parfaitement calme. Si tu n'acceptes pas cette proposition, je m'en vais. Je prendrai Megan : ma famille m'aidera jusqu'à ce que j'aie trouvé une situation.

Il lut dans ses yeux qu'elle était décidée à mettre sa menace à exécution.

– Laisse-moi y réfléchir.

– Entendu. Mais ne réfléchis pas trop longtemps.

Elle retourna à la maison tandis qu'il se dirigeait vers la rivière. Il s'assit sur une pierre, au bord de l'eau. Nullement effrayé par sa présence, un petit oiseau jaune rassemblait des brindilles pour son nid. Quelques jours auparavant, il avait montré à Megan un oiseau qui faisait de même à quelques pas de la véranda. Il avait même trouvé un bout de coton qu'il mêlait aux brindilles. Quel neurone, quelle infime connexion manquaient donc dans le cerveau de cette enfant pour qu'elle pût être vive, intelligente comme les petites filles de son âge? Il se prit la tête dans les mains et l'oiseau s'envola.

Un parfum de gingembre sauvage lui parvenait, entêtant; les fleurs blanches ne pouvaient être bien loin. Il songea à la barrière qu'il avait lui-même installée pour ses poulains : il laisserait Eleuthera bien différente de l'état dans lequel il l'avait trouvée. Le parfum de gingembre l'enveloppait : cette île le tenait sous son charme. Il songea à sa mère. Avait-elle, elle aussi, senti cette déchirure au moment du départ? Etait-ce pour cela qu'elle n'avait jamais voulu revenir, et non, comme certains le pensaient, parce qu'elle avait horreur de Saint-Félice?

Il était assis là depuis longtemps, lorsqu'il entendit les cris de Megan. Elle devait le chercher. Pauvre petite fille simple!

Lentement, il s'en retourna à la maison. Dans son bureau, il décrocha le téléphone.

– Monsieur Aleppo?

Le nom lui écorchait les lèvres.

– J'ai réfléchi à votre offre, et je crois que je vais l'accepter. Faites-moi vos propositions par écrit, je les montrerai à mon avocat.

Aleppo évoqua les Etats-Unis, la nécessité pour lui d'y retourner quelques semaines ou un mois.

– Prenez votre temps et recontactez-moi quand vous serez prêt.

– Vous faites une bonne opération, monsieur Luther, revenez d'ici à deux ans et vous ne reconnaîtrez plus l'endroit.

– Je n'en doute pas.

– Vous êtes un gentleman, monsieur Luther. J'ai connu toutes sortes d'hommes et je sais reconnaître un gentleman quand j'en vois un.

Il reposa le combiné et sortit dans le jardin. De la cuisine montait une chanson; c'était le transistor de la cuisinière.

Ile du soleil que m'ont léguée mes pères,
Toujours je te chanterai...

Il se retrouva devant la maison. A l'intérieur, il le savait, Marjorie attendait, effrayée et déterminée à la fois. Il ferait la paix avec elle. Il fallait savoir perdre avec panache. Il avait bâti quelque chose ici, il pourrait recommencer ailleurs.

Un énorme manguier se dressait non loin de l'entrée. Sa mère lui avait dit un jour : « Ma grand-mère touchait les arbres comme si elle leur parlait. » Avant de monter les marches, il s'approcha de l'arbre et passa doucement la main sur l'écorce; pas un mot ne sortit de ses lèvres.

22

Non loin de la plage, à l'abri d'un petit bois, tout était prêt pour le deuxième des trois meetings de la journée. De longues banderoles de papier bleu, frappées en lettres dorées de l'inscription *Votez Courzon,* se balançaient entre les arbres et ornaient la nappe qui couvrait la table à tréteaux chargée de plats locaux. Patrick n'avait plus goûté à ce genre de mets depuis le départ d'Agnès pour la Martinique; Désirée éprouvait une vague répugnance pour ce qu'elle appelait « la nourriture des paysans ». Un peu plus loin, des jeunes dansaient, insouciants, au son de l'orchestre lancé dans un rythme endiablé. L'heure était pourtant grave, et le destin du pays suspendu à leur vote. Prendraient-ils le temps de réfléchir avant de jeter dans les urnes ces dérisoires petits rectangles de papier? Mais dans tous les pays, la démocratie était l'aboutissement d'une longue maturation. En Angleterre, bien des siècles s'étaient écoulés entre la Grande Charte et le suffrage universel.

Il avait connu une semaine ou deux d'anxiété au début de la campagne, puis les choses s'étaient clarifiées et il avait acquis une certaine confiance en lui-même. Peu à peu, il s'était habitué aux journées trop longues, aux soirées interminables, à sa voix cassée, aux repas trop vite avalés et aux innombrables poignées de main. Finalement, pour un homme naturellement réservé, voire renfermé, il ne s'acquittait pas si mal de son rôle de candidat.

Le service d'ordre s'efforçait de calmer la foule. Un homme beuglait des consignes au mégaphone. Le ciel se couvrait. Il fallait se hâter; il allait pleuvoir. Patrick se dirigea vers le podium. Il parcourut rapidement la foule du regard. La presse, avec les correspondants étrangers venus d'Europe, occupait les premiers rangs. Mais il y avait d'autres Blancs : des touristes venus en curieux, Fawcett, le neveu de Whittaker, connu pour ses opinions libérales, le plus jeune fils Da Cunha entouré de quelques amis, et, bien sûr, Kate avec ses collègues puisqu'ils suivaient tous les discours, ceux de Nicholas comme ceux de Patrick.

Un silence absolu succéda au vacarme. Avant de se lancer, Patrick se concentra quelques secondes : s'exprimer dans un langage fort et clair. Il ne pouvait compter sur son aura personnelle pour gagner leur confiance, alors il lui fallait s'adresser à eux dans une langue qu'ils comprenaient et leur parler de choses qu'ils connaissaient. Et surtout, ne jamais sous-estimer l'intelligence des hommes du peuple.

Il leur présenta des arguments simples et solides : ils formaient un peuple de fermiers et devaient le rester; les industries à implanter devaient découler de l'activité agricole.

– On nous parle de marchés mondiaux et de balance commerciale : autant de grands mots pour nous faire accepter la misère qui oblige certains à s'expatrier vers les pays froids pour travailler au ramassage des pommes. Des sornettes pour justifier le prix des chaussures et du savon, sans oublier celui du sucre, inabordable pour beaucoup, alors que nous le fabriquons ici même.

» C'est parce qu'ils vous promettaient de remédier à tout cela que nous avons voté pour les dirigeants actuels. Bien sûr, on ne peut pas tout changer en un jour et des structures en place depuis tant d'années ne se renversent pas en une heure. Mais cela fait déjà trois ans que ces gens nous administrent, et je ne vois pas un signe, pas un seul indice indiquant que l'on se soucie d'alléger nos peines. Vous avez remarqué quelque chose, vous?

Un grondement lui répondit : « Non! »

– Ce que je vois, c'est un déploiement de luxe insultant. Je vois des hommes en uniformes rouges et d'autres qui vivent dans des maisons de rêve et roulent dans des voitures neuves. Oui, des hommes en uniformes avec des gants blancs et – il marqua une courte pause – et d'autres hommes, sans uniformes ceux-là, qui nous traquent et nous épient, nous extorquent des impôts qu'ils appellent des « contributions ». Des contributions! Alors qu'ils volent et frappent, alors qu'ils sèment la terreur et poursuivent les gens jusque dans les maisons pour nous réduire au silence!

Des souvenirs terrifiants lui traversaient l'esprit : l'histoire du fermier qui avait écrit une lettre ouverte pour protester contre les impôts; on l'avait retrouvé mort au milieu de son champ. Le fils d'un vieux camarade du syndicat de Clarence qui était revenu chez lui après trois jours de détention sous un prétexte douteux avec un trou béant à la place de l'œil. Même Will était un jour rentré, les vêtements lacérés, blessé d'un coup de couteau; une bagarre pour une fille, avait-il prétendu, mais ensuite il n'était plus sorti de la maison pendant une semaine.

– Même les colons n'ont jamais fait régner pareille terreur. Les gens ne disparaissaient pas, personne n'avait peur de parler en public...

Un silence lourd pesait sur l'assistance immobile. Ses gardes du corps, en revanche, semblaient inquiets et se balançaient nerveusement sur leurs sièges.

– Vous y allez fort, patron, lui avait dit l'un d'eux, la veille. Vous n'avez pas peur?

– Les correspondants étrangers sont mes boucliers, avait-il répondu. S'il m'arrive quelque chose, cela prouvera que tout ce que je dis est la stricte vérité.

Il termina son discours; à son tour, il fit des promesses, mais limitées, s'engageant seulement à leur consacrer le meilleur de son temps et à mettre un terme à la terreur. A la fin de sa harangue, il se leva pour recevoir les applaudissements.

Les paysans rassemblèrent leurs enfants et s'en allèrent par petits groupes. Mes arrière-grands-parents devaient leur ressembler, songeait-il. Machinalement, il étendit la main, comme pour la contempler, puis la remit promptement dans sa poche... Deux jeunes reporters blonds prenaient des photos de Patrick et de la foule.

Au moment où il descendait de l'estrade, après les derniers applaudissements, la pluie se mit à tomber. Une pluie drue et transperçante qui martelait le sol avec une telle véhémence que les journalistes étrangers coururent se réfugier dans leurs voitures.

Celle de Patrick était un break à neuf places dans lequel Kate et deux de ses cousins travaillant pour le *Trumpet* étaient déjà installés. Franklin Parrish s'assit à l'arrière avec Patrick.

– La pluie aura cessé pour le prochain meeting, dit Franklin. Vous savez, patron...

Cette appellation ne plaisait guère à Patrick, qui plus d'une fois en avait fait la remarque, mais ce n'était de la part du jeune homme qu'un signe d'affection.

– ... vous savez, je commence à croire qu'on va y arriver.

– On verra bien, répondit laconiquement Patrick.

Ceux d'en face avaient le pouvoir et l'argent. Mieux valait ne pas trop y penser pour aller de l'avant pas à pas sans se décourager. Il appréciait la confiance que lui témoignait Parrish. L'intelligence et l'enthousiasme du jeune homme le réconfortaient. Il était résolu, s'il gagnait, à lui donner un rôle d'importance et de confiance. Parrish n'avait pourtant pas besoin de son soutien pour faire carrière : son énergie, son sens du contact et son sourire chaleureux le destinaient à un brillant avenir au sein du parti... et, contrairement à lui qui avait dû se mettre à l'école de Nicholas Mebane, c'était un orateur-né qui, en outre, savait utiliser les astuces des vieux routiers de la politique.

– Regardez-moi, disait-il, je suis l'un des vôtres, se référant bien sûr à la couleur de sa peau, aussi noire que celle des travailleurs venus l'écouter.

Visiblement, Parrish et Laurine, âgée de vingt ans, n'étaient pas indifférents l'un à l'autre. Il en avait même parlé avec Désirée qui s'était montrée réticente.

– Il est trop noir, avait-elle objecté.

Alors Patrick avait placé son bras à côté du sien.

– Trop noir! avait-il déclaré avec une grimace qui avait fait rire Désirée.

La voiture fermait la marche du petit cortège qui se dirigeait vers l'intérieur des terres. Au bord de la route, un fermier, aidé de quelques voisins, construisait sa maison; les hommes s'affairaient au clayonnage du toit de chaume. Ensuite, après l'ouvrage, ils mangeraient et boiraient tous ensemble. Patrick appuya la tête contre le dossier de son siège et ferma les yeux. Certaines traditions se maintenaient en dépit des bouleversements de la vie moderne, et cela le réconfortait.

Il avait de nombreux contacts avec le monde rural depuis le début de la campagne. Il avait tenu des meetings dans les usines de sucre où, même après la disparition des moulins à vent, les travailleurs continuaient de prélever l'écume bouillante et d'apprécier la fluidité du liquide entre le pouce et l'index. On l'avait invité à manger du poulet et de l'igname dans les maisons des fermiers aisés. La plupart de ces fermiers étaient des descendants des esclaves établis à leur compte; ils travaillaient à leurs propres champs, surveillaient l'éducation de leurs enfants et mariaient leurs filles au son de la musique. Il avait également discuté avec des instituteurs, pendant que leurs élèves jouaient au cricket sur le terrain communal du village, comme lui-même l'avait fait étant enfant. Enfin, à la foire agricole, il avait rencontré des planteurs. La majorité d'entre eux se rallieraient à Nicholas pour « la loi et l'ordre ». Mais peu importait, il avait fait son devoir en essayant de les convaincre que lui défendait un meilleur ordre et une meilleure loi... Tout à coup, il se souvint d'avoir aperçu Osborne devant un enclos où tournait un magnifique taureau blanc. Un taureau qui devait appartenir à Francis... Le cœur de Patrick se serra.

Il tressaillit et ouvrit les yeux.

– Vous avez somnolé, lui dit Franklin. Et c'est très bien, vous en aviez besoin. Est-ce que je vous ai dit que le jeune Da Cunha nous avait envoyé un chèque?

– L'aîné est pour Mebane, si j'ai bien compris, tout comme le père.

– Le père, ça va de soi! Quant au frère, allez savoir... Il penche du côté qui arrange ses affaires.

La route était sèche et poussiéreuse; il n'avait pas plu sur ce versant du morne. Ils traversèrent un long chapelet de villages où leur cortège semblait attendu : des curieux mais aussi des sympathisants... Et s'il gagnait ? En réalité, cette perspective l'emplissait de frayeur. Dans quel traquenard s'était-il jeté ?

– Vous avez fait grande impression, déclara Franklin en souriant.

– Mais il y a encore tant à faire...

– C'est vrai. Ce n'est pas gagné d'avance. Eh bien, si nous perdons cette fois, nous recommencerons. Il n'y a pas d'autre moyen d'en sortir.

Franklin semblait heureux. Il était surprenant de voir ce jeune homme studieux et réfléchi se jeter à corps perdu dans une activité aussi trépidante.

– Bah, si on perd, dit Patrick, vous prendrez le relais. Vous et votre génération.

Franklin lui lança un coup d'œil étonné.

– Vous êtes jeune ! Qu'est-ce que vous racontez ?

Kate, assise à l'avant, avait entendu l'échange.

– Patrick ! Comment peux-tu parler ainsi à quarante ans ?

Ils avaient raison, évidemment. Mais il était rassurant de penser que ces jeunes pleins d'initiative pouvaient à tout moment reprendre le flambeau... Comme le cousin de Franklin, par exemple; il avait de beaux yeux verts et le regard franc; encore étudiant à l'université des West Indies, c'était un libéral intelligent qui ne sombrait jamais dans le fanatisme.

– Tu sais, dit Kate, parfois je regrette de ne pas m'être carrément prononcée pour toi. Ça me rend malade, cette soi-disant objectivité.

– Vous êtes tout aussi efficace comme ça, dit Franklin. Au moins, les gens lisent ce que vous publiez; vous faites passer le message de Patrick. Ils n'achèteraient même pas le journal si vous preniez parti.

– Votre aide à tous m'est précieuse, murmura Patrick.

La route serpentait parmi les champs de canne à sucre, de colline en colline. Dans le lointain, on voyait l'air vibrer sous l'effet de la chaleur intense. Le soleil serait brûlant sur le podium.

– Bon Dieu! s'exclama Franklin en arrivant. Ils doivent bien être deux mille! On n'a jamais vu ça!

Ils étaient venus de plusieurs kilomètres à la ronde. En attendant l'événement de l'après-midi, les gens s'éventaient avec leurs chapeaux, buvaient de la bière et berçaient leurs bébés.

Patrick descendit de voiture pour gagner l'estrade. Il y avait de nombreux jeunes dans l'assemblée et il décida de s'adresser à eux.

– Le monde d'aujourd'hui est dur pour les jeunes. Vous êtes de plus en plus nombreux, et vous avez de plus hautes aspirations que vos aînés, ce dont on ne peut que vous féliciter. Je suis enseignant, alors je comprends les jeunes. Aussi, pardonnez-moi si je parle beaucoup... c'est à cause de mon métier!

Les rires éclatèrent et il marqua une pause: commencer par une petite plaisanterie, surtout à ses dépens, attire la sympathie du public.

– Le système éducatif a une énorme importance pour l'avenir du pays. On ne peut hisser tout le monde au plus haut niveau; c'est impossible, évidemment. Malgré ce que raconte la propagande internationale, les hommes ne naissent pas avec des capacités identiques... Mais le nivellement par le bas n'est pas à souhaiter non plus... Non, ce qui importe, c'est de donner à chacun la possibilité de s'élever selon ses mérites. C'est cela, la voie de la sagesse!... Je suis favorable à une économie mixte : que le gouvernement se charge de ce que lui seul peut mener à bien, et la libre entreprise de tout le reste...

Patrick balaya du regard la foule attentive. A l'autre extrémité du champ, où étaient garés les camions et les motos, il crut discerner une arrivée massive de nouvelles voitures amenant des retardataires.

– Je sais que j'ai tendance à trop parler, je vous l'ai déjà dit, poursuivit-il. Mais j'espère qu'une fois rentrés chez vous vous réfléchirez bien et voterez en toute connaissance de cause contre ce régime qui, si on laisse faire, nous conduira au désespoir pour finalement, j'en ai peur, ouvrir la porte au communisme.

– Sale communiste toi-même! lança quelqu'un à tue-tête.

Des cris s'élevèrent dans l'assemblée.

– Sortez ce fils de pute. Sale coco!

Un groupe d'hommes s'avança du fond du terrain en hurlant des insultes.

Une première pierre siffla dans l'air. Un homme s'écroula et une femme se mit à pousser des cris perçants. En un instant, le champ paisible sembla être la proie d'un véritable ouragan.

Chaises, tables et cailloux volaient en tous sens. Tout à coup, une affreuse odeur d'œufs pourris envahit l'atmosphère. Les hommes se bagarraient; les femmes pleuraient et se piétinaient en cherchant à fuir. Impossible de savoir qui se battait contre qui dans cette foire d'empoigne. Certains semblaient rejoindre les agresseurs. On lançait des sacs en papier remplis d'ordures et d'excréments sur la foule. Les policiers, surgis de nulle part, se mêlèrent aux combattants; certains participaient à la bataille, d'autres essayaient de rétablir l'ordre, d'autres encore regardaient sans rien faire.

– Arrêtez, arrêtez!

Aspergé par une trombe liquide et malodorante, Patrick hurlait en vain sur l'estrade.

On lui vint en aide. Trois rangées d'hommes formèrent un cercle autour de lui et, tandis qu'ils se repliaient vers sa voiture, les gardes du corps devaient soutenir un assaut acharné. Franklin esquiva un coup. Tant bien que mal, ils approchaient de la voiture.

Soudain la foule recula; une poignée d'hommes venaient de surgir du petit parking où Patrick et ses compagnons tentaient de se réfugier.

– Les gaz lacrymogènes, cria Franklin. Vite, vite!

Le nuage âcre se répandait et enveloppait déjà la voiture. Ils démarrèrent avant même que les portes fussent fermées. Au moment où ils atteignaient la route, une dernière pierre frappa le pare-brise.

– Des gaz lacrymogènes! haleta Patrick. D'où venaient-ils?

– Des nôtres, dit Franklin. On s'attendait à des troubles de ce genre.

– Mon Dieu, j'espère qu'il n'y a pas trop de blessés.

– Les salauds! Ça va, Patrick?

– Oui. J'ai reçu une pierre à l'épaule et je pue, mais à part ça, ça va.

Désirée, furieuse, apportait en pleurant des vêtements propres à Patrick.

– Imbécile, tu aurais pu te faire tuer!

Ils se rendirent chez Clarence qui, perclus de rhumatismes, avait pris l'habitude de se reposer dans un hamac devant sa porte.

– Il paraît que vous faites un tabac partout où vous passez! dit-il. Franklin et ses copains m'ont raconté. La prochaine fois, je viens pour le grand frisson. Si toutefois on veut bien me porter jusque là-bas.

– Un tabac! Le grand frisson! C'est tout ce que ça te fait! cria Désirée.

Clarence ignora l'agitation de sa fille.

– J'ai des nouvelles pour vous. Cet après-midi, pendant que vous étiez au meeting, le Congrès des syndicats a voté à l'unanimité une motion de soutien.

– C'est logique, ils ne veulent pas de Mebane.

– Non, mais ils auraient pu soutenir l'extrême gauche et finalement, c'est vous qu'ils veulent!

– Tout le monde te veut. Ils vont te bouffer! ronchonna Désirée.

Puis, folle de rage :

– Regardez-moi ces deux adolescents attardés, assis là à se faire du cinéma avec cette horreur! Des grands naïfs, c'est tout ce que vous êtes!

Patrick, qui à part lui jugeait souvent sa femme naïve, ne put s'empêcher de sourire.

– Vous êtes grotesques, poursuivit-elle. Vous croyez que c'est ça, la vie!

– Et d'après toi, qu'est-ce que c'est, la vie? s'enquit Clarence.

– En tout cas, ce n'est pas s'esquinter la santé et la raison pour des gens qui s'en moquent éperdument. Vous vous imaginez peut-être que quelqu'un se soucie de qui va être élu sur cette île pourrie?

– Absolument, affirma Patrick.

– Tu parles! Tout ce qu'ils veulent, c'est manger, boire du rhum et trouver un lit le samedi soir! Non mais, franchement, vous pensez qu'on va vous remercier pour le mal que vous vous donnez?

– Je n'attends pas de remerciements, dit Patrick.

– Oh, et puis si ça vous amuse! Allez-y donc, vous faire tuer!

Patrick soupira.

– Je n'arriverai donc jamais à te faire comprendre, Désirée... Ne dramatise pas, quand même! Pourquoi me ferais-je tuer?

– J'aurais mieux fait d'épouser un pasteur, tiens! Je suis sûre qu'il ne se donnerait pas tant de mal pour passer pour un saint!

Elle se radoucit.

– Excuse-moi, je sais que tu ne le fais pas uniquement pour te faire bien voir... Tu y crois, c'est bien ce qui me désole. Je voudrais tant qu'on profite un peu de la vie...

– J'ai fait tout ce que j'ai pu pour te satisfaire, Désirée, murmura Patrick.

– Je sais. Mais je ne veux pas seulement des biens matériels. Plus maintenant. Je voudrais vivre en paix, voilà tout.

– Mais justement. Tu ne comprends pas que moi, c'est ce que je voudrais obtenir pour tout le monde.

Elle soupira.

– Vous n'avez pas dîné. Je vais préparer quelque chose... Je vous l'apporte ici?

Il était trop fatigué pour avoir faim. Pourtant il se leva : faire la cuisine la détendait toujours.

– Non, on peut rentrer, dit-il en posant les mains sur ses épaules.

Elle lui prit la main et lui déposa un baiser dans la paume.

– Mon Dieu! gémit-elle en lui caressant les cheveux. Qu'est-ce qu'ils t'ont fait, les sauvages! N'empêche que je suis fière de toi, Patrick. Oublie ce que j'ai dit. Je suis en colère, mais fière de toi... Et j'ai peur, mon amour, j'ai horriblement peur.

23

– Tu savais que Rob Fawcett soutenait ton vieil ami Patrick ? demanda Marjorie en arrivant chez les Fawcett qui célébraient leurs noces d'argent.

– Non, je ne savais pas, et j'aimerais bien que tu cesses tes sarcasmes, répliqua Francis. Ce n'est pas un vieil ami, mais un ancien ami.

Mais sa curiosité était piquée.

– Fawcett ne me l'a jamais dit.

– Oh, c'est un gentleman, et il sait ce que tu en penses.

Francis aimait bien les Fawcett. A l'intérieur de cette petite communauté pourtant si unie, les relations étaient bien souvent superficielles mais il y avait toujours dans leur maison de la musique et des conversations agréables.

Francis suivait sa femme dont la robe de taffetas vert vif froufroutait dans l'escalier. Elle était dans une forme éblouissante, plus resplendissante encore que le jour de la naissance de Megan. Visiblement, elle était ravie de rentrer aux Etats-Unis.

La fête battait son plein dans les jardins derrière la maison. Comme d'habitude, les Luther étaient en retard car Francis ne se résignait jamais à quitter la maison avant que Megan ne fût endormie.

– Reste là, je vais téléphoner à la maison.

– On vient tout juste de partir !

– Non, cela fait déjà presque une heure et c'est la première fois qu'on la laisse avec la nouvelle bonne.

Ils ne sortaient jamais sans poster quelqu'un dans la chambre voisine de celle de Megan. L'idée en revenait à Francis qui ne pouvait se libérer de son angoisse de l'incendie. Il ne montait jamais le chemin d'Eleuthera sans sentir son estomac se nouer à la vision de ses ruines terrifiantes.

Après avoir donné son coup de fil, il traversa la salle à manger où le dîner serait servi plus tard dans la soirée et longea l'immense salon. C'était un confortable bric-à-brac de meubles entassés d'un style chargé et baroque, « si vieillot », comme disait Marjorie. Les murs étaient ornés de portraits d'ancêtres. Même des gens simples comme les Fawcett ressentaient le besoin de vénérer leurs ascendants lointains.

Avec un serrement de cœur, il songea à Megan. Elle allait avoir six ans et, arrivée en âge scolaire, son handicap s'affirmait de mois en mois. Il se replongea dans le brouhaha.

Sous une voûte d'arbres impeccablement taillés, on avait dressé de petites tables rondes chargées de hors-d'œuvre; la lumière vacillante des bougies placées dans des lampes-tempête illuminait les boutons rouges des hibiscus. Le bar se tenait sous un immense tulipier avec un arrière-plan marbré de feuilles de croton. Francis contempla un instant une scène qui lui était familière : le raffinement tout en pastels de la foule élégante, l'agilité des serveurs gantés de blanc, et la luxuriance des fleurs délicates. Déjà, les femmes s'étaient réunies à part; que pouvaient-elles se raconter alors qu'elles se voyaient presque toute la journée au club? Les hommes, qui ne se rencontraient pas si souvent, discutaient de politique, bien sûr. Il se dirigea vers son hôte.

– Félicitations pour vos noces d'argent, dit Francis en lui serrant la main; j'aimerais bien être là pour célébrer vos noces d'or.

– Si nous arrivons jusque-là! répondit Fawcett.

C'est dommage que vous partiez, vous nous manquerez.

Il semblait sincère.

– Ce sera une grande perte pour l'île.

– Mais je n'ai jamais rien fait.

– Pas ces derniers temps, insista Fawcett, mais vous pourriez vous y remettre.

Le vieux Whittaker s'interposa.

– Ecoutez-moi bien, Luther, et ne faites pas attention à ce que les autres vous racontent. Vous avez raison. La moitié des gens ici – je ne parle pas de vous, Fawcett, vous avez votre propre vision des choses – mais la moitié des gens ici feraient comme vous s'ils trouvaient un acheteur. Ils vendraient comme ça!

Il claqua des doigts.

– Ils n'ont pas eu la même chance que vous, c'est tout.

Les propos de cet allié inattendu le mettaient plutôt mal à l'aise : Whittaker n'avait pas l'habitude de se montrer aussi loquace.

– Ma femme m'a dit que vous projetiez d'acheter un appartement à New York et une résidence secondaire à Long Island.

– Je ne pourrais pas supporter d'être confiné dans une ville toute l'année.

Comme un châle qu'on aurait placé sur ses épaules, une profonde mélancolie l'enveloppait. Chez lui, les cartons s'entassaient dans le corridor; Marjorie avait déjà commencé à débarrasser le grenier et les placards et à trier tout ce qui était inutile. C'était un peu fou d'accorder une « âme aux objets inanimés », mais cela le chagrinait de se séparer de toutes ces choses qui meublaient sa vie depuis des années.

– On ne peut pas emporter tout ce bazar avec nous. Cela coûterait une fortune, et qu'est-ce qu'on en ferait?

Il prit quelques canapés et une boisson sur le plateau d'argent qu'on lui présentait, puis il s'assit parmi les hommes et se laissa bercer par le ronron de la discussion. C'étaient toujours les mêmes propos qui, depuis des mois, s'échangeaient dans les clubs et les maisons bourgeoises.

– Tous ces vols à Covetown, surtout dans les hôtels, c'est fou! Et encore, les journaux ne les citent pas tous!

– Ce sont les touristes eux-mêmes qui les provoquent en étalant leurs richesses et en se pavanant avec leurs bijoux. C'est inévitable.

Possible, pensa Francis, mais ce n'est pas si simple. A l'autre bout de la table, un homme corpulent et chauve, venu du sud de l'île – un nommé Barnstable – racontait une histoire qui déchaînait une tempête de rires.

– Alors quand le père de ma cuisinière est mort, j'y suis allé pour présenter mes condoléances. C'était dans un coin complètement paumé, mais Sally travaillait pour nous depuis dix-huit ans! Ils sont restés assis toute la nuit pour la veillée. Ils racontaient des blagues, buvaient, dansaient, une vraie java! Ils ont même fait boire du rhum au mort. Il était assis sur une chaise...

– Qui?

– Le cadavre!

– C'est vrai?

– Tout ce qu'il y a de plus vrai, je le jure! Qu'est-ce qu'on peut attendre de ces gens, de toute façon?

Le serveur passa un plateau de quiches aux champignons. Francis regarda attentivement son visage mais l'homme demeurait impassible. Que peuvent-ils bien raconter sur nous? se demanda-t-il.

Le gros homme chauve riait toujours, visiblement satisfait de son rôle de boute-en-train. Un essaim de papillons attirés par les lumières voltigeaient près des bougainvillées comme un feston de velours noir ornant un voile.

– Ah, vous étiez à l'un des meetings de Courzon? dit quelqu'un à Rob Fawcett.

– Oui, je voulais l'entendre par moi-même, les journaux n'osent pas tout dire.

– Votre femme m'a dit que vous aviez été fort impressionné.

– Oui. Mais je n'y retournerai pas : avec ma taille, je suis une cible privilégiée pour les pierres ou les bouteilles.

– Ils sont devenus complètement fous. Un gosse s'est fait poignarder, juste derrière Wharf Street, il y a deux jours, pour une bagarre politique.

– Je n'ai pas entendu parler de ça.

– Les journaux ne disent pas la moitié de ce qui se passe.

– Je ne nous donne pas dix ans dans cette île.

– Je dirais plutôt quatre ou cinq!

– Mais non. Pas si Mebane prend les choses en main. Je ne suis pas si pessimiste.

– A la fin, un illuminé quelconque le fichera dehors, et fera main basse sur tout. Ça sera comme à Cuba, et je pèse mes mots.

– On verra dans trois jours; si Mebane gagne les élections, tout ira bien, il calmera les esprits.

– J'en doute. La marmite est prête à exploser.

– Laissez-lui une chance. Combien de temps a-t-il eu pour faire ses preuves?

– Assez pour faire coffrer tous ses ennemis potentiels.

Mis à part les propos de l'hôte, c'étaient les premières paroles rebelles de la soirée, et, venant d'un nouvel arrivant à Saint-Félice, elles ne manquèrent pas de choquer et de provoquer des froncements de sourcils réprobateurs.

– N'exagéreriez-vous pas, monsieur Trumbull?

– Au contraire! Je n'ai pas dit le dixième de la vérité.

Trumbull appartenait à cette génération d'avocats connus pour leurs opinions libérales. Les yeux bleus, le visage avenant, il était encore très jeune et venait d'ouvrir un cabinet à Covetown. Au silence qui accueillit ses paroles, il comprit qu'il était pratiquement le seul de son avis.

Pourtant, quelqu'un vint à sa rescousse.

– Mebane est une brute, intelligente et rusée, mais une brute.

C'était la voix du neveu de Whittaker, le musicien. Tous les visages se tournèrent vers lui, mais comme la famille Whittaker était l'une des plus riches de l'île, personne n'osa rien dire. On s'était habitué aux excentricités du jeune homme. Francis se souvint qu'il y avait aussi une grosse affaire de pétrole du côté de la mère du jeune homme.

– Je ne peux plus être d'accord, expliqua leur hôte calmement. Ce que vous appelez la rigueur, la loi et l'ordre ne sont que de jolis euphémismes pour désigner un Etat policier.

– Vous pouvez avoir les opinions que vous voulez, Rob, et mon neveu aussi, dit Whittaker d'un air pincé, mais je vous conseille de modérer vos propos : les temps sont dangereux.

– M. Whittaker a raison, lança Francis.

Il croyait n'avoir aucune envie de se mêler à la conversation; néanmoins, il poursuivit :

– Même vous, qui soutenez ce gouvernement, reconnaissez que vous ne vous sentez pas en sécurité ici.

– Dois-je comprendre que vous comptez voter pour Courzon?

– J'ai décidé de ne pas voter, répondit-il. Le jeu n'en vaut pas la chandelle.

– Bien sûr, vous partez. Mais pour ceux qui restent, l'avenir n'est pas rose. Personnellement, je pense que Courzon ne nous apportera que la misère. Il est sincère et tient des propos généreux, mais en fin de compte, nous n'aurons plus rien.

– Et qu'est-ce que vous avez, maintenant? demanda le neveu de Whittaker.

Le plus âgé des Da Cunha, vêtu d'un élégant costume clair, s'installa dans un fauteuil resté libre.

– J'arrive de la ville. Regardez ça! dit-il.

Il tenait un exemplaire de la dernière édition du *Trumpet*.

– Je vais vous le lire. Il y a un éditorial de Kate Tarbox.

« Depuis des mois, et par tous les moyens, nous avons rassemblé des informations sur les hommes qui dirigent ce qu'ils nomment le gouvernement. Maintenant, à la veille d'une élection décisive, il est temps de révéler ce que nous avons appris.

» En fait, il ne s'agit pas d'un gouvernement, mais d'une entreprise privée, constituée de quelques gentlemen-criminels, défendus par une police secrète et entourés d'une bande de nervis arrogants, tous grassement payés grâce à l'argent des impôts prélevé sur votre travail. Havre de paix pour les entreprises spécialisées dans le trafic d'armes et de narcotiques, notre pays est une voie de passage rêvée pour blanchir l'argent extorqué. Les fonds publics, frauduleusement disparus dans les poches du Premier ministre et de ses amis, reposent maintenant en toute sécurité dans une vingtaine de banques suisses : des légions d'avocats se battant durant des décennies ne parviendraient probablement pas à faire restituer ces sommes à leurs propriétaires légitimes. »

– Grand Dieu! s'exclama Whittaker.

Da Cunha reprit :

– « Tous les jours, des hommes parlent de subversion communiste, brandissent le spectre de Cuba, mais ce qu'ils oublient de préciser, c'est que les communistes n'ont pu faire main basse sur Cuba que parce qu'une pègre du même style avait mis le pays à sac. »

– Et ça continue. Voilà, je vous le fais passer.

– Elle n'a quand même pas signé ça?

– Bien sûr que si! Là, regardez, en caractères gras. Et voilà le plus beau :

« Si vous vous souciez de votre pays, si vous vous souciez de vos intérêts, vous irez aux urnes jeudi, et vous chasserez cette vermine. Vous voterez pour Courzon. »

– Quelle folle!

– Pourquoi? C'est ce que j'appelle avoir des tripes!

– Si vous voulez, des tripes pour aller au suicide.

Et, à contrecœur :

– Elle se bat pour ce qu'elle croit, on doit au moins lui reconnaître ça.

– Elle ne va pas se battre longtemps, j'en ai peur.

– Dommage que Lionel soit parti en Angleterre. Divorcé ou non, il l'en aurait empêchée. Il l'aimait toujours bien, même après leur séparation.

– Il n'aurait pas pu l'arrêter, vous ne la connaissez pas. Kate Tarbox n'en fait qu'à sa tête.

– Quelqu'un ne voudrait pas aller en ville voir... commença Rob Fawcett lorsque sa femme surgit.

– Rob! Rob! Je viens juste d'entendre, Emmy avait sa radio allumée, et ils ont annoncé que les élections étaient annulées!

– Ils ont annoncé quoi?

– Les élections sont annulées. Pas d'élections jeudi! Pour des raisons de sécurité nationale, paraît-il.

– Pardi! Courzon allait gagner!

– Mais ils disent, ils disent... Un des domestiques vient de revenir, il paraît qu'il se passe des choses horribles à Covetown! La police est partout, ils arrêtent des gens. Ils ont saisi tous les numéros du *Trumpet.* Il a vu un homme se faire tabasser.

Mme Fawcett tremblait.

– Ils l'ont coincé près de l'immeuble des téléphones et lui cognaient la tête contre le mur.

Les bougies avaient soudain perdu leur air de fête et brillaient vainement dans la triste obscurité. Aux yeux de Francis, tout semblait étrange. Tout devenait si fragile, si vulnérable; la maison et sa musique, les cristaux et les soieries, tous ces hommes et ces femmes rassemblés.

S'efforçant de se montrer enjoué, Rob Fawcett annonça :

– Bon, on ne peut pas y faire grand-chose ce soir, alors autant dîner, ma femme m'a promis que ce serait une réussite.

Le *Trumpet* saisi... La tête contre le mur... Et il faudrait que je m'asseye tranquillement devant un homard et un verre de vin pendant qu'elle...!

Il se leva brusquement et prit le bras de Marjorie.

– Invente n'importe quelle excuse; les Whittaker te raccompagneront, je dois aller en ville.

– Francis, tu es complètement fou! Tu ne vas pas aller à Covetown maintenant!

– Je dois absolument y aller.

La voix de Marjorie n'était plus qu'un gémissement plaintif.

– Francis, reviens!

Mais déjà, il avait bondi dans sa voiture...

Dans les villages, les lumières étaient allumées; par petits groupes, les hommes s'étaient rassemblés devant les boutiques et les cafés. La peur rôdait entre les arbres; une sourde menace planait dans l'air de la nuit. Accélérateur au plancher, il n'avait qu'une seule idée en tête; rien n'aurait pu l'arrêter. Par chance, il ne rencontra ni policiers ni miliciens : il aurait tenté de forcer les barrages.

A tombeau ouvert, il dévala la colline, faisant hurler les pneus à chaque virage; enfin arrivé, il s'arrêta brutalement dans cette rue qu'il n'avait plus empruntée depuis si longtemps.

La maison était plongée dans l'obscurité, et la porte grande ouverte. Il s'y engouffra, alluma les lumières et courut à travers les pièces. Dans la cuisine, les chiens gisaient sur le sol, le caniche était déjà mort, le bâtard baignait dans son sang; affreusement blessé, il regarda pitoyablement Francis, implorant son aide, puis jeta un dernier coup d'œil sur ses objets familiers, sa gamelle et sa balle, avant de refermer les yeux.

Francis savait à quoi s'attendre. Pris de folie, il hurla son nom : « Kate, Kate ». Il se rua dans l'escalier et ouvrit violemment les portes les unes après les autres. Il ne la trouva nulle part. Désespéré, il ouvrit un placard dans le hall. Elle était là.

Ligotée, bâillonnée, complètement nue, la face contre une pile de chaussures et de vieux vêtements, elle était toute recroquevillée.

Il la porta sur le lit. Il se sentait gauche, inutile. Vivait-elle encore? Impossible de trouver un médecin cette nuit.

Au salon, il trouva du cognac. Non, pas de cognac, de l'eau! Il courut à la salle de bains et mouilla un gant de toilette. Assis sur le bord du lit, il la recouvrit doucement d'un drap et lui humecta le visage.

– Oh, Kate, ma Kate, qu'est-ce qu'ils t'ont fait?

Elle ouvrit enfin les yeux et le regarda pendant une longue minute.

– Je savais que tu viendrais, murmura-t-elle.

– Comment, tu le savais?

– Une sorte de prémonition; je savais que ce serait aujourd'hui. Je t'ai même appelé ce soir avant que tout arrive, mais on m'a dit que tu n'étais pas là, que tu étais allé à une soirée.

– Tu m'as appelé?

– Oui, j'avais tellement peur! Je pensais que j'aurais besoin de toi, alors, au diable ma fierté. Je... j'ai affreusement mal au dos.

Il la retourna délicatement. Sur son dos, lacéré de longues estafilades, des gouttelettes de sang séché collaient encore aux chairs déchirées.

– Kate, t'ont-ils... fait autre chose?

– Non, seulement ce que tu vois.

Dans la salle de bains, il trouva un onguent liquéfié par la chaleur.

– Je ne sais pas si c'est exactement ce qu'il faut, mais cela ne peut pas faire de mal, et en attendant le médecin...

– Enlève-moi mon collier, il me fait mal.

Encore tiède de la chaleur de son corps, il lui glissait entre les doigts. C'était un collier de petites perles bleues, bon marché, mais étrangement, elles lui rappelaient la merveilleuse émeraude qu'elle portait le jour de leur première rencontre. Tout ce qui les avait séparés s'évanouit en un instant, comme un mauvais dessin sur un papier de soie emporté au vent du temps, pour laisser place à un merveilleux livre d'images : Kate dans la brise des collines à Eleuthera, Kate dans les jardins de l'hôtel, Kate ici, dans sa maison. Les années sans elle étaient gommées, la stupide et triste discorde, la rancune obstinée, tout avait disparu.

Il lui prit la main.

– Raconte-moi ce qui s'est passé.

– Eh bien, Franklin Parrish venait juste de partir. Tu connais Franklin ? Il m'apportait une copie d'un discours pour le *Trumpet*, et, quelques minutes plus tard, ils sont arrivés, ils étaient trois. La porte était fermée à clef, comme d'habitude, mais ils ont cassé un carreau de la cuisine. Les chiens... Les chiens, où sont-ils ?

Il ne savait pas comment le lui annoncer, mais son silence atterré était suffisamment éloquent. Il dut la retenir.

– Non, ne descends pas, ils sont morts.

Elle éclata en sanglots.

– Tu en es sûr ? Peut-être ne sont-ils que blessés ?

Il se souvint du bâtard, celui qui s'appelait Beans.

– Je m'occuperai de tout. Je ne veux pas que tu les voies. Kate, ma chérie, au moins, toi tu es sauve.

– Ils les ont tués ! Mais pourquoi ? Il m'a fallu des mois pour que ce pauvre Beans reprenne confiance dans les hommes. Il avait été maltraité, alors...

– Oui, je sais, les gens battent aussi les enfants.

Il la couvrit légèrement.

– Maintenant, repose-toi. Je descends, je ne serai pas long.

Beans avait terminé son agonie. Pauvres bêtes ! Pauvre Kate, qui oubliait sa souffrance pour pleurer sur le sort de ces animaux !

Il trouva une lampe de poche à l'office : il se contenterait de cette faible clarté pour aller dans le jardin. Cette nuit d'horreur n'était pas encore finie.

Il ne lui fallut pas plus de dix minutes pour creuser un trou dans la pelouse détrempée par les pluies de la semaine précédente. Il prit les deux cadavres encore tièdes, les déposa avec précaution dans leur petite tombe, et les caressa une dernière fois.

Les pelletées de terre recouvraient peu à peu les deux chiens. Une angoisse insoutenable lui nouait la gorge. Pourquoi être resté si longtemps sourd et aveugle aux sentiments qui s'imposaient à lui?

Lorsqu'il eut terminé, il leva les yeux vers le ciel d'un noir de jais. A l'autre bout de la rue, une ambulance lançait sa plainte. Hurlements de moteurs, crissements de pneus...

La police, pensa-t-il.

Puis le silence régna à nouveau, un silence si profond que la nuit elle-même semblait craindre l'aube prochaine.

Il regrettait de ne pas avoir de fusil. Il n'avait qu'un gros couteau de cuisine pour se défendre. Il sortit une théière du réfrigérateur et la monta à Kate en prenant soin de déposer son arme dérisoire sur le sol pour la dissimuler à sa vue.

Elle se blottit contre lui pour boire son thé. Dans la pâle lueur de la nuit, il aperçut quelques vêtements blancs et le souvenir fugitif de son parfum, du vétiver, lui revint en mémoire.

– Ton dernier article a fait du bruit, tu n'aurais jamais dû écrire ça. C'était complètement insensé.

– J'étais complètement écœurée, j'en avais vraiment marre.

– Est-ce que Patrick est au courant?

– Non, il ne m'aurait pas laissée faire. Personne ne savait, sauf moi... J'aimerais qu'on soit à nouveau amis, Francis.

Il ne répondit pas, mais l'aida à reposer sa tête sur l'oreiller.

– J'ai eu si souvent envie de t'appeler, murmura-t-elle. Quelquefois, j'ouvrais l'annuaire, juste pour y lire ton nom. On a été complètement idiots, tous les deux.

– Et moi, encore bien plus que toi.

Elle aperçut le couteau sur le sol.

– Tu penses qu'ils peuvent revenir ?

– Je ne crois pas. Ils ont exécuté les ordres qu'ils avaient reçus, c'est tout.

Puis répondant à la question qu'elle n'avait pas posée :

– Mais je ne te laisserai pas seule.

Dehors, tout était calme. Inquiet, il pensa à Marjorie et à l'enfant. Au moins elles n'étaient pas seules. Osborne devait être là, ainsi que leurs fidèles serviteurs. Il décrocha le téléphone. Est-ce que Marjorie était bien rentrée de chez les Fawcett ? Est-ce que tout allait bien à la maison ? Non, il n'y avait aucune raison de s'inquiéter, il passerait la nuit en ville dans un hôtel et rentrerait demain matin ou dès que les routes seraient sûres. Il voulait juste s'assurer que tout allait bien chez lui.

Il ouvrit les couvertures et s'allongea près de Kate en prenant soin de ne pas toucher son dos meurtri. Elle s'était endormie mais lui ne parvint pas à trouver le sommeil. Au milieu de la nuit, Kate s'éveilla en l'appelant.

– Je suis là, n'aie pas peur.

Elle se rendormit. Le tic-tac du réveil résonnait dans toute la pièce; plus la nuit s'avançait, plus il semblait accélérer sa course, nerveuse, frénétique. L'aube approchait comme une menace : il aurait aimé que les ténèbres se prolongent indéfiniment.

Mais bientôt, les premières lueurs grisâtres baignèrent le plafond, et les oiseaux se mirent à pépier. Kate s'étira.

– Je suis là, ma chérie.

Evitant d'effleurer son dos, il passa la tête sur son épaule et demeura longtemps ainsi à écouter battre son cœur.

Soudain, une rafale de coups de feu déchira le silence. Kate sursauta violemment.

– Ce n'est rien, ma chérie. Dors.

Elle se redressa.

– C'étaient des coups de fusil, n'est-ce pas?

– Oui.

Il se dirigea vers la fenêtre, mais tout semblait normal. Il alluma le radio réveil : rien.

– Ils ont interrompu les émissions. Je me demande si le téléphone est coupé.

Il souleva le récepteur, et en entendant la tonalité, presque malgré lui, il composa un numéro.

– Qui appelles-tu? murmura Kate.

– Nicholas.

– Non!

Mais son correspondant était déjà au bout du fil.

– Francis Luther, à l'appareil, dit-il, la voix blanche de colère. Je suis chez Kate Tarbox.

– Ah bon... Je vois.

– C'est tout ce que vous avez à dire?

– Non, je peux vous dire que c'est une idiote et qu'elle a de la chance d'être encore en vie.

– Vraiment? Et combien de temps pensez-vous qu'un être humain puisse survivre dans un placard?

– Un placard? C'est affreux!

– Vous me prenez pour un imbécile, Nicholas?

– Oh, vous savez, la politique est une drôle d'affaire. Je l'ai toujours dit. On est amené à connaître des gens un peu rudes, l'un de ces garçons s'est mis en colère contre les bobards de cette jeune femme et il a décidé de ne pas laisser passer ça. Voilà toute l'histoire.

– Vous me prenez vraiment pour un imbécile!

– Croyez-vous vraiment que je sois responsable? Non, je sais rester loyal envers mes amis – et c'est là une de mes faiblesses, car ils ne me le rendent pas toujours. Kate Tarbox, bien qu'elle soit un peu folle, est toujours l'ex-femme de Lionel Tarbox et l'amie de mon ami Patrick, même si celui-ci a quelque peu perdu la tête ces derniers temps. Et je vois qu'en dépit du passé vous aussi seriez très chagriné s'il lui arrivait quelque chose.

Puis, d'une voix indifférente et glacée :

– Quel malheur que toutes ces histoires! On pourrait vivre si tranquillement dans ce petit paradis, si seulement des espèces de moustiques comme Kate Tarbox cessaient de siffler à nos oreilles pour saper la confiance...

Francis réussit à placer quelques mots :

– La confiance dans votre police et...

– La police ne serait pas nécessaire si les citoyens se conduisaient correctement. Bon, vous voudrez bien m'excuser, Francis, mais une longue journée m'attend.

Il raccrocha.

– Tu te souviens, dit Kate, je n'ai jamais eu confiance en lui. Dès le départ, j'ai eu une sorte d'intuition. Je ne savais jamais de quel côté il penchait. Oh, je préférais encore me battre contre Lionel. Lui, au moins, on savait de quel bord il était! Ecoute, tu ne t'es jamais demandé pourquoi Nicholas était si opportunément absent, il y a cinq ans, au moment de la grande grève? Il ne voulait pas prendre parti et risquer de se faire des ennemis. Il a joué gagnant des deux côtés en rejetant toutes les responsabilités sur Patrick.

Elle avait les yeux brillants d'indignation.

Lorsque Kate se retourna, Francis remarqua que

les vilaines plaies de son dos commençaient à s'infecter.

– Il faut absolument trouver un médecin.

Il hésitait entre téléphoner ou s'aventurer dans les rues à la recherche d'un médecin, lorsqu'on frappa avec insistance. Francis ramassa le couteau et alla ouvrir la porte. C'était Patrick Courzon, les traits tirés et le teint livide; il avait manifestement passé une nuit blanche.

– On vient juste de me mettre au courant. Comment va-t-elle?

– Entrez. Ça va, à part son dos. Ils l'ont fouettée.

Patrick semblait harassé.

– Les choses vont très mal. En ce moment même, on se bat pour le contrôle de la radio et de l'aérodrome; mais les travailleurs ont rejoint nos rangs en masse. La nuit dernière, presque la moitié des effectifs de police a cerné notre local sur le coup de quatre heures du matin. Nous avons déjà une quinzaine de morts. C'est l'émeute!

Abasourdi, Francis était incapable de réagir.

– Je suis resté là toute la nuit, dit-il.

– Vous feriez mieux de retourner à Eleuthera tant que c'est encore possible. Tout ce secteur est calme, et je vais poster des hommes pour protéger la maison de Kate.

– Je sais que ce n'est pas le moment... commença Francis. Mais je voudrais juste vous dire : cette nuit, j'ai eu une sorte de révélation, j'ai compris... Serrons-nous la main, Patrick.

Son embarras, son hésitation avaient disparu.

Patrick lui serra la main.

– Alors, souhaitez-nous bonne chance.

Il sourit brièvement et s'éclipsa.

Francis n'arriva chez lui qu'après midi. Pour éviter les barrages de police et la confusion régnant dans les villages, il avait emprunté une route poussiéreuse et tortueuse, à peine plus praticable qu'un chemin de montagne. Pendant le trajet, l'autoradio l'informa sur les derniers événements. L'émetteur avait été repris, des combats sporadiques éclataient ici et là dans l'île, il y avait eu des arrestations et l'aéroport était encerclé. Impossible de mettre Megan et Marjorie dans le premier avion en partance pour New York... On avait découvert une cache d'armes dans un petit cottage attenant à l'hôtel Lunabelle. A un moment, on entendit la voix de Patrick, rassurant les touristes, leur conseillant de rester dans leur hôtel et de ne pas s'affoler.

La veille, à la même heure, il serait resté à l'écart de tous ces événements, sans prendre parti ni d'un côté ni de l'autre. Quelle soudaine prise de conscience, quel désir longtemps refoulé l'avaient finalement conduit chez Kate, le ramenant cinq ans en arrière?

Marjorie écoutait la radio elle aussi, lorsque Francis entra.

– J'étais furieuse contre toi, hier soir. Tu es complètement fou! Remarque, depuis le temps, je devrais y être habituée... Pourrais-tu quand même me dire où tu as passé la nuit?

– J'ai vu Patrick, répondit-il sans mentir vraiment.

– Patrick, mais pourquoi donc?

– Je me suis trompé sur son compte.

– Encore cette vieille passion! J'espérais qu'on en était débarrassés! Qu'est-ce qui te fascine à ce point?

– C'est absurde, Marjorie. C'est une question de principes, pas de fascination.

– Ah! Parce que maintenant, tu es de son côté!

– Oui, après ce que j'ai vu, oui. J'ai eu un réveil tardif, c'est tout.

– Il ne manquait plus que ça! Dieu merci, nous partons bientôt. On n'a que trop tardé. J'ai peur...

– Moi aussi, j'ai peur.

Si les hommes de Nicholas confortaient leurs positions... Il tremblait en pensant à tout ce que Kate, Patrick et tous ceux dont il ne connaissait pas même les noms devraient endurer.

La radio grésilla tout l'après-midi. On percevait nettement les échos d'un combat à l'extérieur de l'immeuble. A un moment donné, un speaker, terrifié, annonça que les agresseurs avaient été repoussés. Bulletin après bulletin, l'histoire de l'île se faisait et se défaisait, sans qu'aucun mouvement décisif fût annoncé. Saint-Félice attendait.

Puis Marjorie alla se coucher, et Francis gagna la bibliothèque, la seule pièce qui était vraiment sienne. Il n'avait rien de particulier à y faire, mais il aimait y retrouver ses livres, ses bibelots, ses ivoires chinois et le magnifique tableau de Da Cunha, *Les coupeurs de canne*, que lui avait offert son père. Il ouvrit les rideaux et remarqua que quelqu'un, Osborne sans doute, avait laissé allumées, par précaution, les lumières du jardin. Brisant la profondeur des ténèbres, des filets d'argent étincelaient dans les arbres.

Avec amertume, il songea à son enfant : elle reposait seule dans sa chambre et jamais il ne pourrait avoir avec elle un véritable échange. Pourtant c'était le seul lien qui l'unissait à cette femme qu'il n'aimait pas.

Les événements des trois jours suivants furent largement commentés dans le monde entier.

« Homogène, bien organisé, le parti dirigé par

Patrick Courzon a rétabli l'ordre à Saint-Félice. Plus de trois cents soldats et policiers, soutenus par des centaines de citoyens, parmi lesquels nombre d'adolescents appartenant à des groupuscules clandestins d'extrême gauche, se sont ligués pour anéantir les forces du gouvernement. Partout flotte l'emblème vert et blanc de Courzon alors que toutes les anciennes places fortes gouvernementales arborent le drapeau blanc. Le couvre-feu a été décrété... Jusqu'à présent le nombre des blessés et des morts s'élève à soixante-dix ou quatre-vingts... Les élections auront lieu à la date prévue. »

...

« On ignore encore tout de l'endroit où s'est réfugié le Premier ministre; selon certains rapports, il se serait retiré à la campagne en attendant le déroulement des élections. Le ministre de la Justice a été arrêté : il est maintenant gardé en résidence surveillée pour le soustraire à la colère populaire... »

...

« Le parti de Courzon a marqué un point décisif. Il est maintenant établi que, peu après la publication des résultats des élections, Nicholas Mebane et ses amis ont embarqué sur un yacht qui les attendait à quelques milles de la côte. On pense qu'après un passage à New York la plupart d'entre eux iront goûter un exil doré dans leurs résidences d'Europe. »

...

« Le nouveau Premier ministre, en prenant ses fonctions, a promis, sous les ovations d'une foule en délire, d'instaurer un gouvernement démocratique, garantissant toutes les libertés individuelles. »

Kate débarrassait la table. Cela faisait près d'un mois que Marjorie était partie pour New York avec Megan rendre visite à sa famille et y chercher un appartement; et ce dîner, après sa journée de travail à Eleuthera, lui était devenu une habitude si chère qu'il se sentait chez lui dans cette cuisine. Les rousses clartés du soleil couchant festonnaient d'or la robe blanche de Kate et nimbaient d'un halo nostalgique les pétales de philodendron et jusqu'aux modestes assiettes.

– On peut prendre le café dehors, proposa Kate, il fait plus frais.

La lumière du crépuscule, que filtrait le feuillage des grands arbres, lui semblait presque cruelle. Dans deux jours à peine, Marjorie serait de retour, l'inéluctable départ approchait... Le temps s'accélérait, tout se précipitait, aucun retour en arrière n'était plus possible.

Kate distribuait des morceaux de biscuits aux deux chiots noirs frisés qu'elle avait ramenés de la fourrière après la mort de ses deux chiens.

– Ce n'est pas très bon pour eux de manger des sucreries, mais de temps en temps je ne peux pas leur refuser ce plaisir.

Sa voix s'étrangla.

– John Lambson veut m'épouser.

Un instant, il fut troublé et resta perplexe devant ce nom inconnu, puis il se souvint vaguement du beau-frère d'un des planteurs de l'île, un avocat de Curaçao que l'on voyait parfois à Saint-Félice à l'occasion de certaines réceptions. Une image imprécise lui revint à l'esprit : de larges épaules, un homme courtois et chaleureux.

Comme un coup de poing dans l'estomac, la jalousie lui coupa le souffle. Pendant une longue minute, il ne put prononcer un seul mot. Machinalement, Kate froissait le tissu de sa jupe. Bon!

laisse-la, laisse-la aller! pensa-t-il, fou de rage. Fini les nuits blanches à rêver qu'elle est à moins d'une heure de moi, fini les angoisses en traversant cette rue, fini de scruter sans cesse les foules, espérant et redoutant sa rencontre. Puis il se rappela que c'était lui qui partait!

– Et, tu vas... tu vas te marier? murmura-t-il.

– Non, j'ai fait cette erreur une fois, ça suffit.

Il s'efforça de jouer l'avocat du diable.

– Ce serait peut-être une bonne chose, mieux que de vivre seule.

– Non.

Il reposa si violemment sa tasse que la petite cuillère sauta.

– Oh, je voudrais, je voudrais...

Elle lui posa un doigt sur la bouche.

– Tais-toi, je sais.

Ils restèrent là, silencieux. Le ciel s'obscurcit jusqu'à ne plus laisser qu'une pâle bande de lueur bleutée, effleurant la ligne d'horizon. Un oiseau attardé, à demi endormi, fit retentir un dernier gazouillis. De nouveau, Francis ressentit comme une déchirure cette fuite éperdue du temps, cette distance qui allait à tout jamais les séparer.

Il la regardait. La tête baissée, les yeux dans le vague, jamais elle ne lui avait semblé si frêle et si fragile; il lui prit l'envie de la saisir par les épaules, de la faire parler, de retrouver enfin sa Kate.

– Veux-tu aller nager? lui proposa-t-il, comme pour consoler une enfant chagrinée.

– Ce n'est pas possible, j'avais oublié que Patrick et Désirée devaient venir m'apporter un cadeau, sans doute quelque chose que Désirée a rapporté de France.

– Chère Désirée, je suis content que finalement elle ait pu y aller!

Le visage de Kate s'éclaira.
– C'était son cadeau d'anniversaire. Ils n'en avaient pas vraiment les moyens, surtout juste avant le mariage de leurs deux filles, mais Patrick tenait à lui offrir ce séjour.
– Laurine a fait un bon choix. Franklin Parrish est un chouette type, sympathique et plein d'avenir.
– Je l'aime bien mieux que le fiancé de Maisie, bien que sa mère soit en admiration devant ce garçon.
– Tu le connais?
– Un fils Hammond, ils habitent le domaine Ginevra.
Francis eut un sifflement approbateur.
– Connaissant Désirée, je comprends mieux pourquoi elle est en admiration devant lui. Cet endroit est ravissant. J'y suis passé, un jour.
– C'est un autre milieu, dit Kate, dédaigneuse. Le sang noir du père remonte au moins à huit générations, et l'arrière-grand-père servait déjà dans l'administration coloniale. C'est un homme qui a reçu une « bonne éducation ».
– Tu es déjà allée chez eux?
– J'ai été invitée à déjeuner avec Désirée et Maisie. Le père nous a raconté que son arrière-arrière-grand-mère avait été la maîtresse de Lord Whitby. Je me suis souvenue que, parmi mes lointains aïeux, il y avait aussi un Whitby, je ne sais plus exactement qui, mais peut-être avons-nous des ancêtres communs.
– Leur en as-tu parlé?
– Non, je ne sais pas pourquoi, mais je ne me sentais pas très à l'aise, je n'ai pas osé... Ah, les voilà!
Une voiture s'arrêta. Accompagné de Désirée, Patrick se dirigeait vers la maison.

– Le Premier ministre, annonça Francis en faisant rouler les mots.

Il était encombré d'un grand paquet, tout plat, emballé dans du papier kraft.

– Il faut le regarder à la lumière, dit-il.

L'élection de Patrick et le voyage si longtemps attendu avaient animé Désirée d'une gaieté volubile. Elle était tout heureuse de cette petite cérémonie.

Après avoir défait la ficelle, Patrick découvrit un tableau dans un fin cadre doré.

– C'est un Anatole Da Cunha, expliqua Désirée. J'en avais acheté deux pour que tu puisses choisir. L'autre représente une scène de pêche, il est adorable, mais Patrick a décrété que celui-ci était le plus beau!

Sous un arbre tout chargé de fruits, une jeune femme enceinte était assise, ses fines mains blanches reposant sur la courbe généreuse de son corps.

– Moi, je ne le trouve pas très intéressant. Une femme enceinte... Drôle d'idée, quand même! ronchonna Désirée. Enfin, c'est un Da Cunha...

– Pour moi, aucun doute, dit Patrick, c'est celui-ci le plus beau. Comment le trouves-tu, Kate?

– Magnifique! dit Kate, émue. Cette merveilleuse attente de l'enfant qu'on ne connaît pas encore! Mais c'est une expérience que tu as vécue, Désirée, tu dois savoir. C'est magnifique! répéta-t-elle doucement.

– Je suis très contente qu'il te plaise. Je vais te raconter comment je l'ai découvert. Il y a eu un article dans le journal sur la mort d'Anatole Da Cunha. Il ne s'est jamais marié, mais il a vécu très longtemps avec la même femme, et elle avait besoin d'argent. Ça arrive souvent que les gens célèbres meurent sans laisser un sou. Elle avait une douzaine de toiles à vendre, et je me suis précipitée pour aller les voir. J'ai même tout de suite appelé Patrick pour qu'il fasse acheter toute la collection pour le musée, mais il m'a répondu que, pour le moment, le pays avait des besoins plus urgents que les œuvres d'art. De toute façon, lorsque je suis revenue après mon coup de téléphone, tout avait disparu. J'ai acheté les deux seuls qui restaient.

– Je vais l'accrocher au-dessus du piano. C'est le plus beau cadeau que j'aie jamais reçu. Restez un moment, on va fêter cela.

– Vous êtes sûrs qu'on ne vous dérange pas?

– Mais non, pas du tout; asseyez-vous.

Un rayon de lumière tombant sur le tableau appuyé contre le piano éclairait le visage de la future mère. Une abondante chevelure inondait les épaules et encadrait le visage, soulignant l'arrondi des sourcils et le nez vigoureux. Francis resta songeur devant l'étrange ressemblance entre ce portrait et le visage de sa mère. Elle devait être exactement comme cela dans sa jeunesse, très douce, pensive et réservée.

Il suivait la conversation d'une oreille distraite. Immobile, il s'abandonnait à son ravissement. L'image sereine de cette jeune femme aux yeux baissés le baignait dans une sorte de paix intérieure.

– Tu as l'air fatigué, Patrick, dit Kate.

– Oui, je suis allé à la Martinique voir ma mère, et elle est très malade. Mais il y a autre chose : je crois que je ne me remettrai jamais de ma déception au sujet de Nicholas.

Personne ne le contredit.

– Je suis soulagé qu'il se soit enfui, poursuivit-il. On n'aurait jamais pu récupérer les fonds extorqués; les procès auraient coûté une fortune et auraient causé d'autres troubles. Maintenant, on peut tourner la page et travailler tranquillement pour un avenir meilleur.

Kate apporta un plateau et Francis servit les invités. Il porta un toast.

– A notre santé à tous!

– Surtout à toi, Patrick, dit Kate. Tu as une lourde responsabilité sur les épaules.

– Oui, c'est une lourde charge, mais toutes les conditions sont réunies pour un bon départ. Une des meilleures choses que j'aie faites, c'est de nommer Franklin ministre des Finances avant le mariage, sinon on m'aurait accusé de népotisme, dit Patrick en riant. Mais je m'en moque, lui seul pouvait assumer cette tâche.

Il s'anima.

– On s'occupe de l'assainissement des Tranchées. Il faut absolument intervenir avant que la situation s'aggrave. Une firme canadienne financera l'affaire et l'Etat se portera garant des emprunts; on travaille également à un projet pour développer la production de tomates. Le climat est idéal pour ce genre de culture. Des négociations sont engagées avec le Fonds monétaire international et... qu'est-ce qu'il y a encore sur le feu, cette semaine? Ah oui, un décret obligeant les planteurs à vendre aux fermiers qui le désirent leur maison et leur lopin de terre.

– C'est exactement ce que j'ai fait! Les plantations de canne à sucre de l'autre côté de la rue ne font plus partie du domaine d'Elcuthera. J'ai vendu des lopins et j'ai même offert certains champs à des personnes âgées, dit Francis sans dissimuler sa joie d'avoir anticipé la loi. J'ai toujours fait ce que j'ai pu, mais je ne suis pas le seul dans ce cas.

– Vous n'êtes pas tant que ça, dit Patrick.

Il soupira.

– Tout va trop lentement, c'est ce qui m'ennuie. Il y a tant de choses à faire!

– Vous semblez préoccupé. Les choses ne vont pas si mal, pourtant. Personne ne meurt de faim et, depuis les élections, de nouveaux espoirs sont permis.

– C'est un moment difficile. Nicholas voyait juste, sauf qu'il combattait le mal par le mal.

– Tout en se remplissant les poches! lança Kate.

Patrick continua, comme s'il éprouvait le besoin de faire le point de la situation :

– Il ne faut pas se leurrer, j'ai bénéficié de l'aide de l'extrême gauche. Les jeunes qui se sont battus contre la police secrète et qui se sont joints à nous pour reprendre l'émetteur radio venaient presque tous de groupuscules gauchistes, auxquels Will appartient – même s'il s'en défend. A ce moment-là, on avait cruellement besoin d'eux...

Patrick marqua une pause. Les yeux rivés sur lui, la petite assemblée l'écoutait en silence.

– Dans les situations critiques, on prend tous les appuis qui se présentent. Mais il ne faut pas oublier que Cuba est sous l'emprise des Soviets, et cela, à deux pas de chez nous. Tout est prêt : les camps d'entraînement, les fusils soviétiques, les bateaux de patrouille, les commandos, les sous-marins, les camions et les tanks. Dès qu'ils jugeront le moment opportun, ils seront ici, à Saint-Félice.

Et ce sera pire qu'avec Nicholas, pensa Francis. Cela ne finirait donc jamais!

– Ils ont déjà endoctriné la jeunesse, ajouta Patrick tristement.

– Tu penses à Will! Ce gosse t'a fait trop de mal! protesta Désirée. Je regrette...

– Que nous en ayons fait notre fils?

– Oui, dit-elle calmement. Toi aussi, d'ailleurs. Reconnais-le!

– Je n'avais pas le choix. Si c'était à refaire, je recommencerais.

Les yeux de Patrick se posèrent sur le tableau.

– Mais parlons d'autre chose. Quel chef-d'œuvre! Je n'ai jamais vu un Da Cunha aussi réussi. Alors, Francis, vous vous en allez vraiment?

– Oui, le mois prochain. Tous les papiers seront signés la semaine prochaine, si bien que nous pourrons partir en juin.

Francis regarda Patrick droit dans les yeux.

– Je ne suis pas très fier de la façon dont ce départ s'organise. Tous ces gens, le casino, l'argent et tout ce que cela implique pour la région... cela me dégoûte et je suis content que vous vouliez mettre un terme à cette situation. Mais aucun autre acquéreur ne s'est présenté et je n'avais pas d'autres possibilités. Je dois vraiment partir.

– Je sais, dit Patrick. Excusez-moi, puis-je me permettre de vous poser une question : et Kate?

Francis sentit son cœur se serrer et ses yeux s'embuèrent de larmes.

– Elle comprend.

Seuls les bruits de la vie nocturne brisaient le silence. Désirée, avec un tact dont Francis lui sut gré, engagea la conversation sur le mariage de ses filles. Peut-être feraient-ils une double cérémonie... Maisie n'avait que dix-sept ans mais son fiancé était un garçon si charmant... Ils bavardèrent ainsi jusqu'au départ de Patrick et de Désirée.

Kate avait sorti son ouvrage et se mit à broder, silencieuse. Francis parla le premier.

– Tu sais, s'il n'y avait pas Megan...

– Oui, Francis, je sais.

– Je me sens si coupable! Je lui ai donné la vie sans même y penser, mais maintenant, j'en suis responsable. Je ne peux pas laisser Marjorie seule avec elle, dit-il d'une voix tremblante.

– Ça ne sert à rien de te torturer comme ça, Francis, dit Kate avec douceur.

– Je ne peux pas abandonner Megan, répéta-t-il, pour la millième fois.

Et, comme d'habitude, il continua :

– Quel malheur! C'est toi qui aurais dû avoir des enfants.

– Je n'aurais sans doute jamais quitté Lionel si nous en avions eu.

– Finalement, je me retrouve au même point que lui.

– Quelle ânerie! Tu sais, je me demande parfois si Lionel a jamais éprouvé des sentiments. Quand je l'ai quitté, il s'est senti blessé dans son orgueil, c'est tout. Alors que moi...

Elle ne termina pas sa phrase.

En la regardant broder, Francis ne put s'empêcher de l'imaginer vieille, alors que, sans doute, il ne serait plus à ses côtés.

– Qu'est-ce que tu vas faire, maintenant?

– Eh bien, continuer à vivre et à travailler au journal. Cette fois, j'expliquerai aux extrémistes que...

Il vint s'asseoir sur le sol à côté d'elle et posa la tête sur ses genoux. Une douce chaleur et une senteur de vétiver émanaient de son corps.

– Finalement, c'est mieux que tu t'en ailles. Je ne pourrais pas te partager avec Marjorie et ta fille. Ce serait un tel déchirement!

Il lui serra les poignets et la couvrit de baisers.

– Viens, murmura-t-elle.

Le clair de lune baigna son corps d'une pâle clarté, lorsque, dévêtue et tremblante de désir, elle surgit de l'ombre pour s'allonger près de lui...

Quand la vieille horloge sonna dix coups métalliques, il sursauta.

– Je dois y aller.

Kate se leva elle aussi, prit un déshabillé dans la salle de bains et le suivit dans l'escalier. Lorsqu'il se pencha vers elle pour lui dire au revoir, elle l'enlaça.

– Non, attends, j'ai quelque chose à te dire. C'était notre dernière nuit.

– Quoi? Qu'est-ce que tu dis?

– Nous ne nous reverrons plus, lui dit-elle, les yeux brillants de larmes.

– Oh non!

– Si, écoute! Marjorie rentre après-demain, dans un mois tu seras parti, c'est inutile de prolonger la souffrance, c'est déjà assez difficile maintenant.

– Ça ne pourra pas être pire!

– Mon chéri, quittons-nous maintenant. Comment peut-on survivre à ça...

– Oh, ma Kate, tu as du courage!

– Je ne sais pas; je crois qu'il faut continuer à vivre, c'est tout.

– Je reviendrai, je reviendrai te voir tous les ans.

– Non, cela serait trop dur. Mieux vaut en rester là.

Il la serra plus fort contre lui.

– C'est difficile maintenant, bien plus difficile que lorsque nous nous détestions. Et, en cinq ans, les choses ont changé, pour toi comme pour moi.

– Je t'aime, Kate, je t'aime.

Un tourbillon de souvenirs lui traversa l'esprit.

– J'aime le dessus-de-lit brodé, les assiettes décorées, les deux chiots qui dorment sous la table, la porte qui grince, ta brosse en écaille de tortue, ta façon de chanter dans la cuisine, de jouer du Brahms à tout instant, de danser, j'aime tes cheveux qui volent au vent...

Il pleurait.

Tendrement, elle essuya ses larmes et ouvrit la porte.

La nuit était claire; les arbres découpaient sur le ciel de grandes ombres d'un noir profond.

– Tu te souviens, je t'ai déjà parlé des prêtres incas qui rendaient hommage au lever du soleil. Où que tu sois, Francis, rends-lui hommage toi aussi, et je saurai que tu es vivant. Chaque fois que je verrai l'aube se lever, je penserai à toi.

Il conduisit comme un somnambule, se jeta sur son lit tout habillé et resta là, à plat ventre, immobile jusqu'au matin.

24

Will descendait la colline en direction des bidonvilles. Les toits de tôle ondulée et les épaves de voitures étincelaient sous les dernières lueurs du soleil couchant. Sans connaître la misère qu'ils dissimulaient, on aurait pu se laisser séduire par cette myriade de scintillements argentés. De l'autre côté de la baie, s'élevaient les luxueuses constructions du cap Molyneux. Du moins Patrick n'avait-il pas succombé à la fascination du luxe! A la fin de son mandat, il retournerait dans la modeste maison de Library Hill, qu'on avait louée en attendant.

Will n'avait pas voulu s'installer dans la résidence du Premier ministre et avait également décliné l'invitation de Clarence à venir habiter chez lui. Lorsqu'il ne s'absentait pas de la région, il vivait ici et là, hébergé par quelques amis.

Ce soir-là, il se rendait à un meeting important. Avec ses chaussures à semelle de crêpe, il avait l'impression de voler. Il était si absorbé par ses pensées qu'il faillit ne pas remarquer la silhouette qui lui faisait des signes, de l'autre côté de la route. C'était le vieux prêtre, le père Baker.

– On fait un bout de chemin ensemble, Will?

– Je tourne à Bay Road.

Will ne se sentait pas d'humeur à entendre des discours pieux.

– Je suis allé rendre visite à ma vieille cuisinière, à Merrick Road. Elle est malade.

– Vous n'avez pas peur de vous promener par ici? Ce n'est pas un endroit très sûr.

– On ne peut pas toujours vivre dans la peur, et ma foi me préserve du danger.

– La foi en Dieu?

– Dieu est présent partout.

Malgré lui, Will se piqua au jeu.

– Pensez-vous que Dieu entende vos prières et qu'Il y réponde?

– Il nous entend, même s'Il ne juge pas toujours nécessaire de répondre à nos vœux.

– Alors, dites-moi, pourquoi a-t-Il créé le monde pour nous abandonner ensuite?

– Je n'ai pas dit qu'il nous avait abandonnés. Il ne nous aurait pas créés, dans ces conditions.

– Eh bien, moi, je pense qu'un Dieu digne de ce nom ne nous laisserait pas vivre tant d'atrocités. Pour moi, Dieu n'existe pas.

– Will, est-ce que tu crois en l'homme?

– Bien sûr, l'homme, je le vois, je peux le toucher.

– Tu crois au pouvoir de l'homme et en ses luttes?

– Parfois. Souvent, même.

– Tu crois donc en toi-même et en ta volonté de faire le bien. Alors un jour, tu rencontreras la foi, car Dieu est bon et la bonté vient de Dieu.

Will haussa les épaules.

La respiration haletante du vieil homme couvrait le bruit de leurs pas.

– Comment va ton père, Will? Je ne le vois plus beaucoup depuis qu'il est si occupé.

– Bien, je suppose. Je ne le vois pas beaucoup non plus.

– Le sel de cette terre! Nous avons de la chance d'avoir un homme comme lui. Je te quitte ici. Au revoir, Will.

Will jeta un dernier regard sur le prêtre qui s'éloignait, les yeux rivés au ciel, inhalant avec béatitude l'air du soir. Que de paroles vaines! Le vieil homme était plein de bonnes intentions mais si éloigné de la réalité... Will avait trop souvent entendu parler de fraternité, de Dieu et d'amour! Pendant ce temps-là, le prêtre restait bien à l'abri, protégé par les lourds remparts de l'église, écouté et respecté de tous. Un beau parleur, un philosophe, sûrement pas un homme d'action. D'une certaine manière, Patrick n'était pas sans lui ressembler. Certes, il avait pris part au combat, personne ne pouvait le nier, mais quelle naïveté!

Pleins à craquer, les derniers bus venant de Covetown traversaient la campagne dans la nuit tombante.

Au milieu d'un petit chemin, Will s'arrêta prendre un ami au passage.

– Clifford est là?

– Non, il va revenir dans cinq minutes. Entrez un moment.

Will pénétra dans la petite baraque de tôle ondulée. Un vieux four, une table et quelques chaises constituaient tout le mobilier. Dans l'unique chambre, tapissée de portraits d'acteurs de cinéma découpés dans des magazines et de cartes de vœux des fils partis pour l'étranger, on avait disposé des couvertures à côté du grand lit. Là dormaient les enfants.

– Asseyez-vous, dit la grand-mère. Il est parti chercher du lait pour les gosses.

« Les gosses »! Ils étaient cinq ou six à vivre là, frères, sœurs, neveux et nièces de Clifford. La grand-mère, dont les cheveux commençaient à peine à blanchir, était encore valide et s'occupait de l'entretien de la maison.

– Vous allez à un meeting?

Et, sans même attendre la réponse de Will, elle ajouta :

– Je vais à la prière une fois par semaine. Vous allez aussi à une réunion religieuse?

– Oui, en quelque sorte.

La vieille dame le regarda sévèrement.

– Vous n'allez pas vous attirer des ennuis? La famille Drummond n'a jamais rien eu à se reprocher. Nous sommes une famille honnête.

Will s'apprêtait à la rassurer lorsque Clifford entra. Avec sa peau claire et ses cheveux crépus, Clifford avait l'air d'un Africain blanc.

Il déposa le lait sur la table.

– T'es prêt?

Ils longèrent quelques ruelles avant d'arriver dans une petite cour, derrière un dancing, où une soixantaine de jeunes étaient déjà rassemblés. On avait installé un petit podium et quelques chaises. Il n'y avait plus de raison de rester dans la clandestinité : Patrick avait tenu parole quant à la liberté d'expression.

La lumière vacillante des bougies éclairait l'assistance : des visages noirs, des visages de travailleurs à l'exception de quelques jeunes Blanches. Des émules des années 60 qui cherchent à vivre la grande aventure, pensa Will méchamment.

L'orateur, que Will connaissait pour l'avoir

entendu à plusieurs reprises à l'étranger, monta sur le podium. Toujours cette même prestance et ce parfait accent d'Oxford.

D'une voix posée, il commença.

– Qui êtes-vous? D'où venez-vous? Que faites-vous ici? Je sais que la plupart d'entre vous méconnaissent l'histoire de leur peuple. J'ai beaucoup voyagé et je suis souvent allé sur les côtes africaines, d'où vos ancêtres, arrachés à leurs forêts et à leurs tribus, et enchaînés, ont été déportés jusqu'ici.

» En trois siècles, plus de quinze millions d'hommes et de femmes ont fait ainsi le voyage, dans des conditions épouvantables. Pendant des semaines, affamés, ils ont vécu entassés dans les cales, dans la crasse et les immondices. Combien, pour échapper à ce sort infâme, fous de désespoir, se sont-ils jetés par-dessus bord, entraînant leurs compagnons dans la mort?

Immobile et fascinée, la petite assemblée écoutait ce récit, si souvent entendu. L'orateur brandit une feuille de papier.

– Regardez! J'ai trouvé à la bibliothèque de Covetown un document intéressant. C'est un extrait du testament d'un planteur qui vivait à Saint-Félice à l'époque de la domination française. Il recense toutes ses possessions, parmi lesquelles ses esclaves : Pierre, vingt-huit ans, 400 francs, Georgette, dix-sept ans, 400 francs, des jeunes gens vigoureux! Marnie, soixante-huit ans, seulement 200 francs, elle n'a plus que quelques années de travail à accomplir. Vous ne savez sans doute pas ce que représentent ces sommes. Eh bien, avec ça, vous ne pourriez pas vous offrir une soucoupe en argent chez Da Cunha!

Il tendit la main, comme pour soupeser des objets.

– Une femme, une soucoupe.

Evoquer des faits aussi lointains ne servait plus

aujourd'hui qu'à faire monter la colère du peuple, ce qui était loin d'être inutile, mais, aussi brillants fussent-ils, les orateurs n'étaient pas les véritables dirigeants. Des hommes, froids et anonymes, en étroites relations avec Cuba et agissant dans le plus grand secret, prenaient les affaires sérieuses en main. Malgré sa jeunesse, Will avait su gagner la confiance de Cortada, le responsable de la guérilla que menait le Parti communiste en Amérique latine et aux Caraïbes.

– Aujourd'hui encore, vous êtes des étrangers dans votre pays. Qui vit dans les magnifiques hôtels de verre et d'acier? Qui se prélasse dans les luxueuses propriétés, au milieu des champs de canne à sucre?

» Oui, mais maintenant vous avez votre propre gouvernement, vous dira-t-on! Ah oui, une belle bande d'incompétents mielleux, singeant les Européens, qui ont tout bonnement pris la place de vos anciens maîtres! A part la couleur de la peau, rien n'a changé!

Au fond de la cour, deux hommes firent un signe à Will qui jeta un coup d'œil sur sa montre. C'était l'heure.

Il avait rendez-vous sur la plage. Clifford lui emboîta le pas.

– Quel homme, quel discours!

– Oui.

Will devait à tout prix se débarrasser de lui.

– Où vas-tu, Will?

– Chez mon grand-père, je le lui ai promis.

– Ah bon? Tu ne préfères pas aller danser?

Un groupe de filles se tenait devant le bar, esquissant quelques pas de danse sur la musique du juke-box.

– Pas le temps.

De toute façon, les filles ne l'intéressaient guère, son temps était trop précieux.

– Bon, je vais rentrer, alors.

Ils se dirigèrent vers la maison de Clifford. Dans le ciel, d'énormes nuages commençaient à recouvrir le mince croissant de lune. La nuit était très sombre.

– Tu te souviens quand tu m'as raconté que tu avais mis le feu à Eleuthera? Je croyais que tu te vantais! A l'époque, je ne te croyais pas.

Will regrettait d'en avoir parlé, même à l'un de ses meilleurs amis. C'était toujours une erreur de parler.

– Une gaminerie! Ce genre de crânerie ne sert jamais à rien.

Il se tut.

Enfin débarrassé de Clifford, il se faufila à travers les ruelles et se dirigea vers la plage. Au loin, on entendait chanter des cantiques. Encore des prières, toujours des prières!

Il passa devant la cour enfumée d'un petit bar où des hommes s'agitaient autour d'un combat de coqs. Distraction stupide!

Il lui faudrait marcher environ cinq kilomètres sur la plage avant d'atteindre la petite crique isolée, protégée des regards indiscrets par de grands plants de canne. Là se trouverait le bateau, chargé de fusils et de grenades. La mer était encore grosse si bien qu'aucun pêcheur ne surprendrait le débarquement.

Will discernait à peine, de l'autre côté de la baie, la longue plage de sable fin où, pendant la journée, les touristes se doraient au soleil, indifférents aux colporteurs faméliques qui proposaient des babioles en osier et des coquillages. Il trébucha sur un tas de bagasses. Clarence lui avait autrefois parlé de ces tiges de canne qui attiraient les bancs d'anguilles de mer à la surface de l'eau. Un bref sentiment de nostalgie s'empara de lui au souvenir du vieil homme.

Un pêcheur solitaire réparait une petite embarcation dont l'un des flancs béait.

– Que s'est-il passé? demanda Will.

– Oh, rien, une mesquinerie.

– Une mesquinerie?

– Les gens sont jaloux. Ils pensent que vous avez un plus beau bateau ou plus de chance à la pêche, alors...

La rançon de la misère!

Un clapotis sur ses chaussures : la marée montait. Un yacht, tout illuminé, retournait au port après une croisière. Les tables étaient dressées. Homard et champagne. Un jour, tout cela sauterait!

Discours, syndicats, partis politiques, négociations! Foutaises! Il fallait se battre.

Patrick! Il se souvint du goût des bananes et du chocolat. « Non, je ne bats pas mes enfants. » Le visage sérieux, penché sur un livre... Quel dommage de l'avoir perdu! Car tout était fini entre eux depuis le jour où Patrick l'avait interrogé à propos de l'incendie d'Eleuthera et n'avait pas voulu croire à l'innocence de son fils.

Patrick avait toujours été un idiot, un idiot au grand cœur! Will donna un coup de pied dans le sable. On ne pouvait pas s'offrir le luxe de faire du sentiment à la veille de la révolution!

Enfin il aperçut la sombre silhouette d'une voiture et d'un petit camion dissimulés dans les plants de canne. A peine éclairé, le bateau approchait du rivage.

Non, ce n'était pas le moment de faire du sentiment!

LIVRE V

Adieux et retrouvailles

25

Ses mains noueuses agrippèrent les couvertures. Tenaillée par d'atroces douleurs, Agnès s'allongea et laissa tomber sa tête sur l'oreiller.

– Je vais dormir un peu.

Patrick avait envie de vomir; il sortit dans la cour. Devait-il croire ce qu'elle venait de lui confier dans l'obscurité de la petite chambre?

Assise sur un banc, la femme chargée de soigner Agnès écossait des petits pois. Impressionnée par le titre de Patrick et par la grande limousine noire qui l'avait amené de l'aéroport, elle se leva respectueusement.

– Asseyez-vous.

Tremblant d'émotion, Patrick faisait les cent pas dans le jardin ombragé. Deux épaisses rangées de bambous protégeaient un petit carré de légumes. Lorsque Agnès avait décliné son invitation à le rejoindre à Saint-Félice, il lui avait offert cette maisonnette confortable. Elle pourrait ainsi, selon son désir, mourir là où elle était née.

Il se ressaisit et s'approcha de la femme.

– Dites-moi, où en est-elle?

– Elle va mourir. C'est le cancer, répondit-elle d'un ton apitoyé.

– Je sais, mais n'a-t-elle pas perdu l'esprit? Peut-on croire tout ce qu'elle raconte?

– Bien sûr, vous n'avez qu'à lui parler d'argent, vous verrez!

– Elle ne délire jamais, elle n'invente pas d'histoires?

– Elle? Alors là, sûrement pas! s'exclama-t-elle, indignée.

Il retourna à l'intérieur et s'assit au bord du lit.

– Je t'ai réveillée, maman?

– Non, je ne dormais pas, je rêvassais. C'est si agréable tous ces souvenirs qui reviennent comme si le temps s'effaçait! Est-ce que je t'ai parlé de la maison des Maurier? Il y avait des jardins magnifiques, tu ne peux pas imaginer. C'était aussi beau qu'en France. J'ai vu des jardins pareils quand j'y étais.

Sa voix était si faible que Patrick devait faire un effort pour la comprendre.

– Ils allaient à Paris tous les ans, avec des domestiques. Ils ne m'ont jamais emmenée, j'étais trop jeune. Je crois qu'ils allaient s'entretenir avec leur banquier. On disait qu'ils avaient des millions de dollars. A côté d'eux, la famille Francis n'avait rien du tout!

– Je voudrais te parler de ce que tu m'as dit tout à l'heure.

– Elle disait qu'elle ne retournerait à Saint-Félice que pour y mourir. Et ça a failli arriver... J'ai appris l'incendie d'Eleuthera, tu sais. Pourquoi ne m'en as-tu jamais parlé?

– Bah, pourquoi parler de toutes ces horreurs? Et puis, je ne savais pas que... que ça nous touchait d'aussi près.

L'odeur de l'éther et la lumière du soleil qui frappait à travers les jalousies lui donnaient la nausée. Il essuya la sueur qui perlait à son front.

– Oui, elle me l'a dit, je me rappelle.
– Elle t'a parlé de l'incendie ?
– Non, non, de son retour à Saint-Félice. Mais pourquoi est-elle revenue si tôt ? Ah oui, son fils... Je perds la mémoire, ces derniers temps. Les médicaments, sans doute. Mais je me souviens très bien du passé, comme si c'était hier !
– Tu es sûre de ne pas te tromper ?
Elle fut prise de l'une de ses colères subites.
– Tu me prends pour une imbécile ! Tu crois que j'invente ?
– Mais pourquoi ne m'en as-tu jamais parlé avant ?
– Je lui avais promis de me taire. Demain, je regretterai de te l'avoir dit, je le regrette déjà.
La fidélité ! Le respect dû à une vieille famille, les vieux préjugés...
– Tu n'en parleras à personne, dis...
– Non, puisque tu ne le veux pas.
– Toute ma vie, j'ai gardé ce secret, ici, dit-elle en portant la main à son cœur. Ce n'était pas seulement pour garder son secret. Je voulais que tu sois mon fils. Tu es un homme important, maintenant. Il paraît que tu voyages partout à travers le monde.
– On exagère ! Je me suis déplacé ici et là pour chercher des fonds.
– Tu ne crois toujours pas ce que je t'ai dit au sujet de ta naissance ?
– Je...
– Donne-moi ta main. Je vais mourir, Patrick.
– Je sais, maman.
– Je ne te reverrai plus.
– Oui, je le sais aussi.
– Crois-tu que je mentirais dans un moment pareil ?

Patrick serra ses mains dans les siennes. Ses vieilles mains rugueuses, ces mains qui l'avaient nourri et bercé, qui avaient astiqué l'argenterie d'une riche famille. Agnès était sa véritable mère, et non cette autre femme, pâle et froide comme la neige. Il s'agenouilla et lui tint les mains jusqu'à ce qu'elle s'endormît.

Effondré, il sortit. Malgré la chaleur accablante, il frissonnait. Il ramassa une pierre plate et, de toutes ses forces, la jeta dans l'eau crasseuse du fossé de l'autre côté de la route. Il recommença plusieurs fois son manège sans se soucier des regards effarés du chauffeur qui l'attendait.

En silence, ils prirent le chemin du retour. Jamais Patrick ne s'était senti si triste.

Cette jeunc fille qui l'avait porté, puis abandonné... une autre femme, plus jeune que Laurine et Maisie. Dans son milieu, à cette époque, il n'était pas de pire honte que cette grossesse. La mort de ce garçon, son père... L'aurait-on tué de même s'il avait eu la peau blanche? Oui, probablement. La pression sociale! Mais qui blâmer? Il avait trop vécu, trop souffert pour condamner.

Pitié, pitié pour la jeune enfant qui m'a conçu!

Pitié pour ce garçon de couleur en proie aux affres d'un amour impossible pour une fillette fragile... Vêtue de blanc... et qui devait porter un collier de perles blanches... comme celui de Kate Tarbox... Combien de fois, en pensée, avait-il soulevé ces jupes et caressé la douce peau claire, même s'il savait que pour elle il ne serait jamais qu'un ami?

Ces images le terrifiaient tout en le fascinant. Il se sentait proche du jeune garçon intelligent et cultivé, toujours penché sur ses livres. « Tout le temps dans les bouquins! »

D'autres images. Teresa Francis à Eleuthera. Virgil, le vieil homme intraitable. Drummond Hall. Les endroits chics. Francis. Francis et lui...

Il donna une petite tape sur l'épaule du chauffeur.

– J'ai soif.

– Oui, patron, il y a un bar juste au coin de la rue.

– Je voudrais de l'eau. Pourriez-vous aller m'en chercher?

Ils roulèrent le long de petites maisons délabrées, jaune et bleu, qui, avec leurs combles et leurs fenêtres à treillage, lui rappelaient les contes de fées qu'il lisait à Laurine et à Maisie lorsqu'elles étaient enfants. Très vite, ils traversèrent la ville et rejoignirent l'aéroport. Moins d'une heure plus tard, il était de retour.

Désirée l'attendait sur le pas de la porte.

– Comment va ta mère? Est-ce qu'elle a aimé les gâteaux et le pull-over?

– Elle te remercie beaucoup.

Et il ajouta :

– Elle va bientôt mourir.

– Oh, c'est affreux!

Elle n'avait jamais vraiment pardonné à Agnès, mais sa peine était sincère.

C'était l'heure du dîner. Patrick ne s'habituait pas à cette salle à manger guindée avec ses plafonds hauts et ces serviteurs silencieux et empressés. Il regrettait l'intimité de leur vieille maison. Après le repas, ils allèrent dans la bibliothèque, et Patrick, comme à l'accoutumée, prit un livre; mais les images qui l'avaient hanté tout l'après-midi dansaient entre les lignes. S'il ne parlait pas tout de suite, il allait sûrement exploser. Une parole lui échappa :

– Sais-tu qui je suis?

– Patrick, tu vas bien? demanda Désirée, inquiète.

– J'ai mal à la tête, la chaleur, sans doute... ça va passer.

De sa main, elle effleura le front de son mari.

– Non, il y a quelque chose de plus grave. Ce n'est pas seulement ta mère!

– Non, ce n'est rien.

– Tu m'aimes encore, Patrick?

– Je suis fou de toi depuis le premier jour et ça ne cessera jamais.

– Ta vie serait différente si tu avais épousé une femme plus cultivée.

Les doutes qui assaillaient Désirée le surprenaient. Elle non plus, il ne la connaissait pas!

– C'est toi que j'ai épousée, et c'est avec toi que je veux vivre, car c'est toi que j'aime.

– Tu te fatigues trop.

Il la serra contre lui. Puis elle monta se coucher et il resta seul un long moment, tandis qu'une obscurité paisible enveloppait peu à peu le bleu profond de la baie devant lui.

Il repensa aux éclaboussures dans la petite mare, aux paroles d'Agnès, à ses sœurs noires des Caraïbes et au sang des maîtres d'Eleuthera qui coulait dans ses veines. Devant ses yeux défilaient les pâles silhouettes des femmes de la haute société blanche, un étrange mélange d'attitudes hautaines et de visages doux, de blondeurs, de soieries et de perles. Comme dans tous ses moments de détresse, Patrick scrutait la paume de ses mains, comme pour y chercher une réponse à ses questions.

Comment réagirait Marjorie si elle apprenait la vérité? Francis serait la première victime de son aigreur!

Leur prochain départ était-il une raison suffisante pour tout dire? Il ne pouvait emporter un tel secret dans la tombe. Un jour ou l'autre, quoi qu'il advienne, il lui faudrait parler.

Mais il valait mieux attendre. L'heure n'était pas venue de remettre le feu à Eleuthera.

Les vivants et les morts méritaient un peu de repos.

26

Patrick approcha sa chaise du bureau et repoussa l'un des téléphones. Trois téléphones! Nicholas devait jongler avec ces appareils pour se donner de l'importance...

Il continua de rédiger ce qu'il appelait son « discours du trône », sa première allocution depuis sa prise de fonctions. « ... Des négociations sont en cours pour l'installation de coopératives; confiantes dans la stabilité économique de notre île, deux firmes, canadienne et américaine, proposent d'implanter une usine textile qui ferait appel aux artistes locaux pour la création d'impressions originales. Un fabricant de meubles a également décidé... »

Mais c'était dans Wharf Street que se tenait le véritable pouvoir, entre les mains des banques aux noms prestigieux... celles de Londres, Montréal, New York. Si elles nous accordent des prêts... Une longue liste d'urgences lui vint à l'esprit.

Dehors, le spectacle de la rue n'avait pas changé. De sa fenêtre, il apercevait le port où un cargo attendait son chargement. Une file de femmes transportaient sur la tête des régimes de bananes depuis les camions jusqu'au bateau.

Dans le petit immeuble de brique du *Trumpet*, Kate s'acharnait au travail, dissimulant son chagrin. Quel déchirement pour Francis obligé de choisir entre Kate et une enfant retardée!

Rapide et léger comme une mouette, un taxi traversa le port et s'immobilisa devant chez Da Cunha. Après la construction des hôtels, les nouvelles boutiques s'étaient multipliées. Mais Da Cunha demeurait le favori de la clientèle aisée. Désirée raffolait de leurs robes, de leurs foulards et résistait rarement au plaisir d'y acheter quelque futilité. Il la revoyait encore – c'était bien avant la naissance des deux filles – virevoltant dans une magnifique robe blanche, courte et légère, imprimée de coquelicots écarlates. Une somme folle pour quelques mètres de tissu, mais la robe lui seyait à ravir! Après son élection, Da Cunha lui avait proposé des réductions, mais Patrick avait interdit à Désirée d'accepter. Question de principe!

Le climat politique s'améliorait notablement. Au début de son mandat, les planteurs n'avaient pas caché leur hostilité mais, depuis quelque temps, il les sentait prêts à coopérer. Avaient-ils enfin compris que Patrick était l'homme du compromis? Le samedi précédent, il avait lancé un appel aux citoyens pour une journée de travail bénévole. Les résultats étaient encourageants. On avait planté des arbres, réparé les écoles, nettoyé les hôpitaux. Pour donner le bon exemple, Patrick lui-même avait mis la main à la pâte.

Les séquelles du régime de Mebane n'avaient pourtant pas toutes disparu. Ceux qui avaient fait fortune grâce au trafic de la drogue, par exemple, ne voyaient pas d'un bon œil le nouveau gouvernement, et l'extrême gauche s'agitait de façon inquiétante.

Les Cubains envoyaient des agitateurs dans toute la région et, plus grave encore, des armes et des munitions. Patrick ne disposait pas des moyens nécessaires pour faire surveiller les côtes en permanence, surtout du côté atlantique.

Il n'avait aucune preuve, mais Patrick savait que Will était lié aux groupes gauchistes, comme il l'avait toujours soupçonné d'avoir mis le feu à Eleuthera. Au cours de leur dernière discussion, dans la cuisine de leur vieille maison, ils s'étaient disputés, et lorsque Patrick avait évoqué la présence de trente mille soldats cubains en Afrique, Will avait violemment pris leur défense.

– Tu schématises tout, Will, lui avait-il répondu. Pourquoi les gens s'enfuient-ils par milliers? Pourquoi a-t-on construit un mur à Berlin pour empêcher les travailleurs de quitter leur paradis? En plus de ça, tu te bats contre un pays, les Etats-Unis, qui, malgré tout ce qu'on en a dit, a toujours été le défenseur de la liberté et des droits de l'homme!

Autant parler à un mur!

La violence était encore sous-jacente, mais d'un jour à l'autre, tout pouvait exploser.

Dans son discours, il évoquerait aussi ce danger-là. Mieux valait dire la vérité et expliquer comment lutter pour résoudre les problèmes.

Peut-être irait-il demander conseil à Francis. En vérité, c'était pour d'autres raisons qu'il voulait voir Francis. Plusieurs fois depuis sa visite à Agnès, il avait pris la route d'Eleuthera, mais, à chaque fois, il avait rebroussé chemin. Ce soir-là, il irait jusqu'au bout : le discours était un bon prétexte.

Le coupé sport jaune vif était celui de Doris Mebane qui n'avait pas eu le temps de l'emporter dans sa fuite précipitée. La voiture, devenue propriété de l'Etat, avait été mise en vente et comme personne n'en voulait, Désirée l'avait acquise pour une somme modique.

– Un peu trop tape-à-l'œil, lui avait dit Patrick.

Mais Désirée, qui en était tombée amoureuse, y

avait mis ses quelques économies. Patrick ne l'avait encore jamais conduite.

Quel caprice le poussait ce soir-là à se mettre au volant de ce petit bijou? Les babioles coûteuses ne l'avaient jamais attiré, mais finalement ce bolide l'amusait.

Le soleil se noyait à l'horizon, mêlant ses lueurs flamboyantes au bleu profond de la mer. D'abord l'école, puis les affaires, la politique, l'argent... Que d'agitation! Mais ce coucher de soleil lui faisait oublier sa fatigue.

Deux enfants maigrichons s'amusaient sur la plage. En riant, ils se jetaient dans les vagues pour se laisser ramener sur le sable dans un bouillonnement d'écume.

Bientôt, il aperçut Eleuthera dominant les arbres avec la majesté d'un temple grec. S'il en avait le temps, un jour, il visiterait la Grèce avec Désirée.

Francis et Marjorie lisaient sur la terrasse.

– Le Premier ministre, annonça Francis d'une voix emphatique en se levant pour l'accueillir.

– Voulez-vous jeter un coup d'œil sur mon discours?

– Avec plaisir. Vous me flattez.

Après lui avoir souhaité la bienvenue, Marjorie se leva.

– Excusez-moi, mais je voudrais me coucher de bonne heure, ce soir.

Ses talons hauts résonnèrent dans l'escalier.

– Elle couve une grippe, dit Francis.

– J'espère que je ne vous dérange pas.

– Non, pas du tout.

La soirée était si calme que le hennissement lointain d'un cheval les fit sursauter.

– Il y a neuf ans que je vous ai rencontré dans votre école, dit Francis. Quel orage, ce jour-là!

– Je n'ai pas vu le temps passer! Je me sens toujours jeune. Vous allez me dire que je le suis! Mais je me surprends souvent à compter les années qu'il me reste à vivre. On est plus sensible aux choses en vieillissant. On se lève le matin et on découvre avec ravissement la fraîcheur de l'air, l'odeur du café...

Ils conversèrent ainsi un moment, parlant de tout et de rien, mais aussi du discours de Patrick. La nuit tomba d'un coup. Dans l'étable, un veau bêlait.

– Je ne savais pas que l'étable était si proche.

– Parce qu'elle ne l'était pas autrefois. Mais j'ai toujours aimé entendre les animaux, alors je l'ai fait reconstruire plus près après l'incendie.

Enfin! Ce n'est plus un problème entre nous! pensa Patrick avec soulagement.

– Quand j'étais gosse, j'aimais entendre le chant du coq! dit-il.

– Saviez-vous que nous avons des goûts communs? Kate me le dit... me le disait toujours.

Un malaise s'installait. Patrick rompit le silence.

– En tout cas, vous n'êtes pas un homme politique.

– Bah, vous non plus, au fond! Vous faites du bon boulot, mais là n'est pas votre véritable vocation. Je vous voyais mieux dans l'enseignement.

– Oh, mes nouvelles fonctions ne me déplaisent pas. Les applaudissements, la gloire, c'est humain. Il y a eu de grands moments, comme le jour de l'indépendance, quand nous avons hissé notre drapeau.

– Pour une île qu'on peut traverser en une heure à peine! Et pourtant, les problèmes ne manquent pas.

– C'est vrai. Il suffit de lire les journaux ou de regarder une carte pour s'en rendre compte.

L'Union soviétique accorde une aide d'un million de dollars par jour à Cuba. C'est terrifiant!

– De quoi défaire en un jour ce que nous aurons mis des années à construire.

Patrick croyait entendre Kate!

– Vous devriez rencontrer mon futur gendre. J'ai une grande estime pour lui et c'est un réconfort pour moi de savoir qu'il pourrait prendre la relève en cas de nécessité.

– Pourquoi parlez-vous ainsi?

– Oh, comme ça, ne faites pas attention... Je n'aime pas autant mon autre gendre, le mari de Maisie. Ils vont partir au Canada. Tout le monde s'en va, c'est désolant. Le docteur Sparrow est parti, le docteur Maynard ne va pas tarder à suivre. La fuite des cerveaux! Quel gâchis!

– Ils ont trouvé de meilleures situations ailleurs, je ne pense pas qu'on puisse les blâmer.

– Ne pas les blâmer! s'exclama Patrick, irrité. Alors que leur présence est indispensable! Que va-t-il se passer si tout le monde déserte alors que l'ennemi est aux portes?

– Vous avez déjà fait beaucoup en peu de temps, Patrick.

– J'ai fait ce que j'ai pu! Une chose est certaine : il n'y a plus de prisonniers et on ne torture plus dans les prisons. Ça, c'est fini.

– Je ne vous en avais jamais parlé, dit Francis en évitant le regard de Patrick. Mais quand j'y repense, j'ai honte de moi. Vous savez, au temps de Nicholas, quand il y a eu toutes ces rumeurs sur un ravin où on aurait jeté des cadavres, je n'avais pas voulu y croire. Pourtant Osborne aussi m'en avait parlé. Il m'avait même dit où se trouvait ce ravin.

– Pourquoi n'y êtes-vous pas allé?

– Je ne l'avais pas pris au sérieux.

– Je vois.

– En vérité, si j'étais allé jusqu'au bout, j'aurais été obligé de prendre parti.

– Tu es toujours là, Francis? demanda Marjorie du haut de l'escalier.

Puis, apercevant Patrick :

– Oh, pardon, je ne vous avais pas vu.

– Excusez-moi, c'est ma faute, je n'ai pas vu le temps passer.

– Vous pouvez rester!

Finalement, Francis raccompagna Patrick à la voiture.

– Je regrette que vous partiez, dit Patrick. J'espère que cela ne sera pas trop dur, ni pour l'un ni pour l'autre.

– Prenez soin d'elle, ne la laissez pas faire de bêtises.

– Vous pouvez compter sur moi, Francis...

Vous pouvez compter sur moi, Francis, aurait-il voulu dire, car nous sommes...

Mais il ne termina pas sa phrase.

– Tous nos espoirs reposent sur vous, monsieur le Premier ministre!

– Merci, Francis. J'aimerais vous dire quelque chose...

– Oui, quoi?

– Non, pas maintenant, il est trop tard. Que pensez-vous de cette nouvelle voiture? Un peu tape-à-l'œil, non?

– Oh non, c'est une vraie merveille! Revenez nous voir avant notre départ.

– D'accord.

Au bout du chemin, Patrick regarda dans le rétroviseur Francis qui lui faisait des signes d'adieu. Il faillit retourner sur ses pas, mais, une fois encore, il y renonça et poursuivit sa route.

Francis observa un instant les feux arrière qui, comme deux yeux de renard, disparaissaient entre les arbres.

Que de choses avaient changé depuis leur première rencontre par cette affreuse journée d'orage! Patrick menait un juste combat. Lui devait protéger la petite Megan et laisser Kate vivre sa vie, rire et aimer à nouveau. Sa gorge se serra.

Une brise légère soufflait sur le morne Bleu, faisant tinter les pales de l'éolienne. Un paradis sur terre! On pouvait souffrir sous les chaleurs torrides du désert ou dans les vents glacés de la toundra, mais pas ici, où la douceur et la pureté de la nuit rendaient toute douleur incongrue.

Francis se résigna enfin à rentrer dans la maison; il prit quelques gâteaux et prépara un verre de lait chaud pour se détendre un peu. Avant de monter se coucher, il passa dans la chambre de Megan. L'enfant était endormie. Il remonta la couverture sur ses épaules et replaça le petit ours en peluche à côté d'elle. Quels rêves pouvaient bien traverser son pauvre petit esprit?

Dans sa chambre, il prit un magazine et finit par trouver le sommeil.

Il était 11 heures du soir, à la montre du tableau de bord, quand la voiture de Patrick prit le dernier virage et se glissa dans l'allée qui menait aux grandes portes de sa nouvelle demeure.

La balle traversa le pare-brise et le toucha au front. La voiture fit une embardée et vint s'écraser contre un pilier de granit. Elle prit feu presque aussitôt et, quelques instants plus tard, il n'y avait plus qu'une carcasse calcinée devant la résidence du Premier ministre.

27

Une fois encore, l'île était à feu et à sang!
Les dépêches d'agence se succédaient :

« Les groupes d'extrême gauche et d'extrême droite se rejettent mutuellement la responsabilité de l'assassinat du Premier ministre, Patrick Courzon. Saint-Félice connaît une nouvelle vague de violence. Hier, les forces gouvernementales ont repoussé une attaque contre les bâtiments de la radio, mais ailleurs dans l'île, les installations essentielles ont changé de mains plusieurs fois au cours des dernières quarante-huit heures. Deux casernes ont déjà été incendiées. Les forces gouvernementales ont découvert plusieurs caches d'armes appartenant à divers groupes d'opposition, recelant en particulier des cocktails Molotov, du plastic et un stock important d'armes légères. »

« Le vandalisme fait rage à Covetown. Le nouveau chef du gouvernement, Franklin Parrish, a décrété le couvre-feu de 6 heures du soir à 6 heures du matin. »

« Trois jours après l'assassinat du Premier ministre, le calme est enfin rétabli à Saint-Félice. On compte environ une vingtaine de morts et autant de blessés. La police a procédé à une centaine d'arrestations et le couvre-feu a été levé. Il semble qu'au cours de ces événements le gouvernement en place ait bénéficié d'un très large soutien de la population. »

Le matin du quatrième jour, Patrick fut enterré. Une foule immense avait envahi la cathédrale et s'était massée sur les marches et dans les rues alentour.

– C'était un homme modéré et sans haine aucune, dit le père Baker en commençant son oraison. Patrick Courzon possédait une extraordinaire bonté d'âme, et c'est cette générosité et non l'ambition personnelle qui l'a conduit à consacrer sa vie à une cause juste. Qui l'a tué? C'est la question que nous nous posons tous.

Les assassins ne pouvaient être que ceux qu'il avait le plus aimés, Nicholas et Will, songeait Francis.

Revenu quelques heures auparavant de l'île où il se trouvait le jour de l'assassinat de Patrick, Will était assis près de Clarence en larmes, de Désirée et des filles de Patrick.

Des deux côtés, on avait de sérieuses raisons d'éliminer ce défenseur de la paix et des libertés individuelles.

– Quel soulagement de quitter cet enfer! murmura Marjorie à l'oreille de Francis.

Francis ne répondit pas. Il avait la nausée. Les rayons de soleil qui perçaient à travers les vitraux, les odeurs d'encens et la foule compressée l'étouffaient.

La chaleur! Ce n'était plus seulement Eleuthera qui était la proie des flammes, mais toute l'île, le monde entier! Il devait avoir émis un gémissement sourd car Marjorie se tourna vers lui, inquiète.

– Tu ne te sens pas bien?

– Non, j'étouffe.

– C'est bientôt fini, tant mieux. Regarde qui est là.

A quelques rangs de là, dans une chapelle latérale, Kate était assise, son petit chapeau de paille sur la tête. Son chapeau de cérémonie, disait-elle, car il était joli et allait avec tout. Elle le rangeait en haut du placard, dans un sac en plastique, à côté de sa raquette de tennis et de son polo rayé rouge et blanc.

Depuis quinze jours, il ne l'avait pas revue et sans doute ne la reverrait-il jamais. Il n'avait pas eu le temps de la connaître vraiment. Il pouvait prévoir avec exactitude toutes les réactions de Marjorie, mais Kate le surprenait toujours. Comme un écho, des mots latins résonnèrent en lui : *Nihil humanum mihi alienum.* Rien d'humain ne m'est étranger. Rien d'animal non plus, songea-t-il en souriant. Et il revit ses chats de gouttière, ses chiens, ses oiseaux...

On emportait le cercueil... L'orgue jouait une marche funèbre. La foule s'était écartée pour laisser le passage. Des milliers et des milliers de visages, des jeunes surtout, contenant à peine leur colère.

Un vieux Chinois tout ridé aborda Francis.

– Vous le connaissiez?

– Oui, très bien. Et vous?

– Je l'ai connu quand il était jeune. Mais je m'en souviens bien. J'avais une petite boutique à Sweet Apple et il y venait souvent. Je m'appelle Ah Sing.

Le vieil homme enfonça ses mains dans ses larges manches. Ce geste bien chinois, il ne l'avait point perdu après cinquante années passées à Saint-Félice.

– Ce n'est pas quelqu'un qu'on oublie facilement.

Francis approuva d'un signe de tête.

– Je ne vais pas au cimetière, dit Marjorie. Tu y vas, toi?

– Oui, et ensuite j'irai chez Clarence. Désirée me l'a demandé.

– Entendu. Moi, je ne les connais pas assez. Je vais me faire raccompagner.

Désirée se reposait dans une chambre et seuls

Clarence, Will et Franklin se trouvaient dans la pièce principale lorsque Francis entra.

– Ce pourraient être aussi les hommes de Mebane, disait Will. Vous accusez toujours l'extrême gauche.

– Je n'ai pas dit le contraire, répondit Clarence. Mais ce n'est pas sûr. Tu ne vas pas me dire que toi et tes amis vous ne tuez jamais!

– Tu ne comprendras jamais!

– Tout ce que je comprends, c'est que tu t'en moques!

– Je ne pense pas qu'il voulait dire... Ne sois pas trop dur, dit Franklin en essayant de calmer la colère de Clarence.

– Vous croyez que je suis indifférent à tout, parce que j'essaye d'avoir un point de vue plus large. Bien sûr, j'ai de la peine. Mais qu'est-ce que la mort d'un homme à côté de la souffrance de millions d'individus?

– C'est toujours la même chose avec vous! L'individu n'est rien à côté des masses. Mais qu'est-ce que tu fais de la famille, des amis? Votre pitié ne s'adresse qu'aux masses, jamais à l'individu!

– Ce n'est pas vrai. Mais Patrick se fourvoyait. Ses discours, ses lois... ça ou rien!

– La seule chose qui est sûre, c'est que vous tous autant que vous êtes vous n'aboutirez à rien!

Hors de lui, Will se leva. Un vrai fanatique!

– Où vas-tu? demanda Clarence.

– Aux Tranchées, chez des amis.

– Chez des amis! Tu peux rester ici, si tu veux.

– Non. Merci quand même pour la proposition.

– Et après, où iras-tu? insista Clarence.

– A Grenade, dans une quinzaine de jours.

– Et ensuite, à Cuba, je suppose?

– Je ne sais pas, peut-être. Je viendrai te dire au revoir.

Il partit en claquant la porte.

– Quel gâchis! dit Francis.

– Oui, et ils sont nombreux dans ce cas.

– Patrick disait toujours que vous pourriez lui succéder, et maintenant...

– Si je suis élu, je poursuivrai ce qu'il a commencé. Mais il y a tant à faire! Le terrorisme, la fuite des cerveaux...

Patrick ne s'était pas trompé, Franklin irait très loin. Il était sûr de lui, sans arrogance. Peut-être même se révélerait-il plus fort que Patrick. D'abord, il était plus jeune, mais surtout il n'était pas déchiré par ce conflit intérieur, cette interrogation douloureuse sur son identité qui avait agité Patrick.

– J'ai eu une drôle d'impression, tout à l'heure, au cours de l'office, dit Francis. Pendant un instant, j'ai vu le monde entier à feu et à sang. Mais je suis rassuré maintenant que je vous ai entendu.

– On arrive toujours à maîtriser les incendies, répondit calmement Franklin.

Désirée descendait l'escalier. Son abondante chevelure noire retombait sur sa robe de deuil. Même aujourd'hui, elle était très belle.

En l'entendant descendre, Maisie sortit de la cuisine.

– Qu'est-ce que tu vas faire, maintenant, maman? demanda-t-elle.

– Je ne sais pas.

– Tu peux venir avec nous, tu as toujours eu envie de partir.

– Oui, mais ton père voulait rester.

– Si vous restez, dit Franklin, vous pourrez nous aider à réaliser ce que Patrick avait commencé.

Désirée regarda la pièce, les objets familiers parmi lesquels elle avait grandi. Elle demeura silencieuse un long moment. On respecta son silence.

– Je reste. Je vivrai... comme j'aurais vécu si...

Le moment était venu de laisser seule la famille. Francis se leva. Franklin l'accompagna jusqu'à la porte.

– Je crois qu'on pourra faire de Saint-Félice un pays où il fera bon vivre, dit Franklin.

Francis rentra la voiture au garage et s'éloigna de la maison. Comme il l'avait fait si souvent, il descendit la colline, franchit la passerelle au-dessus de la rivière et s'assit sur la pierre plate qu'il aimait bien, au bord de la petite plage. Les merles, qui grappillaient des baies, s'envolèrent en piaillant dans un grand bruit d'ailes. Il demeura là longtemps, songeur. Il ramassa une feuille à ses pieds et, doucement, en caressa du doigt les veines roses. Il était si tranquille que les oiseaux, rassurés, se hasardèrent à nouveau près de lui. Lorsque, longtemps après, ils s'envolèrent, il était toujours assis à la même place, immobile.

Une atmosphère de douce sérénité régnait sur les berges de la rivière. Plus un souffle d'air. Le silence. Sans bruit, les vagues légères effleuraient le sable mouillé.

Il n'y avait pas si longtemps – et pourtant, tout lui semblait si loin – il était venu s'asseoir au bord de cette rivière, songeur comme aujourd'hui, puis il s'en était allé annoncer sa capitulation à Marjorie.

Il se leva et se mit à faire les cent pas, seul, dans le lourd silence de cette fin d'après-midi.

Une évidence s'imposait à son esprit : il ne pouvait pas vivre sans elle. Il croyait la voir sur la colline, malheureuse, le suppliant de rester. Kate! Il l'aimait, il aimait cette île, la vie et jusqu'à cette drôle de chenille jaune et noire! Il fit un pas de côté pour l'épargner. Que de temps perdu!

Il se précipita vers la maison, courant tout le long du chemin.

Marjorie prenait le thé sur la terrasse. Elle s'était changée et portait des vêtements clairs : en ville, pour des funérailles, il eût été indécent de porter de telles couleurs.

– Tu es pâle comme la mort, dit-elle.

– Il n'y a pas de quoi se réjouir.

– On a eu de la chance qu'ils ne l'aient pas suivi jusqu'ici. On aurait pu tous se faire assassiner en même temps que ton cher ami.

Francis s'assit et se passa la langue sur les lèvres. Jamais il ne s'était senti si loin d'elle. Même un enfant aurait compris qu'ils n'avaient rien à faire ensemble.

– Emmène Megan, je reste ici.

– Quoi?

– Il vaut mieux arrêter ce gâchis.

– Quel gâchis? De quoi parles-tu?

– Je parle de nous deux. Il n'y a plus rien entre nous. Tu as envie de partir, moi pas.

Elle se leva d'un bond, bousculant le service à thé.

– Tu veux épouser Kate Tarbox!

– Oui.

– Je savais que tu étais allé chez elle la nuit où l'on a annulé les élections. Je le savais! Mais je ne voulais pas t'accuser sans preuves. La garce!

– Tais-toi, Marjorie!

– Je le savais dès le premier jour, à Eleuthera!

– Alors, tu en savais plus que moi.

– J'aurais dû t'arracher les yeux, comme ça, tu ne l'aurais plus regardée.

– A d'autres! En réalité, tu ne m'aimes plus depuis longtemps.

Marjorie sanglotait de rage. Francis lui prêta son mouchoir.

– Nous ne faisons même plus l'amour ensemble.

– Pour les ardeurs que tu montres!
– Je sais, mais tu aurais dû comprendre! Je suis jeune... A quoi riment ces deux lits?
– Ne parle pas si fort. Tu veux que les domestiques nous entendent?
– Les domestiques! Ce sont des hommes comme nous! Tu crois qu'ils n'ont jamais rien vu?
– Fais moins de bruit. Megan dort. Tu vas l'effrayer.
Tout d'un coup, Francis murmura:
– S'il n'y avait pas eu Megan, tout cela serait fini depuis longtemps. On s'est servis d'elle, tous les deux! Je n'aurais jamais dû te faire venir ici.
– Je me suis toujours occupée de la maison, j'ai accueilli tes invités...
– Oui, je sais.
Mais cela ne date pas de Saint-Félice, songeait-il, l'abîme entre nous se serait de toute façon élargi.
– J'ai fait de mon mieux pour m'occuper de cette pauvre Megan.
Un lourd silence s'installa entre eux. Elle poursuivit :
– Mon enfant n'aurait jamais été comme ça s'il n'y avait pas eu des antécédents dans ta famille.
– Inutile de rappeler des choses pareilles, dit-il sombrement.
– Apparemment si, puisque tu cherches à te débarrasser de nous, pour un bout de terrain et une autre femme.
Elle cherchait à rabaisser ses sentiments. Il ne pouvait le permettre.
– Ce n'est pas du tout ça. Je continuerai à m'occuper de vous, même si tu changes de vie.
– Hein? Mais comment, puisque j'ai sacrifié ma vie pour toi?
Qu'aurait-elle fait d'autre, de toute façon, si elle n'avait pas « sacrifié sa vie »? Non, il était injuste.

Elle était intelligente et on était en 1980. Dans d'autres circonstances, elle aurait pu choisir une autre voie.

– Tu veux peut-être dire que je vais trouver un autre mari, un homme riche?

– Pour le moment, on n'en est pas là! Mais je m'occuperai de Megan, quoi qu'il advienne. Et j'espère que tu rencontreras quelqu'un avec qui tu t'entendras mieux.

– Et Megan? Tout d'un coup, tu veux te séparer d'elle.

– De toute façon, c'était inévitable. Il faut qu'elle aille dans une école spécialisée, tu le sais bien. Depuis sa naissance, c'est comme si plus rien d'autre ne comptait. On ne peut pas continuer comme ça. On fera tout ce qu'on peut pour elle, mais...

– Salaud!

– Pourquoi? Parce que cette fois-ci c'est moi qui veux mettre fin à ce mensonge perpétuel? Le mois dernier, c'était pourtant toi qui menaçais de t'en aller. Tu es blessée dans ton orgueil, c'est tout. Mais ne t'inquiète pas, je laisserai entendre que c'est toi qui m'as quitté.

– Salaud!

– Oh, si ça peut te soulager...

– Va te faire foutre!

Les poings serrés, elle pleurait. Elle avait honte de laisser couler ses larmes devant lui; il le savait et détourna les yeux. Elle sortit en claquant la porte. Ses talons hauts résonnèrent dans l'escalier.

Quelques jours plus tard, un matin de bonne heure, son miroir lui renvoya l'image d'un homme fatigué, les yeux cernés, les traits tirés par les soucis et le manque de sommeil. Il parlait à voix haute.

– Même si c'est douloureux, il vaut mieux affronter la réalité. Un divorce est toujours affreux. C'est un constat d'échec. Au début, on croit que ça va durer toujours... Quelle folie! Quand je pense à la haine qu'il y a entre nous, maintenant. Non, pas de la haine, du dépit. Elle souffre plus que moi. Sans doute trouvera-t-elle un autre homme, un type de Wall Street, quelqu'un de moins passionné. Peut-être, au fond, était-elle plus heureuse que Kate et lui, qui exigeaient tout l'un de l'autre. Peut-être.

Dans un coin de la terrasse, il avait fait construire une mangeoire pour les oiseaux, pour amuser Megan, mais l'enfant ne pouvait concentrer son attention plus de trente secondes. Marjorie se tenait à côté d'elle. Déjà elle lui paraissait étrangère.

A son approche, elle tourna vers lui un visage défait.

– Eh bien? dit-elle froidement.

– Tu vas mieux?

– Comme si ça t'intéressait!

– Tu n'es pas obligée de me croire.

– S'il y a quelque chose qui me dégoûte, c'est bien l'hypocrisie.

– J'ai peut-être beaucoup de défauts, mais pas celui-là.

Elle se mordit les lèvres.

– Tu ne crois pas que tout cela pourrait se passer plus tranquillement, Marjorie?

– Tranquillement! Et pourquoi pas poliment pendant que tu y es?

– Pourquoi pas? Tu veux partir, autant partir en paix.

– Alors qu'une autre femme n'attend que ça pour se précipiter dans mon lit!

De ses grands yeux vides, Megan les observait. Comprenait-elle ce qui se passait?

– Marjorie, dit-il avec douceur, je voudrais te dire que tu es toujours une femme désirable et que les gens se retournent sur toi dans la rue.

– Que veux-tu que ça me fasse!

Marjorie se couvrit le visage de ses mains. Lentement, elle s'éloigna à l'autre bout de la terrasse et s'assit en lui tournant le dos. Quelques minutes passèrent. Elle releva la tête.

– D'accord, Francis, on arrête, dit-elle rapidement. J'irai à Mexico, ou ailleurs, là où les formalités sont le plus rapides. Tu es content?

– Il n'y a pas de quoi se réjouir.

– Tu garderas Megan jusqu'à ce que tout soit réglé.

Trop bouleversé pour répondre, Francis prit l'enfant dans ses bras et lui caressa les cheveux. Mais très vite, elle se débattit.

– Papa!

Il la laissa aller.

– Je regrette ce que j'ai dit au sujet de Megan, dit Marjorie; je ne le pensais pas.

– Tu étais en colère, et quand on est en colère, on dit n'importe quoi. Moi comme les autres.

– Non, toi, tu ne m'as jamais parlé comme ça.

Pour la première fois depuis le début de la crise, elle le regardait droit dans les yeux. Francis en fut touché.

– Je suis content qu'il ne reste pas que de mauvais souvenirs.

Des chevaux qu'on emmenait au pâturage hennissaient derrière la haie. Un enfant, l'un des fils d'Osborne, sans doute, les appelait joyeusement.

– J'ai vécu quelques bons moments ici, dit Marjorie d'une voix émue.

Malgré son orgueil démesuré, Marjorie savait rester impartiale et, lorsque tout était perdu, elle était incapable de faire marche arrière.

– Je voudrais que tu sois heureuse, lui dit Francis.

Elle serra les poings.

– J'ai horreur des échecs, et c'en est un!

– Je sais. Mais les choses iraient souvent mieux pour toi si tu acceptais que tout ne soit pas toujours parfait. J'espère qu'un jour tu trouveras...

– Quelqu'un qui m'aimera? Je ne suis pas sûre d'avoir besoin d'être aimée, en tout cas pas dans le sens où tu l'entends. Je n'ai pas peur de la solitude, même si je sors souvent. Ce n'est pas pareil. Je peux vivre seule. Peut-être qu'au fond, je n'ai besoin de personne, et que c'est pour ça que je n'ai pas pu te donner ce que tu attendais de moi.

Sincérité ou amertume? Si ce n'était que de l'amertume, et il l'espérait, cela ne durerait pas.

Il posa la main sur son épaule.

– Ne t'inquiète pas, tu pourras toujours compter sur moi.

– Je n'en ai jamais douté. Mais j'ai beaucoup réfléchi cette nuit. Je voudrais monter un magasin d'antiquités ou travailler dans ce domaine. Il y a longtemps que j'ai envie de le faire.

– Tu réussiras.

– Oui. Loin des foules, entourée de jolies choses. Je ne suis pas faite pour la politique ou les bonnes œuvres sociales. Tu as pu t'en rendre compte.

Sur la pelouse, Megan arrachait des touffes d'herbe et les portait à sa bouche.

– Non, non! cria Marjorie.

Elle lui ôta l'herbe des mains et de la bouche et consola l'enfant qui pleurait.

En les regardant toutes les deux, Francis savait qu'à travers cette enfant un lien indissoluble l'unissait à Marjorie.

– Ni toi ni moi ne voulions que cela finisse comme ça. Mais personne n'y peut rien.

Elle approuva d'un signe de tête.

– Je vais emmener Megan à la plage.

– Je reste dans le bureau. Si tu as besoin de moi...

Ils s'éloignèrent, chacun de son côté.

28

Cet après-midi-là, Francis et Kate devaient se marier dans l'ancienne église du Repos Céleste, sur la falaise adossée à la forêt. Le jour même, Francis et Tee roulaient à travers l'île.

Depuis son arrivée, deux jours auparavant, ils n'avaient cessé de parler, de Kate et de Margaret, de Marjorie et de Megan, de politique, du domaine. Ils n'avaient jamais eu une telle occasion de se retrouver depuis que Francis avait quitté l'école.

Trop d'émotions, trop de joies et de chagrins se mêlaient et une ombre de tristesse planait sur leur bonheur.

La veille, il avait accompagné à l'aéroport Megan qui devait rejoindre Marjorie à New York. L'enfant n'avait pas semblé souffrir de ce départ; il n'aurait pas pu le supporter. Elle s'était éloignée, suçant sa glace, sans même jeter un regard en arrière. Il la reverrait, bien sûr, mais cela ne serait jamais plus comme avant, une page était tournée.

– Tu penses à Megan?

– Oui.

– Elle sera mieux avec Marjorie, placée dans une institution spécialisée.

– Mais tu dis ça alors que toi, tu...

Il s'arrêta, choqué par l'inconvenance de ses propos. Mais à sa grande surprise, elle lui répondit :

– Il n'y a pas de règles valables pour tout le

monde. Je suis consciente de ce que j'aurais dû faire, même si j'ai toujours été incapable de le réaliser. Mais je ne me plains pas, je suis heureuse comme cela.

– Oui, je sais. Mais je dois te dire, j'ai toujours ressenti comme quelque chose de caché en toi. Mon père s'en inquiétait aussi, je crois.

Elle détourna les yeux.

– Tout le monde sentait que vous formiez un drôle de couple. Vous étiez si différents, tous les deux. Enfin, je sais qu'à l'époque il n'était pas facile de divorcer. Et puis, vous aviez quatre enfants.

D'une voix si faible qu'il eut peine à la comprendre, elle murmura :

– Je n'aurais jamais brisé son ménage, je lui devais tout. Mais assez parlé de moi, je suis venue pour une noce, ne l'oublie pas.

– Ce sera une cérémonie toute simple, d'autant que tu pars aussitôt après...

– Je reviendrai l'hiver prochain. C'est promis.

– Tu verras, tu aimeras beaucoup Kate lorsque tu la connaîtras mieux. Elle n'a plus que quelques cousins; ils viendront cet après-midi et tu rencontreras aussi le nouveau Premier ministre, ainsi que sa belle-mère. C'est la veuve de Patrick Courzon, tu te souviens, je t'avais parlé de lui.

– Oui, je me rappelle.

– Il me manque.

Lors de leur dernière rencontre, Patrick avait essayé de lui dire quelque chose puis y avait renoncé. De quoi s'agissait-il?

– C'est peut-être prétentieux de ma part, mais je crois qu'on se ressemblait beaucoup. Parfois, j'avais l'impression de me trouver en face d'un miroir. C'était très facile de parler avec lui.

– Comment ça se passait pour lui?

Etrange question, se dit Francis.

– Je ne comprends pas ce que tu veux dire.

– Oh... Eh bien, est-ce qu'il s'est bien adapté ici malgré ses études en Angleterre, est-ce qu'il gagnait bien sa vie?

– Il vivait simplement. Il avait eu une adolescence heureuse ici, et il adorait sa mère. Les femmes ici sont chaleureuses, ce sont des mères merveilleuses. Il avait fait un bon mariage. Désirée est très gentille, tu verras.

Il avait plu de l'autre côté de l'île et les feuillages luisaient sous le soleil. Kate, toute de rose vêtue, se tenait devant l'église. Elle embrassa Tee.

– Je suis heureuse que vous soyez venue. J'espère que cela n'a pas été trop pénible pour vous de revoir Saint-Félice.

– Je voulais revenir, et puis je ne sais rien refuser à Francis.

– Moi non plus!

Comme pour vérifier que la description qu'on leur avait faite était fidèle, les deux femmes se regardèrent un instant avant de se diriger vers la lourde porte.

Accompagnée de ses filles et de leurs fiancés, Désirée déposa un petit bouquet de roses sur l'autel dépouillé.

– On est en avance, dit Kate, le père Baker n'est pas encore arrivé. J'ai l'impression d'être Juliette attendant son Roméo.

– Patrick et moi, nous nous sommes mariés ici, par un jour de grand vent, comme aujourd'hui, dit Désirée.

– Je suis désolée! Si j'avais su, nous nous serions mariés en ville, s'excusa Kate.

– Cela ne fait rien. Regardez comme c'est beau!

Par la porte ouverte, on apercevait les rouleaux d'écume blanche qui s'écrasaient sur l'immensité turquoise de l'océan.

– Regardez! s'écria Laurine. « Ci-gisent Pierre et Eleuthère François, enfants d'Eleuthère et d'Angélique François. Ils ont gagné le paradis des saints innocents le 4 août de l'an de grâce 1702 à l'âge de huit mois. Que nos larmes baignent leur tombe! »

– En remontant assez loin, vous verrez que la plupart des habitants de cette île ont du sang Da Cunha ou François dans les veines, dit le père Baker qui venait d'arriver.

– J'aimerais faire poser une pierre ici, à la mémoire de Patrick, dit Désirée, la voix légèrement tremblante.

Tee posa la main sur l'épaule de Désirée.

– Je crois qu'effectivement l'endroit est bien choisi. Parlez-en au père Baker. Quant à moi, j'aimerais offrir cette pierre.

– Je... je ne comprends pas, dit Désirée.

– C'était... enfin on m'a dit que c'était un homme exceptionnel, et j'aimerais honorer sa mémoire.

– Dans ce cas... Je vous remercie, dit Désirée avec simplicité.

Elle avait les larmes aux yeux, mais Francis remarqua avec stupéfaction que sa mère aussi était près de pleurer.

– Voici le caveau des Francis.

Le père Baker guida le groupe vers une plaque blanche, toute neuve, sur laquelle était gravée : *A la mémoire de mon père, Richard Luther.* L'autre partie de la plaque était vierge.

– Il y a une place pour moi, quand mon heure sera venue, dit Tee.

– C'est vrai? dit Kate, surprise.

– Je ne peux pas vivre ici, mais après ma mort, j'aimerais y reposer au milieu des miens.

Pourquoi ne « pouvait-elle » pas vivre à Saint-Félice? Une nouvelle fois, Francis se rendit compte que quelque chose en elle lui échappait et lui échapperait à jamais.

– Assez de pierres tombales! Nous sommes là pour un mariage! s'exclama Laurine d'une voix enjouée.

– Vous avez raison, dit le père Baker en ouvrant son vieux livre tout râpé.

– Nous sommes rassemblés aujourd'hui...

Sans vraiment en saisir le sens, Francis se laissait bercer par les paroles du prêtre. Son esprit était ailleurs. La religion l'avait toujours laissé indifférent, mais en cet instant, il lui semblait que pour pouvoir survivre, il fallait qu'il existât quelque chose de fort à quoi se raccrocher. Toujours, il fallait croire que l'on donnait le meilleur de soi-même : que ce soit en mettant fin à un mariage qui n'aurait jamais dû exister ou, comme aujourd'hui, en commençant une vie nouvelle. Peut-être, au fond, était-il plus religieux qu'il ne l'avait cru.

A la fin de la cérémonie, il embrassa sa jeune épouse, et, pour prolonger la magie de cet instant, la petite assemblée se tint un long moment sur la falaise, face à l'océan.

– Patrick aurait été heureux de vivre cette journée avec vous, dit Désirée. Il vous aimait tant tous les deux!

– Nous l'aimions aussi, répondit Kate. Tous ceux qui le connaissaient l'aimaient.

Elle se tourna vers Tee.

Je regrette que vous ne l'ayez pas connu.

Je le regrette aussi.

– Oh! Regardez! s'exclama Kate au moment où la petite troupe s'apprêtait à partir.

Au-dessus d'un bouquet de palmiers, une nuée d'oiseaux prenait son envol en poussant des cris rauques.

– Des perroquets, dit le père Baker. L'endroit est

tranquille; ils nichent là-bas, dans la forêt derrière l'église.

– J'ai vécu toute ma vie ici, dit Désirée, et c'est la première fois que je vois des perroquets sauvages. Vous en aviez déjà vu? demanda-t-elle à Tee.

Tee s'avança au bord de la falaise. Belle, jeune encore, les cheveux flottant dans le vent, elle contempla longuement l'océan.

– C'est le plus beau pays du monde. N'est-ce pas ce que tu me dis toujours, Francis?

– Et pourtant, vous nous quittez, dit Kate.

– Oui, il le faut.

Elle regarda sa montre.

– Dans une heure exactement.

Laurine et Franklin devaient l'amener à l'aéroport pour permettre à Kate et à Francis de rentrer plus vite chez eux.

– Tu seras heureux, cette fois-ci, je le sais, dit-elle en embrassant son fils. Je l'ai su dès que je l'ai vue.

Il aurait voulu lui dire tant de choses... lui dire : pour toi non plus il n'est pas trop tard... tu pourrais trouver quelqu'un...

Les mots restèrent prisonniers au fond de sa gorge.

– Merci d'être venue. Fais un bon voyage...

Elle fit un signe d'adieu et s'éloigna.

– Ta mère est une femme très étrange, lui dit Kate dans la voiture.

Il approuva d'un signe de tête. Au bout d'un moment, il lui dit simplement :

– Toi aussi, tu sais.

Le samedi était jour de marché à Covetown. Sur le bord de la route des femmes avaient disposé des paniers pleins de poissons argentés. Un groupe de guides en jupe marron et chemisier blanc (encore une tradition britannique!) était massé devant la vitrine de Da Cunha.

– Ça n'a pas beaucoup changé, dit Francis.

– Tu trouves?

Il se pencha pour l'embrasser.

– Tu avais très bien compris ce que je voulais dire. En vérité, tout a changé depuis une demi-heure.

Osborne les accueillit au pied de l'escalier.

– Je suis content, et tout le monde ici est content que vous restiez, monsieur Luther.

Depuis qu'ils se connaissaient, c'était la seconde fois seulement qu'Osborne révélait ainsi ses sentiments.

En se dirigeant vers la véranda, Kate se tordit les chevilles sur le gravier de l'allée.

– Oh! Ces talons hauts!

– Tu as des pieds ravissants, ma chérie.

– Des pieds ravissants! C'est tout ce que tu trouves à admirer le jour de notre mariage, mes pieds?

– Hmmm... je garde le reste pour plus tard.

– Oh, regarde, l'avion qui décolle... Ça doit être celui de Tee.

L'avion était encore bas dans le ciel et l'on distinguait les hublots. Tee cherchait-elle à apercevoir la silhouette de Père sur la véranda et sa vieille jument grise dans le paddock?

– Tu te souviens du jour où tu m'as amené ici? demanda-t-il.

– Je me souviens de tout. Des lézards, des chèvres, du silence et de ton visage.

– Toujours poète.

Ils échangèrent un long regard. Pour couper court à ce moment d'émotion trop fort, Kate se détourna et lança d'un ton anodin :

– Je vais voir les chiens; je reviens dans une minute.

Il se mit à rire.

– Ne ris pas! répliqua-t-elle. Il faut qu'ils s'habituent à leur nouvelle maison.

– Très bien, je t'attends.

Mais il était trop ému pour rentrer tout de suite. Comme jadis Eleuthère François, il sentait qu'un monde nouveau s'offrait à lui.

Il aurait voulu crier dans le vent, courir en hurlant sur le rivage, là où les vagues venaient se fracasser contre les rochers, ou tout en haut du morne, au milieu des palmiers, avec, à perte de vue, la mer qui moutonnait en livrée de paon.

Littérature sentimentale

Demandez à votre libraire le catalogue semestriel gratuit.

ARLEN Leslie

Les Borodine (inédits)

1 - Amour et honneur (1226★★★★)
Au siège de Port-Arthur, un journaliste américain tombe amoureux d'Ilona, jeune princesse russe.

2 - Guerre et passion (1314★★★★)
Dans ce monde en flammes, les héros s'aiment et se déchirent.

3 - Rêves et destin (1364★★★★)
La vengeance des nouveaux maîtres de la Russie va poursuivre les Borodine au delà des frontières de leurs pays natal.

4 - Espoir et gloire (1425★★★★)
Dans l'Allemagne nazie, la guerre surprend certains des Borodine.

CARRIÈRE Jean-Claude

Lettres d'amour (1138★★★★)
Les plus belles pages inspirées par l'amour.

DELLY

Mitsi (890★★★)
Blessée dans son honneur, Mitsi pourra-t-elle pardonner à celui qu'elle aime ?

L'infidèle (1004★)
La fidélité à une épouse morte peut-elle interdire l'amour ?

Les deux crimes de Thècle (1015★★)
Au château de Mieulles les haines s'exacerbent jusqu'au drame.

Le fruit mûr (1053★)
Ecrasé par sa mère et sa sœur, pourra-t-il s'épanouir et rencontrer l'amour ?

Une misère dorée (1102★★★)
Une radieuse jeune fille aux prises avec des haines ancestrales dans un manoir autrichien.

La douloureuse victoire (1124★★)
Peut-on aimer une femme, alors que Dieu est tout amour ?

La lune d'or
(2 t. 1136★★★ et 1137★★★)
Dans la pampa, des hommes luttent pour punir les crimes d'un mauvais génie.

L'héritage de Cendrillon (1182★★★)
La méchanceté d'une femme va réduire Magdalena à l'état de Cendrillon.

Comme un conte de fées (1254★★)
Un pays enchanté où la vie avec le rêve se confond.

HEAVEN Constance

Le château sous la lune (995★★★)
A Vienne, Lisa redécouvre l'amour tandis que naît une révolution.

Marietta (1125★★★)
Dans ce château d'Ecosse, la mort rôde...

La reine et le gitan (1169★★★★)
Les amours tumultueuses d'Elisabeth Ire d'Angleterre.

Le maître de Ravensley (1242★★★★)
Alyne, aux cheveux d'or clair, est revendiquée par le nouveau maître de Ravensley.

HEYER Georgette

Pour l'amour de Cressy·(1352★★★★)
Il est risqué, pour un jumeau, de se faire passer pour son frère auprès de sa fiancée.

HOLT Victoria
La nuit de la septième lune
(1160★★★★)
Helena a vécu un rêve, au réveil il ne reste qu'un cauchemar.
Ma rivale, la reine (1363★★★★)
L'amour va dresser contre Elisabeth Ire sa nièce et dame d'honneur, la belle Lettice.

JAGGER Brenda
Les chemins de Maison Haute
(2 t. 1436★★★★ et 1437★★★★)
Mariée de force à seize ans, elle lutte pour son bonheur.

KAYE M.M.
Pavillons lointains
(2 t. 1307★★★★ et 1308★★★★)
Au temps des Maharadjahs, Juli, princesse indienne, et Ash, le jeune Anglais élevé comme un Hindou, luttent pour leur amour.

KONSALIK Heinz G.
Amours sur le Don (497★★★★)
Un journaliste allemand est aimé par la belle Helena, agent du K.G.B., et par Nioucha, la sauvage fille cosaque.
Docteur Erika Werner (610★★★)
Par amour, elle s'accuse à la place de son amant indigne.
L'amour est le plus fort (1030★★★)
A Paris, un peintre sauve Eva du suicide. Pourra-t-elle le sauver à son tour ?
Amour cosaque (1294★★★)
A l'époque d'Ivan le Terrible, la passion indomptable d'une jeune Russe durant la conquête de la Sibérie.
Le mystère des Sept Palmiers
(1464★★★)
Trois hommes puis une femme s'échouent sur un île déserte.

McCULLOUGH Colleen
Les oiseaux se cachent pour mourir
(2 t. 1021★★★★ et 1022★★★★)
L'épopée vécue par Meggie et Ralph au cours de cinquante ans d'aventures et de passions à travers le continent austalien.
Tim (1141★★★)
L'histoire d'un amour que la société a condamné par avance.

MYRER Anton
Les derniers jours de l'été
(2 t. 1073★★★★ et 1074★★★★)
Peut-on épouser la fille qu'on aime quand on craint d'être son frère ?

SEGAL Erich
Love story (412★)
Le roman qui a changé l'image de l'amour.
Un homme, une femme, un enfant
(1247★★)
Un père peut-il introduire dans sa famille ce fils dont il apprend l'existence ?

STEEL Danielle
Leur promesse (1075★★★)
Reconnaîtra-t-il sa fiancée à qui la chirurgie esthétique a donné un nouveau visage ?
Une saison de passion (1266★★★★)
Kate est déchirée entre son mari infirme et Nick, l'homme de sa vie.

VALENTIN Louis
Les roses de Dublin (d'après la série télévisée de Pierre Rey) (1365★★★★)
Il a connu une jeune Irlandaise une nuit, il ne se doute pas que leur fils a maintenant dix ans.
et tous les romans de
Barbara Cartland
et Guy des Cars

J'ai Lu Cinéma

Une centaine de romans J'ai Lu ont fait l'objet d'adaptations pour le cinéma ou la télévision. En voici une sélection.

Demandez à votre libraire le catalogue semestriel gratuit.

Alien (1115★★★)
par Alan Dean Foster
Avec la créature de l'Extérieur, c'est la mort qui pénètre dans l'astronef.

Amityville II (1343★★★)
par John G. Jones
L'horreur semblait avoir enfin quitté la maison maudite : et pourtant... Inédit.

Annie (1397★★★)
par Leonore Fleischer
Petite orpheline, elle fait la conquête d'un puissant magnat. Inédit. Illustré.

Au delà du réel (1232★★★)
par Paddy Chayefsky
Une terrifiante plongée dans la mémoire génétique de l'humanité. Illustré.

La Banquière (1154★★★)
Par Conchon, Noli et Chanel
Devenue vedette de la Finance, le Pouvoir et l'Argent vont chercher à l'abattre.

Beau père (1333★★)
par Bertrand Blier
Il reste seul avec une belle-fille de 14 ans, amoureuse de lui.

Cabaret (Adieu à Berlin) (1213★★★)
par Christopher Isherwood
L'ouvrage qui a inspiré le célèbre film avec Liza Minelli.

Chanel solitaire (1342★★★★)
par Claude Delay
La vie passionnée de Coco Chanel.

Le Choc des Titans (1210★★★★)
par Alan Dean Foster
Un combat titanesque où s'affrontent les dieux de l'Olympe. Inédit, illustré.

Dallas :
1 - Dallas (1324★★★★)
par Lee Raintree
Dallas, l'histoire de la famille Ewing, au Texas, célèbre au petit écran.
2 - Les maîtres de Dallas (1387★★★★)
par Burt Hirschfeld
Qui a tiré sur JR, et pourquoi ?
3 - Les Femmes de Dallas (1465★★★★)
Par Burt Hirschfeld
Kristin veut s'emparer de la fortune de JR.

Conan le barbare (1449★★★)
par Sprague de Camp
L'épopée sauvage de Conan le Commerien, face aux adorateurs du serpent.

Dans les grands fonds (833★★★)
Par Peter Benchley
Pourquoi veut-on empêcher David et Gail de visiter une épave sombrée en 1943 ?

Les Dents de la mer - 2e partie (963★★★)
par Hank Searls
Le mâle tué, sa gigantesque femelle vient rôder à Amity.

Des gens comme les autres (909★★★)
par Judith Guest

Après un suicide manqué, un adolescent redécouvre ses parents.

2001 - l'Odyssée de l'espace (349★★)
par Arthur C. Clarke
Ce voyage fantastique aux confins du cosmos a suscité un film célèbre.

E.T.-l'extra-terrestre (1378★★★)
par William Kotzwinkle (d'après un scénario de Melissa Mathison)
Egaré sur la Terre, un extra-terrestre est protégé par des enfants. Inédit.

Elephant man (1406★★★)
par Michael Howell et Peter Ford
La véritable histoire de ce monstre si humain.

L'Exorciste (630★★★★)
par William Peter Blatty
A Washington, de nos jours, une petite fille vit sous l'empire du démon.

La Féline (Cat people) (1353★★★★)
par Gary Brandner
Lorsqu'elle aime, elle se transforme en léopard. Illustré.

Flash Gordon (1195★★★)
par Cover, Semple Jr et Allin
L'épopée immortelle de Flash Gordon sur la planète Mongo. Inédit. Illustré.

Galactica (1083★★★)
par Larson et Thurston
L'astro-forteresse Galactica reste le dernier espoir de l'humanité décimée.

Georgia (1395★★★)
par Robert Grossbach
Une fille, trois garçons, ils s'aiment mais tout les sépare. Inédit.

L'Ile sanglante (1201★★★)
par Peter Benchley
Un cauchemar situé dans le fameux triangle des Bermudes.

Kramer contre Kramer (1044★★★)
par Avery Corman
Abandonné par sa femme, un homme reste seul avec son tout petit garçon.

Love story (412★)
par Erich Segal
Le roman qui a changé l'image de l'amour.

Massada (1303★★★★)
par Ernest K. Gann
L'héroïque résistance des Hébreux face aux légions romaines.

La mort aux enchères (1461★★)
par Robert Alley
Une histoire d'amour et de mort dans la tradition de Hitchcock. Inédit.

Nimitz, retour vers l'enfer (1128★★★)
par Martin Caïdin
Le super porte-avions Nimitz glisse dans une faille du temps. De 1980, il se retrouve à la veille de Pearl Harbor.

Officier et gentleman (1407★★)
par Steven Phillip Smith
Nul ne croit en Zack, sauf lui-même. Inédit.

Outland... loin de la Terre (1220★★)
par Alan Dean Foster
Sur l'astéroïde Io, les crises de folie meurtrière et les suicides sont quotidiens. Inédit, illustré.

Poltergeist (1394★★★)
par James Kahn
Une fillette absorbée dans un poste TV par des êtres démoniaques. Inédit.

Le prix du danger (1474★★★)
par Robert Sheckley
Jim joue sa vie à quitte ou double, en direct à la télévision.

Psychose phase 3 (1070★★)
par John Coyne
... ou le récit d'une terrible malédiction.

Pulsions (1198★★★)
par Brian de Palma et C. Black
Elle se sait la prochaine victime de la femme au rasoir. Inédit.

Ragtime (825★★★)
par E.L. Doctorow
Un tableau endiablé et féroce de la réalité américaine du début du siècle.

Rencontres du troisième type (947★★)
par Steven Spielberg
Le premier contact avec des visiteurs venus des étoiles.

Le retour de Martin Guerre (1433★★★)
par Davis, Carrière et Vigne
Douze ans après, un autre a pris sa place et son nom.

Shining (1197★★★★)
par Stephen King
La lutte hallucinante d'un enfant médium contre les forces maléfiques.

Sphinx (1219★★★★)
par Robin Cook
La malédiction des pharaons menace la vie et l'amour d'Erica. Illustré.

Star Trek (1071★★)
par Gene Roddenberry.
Un vaisseau terrien seul face à l'envahisseur venu des étoiles.

Star Trek II : la colère de Khan (1396★★★)
par Vonda McIntyre
Le plus grand défi lancé à l'U.S. Enterprise. *Inédit.*

The Thing (1366★★★)
par Alan Dean Foster
Prise dans les glaces, une créature revient à la vie. Inédit.

Le Trou noir (1129★★★)
par Alan Dean Foster
Un maelström d'énergie les entraînerait au delà de l'univers connu.

Un bébé pour Rosemary (1342★★★)
par Ira Levin
A New York, Satan s'empare des âmes et des corps.

Un mauvais fils (1147★★★)
par Claude Sautet
Emouvante quête d'amour pour un jeune drogué repenti. Inédit, illustré.

Les Valseuses (543★★★★)
par Bertrand Blier
Plutôt crever que se passer de filles et de bagnoles.

Vas-y maman (1031★★)
par Nicole de Buron
Après quinze ans d'une vie transparente, elle décide de se mettre à vivre.

Wolfen (1315★★★★)
par Whitley Strieber
Des être mi-hommes mi-loups guettent leurs proies dans les rues de New York. Inédit, illustré.

Achevé d'imprimer sur les presses de l'imprimerie Brodard et Taupin
58, rue Jean Bleuzen, Vanves. Usine de La Flèche,
le 16 avril 1984
6065-5 Dépôt Légal avril 1984. ISBN : 2 - 277 - 21622 - 4
Imprimé en France

1622
★★★★★

Editions J'ai Lu
27, rue Cassette, 75006 Paris
diffusion France et étranger : Flammarion